国家出版基金项目
NATIONAL PUBLICATION FOUNDATION

外国文学学术史研究

主编
陈众议

高尔基研究文集

Критические статьи о творчестве М. Горького

陈寿朋 邱运华 编选

译林出版社

图书在版编目(CIP)数据

高尔基研究文集 / 陈寿朋,邱运华编选. —南京:
译林出版社, 2014.9
(外国文学学术史研究 / 陈众议主编)
ISBN 978-7-5447-5034-9

Ⅰ.①高… Ⅱ.①陈… ②邱… Ⅲ.①高尔基, M.
(1868～1936)—人物研究 ②高尔基,M.(1868～1936)—
文学研究 Ⅳ.①K835.125.6 ②I512.065

中国版本图书馆 CIP 数据核字(2014)第 219425 号

书　　名 高尔基研究文集
编 选 者 陈寿朋　邱运华
责任编辑 田　智
特约编辑 张　睿
出版发行 凤凰出版传媒股份有限公司
译林出版社
出版社地址 南京市湖南路 1 号 A 楼, 邮编: 210009
电子邮箱 yilin@ yilin. com
出版社网址 http://www. yilin. com
经　　销 凤凰出版传媒股份有限公司
印　　刷 江苏凤凰扬州鑫华印刷有限公司
开　　本 718 × 1000 毫米　1/16
印　　张 25.75
插　　页 4
字　　数 374 千
版　　次 2014 年 9 月第 1 版　2014 年 9 月第 1 次印刷
书　　号 ISBN 978-7-5447-5034-9
定　　价 58.00 元
译林版图书若有印装错误可向出版社调换
(电话: 025-83658316)

总序

在众多现代学科中,有一门过程学。在各种过程研究中,有一种新兴技术叫生物过程技术,它的任务是用自然科学的最新成就,对生物有机体进行不同层次的定向研究,以求人工控制和操作生命过程,兼而塑造新的物种、新的生命。文学研究很大程度上也是一种过程研究,从作家的创作过程到读者的接受过程,而作品则是其最为重要的介质或对象。问题是,生物有机体虽活犹死,盖因细胞的每一次裂变即意味着一次死亡;而文学作品却往往虽死犹活,因为莎士比亚是"说不尽"的,"一百个读者就有一百个哈姆雷特"。

换言之,文学经典的产生往往建立在对以往经典的传承、翻新乃至反动(或几者兼有之)的基础之上。传承和翻新不必说,即使反动,也每每无损以往作品的生命力,反而能使它们获得某种新生。这就使得文学不仅迥异于科学,而且迥异于它的近亲——历史。套用阿瑞提的话说,如果没有哥伦布,迟早会有人发现美洲;如果伽利略没有发现太阳黑子,也总会有人发现。同样,历史可以重写,也不断地在重写,用克罗齐的话说,"一切历史都是当代史"。但是,如果没有莎士比亚,又会有谁来创作《哈姆雷特》呢?有了《哈姆雷特》,又会有谁来重写它呢?即使有人重写,他们缘何不仅无损于莎士比亚的光辉,反而能使他获得新生,甚至更加辉煌灿烂呢?

这自然是由文学的特殊性所决定的,盖因文学是加法,是并存,是无数"这一个"之和。鲁迅谓文学最不势利,马克思关于古希腊神话的"童年说"和"武库说"更是众所周知。同时,文学是各民族的认知、价值、情感、审美和语言等诸多因素的综合体现。因此,文学既是民族文化及民族向心力、认同感的重要基础,也是使之立于世界之林而不轻易被同化的鲜活基因。也就是说,大到世界观,小到生活习俗,文学在各民族文化中起到了染色体的功用。独特的染色体保证了各民族在共通或相似的物质文明进程中保持着不断变化却又不可淹没的个性。惟其如此,世界文学和文化生态才丰富多彩,也才需要东西南北的相互交流和借鉴。同时,古今中外,文学终究是一时一地世道人心的艺术呈现,建立在无数个人基础之上,并潜移默化、润物无声地表达与传递、塑造与擢升着各民族活的灵魂。这正是文学不可或缺、无可取代的永久价值与恒久魅力之所在。

于是,文学犹如生活本身,是一篇亘古而来、今犹未竟的大文章。

此外,较之于创作,文学研究则更具有意识形态和上层建筑属性,因而更取决于生产力和社会形态、社会发展水平。这也是马克思主义的基本观点之一。如是,我国现代意义上的文学研究起步较晚,外国文学研究更是如此。虽然以鲁迅为旗手的新文学运动十分重视外国文学,但从实际成果看,1949 年前的外国文学研究却基本上属于旁批眉注、前言后记式的简单介绍,既不系统,也不深入。因此,我国的外国文学研究几乎可以说是在新中国成立以后全面展开的,而系统的外国文学学术史研究,这还是第一次。

二

学术史研究也是一种过程学,而且是一种相对纯粹的过程学。不具备一定的学术史视野,哪怕是潜在的学术史视野,任何经典作家作品研究几乎都是不能想象的。

然而,后现代主义解构的结果是绝对的相对性取代了相对的绝对性。于是,许多人不屑于相对客观的学术史研究而热衷于空洞的理论了。在一些人眼里,甚至连相对客观的真理观也消释殆尽了。于是,过去的"一里不同俗,十里言语殊",成了如今的言人人殊。于是,众声喧哗,且言必称狂欢,言必称多元,言必称虚拟和不确定。这对谁最有利呢?也许是跨国资本吧。无论解构主义者初衷如何,解构风潮的实际效果是:不仅相当程度上消解了真善美与假恶丑的界限,甚至对国家意识形态,至少是某些国家的意识形态和民族凝聚力都构成了威胁。然而,所谓的"文明冲突"归根结底是利益冲突,而"人权高于主权"这样的时鲜谬论也只有在跨国公司时代才可能产生。

且说经典在后现代语境中首当其冲,成为解构对象,它们不是被迫

“淡出”，便是横遭肢解。所谓的文学终结论也正是在这样的背景下提出来的。它与其说指向创作实际，毋宁说是指向传统认知、价值和审美取向的全方位的颠覆。因此，经典的重构多少具有拨乱反正的意义。

正是基于上述原由，中国社会科学院外国文学研究所于2004年着手设计“外国文学学术史研究工程”计划，并于翌年将该计划列入中国社会科学院“十一五规划”。这是一项向着重构的整合工程，它的应运而生，标志着外文所在原有的“三套丛书”(即20世纪60至90年代——“文革”时期中断——的“外国文学名著丛书”、“外国古典文艺理论丛书”和“马克思主义文艺理论丛书”)等工作的基础上又迈出了新的一步，也意味着我国的外国文学研究已开始对解构风潮之后的学术相对化、碎片化和虚无化进行较为系统的清算。

于是，关乎经典的一系列问题将在这一系统工程中被重新提出。比如，何为经典？经典是必然的还是偶然的？经典重在表现人类的永恒矛盾(用钱锺书的话说是“两足动物的基本根性”)呢，还是主要指向时代社会的现实矛盾？它们在认知方式、价值判断、审美取向方面有何特征？经典及经典批评与时代社会的生产力和生产关系、经济基础和上层建筑等关系何如？批评及批评家的作用(包括其立场、观点、方法及其与时代社会的一般和特殊关系)又如何？此外，经典作家的遭际与性情、阅历与禀赋，经典的内容与形式、继承与创新，以及文学的一般规律和文学经典的特殊性等诸如此类的问题，都将是本工程需要展示并探讨的。

且说世界文学一路走来，其规律并非羚羊挂角，无迹可寻。童年的神话、少年的史诗、青年的戏剧、中年的小说、老年的传记是一种概括。由高向低、由外而内、由强至弱、由大到小等等，也不失为一种轨辙。如是，文学从摹仿到独白、从反映到窥隐、从典型到畸形、从审美到审丑、从载道到自慰、从崇高到渺小、从庄严到调笑……终于一头扎进了个人主义和主观主义的死胡同。小我取代了大我，观念取代了情节；“阿基琉斯的愤怒”变成了麦田里的脏话；“路漫漫其修远兮，吾将上下而求索”变成了“我做的馅饼是世界上最好吃的”；诸如此类，不一而足。是谓下现实主义。当然，这不能涵盖文学的复杂性和丰富性。事实上，认知与价值、审美与方法等等的背反或迎合、持守或规避所在皆是。况且，无论“六经注我”还是“我注六经”，经典是说不尽的，这也是由时代社会及经典本身的复杂性和丰富性所生发的。

二

众所周知，文学是人类文明的重要组成部分。马克思主义的经典作家向来重视文学，尤其是经典作家在反映和揭示社会本质方面的作用。马克思在分析英国社会时就曾指出，英国现实主义作家“向世界揭示的政治和社会真理，比一切职业政客和道德家加在一起所揭示的还要多”。恩格斯也说，他从巴尔扎克那里学到的东西，要比从“当时所有职业的历史学家、经济学家和统计学家那里学到的全部东西还要多”。列宁则干脆地称托尔斯泰是俄国革命的一面镜子。这并不是说只有文学才能揭示真理，而是说伟大作家所描绘的生活、所表现的情感、所刻画的人物往往不同于一般抽象的概括、数据的统计。文学更加具体、更加逼真，因而也更加感人、更加传神。其潜移默化、润物无声的载道与传道功能更不待言。站在世纪的高度和民族立场上重新审视外国文学，梳理其经典，展开研究之研究，将不仅有助于我们把握世界文明的律动和了解不同民族的个性，而且有利于深化中外文化交流，从而为我们借鉴和吸收优秀文明成果、为中国文学及文化的发展提供有益的“他山之石”。胡锦涛前不久说过，“我们必须准确把握当代世界和中国发展变化的大势，坚持立足国情，同时又吸收世界文化的优秀成果；坚持立足当代，同时又大力弘扬中华民族优秀文化传统”。这和“洋为中用”、“古为今用”思想一脉相承。

“观乎天文以察时变，观乎人文以化成天下”；文学作为人文精神的重要基础和介质，既是人类文明的重要见证，同时也是一时一地人心、民心的最深刻、最具体的体现，而外国文学则是建立在外国各民族无数作家基础上的不同时代、不同民族的认识观、价值观和审美观的形象反映。研究人心自然不能停留在简单抽象的理念上，因此，走进经典永远是了解此时此地、彼时彼地人心、民心的最佳途径。换言之，文学创作及其研究指向各民族变化着的活的灵魂，而其中的经典（包括其经典化或非经典化过程）恰恰是这些变化着的活的灵魂的集中体现。

如是，“外国文学学术史研究”立足国情，立足当代，从我出发，以我为主，瞄准外国文学经典作家作品和思潮流派，进行历时和共时的梳理。其中第一、第二系列由十六部学术史研究专著、十六部配套译著组成：第一系列涉及塞万提斯、歌德、雨果、左拉、庞德、高尔基、肖洛霍夫和海明威；第二系列包括普希金、茨维塔耶娃、康拉德、狄更斯、哈代、菲茨杰拉德、索尔·贝娄和芥川龙之介。

三

格物致知，信而有证；厘清源流，以裨甄别。"外国文学学术史研究"中的经典作家作品学术史研究系列，顾名思义都是学术史研究（或谓研究之研究）。学术史研究既是对一般博士论文的基本要求，也是一种行之有效的文学研究方法，更是一种切实可行的文化积累工程，同时还可以杜绝有关领域的低水平重复。每一部学术史研究著作通过尽可能抽丝剥茧式的梳理，即使不能见人所未见、言人所未言，至少也能老老实实地将有关作家作品的研究成果（包括有关研究家的立场、观点和方法）公之于众，以裨来者考。如能温故知新，有所创建，则读者幸甚，学界幸甚。相配套的经典论文翻译，则遴选有关作家作品研究的阶段性和标志性成果，其形式类似于外文所先前出版的"外国文学研究资料丛书"。

此次面世的"外国文学学术史研究"中的每一部学术史研究著作将由三部分组成。第一部分为经典作家（作品）的学术史梳理。这是相对客观的，但其中的艰难也不可小觑。首先，学术史梳理既不像平素泛舟书海，拾贝书海，尽意兴而为之的俯拾由已和随心所欲；其次，牵涉语种繁多，而且经过20世纪的形形色色的方法论和批评思潮的浸染，用汗牛充栋来形容经典作家作品研究成果已不为过。因此，要在浩如烟海的研究史料中攫取最有代表性的观点和方法，实在是件考验耐心和毅力的事情。战战兢兢，生怕挂一漏万，自不待言，且挂一漏万在所难免。因此，我们只能择要概述，甚至把侧重点放在经典作家的代表作上。不然纵使篇幅再大，也难以涵括浩瀚的文献资料。换言之，去芜杂的枝蔓和重复的敷衍，留精粹要义和真知灼见是必然的，但也是不容易做到的。它考验我们涉猎的深度和广度，而且也是检验我们学术水准和价值判断的重要环节。

第二部分研究之研究何啻是一大考验。都说20世纪是批评的世纪，在经历了现代主义的标新立异和后现代主义的解构风潮之后，在各种思潮、各种方法杂然纷呈的情况下，如何言之有物、言之成理、不炒冷饭，殊是不易；如何在前人的基础上有所发现、有所前进，就更是难上加难。反过来看，正因为文化相对主义的盛行和批评的多元，也才有了我们展示立场、发表见解的特殊理由和广阔余地。举个简单的例子，解构主义针对二元论的颠覆虽然是形而上学的，却不可谓不彻底。其结果是相当一部分学者怀疑甚至放弃了二元思维，但事实上，二元思维不仅难以消解，而且在可以想见的未来仍将是人类思维的主要方法。真假、善恶、美丑、你我、男女、东方和西方等等实际存在，并将继续存在。与此同时，作为中国学者，面对西方话语，我们并非无话可说。总之，从文学出发，关心小我与大我、外力与内因、形式与内容、反映与想象、情节与观念，以至于物质与精神、肉体与灵魂、西方与东方等诸如此类的二元问题，以及经典在民族和人类文明进程中的地位和作用，依然可以是我们的着力点。当然，二元论决不是排中律，而是在辩证法的基础上融会二元关系及二元之间所蕴藏的丰富内涵和无限可能性。毋庸讳言，改革开放以来，学术界解放思想，广开言路，但日新月异中不乏矫枉过正、时髦是趋。比如大到存在与意识、物质与精神的辩证关系，小到客观与主观、客体与主体等等，都大有乾坤倒转、黑洞化吸之势。至于意识形态"淡化"之后，跨国资本主义的一元化意识形态更是有增无已；真假不辨、善恶不论、美丑混淆的现象所在皆是；个人主义大行其道，从而使抽象的人性淹没了社会性；普世主义势不可挡，以致文化相对主义甚嚣尘上。文学从大我到小我，从外向到内倾，从摹仿到虚拟，从代言到众声喧哗；真实给虚幻让步，艺术向资本低头；对妖魔鬼怪和封建迷信津津乐道，任帝王将相和无厘头充斥视阈，能不发人深省？然而，经典作家是说不尽的，以上的任何一位作家都是无法穷尽的。用巴尔加斯·略萨的话说，伟大的经典具有"自我翻新"的本领。至于何为经典，虽然也是个说不尽的话题，但用简单的方式综观前人的观点，也许可以用两句话来概括：一是它们必须体现时代社会（及民族）的最高认知和一般价值（包括人类永恒的主题、永恒的矛盾）；二是其方法的魅力及审美的高度不会随着岁月的更迭而褪色或销蚀。当然这是将复杂问题简单化的一种说法。而本课题便是关乎经典其所以成为经典的一种较为复杂的论证方式。需要说明的是，经典不等于市场。用桑塔亚那的话说，经典不在于一时一地喜欢者的多寡，而在于喜欢者的喜欢程度。如果在此基础上再加上一个历史的维度，那么这话也就更加全面了。

学术史研究的最后部分为文献目录。它在尽可能详尽的基础上，还要有所选择。不然，展示一个经典作家的学术史，光文献目录就可以编辑厚厚的几大本。因此，去粗存精，是为重要或主要文献目录。

最后需要说明的是，“外国文学学术史研究”的中长期目标是在作家作品和流派思潮研究的同时，进行更具问题意识的学术史乃至学科史研究，以期点面结合，庶乎“既见树木，又见森林”；若能密切联系实际，促进中华学术的繁荣、发展和创新，则读者幸甚，我等幸甚。无疑，此工程面向全国高校及科研机构，希望有志于外国文学学术史研究的同仁踊跃加盟、不吝赐教。

陈众议

2010 年 1 月

目录

第三辑 综合批评

编选者序

马克西姆·高尔基(1868—1936)是19、20世纪之交俄罗斯最有影响力的作家之一,也是公认的俄苏无产阶级文学的创建人。他的文学创作、文学思想和文学组织活动对世界文学产生了重大的影响。

高尔基出生在尼日尼诺夫戈罗德,是一个手艺人的孩子。他少年丧父,被母亲交由外祖父母抚养。外祖父是一个染房的老板,家境本还富裕,但是,一场大火使全家沦为赤贫。从此,他流落人间,为生存开始干各种工作。1892年,他来到萨玛拉,在这里遇见了律师拉宁。后者鼓励他从事文学写作。1893年,他以"高尔基"的名字第一次发表作品,这就是《马卡尔·楚德拉》。《马卡尔·楚德拉》具有鲜明的艺术风格,与19世纪末期俄罗斯文学的整体面貌完全不一样,它的浪漫格调、外省环境、新颖的人物和他们的价值标准以及语言风格,给这家外地报刊带来了全新的气息。随后,"高尔基"这个名字频繁地出现在俄罗斯外地的报纸、杂志上,引起了全俄罗斯读者的注意,也引起了俄罗斯文学界的注意。1895年,高尔基在尼·米哈伊洛夫斯基主持的《俄罗斯财富》上发表了著名小说《切尔卡什》。这篇小说的影响力是巨大的。可以说,正是有了这篇小说,高尔基前面几年写作的作品被为人广泛注意,高尔基也才成为全俄罗斯文学谈论的热门话题。

1898年是"高尔基年"。这一年,两个年轻的出版商投资出版了高尔基的第一种文集《特写与短篇小说集》;同年,高尔基出版了中篇小说《福马·高尔杰耶夫》;波谢在《启蒙》上发表题为《忧郁的抗议者的歌手》专论,斯卡比切夫斯基在《祖国之子》第116、123、219期批评栏上发表短评《高尔基:特写和短篇小说集(两卷集)》,明斯基发表《关于苦闷和渴望自由的哲学》论文,特别是著名的文学批评家尼·米哈伊洛夫斯基在《俄罗斯财富》的第9、10月号上连载了长篇论文《论马克西姆·高尔基和他的主人公》。批评家们相继发表专门的评论文章，阐述高尔基小说的基本内涵、思想艺术价值。这些事件几乎发生在同时，共同营造了“高尔基年”的浓郁气氛。

从1898年开始，到1936年高尔基去世，文学界对高尔基的文学创作、理论主张、生活中的重要事件，都予以格外关注；文学批评家每年都发表大量文章阐述对高尔基创作的新看法、新观点；特别值得注意的是，19、20世纪之交活跃在俄罗斯政坛的各种党派纷纷发表对高尔基文学创作的看法，从各自的政治立场出发阐述他创作的意义和价值，其中不乏真知灼见。其中，值得注意的有列宁、普列汉诺夫、沃洛夫斯基、卢那察尔斯基等社会民主党人的论述，有宗教文化批评家梅列日科夫斯基、菲洛索福夫的批评文章，还有众多民主派的文学批评家的文章，以及各类作家的文章。除了研究高尔基生活、思想、创作的常规文章外，研究文献基本集中在高尔基几部重要的文学作品出版上，例如中篇小说《母亲》、戏剧《在底层》和《敌人》、长篇小说《克里木·萨姆金的一生》、政论集《不合时宜的思想》等。

本论文集本着这样的编选原则：

一、强调入选文献的初始性和原创性。1898年发表的研究文献全部收入，是这个原则的体现。在编选者看来，1898年发表的几篇文献基本上涉及到高尔基早期创作的思想、艺术特征，对作家和革新者高尔基的定位，基本上在这些文献里确定下来。以后，对于高尔基早期创作的研究文献还有很多，但是，基本上没有提出超越这些文献的范围。

二、高尔基研究成就最高的时期是1910年代，这个时期发表的文献基本确定了高尔基学的格局。包括列宁在内的很多政治家、思想家、理论家都纷纷发表研究著述，系统阐述高尔基、解释高尔基，立场不同，层次各异，但是水平和质量均达到了很高的境界。本文集将普列汉诺夫、沃洛夫斯基、梅列日科夫斯基、卢那察尔斯基、菲洛索福夫等人的研究文献编选进来，这些文献是这个时期研究成果的代表。

三、编选者认为，英语、法语、德语、日语等学界对高尔基的研究，一般来说，水准有限，重视程度也有限；所以，文选没有收入他们的著述。

四、编选者认为，各个历史时期的汉语学者对高尔基的研究成果有其特殊性，这影响到它的现实意义和学术价值。历史地看，汉语学界高尔基研究可以分为三个时期：1949年以前为第一个时期，这个时期的高尔基研究基本上处于介绍苏联学术界的研究成果，推广高尔基无产阶级文学思想服务于中国民族解放和民主革命的现实进程，因此，就不能简单地以学术性来判断其价值。第二个时期是1949—1979年间。这个时期的高尔基研究从本质上仍然属于“介绍—服务”性质，只是介绍的规模更大更广，也更深入；服务的对象则改变为中国社会主义文学建设。虽然有1966—1976年之间的文化大革命时期，高尔基的作品也处在被简单化解释的对象之内，但是毕竟高尔基是唯一可以谈论的外国重要作家；他在中国文革十年中的日子还是比较好过的。因此，我认为，对于高尔基研究来说，1949年之前和1949—1979年之间的性质都可以归纳为“介绍—服务型”。应该说，真正的学术研究型还没有开始。1979—2010年为第三个时期，这个时期的高尔基学仍然保持着明显的介绍印迹，但是，其创见已经出现。即使在介绍方面，也明显侧重在学术研究的领域，现实的和政治的功利性明显减少；而在开创性方面却日渐增加，张羽和李辉凡关于高尔基早期创作的研究、陈寿朋关于高尔基美学思想的研究、韦建国关于高尔基思想矛盾和错误的研究，特别是汪介之对高尔基研究范式的突破性研究，一改传统的无产阶级文学成长的研究路径，把高尔基与俄罗斯民族历史文化的探索、反思和困惑的路径联系起来，提出了许多很好的见解。汪介之的研究成果应该视为中国学界高尔基研究的标志性和代表性成果。

编选者把高尔基研究文献的编选重心放在1920年之前，对此后的研究文献基本上不涉及，仅仅收录了卢那察尔斯基、卡斯托尔斯基和谭得伶的研究文献，这固然与文选的篇幅要求相关，但也是编选者对高尔基创作和学术研究的重点、重心的认识相关。编选者认为，无论是中国、西方还是苏联时期，在高尔基研究这个领域，意识形态的角逐是非常明显的，出于意识形态的考虑，一味歌颂、肯定，或一味抹黑、歧解，或为我所用、随意肢解，都无法产生严格意义上的高尔基研究学术成果。因此，在本论文选里就只能有所舍弃了。

真正的学术研究成果不是产生在意识形态的需要中，也不可能产生在象牙塔里，而只能产生在自由的思想交锋中。

2010年9月4日

第一辑

早期创作的批评

忧郁的抗议者的歌手

作者 [俄罗斯] 弗拉基米尔·亚历山大洛维奇·波谢
译者 籍欣
校对 丘桑

一

我们认为一个艺术作品中的世界折射出艺术家的意识。艺术家用自己的创作才能丰富和充实了生活。许多我们无法直接感受到的东西，可以通过艺术作品的手段得以实现。它们好比物理中的伦琴射线[①]，可以帮助我们看到用肉眼无法看到的光线。

越是有才华的艺术家，就越是能通过自己创作的多棱镜折射，让更多无法看到的生命射线变得清晰可见，使现实变得更加丰富易懂。

艺术家为我们提供了自然界中新声音、新颜色，为我们周围的人以及我们自己提供了新的特点和精神活动。看过一幅图画或一尊雕像，聆听过一个音乐作品，阅读过一部小说，我们通常会觉得，这些在我们的精神中开始演奏出迄今我们所未知的新弦乐，我们的精神生活变得丰富、充实。

人类已经拥有许多真正的艺术作品，很多无形的东西也变得清晰可见；但如果就断言说艺术创作的任务因此而变小，艺术家们很快将要重复他们伟大的前辈的成就，这就太大胆了。艺术创作的范围和科学研究一样宽。在各种各样的情况下，生命和自然似乎都是无穷无尽的。然而，无

① 伦琴射线，即爱克斯光射线，以德国科学家伦琴命名。

可厚非的是，任何新的科学发现，任何新的艺术创作作品都不能孤立于先前的创作或发现。无论一个现代的艺术家多么具有原创性，他还是脱离不了前辈，而是继承了他们的创作，在自己的意识中折射出现实世界，在某种程度上被艺术创作丰富或充实了。

马克西姆·高尔基的艺术原创才能是非常强的，在他的意识中折射出的现实都是新的、原始的，在我们眼前闪现出这样令人惊奇的多彩的世界；这些色彩的很多基本色调已经可以从其他的作品中获悉，然而，绝对不能削弱他的作品的意义和重要性。

高尔基作品中的人物的许多特征和精神风貌在俄罗斯最杰出的作家的作品中也不止一次出现，但人物本身仍然是新颖独创的。来自优越环境的人们，来自傲慢的、平民知识分子阶层的人们，以及那些果戈理、谢德林、屠格涅夫、托尔斯泰等著名作家所塑造出的环境中的人，他们的特征和情绪在某种形式下是固有的，而高尔基，作为第一位代表工人阶级的天才艺术家，他的作品中的人物是新颖而有创意的。

高尔基作品的创意棱镜完全在独特的群体中铸成，凝聚了一个崭新环境中的光线，并提供与贵族阶层以及受过高等教育的作家创意棱镜相同的基本色调，这一点也是新颖而有创意的。

到目前为止，我们有些作家，其作品反映了俄罗斯贵族、俄罗斯官员、俄罗斯知识分子；我们也有些作家，可以说是从侧面来描写人民的。

高尔基也许是第一个天才的作家、艺术家，他直接表现了工人群众的灵魂，以及俄罗斯动荡的无产阶级的灵魂。

即使在他们要描述人民的时候，我们很多杰出的作家仍然是俄罗斯贵族、资产阶级及知识分子的代表；即使在他描绘商人、平民知识分子的时候，高尔基却始终是一个无产阶级作家，是流浪者的作家。

以我们所见，在理解人民实质是农民和工人群众之后，高尔基的作品不应该和关于“人民”的作品相比较，而是与这样的作品相比较：其中贵族和知识分子的环境通过其自身代表表达出来。在我们看来，高尔基关于“流氓”的短篇小说，比如《科诺瓦洛夫》，不应该与格里戈罗维奇关于甜蜜的“人民”的中篇小说相比较，甚至不能与乌斯宾斯基以及兹拉托夫拉茨基的关于知识分子的人民文论相比，而是应与果戈理、屠格涅夫、谢德林的“贵族”作品相比较。

高尔基的创作才能被称为是发掘了最底层、最贫困阶层的所有人的愿望和情绪，正如果戈理、屠格涅夫、托尔斯泰和谢德林，他们的艺术才华是体现在他们与他们相似的优越环境中。但正如这些大贵族和资产阶级作家不仅力图让自己贵族宫廷环境服从于自己的艺术创作，而且同时也体现工人农民的环境；与此相同，高尔基也试图用自己的无产阶级观念不仅支配工人环境，而且可能还支配所有的社会阶层。

流浪汉是真正的主角。在艺术创作的时刻，他和角色融合，他的灵魂被角色的感情、渴望、爱和恨所充满。对于其他的商人、平民、知识分子，甚至农民，他是从侧面来描写，但是带着满腔的热忱和强烈的兴趣去描写的。

二

高尔基从周围的现实环境中所感知的基本的精神状态，可以把其归结为一个词：忧郁，也是他一篇杰出的短篇小说的名字。忧郁——一个很广的概念；在这个概念下可以有很多完全不同的精神状态，其中一些代表了同一种情绪的发展。

无聊是忧郁的最低程度，也是它最严重的表现。在当代，特别是在农奴制度改革前的时期，无聊是俄罗斯人生活的特点。在果戈理的"滑稽"小说《伊凡·伊凡诺维奇和伊凡·尼基福罗维奇吵架的故事》的结尾，作者以特有的简单和真诚表现出了令人震惊的感叹——"在这个世界上生活是多么无聊，上帝啊！"

事实上，这些词语在阅读果戈理的绝大部分作品时能体会出来。难道《死灵魂》、《钦差大臣》、《旧式地主》中的所有角色的生活不都是无聊至极吗？无聊，内心的无聊透过表面的快乐表现出来，农奴制度下的俄罗斯大地主用这种技巧来掩饰着空虚。假如说，透过饱含着的泪水看见果戈理式的微笑，那么，可以更确切地说，透过它的愉快看到麻木无聊的眼神，农奴制度改革前的俄罗斯生活连同它的庸俗、卑劣欺诈和诽谤——代替了全人类重大利益的诽谤，得以表现出来。

这些麻木的眼睛在谢德林更早期的、更深刻的讽刺小说《戈洛夫廖夫一家》和《一个城市的历史》中可以看到更多。

阅读了这些作品，就会明白无聊会是多么的极端和残酷。

高尔基把这种残酷和极端无聊的一部分用到自己的创作思想当中，他也作为忧郁的高级阶段——也就是忧愁和对满足的抗议的主要歌手。

从单纯的无聊来看，在他的短篇小说《因为烦闷无聊》中，残酷就很平常了。小说极其鲜明有趣，但我们不打算转述其内容。其实转述高尔基作品的内容并不难，但是会有某种惋惜。他们不是关于生活的小说，他们就是生活本身，这种生活立刻会因为对转述者的深刻触动而停止。我们只限于指出情节的本质。

在一个荒废在草原的小火车站，一群员工"因为烦闷而无聊"从而嘲笑沉默的中年厨娘阿琳娜，嘲笑她爱上了扳道员，最终导致她的死亡。小说的描写没有任何重点，但是即便如此，读者读过之后都不得不感叹："在这个世界上生活真无聊，上帝啊！"

同样的无聊，但是另一种环境的无聊，那就是高尔基的另一个短篇小说《扎祖勃林纳》。

在《因为烦闷而无聊》中，感到无聊的是铁路的小官员，半知识分子，表现之一是不断地引用叔本华的话。在《扎祖勃林纳》中感到无聊是罪犯和"受歧视的人的世界"。

对于《扎祖勃林纳》中虚荣的犯人，他们的娱乐方式就是折磨小猫，把它投到有绿色颜料的桶中。

铁路上的哲学家们一点也不同情不幸上吊死去的阿琳娜。"受歧视的"人们首先嘲笑被染了色的小猫，但后来看到小猫的痛苦之后，完全没有为之流泪和同情，而是把它残忍地扔到"扎祖勃林纳"继续折磨。

在高尔基看来，"被歧视的人的世界"表达的是比铁路官员这样的半知识分子更加人性化的环境，与其相比没有那么麻木和残酷。高尔基刻意对罪犯只是稍微的提及，但是他却赋予了另一类"被歧视的"人，也就是"沦落的人"一幅深刻的、富有情感和思想的生活画面。"沦落的人"是高尔基对贫民窟（简陋的房子）中的人的称呼，他们被生活所迫，没有固定的工作和容身之处。在他们之中，我们可以看到不同状态、不同职业的人：骑兵大尉、教师、林务区管理员、教堂执事、监狱看守等，但他们都是沦落的人；"贫民窟"让他们所有人都变得平等，在这方面远远超越了苦役的监狱。

他们成为沦落的人并不是因为他们那些生活安逸稳定的人坏或者愚蠢；而是因为，一方面他们太孤立了，以至于可以和麻木的人群徘徊，另一方面，他们都不够强大和发达，不能够提高超越他们，不能成为未来的主宰。

“沦落的人们”所倾向的已经不是忧郁和无聊，而是忧郁和仇恨。

“突然，他们之间爆发了野兽般的愤恨，这就激起走投无路而且受尽严峻命运煎熬的人们的残忍。

“于是他们相互殴打起来，打得野蛮而残忍，打个不停，然后又皱着眉头，拼命灌酒，凡是可以在无所不受的瓦维洛夫那里典当的东西，他们都拿来换酒喝了。他们就这样在麻木的愤恨中，在揪紧他们心灵的苦恼中，在无法摆脱这种可恶的生活的苦恼中打发着秋天的日子，等候更加严峻的冬天到来。”①

这一邪恶的忧郁和愤恨的表现，正如读者所见，是可憎的，但它仍然比贵族的无聊要高尚，即使是果戈理式含泪的笑。

无聊是静止的、毫无生气的、没有生命的。

忧郁和仇恨隐藏了对周围恶劣条件的不满，隐藏着对“恶劣的生活”的半意识状态的抗议。仇恨促使“沦落的人”去进行微弱的、甚至是徒劳的斗争，但依旧是斗争。斗争会带来充沛的精力和生活。秋天愚钝的仇恨也会根据那些前所未有的不幸的人们的不同愤恨而更替，有抗议的、振奋的、被唤醒的。

沦落的人给街上被贫穷和无能所折磨的庸人注入了自己的精神，在这种精神中，有某种东西会让人们的生活变得轻松一些，他们曾经疲惫不堪，为了追求一块面包而张皇失措，也有生活在贫民窟中的酗酒者，还有被城市抛弃了的人们。他们什么都可以谈论和嘲笑的自由，毫无畏惧的思想，尖锐的言论，毫无恐惧的胆量，他们这些无忧无虑、鲁莽的性格都深受这条街的欢迎。然后，几乎所有的人懂法律，他们可以提出任何建议，写请愿书，帮助进行一些小欺骗的行为而避免受到惩罚。

和“沦落的人”、饥饿的人以及失败的人的仇恨和忧郁相比，高尔基也描绘了怯懦的忧郁；这是衣食无忧的人的一种忧郁，他们是沿着命运规划好的生活轨迹毫无阻碍地前行。在这种忧郁中，对死亡的恐惧混合着不满，这种不满来自对过去的生活产生的一种莫名的空虚感。这也是面

① 高尔基：《沦落的人们》，《高尔基文集》（第 3 卷），人民文学出版社，1982 年，第 448 页。

临托尔斯泰式的伊凡·伊里奇的死亡的一种折磨。[①]

高尔基的短篇小说《苦恼》中的主人公——吉洪·巴甫洛维奇，一个富裕的磨坊主，就患上了这种忧郁。吉洪·巴甫洛维奇一直都是衣食无忧，生活富足，一直充满"乐观的感觉"。然而这种感觉突然"不知去向哪里，飞走，熄灭，出现了一种新的、沉重的、费解的、阴郁的感觉"。

吉洪·巴甫洛维奇的变化和伊凡·伊里奇的一样，都发生在死亡之前。但对伊凡·伊里奇来说，是他自己死亡；而对吉洪·巴甫洛维奇来说，是他不认识的一个作家的死亡，在作家的葬礼上，他也意外地发生了改变。在这种情况下差异并不是本质上的，因为作家的死引发了吉洪·巴甫洛维奇去认识和思考自己的人生。

伊凡·伊里奇社会地位高，是受过良好教育的官员，吉洪·巴甫洛维奇是半文盲的一个磨坊主，但尽管如此，他们因为对生活不满，精神折磨而产生忧郁的基础是完全相同的。死亡临近的时候，他们都感到忧郁，在他们的一生中，生命的灵魂都被庸俗的、麻木的事件所压迫。

"灵魂没有活着。"这是这个忧愁的磨坊主发出的思考，"所有的这些琐事是主要原因吗？从来没时间思考关于灵魂这个东西。而灵魂却突然的，那个……所以，就反抗了。抽出时间，振奋起来……就是这些琐碎的事呀！做这么多事到底是为了什么，到最后不还是死去？如果生命最终要结束的话，培养自己又是为了什么？为了……死亡。又能带着什么走到上帝的面前呢？只有灵魂是可以记起的：精神一振，感叹说，人啊，因为属于你的时间是未知的。"[②]

"这些为了钱的麻木工作和操劳，"垂死的伊凡·伊里奇思考着，"还有那些岁月，一年、两年、十年、二十年——这些也都是无异的。接下来会是什么，只是更麻木而已。走下坡路时想到总会蒸蒸日上的一天，这样也就平衡了。就是这样。在公众心目中，我官运亨通，而我的生命刚好结束……这样就够了——可以死去了！"这些情绪实质上难道不是一样吗？

① 伊凡·伊里奇是列夫·托尔斯泰著名的小说《伊凡·伊里奇之死》里的主人翁。
② 高尔基：《特写与短篇小说集》I，1898 年，第 277 页。

三

伊凡·伊里奇和和吉洪·巴甫洛维奇面临死亡的忧郁同属于存在的一种悲伤、悲痛，但无疑地，在其之上存在着本质上更复杂和微妙的忧郁。这种悲伤和悲痛的忧郁不同的表现形式，几乎都多多少少被赋予到屠格涅夫所塑造的那些个性的主人公中，根据角色形象的不同，在程度也都有所不同。罗亭、涅日丹诺夫、“多余人”、“希格罗夫斯基县的哈姆雷特”——他们都患上了悲伤的忧郁而且彼此相像，尽管外部存在着巨大的差异。

高尔基笔下最有趣的主人公之一——半文盲的流浪汉科诺瓦洛夫也属于悲伤的忧郁这个家族之中。

科诺瓦洛夫间歇性地感觉到这种悲伤的忧郁，而且不带有丝毫的仇恨。在自己失败和不幸时，他只责备自己，从不怪任何一个坏人，也不怨邪恶的命运。

他责备自己，在自己放荡的、醉生梦死的流氓生活中，当黑暗的力量从各方向他袭来的时候，没能找到可以支撑的点。

“我自己的命运要怪我自己！”科诺瓦洛夫说，“我没有找到我自己的点！我要继续寻找，如此忧郁——我找不到。

“而且不单是我一个人，像我们这样的人很多。我们是一些不同寻常的人……无论哪一类都不属于。我们是另外一类……对我们法律也要特别的……要很严格的法律——才能从生活中把我们连根除掉！因为我们没有用处，可我们却要在生活中占据一个位置，站在别人的生活道路上……有谁对不起我们呢？我们自己对不起自己……因为我们对生活没有兴趣，我们对自己没有感情……[①]

“像这样悲伤的、不好的情绪经常从我这里倾泻出来。只要我走到人跟前，他立刻就会被我传染了。对于任何人，我只给他带来痛苦……只要想一想，我这一生给谁带来过乐趣？没有给谁！可是，我和许多人打过交道……我是个烂掉的人……”[②]

在各种自我鞭挞和许多科诺瓦洛夫式病态的夸大中真实也占了相当

---

① 高尔基：《科诺瓦洛夫》，《高尔基文集》（第3卷），北京：人民文学出版社，1982年，第224页。

② 同上，第247页。

大的比例。科诺瓦洛夫善良，有同情心，从来不有意给人使坏，但是却无意识地给许多人带来伤痛、折磨，距离他越近，这种伤痛和折磨越强烈。

他对女人的态度很有特点。他明白女人的性格和心理，他对女人很简单、很人道，而女人也很看重他不偏不倚的、孩子的性格，因此很快就依恋上他，习惯有他，而女人的痛苦、折磨也由此时开始。

科诺瓦洛夫不能很好地约束自己，不能克制自己的多疑性格和自己的忧愁，因此，当爱他的女人的心灵奋不顾身地想和他的心灵交融的时候，他最终失去了平衡。这个心灵也被怀疑所折磨，充满了痛苦和忧愁，因此喜欢科诺瓦洛夫的人都是同样受尽折磨的不幸女人。这些女人向对科诺瓦洛夫的爱里加入了自己全部残存的力量、全部残存的生命，但是，科诺瓦洛夫忧愁的心灵是不忠实的库房。在他的心灵里面，怀疑更为强烈地涌现，而对自己力量的自信变得越来越少，与此同时不满和忧愁还不断滋生。受尽折磨的他绝望地跑着，最终，爱他的人往往给他最后一击。

这个没文化的流浪汉在本质上近似于屠格涅夫笔下的罗亭。他们孤独地在世界上流浪，没有住所，无家可归，在他们痛苦的灵魂里饱含着不和谐和无结果的冲动。他们都寻找爱情又害怕爱情，他们拿来又丢开，他们“都有良好的热情，但一事无成”。

两个人，正像科诺瓦洛夫说自己那样，内心没有“指望”，内心没有力量——两个人都“无处可逃”，没有“没有目标”。两个人都站在高于周围环境的地方，都感受到“生活的无序”，而且两个人都精力不够集中，缺少爱情，相对来说憎恨更多一些，这些憎恨是他们能够开始和这“无序”之间的理智的、持续的斗争。

科诺瓦洛夫什么也没有做成就消失了，但是他们的苦闷具有自己的意义。其中，第一点光芒是对寂寞无聊王国的反抗，这些寂寞无聊有时被果戈理式的愉快所掩盖，有时则没有。

在高尔基的典型主人翁——比如格里高利·奥尔洛夫、“莽撞人”、切尔卡什、皮里雅依和其他真实的、或即将成为的“流浪汉”——其精神状态里还有更多这种抗议。

他们所有人都很苦闷，但是他们的苦闷较之于科诺瓦洛夫的忧郁，更多是对“过时的人”的仇恨。

他们的不满都不是内向的，而是外向的，不是发泄到自己身上，而是发泄到周围环境，发泄到生活条件和另一种社会地位的人们身上。

在他们身上，可以感受到流浪汉群体对利益的认知，他们已经试图在其他社会群体和这些群体中的利益中确定自己的方向。

首先，他们有意识地把自己摆放在农民群体的对立面，农民群众也把这些流浪汉作为一种因素区分开来，认为他们不符合农村秩序。但是流浪汉怎么也不认为自己是农民的败类；相反，他们认为自己比庄稼汉更加高尚、更强大、更有能力。他们对庄稼汉半是仇恨、半是轻蔑。庄稼汉的守旧、特别是庄稼汉的顺从和平静，激起了流浪汉不安的抗议心理。

流浪汉谢廖沙（《马尔华》）鄙视地称庄稼人是“土里刨食的人，不懂生活”。他恨青年农民雅科夫，因为他有“农村气息”。“而我，”他说道，“受不了这种气息。”但是，谢廖沙在对这个人的鄙视当中还是掺入了一些嫉妒。

“你看到了吗，我，”他对马尔华说，“不喜欢任何庄稼人……他们都是混蛋！他们假装成孤儿，人们给他们面包。他们有地方自治会呢，自治会什么都替他们做了，他们有自己的家业、土地、牲畜……他们诉苦、装穷，但是他们生活得很好，因为他们有靠山——土地。而我和他们怎么能比呢？”但是，谢廖沙是不会用自己自由的流浪汉生活来换这个“靠山”的，就如不想像农民雅科夫那样盼着黑海变成黑土地平原。

没有人给谢廖沙回归农村的机会，谢廖沙没有土地，土地隐约的声音还能在富足的农民们那令人羡慕的描述中听到。

这些隐约的声音在同是流浪汉和小偷的切尔卡什和农民小伙子卡瓦里拉的交谈中变得更加响亮。

开始他说了会儿，笑了笑自己的胡子，然后回答聊天人的话，提醒他农村生活的喜悦，在谈话里他久久地失望，他都忘了，到现在才想起来，——他渐渐地感兴趣了，开始不跟小伙子打听农村的事了，他开始自己给他讲解道：

“农村生活里最主要的，兄弟，就是自由！自己就是主人。你有自己的屋子，虽然它不值钱，但总归是自己的。你有自己的土地，虽然总共就一小块，但也是自己的啊！你有自己的鸡，自己的鸡蛋，自己的苹果！你在自己土地上就是皇帝！……然后就是以下的规律……早上起床——工作，春天干这个，夏天干另一种活，秋天、冬天又干别的。哪里都不去，窝在自己家里。温暖！安静！…… 皇帝有那么舒服吗？”切尔卡什兴高采烈地说完这许多的农民的权利和优势，甚至于忘了自己的职责了。

当加夫里拉开始附和他说："亲爱的兄弟，对啊，太对了！看看你自己，现在没有地多么可怜啊。兄弟，不要忘了土地就是母亲啊！"切尔卡什的激情立即就被不满和鄙视所代替。

切尔卡什改变了主意……他感到这种令人气愤的重刑在心中惩罚自己，他那勇敢的自尊心被一种过去在他眼里毫无价值的东西所侮辱。

"得了吧！"他激烈地喊道，"你可能也想过我是什么人。"

对于切尔卡什来说，回到农村是不可能的。他不能把自己无忧无虑的、不安分的生活来换农民"自由"、"平静"和"有秩序的"生活。

在他的内心有着另一种和农民完全不同的对自由的渴望；他没有自身的贪婪，这种贪婪是占有土地的支点。

这种农民的渴望被高尔基在和善的加夫里拉身上体现得很好。切尔卡什明白这种渴望，但他自己站在它之上。

注意到加夫里拉谈论金钱时眼神的模样，切尔卡什若有所思地说：

"而你贪婪……不好……其实有什么？……农民……"切尔卡什是这样一种"流浪汉"，他自己明白农民的心理，他还能感觉到自己和农村之间的某种联系，假如说他们还藐视农民，那么客观地讲自身还属于农民，没有任何仇恨。但是，在"流浪汉"中还有这样一些人，他们从来没当过农民，在他们的内心和农村没有任何联系，他们不理解农民，仇视农民。

叶美良·皮里雅依就是这样。

"我要把他这个大肚皮的魔鬼（农民）狠狠地刺一下！"叶美良·皮里雅依恶狠狠地说道。

"为什么那么残忍呢！看看，那个农民都饿了。"另一个说话者反驳皮里雅依。

"什么？饿了？…… 好，对！我不饿吗？我的兄弟，我从出生那天起就挨饿，而这个法律里可没写。他为什么饿？歉收？我怀疑。他先是大脑歉收，然后是庄稼地歉收，就是这个原因。为什么在其他的国家没有歉收呢？因为他们那里的脑袋不是专为给人搔后脑才长出来的，而是用来思考的。这就是原因！"

流浪汉敬重农民和知识分子，就像看自己的兄长、为自己"指路的"师长，起码他们是从其中分化出来的。排字工人科瓦斯杰夫因为自己的坏行为得到了一个"调皮孩子"的外号，他就曾经想在知识分子身上找到这种指引，但是没有找到。他碰到了一些类似解释为什么的原因和各种不同的观点，但是，他需要的是直接的指引，就是他本身，尼古拉·科瓦斯杰夫如何提升，如何走出不学无术和愤怒的精神状态。他感觉到，写工人群众苦难的《自由报》的编辑和自己没有任何生活联系，互相不熟，他作为一个人对编辑来说没有任何价值。

"我为自己的地位感到委屈。"科瓦斯杰夫说，"为什么我比你差？仅仅是因为我所从事的工作？"

"您怎么看，"他接着说，"我现在为那些小时候被我把鼻子打出血了的人工作容易吗？我和那个从一年前就开始给他装盥洗室的裁判官打交道容易吗，——拿四十戈比的茶钱？要知道他和我可是一个等级的人，他以前叫'糖罐'米什卡…… 他的牙到现在还和以前一样又臭又烂……"

科瓦斯杰夫的人类自尊心被社会地位的不同、被一个人凌驾于其他人之上所激怒，如果这一切又都是因为所从事的职业和人的知识。如果这些都是因为人的出身，那么就变得可以接受。

"您不是真正的绅士和贵族。"他对非贵族出身的编辑说。

"从他们那里什么也得不到……他们说：'见鬼去吧'——你就得走。因为自古以来他们就是贵族，而你们所以成为贵族，是因为你们懂得语法和一些别的什么……"

这一页通过"出身"和"语法"看待关系，非常有特点又非常容易理解；科瓦斯杰夫不能容忍前一种社会优势，这些优势对于他已经习惯了；第二种社会优势是他亲眼看到的，并且在这些优势中他能触及到人类自尊；前一种社会优势快速退化，第二种优势依仗新的社会结构快速增长和发展，在这种社会结构下激发了科瓦斯杰夫的人类自尊，尽管这一切还是把他们停留在"不学无术和愤怒状态"。

我们指出了高尔基笔下的流浪汉角色身上带有普遍性和有群体性的特征。这些特征不多，但它们表现得不确定。流浪汉就其本质说是个人主义。他们就像"过时的人"一样，制造这样那样的带有社会生活仓库特点之间的冲突。所有流浪汉的唯一的共同点，就是他们对生活的不适应性。他们不适应、不稳定、易变、阵发性强。

的确，高尔基笔下的流浪汉角色几乎都这样。尤其是格里高利·奥尔洛夫和叶美良·皮里雅依更是那样。不能说他们好或者坏。他们都是非常不稳定的。残忍突然被温柔所代替，愤恨也可能突然就被宽宏大量所代替。

皮里雅依原打算杀死过路的商人，然后用温柔来安慰商人的女儿，使她不自杀。

奥尔洛夫在公而忘私地照顾霍乱病人之后，唆使他们去迫害医生，并把他们派到各个医院去捣乱，医院是他刚刚更新灵魂的地方。

四

高尔基用心血来写作。他诚实但并不缺乏激情。当他说话时，他痛苦、爱、仇恨。

读他的作品，你可以感到作者的不平静的、狂热的心在跳动，你可以知道，他对什么亲近什么，他的喜爱和他的仇恨。

高尔基像自己喜爱的角色一样苦闷，但是他的苦闷是积极的、抗议的，他的苦闷不是因为无力，而是因为精力太充沛而找不到出口。

高尔基喜欢力量是因为它是力量，他喜爱劲风是因为它们能摧毁仇恨它的自足的平静。

“道德的”和“强有力的”对于他来说是同义词。他笔下的人物特别渴望功勋，没有比这个心理状态更接近作者的了。他个人的心灵在奥尔洛夫的胸腔内跳动着和忧伤着，当其想凌驾于所有人之上或者是想从高处唾弃人们时，他告诉他们：“你们这些坏蛋！为什么活着？怎么活着？你们除了是伪善的骗子别的什么都不是！然后从高处倒着掉下来摔成碎片！见鬼去吧……无聊！活着是多么苦闷和憋闷！”

渴望建功立业和崇拜力量，特别鲜明地表现在《马卡尔·楚德拉》和散文诗《鹰之歌》与《撒谎的黄雀的故事》里。

“勇敢的黄雀的歌声，它为了统治地位向神宣战。”这是高尔基本人的歌。

高尔基——令人精神焕发的对苦闷和广大俄罗斯农村生活的安静的抗议。高尔基——对斯拉夫的模棱两可、彬彬有礼和顺从的抗议。

高尔基天性喜欢那些强有力的、急遽的、无限的事物。他喜欢大海和草原的无边无垠，喜爱宽广的蓝天，喜欢一会儿顽皮、一会儿暴躁的海浪，喜欢旋风，喜欢洪亮的、闪耀的威胁。

他清晰而新颖地描绘了他喜欢的大自然。

在这里，他的创作非常自然，就像人们在自己年轻时的创作黄金期的作品那样自然。

不仅在年轻人的意识中，还在高尔基的意识当中，安静的自然被精神化了、人格化了，活了起来。高尔基把所有的激动、把自己心灵的急剧变化和——无边无际的事物融合到一起。自然在他的创作生命里面可以笑，可以哭，可以忧伤，可以向前跑，可以抗议。

高尔基作品在视觉和听觉上的冲击是同样强烈。他异常轻松地把听觉印象转换成视觉，或者是相反。他把精细的动作转换成大胆的物质形象。读者接受的形象转换成心理活动，把作者自己的心情传染给读者。

本想用例子来确定自己对高尔基创造性的表现能力的兴奋，想用一小段他对自然诗意的描写来证明他的创作能力，但是选哪段呢？一页一页的翻了又翻，所有的一切都是那么美、那么好。

在收入高尔基两册文集的所有小说和特写里，最弱的应该是《伊则吉尔老婆子》；但是，看看这个小说怎么描写南比萨拉比亚人的夜：

“一天晚上，白天采完葡萄之后，和我一起工作的摩尔多瓦人们都去了海边，而我和伊则吉尔老婆子留了下来，我们两个躺在葡萄树的影子下面，沉默着看着那些去海边的人的身影是怎么在夜雾中和叶子的黑影中融化的。

“他们走着，唱着，笑着；男人有着青铜色的皮肤，续着松软的小胡子和厚厚的及肩短发，穿着短外套和宽松的长裤；女人们和姑娘们又高兴又灵活，像柳条一样，她们长着褐色的眼睛，也是青铜色的皮肤。他们的头发乌黑光滑，披散着，轻柔的风和他们玩耍，编入头发里的硬币发出铿锵声。风掀起了宽广的、平平的浪，但是有时它跳过一些看不清的东西，掀起了强烈的风，把姑娘的头发吹成魅力的鬣，在姑娘的头周围风飞扬。这让姑娘们变得奇怪和神秘。他们走得越来越远；夜和幻想给她们披上了一身美丽的衣裳，使她们越来越美丽了。

“有人在拉小提琴……一个姑娘轻柔地唱着女低音，听得到浅浅的笑声……想象描绘了所有的在被雾笼罩了的人们的黑色身影空气上方飘扬的不同颜色串成的声音。

“空气里渗透着海的刺激性的盐的味道和太阳落山前刚刚给雨水滋

润过的土地油腻的气味。现在在天空中有流动的小块的乌云，蓬松的带有奇怪外形和颜色的乌云，有的柔软，就像一团团烟，瓦灰色和浅蓝色的，有的像悬崖峭壁一样陡峭的，暗灰的或者咖啡色的。在中间闪烁着深蓝色的小片的天空，这些天空被点点的繁星所点缀。所有这些声音和气味，乌云和人，都是非常美丽的，但是它们又很悲伤，就像奇妙的神话的开始。所有这些都是很奇妙和谐的，但是好像一切都是停留在自己的位置一样不再生长，仿佛它死去了。几乎没有喧闹，没有越来越鲜明的、生动的、紧张的喧闹；喧闹本是弱的，经常中断，最终变成遗憾的叹气，这些叹气都是因为幸福是那么难以抓住和偶然。

“我仔细地思考这些，突然有了奇妙的想法：想变成灰尘或者是自由的风，想变成流过草原的热河，想流入大海或者是呼吸天空中的蛋白色的雾，想用这个悲伤的晚上来充实自己并且有一些忧伤。”

好极了！但是，也会有一些人看完这几页之后，耸耸肩，嘲笑着我们重点标出的部分，并且庄重地说出一句时髦的话：“颓废主义。”但是，大概也会有各色各样的批评，它们扫了几眼高尔基的所有作品，再一次说：“颓废主义。”是的，先生，颓废主义，只是这个颓废主义是您的艺术嗅觉里面的颓废主义。

您也会称歌德的作品是颓废的，假如没有人告诉您它的作者。

在这个小概要里我们提到的远远不是高尔基艺术才能全部，我们远远还没有穷尽他作品的内容，我们提到的仅仅是最鲜明的、最完善的部分。但是，高尔基作品里的形象和情绪充满了许多联系紧密的暗示，从这些暗示出发，以后可以涌出许多宏大的艺术创作。只是他的经历和健康更加充足！

编后记

弗拉基米尔·亚历山大洛维奇·波谢(Влпдимир Апексаидрович Поссе,1864—1940)。他在1898年主编《生活》,吸引高尔基进入编辑部。曾经尝试在伦敦编辑出版杂志。留有回忆录《我的生活道路》。他在1898年11月号的《启蒙》上发表题为《忧郁的抗议者的歌手》一文,对高尔基最初的两卷集特写和短篇小说予以集中评述。

追寻生活的真谛

作者［俄罗斯］弗拉基米尔·费奥菲罗维奇·鲍恰洛夫斯基
译者 徐俊一
校对 马晓辉

一

一位年轻的作家称现代俄罗斯文学是“死气沉沉的文学”。这个评价或许太过严厉了，但这与俄罗斯文学所经历的疲软时期有着紧密的联系。近几年来，俄罗斯文学界饱受批评，有些人指责俄罗斯文学表现疲软，鲜有新作品问世甚至开始老生常谈。虽然文学界的批判已经成为一种惯例，但绝大多数意见都不是空穴来风。如果仔细分析这些批评的原因，那么我们就会发现，首当其冲的是作品的质量问题，而不是数量的匮乏。

纵览我们的月刊杂志、书店目录和报纸，我们就可以看到，我们的文学作品数量非但没有减少反而每年都以惊人的速度增长，而这恰恰说明了为什么人们还是抱怨文学作品的匮乏。浏览一些报刊你就会注意到这样一种现象：大部分文学作品都是由某几个固定的作者创作的。可以大胆地说，在一半的杂志中你都会看到波达卡科、鲍鲍雷金、聂米罗维奇—丹钦科以及另外两三名作者创作的长篇或中篇小说。因此就会不可避免地出现这样的情况：一名作家，比如说我们刚才提到的波达卡科，同时在多个报刊上刊登了两到三篇的小说。在这种多产的情况下，对于小说家们的创作墨守陈规而且千篇一律，我们就丝毫不感到惊奇了。在他们的小说中找不到什么新鲜的、原创的东西，那些陈词滥调充斥着整篇小说。而他们所谓“原创”的内容要么是把自己的生活像摄影一样地、原原本本地呈现在人们面前，要么就是宣传一些世人皆知的真理，而且多半是写一些有关人生哲理的寓言。就拿波达卡科的小说《现役》中的主要人物形象来说，难道这不是老生常谈的说教吗？这部小说的主人公是一位神父，他本有着远大的前程，但却来到了农村，他努力使自己成为了一个大公无私的人，免费为别人举行洗礼等。这种文章还算是好一点的情况。其余大部分小说的写法都很简单，就是对话和描写的轮流交替。这些“小说”的作者在虚构自己作品的情况下，拿起笔来，通常不设想要怎样结束自己的小说，甚至很快忘记自己主人公的名字，这是私下里都知道的情形。这样的虚构家并不是很多，但这些天才们使自己的作品更有可读性。在波达卡科的文章中充满了幽默感，尤其是来源于宗教和大学生活的幽默。这使他拥有了大量的读者，并且一直吸引着人们的注意。

但文学作品仅仅有关注度已经不能满足现在的读者了，正如列夫·托尔斯泰所说：“无论艺术家塑造什么形象，都是在寻找艺术家的灵魂。”即使作者没有讲述什么引人入胜的情节，但作者内心情感表达的越强烈、越富有主观感受就越受欢迎。契诃夫就是一个很好的例子。他的众多文集中都没有长篇文章，所有这些短小精致的艺术作品讲述的都是发生在最普通的人身上的日常琐事。而正是这些普通人的故事深深地吸引着人们，对他所有的作品都爱不释手，即使是一篇署有契诃夫名字的小小的文章都不愿错过。你会津津有味地欣赏他的文章，因为你能感受得到每个字背后的忧郁，能看到普通人日常生活中的痛苦。他的文章中并没有大声疾呼或令人怜悯的词句，契诃夫用一系列真实的人物诚恳地诉说着自己心中的苦闷和忧愁，这些忧愁都是来自周围的人和生活。这颗诚恳的心使你不会去计较他有没有新鲜的词语，多久才发表新的文章。

二

契诃夫出色的文学天赋为他赢得了许多赞誉，但还有另外一种情况：有些作家年轻的时候并没有什么过人的天赋，但能够获得现在的显赫名声这要归功于他坦言对“陈词滥调”的不满和用心追寻生活的真谛。您可能已经猜到了我说的是格·魏列萨耶夫。关于他，我想详细地说一说：一是因为关于他的评论非常少，二是因为格·魏列萨耶夫的文章都来自从日常生活中所汲取的内心感受。关于这一点，他第二次出版的文集就是有力的证明。但格·魏列萨耶夫的这些文章并没有引起人们的广泛关注，他的天赋并不在于文学，他只是把小说文学的形式看作是宣传的手段或是纯粹为了叙述不同类型的理论学说，比方说他的小说《风潮》、最长的随笔《无路可逃》，还有小说《毁灭之路》。《风潮》描写的是与屠格涅夫的《父与子》相类似的题材，格·魏列萨耶夫描写的父辈人都是医生和建立劳动组织的人，而儿子这一辈人都是马克思主义者。从历史发展的角度来看，这是完全合情理的。要知道巴扎洛夫在屠格涅夫时期就是属于儿子这一辈的人，如果他现在还活着，大概已经成为了屠格涅夫所描写的父辈的角色，并且可能也成为了医生。这两个阵营的代表们之间也进行着这种意见的交换，这也正是一直以来困扰我们的问题，难道格·魏列萨耶夫在小说中没有改变自由经济社会会议的定论吗？

我们来听听看大学生达耶夫是怎么说的，“伊万·伊万诺维奇！”这位马克思主义的代表对合作社的建设者说，“不管你现在怎么看待工厂，无论如何您都应该或多或少地展望一下它的未来。您用这样的语气谈论手工业者的‘消亡’，就像谈到什么巨大的幸福被毁灭了一样。这是完全错误的！拿出任何一件地方自治的收藏品，它都会在你面前展示一幅手工业者们“幸福生活”的画面。你知道吗，我们的农村织布工人一天要工作18个小时，一小时却只能挣到1戈比！试问，什么样的工厂能够毁灭这种织布工？”

或者站在另一个角度看：比如说在维亚特卡省，合作社成员们被要求催交一批树脂，如果完成得好，合作社社员就被接受成为正式工人等。

名叫娜塔莎的学生完全认同这种说法，而“父辈们”只有不满和怨恨。

长篇小说《无路可逃》是以一个医生日记的形式，真实地呈现了农村由于霍乱引起的不幸。从这篇小说中我们得知了地方自治特殊时期的医疗状况。当时的医疗落后，以至于一个医生因霍乱而死，一个很注意保养身体的人到最后还是逃不过病魔的魔爪。总的来说，格·魏列萨耶夫的小说写出了很多事实。只有一种观点他从不去揭露。他最常写的是马克思主义者，因此表现出了民族主义——用骄傲的口吻说起托尔斯泰，描绘出民族未来的前景。各种学说的代表发表了很多意见，他们经常各执己见，正像格·魏列萨耶夫在一处所说的“令人厌烦的、无休止的争吵”，争吵过后，谁都不能说服对方，还是持原来的意见。

那格·魏列萨耶夫本人呢？就像他对待所有讲述的事情一样吗？好像是的。他支持这样那样的理论，这些都反映在了他的小说中。他的激情、他的悲伤和喜悦读者都能感受得到。你也许对托尔斯泰的作品没有什么共鸣，但看完这部作品的简介你不可能无动于衷。格·魏列萨耶夫一直记得一句话：鲜活的语言永远在给人们讲述着。就连他笔下的一个主人公在说了许多关于责任、精神的高尚语言后都觉得良心不安，因为这些连他自己都不相信。格·魏列萨耶夫没有加入过一个政党，这是《无路可逃》的现实生活版，也是格·魏列萨耶夫的一大弱点。这部触碰了他伤口的作品产生了无声但有力的影响。小说《同志》就是描写这个主题的，也是格·魏列萨耶夫比较优秀的作品。同志是指一群怀有理想的人，他们走出大学校门后成为了官员，去了一些偏僻的地方。多年后大家重聚，坐在一起喝酒，讨论一些琐事，大家都害怕回忆起曾经的信念、理想。他们都惋惜过去，但谁都不愿说出口。格·魏列萨耶夫解释说：“所有人都过得不幸福，但他们的痛苦并不丰满、鲜活，并没有什么值得同情的，他们反而应该感到羞愧，而不是说给所有人听。”在小说《无路可逃》中的医生说得更直接，他想到他儿时的朋友娜塔莎时说：“她想知道我怎么看这些协会的，是不是认为有可能在俄罗斯发展资本主义。她还觉得我必然应该对这些感兴趣。这都是些什么啊？老实说这些话让我很不高兴。我非常乐意拜读有关这种问题的书，我不会避忌这种问题，但是我自己的路和与我交谈的人的路，这个问题是普通的理论问题，类似关于爱特曼假说的正确性的问题。”

“民族责任”、“事业”、“理想”这些词就像用什么东西划过玻璃时发出的刺耳声音一样刺痛他的耳朵。为什么呢？就是因为这个医生什么都不相信、没有信仰，因此就如他曾经说过的，他所有的内心世界就仅仅是一些漂亮的词句。他害怕探究自己内心的深处，害怕认识到自己的灵魂空空如也。他说：“我那真诚的、骄傲的世界观给了我什么？我的世界观早就死了。我和这个并不喜欢的女人生活了一辈子。我紧紧拥抱着这美丽的躯体，不能相信也不想相信她失去了生命慢慢地冷却下来。然而，我不能欺骗自己。”

人类都带着强烈的信念信仰着什么，但真正的信仰是格·魏列萨耶夫笔下主人公们所向往和崇敬的。他们羡慕托尔斯泰主义者，羡慕那些相信奇迹的普通工人，羡慕那些喜欢祈祷的人。格·魏列萨耶夫解释说“自己漫长的旅程中充满艰辛，她没有什么新奇的想法，她的路还很漫长，生活中充满了温暖、幸福和平静。”格·魏列萨耶夫笔下的主人公渴望追寻理想，为了一个目标顽强拼搏。医生对娜塔莎说：“你想让我把旗帜托付给你，并且对你说，现在我把旗帜交给你了，为了这面旗帜奋斗吧。我比你读的书多，经历的事情也多，但是我和你一样：不明白！——这就是痛苦的根源。”

缺少全神贯注的精神、缺少坚定的信念，格·魏列萨耶夫对于生活的认识完全带有我们这个时代的特征。所有托尔斯泰主义者、民族主义者、马克思主义者都继承自己的观点，在完全准备好的情况下接受它。他们中的一个努力充实地传播这个观点，其他几个至今还在为此努力，因此要努力去相信，如果没有信任会很难做成。格·魏列萨耶夫清楚地看到，没有我们青年群体的帮助是不能说出自己的语言的，同时，不满意老一辈的权威。“现在的年轻人什么信念都没有，这一点很让人失望和恐惧。没有出路、没有指明灯，这会让人不知不觉地毁灭而且是不可改变的。看看现在的文学作品难道不是死气沉沉的文学吗？这些文学作品已经得不到人们的任何期待了。萧条时代扼杀了一切，试图从其影响下摆脱的努力都是徒劳且绝望的。”这就是格·魏列萨耶夫的世界观。就像所有我们这代“19 世纪 90 年代人”一样，他的内心包容、坚定，不想强迫所有人都接受他的想法。这就是为什么他的小说不讨论他自己的痛苦，而是关注其他人的信念，探讨的都是一些纪实、报章通讯、政治经济协定、流行的访谈等。

在格·魏列萨耶夫的文章中除了这些客观的对白之外还有一些其他内容，当然，这些得到的关注还不及现在的一半。但如果注意到了这些，就可以看到一些主观的想法恰恰反映出了作者内心的痛苦，处于无路可逃的困境中时不害怕大声地说出苦闷，因此他已经找到了自己的路，找到了自己独特的语言。

三

在契诃夫和格·魏列萨耶夫的小说中都充满了忧郁的口吻，毫无疑问，这在文学作品中是一种特色。这证明了有些事情可能暂时不被人们接受，但可能在不久的将来它就会开创一片新的天地。这种口吻在个人创作中有明显的反映，那就是努力地探寻生活的真谛。这种个人创作的过程其实由来已久。在巴拉津斯基时代初期，普希金和其他许多作家把人的个性刻在大理石台基上，要求个性解放，要求更多的人权。这样的斗争越来越多，也得到了一些哲学问题和理论问题的成果，但最主要的还是人类个性解放取得的显著成果。最信奉个性解放的是颓废派，但我并不赞同，因为我们俄罗斯的颓废派并不代表什么独立。站在《毁灭之路》上，他们很乐意接受德国哲学家尼采关于超人的学说，不仅不灰心反而欢呼，认为自己就是超人，有权看到普通人临死前的情景。小说家们忧郁的口吻还说明了 20 年前令人满意的个性解放已经远远不能满足现在的需求了。不是所有人都能成为坚定的托尔斯泰主义者或马克思主义者，也不是所有人都能建立起自己的世界观。在这个基础上，契诃夫和格·魏列萨耶夫才用这种忧郁的态度对待生活。可是，这两位作家并没有让忧郁持续很久。他们很少提出抗议，他们满足于消极地对待一切和完全的否定。

不久前，对待这个问题的另一些态度也登上了文学舞台，而且在短时间内在文学领域占据了一席之地，他就是马克西姆·高尔基。高尔基是一位勤勉的宣传者、斗士，不仅仅用文字来斗争，他是在用整个生命斗争，为了捍卫个性的自由而战斗。高尔基的传记中记载的世界观没有任何人为编造的、不实的内容。这部传记十分有趣同时对于理解他的作品也是非常重要的。这部传记是以自传札记的形式出版的，当初高尔基只是把它刊印在一本并不出名的杂志上。在这部传记中，我们可以明显地感觉到高尔基作品的原创性、独特性。

高尔基写到："我于 1868 或 1869 年的 3 月 14 日生于下诺夫戈罗德，生活在瓦西里·瓦西里耶维奇·卡什林开的小染坊。我的母亲瓦勒瓦拉是染坊主的女儿，父亲马克西姆·萨瓦基耶夫·彼什科夫是一个普通的工匠。我五岁的时候父亲死于阿斯特拉罕，九岁时母亲死于市郊。母亲死后祖父把我送到鞋店当学徒，并且用《圣经》教我识字。后来我又去给绘图员当学徒，接着进入了圣像画作坊，后来又到轮船上给厨师打杂，还当过园丁。直到我青年岁时迷上了阅读俄罗斯和外国名家的书，《死魂灵》、《死屋日记》、《猎人笔记》、《稳步前进》、《活尸首》、《时代表征》等一大批俄罗斯作家的作品，以及英国的狄更斯、华特·司各特，法国福楼拜的作品等。在轮船上给厨师打杂的时候，厨师斯穆雷让我读《圣徒传》，这给了我很大的帮助。在遇到厨师之前，我忍受着没有书读的痛苦。后来我求学的愿望愈加强烈，为了求学我只身来到了喀山。可是追寻科学的理想又破灭了，因为为了一个月三卢布的薪水我进入了一家面包厂工作。"后来，高尔基在喀山做一些苹果生意，"在伏尔加河河口工作、锯木材、当搬运工。"根据这一时期高尔基的生活可以推测，在 1888 年他曾经企图自杀。

经历了喀山时期的痛苦后，高尔基终于在察里津品尝到了幸福的滋味。高尔基在察里津得到了一份看守铁路的工作，随后又应征去了下诺夫哥罗德。但他在战士中并没有很出众，而是做起了克瓦斯的售货员。最后，经历了无数苦难的高尔基在命运的安排下遇到了加宁。但高尔基流浪的生活并没有结束，他又漂泊到了第比利斯，在那里的铁路工作。在第比利斯，高尔基第一次在《高加索》报上发表了文章。之后，高尔基回到了故乡并开始在伏尔加一带的报纸上发表随笔。在下诺夫哥罗德，高尔基结识了科罗连科。科罗连科对高尔基的文学生涯起到了决定性的作用。

继尼古拉·波列沃依之后，高尔基是俄罗斯第二个自学成才的人。人们习惯性地认为从事文学工作的人应该是受过学校教育的，我们不能想象面包师也能成为文学家。但要知道，正是因为高尔基没有接受过千篇一律的学校教育，他才能最大限度地发挥自己的个性，他的创作才能与众不同。我当然不愿意说学校会把他变成天才或是庸才。再让高尔基进入学校当然是不可能发生的。但学校迫使孩子们整天坐在屋子里学习拉丁语法，一味的死记硬背，也许就剥夺了高尔基从生活中和大自然中汲取的养分。读一读高尔基的作品你就能感觉得到，他是"呼吸着大自然的空气生活"的人，他热爱自然、了解自然，因此他能在文学作品中真实地表现出大自然。高尔基也进行绘画创作，他喜欢运用鲜明的画面、鲜艳的颜色，没有花哨的修饰，只用两三个线条就勾勒出一幅现实的画卷。他特别钟爱大海，因为大海总是那么千变万化，大海总是那么澎湃而敏感，总是那么自由、强劲、无拘无束。他笔下的大海有时欢笑，有时像是喝醉了，有时拨弄着小浪花，有时用泡沫装饰波浪，有时让波浪相互推进，有时敲打着细小的尘埃。他在人们眼前展示的大海有时是顽皮的，是一群穿着白色裙边的波浪追逐嬉戏，有时像大海汹涌的波浪发疯一样地相互击打。

多才多艺的艺术家高尔基可以说不论风景画、写生画还是对人物的生动描写都是那么成功，打开他任意一幅作品都可以证明这一点。但我想特别提醒注意的是他对于声乐和歌唱家的描绘，这类描绘在高尔基的作品中出现不止一次，用这类画与绘画《歌者》对比一下。通过对比你可以发现伟大的艺术作品不仅要通过色调来表现，还要有语言和最细腻的心理感受。例如他对女声二重唱的描写："她的姐姐用悲伤的女低音拖长声调的吟唱："唉，我的少女时代。"再看妹妹，萨莎低沉着音调唱道："像小草一样，心都干枯了。"两个声音相互融合，是那么美丽、清爽、余音环绕。一个诉说着难以忍受的心痛，悲痛地号啕大哭；另一个则更加低沉而坚强，准备为亲人报仇。"读着这些字句就像真的听到了那些歌声，高尔基能够把歌者和听众的情绪都表现出来。

高尔基无疑是一位伟大的艺术家，他的每一篇作品都是很好的证明，关于他的天赋在这里就不作过多的讲述了。

四

托尔斯泰认为，我们永远都能够在作家的作品中找到作者的本质和灵魂。在高尔基的作品中找寻这些并不困难，在他的代表作中都有清楚的体现。所有高尔基比较好的作品，包括最受欢迎的《福马·高尔杰耶夫》，不管描写的题材是什么，所有主人公形象都是一个"焦虑不安的人"，渴望真正的自由和光明，这些恰恰反映了高尔基本人的内心世界。因此，他描写的人物总是很单调，他们都是渴望光明的，大多数情况下他们都是屡遭失败的人，积蓄了强大的力量但总是得不到施展的机会或是自己无法发现自己的潜能。高尔基笔下的这些主人公都很焦虑，急于找到自己的位置，但内心却很软弱。这就像是"多余人"罗亭，很少有人关注他的灵魂。在屠格涅夫时代，农奴的权利受到很大压制。现在权利开始增强，思想的需求开始活跃起来，人们的智慧开始为精神生活服务，因此每个人都有自己所认识的罗亭。

那么高尔基笔下的忧国忧民的主人公，他们渴望什么？他们有什么理想呢？首先，这些人物都比周围的环境要好，他们非常厌恶小市民的幸福感，他们永远在寻找更高的境界，寻找自己的位置。高尔基的这种立场的典型代表是他创作的人物科诺瓦洛夫，“为什么我不能得到平静？为什么人生活要这样？要工作、娶妻生子，还有其他那些事情，而且永远都还有兴趣做别的事。而我却不能。厌恶。为什么我这么厌恶？”更加清楚地反映了这种悲观情绪。就是这样，科诺瓦洛夫就是来自内心的焦虑。他是一个鞋匠。为什么？他以哲学的态度思考“除我之外就没有其他鞋匠了吗？我应该因此而高兴吗？那又怎样？缝靴子的阿罗洛夫最后还是死于霍乱。我就要这样活着吗？缝鞋，然后死去？”阿尔希普这样悲观地看待世界。他的孙子对他说：“你说得对，一切都是过眼云烟，城市、人群、你和我，全都是过眼云烟。”

高尔基笔下的人物有如此悲观的言论仅仅是因为他们没有找到自己在人群中的位置、没有得到自己满意的工作，因此觉得自己是多余的。福马·高尔杰耶夫就是这类人的代表，羡慕地看着周围的人们，不加思考，因此很容易顺应周围人粗鄙的行为。福马·高尔杰耶夫想：“他们需要，而我无所谓。我们生活没有比较、没有理由，白白地过了一生。这个世界根本不需要我们。我们是多余的，我们的灵魂是多余的，我们的生活是多余的。”

屠格涅夫笔下的“多余人”和高尔基笔下觉得自己多余的人有很大区别。被“坟地”影响了的人用阴暗冰冷的眼光看待生活，总是反复地述说生活的徒劳。屠格涅夫笔下的“多余人”清楚地看到了周围生活的庸俗之处，高傲地看着这种生活，然后一点点从接受、顺从到变成跟其他人一样的人，并且用诡辩来安慰自己内心的痛苦。高尔基笔下的人物认为自己是多余的人但从来不屈服。精神焦虑，但本质上都不能容忍过去的情形或是没有任何异议的接纳。同时对自己很有信心，他们没有把一切罪责都归结于周围恶劣的环境上。

科诺瓦洛夫说：“每个人都是自己的主人，如果我是下流的，其他人也没有责任。”福马·高尔杰耶夫说：“生活很糟糕，你能什么事都抱怨生活吗？生活啊，人就是生活，没有了人生活也就不存在了。”科诺瓦洛夫详细地讲了自己对这个问题的看法，他说："我酗酒能怪谁呢？我弟弟巴维克不喝酒，他在比尔姆有自己的面包房。我工作也不比他差，但是我是流浪者、酒鬼。我们都是一母所生，他还比我小，我在什么地方出了问题吗？所有人都是一样的——出生，生活，做出一些贡献、然后死去。而我走着自己的道路，不仅是我，许多人都是这样的。特别是我们将会成为不按常规行事的人，我们自己需要非常严格的规则来肃清生活！谁说我们是有罪的？我们自己在自己和生活面前是有罪的，因此我们对生活没有什么憧憬，对自己没有期望。我们的母亲没有把我们生在好时代……"屠格涅夫笔下的多余人拉夫列兹基也在抱怨母亲把他生在了这个时代，在这种时代他找不到自己的位置等等。但这些抱怨也有很大的不同。拉夫列兹基和罗亭在科诺瓦洛夫、高尔杰耶夫、奥尔洛夫和其他高尔基笔下寻找自己位置的、心中充满忧虑的人面前显得多么可怜而又无力。

是什么造成了两个本质完全相同的问题之间的差异呢？原因就在于高尔基笔下多余人的精神力量。高尔基笔下的多余人认为人类的力量存在于个人主义中，但他们没有足够的力量来反抗。比如说福马·高尔杰耶夫，他一走进商人圈立刻就觉得自己是多余的，但这完全不是因为他比别人差，而是因为他认为周围的人都是庸俗的、愚蠢的、虚伪的。高尔基澄清道："他生活的不好是因为他不知道自己想要什么，不相信别人的话也觉得没有人相信自己、理解自己。"忧郁的情绪让他酗酒、狂欢，几个月的时间他都与醉汉为伍，对这种生活的不满和围绕着他的粗话折磨着他一分钟都不能入睡。他没有屈服，在每一个适当的时候说出了自己的不满。他请工人们喝伏特加，他想说服他们的工作是徒劳的。他不止一次地扮演告密者的角色，但这不是他生活的目标。他揭发是因为必须要这么做。因为他自己经常与这些粗鄙的行为或欺诈产生冲突。但揭发并没有给他带来内心的快乐，也不是那个福马·高尔杰耶夫苦苦寻找的"位置"。这个"位置"到底在哪？如果不能确定那么至少要知道向哪个方向去寻找。所有高尔基笔下的多余人的出发点都是幸福，是真实的幸福，不是想象中的幸福。这种人物完全符合高尔基的风格。顺便谈谈屠格涅夫。我注意到了小说《无所畏惧》里的米哈伊尔鲍杰夫，对于什么导致一个人长期酗酒和想过冒险的生活这个问题，他的答案永远只有一个——忧郁。"为什么忧郁呢？请原谅吧，自己总是想着那些不幸、不公平的事和俄罗斯。当然，现在忧郁就是额头上的子弹！为什么这里要牵扯到俄罗斯？

所有这些都是因为你无所事事。我是没做什么，亲叔叔！你教教我生活为什么要冒险？我有时间。”

高尔基笔下的人物这样宣扬思想，他们直接宣称准备好“扔出成百上千的刀子，让人们轻松地走出来”。福马·高尔杰耶夫劝导工人们“我们要做那种过了上千年人们还在说：这是上天的勇士才能做的事情。”所有心中充满忧虑的人都不能容忍平庸，他们想要做一些有益的事，想要建立功勋，想要做一些不平凡的事，因此认为自己比其他人强很多。高尔基把自己的世界观灌输到人物身上，他坦言自己“总是觉得自己比其他人强，这种感觉一直持续到现在”。因此福马·高尔杰耶夫、科诺瓦洛夫和其他人物都是这么想的。他们不能对其他事物满意这是非常自然的，这多多少少来自他们对自己的高评价和喜欢反思的习惯。鞋匠奥尔洛夫放弃了自己的职业，在霍乱的简易医院中工作，那的薪水不错，他还成为了被别人需要的人，他恍然大悟领会到了生活的意义。但不安就是不安，这是不会改变的。奥尔洛夫开始怀疑自己劳动的意义，他帮助霍乱病人，但这重要吗？霍乱横行，一些人能从医院中走出去，成百上千比得霍乱还不幸的人却无处可去。“活在这个世界上没有人想唾弃你，而死亡不仅不被允许而且还让自己不完美。简易的医院、酒、六个半瓶子！”人们痊愈了，医生很高兴，他想和别人分享这份喜悦，但是他不能，因为他清楚在简易医院的门槛外面人们过着比霍乱的痉挛更痛苦的生活。再次纵酒狂欢、流浪，至此，有一个意想不到的好消息让心中充满忧虑的人们看到希望。没有富裕的经济条件和丰衣足食的生活，这些都不能平息他们的焦虑。他们当中的大多数人都是很有能力的人，都有能力过上自己满意的生活。但天生忧民忧国的心不允许他们安于平庸的生活，催促着他们不断向前。但你如果认为高尔基笔下那些心中充满忧虑的人物拥有什么崇高的理想就大错特错了，如果去问他们当中的任何一个人他们想要什么，他们大概都不知道。他们想要做有益的事，想成为被人需要的人，总的来说就是想成为那些“不可能成为的人”。奥尔洛夫梦想着“粉碎整个大地或是聚集一帮同志让犹太人杀死所有人！或是一些奇怪的想法，例如站得比所有人高，居高临下地蔑视他们说：‘哎！你这个恶棍！你为什么活在世界上？你怎么生活？你们都是虚伪的骗子，除了这个一无所有！啊！我生活得多么寂寞和压抑啊！’”这样的想法差不多每个高尔基笔下的人物都有，这是一种没有特定指向的、模糊的渴望，是对一些还没有形成固定模式的东西的渴望，这是一种浪漫主义。如果弄清楚了这些激情与渴望并保持最本真的性格，那么可以在其中找到自己对于个性的渴望，这种个性完全从常规社会习惯和道德品行中释放出来，坚定地探求生活的真谛。

小说《错误》对此做了更加详细的解读。小说中的教师说："你知道被囚禁在生活中的人吗？这些人想要成为英雄但却成为了统计学家和教师。他们曾经与生活做过斗争，但是没有成功并且被沉默所左右。他们渴望被拯救，你明白吗？他们是被逼死的，因为所有人都像看待敌人一样地看着他们，而他们自己就是自己最大的敌人。他们分散在各处，都死于猜忌、苦闷和没有自由。我把他们聚在一起，带到没有人的地方，在那里给他们建造一间小屋来拯救他们。只是一间小屋，不是公社，这是合法的对吧？我会教给他们我所知道的一切，我知道的比学校设置的课程还多，因为我不仅有知识还了解他们。我们建造了幸福的小屋，我们当中会有人建造出最好的房子来拯救所有人。我要让所有人创造，因为人就是要创造！这会很宏伟的！当我们建立了自己和谐的王国就召集来所有间谍、强国、大国，对他们说："你们驱赶了我们，而我们却成为了你们生活的典范！我们在灰烬中重生，不断地创造就是我们的使命。"我们这些曾经的穷人已经拥有了精神的财富和生活的力量。这就是胜利！那时我将对全世界说："人类走向了光明，因为黑夜已经过去，而且永远不会再回来了！"生活的痛苦和不幸使我产生了这个想法，我历经磨难，筋疲力尽，希望是我生活的原动力。你也想这样？那就为那些痛苦、贫穷的人们做点什么吧！"

但创造并不是高尔基笔下人物所擅长的，他们过度发展个人主义，对人类没有足够的爱，没有利他主义，没有创造的精神。福马·高尔杰耶夫的教父是公认的聪明机灵的商人，他知道自己该做什么、应该怎么去做，信任俄罗斯商界的实力。高尔基完美地塑造了这个忧国忧民却又无能为力的人物形象，他说："给人们绝对的自由吧。"他的话在当时是多么的可笑。"感觉他挣脱了束缚，他的内心都已经腐烂了！唉！他呀他呀，唉！亲爱的，抓住那些能够用智慧经营生活的人吧。你累了吗？你受够了抱怨吗？你这个没出息的，别哭了！"

五

在这种情况下，他们最终还能成为那些心中充满忧虑的人吗？他们不会创造，而且他们自己对此没有强烈的愿望。他们等着一个更强的人出现来解脱他们，跟他们说："嘘，别出声。"并让他们顺从。这不符合心中充满忧虑的人爱好自由的性格。顺从，这完全不是他们的性格。那么，他们会怎么做呢？所有"心中充满忧虑的人"都用同一种行动回答了这个问题：不能把自己从所有的混乱、虚礼中解放出束缚了个性的自由，高尔基笔下所有心中充满忧虑的人物追求的最终目标毫无疑问是绝对的自由。其中一个人物有这样的对白："很高兴感觉自己从责任和所有占满你生活的琐事中解脱出来，这些东西已经变成了生活的负担，让生活不愉快。责任似乎就是穿着得体、谈吐得体，并且做所有事都要有规矩而不是想做什么就做什么。"

这些心中充满忧虑的人满怀着热爱自由的理想，满足于漂泊的生活。他们喜欢这种生活，因为这像鸟儿一样自由地生活，因为这种生活没有责任和规矩，因为这种生活没有任何禁忌。福马·高尔杰耶夫总是从一个地方搬到另一个地方寻找自己的位置，直到他偶遇一位徒步旅行者指点他，让他过去自由的流浪生活结束了。

看看这些心中充满忧虑的人说起这种自由的生活是多么高兴，他们是多么热爱这种生活。徒步旅行者使福马·高尔杰耶夫抛弃了平庸的生活，用他亲切而富有诗意的话语给福马·高尔杰耶夫展现了自由生活的动人画面。"你自由地走在路上、田野中、草原上、平原上、高山上，自由地看这个世界。周围茂密的森林中都是赞颂你勇敢的甜美声音；天上的鸟儿为你歌唱，躺在灌木下看着天空，一切都像是要拥抱你。心中安静又温暖愉悦，你什么都不想要，什么都不羡慕。在这个世界上只有你和上帝。"高尔基笔下的另一个人物说过："我爱这流浪的生活。虽然这种生活要挨饿受冻，但是非常自由。你没有领导，自己就是生活的主人。星星冲我眨眼说：'拉古金这没什么，自由地行走，不用给任何人让步。'"去不同的国家游历使科诺瓦洛夫在经受了许多磨难后得到了安慰，他说："这是最好的方式，边走边看一些新鲜的东西就什么都不想了。"

自由生活并不舒适的外部条件很少影响高尔基笔下那些热爱自由的

人。这些个人主义的宣扬者之一曾经说："我游历了六年从没抱怨过命运，我不想说这六年期间发生的事，因为它既单调又丰富。总的来说生活就是一只快乐的小鸟，只是谷物不够。但不应该要求太高，就算是皇帝也总会有不满意的地方。这种生活的好处一是没有责任，二是除了自然法则没有法规。当然，警察先生有的时候会来找麻烦，还有，在好的旅馆里也会有跳蚤。但是你可以往右走，往左走，向前走，朝任何你想去的方向走。如果没有什么想去的地方就向农夫要一块面包，他们很善良总是会给你面包。"

总会有那么一个地方能让这些心中充满忧虑的人找到自己的位置。高尔基自己对此发表过看法，他说："那些需要忍受生活中的一切但是一次也不想走出这种困境的人，需要生在一个文明程度很高的社会。一句话，文化可以熄灭人的激情，使人的心灵越来越空虚。我是脱离了这个社会生长的，我很庆幸没有接受这个社会的文化，经历若干时间后我也不必跳出这个社会的束缚。最好能去到一个荒凉的城市，即使那里又脏又穷，但那里是纯粹、真诚的。或是到田野旁和乡间小路走走，那里很新鲜、很纯净，除了一双坚韧的脚什么都不需要。"

在高尔基以前没有人这样毫不犹豫的、精力充沛的宣传个人主义。这也不奇怪，因为对于宣传个人主义的想法大家各有不同的意见。当时高尔基笔下的一个内心忧虑的人多多少少有点强调其天生的焦虑。同时有另一个更加沉着的人，对待这些热爱自由的流浪者并不友善。我曾经有一本书叫作《俄罗斯思想》，在这本书中著名评论家格·普拉塔波波夫给所有问题都配上自己陈腐的看法，对所有高尔基笔下内心焦虑的人的激情持怀疑态度，试图证明不是所有人都能得到完全的自由，所以不可能不考虑那些文化社会中的障碍。

与这样的反对论者的争论经常发生，争论当然是完全免费的。两方都不理解也不可能理解彼此。如果你问我为什么，我用高尔基的诗体小说《鹰之歌》来回答。《鹰之歌》用短小的篇章描写了受伤的鹰和蛇之间的故事。蛇不理解热爱自由的鸟类对于天空的向往，与鹰非常愉快地谈论过这个话题后，蛇蜷曲成球向上一跃，结果摔了下来。蛇说："在天空中飞有什么美妙的，可笑的鸟！他们渴望高高的在天上，在炎热的沙漠中寻找生活。那里有很多阳光，但是没有食物也没有地方支撑身体。"这个故事告诉我们："天生的爬行动物是不可能飞的。"这简单明了地解释了为什么内心安详的人和内心焦虑的人争论的原因。高尔基理解焦虑的人对高处的渴望，他知道对于大多数人来说飞翔是堕落的终结，堕落伴随着苦难并且常常伴随着死亡。受伤的鹰想要最后一次享受自由飞翔的感觉，它从悬崖跃入深不可测的峡谷摔死了。它死了，但这并不重要，重要的是它得到了自由，他的死成为了追求自由追求光明的鲜活的例子。许多人寻找光明但是并没有找到并且最后死在了那里，这也不重要。高尔基说不需要阻拦他们，也不用怜悯他们，还有很多人活着。重要的是对自由的不断追求和信奉上帝的愿望。如果生活中信奉上帝，那么上帝就会与他同在，因为他有对完美不懈的追求。

当然，一个人能够在这方面投入一大半的热情。我认为这一点错都没有，如果说我们所有人合上高尔基的小说，不止一次地回想起列日涅夫说罗亭的话："他很有热情，这是我们这个时代最宝贵的品质。我们都很理智、冷漠、消沉。我们都沉睡了、麻木了，我们要感谢那些唤醒我们、让我们不再麻木的人。"

编后记

弗拉基米尔·费奥菲罗维奇·鲍恰洛夫斯基（Впадимир Феофипович Боцяновский，1869—1943）《追问生活的意义》发表在1900年第8期《世界历史快讯》上。他是一位批评家、戏剧家、文学史家。他整理出版了高尔基生活年谱、评论文章索引目录，对早期高尔基研究作用很大。据他所言，高尔基的出现对他文学趣味的形成起决定性影响。从1900年开始鲍恰洛夫斯基专注于研究高尔基等新现实主义团队的批评、政论活动，编辑出版过安德烈耶夫和魏列萨耶夫年谱。

高尔基的散文和短篇小说

作者［俄罗斯］亚历山大·米哈伊洛维奇·斯卡比切夫斯基

译者 王潇曈

校对 马晓辉

一

在迄今为止高尔基所发表的作品中，我们可以总结出其独特的风格特点。高尔基是为无家可归的、赤脚乞丐写作的诗人，是为在城市间流浪的、勇敢的流浪汉们写作的诗人，是为那些把昨天挣来的钱全部用来喝酒的人而写作的诗人，这些人像天空中的鸟儿一样，并不考虑明天他们将要面对什么。

他与已故作家列维托夫[①]有些相似，后者在其最后的几部作品中——如《克雷姆》、《格拉切夫》、《无忧无虑的人民》、《没有播种就没有收获》等——同样也涉及到很多流浪汉、无家可归的醉汉、俄罗斯城市中的各种无产阶级等。但是我们仍然可以发现列维托夫与高尔基之间存在着很大的区别。在高尔基的作品中，您不会感觉到列维托夫的文章中所充斥的那种黑暗的、无希望的悲观情绪。列维托夫为自己的主人公感到悲哀，为自己感到悲哀，把自己置身于他们的失望之中，看不到一丝光明。

---

① 亚历山大·列维托夫（1835—1877），散文作家、作家传记作家。《莫斯科风俗和贫民窟》刻画了底层的无产者生活画面。

精神错乱似的胡言乱语是列维托夫作品的特征，常常令人感受到一些消沉绝望的东西。

而从高尔基的作品中，您则察觉不到丝毫主观评价的痕迹，察觉不到丝毫多余的情绪。这个作家是相当客观的，同时，无论是作品表面的技艺，还是内部的情节，他的作品都比列维托夫的作品更具有艺术性。

所以，您在他的作品中感觉不到那些不流畅的、厚重的、不完整的东西，而这些恰恰是列维托夫作品的特点；高尔基的作品也没有后者啰嗦，没有那些使《草原的故事》的作者完全忘记主人公、忘记情节的情感表达。高尔基的每篇小说都是完整的故事，其中包含着戏剧性的、完整的、合乎逻辑的、成熟和谐的情节。同时，高尔基似乎有意要用自己的作品向我们证明，艺术性和作者的意图不仅不会相互妨碍抵触，恰恰相反，它们可以相互润色以起到深化作品意义的作用，引起读者的注意。

二

同时，正如我前面说过的，在高尔基的作品中您看不到列维托夫作品中所充斥的那些忧郁和绝望。尽管高尔基的每篇小说都以悲剧为基础，您还是可以从中体会到饱满的情绪和精神。这一切都是因为，我们所看到的不是一群绝望的、半人半鬼的将死之人，而是些普通的人，他们被生活环境压抑，在堕落的社会最底层，仍坚持信奉上帝。正如我们告诉您的那样，他们认为自己是进步的先锋。您可以从每个人那里看到爱和真理的火花，这些火花已准备好在适当的时候燃起熊熊火焰。高尔基习惯于仔细分析自己笔下那些不幸的主人公，分析他们心灵最深处的情感，有时会不自觉地陷入其中，使他们理想化，并顺着一个光滑倾斜的平面前行，导致其唯一的缺点——使主人公发表那些显然不是低水平的人可以说出来的言辞，例如，普通的老茨冈人马卡尔·楚德拉所说的话：

“怎么，难道他生下来是为了在地上挖来挖去，连自己的坟墓也来不及挖好就死掉吗？他了解自由吗？他懂得草原的辽阔吗？海浪的谈话会使他的心快乐吗？”

普通的俄罗斯民众有时也会说出极其富有诗意的句子——只要在奥斯特洛夫斯基的喜剧作品中找找，就可以发现许多这样的例子。但同时这些句子又充满了特殊的民族精神,您在这些句子中并不会发现书面语的痕迹。“海浪的话语,心花怒放”,这些在高尔基的文笔下十分自然地表达,从野蛮的茨冈人口中说出来您就会觉得分外刺耳。

在这里,我想选几篇最令我为之倾倒的代表作,发表一下我对高尔基作品的看法。

三

首先,让我们看看小说《切尔卡什》,这篇小说凭借其富于诗意的精彩表达、戏剧性的情节和深刻的内容可以被称为是最出色的俄罗斯文学作品之一。主人公名叫葛里什卡·切尔卡什,他是头老狼,饱经风霜,是在南部黑海某个码头里的一名机灵大胆的小偷走私犯。他光着脚,穿一条破旧的绒布裤,一件肮脏的印花布衬衫,领口已经破了,露出他那干瘦的、嶙峋的、紧包着棕色皮肤的骨头,身材很高,有点驼背。因为他凶猛而瘦削的身材,以及貌似从容平静,内心却亢奋激动、聚精会神的酷似鹞鹰飞翔的步伐,所以说他的模样酷似草原上的鹞鹰,常常很快就引起大家的注意。

夜里将有一笔很可观的收入摆在切尔卡什面前,但他的同伴米什卡突然摔折了腿,切尔卡什一个人是没办法完成的,于是他雇用了在街上遇到的乡下小伙子加夫里拉,他是来城里找夏季临时工干的。小伙子宽肩,敦实,淡褐色的头发,风吹日晒的脸上有对蓝色的大眼睛,透露出信赖和善良。他的父亲已经去世了,留下年迈的老母亲,地又被榨干了,他想去有钱人家做女婿,希望他们肯分一笔财产给女儿。但丈人不肯分,他就只好替他卖命了。他曾想去库班,捞它两百卢布,就够搞好自己的家业了,但是不成功。由于人多得数不清,在库班割草的工资被压低了,加夫里拉只得空着手回家。

四

加夫里拉恰巧在街上遇到了切尔卡什,并雇他当帮手。他们去船上偷丝绸，加夫里拉划船，切尔卡什掌舵，一路上充满着危险。加夫里拉曾恳求切尔卡什放他上岸。切尔卡什却嘲笑他胆小，但同时加夫里拉对乡下生活的描述以及他的言语又使切尔卡什起了怜悯之心。他想起了过去，此时他的眼前正飞快地闪过一幅幅过去的画面，他看到了自己在孩提时的情景，看到了母亲和父亲，看到了自己做新郎时的情景，看见了妻子——黑眼睛的安菲莎。他觉得自己被故乡那一股令人心平气和的、温柔的气流笼罩住了，这气流使他听到母亲亲切的话语，听到规规矩矩的农民父亲庄重的话，听到刚刚解冻、刚刚翻耕过、并且是刚刚覆盖着绿绢般的秋季播作物的幼苗的大地母亲的很多被忘怀了的声响，闻到它的许多浓郁的气味……他觉得自己孤孤单单，永远脱离了他血管中奔流的血液赖以形成的生活秩序，被扔了出去。

这些感觉一直深深地影响着切尔卡什，以至于当他们的勾当得手后——切尔卡什在当晚就把他们偷来的丝绸卖了540卢布——在岸边快要分开时，加夫里拉扑到他脚前并请求他从所得中分给自己哪怕是200卢布，切尔卡什将所有的钱都给了加夫里拉。而之后加夫里拉向他承认，在他们回来的时候，曾出现过用桨打死他，把东西抢来再弃船的想法："啊？有谁会来找他？即使找到了，也不会查究竟是怎么死的，是谁弄死的。不值得为这种人惊动大家！一个世界上不需要的人！谁肯为他出头呢？"切尔卡什知道这些后，相当震惊和气愤。

之后他们之间就发生了殊死的搏斗。切尔卡什扑向加夫里拉并把钱夺了回来；加夫里拉随后向他扔去一块石头，狠狠的砸到了他的头上使他失去了知觉，而农民善良的本质使加夫里拉被自己的行为吓坏了，所以当切尔卡什清醒过来时，加夫里拉开始低三下四地请求他的原谅。切尔卡什骂他是贱胚，连偷东西都不够格，接着就用力抓住他的头发，把他的头提起来，把钞票砸到他的脸上，这样说道："拿去，拿去！你不能白干！拿去，别害怕！不要因为差点打死人不好意思！为了像我这样的人谁也不会来追究。他们知道了，还要谢谢你呢。呐，拿去！"

切尔卡什踉踉跄跄地走了，一直用左手手掌按住头，右手轻轻地捋着他那棕褐色的胡子，加夫里拉脱下淋湿的帽子，在胸前画了个十字，看了看手中攥着的钞票，舒畅地、深深地吸了口气，把钱藏进怀里，跨着坚定的大步，沿着海岸，向着和切尔卡什离去相反的方向走去。

五

高尔基的作品一般都向我们展示了一些震慑人心的悲剧，这些悲剧大多是隐藏在日常生活中不易察觉的琐事当中。

在我们所分析的小说中，不仅仅是突然剧烈起来的悲剧恐惧感使人极度的害怕，而戏剧性的内容也可以达到这种效果。例如，无聊苦闷的磨坊生活使磨坊主巴维尔·基哈诺维奇痛苦不堪，使他失去了仅有的精神乐趣，他到城里去解闷，正巧遇上了一个知识分子的葬礼，这个知识分子为人们的利益孜孜不倦地服务了20年，没有家庭，孤身一人死在了医院里。巴维尔·基哈诺维奇在葬礼上听完他的悼词，觉得更加郁闷，于是去找那个曾在报纸上揭穿他骗局的教师，想从他那找到自己所出现问题的解决方法，可最后，还是在城里的小饭馆里喝得不省人事。这就是小说的全部内容。我们可以看到，这里面没有丝毫悲剧性的东西，但当您读它的时候，会感到害怕，为其中的人物感到害怕，同时又为在这样一个恣意妄为的富人心里还存在着可以燃烧起来的火苗而感到高兴。高尔基的才华就在于可以为读者揭示出平庸和幽默中的悲剧，在引起一个小玩笑之前迫使读者感受到恐惧。

高尔基的小说《扎祖勃林纳》中，悲剧的牺牲品就是只可怜的棕黄色小猫，并且，小猫的死对于读者的震撼程度一点也不亚于当着他们的面杀死真正的悲剧主人公。

小说的主要内容是：常在监狱院子中放风的一群抑郁寡欢的囚犯中，有个最快活的人叫作扎祖勃林纳。他总是嘻嘻哈哈，好动，爱热闹；他是狱中最受欢迎的人，老有一群囚犯同伴围着他。而他会做出各种可笑的动作给他们逗乐，让他们开心，用他那发自内心的欢乐来给那灰暗寡欢的牢狱生活中增添一点乐趣。

除了扎祖勃林纳，监狱里还有一个宠儿——一只胖胖的棕黄色小猫，是个受大伙宠爱的、顽皮的小东西。犯人们每次出来放风，总要在什么地方把它找出来，和它玩上半天，从这个人的手里传到那个人手里，跟在它后面在院子里跑，让它抓他们的手，抓他们的脸，他们的脸因为跟这个宠儿玩闹而显得有生气了。

小猫一出场，便把大伙对扎祖勃林纳的注意力吸引了过来，而后者对于这种情况是无法满意的。扎祖勃林纳在气质上是个演员，而作为演员，对于自己的才能又过分地自负。当他的观众都被小猫吸引过去，只剩下他一个人时，他就蹲在院子的一个角落里，从那里注视着在这几分钟里把他遗忘了的同伴们。毫无疑问，扎祖勃林纳一有机会必然会对小猫下毒手，而且这很快就发生了。有一天，当囚犯们的注意力再次被小猫吸引过去，把扎祖勃林纳丢在一旁时，后者为再次吸引人们的注意力，提出了把小猫用油漆工留在院子里的绿色油漆漆一漆的建议。说做就做。扎祖勃林纳抓着小猫的尾巴，把它浸到桶里并做起搞笑的行为，这使大家笑得前仰后合，他们嘲笑扎祖勃林纳的想法，而当他们发现小猫就这样被毒死了的时候，他们把扎祖勃林纳打了个半死。这就是小说的全部内容。我们所看到的只是监狱中很不起眼的一个生活细节，然而经过高尔基完美的诠释之后，就在读者心中产生了震慑性的影响。

六

近年来，我们的刊物中有过很多讨论城乡矛盾、城乡道德差异的文章，在这些讨论中有很多是不严密的，是有待商榷的，甚至有的是失去理性的。有的艺术家刻意地违背真实，而故意地夸大和片面地理解现实。

例如，乌斯宾斯基的特写《土地的威力》。众所周知，在这篇《土地的威力》中所阐述的思想是，农民处于绝对的从属地位并需听命于他所耕作的土地；农民只有在这片土地中劳作，才是有理智和良心的，一旦离开了土地，马上就会失去自我，成为猪一样的生物。文章中举农民伊万·彼得罗夫为例，他在铁路部门得到了很好的职位，变得很懒，成了酒鬼，堕落到了纵情声色的地步。而被解雇后回到农村，重新开始耕地后，就改过自新，恢复了尊严，最后成为很好的庄稼汉。

我们没有理由说这是谬论；但是这个可能误导读者的事实现在只是拿农民举例，而她实际上适用于所有人。伊万·彼得罗夫的堕落绝对不是因为他的道德依赖于农业劳动的某种神秘力量，而是由于他可以轻而易举地获得钱财。除了听命于土地的农民外，在织布厂工作的工人，在工作台上剪裁的裁缝，以及在办公室中工作的公务员——他们都与伊万的情况相同，对于他们同样可以说：劳动者只有把他所有的精力和时间都放在工作上，他们才是有道德的，而只要他们可以轻而易举地获得钱财，他们必然也会堕落。劳动这种变化不仅不会受堕落方式的影响，相反，有时还是非常有利的。例如，道德败坏会威胁到那些土地里不产粮食的农民，难道不会影响到那些手工业工人、短工或者画家、诗人吗？难道我们可以说，格里措瓦只有在他父亲的农场里放牛才算是人，而与斯坦戈维奇和别林斯基成了朋友，做了诗人就是猪了吗？

七

对于我所说的，不仅乌斯宾斯基的《土地的威力》，还有很多小说家也阐述过城市和工厂加剧了人们的腐化这一观点，一些读者可能会表示异议。那么就来看看高尔基的小说《玛莉娃》，这部小说也是描写了来自乡下的农民瓦西里，在黑海附近找短工，并被雇为格列边希科夫渔行的看门人，到最后除了堕落外，就是无论如何都要与热情的侍女玛莉娃结婚，他把玛莉娃视为心中的女神。据说，在乡下老婆是生活中必需的，而她只是靠打零工谋生。值得注意的是，瓦西里对自己的儿子亚科夫说的几句话，几乎与乌斯宾斯基的《土地的威力》中的话如出一辙：

“庄稼人就应该这样。庄稼人就因为有土地才有力量，只要他在土地上，就有活路，离开土地，就会完蛋！没有土地的庄稼人，就像没有根的树：没了根的树作木料是可以的，要它长久活下去就不行了，它会烂掉的！它失去了树木的美，光秃秃、赤条条，真难看！”

最后，瓦西里放弃了优越的工作和美女玛莉娃，回到了乡下去养精蓄锐。在这里，瓦西里暂时的道德沦落完全不是因为他把农业劳动变成了打渔的零工，要知道，不论是阿尔汉格尔斯克的渔民、伊尔门的渔民，还是乌拉尔的渔民，他们都不会只因为他们没有耕地，只是捉鱼就道德败坏。

瓦西里道德败坏的原因不应该在劳动本身中去寻找，而应在劳动条件中去寻找。尽管瓦西里在农村的家中早已习惯每天从早到晚孜孜不倦地耕作，而商人格列边希科夫的全部工作则是每天在海边让南方炽热的太阳晒上几个钟头，就能比做苦役般的农业劳动多挣两三倍的钱，这使得瓦西里不得不在闲暇的时候去赚些容易的钱。

就像《切尔卡什》中的加夫里拉，他差一点就成了凶手并不是因为他是从农村出来做短工的，而是他突然有机会能从切尔卡什那白白地得到几百卢布，他就被冲昏了头。同样，仅仅从事农业劳动的那些富裕的农民，从来不需要去外面打零工，但仍可能会杀死在他那留宿的有钱商人，只为了那些商人所携带的大量钱财。

哪怕是没有离开耕犁的农民，邪恶的钱财也会把他们导向堕落。加夫里拉多多少少也是如此：即使他没有杀死切尔卡什，还从他那得到了钱财；但可以说，这些钱对他没有好处，他可能在到家之前就把这些钱花掉喝酒了，即使没有花在喝酒上，也可能成为令人厌恶的富农，当起了酒馆老板灌醉其他的人。

八

我相信有的读者在高尔基作品中已经发现，有些主人公鄙视农民且义愤填膺地对待他们，以为自己在道德方面高于这些农民，同时这些读者认为，高尔基的信仰可能是类似于新马克思主义的东西。

但这是个很大的误解，高尔基要是马克思主义者，我们就能从他的作品中体会到其较农民而言，工人阶级特殊的理想化；但在他的小说中，我们并没有看到类似的内容。高尔基完全没有接触过工厂的生活。据他称城市中的手艺人为被摧残的、并受劳动奴役的人，与农民是一样的，想必他不会对工人有特别高的评价，因为在他眼中，他们同样无非是受机械劳动支配的奴隶。在高尔基的小说中，没有特别讨人喜欢的主人公。他们完全脱离了政治经济理论范围，他们并没有西方无产阶级思想，他们身上并没有表露出受西方无产阶级思想影响的特征。

除了西班牙、意大利、希腊和巴尔干半岛南部边境以外，目前在欧洲未必能找到类似于我们所见的俄罗斯历史上向来具有的独特现象。

这个现象不是别的，正是对流浪的热爱，这表现在迄今为止我们的国家也没有完全地定居下来。“无家可归的走动”，用俄罗斯的俗话说就是流浪汉，就是没有什么可珍惜的，没什么可顾忌的人，在人民眼中是某种高尚的行为，因此人民常常带有特别的崇敬看待流浪汉，纵容他们，掩护他们，甚至写诗歌歌颂他们，把他们与古代的勇士相提并论。受这影响，对俄罗斯人民生活很了解的著名民族学家马克西姆这样说：“也许，善待和保护游历中的流浪汉最重要的原因是‘风雨飘摇’时期的记忆所产生的忧愁，这种忧愁迄今仍深深影响着无数的流浪汉。它们最重要的意义是在基本的合法许可下，最大程度地削弱法规的力度，并长久而坚定地坚持下去。俄罗斯从建国起就已经存在着流浪汉，并且还利用流浪汉来扩大自己的疆土，利用流浪汉来保证自身可以独立于东方和南方过来的游牧部落之外。流浪汉们去开垦北方，去征服西伯利亚，成为顿河和乌拉尔区域的居民，当还没有流浪汉这个词的时候，他们被称作‘游荡的、外来的、自由自在的人’。这个基本的民族特性没有让他们停止在自己辽阔宽广的土地上寻找更有潜力的地方。当斋戒日的经济和民族意义被削弱了，那么，莫斯科民族就会使农业生产趋于清闲。现在住在城市中大街上的流浪汉，就会以另外的名义，带有另外一种色彩自由地从一个地方到另一个地方去。”

我们注意到，在文化界中无家可归的流浪汉形象向来比较受小说文学的欢迎。的确，目前给主人公命名都是——叶夫盖尼·奥涅金、毕巧林、罗亭、巴扎洛夫、马拉克·瓦罗霍夫——这类的，从这点就能看出这是些文化修养不高的流浪汉；需要注意的是，读者更同情那些有知识的流浪汉，例如资产阶级品德高尚的主人公连斯基、克鲁兹菲尔斯基、沃雷采维、列日涅维等。

九

可见，高尔基笔下无家可归的主人公都是些品德高尚、一切顺意、生活富足还很吝啬的人，无论是农民还是城市中的资产阶级，所以如果产生了什么类似新马克思主义的东西都是很可笑的。通常人们把普希金的《叶夫盖尼·奥涅金》看作是俄罗斯文学的起始，其实高尔基笔下的主人公才是人民心中真正的那个角色。高尔基的作品最忠于人民理想中对角色定义的形象，人民理想中对角色的定义是在普通的、民间创作的，例如勇士赞歌、民间故事、战争歌曲等等中所固有的形象，在过去一百年中像普希金、罗蒙诺索夫、屠格涅夫等重要作家的经典作品中都塑造过的。

高尔基并不局限于塑造类似切尔卡什、奥扎拉尼卡、奥尔洛夫、科诺瓦洛夫等这类俄罗斯流浪汉的形象，他还写出了可以与普希金的作品主人公相匹敌的完美的茨冈人马卡尔·楚德拉，我们根据这点可以判断高尔基一直致力于塑造那种理想中的角色。马卡尔·楚德拉这样形容自己的流浪生活：

“你们那帮人真可笑。偏偏挤在一块，挤得紧紧的，可是你看世界上的地方有多少。”他伸出一只手向草原上大大地一挥，“他们整天在做工，为什么？为的谁？没有一个人晓得。你看见一个人耕田，你就会想，想在他把自己的力气跟汗水一起一滴一滴地耗费在地上，随后他就躺在地里，在地里烂掉。他连一点儿东西也没有留下来，他等不及看见自己的田里长出什么来，就死掉了，他死的时候跟他生下来的时候一样——是个傻瓜。怎么，他生下来就是为了在地上挖来挖去，连自己的坟墓也来不及挖好就死掉吗？他了解自由吗？他懂得草原的辽阔吗？海浪的谈话会使他的心快乐吗？他生下来就是个奴隶，一辈子都是个奴隶，就是这样罢了！他又能够对自己怎么样呢？倘使他后来变得稍为聪明一点，也只好去上吊罢了。可是我呢，你看，在58年里，我见过了那么多的事情，倘使要把它们全写在纸上，那么像你那个口袋，就是有一千个也装不下。喂，你说有什么地方我没有到过？你就说不出来。我到过的地方，有的你压根儿就不知道。应该这样地生活；走吧，走吧——就是这样罢了。不要在一个地方长住，那有什么意思呢？你瞧，白天同黑夜绕着地球互相追逐，跑个不停，你也得像那样躲开生活的思虑，一直跑下去，省得让你自己厌倦生活。你要是多想一下，你就会厌倦生活了，事情总是这样。我也有过这样的事情。哎！有过的，鹰！”

之后马卡尔·楚德拉给作者讲述了另一个茨冈人佐巴尔的故事。佐巴尔极其喜爱自由，以至于当他确信他所爱的美丽姑娘拉达已经威胁到了他的自由时，他竟然把刀子刺入了拉达的身体。

高尔基并不仅仅描写茨冈人，他还塑造了摩尔达维亚人——伊则吉尔老太婆，其在流浪生活中所表现出的勇敢大大胜过了高尔基笔下其他的流浪汉。

在这两篇小说中有很多诗歌，但有些多余，不写这些诗歌并不会影响到作品本身。我相信，当高尔基到了成熟些的年纪时，这些做作的诗歌会令他感到些许的难堪。

十《瓦莲卡·奥列索娃》

虽然高尔基的作品都很完美，但这篇小说表现出的生命力会令您为之倾倒，并希望获得新生。当然，读者大多习惯于具有自由思想的作家塑造出进步的主人公——他们必然被作家赋予了先进的精神品质。相反，思想落后的人会被赋予很多极坏的品质。具有进步倾向的主人公一定是不爱喝酒，不抽烟，不打牌，就像害怕老婆边杰弗里耶夫的奥西佛那样；而落后分子一定只希望做些坏事，就像沉迷于苏珊娜的神父。

而事实上并非如此。刚强和懦弱、道德和卑鄙、严肃和放荡、正直和下流、自私和无私并不是永远地符合人们的信仰，人们被吸引至完全相反的一方，违反所信奉教义的要求，这些并不是完全取决于他们自己的。遗传性起了一定的作用，还有教养、环境、生活条件等都在支配他的意志并指导其行为，这里信仰几乎不起作用。后者就好比华丽的招牌，招牌虽然华丽，但丝毫没有改变商店里摆放的是些破烂和垃圾的事实。

十一

高尔基的小说之所以优秀，是因为他勇于摆脱小说的陈规。在他的作品中，常常是光辉进步的外表下隐藏着彻底的精神腐化；或正好相反，卑怜的、保守的和落后的无知下隐藏着人性革新的曙光，他的小说情节大多是建立在类似的这种矛盾之上。

很少有人说主人公伊波利特·谢尔盖耶维奇·波尔卡诺夫是属于社会的进步阶层，但他在某一进步阶层中却占据着精英的地位。我们所看到的不是普通的进步分子，而是在某种程度上可以称为是进步的灯塔，因为这个主人公是一所省级大学的编外讲师。这里需要介绍一下，波尔卡诺夫进步的动力是他的学术和生活可以用“完美无缺”来形容。他本身也认为自己是人类理想的化身，情愿贡献出所有的力量为人民造福，并在需要时，奉献自己智慧的头脑。但当需要还没出现时，理想的渴求和完美的信仰一点也没影响我们主人公享受生活的乐趣。而在女人中，他们的成就暂且扮演着带有五颜六色尾巴的雄性孔雀。波尔卡诺夫展开自己的尾巴并趾高气扬的为周围的雌孔雀表演：“咯咯咯，咯咯咯！”而雌孔雀只是目瞪口呆地听着，心想："哦，他是多么无私呀！这种时刻准备捐助穷人的精神是多么崇高呀！"您可以在俄罗斯的任何一所大学中找到这样的人，不仅仅是编外的讲师，还有编外教授和编内教授等。如果您能记起斯坦努科维奇的小说《流浪汉》中的扎列奇内也可以，伊波利特·谢尔盖耶维奇·波尔卡诺夫就好比这个扎列奇内。

十二

小说是以伊波利特·谢尔盖耶维奇·波尔卡诺夫在暑假时去妹妹的庄园开始的——去宽慰这个刚刚失去丈夫的地主婆。本来波尔卡诺夫要专心于他的研究，并在度夏期间把讲义好好准备一下，但他还是来到了妹妹的庄园，在这个村子里意外地发生了令他非常难堪的爱情纠葛。

他的妹妹伊丽莎白·谢尔盖耶芙娜的邻居住着奥列索夫，也是个地主，退伍上校，患有严重的痛风病。有个女儿叫瓦莲卡，也就是小说的女主人公。起初，她出众的美貌令主人公神魂颠倒，但随着彼此了解的加深，波尔卡诺夫觉得她思想中满是落后守旧的无知和迂腐。

事实上，这是瓦莲卡天生就有的直爽性格的反映，是在乡村山林间自由成长的个性特征。没受过什么教育，就像地主庄园里没修剪过的繁茂树木一样，身体就像正要和勇士们出发去战斗的民族英雄巴里尼察一样健壮，思想又无比纯洁天真。瓦莲卡一点也不像个娇生惯养的地主小姐：不知疲倦地走路、划船，几乎可以做任何体力活；几乎没有什么人、什么事会令她害怕；由于父亲生病，只能在房间里靠轮椅活动，她一人管理着庄园的一切事物。这样一来，她需要花费大量的时间来做那些男人做的事，这些事情和城里娇小姐打发闲暇时间的娱乐一点交集都没有。

十三

正如我们上边提到的，瓦莲卡对事物的看法和信仰是落后的、守旧的，这是她所处环境决定的。她认为庄稼汉必须种田，老师必须教课，而省长必须考察人们是否忠于职守。她更喜欢法国小说，因为法国作品中的主人公并不像其他人那样讲话，而是以另一种方式：他们永远是勇敢的、钟情的、快乐的，而俄罗斯小说的主人公呢——普通的人，没有胆量，没有热情，不完美，有些愚蠢、笨拙，他们总是闷闷不乐，脑子里不知道在想些什么，总是悲天悯人，其实自己才是最可怜的可怜虫。

“您是否读过，”她说，“福尔蒂纳·德·巴戈尔的作品？庞逊·德·泰莱利的呢？阿尔泰·古塞的呢？皮埃尔·扎孔纳？还有大仲马、加博里奥、博尔恩的呢？天哪，写的多好呀！您知道吗？小说里我最喜欢的是暴徒，是那些设置险恶圈套，行凶杀人的……他们聪明、刚强，最后当有人要抓他们的时候，我就觉得可恨，甚至都忍不住想哭。所有的人都恨暴徒，都反对暴徒，而他一人同所有人作对！这才是英雄呢！其他那些道貌岸然的正人君子一旦得胜，就会变得可恶起来……总之，您知道吗，当人们向往着什么，并且为了这个而劳碌奔波、寻找探求、受苦受难的时候，我喜欢他们；可是，一旦他们达到了目的，就此止步不前的时候，那就再也没有意思了。”

她不喜欢描写农民的小说。“也许是因为，”她说，“他们的生活有什么意思呢？我了解他们，生活在他们中间，所以一看就知道写得不真实。把他们描写得那么可怜，其实，他们都是些小人，根本不值得同情。他们只知道骗人，只知道偷，再就是纠缠不休，诉苦不止，这一帮家伙真可恶……可是他们一点也不傻，哦哟，狡猾得很！您不知道，有时候他们可会纠缠我了！”

然而她有品德高尚的性格。那些她所鄙视的庄稼汉，曾经因为犯错被她拿鞭子抽打，但仍会喜欢上她。有一次，在她 17 岁的时候，在她的庄园里抓住一个盗马贼，他被人用绳子绑在院子里，被打得浑身是血。瓦莲卡给了他一杯伏特加酒喝，让女佣人给他洗脸，之后还因为他哭了很长时间，并向上帝祷告，希望他可以逃掉。这里需要说一下，高尔基在此对他所偏爱的盗贼和流浪汉的描写一笔带过，而让小姐们看到这段时似乎回忆起自己的初恋。这虽然稍微有些过分，但是这个情节本身是很真实的，我们熟悉这种类型的姑娘，她们不是只同情高尔基笔下的这个盗马贼，她们同情所有可以引起这种同情的庄稼汉。

十四

沉迷于小姐美貌的主人公现在已经开始展开自己的孔雀尾巴,并开始言辞激烈地对她讲述财富分配的不公,大多数百姓的无权,为生存和面包而进行的生死斗争,富人的权势和穷人的软弱,被那些对少数强权者有利的长期因袭的谬论和愚昧的偏见所压制的理智等。但这些华丽的言辞对于姑娘一点作用都没有,一点也没影响到她。这绝不是因为在这些话中没有深刻的道理,也不是因为姑娘固守自己的偏见,目光短浅,无法领会这些道理。真正的原因有两个:第一,这些话并不是发自肺腑的,缺少可以吸引人的热情,而是理智且冷静的冠冕堂皇的空话。第二,需要注意的是,在瓦莲卡眼中,波尔卡诺夫就像是一只扎上孔雀尾巴的无用麦鸡一样。

她理想中的男人应该是高大强壮,应该有洪亮的嗓音,应该有炯炯有神的大眼睛,勇敢坚强,不怕任何困难。

"有梦想并去实现,这才是男人。勇气——这才是吸引人的东西。"她说,"现在的男人总患有痛风、感冒、不同的疾病,这好吗?"她总是用带有鄙视的眼光打量着波尔卡诺夫的身材。当说起父亲的战斗功勋时,她则表现出自己喜欢战争,如果要打仗,就去当个女护士。

"那我就去参军。"主人公说。

"您?"她问到,并打量他的身材,"这是您在开玩笑。你可不一定是个好兵,您太虚弱了,那么瘦。"

这是对他的侮辱;"请看看吧,我是相当强壮的。"他解释道,好像在警告她。

"哦?哪呢?"瓦莲卡并不相信她。

我们的主人公很快就明白了,他凭借自己的信仰不能征服这个姑娘,带有守旧观念的她不能成为他的妻子。然而姑娘的美貌仍令他痴迷。正派的人都会认为,既然姑娘不适合做他的妻子,他就不应该继续讨人家的欢心或想从姑娘那得到些什么了。但我们的主人公华丽的孔雀羽毛下隐藏着的是个禽兽,这个禽兽马上就会显露出他低级下流的一面。波尔卡诺夫知道,他没有什么本事爱这个姑娘,但他内心的深处突然燃起想占有她的欲望。他误把姑娘与他争论的行为理解为这是姑娘在跟他卖弄风情。

后来，他肮脏地妄想到了那样的程度，就是他觉得瓦莲似乎准备献身于他。因此，当他和妹妹由于暴风雨而在奥列索夫家留宿的时候，他整个晚上都处于荒唐的色情想象中。他曾在一本什么书里读到过，有一次一个女人在夜深人静的时候闯进屋子，她什么也不问，什么也不求，只图一时的快活，便委身于一个男人。瓦莲卡和这个故事的女主角相似，说不定她会穿着一身白衣服突然来到他的房间，浑身将会因为羞涩和情欲而战栗。

天快亮的时候，房门轻轻地打开了，不过不是瓦莲卡，而是肥胖的用人来取他的皮鞋和裤子。

随后，他就起床了，穿好衣服去公园里散步，向河边走去。他发现了正在洗澡的瓦莲卡，这一幕对于主人公来说是那样的美丽，除了欣赏之外，他再也没有别的愿望了。

瓦莲卡发现他之后，愤怒地要求他走开，并骂他是癞皮狗。当他怎么都坚持不走的时候，瓦莲卡从水中站了起来，非常生气，用被单裹住自己，狠狠地打了他一拳，差点打昏了他，离开之前，跟他说了下面的一番话：

"怎么样，好不好呀？瞧瞧您这副模样怎么回去见人呢？满身的泥水，衣服都破了。您呀！就说是从河边跌进水里去的，您不觉得害臊吗？刚才我手里要是拿着什么东西，说不定会要了你的命的。"

小说就这样结束了。结局不是很意外、很标新立异吗？我只希望所有的类似于波尔卡诺夫的正副教授以及编外讲师都结束自己的这类"爱情"。

编后记

亚历山大·米哈伊洛维奇·斯卡比切夫斯基（Апексáндр Михáйпович. Скабичéвский，1838—1911）于1898年《祖国之子》第116、123、219期批评栏上发表短评《高尔基：特写和短篇小说集（两卷集）》。在1899年第219期《祖国之子》批评栏上发表《高尔基才华的新特征》。斯卡比切夫斯基是俄罗斯著名的文学批评家和文学史家。著有《新文学史（1848—1890）》一书。20世纪70年代转向民粹派。

高尔基作品中的新特点

作者　[俄罗斯]亚历山大·米哈伊洛维奇·斯卡比切夫斯基

译者　王潇曈

校对　马晓辉

一

最近高尔基开始频繁涉猎自己所喜欢的流浪汉题材，我们对他说："祝你顺利。"这使高尔基拥有更广阔的写作空间，提供更多的可能性让他可以使作品中的形象多样化，而不是只得和他的流浪汉们徘徊于目前这个水平。同时，高尔基着手于各种生活领域中角色的塑造，可以使他认识和研究更多的人，他就有更真实更实际的机会去描写俄罗斯人民实际的状况，而不是只有穿着美丽斗篷、带着强盗帽子的利纳里多·利纳里基尼[①]。至少，高尔基一些最新的作品中没有什么与流浪汉相似的角色，而是更多样化、更真实了。《瓦莲卡·奥列索娃》就是这样的作品，以及之后要提到的《基里尔卡》和《福马·高尔杰耶夫》也是这样的。

① 利纳里多·利纳里基尼，传奇中的强盗、德国浪漫主义家维尔比乌沙的作品《利纳里多·利纳里基尼》的主人翁。

二

小说《基里尔卡》描写的是美好的日常生活画面，并不是无意义的写实，而是具有深刻的象征意义，但并非是颓废派精神的象征。高尔基的小说中隐藏的是健康的艺术象征，是您可以在很多经典作家的作品中——如克雷洛夫、格林巴耶多夫、普希金、果戈理、赫尔岑等都可以找到这种艺术象征。总之，高尔基描写的日常生活场景，就像是一个用来反映我们所看到的现代俄罗斯生活的微观世界。这些现象是在知识分子圈子里常常见到的，例如，喝得神志不清的酒鬼，不劳动仅靠施舍和偷窃过活的懒汉，都可以无情地辱骂庄稼汉。这些骂人的人忽视了一个不起眼的情况：他们吃吃喝喝，孩子们还可以接受教育、出国、欣赏艺术——这些都是庄稼汉创造的。

小说中描述了一些外来的人，因为河流突然解冻，他们被困在岸边，疲惫地等待渡船过河。这里除了讲述者以外，还有诵经士伊赛、地方官苏晓夫、磨坊主马马耶夫，但引起讲述者注意的是长着一对罗圈腿的乡下老头。他穿着件腰部束着紧紧的破烂半大皮袄，向前哈着腰，像是给先生们鞠躬时愣住了神儿，他那瘦小的、布满皱纹的脸上长着稀稀拉拉的灰胡子，眼睛在下眼皮鼓鼓囊囊的褶皱里躲着，薄薄的嘴唇上挂着一丝微笑，笑容里既含有敬意，又带着轻蔑，既愚钝又狡猾。他蹲在一旁，活像只猴子，慢慢地把头扭来扭去，仔细打量着每个人的一举一动，可同时又不让别人看到他的眼睛，一绺绺肮脏的羊毛从他那件半大皮袄的无数个破洞里露出来，他的整个模样给人一种十分奇特的印象：就仿佛他被用牙嚼过，又像是刚刚从一个要把他吞噬掉的血盆大口里挣脱出来似的。

所有被困在岸上的人都不知道什么时候河水可以完全解冻到足够他们过河的程度，所有人都疲惫无聊地等着；同时，他们中谁也没料到会被拦在路上，以至于没有人带吃的东西；所有人都很饿，所以都很气愤，但是除了这个庄稼汉，他们还能把愤怒发泄到谁身上呢？既然有这么个庄稼汉在场，就开始常见的侮辱了。

三

好像造成一切的不是河流，而是庄稼汉。至少，地方官已经开始责备庄稼汉了：

“哼，鬼才晓得呢！我不是跟你这个白痴说过吗，送两条船过来，嗯，讲过没有？”

“您讲过，的确是这样的。”老头儿抱歉地回答说。

“可——可你呢？”

“没来得及，因为，冰一下就流开了。”

“笨蛋！”地方官转身对着马马耶夫说道，“这些……这些蠢驴简直不懂人话！”

“说的对。”马马耶夫陪着笑脸低声下气地说，“庄稼人都是些不开化的野蛮人——笨种。不过，眼下我们可以指望地方当局热心扶植，给他们办学，普及普及文化教育……”

“学校，自然喽！图书馆、路灯，好得很！我懂得这个……不过，您知道，我虽然不反对教育，可我还是认为，用藤条狠狠地抽一顿，见效更快，也更便宜些。嗯，没错！庄稼人挨顿打，用不着花钱，可是要受教育，他们就得被扒下层皮，比挨打更糟。目前，教育只能使庄稼人倾家荡产，懂吗？可我并不是说，不要办教育，而是说，要可怜可怜他们，等等再说。”

“就是这么回事！”商人忙不迭地高声说道，“的确应该等一等，因为这年月庄稼人的日子很不好过，连年歉收，各式各样的疾病，加上好酒贪杯凑在一起。可以说，这些已经伤了他们的元气，还谈什么学校、图书馆……搞这些名堂，他出得起钱吗？根本出不起，您就相信我吧！”

“这些您都知道，尼基塔・巴甫洛维奇。”伊赛深信不疑而又谦恭地说了一句，随之又甚表敬服地叹了口气。“当然喽！我同庄稼人一起相处了 17 年了。我对教育的看法是：要是好年景，它会给大家都带来好处。可是我的肚子，请原谅，要是空空如也，那么除了学偷，我什么也不想学。”

“您还用得着学吗？”伊赛恭敬而亲热地喊道。

马马耶夫瞥了他一眼，努了努嘴。

“喏，这就是个庄稼人，”地方官招呼了一声，“基里尔卡！”“这就是个庄稼人。”他带着颇为得意的神气和腔调对我们说，“我来介绍一下，这可不是一般的庄稼人，而是个少有的机灵鬼！‘格里戈里号’着火的时候，他这个流浪汉亲手救起了六名乘客。深秋季节，他舍着命，一连在水里泡了四个小时，大风大雨，又是在夜间。把人救起来以后，他自己就不见了。人们找他，想谢谢他，给他张罗个奖章戴戴；可他呢，这会儿却在偷窃公家的木材，而且当场就被抓住了！是个好当家的，吝啬得要命，把儿媳都逼进了棺材，他的老伴儿常用柴棒子揍他。他是个酒鬼，又是个虔诚的教徒，还在圣坛两厢唱诗……有一个挺不错的养蜂场，可尽管如此，还要做贼！一艘船在卸货，他因为偷了三大包葡萄干而落了网——请看，这是个什么样的人物？”

大家的对话就这样进行着，直到饥饿使他们都不能说出话了。但他们没什么可吃的，方圆五俄里都没有可以弄到面包的地方。当看到基里尔卡从怀里掏出一块面包时，他们都欣喜若狂。地方官不客气的从庄稼汉那抢过面包；之后，面包被分给了所有被困的人，当然，不包括基里尔卡；尽管面包像块黏土，又有一股老羊皮的臭味儿以及酸白菜的气味，仍然一瞬间就只剩下了碎屑。后来河水又化开了一些，已经可以渡过去了，船也来了，被困的人坐上船离开了岸边。只见基里尔卡站在距小船二三十米的岸上，船上的人还可以看到他那双灵活和带着讥讽意味的眼睛，听到他那响亮的喊声：

“安东大叔！您取邮包的时候，给我带点面包，听见了吗？老爷们在等船的工夫，把我那块吃光了，我只有那么一块。”

多精彩的文章呀！不是吗？

四《福马·高尔杰耶夫》

并不能说小说《福马·高尔杰耶夫》是完美无缺的，我们从中可以发现在高尔基的其他作品中同样也出现过的缺点，例如，主人公过长的对话，尤其是父亲教育儿子时那满是教条的苦闷对话。这类对话其实去掉一半都可以。高尔基也没有避免出现其他常见的不足之处，也就是没有什么学问的人物会用文学书面语讲话。当然了，这些不足并没有掩盖文章真正的光芒。

首先让我们认识一下小说中从头到尾一直都很重要的人物，主人公的父亲伊格纳特·高尔杰耶夫。

伊格纳特·高尔杰耶夫对于整部小说都很重要，因为这是小说中最精彩的人物。迄今为止，我们在高尔基的作品中所看到的人物都是很普通的平常人。在这部小说中，高尔基开始塑造其他类型的人物。实际上，伊格纳特·高尔杰耶夫并不是什么败家子，而是个更出彩的形象，这个形象是完全民族的；这不是平民的意思，而是全民的，表现着过去和现在俄罗斯人民生活的独特状况。因此伊格纳特·高尔杰耶夫相当于开创性地塑造了一个更宽泛的角色形象，就像谢·阿克萨科夫的爷爷巴克洛夫、别列日科夫·冈察洛夫的奶奶、古拉列索夫公爵等等。

确实，如果我们只是把伊格纳特看作是伏尔加的一个富有的面包商，从这一方面看这种人比较普遍。而事实上这种人更普遍：这是一种历史现象。他使我们想起新兴城市里的商人，莫斯科的一些沙皇，还有俄罗斯的收藏家伊·欧安和克罗兹尼。

五

很遗憾，最近很少有人关注高尔基相当重要的贡献。没有任何观点能够全面地形容出主人公的高尚或卑劣的品质。

如果我们从文化的角度出发，去研究伊格纳特·高尔杰耶夫，那么我们只会看到粗暴古怪的性格，他就如同吉塔，是家庭里严厉的君主，不允许家人有任何的反对意见，更别提自主的行为。他还总是酗酒，而在清醒且可以不受法律制裁时，用拳头惩治爱人。

如果我们从社会的角度出发，再重新研究伊格纳特·高尔杰耶夫，我们同样看到的是粗暴的、蛮不讲理的剥削者、贪财的商人，只关心钱财，为了发财可以不择手段，不仅每次卖给顾客缺斤少两，有时还拦路抢劫，很少同情穷人，很少同情那些受欺负侮辱的阶层。

但我们还可以从这个精神怪物身上发现其精神的自尊，还有他的闪光点，用其天生的气质在无意之间引起您的好感，这就是高尔基的功劳。

六

伊格纳特·高尔杰耶夫年轻时在富商扎耶夫的一条驳船上当船夫的头，后来自己成了百万富翁。高尔基是这样解释伊格纳特生命中的这次成功的：“他身强力壮，相貌出众，也不愚蠢，是那些经常并且事事都走好运的人物之一。这并不是由于他们有才能而又勤勉，倒是因为他们精力充沛，在向着自己的目标迈进时，不会甚至不可能去考虑选择什么样的手段，而且除了自身的愿望以外，不知道其他的法则。有时候，他们怀着恐惧谈到他们的良心，有时候在与良心搏斗中，他们也真实地感到过痛苦。不过，良心只有对于心性懦弱的人才是难以抑制的，坚强的人很快制服了它，使它服从自己的目的。他们对良心也奉献过好些个失眠之夜；但如果良心偶尔征服了他们的灵魂，那么，为良心所击败的他们也决不会萎靡不振，而是在它的支配下顽强地生活下去，跟不讲良心时过日子一样。”

坦白地说，要想明白这段冗长的话是相当难的。可见，高尔基想为新思潮做些小小的牺牲，对于尼采的理论不想多说什么，但他并不是对理论完全不关心的。难怪我们发现他倾向于寻找那些不允许任何道德准则阻碍他们实现自己果敢愿望的流浪汉。

显然，流浪汉毫无畏惧的行为可以被简单地归入尼采的理论，而且这里我们发现，如果用宗教的愿望代替去实现的方式，那么除了监牢和苦役，常常什么也得不到，我们在伊格纳特的生活中看到的完全是另一种情况。这里我们看到维持生计的劳动，可以驱使人们为了他们的目标——财富而努力工作，但只有大无畏的精神和不择手段的方式，即使对于不现实的目标也是不够的。要是伊格纳特是个易冲动的、任性的、狂妄的人，很容易就会对事情感兴趣，但也很快就会失去兴趣，最后变得愚蠢而鲁莽，那尼采的大无畏精神和不择手段的方式也不会带给他成功，不会使他成为富人，可能刚一开始就会将他推向失败。

而高尔杰耶夫的成功在于他天生具有的性格、健康的体魄和精神、超群的智慧、钢铁般的意志、勤劳、顽强等品质。高尔杰耶夫无疑在快速致富的成绩中发挥了相当大的作用。但是高尔基毫无原因地认为这种不清晰性来自自觉的大无畏精神。其最重要的原因是被所从事的事业强烈地吸引住了。在这种情况下，其实并没有故意违背良心，而是无意间忘记了，就像被爱情冲昏了头脑的姑娘会不顾羞耻地投向爱人的怀抱。当爱情得到了满足，渐渐冷静了、厌倦了的时候，良心就会重新发挥作用来评判这种胆大妄为的行为。到这时，良心的谴责会使昔日的富人觉得自己是毫无价值的，是可怜的鱼饵。

这种由胆大妄为到不知所措的转变向我们更详细地呈现了高尔基的艺术基调。

关于苦闷和渴望自由的哲学

作者 [俄罗斯] 尼古拉·米哈伊洛维奇·明斯基
译者 郑丹
校对 侯丹

高尔基这个名字不久前出现在各种报刊文章中，并且在两三年内就取得了相当高的知名度。我们最好的杂志愿意刊登这位年轻的多产作家的短篇小说，批评界密切关注着他的每一部最新作品，这种做法对于一个初出茅庐的作家来说胜过了一切表扬。显而易见，所有人都对高尔基寄予了很高的期望，这也是我急切地盼望他的小说集能够尽快问世的原因。对于年轻的小说家来说，特别是当他创作篇幅不长的短篇小说的时候，出版这样的小说集对他来说是非常重要的，而有时这样做甚至是危险的。我清楚地记得，曾经有一位作家，当他的作品单独发行时，人们称他是第二个屠格涅夫，而当把这些小说整理为两册篇幅宏大的小说集时，他突然变成了二线作家，这种情况一直持续到现在。就像水滴一样，单独看它是透明的，当把这些水滴聚集到一起时就看出了它的浑浊。幸运的是，高尔基并没有重复这样的悲哀。在读过他的第一部小说集《特写与短篇小说集》后，我可以肯定地说，在我们的文学界出现了新鲜的、杰出的才华，最主要的是这种才华是独特的，甚至有时过于独特，不无缺点和不足，但是在艺术领域保留自身的缺点总是胜过剽窃他人的优点。高尔基向来不从别人的著作或杂志上的文章中寻找灵感，他的灵感都来自他所看到的现实和个人的内心世界。他有自己最喜爱的主题——小市民、水手、流浪汉、乞丐的生活；最喜爱的大自然——俄罗斯南部的草原和大海；自身对哲学的理解——比起虚假的智慧和圣洁，他更看重自由而强大的生命本能。

总之，在高尔基的性情和世界观中力量战胜了一切。在描写时他总是选择最鲜明醒目的色调，剧中人物的关系紧张到了生与死的矛盾冲突的程度，而在这些冲突中，作者的同情心总是倾向于强者。在高尔基的每一部小说中都包含了日常生活的情形和作者复杂的内心变化，他一次又一次解答有关“生活的目的”这个问题。无论你怎样看待作者的叙述方式和思想，你都会不由自主地被他的表现力和热切的真诚所折服。阅读高尔基作品的直接印象是十分强烈的，并且也是有利于作者的，如果我仅限于这样的印象，那么我的评论就变成了全是对他的赞扬。但是除了从书中获得的表面印象，还要对作品进行更深入的思考，进行关于艺术传统、规则及经验方面的分析。因此，尽管高尔基的作品令我喜爱，我还是应该对他的才华进行一点有限的评论，至少要说明一下他的才华在第一部作品集中表现出了多少。

在众多年轻作家中，无论是写作的新颖程度和自信心，还是方法的独立性和灵感的轻快巧妙，高尔基与契诃夫最为相似；但是如果将这两位作家进行比较，往往是契诃夫更胜一筹。这首先表现在二者的艺术气质上。

在俄罗斯文学界，尽管风格和发展趋势有所不同，但却存在着一个被所有人接受的、必须履行的遗训——避免出现感伤主义和多愁善感的情绪。很难说感伤主义与俄罗斯人的性格是格格不入的，因为曾经有一段时期在我们这里也流行过令人流泪的小说和戏剧，但是从普希金时代起这种艺术上的做作手法就消失得无影无踪了。普希金的每一首诗都充满着感情，但是没有一首诗是多愁善感的。普希金将生活看作一部伟大的喜剧，我们的另外一些作家也沿着他的足迹前进。莱蒙托夫思想中魔鬼般的冷酷战胜了自己热情的天性；果戈理以其含义深远的笑的力量克服了霍霍尔人[①]与生俱来的多愁善感；屠格涅夫的怀疑主义和老爷式的生活使他不受多愁善感的侵扰；陀思妥耶夫斯基最倾向于将生活戏剧化，但是他以一种几乎不合道理的、神圣的喜悦之情来描写无尽的苦难和堕落，从而没有把作品降低到哭哭啼啼的地步。而另外一些作家，如托尔斯泰、皮谢姆斯基、谢德林则不必再与感伤主义作斗争，因为在他们严肃而诚实的天性中根本没有感伤主义的立足之地。第一位违背普希金传统的作家是涅克拉索夫，他以自己催人泪下的诗作描写了人民的痛苦，近几十年

① 俄罗斯人对乌克兰人的称呼。

的作家正是在他的影响下成长起来的。迦尔洵，尤其是柯罗连科都被指责陷入感伤主义的“泪水”之中。柯罗连科的作品就像完全是从波兰或小俄罗斯作品翻译过来的。在这方面唯一称得上是老一辈文学大师当之无愧的继承人的，就是契诃夫了，如果可以指责他什么，那也许就是他对事物所持的客观态度有时近乎是冷漠的，而他所描绘的生活喜剧常常会变成滑稽剧；但是，迄今为止他在感伤主义和过于多愁善感这两个违背艺术真理的最大罪过上，一次也没有犯过错误。遗憾的是，我们却不能这样评论高尔基。高尔基是热情的，同时也是理智的，他喜欢到处欣赏戏剧，而当剧情对他来说不够引人入胜时，他不反对将这部剧变为一部情节剧，只要能强烈的震撼自己和观众的神经。我不会指责高尔基的感伤主义，如果那样的话就等于给他判了死刑。但是，不能否认他的一些夸张或过分花哨的倾向，这是因为他用极端热情的主观态度来对待所描绘的生活。例如他的小说《阿尔希普爷爷和廖恩卡》。小说的题材本身就是非常感人的。病入膏肓的爷爷阿尔希普和他十岁的孙子从俄罗斯饥肠辘辘地来到陌生的草原，他们在库班流浪，再从一个村镇到另一个村镇，靠以基督的名义乞讨为生。爷爷被临近死亡的恐惧折磨着，同时，一想到没有他廖恩卡就会变成无家可归的孩子，爷爷就十分痛苦。为了保障孙子将来的生活，爷爷不得已开始偷东西，但是诚实的、充满幻想的孩子无法看透老人的意图。有一天，由于被怀疑盗窃，他们从镇子里被赶了出来，他们躺在栅栏旁边，爷爷炫耀似的向廖恩卡展示了他精心藏好的几件偷来的东西，其中一条丝绸头巾男孩认得，那是镇里一个女孩子的，女孩子发现头巾丢了很伤心，廖恩卡还徒劳无益地安慰了那个女孩。

“要是攒下一百卢布就好了！那我就是死也放心了。”爷爷低声说。

“得啦！”有什么东西突然在廖恩卡的心里爆发了。“你闭嘴！说什么死啊，死啊……可是你并没有死……你做贼！”廖恩卡痛苦地大叫一声，突然浑身发抖地跳了起来。“你这个老贼！哼！哼！”他捏紧他那个小小的、干瘪的拳头，拿它在忽然静下来了的爷爷的鼻子前面晃了晃，又很重地一下子坐在地上，咬牙切齿地接下去说：“你偷小孩的东西！……唉，很好！已经老了却还要……为了这件事你在那个世界里得不到饶恕的……”

由此可见，冲突非常激烈，爷爷的处境非常悲惨。但是作者并没有满足于这种情况，他让暴风雨笼罩在这些可怜人的头上，闪电照亮了他们，轰隆隆的雷声淹没了他们的声音：

“一道电光拉破了天空，照亮了他们两个人，并排坐着，蜷缩着，显得很瘦小，树枝上流下来大量的水，淋在他们的身上。爷爷在空中挥着手，仍然在咕噜着什么，可是他已经没有一点力气，而且喘得厉害了。廖恩卡望着爷爷的脸，吓得大叫起来。在闪电的蓝光里，这张脸就像是死人的一样，可是那对在脸上转动的昏暗的眼睛却是疯狂的……廖恩卡感觉到，爷爷好像不对劲，他说‘爷爷，我们走吧！’他叫了一声，用脑袋顶了一下爷爷的膝盖。爷爷朝他俯下头去，用那两只瘦骨嶙峋的胳膊抱住他，紧紧地搂在怀里，把他夹得紧紧的，一面拼命地尖叫起来，就像一只落在陷阱里的狼一样。廖恩卡差一点让这个叫声弄得发狂了，他挣脱了爷爷的手，一跳就站起来，眼睛睁得大大的，箭一样地朝前面什么地方奔去，电光使他的眼睛看不清楚，他跌下去又站起来。”

在小说的结尾，爷爷由于受到孙子的责备和暴风雨的折磨而死去，孙子由于对死后爷爷的恐惧和暴风雨的摧残也即将死去，而被暴风雨、两个乞丐的命运，以及作者冗长的凄凉叙述所震惊的读者，困惑地看着自己读完的小说，不禁要问自己：这一切都是真的吗？

高尔基的另一部作品《马卡尔·楚德拉》比《阿尔希普爷爷和廖恩卡》更加富于情节性。为了描绘坚强自由的人们，作者安排老茨冈人楚德拉讲述了这样两位草原英雄的故事：美男子洛伊科和美女拉达。他们两人都很优秀、高傲、勇敢，热爱自由，洛伊科同时还是一位天才的音乐家。“有时候当他把弓在琴弦上拉过的时候，你的心禁不住要颤抖起来；当他再拉一次，你的心就陶醉了。你听着，而他却在拉着和微笑着。当你听着他拉，你真想同时又哭又笑。这时候你听到好像谁在痛苦地呻吟着；还像是草原在向天空讲故事，讲的是一些悲伤的故事。”这部诗一般的作品讲述了拉达和洛伊科如何深爱着对方，但却不能在一起，因为他们都更爱自由；讲述了高傲的美女拉达是如何想要征服洛伊科，在嫁给他之前，要求他拜倒在她的脚下；还讲述了洛伊科如何用一柄弯刀插在拉达的胸膛上，而她用自己一绺乌黑的发丝堵住伤口，大声而清楚地说道：“永别了，勇敢的人，洛伊科·左巴尔！我知道你会这样做的。”然后她就死了；之后讲述了拉达的父亲如何刺死了洛伊科，以及男女主人公在死后如何美丽。然而，我不想只停留在这个文集中最薄弱的作品之上，也不会进一步证明高尔基对感伤主义的追求，因为对于年轻的作家来说，强调他们的优点和缺点都是同样有害的。况且，我想要说的是高尔基与众不同的、被作者的主观激情所歪曲的世界观。他不满足于通过情节和形象来表现自己的思想，而是自己参与到他所塑造的大量人物当中，时而向这个人物，时而向那个人物提及他自己的思想。因此，在他几乎每一部作品中都会出现一个沉浸于有关“生活目的”的哲学思考中的小市民形象。而高尔基的哲学思想，是值得在此多说几句的。

高尔基——南方人，几乎他所有作品中的故事都发生在俄罗斯南部广阔的草原上或自由的大海边。这些作品的主人公既不是知识分子，也不是温和的庄稼汉，而是一些忧郁的、惶恐不安的人们，哥萨克自由逃民的后代，在他们心中充满了城市生活的苦恼和对自由的渴望，最后的结局几乎总是悲惨的，自愿地沦落为流浪汉、无业游民和走私者，不是因为他们缺乏善与恶的意识，而是因为在他们身上涌动着强大的力量，这力量在古老的善恶观念的框架中感到窒息，只有在酒馆中痛饮，或在广阔的草原上放纵才能获得释放。高尔基刻画的不是普通的流浪汉，而是那些高级流浪汉和无业游民，是某种新的外省的尼采学说和亚速海的恶魔思想的宣传者。作者通过我们已经认识的老茨冈人马卡尔·楚德拉给我们讲述了一整套违反社会伦理的流浪生活的理论，这就是这位“草原上的尼采”讲给我们听的：

“你说，去学习和去教人？而你能够学会使人幸福的方法吗？不，你不能。你首先得等到头发白了，那时候你再说应该去教别人。你教什么呢？每一个人都知道他所要的是什么。那些聪明点的人，有什么就拿什么；那些蠢点的人呢——他们什么都没有拿到。而每个人自己都会学习的。”

“你们的那些人啊，他们真是可笑。他们挤成一堆，并且还互相挤压着，而世界上有着这么多的土地。”他用手指着那广阔的草原，“他们老是在工作，为了什么？为了谁？谁也不知道。你看见一个人在耕地，你就会想着：这个人把他的精力随着一滴滴汗水都消耗在田地上，后来就躺进地里去，在那儿腐烂掉。什么东西也没有在上面留下来，他在他自己的田地里什么东西也没有看到就死掉了。这和他生下来的时候一样，真是一个傻瓜。那么，他生下来难道就是为了去挖田地，甚至连为自己准备的坟墓都来不及掘好就这样死掉了吗？他知道自由吗？他晓得草原的广阔吗？大海的浪涛所倾诉的话语使他的心愉快过吗？他是一个奴隶，生下来就是奴隶，他一辈子都是奴隶，仅此而已！他能把自己变成怎样的一个人呢？即使他稍微聪明一点，也不过是被吊死而已。

而我呢，你瞧，58年来我看见过多少事情，假如要把这一切都写在纸上，那么就是一千个像你那样的旅行袋也装不下。喏，你说吧，什么地方我没有去过？你说不出来的。其实你也不知道我所到过的那些地方。应该这样生活：走啊，走啊——总是在走。不要久待在一个地方，那有什么意思？你瞧，白天和黑夜怎样围绕着地球奔跑着，彼此追逐着。那么你也应该逃避开关于生活的思虑，为了不会讨厌它。如果你越想着生活，你就会越加讨厌生活，事实常是这样的。”

活着，却不思考生活，不按自己的理解而是按照自己的力量生活；喜欢以任何方式表现出来的力量，鄙视躲藏在任何言语之下的软弱，这就是高尔基作品中主人公的理想，有可能这就是高尔基本人的理想。在非常杰出的小说《筏上》中，这种理想体现在强壮的老人西兰·彼得罗夫身上，与他形成鲜明对比的是他软弱的、信神的儿子米特里。在一个漆黑、可怕的夜晚，木筏漂浮在宽宽的河上；在船尾，米特里在舵桨旁向工人谢尔盖讲述着自己失败的婚姻：

“唔，我们去睡了。我对她说：‘我不能跟你行丈夫的事，玛丽卡。你是一个健壮的姑娘，可我是一个瘦弱的病夫。而且我根本不愿意娶媳妇，可是我爹硬逼着我，他说，结了婚，就完事了！我说，我不爱女人，尤其是不爱你。女人都大胆得要命……是的……这桩事情我毫无办法……你明白吗……丢人现眼，外加罪孽……还要有孩子……得替他们向上帝负责……’”

“丢人现眼！”谢尔盖高叫起来，放开嗓门哈哈大笑着。“唔，那她怎么说呢，那个玛丽卡？”

“唔……‘那我现在，’她说，‘怎么办呢？’她哭哭啼啼地坐着。‘我哪一桩，’她说，‘不称你的心？’‘难道，我是个丑八怪？’她是个不要脸的女人，谢廖加！‘难道，’她说，‘我这么健壮的身子叫我去找公公吗？’我说：‘随你的便，你爱到哪儿去就到哪儿去。违背良心的事，我是不干的。”

但是这样的理由并不能让谢尔盖相信。

“可是你已经做了！”谢尔盖坚决地反驳道。“在良心里！哼，也是……管它良心里有什么东西。不能什么都禁止。良心，良心！老弟，得了解它,然后才能……”

“不,你不能这样说,谢尔盖!”米特里仿佛突然激动起来,热情地说道。“良心,老兄,永远是像露珠一样纯洁。它包着一层硬壳,就是这样!它藏得很深。要是你听它的话,你就不会做错事。只要凭良心做事,那就总会符合上帝的旨意。上帝不就是在心里吗,就是说,法律,也在心里。心是上帝创造的,它是上帝放进人的身体里的。只要善于了解它。只要不顾惜自己……”

同时在前桨旁边站着西兰·彼得罗夫,“他穿着宽大红色衬衣,领口敞开,露出他那强壮的颈脖和毛茸茸的、铁一般结实的胸膛”。几乎就在他虔诚的儿子的面前爱抚其妻子玛丽卡。“她身材丰满,脸庞圆圆的,长着一双灵活的、乌黑的眼睛,两颊绯红,光着脚,只穿一件湿透的、紧贴在她身上的无袖长衣,将身材清晰地凸显出来。”(“妈的,他们在那边倒快活!——谢尔盖说。)玛丽卡看到船尾有人在看他们,有些胆怯,而西兰则坚定地说道:“他们去看吧!管他是谁我都不在乎。罪孽!我全知道!可我还是犯罪,因为值得。人生在世,不过一次,哪一天都可能死掉。”然后,他想起了儿子的事,补充道:

“前两天他又在唠叨了。‘爹,’他说,‘难道这不是你我的耻辱吗?你抛掉她吧。’那就是说抛掉你。”西兰·彼得罗夫干笑了笑。“‘抛掉吧,’他说,‘放安分些。’‘孩子,’西兰说,‘我亲爱的,滚开些,要是你想活命的话!我会把你像烂布片一样撕得粉碎。你的美德就一点都不会留下了。我生出了你这个孬种,真叫我痛苦。’他浑身哆嗦。‘爹!难道怪我?’‘怪你,怪你这个嗡嗡叫得让人心烦的蚊子,因为你是我路上的绊脚石。怪你,因为你不会自卫。你是一具死尸,发臭的死尸。要是你身强力壮,可以把你杀死,可是你连这也不够格。你这个愁眉苦脸的家伙真可怜。’他痛哭起来了。唉,玛丽卡!人们变得不中用了!”

这两个代表人物,一个拥有一种自然的力量,而另一个更喜欢道德上的思考。在这两者中作者更喜欢哪一方,这是毋庸置疑的。西兰·彼得罗夫直到最后仍然强大,成了胜利者,而米特里却没有经受得住,当谢尔盖用嘲笑折磨他,说米特里不是孩子的爹,而是他的哥哥,他的爹原来是爷爷,他激动地低声说道:“谢尔盖!看在基督的面上,我求你别再折磨我,别再刺激我吧,别再跟我纠缠了!别再说了!我用上帝基督的名义求你,别跟我说话,别叫我生气,别吸我的血。我要是投了河,深重的罪孽就要降到你头上了！我要把这忘了，你要明白！一辈子都忘了！这是我的耻辱……可怕的痛苦……你们这些凶恶的人！我要走了！永远走了……我受不了了……”

这样，读者眼看着米特里式的神圣的铜墙铁壁被击得粉碎，下面露出的只是甜蜜而软弱的丝丝碎片。强者永远是正确的，因为他对生活有更多的要求，而弱者则是有罪的，因为他不能够保护自己。应该承认，在我们的文学世界里，饱含了关于爱情和善良的说教，像这样对强者权利的明显肯定既是新鲜的，也是冒险的。

另一部小说《苦恼》描述了强大的自然力量和卑微的美德之间的较量。当然，最后还是自然力量占据了上风。磨坊主吉洪·巴甫洛维奇是一个不愁吃穿，容易自满的富农，他对庄稼汉要的诡计被一位地方上的中学教师在报纸上揭发，有一次他来到了城里，偶然地参加了一位作家的葬礼，回到磨坊以后就变得忧郁了，自己也不清楚为什么忧郁，总之，就是关于生活的目的，个人世界的空虚之类的。作为在草原上出生的人，他突然感到一种被束缚在日常生活的框架之中憋闷感，开始渴望自由。他肥胖的妻子正躺下睡觉，而他则痛苦地在花园中徘徊，心里一片茫然，思绪十分凌乱。突然他听见篱笆后面有沙沙声和亲吻的声音。这是他的工人库兹玛，是像马卡尔·楚德拉一样的超级流浪汉，他正在爱抚乡村美女莫特丽娅，在亲吻的间歇通知她，他不久就要动身去库班了。

“那我怎么办呢，库贾？你想想看，我没有你会怎么样呢？要知道，我爱你，鹰，我爱你，我的自由人！”回答库贾的是一个女低音。

“哎，莫特丽娅！已经有许多姑娘爱过我，我同她们都分手了。还不错，她们出嫁了，在劳动中慢慢失去了活泼劲！下一次再见面时，你瞧——简直不相信自己的眼睛：难道这就是她们——那些我吻过和抚爱过的姑娘吗？嘿！一个比一个糟！不，莫特丽娅，命中注定我不能结婚，是的，小傻瓜，我不能。无论什么样的妻子，什么样的农舍都不能代替我的自由。你听见没有，我是在围墙下面生的，我也会死在围墙下。命运就是如此。直到老死我都会四处游逛，老待在一个地方我觉得无聊。”

磨坊主听到这段对话，突然“他有点嫉妒这个快乐的、自由自在的人，嫉妒他善于生活，嫉妒他对自己行为的正确性的肯定”。而当库兹玛打发走了这个令他厌烦的美人，翻过篱笆来到花园中，在主人和工人之间开始了一场尼采学说式的关于“两种道德”的对话：

"可是有罪——知道吗？要知道，这是有罪的！"主人埋怨起库兹玛和莫特丽娅的关系。

"什么有罪？"

"你这种行为。"

"但要知道，孩子，不论是跟丈夫生的，还是跟过路人生的，都一样生下来。"库兹玛说道，怀疑地向旁边啐了一口吐沫。

"这你就完全不对了。跟丈夫生的孩子是合法的，可如果是你弄出来的，他算什么人呢？她，一个姑娘家有了孩子，为了遮羞，就会把孩子扔进池塘里去。这就是你的罪过！"磨坊主把工人弄得很不耐烦，但他却因此感到一种满足。

"可是，老板，如果认真地想一想，"库兹玛严肃而冷漠地说，"就会得出这样的结论：不论你怎样生活，都一样有罪！这么做是罪过，那么做也是罪过！"库兹马为了说明自己的意思，向左右挥着手，"说了——有罪，不说——也有罪；做了——有罪，没有做——也有罪。难道你搞得清吗？要我进修道院还是怎么的？我可不愿意。"

然后，好像为自己的这种想法找到了一种哲学上的解释，库兹玛补充道："自己不要跟自己抬杠，谁要是跟自己抬杠，这人就完了。"他像是注意到了主人的心情，向他建议道："老板，您上路吧，到了城里，快活地消遣消遣，这对您会有好处的。大概，那时候你的心里就无忧无虑了。"

但是主人心里想的却是另外一回事。他不想靠纵酒来净化自己的心灵，而是希望与曾在报刊上揭发过他的品德高尚的中学教师进行一次忏悔式的谈话。但是这场谈话却没有取得任何效果，磨坊主带着良好的意愿希望与这位知识分子进行一次推心置腹的谈话并忏悔，但不知怎地他们却从第一句话起就吵了起来。顺便解释一下，这是因为这位品德高尚的教师，和米特里一样，原来也是一个狠毒的、卑劣的、软弱的人。作者强有力地描写了这一场景，反映了更多的真实。库兹玛的预期实现了，最后吉洪·巴甫洛维奇与一群堕落的女人以及各式各样的忧郁的人在一起寻欢作乐，而且，当然，少不了一场哲学式的谈话，告诉人们生活中不需要思考，只要服从自然力量既可："生活的进程有一定的法则，好吧，就按一定的法则吧。也许，就该这样，这跟我没任何关系……法则，不能违反法则，也用不着去违反，因为就是万事通的人也什么都不知道。这就是现实生活的哲学。"

几乎在高尔基的每一部作品中都能找到这一哲学思想的痕迹。生活的苦恼和对自由的渴望，这个自由是自发性的自由，而不是理性上的自由——高尔基从没有停止过弹奏这两个旋律，从没停止过拨动这两根琴弦，因此他的作品具有众所周知的完整性，但同时也存在着过于千篇一律的问题。我承认，我不能确定高尔基的哲学观念是对尼采学说和易卜生个人主义的映射。如果这些学说确实在年轻的小说家的世界观中反映出来，也是以改头换面的形式，未必有一个查拉图斯特拉的拥护者会同意用俄罗斯式的勇气来代替那种超人的自由，用奔逃到库班来替代在善与恶之间的求索。但是，尽管如此，高尔基的文集依我之见仍是严肃的文学现象，至少年轻的作家敢于独立地看待生活，没有受到那些警惕地限制俄罗斯知识分子眼界的教师和家庭教师的影响。高尔基是个有勇气的人，这种勇气——代表着杰出的力量。

我不想对高尔基的才能做出总结性的评论，而且在文章即将完成之际我了解到，他的第二部短篇小说集将在近期开始出版。我希望不久后能再次评论这位令人感兴趣的作家，那时我将努力在他更加成熟的作品中验证自己最初的印象。

编后记

尼古拉·米哈伊洛维奇·明斯基（Николай Максимович Минский，1855—1937）被认为是最早发表高尔基评论文章的人。明斯基是个诗人、哲学家、杂志编撰者，也是社会活动家，与革命团体社会主义者、革命者过从甚密。他于1905年出版了布尔什维克的报纸《新生活报》，此后便长期流亡法国。他提出美学的原因是“生命力”的观点，著作《在良知的光芒下：关于生命目的的意义和幻想》发展了这个学说；它是“新艺术”形成最重要标志之一。

关于流浪者的生活方式的哲学(里什潘和高尔基)

作者 [俄罗斯]伊利亚·尼古拉耶维奇·伊格纳托夫
译者 郑丹
校对 侯丹

在文学中,描写拥有田园般气质的掠夺者、高尚的凶手或拥有侠义精神的强盗的时代已经过去了。因为,那些在某种程度上作为此类文学出现的现实基础的外界事实已经不存在了。茂密的森林已经消失,多年活动在森林中的土匪在自己首领的带领下离开了那里,海盗们不知所踪—— 那些由"红海盗"和其他聪明、有教养、充满侠义心肠的"夜、风、林之子"们完成的高尚行为不可能再发生了。虽然这种高尚的掠夺者从文学中消失了,但是文学并没有放弃表现外表上的横行霸道、放荡不羁与内心的高尚、纯洁的对立。那些无家可归的人、衣衫褴褛的人和流浪者的世界就像是在旅行,自由自在。现在的文学像从前一样,有这样一些作家,他们描写置身于表面看来没有任何理想主义的环境之中的流浪汉和乞丐理想的内心世界。当今的法国人认为在最擅长这类描写的作家中最著名的要数里什潘了。他的作品有很多,涵盖了不同社会阶层和不同时期,但是给读者和评论家们留下最深印象的是《乞丐之歌》。这是一个乞丐反抗的哲学,有时具有讽刺或嘲笑的意味,有时又具有威胁的意味,在作品中以一种独特的形式表现出来;在描写厚颜无耻或某些蓄意的粗鲁行为时,有时带有高尚而骄傲的感觉,而有时又带有愤怒之感。里什潘的诗歌拥有众多追随者和模仿者,在这些被称为年轻作家的人物中有一位笔名是让·里克蒂斯的作家,他的作品《穷人的自白》中的主人公经常能使读者联想起里什潘的作品。

但是无论是《乞丐之歌》，还是其他效仿者的作品，都没有充分展现出流浪者理想的心灵画面，里什潘献给世界的最后一部戏剧——《流浪汉》则描写了理想的流浪汉的内心世界。在这部作品中，关于流浪者的哲学已经不是表现为时断时续的说明、庸俗的小调，以及零散的观点。这部《流浪汉》详细地描述了流浪者的生活和他们的内心世界，以及走上这条道路的原因。里什潘塑造的流浪汉是什么人？是一群会引起人们同情的人吗？还是已经丧失了人类的生活方式，会引起人们不安的一类人？又或者是一些原本很有天赋，被环境所迫而失去了自己的天赋和才能，因而更加值得同情和惋惜的人？这几种都不是。里什潘笔下的流浪者既不会引起读者和周围任何人的同情，也不会令人恐惧：他带给我们的只有狂喜和惊讶。他首先是自由的骑士，来自社会和家庭的束缚，对任何一个地方、对家园的依恋，或是对某种感想、某种热情的依恋——对他来说都是令人讨厌的。因为他强烈地喜欢流浪，喜欢自由，“向往广阔的田野和宽宽的道路，喜欢无限的空间和不断的变化”，所以，他常常是一个人生活。并不是环境的力量使他变成了一个今天做事、明天失业的半饥半饱、无家可归的流浪者。是他的个人意志“主宰了自己的命运”，最终顺理成章地成了流浪者。这就是对他的志向所做的描述：

“衣衫褴褛的人，脸上洋溢着幸福的表情，像乞丐一样祈求一块面包皮，这面包是从靠近大路边上的自己的庄园地里收来的。他拥有上百亩、上千亩土地，而别人只拥有一小块田地，虽然那是属于他们的私有财产。他的家在这里，也在那里，在他出现过的每一个地方；苹果园属于他，葡萄园属于他，连高山、河谷都属于他，所有的土地都是他的，他呼吸过的空气从身边飘过；他的领土——是整个祖国，还有大路延展出的小径。流浪者——是个富人，是真真正正的富人，他拥有别人没有的一切：僻静的荒地、静静的池塘、灌木丛，在这些地方有他熟悉的神灵与他交谈。他拥有草原、没有开发的峡谷、风吹过岸边芦苇奏起的美妙乐章、阳光照耀的地方和没有阳光的背阴处、各种花草、河流湖泊，还有飞着各种鸟的树林，这一切都属于他。”

流浪汉——不是与他有关的人都用怀疑的态度对待他的被驱逐者，他也不是靠施舍度日的乞丐，也不会用仇恨的目光看待别人对他的蔑视。他就像个真正的骑士，他高尚、勇敢、襟怀坦荡，每一家的大门都可以向他敞开，因为他的智慧、才能使他成为了非常优秀的劳动者，他除暴安良，积极行善，是弱者可以信赖的靠山。与其他人相比，他“高大、魁梧、一头鬈发”，用气势恢宏的歌声激励着人们继续工作，年轻的姑娘都抵挡不了他的魅力。爱情与他是格格不入的，对于爱慕他的人的情感，他只是短暂的接受，只能给予年轻姑娘暂时的幸福，在思考了一阵关于家庭的问题后，自由又重新吸引了他，他“心痛地”期待着自己心爱的东西。就这样他从一个地方漂泊到另一个地方，到处赐予人们幸福，到处积德行善，在他离开后，那些他曾待过的地方就只剩下无聊、空虚和一些令人愉快的回忆。到了晚年，在经历了漫长的漂泊、苦难和贫穷的生活后，他渴望回到22年前曾给过一个女子爱情承诺的地方。现在，当初的爱情结晶已经成长为一个大小伙子。在年迈的流浪者身上流露出了慈父般的感情：在一个屋子里有他心爱的妻子和儿子，有一个满意的家庭，这样的念头深深地吸引了他；常年的漂泊使他产生了寻求安稳的愿望，但是这些年他也养成了摆脱不掉的习惯。自由又像幻影般出现在他眼前，它一辈子都在强烈地吸引着流浪汉，他号啕大哭起来，离开了温暖的小屋。“远行人，前进吧！”里什潘的歌剧就这样结束了。

恐怕，我们不能说在这部剧中没有任何性格特征符合一个真正流浪者的心理。很可能，对贫苦生活的习惯和对物质依恋的抛弃在他的精神世界中起到了一定的作用。但无论如何里什潘笔下的流浪者是虚假的、夸张的、远离现实的，甚至《红色海盗》和他那些早已从文学中消失的同志们与之相比都更接近现实中的人。在追求复原流浪者人格的过程中，里什潘甚至忘了保留环境赋予他的固有的外在特点，创造出了既不具有实际意义，也不具有理论意义的一类人。当然，我们想从他的歌剧中了解属于这种环境的人的心理，是不可能的。

在俄罗斯现代文学中，在描写衣衫褴褛的、赤脚的、无家可归的流浪者时通常都带有很多的关爱成分，并且大部分都是高尔基式的风格。我们看到了他的《特写与短篇小说集》的第二部，这是由十篇单独的文章组成的；其中只有最后一篇《错误》讲的是其他内容，剩下所有文章讲述的都是关于流浪汉，“无业游民”，住在地下室、夜店、或贫民窟中的人们。这个特殊群体中的人以不同形式展现在读者面前，使读者能够了解到他们的世界观、愿望、感觉、期待，以及他们与同伴的关系、他们与外部世界的关系。高尔基没有创作出类似《红色海盗》那样的作品，没有赋予那些流浪者能够吸引周围的人为他们着迷的魅力，但是他力图吸引的是读者的心，这通过作者对那些具有侠义精神的、正直的杀手和田园情调的首领的描写实现。

众所周知，在很久以前，在深深的达利亚拉峡谷住着一位王后塔玛拉，她“像天使一样美丽，像魔鬼一样阴险邪恶”。这种天使般美丽的外表和恶魔般丑陋的内心之间的巨大反差构成了塔玛拉吸引读者的最主要原因，这也成为很多描写魔鬼王后的戏剧的源头。高尔基笔下的主人公与这个住在峡谷中的塔玛拉相似，只不过恰好是相反的。塔玛拉所拥有的长处，也就是外表的美貌，在这里却成了短处；高尔基描写的人物是肮脏的、邋遢的、酗酒的而且不文明的。但是塔玛拉王后具有的一些道德上的巨大缺陷，在高尔基所刻画的流浪汉身上却被追求善良、道德、正义以及铲除罪恶所代替。这样，就像塔玛拉王后那样，这些人物吸引人的地方也在于内心和外表的对比，一面是丑陋的，而另一面却如此美丽。使读者感兴趣的不是这些流浪汉的生活方式，而是他们的心理；但是在这种情况下，正如我们所看到的，这些人物的心理特征如果没有外部特殊环境的衬托是没有任何意义的。后者应该突出前者，使那些道德上的优点散发出令人始料不及的光辉，这些优点在不相称的环境中会起到类似“一颗珍珠落入粪堆中”的效果。

高尔基文集中的第一篇小说是以主人公的名字命名的——《科诺瓦洛夫》。里什潘笔下的流浪汉和高尔基的科诺瓦洛夫存在某些相似的地方。像那个法国流浪汉一样，科诺瓦洛夫工作起来像熊一样努力；根据老板说的，他“不睡觉，也不休息，工钱一点不在乎”；像法国流浪汉一样，他也很会唱歌；他“一面干，一面唱！他唱起歌来，我的老弟，简直唱得叫人听不下去——搅得人心里难受死了”。也像那个流浪汉一样，他只是短暂的专心于工作，屈服于理智，然后就又转向了自己的主要性情。两者的相似性也仅限于此。法国流浪汉那种快乐的、精力充沛的、能使别人精神振奋的特点在这里被科诺瓦洛夫长久的不安、隐藏在内心的痛苦和烦恼所取代，他只能在酗酒中得到解脱。“他一犯起喝酒的毛病来，就怎么也阻挡不了他。一直喝到生病或者把钱喝得精光才罢休……到那时候，他就好像是害臊了，像鬼躲开神似的不知躲到哪儿去了。”根据这些我们可以得出结论，科诺瓦洛夫也像流浪汉一样，被某种内在力量牵引着，从一个地方漂泊到另一个地方，从里海到俄罗斯北方，从俄罗斯北方再到国外，曾经与大家一起工作，曾在面包房做工，后来又去打桩等等。尽管有一股类似法国流浪汉曾有过的力量促使他去追求自由，逃避承担生活中本应承担的义务，但是真正造成科诺瓦洛夫流浪、酗酒、对世界不满的原因是他不能解决在精神上折磨他的问题。“你给找找，看有没有讲人的行为的书？”他问自己识字的同伴，“不错，老弟，非常需要为生活定些规矩，难道就想不出这样一种规矩，使所有人的行动像一个人似的，并且使大家都能互相了解吗？要知道人跟人相互距离这么远，是根本不能生活的呀！难道聪明的人们不懂得，需要在世界上定些规矩，而且要使人人清楚吗？”类似的问题折磨了科诺瓦洛夫的一生。长期的道德上的不安，关于“必须要建立一种秩序，而且要使人人清楚”的思想使得他总是从一个地方漂泊到另一个地方，迫使他选择不同的职业，也造成了他酗酒的毛病和悲观的心理。被“秩序”和“行为”的思想指引着，为了“从黑暗的迷茫中将堕落的心灵解脱出来”，他献出了自己最后的一点钱，而在高尚的流浪者和高尚的“堕落心灵”之间出现了可悲的误解。由于被他那舍己为人的行为所感动，被他赎回的那个女人深深地爱上了他，但是科诺瓦洛夫已经身无分文，他十分可怜她，而不是自私的为自己着想；他拒绝了她的爱情，这个曾受他恩惠的女人感到了屈辱，因为她认为被自己心爱的人拒绝是对自己的蔑视。大骂了科诺瓦洛夫一顿后，这个女人重新回到了自己原来的生活中。原本出于善良的动机，却是这样出人意料、令人不快的结局，于是他重又上路去往其他的地方，去寻找关于“行为”问题的答案。他在俄罗斯待了很久，进了几次监狱，最后，在看到已经没有可能解决这个痛苦的问题后，他在监狱中上吊自缢了。“在这个世界上没有一个属于我的地方！”他这样总结了自己的一生。

在高尔基的作品中不是所有主人公都像科诺瓦洛夫一样具有善良的品质，并喜欢忧郁的沉思；很多形象是粗暴的、不文明的、奔放的、严厉的、且蛮不讲理的。但是所有人，或者说几乎所有人虽然戴着放荡无耻的面具，但在面具之下隐藏的或是对“行为”问题的惶恐不安，或是几近绝望地认识到追求人与人之间的和谐美好只是徒劳无益，或者怀揣着某个主人公并不明了、让读者也感到莫名其妙的“梦想”。比如，在第一篇特写中出现的霍霍尔人的形象，他就属于那些被衣衫破烂的外表和不道德的生活所掩饰起来的人，这些人认识到人类对美好的追求只是白费力气。他的生活哲学可以总结为：“不要白费心机；终有一日，不管你愿不愿意你都会被拖入某个地方，化为尘土。”最衣衫褴褛、嗜酒如命的流浪汉——谢廖沙就是本着类似的生活哲学（短篇小说《马尔华》），“我干什么事都干净利落，直截了当，不拐弯抹角，说干就干，痛痛快快！至于上哪儿干事，那都无所谓。除了入土，跑不出地上这个圈儿！”

小说中的女主人公马尔华在不断地寻找答案，寻找那些在心中朦朦胧胧产生的疑问的解决方法。在小说中她被刻画成了类似于灾难性的女人，很多长篇小说家都描写过类似的人物，包括里什潘的《树脂》，接近她就有可能给自己带来毁灭；例如，捕鱼场的看守人喜欢上了她，后来看守人的儿子也为她着迷，她使他们父子失和，而且为自己的破坏性的影响力感到得意。但是在她残酷冷漠的外表下却由于无法解决道德上的问题而受到内心的折磨，徒劳无益地尝试满足自己内心矛盾的需求。正如加那瓦洛夫渴望从书本中找到“关于行为”问题的答案，马尔华也从书中寻找解决这些令人痛苦的问题的解决方法。有一天她的一个爱慕者在离他们工作的金矿很远的地方遇见了她，她侧身躺着，手里拿着一本破旧的书，微笑地迎面看着他。从这件事引发的对话中我们了解到马尔华会读书写字，这是她在“阿斯特拉罕一个律师家里当厨娘 ”时学会的，这本书是讲圣徒阿列克谢的故事，她枉然地“时而惊慌，时而懊恼”地问自己“应该做什么？”等。她想远离自己酗酒的朋友和伙伴，远离自己的堕落，这时她的心里就会产生这样的愿望：“不再见任何人”，而有时又想“把每个人都迷惑住，让他像陀螺似的围着我转；有时我可怜所有的人，可是最可怜的是我自己，有时我又想把大家杀死”。总的来说，在我们面前辗转反复的是一个坚强的性格，她有着模糊却很严肃的精神上的需求，蔑视人与人之间表面上的关系，追求一些其他的东西。像加那瓦洛夫一样，她生活在肮脏、酗酒和堕落的环境之中，表面上看她也加入到这样的生活之中，但实际上她却在一个远离他们的世界中，这个世界里有自己无法解决的疑惑，有模糊的愿望，有禁欲的想法，也有忘我牺牲的意愿。塔玛拉也是这类女人，她也是一个灾难性的女人，接近她是危险的，但是她像在任何时候都能犯下罪行一样，也会随时做出一些英勇的行为，甚至后者会更多。

小说《扣子事件》描写的流浪者米什卡心中出现了更加模糊的、但更严肃的精神上的需求。他偷窃、酗酒、堕落，但他也像马尔华那样从书中寻找“心灵的话语”，充满了对文字的敬仰，希望在书中对朦胧的不安找到解释。

前面列举了很多高尔基短篇小说中的流浪汉形象，为了不使读者感到乏味，下面我们关注一下他的长篇作品《沦落的人们》，作品中主要描述了大量无业游民的心理特征。在这里——一些曾经见识过美好生活的流浪者，由于现实的力量又被赶回了夜店当中。文中的第一个人物是骑兵大尉——夜店的主人，他的行为与昔日的强盗首领相似；他是一个已经定型的人物，像马尔华和加那瓦洛夫那种摇摆不定和矛盾的状态在他身上是不存在的。对他来说生活是明朗的，这种明朗完全可以从他的行为中判断出来，他的行为可以简单概括为惩强扶弱。骑兵大尉的地位处境和言谈特点中隐藏着高尚首领的本性；他说话不是简单明了，而是装腔作势；他虽没有直接的机会报复那些强者，但在他矫揉造作的言谈中，在对待与周围人们的态度上，都表现出他在竭力履行一个品德高尚的强盗首领的使命。在这个夜店中住着一个曾经当过教师的人，也是个酒鬼，是个流浪汉，但也有着高尚的感情和行动；他微薄的收入中有一半被他用来喝酒了，另一半给了那些栖身贫民窟周围的孩子们。在他身上看不出一点仇恨或冷酷；他教导自己的伙伴们要相互和睦，彼此友爱。接着作者又描写了一位农民佳帕，他经常读《圣经》，试图从中寻找到内心的平静，有时他也会忧愁的问自己："谁来教我们呢？"关于善良和真正的道德行为的问题使他感到苦恼，就像加那瓦洛夫和马尔华那样，自身的傲慢掩盖了其他品质。在这些重点描写的人物的周围，还有一些人物在活动，作者对他们的描写比较少：或是由于同伴的影响，或是由于个人的沉迷，他们也开始致力于解决精神上的问题，并且将自己的见解加入到教师和骑兵大尉无休止的争论中去。"野蛮的人毁了生活"——骑兵大尉说到，作为一个实干的人，他努力使自己的生活远离这些古怪的人。教师总是说些和解的、能够唤起人们的爱，而不是愤怒的话。其他流浪汉也加入了这场争论，他们表达了自己对生活的看法，最普遍的哲学观点是他们沮丧地相信谈话和思想都毫无用处。"为什么？不管我们说什么，想什么，还不都一样？我们活不长了……我40岁，你50岁……我们当中没有30岁以下的；过这种生活的人，就连20岁的人也活不长。"无论是对骑兵大尉报复性的语言，还是对教师和解式的话语，这些赤裸的怀疑主义者的感叹都一样："这都是些蠢话、幻想、胡扯。"

这就是无业游民的思想和感情的主要分类，就像高尔基描写的类型一样，作者描述的类型也是这样的。对马尔华的评价适用于这一世界的所有代表人物：“老兄，她的灵魂和她的肉体可不相配。”也就是说，他们不道德的、酗酒的、无耻的外表与他们高尚的、有时甚至是温柔的内心世界是不相符的。作者曾经指出过：“这些人（流浪者）有一个共同的可笑的特点，他们喜欢在别人面前表现得比实际更差一些。”看来，很多行为正是这个“把自己表现得更坏”的意图所导致的，这些行为并不符合流浪汉真实的想法，如偷盗、酗酒、淫荡、打架等。由于这一共同的特点——丑陋的外表与美好的内心世界的不相符——后者出现了不同的分类。正如我们看到的，所有这些分类可以归结为三种类型，其中最鲜明的代表人物是科诺瓦洛夫、骑兵大尉和已经提到过的霍霍尔人。寻求真理，却不可能找到，是第一类人的主要特征；积极追求在大地上实现正义是第二类人的典型特征；最后，第三类人在折磨人的怀疑主义中表达自我。但是无论是怀疑论者，精力充沛的、正义的战士，还是不幸地寻找真理的人——所有这些不同类型的人组成了一个庞大的流浪汉和无业游民的世界，他们隐秘的追求都与自身所处的环境是格格不入的。在获取周围人的同情方面他们当然无法与法国小说中的流浪汉相匹敌，但是他们力求带给读者的惊讶和狂喜是一样的。

我们不想说高尔基作品中的人物是虚构的、杜撰的，就像里什潘喜剧中的人物一样。在他们身上经常能够看到现实生活，有时能够听到真实的话语，有时还能感受到真诚的痛苦，但是，作者在自己的作品中完全放弃了固有的习惯，没有现实情况的突然凑合，没有意外，没有身不由己的堕落。他让流浪汉的生活成为某种哲学思想的自觉的反映，他们每一个人都在探索这一哲学思想，在自己的特写中让人物进行哲学思想的阐述，这对普通人的生活来说是完全不可能的，而对于社会中已经堕落的人来说就更加不真实了。这种阐述对高尔基一些特写产生了很大的负面影响，这导致读者在读到一些十分激动人心的场面时仍然态度冷漠，有时甚至准备要在俄罗斯流浪汉的面前赞美法国流浪汉。至少，使法国流浪汉最终走上这条道路的生活习惯要比导致马尔华放荡、酗酒、争吵、放纵等行为的“精神饥渴”更加普遍，也更加自然。

最后再说一些与高尔基作品中的人物真实还是不真实没有任何关系的话。屠格涅夫曾对一些当代的长篇小说家的表达方式产生过不满。这样的语句尤其让他忍无可忍：“给我手帕，她跳起来说。没什么，他擤了一下鼻涕。”遗憾的是，高尔基经常使用这样的语句。“就这样吧，米什卡快要愁死了。”“萨什卡！她面向他深吸了一口气”；“别说了，走吧！快从我眼前消失！瓦西里倒在沙土里”等，类似的例子还可以举出很多。

将梅里什恩的第一本著作《受难者的世界》中的人物与高尔基作品中的人物进行对比，仔细研究梅里什恩描写的苦役犯与科诺瓦洛夫、马尔华、谢廖沙、骑兵大尉等流浪汉不同的心理特点，将是非常有意思的。大概地比较一下就可以看出，高尔基描写的人物在精神本质上是千篇一律的，与高尔基不同的是，梅里什恩作品中的人物却有着不同的动机、不同的愿望、不同的精神面貌和人物特点，这样的人物我们在现实生活中是能够遇到的。

编后记

伊利亚·尼古拉耶维奇·伊格纳托夫(Илья Николаевич Игнатов, 1856—1921)，文学批评家、戏剧批评家、政论家，主持《俄罗斯公报》的文学和戏剧版。坚定的自由主义者，青年时期与民粹派联系紧密，曾经被捕和流放。在他的批评著作中，持有泰纳的实证主义美学立场。

里什潘(Jean Richepin，1849—1926)，法国作家、诗人、戏剧家，1908年入选法兰西学士院院士。著有《乞丐之歌》、《流浪汉》。梅里什恩(Мельшин)是雅库伯维奇(Пёгр Филйпппович Якубович，1860—1911)的笔名，作家、民粹派革命家。

论马克西姆·高尔基和他的主人公

作者 [俄罗斯]尼古拉·米哈伊洛维奇·米哈伊洛夫斯基
译者 肖兰兰、胡蝶、刘赛楠
校对 侯丹

一

三年前，文坛新秀马克西姆·高尔基的短篇小说开始陆续出现在各种杂志上。他的小说引起了读者的兴趣，为读者带来新鲜的东西；但是，因为有很多创作都是发表在不太知名的刊物上，并且都是零散发表，所以对这位新生作家的文学面貌作出一定的评价还有些困难。甚至还出现了质疑的声音，例如他是否具有固定的文学面貌，他会不会也是现代文坛众多昙花一现的现象之一：出现一个新的作者，他创作的中篇或短篇小说构思新颖，艺术手法独特，引起了大众的兴趣，似乎可以对他的未来有所期待，但随后很快就发现，这位作家就只有创作这一两部作品的才能。当然，文学中这种昙花一现的现象一直都有，其中的很多人如今都已成为偶然的过客；他们和读者交谈了一两次，可能读者会对他们的谈话感兴趣，和他们度过一段不错的时光，但随后他们就淡出了读者的视线，就好像从没到这世上来过一样，没有任何能令人想起他们的东西。的确，有些人还想努力坚持下来，并且像伊伯里特·奥斯特洛夫斯基那样不无傲慢地说："如果我来了。"但读者忧伤地想起了阿霍夫的回答："如果你来了，你也将很快离去。"这是当代文坛的表现之一，进一步说，这是当代文坛日益衰落的表现。衰落的原因是完全能够感觉到的，现在说起这些原因还有些困难。历史会在适当的时候提及它们的。但不管是什么原因，可悲的事实总是事实，如果关心俄罗斯文学的人带有几分怀疑地迎接令他们感兴趣的新生作家，也没有什么可惊讶的。他们会怀疑：可以期待与这个人继续交流吗？他的心灵里是否有些强大的东西，不会在两三部作品之后就消失殆尽。

自然，对马克西姆·高尔基也产生了这样的怀疑。我不能说，这种怀疑已经消除了，现在高尔基的小说一部分埋没在了像《北方公报》这样的文学坟墓之中，一些零散的作品经收集整理后独立出版。但不管怎样，他的两册小说集是完全值得肯定的，而且能带给读者艺术上的享受和思想上的滋养，不仅读起来令人愉快，而且百读不厌，它们将会载入文学的历史，即使高尔基再也写不出任何作品。

高尔基所开采的即使不是全新的，至少也是鲜为人知的矿山——流浪者、赤脚的孩子、无业游民的世界。与自己仅有的一两位屈指可数的前辈不同，他们只是顺便描写一下这些特殊的世界，高尔基则把自己的注意力和全部的杰出才华都献给了这个世界。这个世界既有着令文学家垂青的鲜明生动，还具有重要的社会意义，所以，它是值得高度关注的。这是欧洲文明的贱民。印度贱民受种姓制度的排挤，部分贱民是三个高等种姓之间的、不平等的、被严厉禁止的婚姻所产生的后代；一部分贱民是首陀罗的后代，他们因为犯了罪或其他原因而脱离了自己的种姓；最后，还有一部分贱民来自被征服的非阿利安人种的土著人。

我们的贱民在西欧被称为“流氓无产者”，在我们国家则是流浪汉和无业游民，流浪者是社会底层中的底层，是不同社会阶层的弃者，完全是另一种出身。且不说西欧，在我们俄罗斯不仅没有种姓制度，等级界限也在逐渐消失，失去了意义。无论是贵族子弟还是小市民或农民的孩子都可能沦入流浪者的行列。不是出身使他们成为流浪者，由于情况的凑合无论是纯粹的贵族，还是纯粹的农民都有可能进入到这个行列当中。由于犯罪而丧失产业也不是一定会把人拖入到这个“金色连队”中。所以，无法概括出流浪者具有哪些民族特征。而且流浪者和印度贱民一样，他们处于社会等级之外，即使最民主的欧洲党派也会鄙视地绕开流氓无产者。他们有自己的理由。流浪者脱离了所有的阶层，不依附于任何一个阶层，没有形成任何的秩序，不屈服于任何党派和阶级的纪律。确实，高尔基想把他们看作一个特殊的阶层。他说，这些人“早该被看作是一个阶层，他们应该得到关注，他们虽然十分贪婪，十分可恶，但是并不愚蠢”。

流浪汉完全值得关注，这是毫无疑问的。高尔基通过一系列完整的描述和典型形象向我们展示了流浪者的生活，他完全有权利为自己所作的一切感到自豪。但流浪者值得关注，并不是因为“他们虽然十分贪婪，十分可恶，但是并不愚蠢”。这些特征既过于笼统，又过于个别。无论是从前辈们的描写还是从高尔基的小说中都可以看出，流浪者当中也有不可恶反而是很善良的人，当然也有愚蠢的人，各种各样的人都有。他们作为一种一直还在增长的社会现象是值得关注的。但是，要说流浪者已经形成了、或是能够形成一个阶层，即使是以高尔基本人的描写为依据，这还是令人怀疑的。我们来看一下他的作品。

现在，我们要分析一下高尔基最优秀的作品之一——以主人公的绰号命名的《切尔卡什》。这篇小说刊登在《俄罗斯财富》[①]上，但是我认为还需要向读者提及一下可能已经被遗忘的它的一些细节之处，而且这部小说在与高尔基其他作品的整体联系上具有特殊意义。

故事发生在一个南方沿海大城市，好像是奥德萨，或是塞瓦斯托波尔。故事的开篇是对地方景色的描写。高尔基喜欢进行类似的描写，并且是景色描写的艺术大师。他特别善于描写大海和草原的景色，其中有很多卓越非凡的篇章。《切尔卡什》的开篇描写并不属于最精彩之列的，但是仍然有着一定的意义，可以让我们从这里出发对吸引高尔基的大量事物作出评断；也许，这段描写出现在第一本文集的最初几页并不是偶然的。我把这段描写在此全部援引：

“港口上升起的灰烟将蔚蓝的天空笼罩得一片雾蒙蒙；炙热的阳光仿佛透过一层灰色的薄纱照耀在浅绿色的海洋上。阳光无法倒映在水中，水面被划水的船桨和轮船的螺旋桨、被土耳其小帆船和其他船只的锋利的龙骨划破，它们把拥挤的港口到处都划到了。被花岗岩挡住的海浪，承受着浪尖上驶过的大船的重压，拍击着船舷和堤岸，卷起层层泡沫，夹杂着各种垃圾，一个劲儿地拍击着、低语着。

锚链的叮当声，载重货车挂钩处的轰隆声，不知从哪掉到石头上的铁皮发出的铿锵声，木材沉闷的敲击声，马车的辘辘声，轮船发出的时而尖锐刺耳、时而低沉的汽笛长鸣声，码头的装卸工、水手和税警的喧哗声——所有这些声音组成了劳动日里的一曲震耳欲聋的交响乐，它不停

① 19世纪下半期俄罗斯最重要的民粹派杂志。米哈伊洛夫斯基曾任主编。高尔基的著名小说《切尔卡什》是在该杂志发表的。

地回荡着，低沉地笼罩在港口的上空，似乎是担心声音飘得太高就会消失，一阵阵新的声浪不停地从地面升起：时而低沉呜咽，有力地震撼着周围的一切；时而尖锐、昂扬，似乎是要冲破耳膜，冲破尘雾弥漫的炎热空气。

花岗石、铁轨、港口的马路、帆船和行人，一切都沉浸在赞颂默丘莱神的激昂赞歌中，可是人的声音在颂歌声中显得细小微弱，最初发出这些声音的人也显得可笑又可悲：他们满身灰尘，衣衫褴褛，动作灵活敏捷，让驼在背上的重物压弯了腰的身体。他们在风尘里，在炎热喧嚣的海边不停地来回奔走，与他们周围的钢铁巨人、堆积如山的货物、轰隆作响的车厢以及他们所创造的一切相比，显得十分渺小、卑微。他们被自己创造出来的东西所奴役，失去了个性。

巨大的货轮升火待发，时而呼啸，时而嘶喘，时而沉重地叹息；一些灰扑扑的、满身灰尘的人们正在甲板上穿梭，把他们自己奴隶般劳动创造出的产品装满深深的货舱，在那些巨轮发出的每个声音里，仿佛听得出有一种对他们表示鄙夷嘲讽的音符。装卸工排着长长的、可笑的队伍，把肩膀上扛着的几千普特粮食装到货船的铁肚子里去，这么做是为了给自己的肚子挣得几斤同样的粮食，人的肚子不是铁的，不能摆脱饥饿感，这真是不幸。人们衣衫褴褛，汗流浃背，由于疲劳、喧闹和酷热而昏昏沉沉；人们创造出来的庞大机器在阳光下则熠熠发光、神采飞扬。机器的运转，归根结底并不是靠蒸汽，而是靠创造者的力量和心血……二者之间形成的鲜明对比使整篇作品充满了残酷而冰冷的讽刺意味。

嘈杂声让人压抑，灰尘刺激着鼻孔，迷住了双眼，烈日炙烤着身体，使人疲惫不堪。周围的一切事物——建筑、人、马路似乎都高度紧张，失去了耐心，眼看就要爆发一场惊天动地的大灾难、大爆炸；灾难过后，人们将在变得清新起来的空气里自由而轻松地呼吸，宁静将降临大地，而这尘雾弥漫的、震耳欲聋的、摧残人的神经的、几乎令人发狂的喧嚣也将会消失；城市、海洋、天空也将变得静谧、明朗且辉煌……但这只是人们的希望。他们希望如此，是因为人还没有厌倦追求更美好的生活，还没有放弃获得自由的心愿。”

从上面的引文中可以看出，高尔基不是个对工业进步持乐观态度的人。在宏大而忧郁的画面中只有一线光明，更可以说是对光明的暗示："人还没有厌倦追求更美好的生活，还没有放弃获得自由的心愿"。高尔基捕捉到了笔下流浪者身上的这种愿望和感情。然而不只是对工业进步，对与工业进步有关、或者无关的文明的其他方面，我们的作者也抱有怀疑态度。他在小说《在草原上》中这样写道："我只想做个诚实的人，做个粗鲁的人对我没啥好处。我知道，在我们这个文化水平很高的年代，人心一天天地变软了，就是在他们卡住自己亲人的喉头分明要置其于死地时，还竭尽全力做得殷勤和善，而且还要遵循在这种情况下所应有的一切礼节。我自己喉头的经验让我不得不指出这种道义上的进步，我带着愉快的感觉确信地承认，在这个世上的一切都在发展和完善。这惊人的进步特别是从监狱、酒馆、妓院的数目每年都在增加这个事实上得到了充分的证明。"高尔基塑造的人物总是与监狱、小酒馆和妓院近在咫尺。

高尔基向我们描述了流浪者生活的两大基础：一方面是热爱自由，另一方面就是监狱、小酒馆、妓院、总之就是"行为不端"。

格里什卡·切尔卡什——"一头饱经风霜的老狼，是个酒鬼还是个大胆狡猾的小偷，港口的人都知道他。"但如果只是个单纯的酒鬼和小偷就不会引起高尔基的注意了，毕竟像这种人有很多。酒鬼和小偷会受到别人的鄙视，好点的情况可能会引起人们的同情，或是某种宽容和厌恶相混合的感情。切尔卡什不是这样的人。"酒鬼和小偷"——这只是他内心和生活中的一面。他身上的另外一些东西不仅不会贬低他，反而会给他笼罩上某种诗意的光环，使他不仅高于普通的醉鬼和小偷，甚至高于很多诚实而清醒的人们。"他虽然是个玩世不恭的小偷，但他热爱大海；他那激越的、渴望得到各种印象的神经质的天性，喜欢对着这种昏黑的、无边无垠的、自由而又气势磅礴的辽阔空间沉思默想，从不厌倦。"这说明切尔卡什想要的不是只有面包和伏特加。他这样热爱大海的宽广辽阔不是没有原因的，他的心灵就像这辽阔的大海。他勇敢、宽容，有着强烈的自尊心，不允许任何人冒犯他。高尔基在小说开篇所描写的钢铁、木材、蒸汽组成的巨大混合体也不能吹嘘自己征服了切尔卡什，使他失去了自我。

作者通过一个片段的描写将切尔卡什的这些品格呈现在读者面前。切尔卡什开始了一项冒险的事业——偷窃并贩卖走私货物，而这单靠他一个人是无法胜任的。他的手下没有对此熟悉的得力助手，于是切尔卡什就把一个偶然碰到的过路人——年轻的农夫加夫里拉找来做帮手。小伙子正走在从草场回乡下家里的路上，草场的报酬很少，加夫里拉还没弄明白是怎么回事就答应了切尔卡什的建议。心地善良、有点笨头笨脑的乡下小伙子在施行这个计划时总是特别害怕,时而受到切尔卡什的嘲笑,时而又受到怒骂,随后在分发战利品时,发生了下面的场景。他们的战果总共 540 卢布,其中的 40 卢布切尔卡什分给了加夫里拉,显然还想再多分给他一些。但是,加夫里拉一看到这些红色的钞票心中充满了贪念,对他来说这是一大笔钱,而且是一个晚上赚来的,有这笔钱自己就可以在乡下好好过日子了!而切尔卡什就只是用钱买酒喝并且花光!加夫里拉低声下气地乞求切尔卡什把所有的钱都给他,他一边乞求,一边试图抢夺,突然一下子把切尔卡什摔倒在地。

切尔卡什被这个贪得无厌的奴才气得浑身发抖,他大吼一声:"好一只贪婪的狗。"他把钱扔给加夫里拉,切尔卡什眼中闪烁着勇敢的光芒,他感觉自己是个英雄。加夫里拉一个劲低三下四地感谢。"切尔卡什听着他那欢乐的号叫,看着他那容光焕发的、由于贪婪的狂喜而扭曲了的脸时,他便觉得,尽管自己是一个窃贼,一个举目无亲的流浪汉,却永远不会那么贪婪、下贱和忘乎所以,永远不会成为这种人!……这种想法和感受使他充分意识到自己的自由,使他能在这荒凉的海岸上,在加夫里拉身旁控制住了自己。"加夫里拉在狂喜之余承认,切尔卡什决定收回钱时,他曾想把切尔卡什打死。二人打了一架:切尔卡什被石头击中了后脑勺,摔倒在地上。加夫里拉咒骂诱惑他的金钱,并乞求切尔卡什的原谅。但是切尔卡什轻蔑地让加夫里拉把钱收下,只给自己留下一百卢布,就这样两个偶遇的人散伙了。

这就是流浪汉切尔卡什。与善良、勤劳、有点愚蠢的农夫加夫里拉相比,他虽然是个小偷和酒鬼,却是个真正的英雄,更具有侠义精神。高尔基笔下的切尔卡什完全有权利瞧不起这个"贪婪的奴才"。不久以前批评家盛赞契诃夫一篇平平常常的小说,就是因为在小说中"农夫"的"乡村式的蠢笨"很好地凸显了酒馆伙计和出租房女仆的形象,众口一词地贬低庄稼汉成了现在的时髦现象,想必他们会高度赞扬高尔基的作品。我同样看重高尔基的才华,以及他运用才华的方式,但是却有一些另外的看法。

显而易见,深深地蔑视农夫和乡村生活,蔑视中甚至带着憎恶,这不是切尔卡什一个人的特点,所有高尔基钟爱的人物都是如此。在小说《马尔华》中,勇敢的流浪汉谢廖什卡将农夫称作"张开大嘴吃土地的人",

"蟑螂一般可恶的田鼠",对其中一个人物是这样说的:"我不喜欢他……他浑身散发着农村的臭味,令我难以忍受。"马尔华本人也曾轻蔑地说,住在农村"就像待在牢房里,又黑又挤"。谢廖什卡在另一处再次阐明了自己的想法:"你也看到了,所有的农夫我都不喜欢……他们就是一群败类!他们装出一副可怜样儿,就会有人施舍给他面包……他们就会这一手!……他们有地方自治会,会为他们做一切事情……我在一个自治会医生那里当马车夫,都看够他们了……后来我流浪到过很多地方。有时候到了一个村子,要一点面包——去你的吧!你是谁,是什么东西,护照拿出来……挨了多少打啊……有时候被当作盗马贼……有时就无缘无故地把你关起来了……他们哼哼唧唧地装可怜,却很会过日子,他们有依靠——土地。我有什么能够对付他们的?"《沦落的人们》中的佳帕也憎恨农夫,"每次夜店里来了一个由于贫穷而被迫离开农村的新人,佳帕看在眼里,就会怒气冲天,忐忑不安。他用刻薄的嘲笑折磨那个不幸的人,喉咙里发出恶意的沙哑声,挑起夜店里的人欺负他,最后威协说要亲自动手打他,在夜间洗劫他的财物,这种做法几乎回回能奏效,最后那个受吓的农民就从夜店里溜走了"。佳帕从报纸上读到"某个村子里冰雹砸坏了庄稼,另一个村子里失火烧毁了30户人家,第三个村子里一个女人毒死了丈夫,总之全都是些关于农村的消息。这些消息照例必登,而且把农村描绘得不幸、愚蠢、狠毒。佳帕读着,嘴里发出哼哼哈哈的声音,也许是以此表示同情,也可能是表示快活"。叶美良·皮里雅依把自己叫作"市侩的乞丐",他用各种不愉快的事情折磨农民。他乐滋滋地幻想着开一间酒馆,想象着自己怎样在那里掠夺农民。"这个乡下人,这个黑土的主人——嘿,你!去抢他,剥他的皮!把他的心肝五脏完全翻出来。他又来喝解醉酒:'叶美良·巴甫雷奇,赊一小杯吧!''啊?什么?赊账?我不赊!''叶美良·巴甫雷奇,发个善心吧!'——'好吧,赊给你;你把大车赶来,我给你一杯酒。'哈——哈——哈——我要把他这个大肚皮的魔鬼狠狠地刺一下!"

因此,代表城市文化的流浪者是乡村农夫的死对头,无论流浪者自己在社会中的地位多么低,他们都会瞧不起农夫,显然,他们这么想也是有充分的理由的。在我们就此作出任何结论之前,在我们或是高兴、或是难过,或是为自己偏好的观点寻找证明之前,我们先来看看流浪者是如何看待其他阶层的,比如说商人。

阿里季斯德·库瓦尔达也是一个“沦落的人”，某种程度上也可以说是“沦落的人”的小头目，他曾说：“商人是什么人？看看那些荒唐、愚昧的现象就知道了。首先，每个商人都是农夫。他们都是从农村出来的，经过一段时间才成为了商人。但只有有钱才能成为商人，那么农夫从哪里才能弄来钱呢？大家都知道，他们的钱不是通过正直的劳动得来的。农夫都想方设法地骗人。所以说，商人都是骗子农夫……哎，要是我能把这些都写在报纸上就好了！……我会让他们原形毕露，他们其实就是披着人皮的动物。他粗野、愚蠢，不懂生活的美妙，没有祖国的概念，不知道还有比五戈比铜币更值钱的东西。”

不错，阿里斯季德·库瓦尔达是个退职的骑兵大尉，还是个贵族，他厌恶商人还可以说得通。但是，他的贵族身份是很久以前的事了，就像他现在这些身份复杂的伙伴们一样，往事早已过去了。他现在属于“被生活抛弃的，衣衫褴褛的，沉浸在伏特加、仇恨、嘲笑和肮脏之中的人”。但因为受过一定的教育，有杰出的头脑和雄辩才能，阿里斯季德·库瓦尔达在自己的圈中有很高的威信，他能够合情合理地、多多少少地说出一些涌动在流浪汉心中的本能和情感。此处，以一段阿里斯季德·库瓦尔达和他同伙之间的谈话来作个例证：

“我是个落魄的人（阿里斯季德·库瓦尔达说），应当消除我原有的一切思想感情。这样也许是对的。可是，如果我们抛弃那些感情，那么我和所有你们这些人，能拿什么来装备自己呢？”

“哎，你讲起聪明话来了。”老师鼓励他说。

“我们还需要有另外的生活观，另外的感情，我们还需要那么一些新的东西，因为我们也算是生活中的新人。”

“我们确实需要。”老师说。

“为什么呢？”“末日”问，“不管我们说什么，想什么，还不都一样？我们活不长了，我 40 岁，你 50 岁，我们当中没有 30 岁以下的。过这种生活的人，就连 20 岁的人也活不长。”

“而且我们算得上什么新人物呢？”“剩饭”冷笑说，“穷人素来就有。”

“可是穷人造过罗马呢。”教员说。

“是啊，当然，”骑兵大尉高兴地说，“罗慕路和勒莫，难道他们不是流浪汉吗？等时机成熟，我们也会创造的。”

“那就是破坏社会治安喽。”“剩饭”插嘴说。他哈哈大笑，对自己很满意。

我们还将回顾这场谈话中的一些细节，这里需要指出的是，“沦落的人”是各种各样的——农夫、贵族、知识分子、城里的、乡下的，他们所有人都“需要一些另外的东西，另外的生活观，另外的感情，需要一些新的东西”。正如我们看到的，马尔华认为待在农村就像“待在牢房里，又黑暗、又拥挤”，而流浪者加那瓦洛夫则对作者说：“马克西姆，你在城里那完全是叫混日子，城里有什么吸引你的？那里的生活腐化。没有空气，没有活动空间，人所需要的啥都没有。”“人们建造了许多城市、房屋，成堆成堆聚集在那里，给土地带来了灾祸，气都喘不过来，你挤我，我挤你……多好的生活！”在遭到伙伴有力地反驳之后加那瓦洛夫遗憾地承认，“为了过冬，城市倒确实是需要的……那是毫无办法的事儿。”生活在农村就像生活在牢房里——又黑暗、又狭小。但是生活在城市的鞋匠奥尔洛夫说的也是同样的话：“我待在牢房里钉鞋”；“我就坐在牢房里一直工作，别的什么都没有”；“只要一爬上阁楼，就进入牢房里了，不是说房间像牢房，而是监牢般的生活。”在总结自己的职业和对生活的感想时，奥尔洛夫说：“我讨厌一切——城市、农村、形形色色的人……呸！”

所以，高尔基所塑造的人物不是仅仅蔑视和憎恨农夫：无论农村还是城市都会引起他们的反感。而且，如果仔细阅读《切尔卡什》就会发现，流浪汉对加夫里拉除了蔑视，还奇怪地掺杂着嫉妒和同情。十一年前，切尔卡什也是一位乡村农夫，在与加夫里拉谈话时他感觉自己“浑身如同沐浴在给人安慰的甜美亲切的气息之中，耳边响起母亲温柔的声音，正直的庄稼汉老父亲坚实的嗓音，早已被遗忘的大地母亲的声音和气息；这片土地刚刚解冻，刚刚翻耕，刚披上丝绸般绿油油的秧苗……他感到自己孤独、可怜，被原来的生活秩序完全抛弃了，并且永远割断了联系，而他血管里流动的血液正是在那样的生活中培养出来的”。令人感兴趣的是，作者在不同的感情之间摇摆不定，就连憎恨农夫的佳帕在报纸上看到关于农村的不幸消息后，情绪也不是稳定的：“可能是同情，也可能是高兴。”佳帕甚至打发一个“沦落的人”回乡下去：“你最好是回到农村在那里当个老师或文书。你会不愁吃，精神振作起来。你干吗这样受煎熬呢？”

不难看出，高尔基的目的并不是要拙劣地表现农村和城市的尖锐对立。当然，不同的读者根据自己的理解程度，也可能是依据自己的良心，对其塑造的人物和场景会有不同的解释。如果一个人不仅是读者，而且也是批评家，他就不仅是向自己、同时也向其他人强调事情一个方面，而另外的人则会强调另一方面。这种片面的阐释也可能是十分高明的，在某种意义上也会令人感兴趣。但是，还是很想了解一下观察者本人，也就是作者的看法，尽管我们没有必要对其表示完全的赞同。在高尔基的两卷小说中只有一处地方，作者对城市和农村进行了直接对比，即："有文化阶层的正派人有可能会高于一个农夫，但是城里的坏蛋总是比乡下的坏蛋更龌龊、更肮脏。"这个观点作为显然是经过细致的观察之后的总结是十分有趣的，它和把城市居民与伺弄土地的农夫进行毫无根据的对比大不相同，我们这里不久之前还令人厌恶地不断重复"城市文化和农村文化"的差异。高尔基不是在笼统地比较城里人和乡下人，而是带有特定的道德标志的人，——"正派人"和"不道德的人"，而且对"正派人"抱怀疑态度："也许是正派人。"但是这些顺便提及的观点对于高尔基的基本主题没有太大的意义，他的基本主题是通过研究他的大量作品所发现的。所有他钟爱的人物，无论是城里人，还是乡下人，都是"不道德的"，徘徊在监狱、酒馆和妓院之间。比如说，城里"沦落的人们""乐此不疲地、下流地谈论女人"，"如果特别过分"，他们圈里的"教师"就会生气；而过去的农夫切尔卡什则是"厚颜无耻"。如果说在小说《扣子事件》中，落魄的农夫米什卡对放纵不羁的谢姆卡的愤怒能够感动读者，那么城市人加那瓦洛夫在这方面也毫不逊色。所有这些细节尽管已经形成了普遍的规律，而并非例外现象，但对于高尔基的主题来说仍只具有很小的意义。重要的是，所有这些贱民，虽然他们是苦难者中的苦难者，并且承认自己的"不道德"，但是，无论他们来自哪一社会阶层都认为自己有权看不起周围的人，而且从某些意义上讲他们确实有这种权利。

高尔基这样评价我们刚刚提到过的米什卡（《扣子事件》）："他是一个典型的农民空想家，是许多民粹派作家喜爱的人物，他们对这类人谈论了很多，但是却忘了这类人物在严酷生活的折磨下已经濒临绝种，艰苦的生活从来不会厚待那些空想家，也根本就不需要他们，比起软弱的头脑，它更偏爱健康的双手。"无论这位可敬的作家所指的民粹派作家是谁，是所有从人民日常生活中取材、对农民的生活饶有兴趣的作家，还是坚持原则、把农民和农民生活理想化的民粹分子，他都是不正确的。高尔基认为这些民粹派作家忘记谈论"空想家"是如何灭绝的，这其实是不正确的。可以轻而易举地举出大量例子来证明这一点，但是对近代文学史的回顾将使我们离开对高尔基的研究，也不符合我们的研究目的。高尔基并没有打算要填补他所指出的疏漏之处。他塑造的一系列形象也是已经被“严酷的生活”所抛弃的人物，而且还是“幻想者”：幻想的诗人或幻想的哲学家。看着这些人，我们不得不承认，我们的生活比起“软弱的头脑”更喜欢“健康的双手”。这没有什么值得惊奇和关注的，就像一间小小的石头房子也比一个大黑蟑螂更好一样。然而令人惊奇的是，高尔基笔下被生活抛弃的幻想家在大多数情况下头脑并不软弱（正像我们所看到的，高尔基甚至认为可以用一个共同的特点把他们联系起来，那就是“一点不愚蠢”），他们中的大多人也都有健康的双手，但最终还是被抛弃。这是为什么呢？

不过，高尔基笔下还有一个没有手的人物——小说《苦恼》中的人物米哈伊尔·安东内奇。我们从他本人那里就可以了解到，他换了很多的工作：他做过钟表工匠、教堂唱诗班的歌手、铁路润滑工、木材商的伙计，还卖过角制饰品，最后，他在一个工厂里因为醉酒倒在了传送带上，被传送带挤掉了双手。这里，我们至少可以指出是什么原因把一个人从社会中彻底抛弃。但是还需要说的是，在悲惨遭遇之前，米哈伊尔·安东内奇为什么不能适应他从事的任何一个工作呢？于是才醉酒倒在了传送带上，当然，这也许是偶然的，但也可能醉酒已经是他的习惯。高尔基一般很少解释在什么样的条件下，“严酷”的生活将他的主人公抛弃；即使有时对人物的生平进行稍微详细的介绍，也会在最吸引人之处戛然而止。比如格里什卡·切尔卡什。切尔卡什曾回忆自己的过去，“他能够看到小时候的自己，看到自己的故乡，自己的母亲，一个有着一双善良的灰色眼睛、两颊红润、身体丰满的妇女，还有长着红色大胡子、面容严肃的父亲；他也看到了自己做新郎时的样子，看见了自己的妻子，黑眼睛的安菲莎，她梳着长辫子，丰满、温柔、快活；他又看见了自己，一名英俊的近卫军士兵；他又看见了已经头发花白、因为干活而驼了背的父亲，又看到了满脸皱纹、身子快弯到地上的母亲；看到了他离职后回归故乡，村里人欢迎他的场景；看到自己的父亲在全村人面前夸耀自己的格里高利，留着小胡子的健壮的士兵，灵活英俊的小伙子……”对流浪汉生活的描述才刚开始，高尔基先生就在后面加上了省略号，然后只是对人物的某些“错误”做了模糊的暗示。是些什么错误呢，我们无从知晓，但可以肯定的是，切尔卡什的头脑并不软弱，双手也很健康。从勇敢的流浪汉谢廖什卡（小说《马尔华》中的人物)的生平中只能看出,他是一个来自乌格里奇市的小市民,"到处游荡,走遍各个角落"。如果说高尔基在某处提到了其流浪生活的开始,那也只限于类似"贫困所迫"或"他开始酗酒了"这样一些笼统的描述。贫穷或是缓慢地、一点点地用自己强有力的利爪将人困住,或是没有任何预兆地突然降临到人的身上,无论哪种情况,导致贫困的原因都是非常多样的;而人们"开始酗酒",除了贫困,还会有一些其他的、多种多样的原因,而且这些原因常常是偶然的,不能进行概括性的归纳。我们现在尝试一下不探讨高尔基,而是直接探讨他笔下的人物。

我已经说过,这些人物大多都是诗人或哲学家。诗人,至少内心是一位诗人;哲学家,至少都是爱好思考和总结生活现象。高尔基甚至认为:"每个同生活斗争过、被生活打败、沦落为肮脏的生活冷酷无情的俘虏的受难者,都比叔本华更像哲学家。因为抽象思维永远不能形成准确生动的形式,而直接从痛苦中萌发的思想则能以准确生动的形式表达出来。"高尔基不仅说到"准确",而且说到"生动",这并不是毫无目的的,还要想到,他恰恰选择艺术思想家叔本华和自己的人物相对比也并不是偶然的。他最喜欢的人物即使有些时候不能准确地表达出自己的思想,也能够将其生动地、艺术地、形象地表达出来。其表达如此地生动形象,以至于读者不禁感到怀疑:这可能吗,是真的吗?高尔基不拒绝采取任何一种方式来了解他所描述的环境,无论是从作品的整体观念上,还是从大量的生活细节描写上,都可以感受到真正的真实,这大量的细节不可能是虚构的、杜撰的。但是,有时当读者看到流浪者的言语和思想时,不由地就会想起作者本人对于流浪者所写的自传的评价,"在其自传中,震撼人心的可怕真相与幼稚的谎言奇妙地交织在一起。"当然,在这种情况下指出一个如此受人敬爱的作家说"谎话"未免过于不礼貌了,我们要说的是这并非有意地说谎。流浪汉的谎言也是可以理解的。加那瓦洛夫对待他人都是温顺、宽容的,除了对待他自己。他的流浪汉伙伴问他"你不相信吗?"他的回答是:"不,相信。怎么能不相信别人呢?就算是看见他说谎,也相信他。也就是说要认真听,努力弄明白,他为什么说谎?有时候谎话比真话更能说明一个人,而且关于自己我们又能说出什么样的事实呢?只是最卑劣的真相。而说谎倒还好些,不是吗?""是啊。"那个人也同意他的看法。高尔基讲述了关于笔下人物震动人心的可怕真相,对这些人物的种种劣迹毫不掩饰,但是由于他认为他们要高于叔本华,促使他向人物的头脑中灌输了不大可信的思想，而让他们说出了一些不大可信的言语。高尔基的流浪汉最没有个性的语言就是关于他们的哲学的，至少是有一部分是关于他们的哲学的，这些话语近似于作者本人的精妙的语言，只是被热情的作者故意写得不那么精妙。你们能够理解吗，伊则吉尔老婆子会这样表达："一天，轰隆隆的雷声响彻在森林上空，树木发出沙沙的可怕声响；那时候，森林里变得非常黑暗，就好像自从世界诞生以来的所有的黑夜，一下子都聚集在它里面一样。"也许，由于出生在东方伊则吉尔老婆子说出这些华丽的言语、这些美丽的诗一样的语言也是适宜的。没有手的米哈伊尔·安东内奇也说出了有哲学意味的话语："当存在法律和武力时，还讨论什么呢？如果我们的所有武器都存在于我们的头脑中，而我们的头脑也要服从于法律和武力，那么如何才能抵抗法律和武力呢？你们理解吗？其实很简单。不要冥顽不灵地生活，否则那个由你们自身的特点和生活前进的意志共同构成的力量就会把你彻底消灭！现实生活的哲学就在于此，明白吗？"没有手的米哈伊尔·安东内奇讲了很多类似的话语，读完这些话语之后，读者会为作者感到些许尴尬，但是当了解到没有手的米哈伊尔·安东内奇是"和最具智慧的人——大学生和许多教士"（如他自己所说）谈论这一话题，而且如作者所言他是用带有强调意味的低沉的嗓音说出了"法律和武力"这些词语，而"这些词的意思他却未必明白"时，你可能觉得这样也说得通。可以用伊则吉尔的种族出身来说明她能够说出这样的话，可以说没有手的人只是从"有智慧的人"那里学来了一些他并不怎么明白的词，但是还有一些地方高尔基的流浪汉只是毫无道理地卖弄华丽的言辞和哲学观点，遗憾的是，这样的地方有很多。有些地方他们的思想和话语是那么虚假，读起来既让人不舒服，又让人遗憾。比如，小说《科诺瓦洛夫》中有一段作者自鸣得意、矫揉造作、虚情假意的关于列舍特尼科夫的作品《波德利甫村的人们》的对话[①]，还有关于"虚构者心理"的对话，这样的地方还有很多。我不再举例说明了，而且在下文当中，由于其他方面的缘由可能还要援引此类令人不

① 列舍特尼科夫（1841—1871），俄罗斯作家。1861 年开始发表作品。1864 年刊载于《现代人》杂志的成名之作中篇小说《波德利普村的人们》描述了农奴制改革后彼尔姆省农民和卡马河纤夫的悲惨命运。另有长篇小说《矿工》（1866）、《格鲁莫夫一家》（1866—1867）、《哪儿好些？》（1868）、《自己的面包》（1870），中篇小说《傀儡》（1864）、自传体小说《在人们之间》（1865）以及许多短篇和特写。

愉快的篇章。

如果我们尽可能地抛开那些不必要的虚假的美丽言辞，也不要求流浪者表达自己的思想时比叔本华更为准确、形象，那么我们就会看到下面的情形：流浪人是不幸的，回忆起自己生活正常时的日子，他们有时也感到忧伤。同时，高尔基笔下的流浪人与其说他们由于一些外在客观条件被普通阶级抛弃了，不如说他们因为渴望自由而自动地脱离了本阶层，唯有流浪才能满足他们的愿望。"最好是去当流浪汉，鞋匠奥尔洛夫说，那样虽然挨饿，但是自由，想去哪里就可以去哪里！在大地上自由行走！"小说《在草原上》中的退伍士兵也说："朋友，我热爱流浪生活。那样虽然寒冷、饥饿，但是非常自由。没有谁可以命令你，你自己就是生活的主人。哪怕你咬掉了自己的脑袋，也不会有谁跟你说一句话。这几天我饿得不行，生了不少气。可眼下这不就躺在这儿，抬头望天。星星在向我眨眼：好像在说，没关系，拉库京，走一走，开开眼，在世上不要向任何人屈服。"《苦恼》中的库贾说："听着，我生在栅栏下，也要死在栅栏下。就是老了也要到处游荡……在一个地方待着太闷气了。"老茨冈人马卡尔·楚德拉本人、或者说以讲述人的面貌教育作者说："一边走一边看，看够了，就躺下长眠吧，就是这样！"在马卡尔看来，各种各样过着其他生活的人都是"奴隶，从生下起一辈子都是奴隶"。马卡尔继续对作者说："走啊，走啊 —— 总是在走。不要久待在一个地方 —— 那有什么意思？你瞧，白天和黑夜怎样围绕着地球奔跑着，彼此追逐着。那么你也应该逃避开关于生活的思虑，为了不会讨厌它。如果你越想着生活 —— 你就会越加讨厌生活……你只管不慌不忙地走着，看看你周围的情形，这样忧愁就永不会抓住你了。"勇敢的谢廖沙也讲述了这样的生活原则："我们什么都不要做……到处游走就行了。"小说的主人公马尔华高度称赞了谢廖沙，"他到处都去，走遍了世上的每个角度。"加那瓦洛夫不想结婚是因为："首先，我是个酒鬼，其次，我连个住的地方都没有，第三我是个流浪的人，不可能总待在一个地方。"具有童话色彩的腊拉（伊则吉尔说这个名字的意思就是"被抛弃了，被驱逐了"）"不停地游荡，四处飘来飘去……"

尽管这些引文大同小异，我仍不吝惜从高尔基的作品中做大量引用，甚至我要指明的就是它们千篇一律的意义。作者有权要求对这个他多次重复的主旨给予特别的关注，显而易见，这个主旨在他的观察环境中发挥着重要作用。一些读者阅读高尔基在杂志上单独发表的小说时可能没有发现，或是由于没注意疏漏了这方面的内容，现在，自然而然地开始重视并总结此类内容。

这些引文向我们说明了什么呢？这些由于受到不容更改的外部或内部力量的驱使不停地“走啊，走啊，走啊”的新的亚哈随鲁[①]是些什么人呢？这些亚哈随鲁并非是过去的亚哈随鲁，我们不禁会想，他们是不是过着一种游牧生活呢，是不是继承和延续了旧时代的“自由逃民”或是到处流浪的勇士的生活，那些人也像高尔基的主人公一样与酒馆和监狱近在咫尺，在过去的一百年间也曾是抢眼的、引人注意的社会现象，但是从来没有人把他们看作是一个“阶级”。而高尔基却认为，已经到了把他的人物“看作一个阶级的时候了”。阿里斯季德·库瓦尔达，作为这个阶层最主要的哲学家，确定无疑地指出，他正代表着“生活中的新意”。新意在哪里呢？遗憾的是，高尔基的作品对这一问题并没有给出过多的解释。

恶毒的怀疑论者“剩饭”驳斥了阿里斯季德·库瓦尔达，他指出他们根本就不是什么新人，因为“穷人一直都有”。也许不是永远这样，但喜欢“破坏社会和平宁静”的勇敢好动的“穷人”的确并不新鲜。但是，当回忆起古罗斯的“穷人”、“酒鬼”和各种各样的“流民”形象时，我们想起来，故事不仅说明了勇敢好动的主观心理因素，还指出了引起这些心理产生或始终伴随这些心理的外部环境。由于刚刚形成的国家政权的压迫，国家常常让一些弱者沦为它的牺牲品，普遍的混乱无法纪的局面，邻近国家半野蛮的游牧生活，再加上一些突如其来的打击——这就是历史学家所描述的几个条件，这些条件导致出现普遍的“流动的土地”，在这“土地”上成长起来的就是自由逃民。随后，当国家最终将居民安定下来，农奴制的压迫又出现了，这又成为居民从定居地逃亡的触动因素，逃亡又常常伴随着惊险的故事发生。然而这一切早已经成为历史，今天，我们要面对的促使“穷人”出现的外部条件是完全不同的、全新的。但是，高尔基没有向我们指明这些条件是什么，也许是“忘了说”。关于一些无名贫民或“普通流浪者”（高尔基在一处使用了这个称呼）还可以找到为数不多过于概括的、不确定的说明，诸如“为贫穷所迫”，但是，不要说这个解释远远不够，因为关于他小说中有名字的那些人物、小说的主人公们，可以说，连这样的解释我们也找不到。他们所有人好像都不是因为贫困才从

① 亚哈随鲁，永世流浪的犹太人，传说中的人物，根据传说，他在基督二次降临之前都要永远漂泊。

不同的"监牢"中逃出的；相反，是他们自己甘冒贫穷之险，尽管他们想要寻找的不是贫穷，而是自由，"真是自由自在"。与其说他们是受到了排斥，不如说是他们自己放弃的。莱蒙托夫对《云》的描述甚至也可以用在他们中的一些人身上：

……是贫瘠的庄稼地让你们厌烦……
热情和苦难都与你们无关；
永远做个淡漠自由的人，
你们没有故乡，你们也没有流放。

您也会同意，对于这些厚颜无耻的小偷和酒鬼来说，这样的评价有点过于美好和诗意了。如果在吸引高尔基的现象的深处也隐含着类似的东西，那也就是"贫瘠的土地"会让他们烦闷，至少让那些从不以自己的汗水浇灌土地的人感到厌烦。高尔基如此吝啬于对此加以解释，在他的全部小说中只出现过两次因歉收而挨饿的人，后来也不知跑到哪里去了，没有了行动，只在人物的谈话中有所提及。我们想想，歉收导致的饥饿和其他的自然灾害一样，在俄罗斯已经不是什么新鲜事了，可能也就是因此没有受到作者的关注。现在要说的是小说《切尔卡什》开篇处描写的由人自己创造出来、并且压迫人的恢宏忧郁的画面了。尽管有一些信口雌黄的人试图让我们相信，在工业上的进步我们几乎可以和英国比肩而立，但是他们所说的一切，用先知耶利米的话说，只是"对心灵的欺骗"。上面指出的画面在我们这是新鲜的，当然，不是说这是今天或昨天的新鲜事，而是与之相联系的生活现象从历史的角度看完全可以认为是新鲜的。我们自然会期待高尔基在描述完这个恢宏的场面之后，会将人物的命运与之联系在一起。但是这方面的内容我们一点也没得到。而且工业进步以现代的形式对流浪汉的形成发挥了影响作用，这是清楚明了的。工业进步解放了众多的切尔卡什和佳帕之类的人，使他们摆脱了土地，摆脱了各种枷锁和束缚，将他们驱赶到不同的行业，然而这些行业还是会定期排挤他们中的一部分人，有时甚至是全部人，他们被赶到街上成为失业者；失业者在各种不利条件的影响下，其中主要是城市生活的拥挤和不受控制的竞争，还有各种激起人的欲望却无法得到满足的诱惑，最终沦为了流浪汉。如果从过程方面来看，高尔基笔下的人物确实是新现象，但是高尔基对过程没有做任何的说明。一方面，新现象中包括了受自然灾害而脱离土地的农民，另一方面，包括了来自更高阶层的不同的失败者，他们由于各种不同的原因无法适应他们在其中出生并一直为适应它作准备的生活环境。

但是，“新”不仅表现在高尔基所塑造人物的出身，更大程度上是表现在这些人物的心理上，作者对人物的心理进行了很好的揭示。旧时代的俄罗斯自由逃民和酒馆里的穷人无论度过了多么疯狂豪放的生活，现在已经有了一个共同点，他们随着时间的推移已经变成了一大群人，甚至变成了一个庞大的游牧部落，他们有的自由地流落到遥远的边疆，从各处向莫斯科的沙皇“鞠躬致意”；有的形成了像扎波罗日斯卡亚——谢奇[①]这样的一个社会中的独特团体；有的破坏整个国家的安宁——这也证明了他们是可以有组织、有纪律的。高尔基的主人公则完全是另一种样子。

高尔基的人物都是极端的个人主义者。作者下面的描述是很令人感兴趣的。在讲述于费奥多西亚建造防波堤时，作者写道：“在俄罗斯发生了饥荒，饥饿几乎把所有惨遭不幸的省分的人们赶到了这里。他们分成一小群一小群，尽量保持同乡人和同乡人在一起，只有那些浪迹天涯的流浪汉很快就被认出——从他们独立不羁的相貌、穿着以及特殊的讲话方式——从那些仍旧依附于土地的、仅仅是因饥荒所迫暂时和土地断绝了关系而又不能忘了土地的人中被认出来。他们分布在所有的群体中：在维亚迪奇人中，在霍霍尔人中，无论在哪他们都像在自己的地盘。”但是这种“像在自己的地盘”应该从否定的方面来理解，理解成“他们没有故乡，他们也没有流放”。正因为这样，当别人向小说《马尔华》中的谢廖什卡说起西伯利亚时，他回答说：“哦，太可怕了！”然后“毫不做作地哈哈大笑起来”。高尔基的流浪汉在各处都像是在自己的地盘上，只是因为没有属于他们的地方。科诺瓦洛夫说道：“世界上没有一件事儿让我心满意足的！连安身之地都没找到！”这些人中断了所有过去的社会联系，而且没有建立起新的社会联系。他们炽热的梦想都缺少社会性，充满个人主义色彩。科诺瓦洛夫这样讲述读完《鲁滨孙飘流记》的感受：“真有趣，多么骇人！这本书让我趣味盎然；我都想到他那儿去。你知道那是什么样的生活吗？孤岛、大海、蓝天——你独自生活，你什么都不缺，你逍遥

① 谢奇，乌克兰哥萨克形成的一个社会政治及军事组织。

自在！那儿还有野人。嗯，要是我就会把野人淹死。他对我有个鬼用！我一个人生活也不会寂寞。”马尔华幻想着：“下一次我就乘着小船到海里去！远远离开！再也不见任何人！”切尔卡什在回忆起乡村生活时内心也会温柔起来，他也按照鲁滨孙的生活来给自己勾勒出一个农夫的生活，“自己土地上的国王”，“自己的主人”，什么都有——房子、鸡、苹果。“要知道是国王呢？真是这样？——切尔卡什热情洋溢地结束了自己的对农民的优点和权利的列举，不知为什么他忘记了农民的职责。”切尔卡什不仅忘记了职责，还忘记了人，而且不仅忘记了行政、军事、财政部门里的当官的，还忘记了亲人、邻居和朋友。他的农民“国王”就是孤单一人，形影相吊。阿里斯季德·库瓦尔达说：“我被抛弃了。这就意味着，我摆脱了一切牵绊。就是说，我可以目空一切！”

高尔基的人物所处的一切社会关系都是偶然的、短暂的。他们不是合格的工人，不是因为他们不擅长劳动，而是因为无论签订了什么样的契约，他们都认为没有必要履行（如《扣子事件》），而且他们游荡的本性使他们不能在同一个地方久住。但是，不仅和自己的“雇主”，即使是和自己的兄弟他们也很容易就中断联系。正如所见，切尔卡什把初次见面的加夫里拉当成自己的伙伴，事情一办完两人就立刻分道扬镳，而且一辈子都不想再见面。小说《在草原上》里的“大学生”秘密地掠夺自己的伙伴们，还打死了一个遇到的行人，然后就消失得无影无踪。只有一个被抛弃的伙伴“士兵”严厉指责了“大学生”的行为，但却没有说到问题的实质。

高尔基的人物对待妇女的态度很有特点。在探讨这个问题以前，我们首先来看看在小说《沦落的人们》中流浪者消磨时间的阴森而可怕的场景。其中在一定程度上描述了流浪人经常安身的地方——夜店。日复一日，夜店当中都有相同的人彼此相逢，长期的习惯、相同的处境、彼此的理解将他们联系在了一起。“突然，他们之间生出了野兽般的愤恨，这就激起了走投无路且备受残酷命运折磨的人们的残忍。于是他们相互打斗，充满野蛮和残忍，打个不停，然后又紧锁眉头，拼命灌酒，凡是可以在来者不拒的瓦维洛夫那儿典当的东西，他们都用来换酒喝了。他们就这样在冷漠愤恨中，在痛心疾首的苦恼中，在无法摆脱这种可恶的生活的苦闷中熬过秋天，等候更加严峻的冬日来临。有时，饭铺里忽然喧闹起来，充满肆无忌惮的、放纵的欢乐，大家载歌载舞，哈哈大笑，一连几个钟头变得像是发疯似的，之后他们又掉进麻木冰冷的绝望中。在灯盏冒出的黑烟里，在吸烟人喷出的烟雾里，身着破衣烂衫的他们，坐在桌边，神情郁闷，衣衫褴褛，无精打采地交谈几句，听着风声怒吼，琢磨着怎样才能一醉解千愁。人们之间充满了刻骨的憎恨，每个人都对别人抱着莫名其妙的怨恨。”

这就是隐藏在现代文明深处的现象，这就是我们的流浪汉所过的生活，这些现代的欧洲贱民脱离了社会上的所有阶层，在那里“花岗石、铁轨、港口的马路、帆船和行人，一切都沉浸在赞颂默丘莱神的激昂赞歌中”。不久之前，一些明达之人就预言欧洲文明将会被新出现的、来自内部的野蛮人所摧毁，这就是工人无产者，因为几个世纪的进步所取得的所有财富都与他们无缘。可以肯定地说，这一预言在几十年前还有可能性，现在则永远都不会实现。欧洲工人已经形成了公认的阶级，他们合法地参与自己国家的社会活动，具有自己正面的使命，并没有断绝与世代相传的文明之间的联系，他们的社会理想与其他阶级的理想并没有什么不同之处。但是，社会分化进程并没有止步于划分出工人无产阶级，不必说其他群体的产生，至少流浪汉也聚集在欧洲文明的中心。在他们身上我们已经不能看到任何的社会理想，任何持久的团结精神，他们是无法团结起来的一盘散沙，在他们面前的也没有任何良好的创造性的任务要完成，正如“剩饭”所说：他们只会破坏社会的平静与安宁。科诺瓦洛夫带有哲学意味地说：“我们是特殊的人，不能纳入任何秩序当中。”当然这些贱民不看重一切文明财富，普希金的浮士德决定“毁掉一切”可能会得到这些贱民的完全理解，他们也有和浮士德相似的愿望。因此在表达自己奔向大海，不想再看到任何人的愿望时，马尔华补充道：“有时想这样迷惑每一个人，让他像陀螺一样围着我转；有时想痛打所有的人，然后自己也可怕地死去。”落魄的鞋匠奥尔洛夫为自己“没有做任何英勇的事”感到悲哀。“有的时候，我想让自己在某个方面凸显出来。把大地上的一切都毁为灰烬，或者集合一些伙伴们杀死地球上的人们。一个不留！或者是类似这样的事情，为的就是使自己高于别人，从高处唾弃他们，然后再从高处头朝下地掉下来……粉身碎骨！”但这并不意味着高尔基笔下的人物都是恶毒的。想反，高尔基笔下恶毒的人物并不多见，他们中的很多人都是高尚善良的，他们都能做善事。叶美良去杀人抢劫，最后却救了一位姑娘（随之而来的就是街知巷闻的无聊的谣言）。加那瓦洛夫独自做着善事，他从妓院里解救出了一个妓女（最后却没有一个好结果）。就是马尔华也不是一个完全邪恶的女人。在等待机会“把所有人痛打一顿”的时候，马尔华还想放火把房子烧了——“这将引起多大的混乱啊！”后来她把想出来的计划告诉了谢廖什卡，让他实施这个能让父子相斗的计划，只是因为“这会很好玩”。在劝说马尔华的时候，谢廖什卡的脸上“看不到任何的憎恶，只是洋溢着善良和有点顽皮的微笑”，他说：“你想一想，看着他们因为你互相打断对方的肋骨不好吗？你只要动动嘴就行了！唉，我要是个漂亮女人该多好！在这世上我要惹出大麻烦！”总之，他们要对身边的人做出卑劣的事情不是出自愤恨，而是为了自我安慰：我比任何人都出众。这甚至已经不是个人主义，用现在一个时髦的术语来讲，这是“自私自利”。奥尔洛夫对自己的妻子马特琳娜说，他其实根本不想结婚，他就想做个流浪人。“那么你就去流浪吧，”马特琳娜说，“我就获得自由了。”但奥尔洛夫就因为马特琳娜的这句话对她痛打一顿。他自己说是一回事，而他的妻子要是说，就是另一回事了。

二

高尔基的小说受到人们的普遍关注。人们会谈论、评价他的小说，所有人都在一定程度上承认作者的才华，承认他才华的独特性。“在一定程度上”就意味着，有一些人赞扬高尔基的所有作品，强调小说中似乎存在的压倒一切的艺术节奏，而另一些人（必须承认，这些人的评价更接近事实）认为，高尔基所不足的正是艺术节奏。

《俄罗斯公报》的文学评论员伊格纳托夫的评论很有意思。这位受人尊敬的评论家指出高尔基所钟爱的人物常常是过于理想化的、虚假的。在我们看来，这位批评家关于这种理想化所给出的概括性的归纳并不是完全正确的。莱蒙托夫笔下的女王塔玛拉“像天使一样美丽，像魔鬼一样阴险、邪恶”。评论家认为，高尔基的人物身上也体现了这种外表和内心的强烈反差，“只不过带有相反的特征”。塔玛拉的优点成为高尔基的流浪汉的缺点，正好相反。可以说，流浪汉的外表，他们外在的行为是丑陋的：他们肮脏、酗酒、粗鲁、邋遢。然而塔玛拉内心的奸诈和邪恶在高尔基流浪者的身上变成了“追求善良和高尚的品德，追求正义和消除邪恶”。在对比中塔玛拉被从里到外地反了过来，这也是高尔基的人物最有趣的地方。为了能够完全领悟评论家的意思，我们需要注意评论家对高尔基的流浪者和让·里什潘的戏剧《流浪汉》进行的比较。《流浪汉》的主人公"首先是一位自由的骑士"，来自社会和家庭的束缚，对任何一个地方、对家园的依恋，或是对某种感想、某种热情的依恋——对他来说都是令人讨厌的。在所有强烈的感情中只有一种情感在他的心中长存——热爱漂泊，热爱自由，"向往广阔的田野和宽宽的道路，喜欢无限的空间和不断的变化"。并不是环境的力量使他变成了一个今天做事、明天失业的半饥半饱、无家可归的流浪者。是他的个人意志"主宰了自己的命运"，最终顺理成章地成了流浪者。我们在高尔基的贱民身上也可以发现这一特点。正像我们看到的那样，他们也不是受环境力量的左右，至少，这些外部情况都是模糊不清的，而是像亚哈随鲁一样受到来自内心声音的召唤：走吧，走吧，走吧！但是根据伊格纳托夫的评论，里什潘戏剧中的人物（很遗憾，我不了解这部剧）完全是另一种生活习惯和心理状态，从而免于与"监狱、小酒馆、妓院"有密切接触。评论家认为里什潘的"流浪汉不是与他有关的人都用怀疑的态度对待他的被驱逐者。他也不是靠施舍度日的乞丐，也不会用仇恨的目光看待别人对他的蔑视。他就像个真正的骑士，他高尚、勇敢、襟怀坦荡，每一家的大门都可以向他敞开，因为他的智慧才能使他成为了非常优秀的劳动者，他除暴安良，积极行善，是弱者可以信赖的靠山"。正如我们所见，高尔基的人物则是一些下流无耻，受人歧视的酒鬼。二者之间还有另一点区别：法国流浪汉快乐的、精神饱满的在这世界上到处游荡。这种情绪在高尔基的流浪者身上"被长久的不安、隐藏在内心的痛苦和烦恼所取代，只能在酗酒中得到解脱"。伊格纳托夫最后又回到了丑陋外表和美丽的内心世界的对比。他说，高尔基人物的内心世界分为三种类型：一些人想找寻真理却无法找到；另一些人想要在大地上重建正义；还有一些人受怀疑主义的折磨。这样的特点使他们失去了真实性，不像是生活中的人，尽管要比里什潘笔下的流浪汉真实一些。这就是伊格纳托夫的最终结论。

对于伊格纳托夫的这个机智且吸引人的结论我不是完全赞同。高尔基的人物进行了很多哲理阐述，甚至有点太多了，这些具有哲学意味的话语把他们从活生生的说话的人变成了留声机，机械地说出作者灌输给他们的东西。在这些哲理阐述中有时确实可以看到对上述三类人的暗示。但是他们中的大多数人，他们的普遍性格却不能纳入到这些类型当中。

甚至这些人物外表和内心的对立也不是像莱蒙托夫的塔玛拉一样清楚而明确。在塔玛拉身上的对比的确是清晰的、确定的：美丽的外表，阴险、邪恶的内心，其他方面的美学效果都是由此引发的。在流浪汉身上，批评家认为，光明和黑暗正好是反了过来，而事实上要比这复杂得多。首先我们这里说的不是身体、不是字面意义上的外貌。高尔基的人物并不是加西莫多。如果说谢廖什卡确实是不好看，那么加那瓦洛夫几乎就是个漂亮的人了，当读到对加那瓦洛夫外貌的描写时，我不禁想到了某一部法国小说中的句子："他露出自己像铁匠一样肌肉发达，同时又像公爵夫人一样白皙的手。"库贾的外貌是这样的，"他站在那，自由自在，魁梧强健；透过敞开的红衬衫可以看到宽阔黝黑的胸膛，他的呼吸深沉而均匀，红色的胡子可笑地不停颤动，胡子下面露出白白的、排列整齐的牙齿，蓝色的大眼睛狡猾地眯缝着"。这当然不是"天使"，不能与塔玛拉相提并论，但是也有另一种美。伊则吉尔老婆子年轻时也很漂亮，而且非常珍惜自己的美丽。她甚至认为："只有长得漂亮的人唱歌才好听"，"漂亮的人永远都很勇敢"。流浪者外表丑陋，这么说并不完全正确，因为高尔基常常把他们放在海边和草原上，他们和大海、草原共同形成了作者面前的美景，让作者一起欣赏。而小酒馆、妓院、小客栈当然是丑陋的，流浪汉不像女王塔玛拉那样穿着绫罗绸缎，披金戴银，而是穿着破衣烂衫，看上去当然是丑陋的，但是，要不是这样他们就不是流浪汉了。而在所有其他方面想要在外表和内心之间划出一条界限并不容易。毫无争议，小酒馆、妓院、小客栈也算是外表，但是为什么写这样的外表？里面发生了什么呢？为什么外部特征只是酗酒、下流、仇恨和打架呢？确实，我们可以从高尔基的作品里看出这样描写是为了表现一些另外的东西，提高他们的身价。但是，从哪个角度可以把抢劫并杀死过路的木工的"大学生"（小说《在草原上》中的人物）归结为"寻找真理"、"重建正义"或"受怀疑主义的折磨"呢？事情在于，高尔基的流浪者对于道德和正义的看法与其同时代的普通大众宣传的观点有所不同。阿里斯季德·库瓦尔达曾说："我们需要另外一种生活观，另外一种感情，需要一些全新的东西。"这些人正在"重新评价一切有价值的东西"，重新评价善与恶，似乎尼采也曾这样说过。

里什潘刻画的流浪汉形象有着十分迷人的个性，自然能够俘获女性的芳心，而他对爱情也是来者不拒。然而出于流浪汉的天性，他只能抛弃了一个又一个因他而快乐的女性，尽管他的"内心也很难过"。等到年老时，饱经生活沧桑的他来到了二十几年前和一个姑娘曾经相爱的地方。这段爱情留下的结晶如今已长成了一个小伙子。流浪汉被安稳的家庭生活的前景吸引了。但是在稍稍犹豫后，他还是“哭泣着”离开了，向目力所及的地方走去。作品最后以“远行人，前进吧！”这句话作为结束。这一情节性的末尾实际上是喜剧化的，它指出了流浪汉内心深处某种几近神秘的权威召唤，正是这种召唤使得他注定要像亚哈随鲁一样生活。

高尔基先生的流浪汉们虽然不具有法国流浪汉身上的特质，但是他们在爱情上也是很幸福的。的确，作者笔下的这些流浪汉们在谈到爱情时都喜欢胡说八道或者大吹牛皮，但是作者却完全信赖科诺瓦洛夫这个人物。科诺瓦洛夫经历了很多不一样的女性，而他都抛弃了她们，并不是因为各种原因而没有了爱情，也不是因为有了新的恋情，而是与法国流浪汉一样，源于内心深处的同一种神秘的召唤使他无法安定下来。但是区别在于高尔基的人物在抛开爱情时没有犹豫和“哭泣”。他们中间最多愁善感的科诺瓦洛夫在与恋人分手时也只是感到些许伤感和忧郁，而且只是因为他感情丰富，所以怜悯被抛弃的女人，怜悯她的痛苦和眼泪，而他自己在家庭和流浪之间做选择时没有丝毫动摇。科诺瓦洛夫曾与一位美丽又富有的女商人薇拉·米哈伊洛夫娜有过一段恋情，这是个非常漂亮的女人。当时一切都进展的非常好，也有可能很好的继续发展下去，但这“不是我的生活”，科诺瓦洛夫说道：“我终究还是离开了她。真让人苦恼呀！我老想着上什么别的地方去。”还有一次也是出于怜悯之心，他将一个妓女从妓院里赎了出来。但是那个姑娘却以为科诺瓦洛夫是要娶她为妻，尽管科诺瓦洛夫对她有些好感，他却害怕和她结婚：“我是一个流浪者，我无法在同一个地方生活。”不管怎样，科诺瓦洛夫在与姑娘分别时还是有点悲伤。库贾在要去库班时安慰自己的心上人说：“唉，莫特丽娅！已经有许多爱过我，我同她们都分手了，还不错，她们出嫁了，在劳动中慢慢失去了活泼劲！下一次再见面的，你瞧——简直不相信自己的眼睛：难道这就是她们——那些我吻过和抚爱过的姑娘吗？嘿！一个比一个糟！不，莫特丽娅，命中注定我不能结婚，是的，小傻瓜，我不能。无论什么样的妻子，什么样的农舍都不能代替我的自由。你听见没有，我是在围墙下生的，我也会死在围墙下。命运就是如此。直到老死我都会四处游逛，老待在一个地方我觉得无聊。”

这段对话碰巧被库兹玛的主人——磨坊主吉洪·巴甫洛维奇听见

了（关于这个人物我们后面还要谈到），他对库兹玛说这样对待女人是有罪的："假如有了孩子呢？这种情况肯定发生过的，是吧？"库兹玛回答说："也许有过，谁知道呢？"磨坊主指责他"有罪"，他反驳说："但要知道，孩子，不论是跟丈夫生的，还是跟过路人生的，都一样生下来。"农场主又接着提醒他在这种情况下女人和男人处境的不同，而库兹玛对此已不做正面回答，而是"严肃而冷漠"地说："只要认真想想，就会得出这样的结论：不论你怎样生活，都一样有罪！这么做是罪过，那么做也是罪过！说了——有罪，不说——也有罪；做了——有罪，没有做——也有罪。难道你搞得清吗？要我进修道院还是怎么的？我可不愿意。""你的生活是轻松而快乐的。"磨坊主既羡慕又带着些许敬意地评价道。高尔基笔下的一些女主人公也过着这样轻松快乐的日子。伊则吉尔老婆子就诉说了"她是怎样爱的"。当她 15 岁的时候就把自己交给了一个"从普鲁特河来的长着黑胡须的渔夫"，但是她很快就厌倦了他。于是她就和一个红头发的流浪的古楚尔人走了，而古楚尔人后来被吊死了（伊则吉尔因此烧了告密者的农场）。接着她又爱上了一个已经不再年轻的土耳其人，住在他妻妾们的内室里，然后从那里和土耳其人的儿子一起逃走了。后来她又和一个波兰人、一个匈牙利人好过，接着又和一个波兰人、一个匈牙利人，然后又是一个波兰人……马尔华是以她名字命名的小说中的女主人公，她同渔夫瓦西里生活在一起，却同他的儿子雅科夫玩闹调情，最终导致父子反目。后来她又遇见了大胆而又放纵的谢廖什卡，根据某些迹象可以看出，他们过去曾经很亲近。

马尔华是一个非常有趣的形象，我们需要对这个人物多说几句，高尔基刻画的所有女性多多少少都有点马尔华的影子。这正是几乎一生都闪烁在陀思妥耶夫斯基面前的女性类型：她们很复杂，处于寻常的善恶观念之外，因此传统的善恶观念完全不适用于这种类型的女性。她们是由陀思妥耶夫斯基的两个著名论点结合在一起而形成变异个体："天生专横，喜欢折磨他人"，而且是"极度喜欢痛苦的人"。这种类型的男性形象无论是怎样的特殊或病态，陀思妥耶夫斯基都能使他们以自己的鲜明和力量给人留下强烈的印象，但是对《棋手》、《白痴》、《卡拉马佐夫兄弟》里面的女性形象他却没法做到。尽管陀思妥耶夫斯基有时甚至将他们归纳为两种不同的神秘类型的代表（《白痴》中的纳斯塔西亚·费利波夫娜和公爵小姐阿格拉娅，《卡拉马佐夫兄弟》中的格鲁申卡和卡捷琳娜·伊万诺夫娜),这些波琳娜、格鲁申卡、纳斯塔西亚等人物还是会让我们迷惑不解。您只会感到作者有着某种复杂的意图,但是他那冷酷的才华却无法实现他的目的。因此我们的批评界大量研究了屠格涅夫、冈察洛夫、托尔斯泰、奥斯特洛夫斯基笔下的女性形象,而对陀思妥耶夫斯基的女性形象予以沉默是不无道理的。在艺术价值上,这是他忧郁的创作中最无趣的地方。高尔基笔下的马尔华也属于这种类型,但是她却比陀思妥耶夫斯基的女性形象更加鲜明易懂。当然,我并不是想将高尔基的表现力和一位真正的大作家相比较,而且这与高尔基的创作能力并没有多大关系,而是因为马尔华生长在粗野而又简单的环境当中,这种生长环境使她的性格更为肤浅鲜明,但是却保留了典型的性格特征,这正是陀思妥耶夫斯基徒劳地想要抓住的。

有位俄罗斯哲学家将女性分为"蛇型"和"母牛型"。然而这个不乏智慧而又幽默的分类中却没有马尔华的位置(许多其他的女性类型也一样)。马尔华与母牛毫无相似之处,与母牛相比马尔华过于活泼和灵巧,而且她也并没有母牛身上常有的母性。而我们关于蛇的联想一般是美丽与不变的狠毒并存。但是马尔华却不是一个完全不可改变的凶恶的姑娘,而且她身上几乎也没有什么东西是不可改变的。她的整个人都处于情感和情绪的不停转变之中,常常是转变成对立的情绪,转换得又很快,而且她自己不仅不能确定转换的原因,甚至也不能指明一种情绪到另一种情绪之间的界限在哪里,不能说出转换是什么时候发生的。如果需要给她寻找一个更能符合其基本特征的动物形象,那么我觉得,她像陀思妥耶夫斯基的神秘的女性形象一样,都更像猫。她们都具有猫一样将力量和柔美结合起来的魅力(而马尔华实际上是下流肮脏的,仅仅对于高尔基笔下的男主人公们来说是颇具魅力的,而对于那些有更高要求的人来说则显然不符合他们的口味了。但是我这里强调的是类型,因此暂时将她放纵不羁的个性放置一旁);像猫一样狡猾、机灵、敏捷;十分独立,时刻准备着自保,时而逃跑,时而公开的顽强反抗转变成了进攻;那种顽皮的亲昵温柔不易察觉地转为凶狠,它一边玩耍着一边用前爪抓着爱抚它的手,后爪却在挠人,牙齿也在咬人。为了体验这种双重的感觉,她也像猫一样具有某种残酷性,甚至不惜让亲近的人受伤……

我想起海涅自己的《歌集》中也有一个女性斯芬克斯的形象——它有着女性的头颅和胸部,却长着狮身和狮爪(即大型猫科动物的爪子)。

这个斯芬克斯曾一度使诗人既感到幸福又感到痛苦,因为她既会用爪子来爱抚,也会用爪子来撕扯:

它就这样抱着我,
狮爪正撕碎我可怜的躯体。
美妙的折磨,甜美的痛苦!
痛苦和乐趣皆无边际!
亲吻让我沉醉,
利爪正摧残着我的身体。

读者可能不仅会因为上文将女性分为“蛇型”和“母牛型”的幽默分类而感到生气,而且对于我将这种类型的人比作人类熟悉的猫可能也无法理解,恐怕,现在又在想,怎么能把遭人唾弃而又粗野的马尔华提升到和海涅的诗歌相提并论的程度呢?她自己能够感受到并在读者心中激起海涅所描写的复杂细微的情感活动吗?我想,如果我们现在谈论的是《卡拉马佐夫兄弟》中的格鲁申卡或者《白痴》中的纳斯塔西亚·费利波夫娜,读者们就不会这么想了。但是,尽管她们思想更复杂多变,更具吸引力,她们实际上毕竟仍是妓女。人人都有自己的苦处。最后我再强调一下,此刻谈论的并不是马尔华一个人。尽管她生活在肮脏的环境之中,但是她的内心却有着某种精神活动的特质,这些特质以前只有高智商和高艺术才能的人具备,但是却被研究得很少,也很不明确。这些特质的主要表现就是快乐和痛苦之间界限的不清晰,而我们通常习惯将快乐和痛苦极度的对立起来,这样做的结果就是对一个动态的过程形成了一个过分绝对的看法:人们总是找寻快乐而逃避痛苦。而陀思妥耶夫斯基忧郁的才能却竭力想要将这句话倒转过来,使反转过来的形式也具有不容否定的意义。当然,他并没有成功地做到这点。但是他以大量的形象和场景,以自己的方式和创作个性很好的阐释了“残酷的欢乐”和“幸福的疾苦”。快乐与痛苦的混合体,这种混合体是确实存在的。如果要对马克西姆·高尔基的所有随笔和小说都进行评点,这个问题对我们来说太博大、太复杂了,所以我们现在直接来探究马尔华这个人物。高尔基的才能中既没有陀思妥耶夫斯基的力量,也没有他的无情和无畏,但是高尔基将我们引领到一个不拘泥于言语表达和姿态的环境中,其中的人们放声高歌,肆意大骂，互相打架。正因为这样，在那里有些精神活动的表现形式是很明显的，甚至是动物式的表现形式。

马尔华同渔夫瓦西里生活在一起。瓦西里是一个老头，他五年前告别了妻子和孩子，从农村出来赚钱。他和马尔华在一起生活的很开心。但是有一天他已长大成人的儿子雅科夫突然来投奔他。而马尔华从那刻起就开始向雅科夫献媚。她这样做时不仅不因为爱人的存在而感到羞愧，反而还戏弄他。最后瓦西里狠狠地揍了她一顿。

"她没有哀叹，平静而又沉默的仰面摔在了地上。虽然全身凌乱，满脸通红，但她看上去还是很美。绿色的眼眸透过睫毛盯着他，眼中燃烧着冷酷逼人的仇恨。而他则因激动气喘吁吁，很满意自己出了口恶气，并没有看见她的目光。然后他带着胜利的喜悦和藐视的眼神看了她一眼。她默默地笑了，先是丰满的嘴唇稍稍地颤抖了几下，接着眼睛突然闪烁了起来，脸颊上出现了一些凹坑，她大笑了起来。"然后马尔华对他亲热，使他相信，挨揍她也没有不高兴，而至于戏弄他。"我是开玩笑的……就是想试探试探你。"接着她平静地笑了，依偎在他的肩膀上。而他瞟了一眼窝棚的方向（儿子留在那里）便拥抱了她。"唉，你……居然试探我！试探什么？这下试探出来了吧。""没关系，"马尔华眯着眼睛坚定地说，"我不会生气的……毕竟你是因为爱才揍的我。我会为此补偿你的。"她目不转睛地盯着他，颤抖了一下，放低了声音，重复道："唉，我要补偿你！"

朴实的瓦西里将她的话看成是于己有利的承诺，但是读者却能够猜得到马尔华当时心怀着仇恨和报复。而她实际上也的确给瓦西里制造了很大的麻烦：挑唆了他和儿子之间的关系，以至于瓦西里离开，回了农村老家。这是她后来根据放荡鬼谢廖什卡的点子想出的这个计划，在此之前她和谢廖什卡有过一次对话。她告诉谢廖什卡说瓦西里打了她；谢廖什卡吃惊地问她是如何挨打的。"我要是高兴，就不会挨打了。她生气地反驳道。那你是怎么回事？我不高兴。也就是说，你很爱那只猫儿了？谢廖什卡讥讽道，朝她喷了口香烟。唔，给打了！我原来还以为你不是那样的人。你们这些家伙，我谁也不爱。她又重新用冷淡的语气说道，并用手挥走了烟雾。撒谎，去你的吧！为什么我要撒谎？她问道。谢廖什卡从她的语气中听出来她的确没有撒谎的必要。如果你不爱他的话，为什么要容忍他打你？他严肃地问道。我怎么知道，你为什么这样钉住了问？"

高尔基的男主人公们一般来说经常吵架，并且时常打自己的妻子。他们中性情最温顺的人在谈到这点时都说："无论如何不能打怀孕女人的肚子、胸部和腰。最好打脖子或者拿根绳子拣柔软的地方打。"而女人们对这种规则也并不总是表示抗议。奥尔洛夫的老婆对他说："你没轻没重地打我的肚子和腰，打得太疼了。不用脚踹也好呀。"但是有时女性也会是进攻的角色。在《沦落的人们》中有一个叫西姆佐夫的老汉，他在爱情上是无比幸福的："他永远有那么三两个妓女情人，她们一连两三天的用自己微薄的收入养着他。她们经常打他，但是他一直都坚忍地承受着。而她们因为某种原因是不会狠狠地痛打他的——也许是出于同情吧。"但是不管高尔基笔下的人物是男人打女人还是女人打男人，这项伴随着凶狠、委屈、痛苦、疼痛的体力运动，总是或多或少地和抚摸、爱情以及快乐有一定的联系。在读这些殴打场面的描写时，人们由不得会想起陀思妥耶夫斯基《地下室日记》中的人物和他的名言："某个女人越是爱自己的丈夫，就越会和他发生争吵；因为我爱你，所以我因为爱而折磨你，而你能感受到……"，"知道吗，因为爱可以故意的折磨人"或者"爱情的本质在于从被爱者那里获得他自愿给予的折磨他的权利"。所以《棋手》中的棋手和波琳娜像陀思妥耶夫斯基笔下的其他许多夫妻一样，他们也弄不清楚，他们之间究竟是爱还是恨。而马尔华自己也不知道她对瓦西里是爱还是恨。陀思妥耶夫斯基笔下的人物通过伤人的话语、对思想的残酷压制等手段来"迫害"和"折磨"对方。而高尔基笔下的人物仅仅是打架。但是，这种粗野的行为不仅没有降低痛苦与喜悦相交织的场景的表现力，反而使其表现得更加明显。不是只有马尔华一个人挑逗自己的丈夫或情人直至遭到殴打，打完架后却是温柔的爱抚。还有奥尔洛夫的妻子马特琳娜（《奥尔洛夫夫妇》）也是这样："殴打使她变得凶狠起来，恶感唤醒了她的整个灵魂，给了她莫大的快乐，她原本只需三言两语便能妒火全消，可她并没有这样做，她反而去挑逗他，在他面前发出意味深长的笑。他气得出手就打她，毫不留情地大打出手。然后当愤怒达到极点并在他心中逐渐消失后，他开始感到后悔，支吾着和妻子套近乎并追问为什么要戏弄他。""她不吭声，可她知道为什么，知道现在遍体鳞伤、受尽欺侮的她会得到他的抚慰，热烈的、温柔的、寻求和解的抚慰。为了获得这种抚慰，她宁可让自己的腰被打得疼痛难忍。此时，丈夫还没能来得及抚慰她，她已经由于期盼丈夫的抚慰而高兴得泪流满面。"

下面的例子也是类似的情况。当加那瓦洛夫告诉他的爱人薇拉·米哈伊洛夫娜说因为自己“总被某个地方牵引着”,所以将不能再和她一起生活的时候,她起初是哭喊起来,大声指责着,最后只得同意了他的决定。但是在分别的时候,加那瓦洛夫后来讲述道:“她撸开我的袖子露出胳膊,然后用牙死死地咬住!我差点没叫出来。几乎被她咬掉整整一块肉……胳膊连着三个星期都疼得不行,现在上面还有个被咬的疤痕。”伊则吉尔老婆子在诉说自己无数情人中的一个时说:“他是那样的忧愁,有时候也很温柔,而有时候则像野兽一样地咆哮和乱打。有一次他打了我的脸,而我就像小猫一样地跳上他的胸口,用牙齿咬他的脸颊。从那时候起,在他脸颊上就留下了一个小涡。他喜欢我亲吻他的这个小涡。”

伊则吉尔老婆子把自己的生活称为“渴望的生活”。在《筏上》这部小说里有一个人物在谈到玛丽卡时也是用“渴望生活”来形容。马尔华和其他一些女性也是这样。这不仅是高尔基笔下女性的特点,例如切尔卡什也是“天性渴望更多的体验”,库贾则教导别人说:“这样那样的生活都得过过,最好全都体验过。”这样的例子还有很多。这样解释首先就揭开了永不停歇的流浪生活具有的神秘外衣,找到了内在的原因。高尔基笔下的人物都生活在拥挤黑暗的环境中,他们如何能不断地、甚至有些单调地重复出现?作者有这样一个愿望,如果不能拓展和加深环境的印象,那就改变一下他们存在的空间,哪怕写得差一点,只要有所改变就好。而如果因某些原因无法实现这种愿望的话,则会通过人为的刺激来达到这个目的。当然,这里指的是酗酒,但不仅仅是酗酒。高尔基描写的奥尔洛夫的妻子挨打后的感受很值得一提:“被殴打使她感到愤怒,这种愤怒给她带来了巨大的快乐享受,刺激了她的整个灵魂。”马特琳娜·奥尔洛娃的整个内心都活动起来,尽管是痛苦的内心活动,但也是为了“体验所有的一切”。这种全面内心活动的需求以快乐的痛苦为代价,在小说《苦恼》之中也得到很好的刻画。该小说描写的是“一个磨坊主生活的片段”。

磨坊主吉洪·巴甫洛维奇不属于通常意义上的流浪者。他很富有,也受到人们的尊敬,他很享受这种“富足和健康的感受”。但是有一天他突然变得忧愁起来:内心充满了苦闷和忧郁,因为富农的各种各样的收获而良心不安起来。然后吉洪·巴甫洛维奇开始回忆他是从什么时候变成这样的。他前不久去了趟城里,偶然间碰上一个葬礼,葬礼上的那种庄严的贫穷使他惊讶不已:那里有很多花环和送葬的人们。原来,安葬的是一位作家。在作家的坟墓旁其中的一位送葬人进行了演说,深深地触动了吉洪·巴甫洛维奇的心。演说者赞扬了被安葬的作家,说他生前不被人所理解,因为“我们内心塞满了无用的日常琐碎,我们已习惯于没有灵魂的活着”等。也许是演讲者的口才,也许是葬礼上的特殊氛围,亦或是某种别的东西的影响,总之从那时起吉洪·巴甫洛维奇就被忧伤吞噬了,痛苦地思索着自己“塞满了无用的、日常琐碎的内心”。接着吉洪·巴甫洛维奇就无意中听到了上文中自己的工人库兹玛同莫特丽娅的对话,然后自己也同库贾进行了一次谈话。在谈话中他努力地维持着一副“正派的劝教者”的形象,但是在他内心却羡慕库兹玛“轻松而又快乐的生活”。季洪还与妻子说起了充满日常琐事的心灵,她建议他捐些东西给教堂,领养一个孤儿或者叫医生来瞧瞧。但是这些都不能使磨坊主感到满意。他决定去一趟邻村亚姆卡,去找一个中学教师,那个人前不久刚刚在报纸上揭发了磨坊主对庄稼汉干的恶作剧。库贾则建议他不要去:“主人,您还不如去趟城里,到了城里,快活地消遣消遣,这对您会有好处的。”然而磨坊主对这个建议甚至有些生气,他还是去找那个教师去了。但是那个虚弱而又暴躁的教师弄不懂被他揭发的这个富农的内心状况,也听不懂他杂乱无序的话语。磨坊主潜意识里已经接受了流浪者库贾的建议,他准备去趟城里,在那里狂欢一番。这场狂欢的细节对我们来说并不重要,但是有些情景值得回忆一下。

肮脏的小饭馆里各种各样喝醉的沉沦的人们。他们聚在一起,伴着手风琴的音乐唱歌。一伙人中有一个告诉手风琴手说:“一开始要弹忧伤的曲子,为的是要让心灵归顺,强迫它倾听。它对忧伤很敏感,懂吗?你现在先试着弹奏一下《松明》或者《红太阳要什么》——心就会慢慢的平静下来。然后你马上再用靴子的节拍或者旋转来把心抓住,伴着敲击声、火焰和舞蹈,心就会燃烧起来!它被点燃了就会精神抖擞!然后一切都奏效了,我们随心所欲地狂欢就此开始!忧伤和快乐之间本来就有一道彩虹桥”……人们唱了起来……对这首歌的描写是高尔基两部小说集中最精彩的片段之一。其中既没有虚假的影子,也没有令人懊恼地破坏一般的准则,而虚假和对一般准则的违背常常会使读者的审美感和要求真实的愿望受到侮辱。我所熟悉的能与此相媲美的对唱歌场景的描写是在屠格涅夫的《歌者》里,而这一对比并不会使高尔基感到惭愧。您会发现,酒气熏天的小饭馆在歌声中确实安静了下来,磨坊主也的确“早就一动不动地坐在凳子上，垂着头聚精会神地倾听着。这些歌声使他的心里又重新泛起了忧伤，但是这次却多了某种又辣又甜使人心痒的感觉。在所有的这些感觉里有一种更炽热、更刺骨的感受。这种感受出现在他们每一个人的心里，它在磨坊主的内心形成了奇特而又甜蜜的痛苦，这种痛苦真的很强烈，促使着心将其中的冰融化，瓦解成小碎块，在那里戳痛着他的心”。

“甜蜜的痛苦”！这正是海涅写的“甜蜜的痛苦、幸福的疼痛”[①]。这种痛苦既使磨坊主感到幸福又同时折磨着他。他竭力地通过断断续续的喊叫声来表达这种状态：“兄弟们，我再也受不了了！为了上帝，我再也受不了了！”“我的心被刺穿了！我的痛苦要来了！你们触到了我疼痛的内心，我一辈子也没有过这种感受！”“你们触碰到了我的灵魂并使她得到了净化。我现在感觉到了自己——啊，太棒了！恨不得爬到火里去。”

放荡的狂欢四天之后，季洪忧伤地回到了家中，还是不满足。就在此刻作者告别了这个人物，没有说他接下来的命运如何。但是可以猜到，他到家之后又回到了以前的生活方式，只是偶尔会想起在流浪者库贾的建议下体验到的那些痛苦而又甜蜜的瞬间。

高尔基笔下“渴望生活”的人物通过这样曲折的方式得到了他们所需要的充实而又多样的体验。当然，这些方式必须与醉酒区分开来，尽管它们之间有一定的联系——马特琳娜并不是在醉酒的情况下戏弄她的丈夫，直至相互憎恨，而她在其中找到了某种“甜蜜的痛苦”的源泉。而这些人的醉酒除了说是动物般粗鲁的表现，还可以用屠格涅夫在小说《宁静》中借维烈齐耶夫之口所说的话来解释：“快看那只燕子……瞧见没，它是多么无拘无束地支配着自己弱小的身体，想飞到哪儿就冲向哪儿！时而盘旋上升，时而急剧降落，甚至高兴地尖叫着，听见了吗？这就是我喝酒的原因——为了体验这只燕子的感受。想去哪里就将自己扔向哪里，想去哪儿就去哪儿。”

我们继续刚才的话题。为了能在喝醉的状态下“想去哪里就将自己扔向哪里，想去哪儿就去哪儿”，也就是说在幻想和现实的世界里翱翔，仅有伏特加就足够了。但是，高尔基笔下的人物为了能在现实生活中畅游四方，需要的是自由。这里指的不是持有国家发放的必要的法律证件

① 米哈伊洛夫将其翻译成“甜蜜的痛苦、幸福的疼痛”。

而四处迁徙的自由，而是指摆脱所有长久的义务，摆脱由各种社会关系、出身、阶级归属、法律、风俗习惯、偏见、普遍的道德准则等构成的所有束缚。我们看到，高尔基的主人公们都在这个广泛的意义上热爱自由。马卡尔·楚得拉把所有没有随心所欲的游荡，而是在某处扎根定居下来的人叫作奴隶，这样的人"生下来是奴隶，并且一辈子都是奴隶"。与"渴望体验生活"的切尔卡什相比加夫里拉是一个"贪婪的奴隶"。令切尔卡什感到难过的是，这个奴隶敢于以自己的方式"热爱着自由，而他并不了解自由的价值，也不需要自由"。也就是说，这是贪婪。贪婪的加夫里拉有了钱之后，又回到"牢房"般的农村生活之中。而渴望着的切尔卡什却用这笔钱换取了东南西北四处畅游的惊险而又丰富的体验。这些被抛弃的人，或者更准确地说是抛弃了这个社会的人们从"渴望生活"的高度藐视各种地理界线、道德界限、现实的和理想的界限。确实，他们中有些人偶尔会忧伤的甚至充满感动的回忆自己的过去，那时候的他们还是某个社会群体中的一员，并且自觉或不自觉地遵守着它的秩序，但是这种情绪只是偶尔地、短暂地降临到他们身上，他们既不愿意也不能够再回到过去的生活中去。现在没有什么东西能把他们统一成一个稳定的整体。"人民是很庞大的，但我不属于它，它也不属于我。这就是我生活的悲剧所在。"《沦落的人们》中的"老师"这样说。他们对待其他社会束缚的例子我们在上文中已经看到了，在下文中我们还将见到。对于他们中的有些人来说这是悲剧，对于另一些人来说则是喜剧甚至是闹剧，例如对于库贾来说就是如此。但这只是性情的缘故，这种态度的本质并没有变化。

高尔基笔下的其他人物有时说自己"在寻找未来的城市"，但是这些都只是空谈，而且对他们来说并不具有典型性。正像我们见到的，他们更为普遍的理想是完全的远离人群，完全没有"城市"（如果城市指的是共同居住的地方），或是形成一种十分特别的关系（关于这点我们将再详细的进行探讨），或者最终想出普遍的破坏计划。高尔基笔下的人物在说这方面的内容时具有惊人的统一性，其他方面则是各不相同的。例如，马尔华"想要痛打所有人，然后自己也可怕的死去"；奥尔洛夫则梦想着"与众不同"，甚至想要将"整个世界粉碎成尘埃"，"总想着要高于所有人，从高处唾弃他们，然后再头朝下摔个粉碎"；阿里斯季德·库瓦尔达则说："要是整个世界突然着火燃烧起来，直至烧至灰烬，那我该多高兴。而只有我从头到尾看着所有的人，最后一个死亡。"完成某种不符合甚至是违背现有道德观念的大范围的、可怕的行为之后死去——这就是他们的理想。

除了鲁滨孙式的生活方式(而不是星期五的生活方式,否则会因为无用而被处死)和摧毁一切的普遍计划之外,高尔基的主人公们还有一个理想,也许,这个理想是最有趣的。他们"渴望生活",为了实现这个理想需要的是无边的自由,以及不向任何人、任何事情屈服。但是这并不意味着他们不想征服其他人。相反,在征服和奴役别人的过程中他们能够得到某种享受。例如,切尔卡什"很享受自己是别人的主人"——就是加夫里拉的主人;他"很高兴这个小伙子怕他,认为他——切尔卡什是一个恐怖的人";"他很享受用自己的力量征服了这个年轻小伙子"的感觉。同样奥尔洛夫"幻想着能高人一等",能尽情祸害他们。但是,不是只有做坏事才能高人一等,行善也可以达到这一目的。奥尔洛夫曾经有一段时间"渴望建功立业",原因是:"他觉得自己是个独特的人。他希望通过做某些特别的事使所有人都关注他,让所有人都惊讶,让他们相信他的自我感觉是正确的。"我们不由得再次想起陀思妥耶夫斯基,还有他刻画的那个不知道自我牺牲的伟大功绩和凶残的极端行为之间有什么区别的斯塔夫罗金,想起了陀思妥耶夫斯基对权力、痛苦和残暴所带来的快感的大量描写。奥尔洛夫和马特琳娜一起在霍乱病诊所服务的时候,也有了做善事的渴望。但是他在那里很快就感到了"憋闷",这个地方充斥着疾病、忧伤和叹息,在他眼里成了以热爱劳动的欢乐引诱他进来的"牢房"。在短暂的为梦想迷醉的时间里,他关于功绩是这样说的:"如果这霍乱病,比方说,变成一个人,变成一个勇士……哪怕是变为伊利亚·穆罗梅茨,我都会和他较量。去拼个你死我活。你厉害,我奥尔洛夫也不是吃素的,看谁胜谁负?我会把他掐死,自己也在战斗中死去……他们会在田野里我的坟墓上,为我立一个十字架,上面写着:'格里高利·安德列耶夫·奥尔洛夫。他为俄罗斯铲除了霍乱。'此外我一无所求。"然而当他感到"憋闷"的时候,他就又会动手打马特琳娜。总是在极度的温柔和残酷的殴打间变来变去。但是有一天他却"屈从"了妻子——顺从地忍受着她的指责,并且承认打人是不对的。然而第二天他却感到了后悔,于是"带着要征服妻子的打算去找她"。昨天在冲突发生的时候是她占强势,而他觉得这是当着自己的面羞辱了他。"一定要让她重新屈服于自己才行。他并不知道为什么一定要这样,只是坚信一定要这样。"

类似的性格特征在高尔基的其他主人公身上也有体现。作者本人似乎也沉浸在作品的情绪之中，他在某处曾对自己的心理状态做了这样的评断："一个人无论怎样潦倒，他还是乐于享受自己比身边的人更强壮、更聪明、或者是吃得更饱的这种自我感觉。"

我前面写道"作者充满着作品中的情绪"，而实际上真实情况可能是相反的：并不是痴迷于创作过程的作者充满了人物的情绪，而恰恰相反，是作者根据自己的形象创作了人物，将自己内心中的东西赋予了他们。无论怎样，上文中引用的作者对自己心理状态的总结说明，如果我们不了解高尔基，我们就读不懂他的流浪者，尤其是不能判断出他们的真实性的程度。

到目前为止我们看到的流浪者虽然可能是被修饰过的，但是至少还是真实可感的。而在高尔基的《随笔和小说集》中有些作品所描写的流浪汉则是抽象的、被净化过的，只是流浪汉生活的寓意和象征。第一本文集中的《鹰之歌》，马卡尔·楚得拉讲述的关于洛伊科·佐巴尔和拉达的故事；第二本文集中的《爱说谎的黄雀和热爱真理的啄木鸟》，伊则吉尔老婆子讲述的关于丹柯的故事。这些小说中的主人公都是虚构的或者是半虚构的人物，他们也像真正的流浪汉一样热爱自由、渴望生活，但是流浪汉真实生活的另一面他们是没有的，即监狱、酒馆和妓院。可以理解，为什么作者要刻画这些抽象的幻想人物。因为他在描写现实中流浪者们的酗酒、粗话、厚颜无耻和打斗时经常会产生无法克制的悲伤和厌恶，而通过刻画虚构的形象就避免了这些问题。而我们也可以看到，使流浪汉无论是在自己的眼中，还是在作者眼中都高于普通人的那种东西以纯粹的面貌显露出来。

我们先从马卡尔·楚得拉讲述的关于洛伊科·佐巴尔和拉达的故事开始。这是一位老茨冈人讲述的关于一对年轻的茨冈人的故事。这个故事有着华丽的东方色调，夸张的对比和童话般的细节，但是我必须承认，这个作品给我留下的印象是一件失败的模仿之作。然而，这并不是我们现在要谈的问题。佐巴尔是一个像画一样美丽的男子，他很勇敢、聪明和强壮，而且还会唱歌，会拉提琴。当他靠近拉达所在的茨冈人的营地时，那里的人第一次听到远处飘来的他的琴声，就发生了下面的情形："我们大家感觉到，楚德拉讲到，从这个音乐声里好像是渴望着某种什么东西，有了这种东西之后就用不着再活下去了，或者，即使要活下去，那就得做全世界的帝王。"这个"或者——或者"很独特："或者是死亡，或者是王者中的王者”。但是马卡尔·楚得拉只有在听到这一醉人的音乐时才能完全的体会到这种感觉。而对佐巴尔来说这却是另一回事。拉达和他是天生的一对:她也是像画一样的美丽,也很聪明、强壮和勇敢。很自然,当命运使两个如此独特而优秀的年轻人彼此相遇时,他们之间产生了彩虹般热烈而温柔的爱情。佐巴尔和拉达真心地爱着对方,但是他们的爱情,正如同高尔基笔下真实的流浪者一样,只能是痛苦,甚至死亡。拉达就是另一个马尔华,只不过是被提升到某种富有诗意的高度。而佐巴尔是个习惯于“像鹰隼玩弄小鸭一样地玩弄女孩子”的人,但是在拉达那里却遭到了无情而冷酷的嘲笑。她用刻薄的话语对他冷嘲热讽,而他要么是对这种挖苦并不在意,要么是太过于自信,他在所有诚实的人的面前对拉达说:“我见过很多你们的姐妹们,哎,很多个!可是从没有一个人像你这样打动过我的心。哎,拉达,你俘虏了我的心灵!但这又怎么办呢?要来的事,它终会要来的,而且世上也没有这样的马,你可以骑着它奔驰而逃开自己的心!我以自己的真诚,在上帝的面前,在你的父亲和所有的人们的面前,请求你做我的妻子。但你得留意,不要妨害我的自由——我是一个自由的人,我想怎么活着,就怎么活着!”边说着边“咬紧牙齿,两只眼睛闪闪发光”,向她走过来。但是拉达并没有回答他,而是将他推倒在地,用一根小皮鞭缠住他的两脚,然后自己笑了起来。羞愧伤心的佐巴尔转身走进草原,陷入忧伤的沉思中。过了一会拉达走过去找他。他突然拔出刀子,而她则以枪对准他的头相威胁,接着她便向他表明了爱意,却是这样说的:“洛伊科,我是爱你的。但我更加爱自由!洛伊科。我比爱你还更爱自由。没有你我就活不下去,正像你没有我也活不下去一样。因此,我希望你无论是灵魂还是肉体都是我的,你听见了吗?”“不管你怎么回避我,我都会征服你的。”她继续说道,要求他明天早晨向她屈服,并且要在大家面前表现出自己的屈服:当着全营人的面跪在她的脚前,亲吻她的手。第二天佐巴尔去了,并在全营人的面前发了誓,解释说因为拉达热爱自由胜过爱他,而他则相反,爱拉达胜过爱自由,因此才会同意了她的要求。“剩下来的,就是要试一下我的拉达的那颗坚硬的心,是不是像她向我所表示出来的那样。”说完他将刀插进了拉达的心脏。拉达死了,“微笑着,大声地而清楚地说道‘永别了,洛伊科!我知道你会这样做的!’”后来拉达的父亲走出来将佐巴尔杀死了。但是可以说是怀着某种敬意杀了他,这样双方就两清了。

《鹰之歌》里的鹰对待死亡也是毫无畏惧。它摔了下来，从高处摔到了石头上，从石头上摔了下去（后来摔到了海里）。对于蛇的问题它轻蔑而又高傲地回答："是的，我就快死了，但是我光荣地活过了。我经历了很多东西。我英勇地战斗过。我见过天空。你是不会那么近的看见天的……唉，你这个可怜虫！"鹰的这番话引起了蛇的兴趣，就竭尽全力的向天空中跳去，但是"天生要爬的东西注定是飞不起来的"，于是蛇得出了结论："看看，在天空中飞有什么好的呀！难道好在掉下来么……可笑的鸟儿们！它们不懂得地上的好处，待在地上就发愁，拼命想飞到天空中去，到炎热的天空中去追求生活。天上不过空空洞洞，那里光明倒是很光明的。但是没有吃的东西，没有能够支撑活的身体的东西"等。但是这首歌或者说是童话的思想（《鹰之歌》好像是克里木——鞑靼民族的童话歌曲）却不赞同蛇的论断，它歌唱的是自由之鹰渴望生活的精神："啊，勇敢的鹰！你生活在无边无际的天空中，你是太阳的宠儿！啊，勇敢的鹰！你在茫茫大海中为自己找到了归宿！你尽情的去吧！但是，在勇敢刚强的人的歌声里，你将永远是追求自由、光明的骄傲的号召！"

黄雀（《爱说谎的黄雀和热爱真理的啄木鸟》）不是雄鹰。它只是一只有着小小翅膀的小鸟儿。但是，它有时却有足够的勇气和胆量向同伴们唱起歌颂自由、辽阔、勇往直前的歌曲，使它们的内心躁动不安。但是老于世故的啄木鸟很快就反驳了这一思想，它向鸟儿们证实说，黄雀建议的那条道路充满了危险，不会有任何好的结果。可怜的黄雀被所有的鸟儿们摒弃了，它痛苦地想："我同意，是的，我同意，因为我也不知道小树林后面是什么，但是充满信心和希望总是好的啊！我只是想唤醒大家心中的信心和希望——这就是为什么我撒谎的原因。他，啄木鸟也许是对的。但是如果他的真理像石头一样压在翅膀上，不能向着高空飞去，那样的真理又有谁需要呢？"黄雀恰到好处地在鸟儿心中唤起了信心："我们不能懈怠，应当永远战斗，战胜一切，为了用亲眼看到的一切来证明自己，为了能有资格说：'所有过去的、现在的、将来的都由我们决定，而不是取决于盲目的自然力量。'"这只小小的黄雀同样渴望生活。而啄木鸟则坚持相反的观点："我们所有的鸟儿都是微不足道的，这一事实已经被大自然智慧与力量所证明，我们应当臣服于它，就像孩子服从母亲般一样。"黄雀渴望生活，但是它太过于弱小，不敢反驳啄木鸟的观点。于是鸟群从它的身边匆忙地返回了，只留下它在悲伤的孤独中。而作者是这样来总结整个故事的:“黄雀是高尚的,但是却没有信仰,所以在精神上是贫穷的;啄木鸟是明智的,但是却很庸俗;而作为听众的鸟儿们迅速作出回应只是因为它们感到很好奇,但是本质上它们冷酷无情,可耻而又庸俗。”

不仅仅只有小树林中被黄雀鼓动却被啄木鸟制止的鸟儿们是冷酷无情,可耻庸俗的。伊则吉尔老婆子讲述了这样的一个传说——曾经在某个地方生活着一群人。有一天来了一伙外族人,把他们驱赶到了偏僻而又茂密的沼泽地森林中去。人们没有了办法——后退是不可能的了,那里有强悍和凶狠的敌人;而往前则是越加浓密的森林和无法穿越的沼泽。开始有人生病和死亡。“他们想走到敌人那里去,向敌人献出自己的自由,被死亡威吓住的人们不再害怕奴隶的生活。”这个时候,在这些吓坏的人们中间,丹柯站了出来。伊则吉尔老婆子尤其强调了他的俊美和勇敢,他与洛伊科·佐巴尔很相似。丹柯在不幸的时刻尽力带领自己的族人向前走。这并不是因为他知道什么安全便捷的出路,他唯一知道的是这个可怕森林肯定是有尽头的,因为世界上所有的事物都有尽头。他自信地向族人们说出了他的想法,他们就都跟在丹柯后面往前走了。但是越往前森林越茂密、越黑暗。人们开始低声地抱怨起来,最后竟然要杀掉丹柯。丹柯对这些卑鄙的人是既忿恨又怜悯,此时在他的心里迸发出想要拯救他们的明亮的愿望之火。“突然他用双手撕开了胸膛,挖出自己的心脏,高高地举在了头顶上。那颗心正像太阳一样明亮地燃烧着,而且比太阳还更明亮,整个森林静默无声了,都被这个人类伟大的爱的火炬照得通亮,而黑暗也因为它的光亮向四面八方逃跑了,躲进森林的深处战栗着,或者堕入到泥沼的深洞口里去。”在火光的指引下,人们穿过了森林来到草原上,而丹柯“看了一眼展现在自己面前广阔的草原”,然后死去了。“那些无比快乐、充满希望的人,并没有注意到他的死亡,也没有看见那颗勇敢的心还在丹柯的尸体旁边燃烧着。只有一个谨慎小心的人注意到这件事,他非常害怕,就用脚踏在那颗高傲的心上。于是它就碎散成为许多火星,最后熄灭了。”

丹柯完成了自我牺牲的壮举,但他是孤独的,起初他孤独地带领混乱的人群向前走,然后在愤怒的人们面前他也孤立无援,最后又在这群被他赐予希望、因他而得救却忘恩负义的人群面前孤单地死去。腊拉(根据伊则吉尔老婆子的解释,这个名字的意思是被排斥、被放逐的人)在族人面前也是孤独的,但是他并没有做出什么自我牺牲的壮举,相反,腊拉是鹰和鹰掠去的女人生的儿子。鹰死后(当鹰衰老了的时候,它最后一次高高飞上天空,从那里收敛起翅膀,重重地跌到陡峭的山岩上,摔成了碎片……),被他带走的女人回到了自己的部落,身边带着二十岁的儿子——一个强壮、高傲、勇敢、美丽的青年,又是一个像佐巴尔或丹柯一样的人。但是很快他就引起了部落长辈们的反感,他不尊敬他们却拒绝向他们认错,并且说“世界上再没有像他一样的人”。后来他来到一个美丽的姑娘面前,一把抱住她;她却把他推开走到了一边去,他却“追着打她,她跌倒后,他就用脚踩在她的胸口上。于是鲜血就从她的嘴里冒出来,喷向天空,姑娘叹息了一声,就像蛇一样蜷曲起来死掉了”。人们把他绑起来想要处死他,但是,还是想弄明白他为什么要杀死这个姑娘。被绑着的他拒绝回答,人们将他松绑后,他说:“可能我自己也不是十分清楚刚才所发生的事。我想,我杀死她是因为她推开了我,可我需要她。”接下来的对话让他们弄明白了,“他认为自己是世界上的第一个人,除了自己之外,他什么别的都没有看见过。当大家了解到他命中注定要过孤独的生活时,大家甚至害怕了起来。他身边从没有过同族人,也没有母亲、牲畜、妻子,他什么都不想要”。当人们明白了这点后,那位年长的智者想出了惩罚他的办法:“对他的惩罚,就在他自己身上。放了他,给他自由吧!这就是对他的惩罚!”年轻人高兴地离去了,开始过着“像他父亲一样自由的生活。但是他的父亲并不是人,而他是人”。他敏捷、强壮、凶恶而又残暴;他时不时地到人们那里去掠夺他所需要的东西。人们用剑射他,但是剑“穿不透他的身体,他的身上似乎披了一层看不见的上等的皮”。他就这样生活了很多很多年,终于有一天,他厌倦了这样的生活。“再也享受不到快乐——快乐已经失去了意义,他想要感受痛苦。”于是他带着这种目的走向了人群,但是人们并不理会他。他想要自杀,但是却死不了。“他的眼睛里有着无限多的忧愁,好像足以用它来毒死全世界所有的人。于是从那时起,他就一个人孤独地、自由自在地寻找着死亡,到处地游荡。”

洛伊科·佐巴尔、拉达、鹰、黄雀、腊拉——这就是高尔基笔下理想的、净化了的、远离肮脏的流浪汉形象。他们正是改头换面的切尔卡什、马尔华、库瓦尔达和库贾等人,对这一点几乎没有人会质疑。我们看见在他们身上有同样的“对生活的渴望”;同样追求着无拘无束的自由;同样注定的孤独和被抛弃的命运,同样很难确定他们究竟是被抛弃了,还是自己离开了；同样有着很高的自我评价和成为魁首、征服别人的愿望，在别人的认可或默许中找到对自我的肯定；同样追求着某种极端的理想，哪怕这是无法实现的，哪怕随之而来的是死亡；在渴望欢乐的同时都同样在时刻准备着制造痛苦和承受痛苦；都同样无法把握欢乐和痛苦之间的界限。

但是这些特征并不是惯常不变的，而是发生变化的。某些个别特征有时十分的接近，有时却又相差甚远，但是无论如何，它们都是围绕同一个中心。例如，如果说奥尔洛夫今天想象着他用自己的生命拯救俄罗斯免于霍乱，明天想象着“将所有人打个稀巴烂”，甚至“将整个地球砸得粉碎”。在被净化了的流浪者们中间丹柯就代表着自我牺牲的壮举，而腊拉则代表着凶残的行为。尽管存在着区别，但是，他们都是带着高傲的力量和美的光环出现在我们的面前的。如果说黄雀的翅膀无力，它本身也很弱小，但是它仍然敢于号召其他的鸟儿们去追求自由和无拘无束的生活，至少在一段时间里它征服了鸟儿们的心，召唤了它们去实施伟大的壮举。如果说加那瓦洛夫认为“星期五”在鲁滨孙岛上完全是多余的，而腊拉在可怕的惩罚中感到了孤独，那么应该想到，随着时间的流逝加那瓦洛夫可能会后悔杀掉“野人”，因为这会使他陷入完全的孤独之中；马尔华大概已经厌倦了那些围着她转的人们，也同样幻想着孤独。从另一个角度来说，腊拉也不是立刻就感到了孤独带来的悲伤和痛苦：他十几年来都享受着这种孤独，最后他回到人群中是因为他厌倦了孤独，想感受痛苦。总的来说，这是刚刚露出一点苗头的某种模糊而神秘的东西，这个苗头看上去恰恰证明了阿里斯季德·库瓦尔达的自命不凡的看法：我们是历史中的新事物，我们需要新的生活观。

一只燕子的出现不能代表春天的来临，高尔基认为他的流浪汉已经形成了一个阶级，而这种或那种“新人”以阶级的面貌出现，则会伴随着人所共知的社会条件的改变。但是通过我们的上述分析，我们已经无需再证明高尔基笔下的主人公们并没有形成任何阶级，这一方面是因为他们状态的不稳定，更为重要的则是因为他们都是极端的个人主义者，不可能形成团结稳固的组织。然而，我们还没有说出什么能驳斥他们的所谓“新意”。但是我们注意到，高尔基并没有涉及到确实只有在我们这个时代才会催生流浪汉的那些外部的客观条件；这种忽略的后果就是他的所谓“新型”流浪汉与过去的浪人和酒馆里的穷人在来源上没有任何区别，甚至会让人想起过去游牧民族的生活。还有一个情况能证明这一点，高尔基的人物画廊中有一些真正的游牧部落的人，而且他们之间没有明显的区别。佐巴尔、拉达、丹科、腊拉——这些都是幻想出来的，至少可以说是神话中的人物，因此尽管幻想式的作品将他们置于游牧生活的条件下，尽管他们引人关注，也不能将他们算在内。但是伊则吉尔老婆子、马卡尔·楚得拉——他们则是来自“沿着比萨拉比亚游荡的喧哗的人群”之中的茨冈人，也就是说真实的、活生生的游牧人，在现代的欧洲生活环境下这些游牧人已所剩无几。而且，他们的思想、感受和行为总的来看与马尔华、切尔卡什、库贾等人完全一样。那么，“新意”又在哪里呢？恰恰相反，这只不过是老去的、快要被历史淘汰、只在个别地方还一息尚存的过去的东西，与小说《切尔卡什》的开篇描写所提到的内容毫无关联的东西：“花岗石、铁轨、港口的马路、帆船和行人，一切都沉浸在赞颂默丘莱神的激昂赞歌中。”

如果从他们的来源、从他们的历史形成过程这一角度来看，那么没有一个特点能证明他们的“新意”。但是，如我刚才所说的，在他们的心理状态中的确存在着某种新的东西。但是，这样我们可以料到，在游牧人伊则吉尔老婆子，马卡尔·楚得拉，以及他们在幻想和传说世界中的影像——佐巴尔、腊拉等人的心理当中，有作者引入的某种臆想的、不符合实际的特点。这是确实存在的。

我用了“贱民”这个词来表示我们的流浪者和欧洲的流浪汉，因为这个词与流浪汉之间有着几分有趣的联系。有一种观点认为，茨冈人实际上是印度贱民的后代，他们在历史上某个时候从印度迁走或被驱逐出来。印度贱民本质上就是被不同种姓抛弃的人，是印度土著人和前雅利安人以严格的印度教法律和习俗结合起来的混合体。不管茨冈人究竟是不是印度贱民的后代，他们都是被放逐的（或者是自我流放的）民族，并如同所有的游牧民族一样，他们不是直接地分解成了个体的形式，而是以游牧部落、游牧营地、族群和家庭的形式分散开来。因此，游牧民族的自由和对自由的热爱是相对的：他们艰难地忍受着文明生活的各种约束，并且受到文明生活的各个社会单位的强烈排挤。我们主要是通过各种各样“茨冈人的故事”，从而对茨冈人自由自在的生活有着各种完全虚幻的想象。实际上，茨冈人尤其是茨冈女人处在所属营地的严格统治下，这点我们甚至可以从茨冈人的歌声中听出来，他们有时会给我献上一场音乐会。虽然受着这种管辖，对此却并不感到苦恼，这才是真正的典型的茨冈人。游牧者喜欢的自由完全不是像我们现代的流浪汉所喜欢的那种自由，反过来说——虽然库贾们，或是谢廖什卡们，加那瓦洛夫们都喜欢四处流浪，但如果待在营地里他们的感觉会非常不好，而马卡尔·楚德拉待在营地却觉得不错，虽然他也宣传永远流浪的生活方式。游牧者的流浪是通过部落、营地、族群的形式进行的，与其相联系的就是最为严格的约束，而谢廖什卡和库贾是独自一人在流浪，他们不知道任何束缚，也不想知道。这就是他们的“新意”的地方，当然“新意”不仅在于这里。

关于“贱民”一词还有一点需要说明。上文中我们曾经将高尔基与陀思妥耶夫斯基的相近之处进行了一些说明。1894 年，《俄罗斯财富》杂志在几页版面上较为详细地刊登了尼采的学说，在他的学说中我发现这位不幸的德国思想家与陀思妥耶夫斯基也有某些观点是接近的。正如我一样，他对我们的大艺术家也怀着无比的敬意，看上去，他只是通过《死屋手记》了解的陀思妥耶夫斯基。在《偶像的黄昏》中，尼采十分赞赏陀思妥耶夫斯基深入到死屋居民内心世界的心理分析的力量，他谈到了“贱民的感受”，关于“仇恨、报复、反对所有现存事物”的感受，可以说，这种感觉存在于每一个在现代这个“顺从的、平庸的、失去血性的社会里”找不到位置的强者的心里。

我想，在高尔基刻画的主人公身上读者们也不难找到这种感受。而且，与尼采的观点的相似之处还不止于此。事先声明一点的是，我没有想要证实尼采借用了我对高尔基生活的阐述观点。我并不是要证明高尔基对生活的阐释是从尼采那里借鉴来的，他从来没有提到过尼采（虽然他有时提到了叔本华），很可能他都不知道这么个人。这有趣的巧合证明了，尼采广为知之的思想不仅在欧洲获得了大量的支持者，就是我们这里也独立地萌发了类似的思想，更不用说那些直接引用尼采观点的人了。不管怎样，尼采的道德与政治学说同高尔基流浪者的哲学并不是格格不入的。

我们先从孤独说起，在尼采的观点中孤独所发挥的作用与孤独在高尔基流浪汉的理想中发挥的作用是一样的。尼采创作了真正的孤独的赞歌，甚至还建议设置一个新型的学科：与社会科学——研究社会相并列设置孤独科学——研究个体。孤独不仅是珍贵的，而且还创建了合理的关于梦想的学科；它对于每一个坚强的人来说都是不可避免的，因为任何一种社会形式都要求自我的某些部分做出让步，但是从本性来说，它不可能同意做出这种让步[①]。

但是除了坚强的人之外还存在着懦弱的人，这些人愿意屈从于各种各样对自由的束缚，甚至对于坚强的个体来说也需要了解社会，这并不是为了让孤独无法实现：尼采认为最美好的事情就是“为了伟大和难以完成的事情而牺牲”；也不是因为孤独会带来痛苦：尼采时刻准备着承受痛苦，对他来说最大的享受就在于正面因素和负面因素的斗争所带来的快乐；了解社会主要是因为在强者的心中有着“Der Wille zur Macht”，翻译过来就是“权力的意志”。尼采认为，这种对权力和强大的渴望是历史的主要推动力，而且它与人类的某种原始属性——即残酷紧密相联：“痛苦带来的是快乐，征服痛苦带来的是更大的快乐；这是残酷、古老而又强大的法则。”（参见《论道德的谱系》）以残酷的方式进行自虐的苦行主义有着同样的理由：因为缺少或者无法得到其他的东西，印度的宗教狂之流就虐待自己的身体，从而享受到自己高于别人的感觉，因为别人无法做到这一点。懦弱、胆怯、伪善经常遮蔽了人类的这些原始本性，而且如今已经在文明的人们中间建立起了与“奴隶的道德”，与坚强、乐观、残酷、感性、热爱权力、“渴望伟大的胜利和动物般的掠夺”的人们信奉的“主人的道德”相对抗。曾经有过力量、美和健康的本能获得胜利的时代，那时它们没有被过于理智的分析和呆滞的反思所扼杀掉。而如今则是“奴隶的道德”横行的时代，它的基础就是温顺、谦恭、顺从、适度和有序，不是去影响环境，而是服从它。随着时间的流逝，天生的“主人”楷模将会脱颖而出，未来将属于他们。他们从本质上说就是能够统治地球的“超人”的前身。而如今他们的本质是被放逐或自我放逐的贱民，是对所有现存事物怀有仇恨的人，他们可能不愿意住在现存条件所构成的“牢房”中，而成为陀思妥耶夫斯基的死屋中的居民。但这并不是唯一的结果，这只不过是“主人”的本性战胜奴隶的社会偶然事例。与之相反的结果也是可能的，当一个贱民打破奴隶社会的所有法律和道德的时候，他就成为真正的主人：拿破仑就是这样的人。（我记得，《罪与罚》中的拉斯科尔尼科夫认

① 当人们质问腊拉为什么要杀死这个姑娘的时候，他回答说：“她推开了我，而我需要她”——“但是她并不是你的啊？”——“难道说你们现在使用的都是自己的东西吗？我想每个人所拥有的只有语言、双手和双脚，而你们拥有牲畜、女人、土地和其他很多很多的东西”——“大家就告诉他，凡是人所拥有的东西，都是付出了代价，凭智慧和力量而得来的；有时候甚至是拿生命换来的。而他回答道，他想保全完整的自己。

为自己不同寻常，属于有权“犯罪”的杰出人物之列，他的理想人物就是拿破仑。）

当然我并不想在这里阐述尼采的全部观点，他的许多思想我都没有提及，例如关于“超人”的详细内容，宣传用“对远方的爱”代替“对近处的爱”等。所有这些在高尔基的作品中都没有与之对应的东西。这里令我们感兴趣的只是贱民的心理状态。我想，没有人会否认贱民与高尔基笔下的主人公有着惊人的相似之处，他们可以说就是尼采所说的天生的主人。比如与奴隶加夫里拉相对立的切尔卡什，与蛇相对立的鹰，与磨坊主相对立的库兹玛，与整个族群相对立的丹柯，与乡下人相对立的勇敢的人谢廖什卡，甚至是在某种程度上与啄木鸟相对立的黄雀，或者向读者进行如此教诲的马卡尔·楚得拉，他说：“那么，他生下来难道就是为了去挖田地，甚至连为自己准备的坟墓都来不及掘好就这样死掉了吗？他知道自由吗？他知道草原的广阔吗？大海的浪涛所倾诉的话语使他的心愉快过吗？他是一个奴隶，生下来就是奴隶，他一辈子都是奴隶！”

再指出一些有趣的细节。你在《朝霞》一书中建议所有在欧洲感到憋闷的人（当然，这是指那些觉得自己是“主人”的人），去荒凉的野外重新建立一个国家，自己做首领。尼采在自己的传记中也说过，他自己就曾梦想着扮演这样的角色。这是不是让读者联想到加那瓦洛夫想要迁居到鲁滨孙岛上的事？虽然他甚至想把星期五也从那赶出去，但是我已经说过了，他肯定不久就会为此感到后悔。马尔华也梦想着要么独自一人到遥远的海里去，从而不屈从于任何人；要么“迷惑每一个人，让他们围着自己转”，也就是说臣服于她。

我们看到，高尔基的主人公们对待自己的女人并不温柔，甚至还打她们。而注定孤独的腊拉却抢夺同族人的“牲畜、姑娘和所有他需要的一切”。也就是说，女人的存在并没有破坏他的孤独，女人不应该算在内。而对于尼采来说女人则是“优美而又危险的玩具”，生出“超人”应该是她们最大的愿望。而聪明的老婆子则建议查拉图什特拉说：“如果你去找姑娘，不要忘记带上鞭子。”但是不管是聪明的老婆子还是查拉图什特拉也都不是绝对正确的，例如，对于天生想做主人的拉达来说，实在是无法做到臣服于佐巴尔，正如他无法臣服于她一样。

最后我还有一个小发现，留给读者们自己来判断：谁若是读过尼采《历史之用途与滥用》这篇文章，就可以看出高尔基的关于黄雀和啄木鸟的故事几乎就是对这篇文章的艺术注解。

所有上述内容得出的是什么结论呢？首先是这位反常的德国思想艺术家的作品中充满了矛盾、奇怪的思想和任意专断的观点和结论，但同时他却有着极高的教育水平和极高的天赋，甚至有些人认为他是个天才，而且这个德国艺术思想家可以在高尔基创作的切尔卡什、谢廖什卡、库贾等粗鲁的、酗酒的、犯罪的、不学无术的人中间占据一席之地。这并不像乍看上去那么奇怪。从一方面说，尼采自己将陀思妥耶夫斯基的死屋里的贱民与拿破仑式的贱民区分开了，而区别他们并不是根据他们的本质，而是根据这些人命运的偶然性；从另一方面说，高尔基的人物中不仅有谢廖什卡和库兹玛这样的人，还有笼罩着诗意光环的佐巴尔、丹柯、鹰、腊拉；最后，我们还有一些以陀思妥耶夫斯基的人物为代表的处于中间阶段的人物，这不仅包括与谢廖什卡和切尔卡什相近的死屋里的居民，也包括与佐巴尔、腊拉、拿破仑相类似的斯塔夫罗金和拉斯科尔尼科夫等人。

我再重申一遍，我决不是要证明尼采对高尔基的影响，相反，我更倾向于认为这仅仅是巧合，而不是有意的领会或无意的模仿。陀思妥耶夫斯基的影响却是更为可信的。但无论怎样，我们有三个无论是从思维方式上、才华类型上、还是作品形式上都截然不同的作家，都将注意力集中在了研究甚少的、同一类精神现象之上。这些精神现象已经变得更加鲜明、醒目，这是因为至少在欧洲，它们有了自己的理论基础，尼采的学说对这些精神现象进行了辩护。

但是，需要指出，尼采的学说面貌是十分复杂而矛盾的，由此引发了目前欧洲正在经历的某种精神上的危机，不同倾向的人都对尼采感兴趣，希望能在他的理论中找到依据，并且把他归入自己人的行列。更不要说那些盲目追求新事物的人了，无论这个新事物是什么东西，哪怕仅仅是在年表上出现的“最后一个词”，这个词与他们没有任何关系，而且，他们从这个词中也没有获得任何好处，他们还是会趋之若鹜。比如，一些不道德的人，不承认任何法律的人就希望在尼采的“非道德主义”中找到根据；但这是徒劳无益的，因为尽管他把自己称为“非道德主义者”，而事实上他是真正的道德说教者，而且十分严肃，只不过他的道德与目前普遍承认的道德是完全不同的。在欧洲由历史所形成的社会形式不断地令人失望，不仅是现实的形式令人失望，人们对由不同的社会体系培养出的未来的社会形式也感到失望。无政府主义成为失望所导致的一个结果。一些宣传无政府主义的人追捧尼采。他们在他的学说的部分内容中为无政府主义找到了某种依据，这部分内容就是关于要无情地消灭限制和束缚个性的所有现实中和理想中的社会形式。在了解到这一点后，尼采通过查拉图斯特拉之口说出了下面的话："如果有一些人宣传我关于生活的学说，同时他们又是宣传平等的像毒蜘蛛一样的人，我希望，不要将我和这些平等的宣传者混为一谈。"的确，很难找到比尼采更痛恨平等的人。他的学说从头到脚都是倾向于贵族的。关于工人他这样写道："让魔鬼和毫无意义的统计数字将他们带走"；他带着强烈的蔑视对待人群、大多数人、群众和人民，但是也不依附于任何贵族派系，相反，他要消灭现有的出身上的和资本上的贵族阶层，但在这方面我可以看到欧洲文学中的一些东西和尼采学说之间的联系。首先，这是达尔文主义的分支（读者可以从不久前所进行的关于《从达尔文到尼采》的讨论中看出这一点）。第二，对《人群中的英雄》[1] 这个问题的解释虽然不是直接的、贵族式的，但是无论如何都是反民主的。最后，一些颓废派分子并不是毫无根据地将尼采看作自己人，尽管要这么讲并不是绝对正确、而是有很大的保留的。

上述所言既是说明我们这里对尼采学说[2] 的兴趣在不断增长，更为重要的是要让读者知道，运用尼采学说某个方面的内容，或是与他的某个观点想符合，这绝不能说明就是对尼采的全面接受。这里我们主要说的是人的精神生活的一些黑暗面，在我们的文学中陀思妥耶夫斯基早于尼采并且完全独立地涉及到了这方面的内容；而且，陀思妥耶夫斯基的整体世界观和尼采的世界观是截然不同的，在很多方面他们甚至是直接对立的：如果尼采了解全部的陀思妥耶夫斯基，他当然就不会像现在这样对他高度赞扬。

至于说到马克西姆·高尔基，他还过于年轻（当然，这里指的文学上还不成熟），还没有完全成型，因此还不能评价他的整体世界观和他未来的文学事业。他的才华、观察力和独特性是毋庸置疑的。如果他的才华不枯竭，不迷失在追求精准的心理分析之中，而只烹调自己最擅长的心理

---

① 这个问题在欧洲文坛占有十分重要的位置。不仅俄罗斯读者熟悉的作家：塔尔德、西格尔和勒邦的作品中讨论此问题，就连新书和杂志的文章也在探讨。

② 最近一段时间内除了杂志上的文章外，相继出版了阿洛伊斯·里尔和格奥尔格·齐梅尔的《弗里德里希·尼采》（里尔的论文在早前出版的著作中曾经发表）；格尔曼·蒂尔克的《利己主义哲学》；谢格罗夫教授的专著《列夫·托尔斯泰伯爵和弗里德里希·尼采：论他们的哲学道德世界观》。

食材，即鄙视健康的、有营养的东西，而寻求一些辛辣的、浓烈的、少见而又例外的东西，那么他的才华在将来必定会开出绚丽的花朵。当然，稀有的东西值得我们关注，尤其是那些常常将自己凸显出现，并且将一般的心理过程表现得更明白的稀有现象。但是，心理分析大师——其中包括陀思妥耶夫斯基——都倾向于：首先，赋予例外现象过多的普遍意义；其次，人为地、随意地制造一些不同的具有诱惑力的结合体。

“颓废派分子是细致敏感的人。他们像针一样细致尖锐，深深地向未知事物刺去。”这句话是高尔基作品《错误》中的一个人物说的。到目前为止我还没有谈到这篇奇怪的小说，在高尔基的两本文集中这篇作品十分特别。但是，在我看来，这是这篇作品显示出了一些威胁作者未来文学发展道路的危险因素。颓废派分子（当然，他们是真诚的，因为他们有些人确实不是在装腔作势）希望自己可以像细致尖锐的针一样，深深地刺向未知的事物，但实际上，他们却将我们完全已知的东西置于迷雾之中，以巴洛克式的过分矫饰掩盖了事实的真相。正是这种取代了寻求精准事实的迷雾和矫饰威胁着高尔基的发展道路。他的文中有对颓废派分子的称赞，他可以认为自己不必为此负责，因为说出这句话的是心理不健康的吉利尔·伊万诺维奇·雅罗斯拉夫采夫。但与此同时，不论是雅罗斯拉夫采夫，还是另一个心理不健康的人物马尔科·达尼洛维奇·克拉夫佐夫，他们都具有高尔基的流浪汉普遍具有的思想和情绪（尽管雅罗斯拉夫采夫和克拉夫佐夫不是流浪汉），很显然，这些思想和情绪很令作者着迷。文中写道：“人，不是参与生活，而是逃离生活”，渴望建功立业，信奉格言：“怜悯和残酷完全是同义词”；希望“引领那些尽管有污点但仍旧是最优秀的人们走出生活的束缚”；建议人们“跨越生活的界限到渺无人烟的荒漠中去”等。我想，就是精神病专家也不能够实事求是地诊断出雅罗斯拉夫采夫和克拉夫佐夫的病情；我认为，这完全是任意随性的病态心理。同时吸引高尔基的思想和情绪也没有清楚地表现出来，当然，这是因为两个疯子只能让事情更为复杂难懂。

我们要在一个问题上多说几句。“同情和残酷完全是同义词”，令雅罗斯拉夫采夫“惊讶的是，为什么至今没有人发现，这两个词在意义上是同义词”。这是关于快乐与痛苦之间的界限的另一种说法。雅罗斯拉夫采夫已经用一个实例证明了自己的格言。有一次在村子里，发生了下面的场景：一头小母牛跌进了水沟里，伤了前腿，人们聚拢过来看热闹，他们只是“站在小母牛周围看着它挣扎，听着它的喘息，更多是出于好奇，而不是出于同情”；铁匠马特维伊走了过来，大骂“观看”小牛受苦的人是“傻瓜”，他用铁条敲在小牛的头上，终止了它的痛苦。雅罗斯拉夫采夫断定：“马特维伊就是这样来表达怜悯的！可能，他对病入膏肓的病人也会做出同样的事情。这是道德还是不道德？但不管怎么说，这都是坚强有力的，首先是坚强有力的，所以也就是道德的、好的。我喜欢好的行为，这是道德的。而且我很软弱，这意味着，我干不出什么坏事！就是如此！”——上面这段话的后一部分是毫无意义的，从中甚至什么都分析不出来，但我要说的不是这部分内容。所举的例子证明了在有些情况下同情和残酷是同义词。显然，人群是残酷的，如果他们“欣赏”小牛痛苦的景象，也可能是残忍和同情神秘地混在一起了。而铁匠马特维伊，很明显，不是证明同情和残忍是同义词的例子。残忍引发痛苦或者欣赏痛苦，而铁匠责骂了旁观者，停止了痛苦。不，这意味着在这个简单明了的事实中没有任何神秘莫测的东西需要颓废派分子用其精准而尖锐的针刺入其中。

雅罗斯拉夫采夫的格言很有趣：“这是坚强有力的，首先是坚强有力的，所以也就是道德的、好的。”这句话出自于一个心理病人之口，因此，作家又一次可以对这些话不负责任。但是，正是力量使高尔基的流浪汉（无论是净化的，还是非净化的，无论是现实的，还是传说的，或是象征性的流浪汉）上升到高于周围人的位置上，正是因为他们“首先是强大的”。这个力量通往哪里，是通往自我牺牲的伟大功绩，或是通往想象中的巨大恶行——这已经是另一个问题了，而且这个问题也没有什么不同之处，还是“这都是强大有力的，首先是强大有力的，所以也就是道德的、好的”。高尔基的所有流浪汉都倾向于这样看待问题，至少在口头上抹杀了人们普遍承认的善与恶之间的界限，用退伍骑兵大尉阿里斯季德·库瓦尔达的话来说，他们需要的是“新的”道德标准。这些被弃者不仅勇敢而坦白地提出了这个问题，而且实际解答了这个问题，他们使周围人为之倾倒，笼罩在净化的、传说中的流浪汉头上的甚至是充满诗意的光环。很明显，认可“首先是强大有力”是他们主要的道德标准，我们置身于由我们不理解的观念构成的整个罗网的控制之下，我们谈一谈其中一个不为我们所理解的观念。高尔基的人物都“渴望生活”，追求“激发整个灵魂”。这种渴望所呈现出来的形式受到时间地点情况的制约；如果生活给高尔基的主人公提供的不是“牢房”，而是待在原地就能够“激发整个灵魂”，那么他们就不会去流浪了。无论我们怎样看待这些问题，都不能不承认这一点，那就是他们对待能够“激发心灵”的人的态度虽然千差万别，但是他们都把用权力命令的方法去影响别人作为最高的目的，这种影响招致的往往是残酷和折磨，因此，他们是在给他人挖掘可恶的“牢房”；如果没有一个天地来施展这种影响力，那么就完全不需要别人，可以自己在孤独中过日子，或者就去死（或者和所有人一起死去，像库瓦尔达和奥尔洛夫幻想的那样，或者是和不驯服的人一块死去，像佐巴尔和拉达那样）。“渴望生活”，希望“激发整个灵魂”，这种愿望是合理的，也是正当的，这确实能够成为崇高道德的心理基础。可怜的人不知道这种渴望，而愿意充当带着断弦的乐器；但是如果承认权力意志，承认对权利的渴望、优越感是人的心灵中不可缺少的一根琴弦，那它也只是众多琴弦中的一根，在“激发整个灵魂”的时候它发出的声音应该与其他的弦声相和谐。一旦我们承认了这一点，我们就会发现这一命题的不可靠性：“首先是强大的，所以是道德的，是好的”；我们将会看到丹柯与腊拉的行为之间的差别，看到奥尔洛夫拯救俄罗斯免于霍乱的理想和杀死所有人、让大地化为灰烬的理想之间的差别。如果说丹柯在领着族人穿越森林，用自己燃烧的心为他们照明的时候是受渴望超越别人、渴望权力的愿望支配，但是，他同时也在同情这些人，体验着他们的感受，因此，在他的心灵中至少有一根弦对腊拉来说是多余的，因为腊拉不能体验别人的感受，他只想超越别人。如果说奥尔洛夫在想着和霍乱斗争而死的时候主要是出于虚荣心，但他同时也感受到了在霍乱医院中看到的受苦的病人的感受，因此，他此时的生活要比他只是由于空虚想要杀死所有人和毁灭大地的时候更充实、更丰富。似乎，这其中的差别显而易见，我们正是从“渴望生活”的角度出发来驳斥这样的观点，即“首先是强大的，所以就是道德的，是好的”。《沦落的人们》中的“教师”没有忘记历史，他知道是“穷人建造了罗马”。他未必会赞同我们引用的观点，如果有人这样向他解释：尼禄烧掉罗马，把穷人钉在十字架上，把他们去喂野兽，并且也不拒绝处决一些知名人士和有钱人来让自己高兴——这是强大的表现，所以是道德的，是好的；斯巴达克将不同的穷人团结起来，整整三年让称霸世界的罗马处于恐慌之中——这是强大的表现，所以是道德的，是好的。恐怕出于对穷人的同情（在他的境况下同情穷人是很自然的），“教师”将会发现，任何颓废主义的针，无论是多么尖锐精细，都不可能将这两种现象编织到一起。

我感觉到，高尔基被某种对他而言还不完全明了的思想所俘虏了；尽管不清晰，却将他俘虏了，可能正是由于不清晰才战胜了他。只有当他摆脱了这一思想的压迫从中解放出来——或是将它完全抛弃、或是掌控住它的时候，我们才有可能去最终评判他的文学成果的规模和意义。他十分了解他所描写的世界，这一点毫无疑问，但是我们还是觉得一些主题的反复出现令人生疑（尽管，这些主题是有趣的），甚至一些话语和表达方式也是反复出现；更为可疑的是，高尔基不是让流浪汉，或是传说中寓意性的人物说出这些话语，而是让两个疯子说的。我想，这证明，高尔基在作品当中加入了一些他没有看到却十分令他感兴趣的东西。这也许不是什么大不了的事情，但是，恕我直言，这可能也完全不是成功的描写，高尔基还没有完全掌握这个吸引他的东西，还没有熟悉到能把这个思想转化为形象和画面。吸引作家的思想没有和他的观察融合成一个有机的整体，作者只是把思想硬塞给了他的人物。从此就造成了艺术分寸感的缺失，这一点我已经提到过，关于这个问题我不想再展开。

遗憾的是，威胁到高尔基的未来的不是这令人恼恨的缺少分寸感，而是更加糟糕的东西，那就是“颓废派分子精细而尖锐的针”，事实上，这针不仅不精细、尖锐；相反，十分粗糙、笨拙。

但是在高尔基二卷书中还有着另外一种作品。流浪汉在这二卷书中占了大部分篇幅，作者用强有力的描写吸引读者去注意他们，如果批评家甚至都没有发现还有两篇与流浪汉没有任何关系的小说，或者说是特写，也不足为奇。这两篇作品与流浪汉没有任何直接的、间接的、实际的或象征性的关系。第一篇是《戈尔特瓦的集市》—— 一篇小散文，没有任何追求深刻的企图，只是篇小作品，但是其中充满了柔和明亮的幽默色调，这令人产生了深刻印象，这个色调是他的其它作品所没有的。第二篇就是小说《因为烦闷无聊》，这是在思想上更为严肃，意义更为深远，完成得也很出色的一篇作品。最敏锐的耳朵也听不到其中有任何一个虚假的音符，最严格的人也不能为其消减或增添一个字。尽管里面没有一个流浪汉，没有一个人抱怨“牢房”，但是不用作者暗示读者自己就会发出这样的感叹：这是什么样的监牢啊！这样的生活是多么可怕的牢房啊，在里面待着只是“因为烦闷无聊”就可怕地折磨别人！这么干不是出于恶意，而只是因为烦闷无聊，用这种方式代替真正的生活。这些侮辱别人残酷取乐的人，这些自己也不知道干了些什么的人，尽管他们愚笨，但是，他们要比他们的牺牲品引起人们更多的同情；因为他们，这些以残酷来取乐的人，才是“牢房”的牺牲品。小说十分完整，它的好处就在于它的完整性，我不打算转述其中的内容或摘引其中的片段，因为这样做只会削弱小说令人产生的整体印象。

如果我们把这两篇价值不同，但同样完整的作品中加入类似我们上文中提到的《苦恼》中唱歌的场景和散见于高尔基作品中的卓越的风景描写，我们会清楚地看到，我们是在和宏大的艺术才华打交道。这种艺术才华是注定将要在我们的某个“牢房”中逐渐陨落，还是会将颓废派的针打磨得精细锋利呢？

编后记

尼古拉·米哈伊洛维奇·米哈伊洛夫斯基（Никопай кстантиович Михайловский，1842—1904），俄罗斯著名的社会活动家、政论家、民粹派重要的思想家，长期主编《俄罗斯财富》，科罗连科和高尔基都在上面发表过重要作品。他是高尔基最早的、最重要的评论家之一。1898年，他在《俄罗斯财富》的第9、10月号上连载了长篇论文《论马克西姆·高尔基和他的主人公》。

马克西姆·高尔基和他的新主人公形象(短评)

作者 [俄罗斯] 列昂尼德·叶戈洛维奇·奥博连斯基
译者 张文晔
校对 于明清

一

很少有像马克西姆·高尔基这样的小说家,可以如此迅速地获得公众的关注。难道是因为他的作品更加符合大众的口味吗?恰恰相反,到目前为止,他笔下的所有作品,与其说是吸引大众的兴趣,不如说是更易被大众所排斥。因为他的作品中描写了大量被大众所排斥的理论探讨;他第一部分作品里的下流的人、酒鬼等主人公形象都属于社会的底层人物、迟钝的平凡人,以及那些喜欢幻想过着快乐的生活的多愁善感的公爵和伯爵。高尔基的作品中并没有那些读者喜闻乐见的精致的细节描述,那些现代作家所惯用的手法。相反,他的艺术手法在某种程度上很像列宾的绘画手法,但是区别在于列宾常常在自己的绘画和肖像上运用宏大、粗狂的画法,并且更看重理论指导而非内心需求(我嘲笑这样的思考),而列宾形成这种艺术手法则是因为其强烈的内心情感及对生活真谛苦苦追寻的结果,使得他完全没有时间和精力去思考作品的细节、格式还有手法。他的笔墨、修饰还有词汇全部自然而然地反应出作者内心深处因紧张生活及丑陋现象所带来的那种暴风雨般的压迫感,就像胸部受伤病人的尖叫声,以至于其作品中蕴含着无比强大的力量。如果将这些作品中的直率、狂野的粗暴与炽热全部剔除，那么面对我们的将只是一个普通的艺术家，而不是马克西姆·高尔基，这个能够像铁锤般敲打我们的心灵，让我们的思想与情感如暴风骤雨般激荡的作家了！

这种强大的力量蕴藏在他探寻艺术的热情中，他的力量、他的独创性、他对读者的导向作用，当然，还不包括他强大的观察力及心理分析才能。

为了证明我的这种观点，请允许我引用高尔基笔下最有趣的主人公形象之一的福马·高尔杰耶夫的心理描写作为例证。这是一位年轻富有的商人，具有极大的智慧及热忱，但没有得到进一步的培养。每当他开始思考人类的存在的时候（他经常思考这个问题，这几乎可以说是他脑海中摆脱不掉的想法），呈现在他面前的是“一个不可计数的、庞大而阴暗的人类群体。他们聚集在某一个盆地、周围的山丘及浓浓的雾霭中，在骚动和互相推挤着，就像是磨桶里的谷粒似的。人们的脚下彷佛有个隐秘的磨石，在吞噬着人群，人们在磨石上海浪般地移动着，不是向下俯冲着以便更快地被搅碎、消失，就是为了躲避冷酷的磨石而向上挣脱着。这个压抑的漩涡中，在庞大而慌乱的活着的人群上空响彻着喧嚣、怒吼、嗤笑、烂醉后的嘶吼、赌徒们对钱的争执以及歌声与哭声。他们跳跃着，摔爬着，匍匐着，彼此摔打着，互相踩踏着对方的肩膀，四处狂奔着，就像是失明的人在各处遇到同样失明的人，彼此冲突起来，互相践踏以致消逝。纸币沙沙地散发着，就像是蝙蝠在人头上空盘旋，人们贪婪地伸长手臂努力地去碰触”。

当人类以这种形式存在的时候，那些旁观的人无论内心如何焦急嘶吼，如何想结束这场争斗，都是无能为力的。福马·高尔杰耶夫也是如此，我们大胆猜测，作者自己也是无能为力的。

“他的心中产生了某种混乱且极度含糊的情感，就像是小溪汇入河流，恐惧、愤怒、惋惜、邪恶以及更多的情感都飞入他的思绪。这种情感使他的内心燃起一种强烈的、令人窒息的欲望。他的双目闪烁着泪光，他像野兽般的号叫，这把所有人都吓到了，停止他们这种毫无意义的阴谋，向他们生活中的喧嚣与空虚中注入新的思想，告诉他们这样的真理，让他们团结起来，而非敌对。他想将他们的双手捆至头顶，使他们彼此脱离。”

但是现在又有了新的苦恼：“他认为，如果大地的对他们质询，‘你们怎么生活呢？不觉得羞耻吗？’他们一定会这样回答，‘那你说应该如何生活呢？’他很清楚，问完这个问题后，他就不得不从高处一个跟头翻下去，滑到这些人的脚边，滑到磨石前。而这些人还将会大笑地嘲讽着他的死亡。”

不知从哪里产生了这种对生命的意义的急切地、痴迷地探寻。它迫使福马去询问各类知识分子还有朝圣者，但是哪里都得不到答案。相比那些他周围的人以及谴责他的生活的人，他更多地转向那些酒鬼、狂热和吵闹的人，以及那些对他来说可恨并且恶劣的人。

我们看到高尔基这种热切的追寻。他甚至幻想可以从我们中的任何人身上找到真理，找到思想和向导。终于，米哈伊洛夫斯基仔细地阅读了高尔基的作品后，几乎是在自己文章的最后“呼喊”着写道：“难道这种力量应该在我们的迷惑中衰减吗？或者是坚信‘颓废’的刺的尖锐与微妙？”①

甚至于颓废！

这些是在福马·高尔杰耶夫和“男人”主人公形象出现前的描写。现在的我们充满好奇地调查着，这个伟大天才的探索会向哪个方向发展，它是会在迷惑中日渐消逝还是会最终颓废呢？

二

没错，假如说现在马克西姆·高尔基有一种强烈的愿望，希望可以找到生命意义的真谛以及社会各阶层的分类。事实上，在作品中描述流浪汉的形象时，作者已经提出了关于将这些形象归类于特定“阶层”（可能是无产阶级）的问题了。但是我认为那个时候作者还没有将流浪汉形象的私人特征与无产阶级的概念明确地联系在一起。在他面前闪现出太多的形象类别，他们极其不同，各式各样，有时候甚至是完全对立的。（抗议者和消极的旁观者，残酷无情的人和温和柔顺的人等。）此外，他们的特点是具有独特的复杂性，因为具有被社会大众所排斥的以往归属于不同阶层的七个特征：这些人常常为前骑兵大尉、执事牧师、教师及工人等，此外，大部分具有这些固有特征的人，多为不成功人士、酗酒者还有“放荡”

① 米哈伊洛夫斯基：《论马克西姆·高尔基和他的主人公》，《俄罗斯财富》，1898年10月号，第93页。

的人。

仅是在《福马·高尔杰耶夫》中,我们就会发现,作者尝试对一系列的人物形象,特别是知识分子形象进行的阶级分析。为什么要对这些形象进行分析?这是完全可以理解的:因为我们习惯了期待从他们那里得到人生、光明,以及"应该如何生活"这些问题的指引。

因而,应该在我对马克西姆·高尔基的探索上做出的第一个判断加以补充。而这当然不仅仅是对归于何种阶层的特征的解释,而是目前因为某些阶级原因而存在的俄罗斯知识分子类型的方向、缺陷,以及不足的阐述。我们可以在《农夫》这部作品中看出马克西姆·高尔基为何需要这个补充的原因:他希望通过这种方式将不同阶层内的"知识分子"归类到一个新的阶层,一个在历史上还未曾出现的阶层。(在《农夫》中他就已经开始努力尝试了。)而可能正是这一点最终给了福马·高尔杰耶夫答案。

三

在我们看到高尔基这些努力之前,我们发现马克西姆·高尔基以前的俄罗斯文学史上已经对不同社会阶层的知识分子类别的解释作出了不止一次的尝试。这一点我们从"忏悔的贵族"就可以看出。如果没有弄错的话,帕米亚诺夫斯基曾经研究过"知识分子无产者"的典型的形成过程和与之并行的"小市民的幸福"的典型。格·乌斯宾斯基试图在农业方面(《土地权》)洞悉农民的特点;格·米哈伊洛夫斯基努力从评论家的角度用资产阶级特征对斯宾塞的哲学进行分析。[①]

马克西姆·高尔基在俄罗斯文学的高度并不是绝无仅有的,但是他却以这种思想观点的角度对真实生活的捕捉的力量、激情以及深度而有别于先辈。

他的方法——当然不是像我上面阐述的那样的含蓄,而是激情思索后的直抒胸臆——在于,他在具有主人公独一无二的品质的同时,去了解那些家族的、传承的、在阶层影响下形成的形象,并努力将这些形象提升

① 斯宾塞(1820—1903),英国社会学家和哲学家,实证主义社会学和人种学的奠基者和组织者之一。此处参见他的《社会学论文选集》等。

到这样一个高度,使他们不再是我们生活中不常注意到的极其平凡的形象,而是象征性的雕塑,是他典型特征中整个阶层的纪念碑。

现在从《福马·高尔杰耶夫》中年轻的马雅金说起。这是一个商人的儿子,聪明、狡猾,可以说是天生的剥削者,也是高尔基笔下的“纪念碑”,商业王国的商界象征(且是鲜活的象征)。马雅金的父亲则是完全地付诸行动,有的时候只是为了运动,而有的时候则是完全从利益出发,没有任何道德及良心可言。

儿子在这个形象的基础上有了新的发展:他是带有“思想”的,并曾为此而遭受流放,但是后来渐渐地丢掉了这层外壳,并逐渐发展成为有文化的“资产阶级分子”,成为一个信仰的象征。这个信仰就是指:“(现代俄罗斯知识分子的)不满足于社会工作……不够尊重劳动,人们应该按照自身的能力选择工作并且尽可能用心地完成这项工作。应该喜爱自己选择的工作(但是如果无法喜欢呢?而又没有其他的工作可以选择呢?),这样一来,哪怕是最粗的活也会被提升到创作的高度。(这里要举一个例子,难道工厂里锅炉工人的工作也是创作吗?)所以幸福就是一个人的需求完全被满足,是由一个人对自己工作的态度所决定的。”

这就是所有这些道德与资产阶级类别的哲学本质,绝对让您吃惊的作者及十个词就可以概括的本质。

但是,他展示给我们的是更加深沉、更加隐秘的马雅金儿子的灵魂机制:福马·高尔杰耶夫试着用发自内心的抗议声反驳他关于“工作还不是人的全部”的说法,他认为“那些一生都不曾工作过,却生活得比劳动人民更好的人其关于劳动的辩解是不对的。这一现状是如何造成的?那些劳动者——他们仅仅是可怜的马儿!人们麻木地骑在劳动者的身上,然后什么都不做,但是劳动者们在上帝面前有权为自己辩解。当他们被问到:‘你们靠什么生活?’他们回答说:“我们无暇顾及这个问题。我们一辈子都在工作。但我有什么理由呢?我认为,我们所有人都应该深刻地思考这个问题,我们为了什么而活”。

关于这个问题,马雅金没有回答福马(认为不值得和这种人讲话),而是回答了参与谈话的姐姐:“柳芭,请注意,悲观主义者与英国人是全然不同的……那些被称为斯威夫特和拜伦式的消极主义,仅仅是对人生和人类自身不完美的一种尖酸、辛辣的抗议。而冷静、理智的消极主义,我们目前还没有发现。”

这就是这个灵魂的机制。她因此而忽视道德和良心的召唤：只是对那些英国人没有的、被视为无可救药的问题进行分析，并最终摆脱这些问题；而福马的建议是多读书。

在这个答案基础上，让我们回顾一下被高尔基不止一次提及到的（就像接下来我们会看到的）关于本本主义的缺陷这个观点。而实际上，第一眼看上去事情是这样的：福马从来没有读过什么书，所以他是情感的俘虏，承受着良心的折磨。马雅金的儿子读过很多的书，并因此不受良心的约束，甚至建议福马运用同样的方法。但是这种做法正确吗？书中真的有经验可鉴吗？高尔基在一个地方曾经提及福马·高尔杰耶夫是母系亲属中严格的旧教堂教徒。如果向马雅金解释其极端对立性，即他的内心深处传承的是一位严格的道德苦役，这样是不是更加准确？但是他又很糊涂，一方面他有着传统商人钟爱欢乐、喧闹酒宴的习惯并且从不加克制；另一方面，新文明带来的漫无目的的骚动以及强大的性能没有给任何人带来幸福，反而像飓风的漩涡一样使人们扭曲。对这类人来说，缺乏知识就意味着死亡，因为如果没有知识，他就不能弄清楚那些来自方方面面令他触动的矛盾的话语。

而马雅金的儿子像抛弃父亲一样，摒弃良知与书籍。和他的父亲不同，书籍带给他的仅仅是另一种理由，有时候也会从不同的书籍中引用斯拉夫文本一样。我们应该明白，书籍是一盏指路明灯，没有它我们就不能在黑夜中前行，但是这盏明灯既为圣者服务，又为暴徒点亮。人的价值不是由书籍决定的，而是由他的气质、需求、感觉和良知决定的。书籍为我们实行梦想的道路上指明了方向，是我们实现价值过程中必不可少的一部分。否认书籍的作用，否认在书中可以找到生命的真谛，是同样的糟糕。一个人在各种情况下所犯的错误均源于她对书籍意义的错误理解：书籍不是用来改造人类意志的，而是用来指引方向的灯塔。

四

《福马·高尔杰耶夫》中还有一个更有趣的人物形象，他就是小官吏出身的知识分子，才华洋溢的、凶狠的、具有狂热思想的乡下小品文作家——叶若夫。他是退伍士兵的儿子，通过艰苦的努力和 12 年对书籍的刻苦钻研终于摆脱黑暗迎来光明。他在奋斗的过程中发现在生活及生活中那些丑恶现象面前,他完全是软弱、微不足道的。他只能在自己的小品文中憎恨、抨击、诅咒着,然后借酒消愁。

稍后我们将会从舍布耶夫(农民出身的知识分子)的话语中看到,他是如何从阶级角度出发来解释叶若夫的软弱的。现在我将向你们转述一个非常重要的场景(很遗憾,我只能用自己的语言来简短地描述)。因为叶若夫建议工人们进行劳动整合,所以排字工人邀请他一起郊游。福马·高尔杰耶夫也受邀前往。于是福马发现叶若夫与往常有很大的不同:他变得有些郑重,看起很像是在讨好工人们。他大声宣读着祝酒词:"未来属于你们!我与你们血肉相连!我——是士兵的儿子!"与此同时,排字工人因他而开始感到压抑,并没有劝他留下,而是让福马·高尔杰耶夫留下来。福马与工人更加亲近,他们没有关于遥远未来的对话,有的只是迫切的生存问题:"应该怎样做,——他们向叶若夫问道,——才能让主人们只会因我们犯了错而惩罚我们,而不会因为我们生病而责罚我们。"

人群中听到这样的谈话:"可是您,尼古拉·马特维耶维奇,您不是按照书本上所讲的东西来分析判断,而是根据真实的现实生活……要知道我们养家糊口并不是因为书上这样要求,而是因为我们必须这样做,就像是上帝给我的旨意,而非因为你们给我们订的规矩……"

叶若夫感觉自己像是以往自己所认为的理想环境中的"异类",他曾认为在这个环境中有他所有的理想、目标、避风港和家园。正是这样,他开始嫉妒工人们对福马的亲切与友好,他激动地说道:

"对,要知道他就是喝你们血的人之一!"工人们巧妙地转移了话题,并对福马更加友好,几乎完全不理睬叶若夫。福马感觉到了这一点,而且很清楚这件事的原因:他明白,这些长期憋闷在沉重氛围的人,今天来这只是为了呼吸一些新鲜空气,休息一会儿,溜溜弯儿,唱会歌儿,而现在他们却要被迫探讨关于他们的"伟大的"未来。他既理解叶若夫,又为叶若夫感到惋惜。而当他离开这里回家的时候,他在漆黑的夜晚里大哭,神经发作而抽搐着,大喊着自己"没有家";福马,这个为被残酷压迫人们的苦难感到愤怒、因为某种邪恶欲望的冲动而感到羞耻的人,对着城市灯光闪烁的方向,大声地怒吼着:

"该死的!你去死吧!等着吧!总有一天会憋死你们的!"

五

在我们对这个场景做出结论之前，我们首先向农民知识分子（建筑师舍布耶夫）寻求帮助，并请他为我们对非贵族出身的小知识分子（1900年3月的《农夫》、《生活》中的概述）失败的原因作出解释。

“我们曾经有一位贵族出身的知识分子，”舍布耶夫说道，“他靠自己的力量将西方文化传入我们的国家，具有伟大、永恒的意义，但是仍然因没能收回国家投资在他身上令其复兴的开销的一半而衰落……代替他出现的是非贵族出身的知识分子。国家为此没有花费太多：他在生活中迅速地以自己巨大的力量引起了极大的负荷，他拼命地劳作如今也已衰退（这一点会令读者联想到叶若夫）。也许他还会再次复兴？不知道……我并不是一个喜欢猜想的人……我想，贵族和非贵族出身的小知识分子因为太快厌倦了生活而开始变得孤独。在他们的生活中没有任何亲人，他们只是为人类和民族辛勤劳作着，而这正表明他们是不太现实、不太明显的杰出人物。接下来取代他的是农夫、工人知识分子，同时资产者与商人知识分子也开始蓬勃发展。”

舍布耶夫本身就是农民知识分子。他和非贵族出身的知识分子有什么区别呢？首先，生活中他拥有“亲人”（即与他处于同一阶级的人），因此他的“首要任务就是——为他那些处于生活底层的、落后的农民兄弟，那些同血缘的兄弟，为自己的同志们拓宽道路——这已经成为了现实。”他在另一个地方表达得更加明确：“我并没有觉得自己的目标中有什么英雄主义的成分……要知道从本质上来看，我没有讲什么新的东西。我说了什么？不应该忘记那些生活中不如我们的人，特别是我们自己就是从那些人中走出来的。你们应该记得——我们来自哪里，这一点是很重要的！我们不是出于怜悯，也不是出于更高意义上的考虑，而是考虑到我们不应该在我们投入文学的怀抱中时，忘记那些在泥沼中生活的同志。我们现在还没有那么多的民主党人，不能忘记我们的同志的命运。”

的确，人们是因为切身的利益而努力还是为了高度的理解和怜悯而工作，教育进步的结果因为这些原因而产生很大的不同。第一种情况下的动机更简单一些，也更通俗易懂，因为他不会让人太紧张，所以大部分人都可以得到进步。相反，那些抽象概念的人物总是不多。

因此，我很赞同这样一个说法，即农民知识分子在知识界出现的越多，群众的光明事业就发展得更快，我应该谈一谈关于舍布耶夫明确反对现代非贵族出身的知识分子的控诉。这些控诉的要点在于："他们都是片面发展的人，这些人只是聪明而已，但是生活需要的是各方面协调发展的人，这些人应该不仅聪明，而且还很善良：只有这些他们才能朝气蓬勃，即不仅可以适应生活，更能够通过改变自己的环境来帮助"自己"成长。我们人数很多，先生们！从数量上看，我们已经很有力量了。我们有很多愿望——美好的、正当的……随后，我们只是滔滔不绝地说起，一点行动都没有！好吧，可能有一点，所有这些杂志、小说、文章，但是也就只有这一点，更多的就没有了。我们中的一些人开始写，另一些人就开始读，读过后开始讨论，讨论后就把读过的东西都忘掉了。如果一点进展也没有的话，那么我们的很多理想，如今还都只是理想而已。"

坦白讲，这一点揭露了很多真相。但是原因是什么呢？一方面，又要（看起来是主要的原因）控诉我们的"书本"："我们的感受被书本上的灰尘蒙蔽了，我们现在仍在描述的那些以往的疑惑被蛀虫蛀坏了。让我们聆听一下我们的诗人和作家们吧。我们不懂生活，从小就开始学文化，一学就是十多年，然后带着自己的全部想象继续生活在角落里。我们依靠文学来维持生活，但是我们的大脑却又拒绝消化那些可以直接作用于我们的健康的食物。当生活嘲笑地、直截了当地对我们说起她无数矛盾中的一个，我们立刻投身于书本中，去查看"书上是怎么说的"。"与此同时，对理想的热爱，这是一种积极的、具有牺牲倾向的满腔热情的感情。生活——这是一个观念创建、美丽与智慧积淀、新形势孜孜不倦地创造的美好进程。但是我们并不喜爱这种生活（接下来将会提出论据）。我们热爱的是某些被我们自己臆想出来的某种细节，而并不是生活理想本身。"

舍布耶夫使用了"我们"这个代词，但是在第145页最后的部分，他说指的是"非贵族出身的知识分子"。他认为自己是新型的"农夫出身的知识分子"。那么，他在行动上而不是言语上与第一种类型的区别是什么呢？现在他们之间的区别还不是特别多："……他们只会在彼此之间做客，像是有一点害怕在罪人中滥用自己的观念。这在某种程度上也证明了他们对自己的思想不够自信，因为他们对自己的过高评价。"舍布耶夫则是到处走；整个城的人都认识他。这样的结果是，他成功的撺掇一个商人修建了一座带有讲堂和图书馆等等的《人民之家》。

舍布耶夫有些忧郁地将这个消息通知给相识的人，根据这一点基本上可以断定，他认为这个胜利并不是很重要。这里我们将叙述中断一下：舍布耶夫接下来要做什么，我们下面再讲述。我们现在还没有看到他做了哪些或是打算做哪些他的前辈们（非贵族出身的知识分子）未曾做过的事情。对他们来说主要的事情是“给落后的人们带来光明”，而且这些人中并不是所有人都只顾自己，对社会上其他的人漠不关心。他们真的是付出了很多很多心血。

只有能够创建新生事物的元素的早期工作才有机会在生活中创造一些新生事物。这一点是不可以忽略的。无论他们的热情有多激昂，他们都不能战胜英国人，也不会再有更多的军队。关于不同的知识分子派别在历史上的出现。贵族出身的知识分子在历史上的出现要早于小官吏与农夫出身的知识分子，因为那时候的法律也不允许产生其他知识分子派别。当然，个别大师像是农夫出身的罗曼诺索夫或者小市民出身的尼基丁[①]、柯尔卓夫[②]，或者小官吏出身的别林斯基，他们能够站出来并打破所有准则，但是也仅仅是屈指可数的几个。当然，这所有已出现的知识分子（她可能像罗曼诺索夫一样是贵族或是农夫出身，也可能像尼基丁、别林斯基一样，是小市民或是小官吏出身）的第一要务就是：增加自己的干部人数，当然，一开始要走捷径，就是说在最近的环境内寻找。当干部足够多，以至于可以影响生活，影响那些阻碍光明透进底层照射那些应该站起来的人们的法律规则，那时我们将会看到我们中贵族出身的知识分子、小官吏出身的知识分子（例如19世纪60年代最好的人们），使农民获得自由，创建地方自治会（同时还有一万个人民学校），创建了相比以往都更加自由的报刊等。

由此可见，不仅是光线可以射到的范围扩大了，就连从下面发展起来的过程也容易了许多。现在从那里出来的不仅仅是罗曼诺索夫式的少数大师，还有数以千计的舍布耶夫式的普通大众。是谁为他们做了这些？往下讲：如同不会从一万个小官吏出身的知识分子中产生出其他贵族和

---

① 尼基丁（1824—1861），俄罗斯19世纪杰出的诗人。他是俄罗斯民主派诗歌传统的出色继承者、俄罗斯优秀的民主主义诗人。他既是人民的歌手，又是他们民主与人道意愿的表达者和俄罗斯大自然彩色风景画的天才大师。

② 柯尔卓夫（1809—1842），俄罗斯的田园诗人，被誉为“19世纪30年代末40年代初抒情诗之王”，他的作品朴实自然、内涵深刻、优美动人，很多诗被谱成歌曲。别林斯基称他的诗是“艺术性的民歌”。

非贵族出身的知识分子一样，从哪些人中产生了具有向下透射的光明的人民教师、地方医生、女大夫、女医士？这种光明产生了这些舍布耶夫，并且使他们的梦想得以实现。

但是，为什么现在这些贵族知识分子和小官吏知识分子（不仅仅产生了巨大的负荷，同时还完成了某个50年内的伟大历史事业突然"衰退"了呢？为什么他们不再工作了？舍布耶夫说，可能他们还会再次复兴，但是他的实例却给了我另外一种答案，他可能会这样回答我："您会赞同我的看法，我认为我对当代知识分子无所作为的描写是正确的。"

是的，您的描述是正确的，但是她的解析是不正确的。

首先，我不同意您觉得"这种知识分子已经足够多，以至于其在数量上已经具有力量"的看法。

她甚至未必足够多到可以完成遗留下来的事业，即将越来越多的光明带到仍被黑暗统治的大部分的低地与洼地上。相对于更多广泛的活动，她的数量整体而言还是非常少。请看一下：你们在整个省城的知识分子小组前探讨，一共有多少人？五个到六个，他们中间因为争夺发言权、因为缺乏具有现实意义的事业而产生的争斗已经发展到了互相敌视，甚至可以说是憎恨的程度。那么叶若夫呢？他完全是整个省城中唯一的一个。这是因为舍布耶夫和知识界都已经达到了书本上描述的生活了吗？是因为缺乏努力而导致她的意志、意识力还有行动力全部衰退的吗？是因为在这个环境中出现了关于思想和言语的仇恨，那些在被迫闲散之时因为事实和真正的生活而生根的仇恨吗？

不清楚现在知识界不可避免的任务是否仍是过去他们曾经具有的（他们自己宣布的任务），即扩大那些被光明照亮的范围，以便为自己提供更多的干部。知识界（哪怕是贵族知识分子和官吏知识分子）在生活中没有也不会有"亲人"，这种说法是不准确的。所有被光明照耀、成为知识分子的派别都具有亲人，因为知识界是一个阶层，她的斗争具有现实的、而非虚构的对象：黑暗，没有思想和发言的权利。而且她不仅仅只有最高意义上的理解为动机，而是有着切身利益的存在。难道叶若夫在排字工人中寻找自己的"亲人"不是为了自保吗？他遭受失败当然不是因为他是士兵（小官吏）的儿子而且曾经学习很多知识。不是这样，这些排字工人本身也可能是士兵的儿子。将他们分类的原因在于他们没有学过多少东西，总体的教育范围还没有那么宽泛。这个时候说要反对书本是错误的。当然，书本本身没有创建任何事物：创建了需求、感受、本能。但是他们为了自己的力量（可以彼此团结的力量）需要觉悟，为了自己的游行需要获得知识的道路，即光明。这一切取决于知识界。而对更好的生活的愿望和渴求则与此无关：关于这个没有什么可操心的。知识界按出身分类是否有些过早？一切都还来得及。

编后记

列昂尼德·叶戈洛维奇·奥博连斯基（Леонид Егорович Оболе́нский，1845—1906），俄罗斯政论家、文学批评家、哲学家。

第二辑

20世纪初期的文学批评

马克西姆·高尔基的《在底层》(短评)

作者 [俄罗斯]谢尔盖·亚历山大洛维奇·阿德里安诺夫
译者 张文晔
校对 侯丹

高尔基先生的最新剧本值得一谈。到目前为止只有这部歌剧上映过的两座城市的观众对这个剧本有所了解。莫斯科人和柏林人。特别是在柏林取得了巨大的成功。德国媒体上过分的赞誉早已被我们的报纸转载并被大家所熟知。顺便说一下,有一位普鲁士官员,德国伟大的爱国主义者和铁拳政策的崇拜者,在听过这部歌剧后陷入了沉思,而后他说道:“嗯,只用炮弹是不能战胜这样一个民族的。”

现在这个剧本已经出版并且成为了公众财富。据说书市上已经很久没有这样畅销的书籍了。所有人都急于珍藏这本书,并且坚信高尔基已经成功创作了一部具有欧洲意义的文学作品。

剧本的情节并不复杂。有一个小客栈坐落在一个像山洞一样的地下室内,客栈的主人是一个坏脾气的老头科斯蒂涅夫,他是一个贪婪又善妒的伪君子。他的妻子叫瓦西里雅,一位年轻漂亮女士,她讨厌自己的丈夫,和客栈里的住户瓦西卡·别别尔鬼混;别别尔的职业是窃贼,他是个健壮、勇猛的小伙子。他同瓦西里雅住在一起,但是思想却被女主人的妹妹娜塔莎掌控着,娜塔莎并没有来得及陷入客栈的泥沼中。科斯蒂涅夫利用这个可怜的女孩,将所有繁重的工作都压在她的身上,并用污言秽语和残暴的殴打折磨她。当瓦西里雅猜到自己的妹妹是她的情敌的时候,尽管娜塔莎自己并没有对瓦西卡表露出好感,事情就已经发展到了灭绝人性的残暴。当瓦西里雅最终意识到别别尔的爱情再也收不回来后,她决定接受这个现实，同意将娜塔莎交给别别尔，甚至答应给他很多钱，但是有一个条件，就是别别尔要摘下她的绳索，让她可以离开她的丈夫。别别尔拒绝了这个要求；在某个徒步朝圣者鲁卡的影响下，他在随后的谈话中开始幻想着告别过去的生活，与娜塔莎一起建立新生活。而此前一直拒绝别别尔求婚的娜塔莎，现在终于答应与他一起离开。但是瓦西里雅偷听到了他们的谈话，并且决定坚持己见。她将煮沸的茶炊打翻在娜塔莎的脸上，使这个姑娘毁容，这使得别别尔狂怒起来，并恶毒地唆使其最终杀掉科斯蒂涅夫。瓦西里雅和别别尔接受了审判，而娜塔莎在医院治愈烫伤后，杳无音信：她深信是别别尔伙同瓦西里雅一起欺骗了她。

这部戏剧是住在地下室里一系列“落魄的人们”的酗酒的、下流的、毫无意义的生活背景下发生的。高尔基描写的各种角色都带有这个环境里现实的、突出的特点。这里有落魄的工人、落魄的贵族、落魄的知识分子还有落魄的演员；除此之外还有面包师、装卸工人、妓女、商人等。这些人物有一个共同的特点：生活和自己的本性无论如何都将他们逼离自己的常轨，迫使他们堕落为社会败类，成为社会渣滓；在这个环境中所有的实践知识和文化素养、所有原始和下贱的本能的克制都被认为是无意义和不合时宜的。

正是在这个环境中，在刚刚说明的戏剧发生的同时，还有另外一个与第一个交错在一起的，甚至制约着第一个发展进程和特点的线索。

在小客栈里出现了一位徒步朝圣者鲁卡，他是一位60岁的老头。这个人物未必不是整个剧本中最成功、最有原创性的形象，让我们来仔细研究一下这个人物。鲁卡的生平有些隐秘；我们迎合散布在这个剧本各处的暗示来还原他的经历。他年轻的时候生活很不节制，被火一般的激情掌控着，疯狂地迷恋女人。“瞧，我是个什么样的人，——鲁卡对别别尔说道，——想象中的……为什么？因为这些各色的女人……我对这些女人的了解可能比她们头上的头发还多。”看得出来，因为某一次的爱慕使他“犯了错误”，即他杀了某个人，然后被发配到西伯利亚去服苦役或是被永久流放，随后他逃了出来，然后没有证件的他从俄罗斯的一个地方徘徊到另一个地方，仔细观察人们，观察人们的性格、行为和“信仰”。“想要理解人类的某种事业。”他在一场戏中这样说道。而他这些观察后的结果让他对生活有了更深刻、更独特的理解，这也使他高于那些可怜、痛苦的人们，战胜所有的绝望，在最可怕的折磨中发现意义，在最卑贱的角落里发现仁爱的种子。在这种智慧武装下，鲁卡平静、快乐并且无畏地走在受尽磨难的地方并且能够让绝望的心灵重新燃起希望，使一些人重新燃起对精神生活的渴望，这些人曾经道德堕落，并且粗鲁、轻蔑地拒绝一切向往美好生活的理想和愿望。

俄罗斯最好的作家都曾经尝试塑造出深知人心的智者及人类良心的导师的形象，并且每个艺术家都按自己的方式完成了这个目标。托尔斯泰在《黑暗的势力》中创造了阿基姆，陀思妥耶夫斯基在《卡拉马佐夫兄弟》中创造了老人佐西马的形象。高尔基先生着手进行这个任务，创造了鲁卡这个形象；他既不同于阿基姆，也不同于老人佐西马。

鲁卡没有阿基姆那种道德上过于严谨的作风，他从不要求任何人进行忏悔，被动地承受痛苦并且学会恭顺。经历过杀人和苦役，鲁卡没有觉得自己道德上受到了摧残，也并不像阿基姆那样，把这种糟糕的、不可弥补的后果归咎为犯罪。对鲁卡来说，杀人这种行为是一个将人的生活毁掉的不幸的错误，所以应该尽量避免。最后的这句话的直义是：他坚持不懈地劝说别别尔躲开科斯蒂涅夫，这样他就不会接受诱惑，不会杀掉老人；他很赞成布勃诺夫及时离开，躲开了杀死妻子的情人这个诱惑。但是假若有人没有及时躲开并杀掉了像沙金一样的“下流货”，那么在这种情况下鲁卡与阿基姆禁欲主义的狂喜则不同：他完全欣赏杀掉顽固不化的沙金这类人的杀人犯这一行为，只是因为沙金“可以轻松地改变生活”，也就是说罪行并没有使他崩溃，尽管使他被迫“误入歧途”，被下放至“底层”。别别尔对鲁卡说：“我不会躲开，我不相信良心。”在鲁卡看来，别别尔身上有一种东西，一种不管到哪里都会更加强烈的神秘主义的、吓唬人的东西——这就是让生活更加美好的本能的渴望：“我有一点感受，”别别尔说，“生活应该——不是这样！应该生活得更好！应该这样生活……这样我自己可以尊重自己。”“的确，亲爱的，”鲁卡接着说道，“给了你上帝，基督帮助你！人应该尊重自己是正确的。”

阿基姆认为同女人不检点的关系是尼基塔的主要罪孽，以及他犯罪的所有根源。在这方面鲁卡与阿基姆并不相似。事实上，他建议别别尔离开那个“挑动他犯错误的”瓦西里雅，但是允许他同娜塔莎建立关系，“如果这个女孩触动了你的心灵”。“否则 —— 就一个人离开，”鲁卡补充道，“你还年轻，来得及结交女人。”后来，鲁卡确信娜塔莎确实对别别尔很有帮助，能在他犹豫不决的时候支持他。这时，老人帮助他们达成一致；但是很明显，在任何情况下，鲁卡都没有像阿基姆那样认为同女人的关系具有重要的、决定性的意义。

完全没有“与外部世界的接触”，这一点将鲁卡同老人佐西马清楚地区别开来，神秘主义和祈祷的狂喜，还有佐西马了解的“因为所有的事我们对不起所有人”那种令人感动的心情都与鲁卡格格不入；鲁卡从不认为有必要将自己实践的结论同形而上学的东西，同阴间以及基督教的习俗联系在一起，但是这并不妨碍佐西马认为鲁卡是那种具有基督形象的本质的人。鲁卡和佐西马在外部形象上存在的差异没有什么可说的。

因此，在创建鲁卡的类型时，高尔基能够描绘出他的独特轮廓，拒绝模仿的诱惑，尽管一开始接受这个探究托尔斯泰和陀思妥耶夫斯基这样的巨人的任务时，很难保持独创性和内容型。

鲁卡是个什么样的人？沙金比谁都了解他，关于他沙金说道：“老头从内心……他用自己的双眼看待一切。”这个说法是正确的。鲁卡不需要任何外在的威信和支持。他自身拥有足够的力量去探究生活现象中的混乱，坚守生活的奥秘，拒绝宿命论或者毫无意义的挑衅。根据自己的经验，鲁卡明白生活不是一件容易的事。“每一个人都应该按自己的方式忍受生活。”他这样说道。而且同时呢，生活的负担并不是由邪恶的外在力量强加在人身上的。没有什么力量是人类不能掌控的。鲁卡不知道。一切皆在于人，一切又都在人的掌控之中。

“听着，老头，上帝存在吗？”别别尔问鲁卡。鲁卡微笑地沉默着。

“怎么样？有吗？说啊，”别别尔坚持问道。

“如果相信，那就存在。”鲁卡低声的回答，“不相信，则不存在。相信有什么，那什么就存在。”

因此，每个人都具有真正的价值，他只存在于每个人的内心。而相反的是，所有人们相信的东西，都完全具有现实的力量。沙金就准确地觉察出鲁卡的主要思想，并用自己话进行了评论：

“人可以相信也可以不相信。这是他自己的事！人——是自由的。人自己支付一切：信仰，不信神，爱情和智慧。人靠自己支付这一切是因为人是自由的！人就是真理！人是怎样的？不是你，不是我，也不是他们。不是！而是你，我，他们，老人，拿破仑，默罕默德……的统一体！这是非常庞大的！这里有一切的开始，有结束。所有的一切都源于人，都是为了人！只有人存在，其他的一切——人手和人脑的问题！

这个时候人已经意识到自己不是个别的、无能为力的少数，而是名为人类的庞大整体中的一个狭小的部分。生活的整体质量并不完善，有不愉快的争吵，严重的无知；所有人都能感受到独特的个性，就像邪恶与苦难，但是私人的悲痛与堕落对那些相信生活整体上的理智的人已没有那么深刻的影响。鲁卡就有这种信仰。

“为某些最好的人生活，心爱的人。”他对沙金这样说，“可以说，细木工和所有人都这样生活——人类的垃圾……正是从这些人中产生了细木工……这种细木工在地球上都找不到相似的；他超越了所有人，细木工中没有人可以和他相提并论。他给所有的细木工的工作添加了自己的气质……这些事业立即向前发展了 20 年……同样还有另外的一些钳工、鞋匠还有其他的一些工人以及所有的农民，甚至是上帝——都是为了最好的人而生活！一百年后，可能会有更多为更好的人生活的人！”

鲁卡具有坚定的信念，相信“最好的人”，相信人类可以在日常生活中的一团糟、邪恶、臭味还有苦难中向前发展的理想可以实现。而对鲁卡来说，最重要的是，这个理想的实现可能不是靠人类意志的力量就能实现的。通过对人类和生活的研究，鲁卡深信，对实现理想的渴望是人类灵魂的基本定律，基本上所有人都有意或无意地拥有这种渴望，而对于那些容易失去这些渴望的人来说，重新燃起对理想的渴望并不是难事。由此可见，鲁卡的理想主义并不是因为抽象的形而上学而发展，而是因为通过实践所获得的生活的感受。关于追求最好的渴望，鲁卡从第一次出现在舞台上就开始说起：

“在我看来，所有人都可以变得更聪明、更有趣，尽管现在过得有些糟糕，但是都想过得更好。”

第三幕中当他再次谈起这个话题时，已经变得更加严肃、更加自信了。他宣布了自己走向“风头”的打算，去那里寻找新的信仰。

“人寻找一切，”根据这个结论他指出，“想要拥有一切——全部给他们有多好，上帝，忍耐！”

“你怎样认为？能找到吗？”别别尔问道。

“某些人？他们——能找到！那些寻找的人——能找到……那些坚定的想要的人——能找到！”

“假如真的找到了什么东西，”娜塔莎担心着，“就会想要更好的。”

“他们——会想要！”鲁卡安慰道，“他们只是需要帮助，姑娘，应该尊重……"

而在另一个地方，另一种情况下鲁卡如是说道："人只要去想，一切皆有可能。"

鲁卡的这种相信人类意志的力量的信念同所有人都有受到尊重的权利的认知紧密相连。"我尊重小偷，"鲁卡说道，"在我看来所有的跳蚤都是不好的：所有都是黝黑的，所有都是跳动的。""难道可以抛弃人吗？他——是不是如此，都有自己的价值。"鲁卡心爱的口头语是"尊重人"。关于尊重人的必要性，他在宣传所有的人都为了更好的人活着时详细地阐释过。

"所有人，亲爱的，所有人都是为了最好的人生活，所以应该尊重所有人我们可能不知道他是怎样的人，为了什么而生，或是可能做些什么。可能，他是为了我们更幸福而出生，为了给我们带来更多的好处。特别应该尊重孩子们……孩子！孩子需要被尊重！不应该打扰孩子的生活，应该尊重孩子！"

人对鲁卡来说就是一切。但是这位帝王经常缺乏力量，误入歧途，自甘堕落。鲁卡同情这些阵亡的人，但不是混合着个人优越感的伤害人自尊心的怜悯，而是带有对这个人尊敬的成分的怜悯，就好像他从来没有被污染过、糊涂过。鲁卡认为，人应该这样对待别人，也应该尊重自己，这种情况下不需要可怜。最后一件事，如果人失去自己高尚心灵的基础，如果他失去了精力充沛的感觉，追求更好的事物，那么，关于美好事物的幻想本身就比绝望更好。

这就是鲁卡，这就是他的个人理想主义。高尔基在这个剧本中的第一幕开始就用鲜明的特征描述了这个产生理想主义者的环境，这个为反对朝圣者所有信念的、强烈抗议的行为而服务的环境。人们丢掉了对自己、对他人的所有尊重，蔑视同情，面对一切带有唯心主义性质的现象时哈哈大笑。钳工克列士的妻子安娜死于严重的肺结核，布勃诺夫因为死亡使她不再咳嗽，客栈的住户因恢复了宁静而感到满意。娜斯佳为自己关于昔日恋情的幻想痛苦，周围的人为此哈哈大笑，并为此说些侮辱人的话。克列士生来就是一个诚实的劳动者，但是被小客栈使唤得疲惫不堪，一个被设法利用的贫穷的劳动者，为了不沦为流浪汉，只能在绝望中大喊，不想像"没有人格、没有良心的人"那样生活，而别别尔冷漠地回答他："那么他们的良心和人格去哪了呢？在他们的脚上，除了鞋子，既没有穿良心，也没有穿人格”；正是这个粗鲁、残暴的人认为自己有资格处于粗鲁的状态和残暴的行为，认为只有自己才可以直接、自由地看待生活。

鲁卡的出现给这个小客栈里稳固的习俗和观点带来了某些新鲜的东西。他能够用一些简单的话语、简单的行为触及地下室所有住户的痛处，从底层抬升了他们思想的实质与心情，而这些都是他们以往不曾怀疑的。他让那些具有自由思想的流浪汉看到了对人的尊重和怜悯、诚实和良心，对理想的信心和渴望——这一切都不是臆造的，不是外界强加的，而是心灵真切的现实，它可能被现实埋葬、闷死，但同时它也并不是那么容易被毁灭。看来只有科斯蒂涅夫和他的妻子丧失了所有人的特质，缺少鲁卡所提倡的一切。要知道这样一来他们就不再是人了。“如果你，”鲁卡对科斯蒂涅夫说，“对上帝本人说：‘哈，变成人吧！’仍然不会有任何意义。”可是这些具有自由思想的流浪汉认为自己是道德上不比工人克列士差，智商上更是比他高出很多的人，这都是因为他们已经不再是一切幻像前奴性的一代，而克列士正是因为这一点而愚蠢地折磨自己。鲁卡承认他们是人，也因此用一种自信且平静的态度向他们宣传自己的信仰。鲁卡并没有做错，这些流浪汉在心灵深处渐渐对朝圣者的话产生了和谐的回应，而这种对已堕落的心理的召唤组成了第二幕剧，她和别别尔的个人悲剧交错着发生，未必不能被看成整个戏剧的主要情节，因为别别尔和娜塔莎的历史只是鲁卡带给小客栈生活趋势的一部分。

鲁卡确信有“最好的人”，这一点沙金也赞同。鲁卡在西伯利亚认识了笃信正义土地而存在的“一个人”。“‘应该，’他说，‘在这个世界上存在正义土地。据说那片土地上只有特殊的人才能居住，那就是好人！他们彼此尊重、互相帮助。他们所有的一切都是惬意、美好的！”对鲁卡来说，相信真正的仁爱存在的固有信念，还有这种仁爱得以体现的渴望，是一种即将到来的生活理想，而对于西伯利亚人来说，这却是已经在某处实现了的理想。假若有人像鲁卡或沙金论证，指出他们的最好的人是完全荒谬的，那么他们，这些独立的人，也会用其他具体的事物指代自己的理想，因为他们已经知道，“事业并不在于话语，——为什么要相信语言呢？—— 这就是事业所在”。但是对于那些对心理现象的理解以及分析的能力还没有得到发展的人，对于那些认为内容与形式紧密结合、人的内心理想与外在形式紧密结合的人来说，否定符号的真实性就等同于自己理想的破灭。西伯利亚人也是如此。有人向他证明，正义土地的说法完全是荒谬的，哪里都不会有正义土地。这个心灵空虚的可怜人，当得知内心最宝贵的期望，即正义土地无法存在的时候，上吊死了。"不能忍受欺骗"，就像娜塔莎说的一样，对生存所依赖的信仰的欺骗。

鲁卡早就明白，价值并不取决于一个人的外在表现，而是他的内心冲动。他知道，人类内心的真理常通过一些形式表现出来，而这些形式从目光短浅的现实主义的观点来看，完全是荒谬和野蛮的。而在这些情况下实际的、相对的真理的恢复在鲁卡看来不仅仅是无聊的，更是有害的，因为他们摧残了绝对的、永恒的真理，并且夺取了人类最基本的特征，即"相信更好的信念"。那些可以容忍信仰缺失的人可能有变得凶狠的危险，而对于那些对仁爱渴望强烈的人，在失去信仰后，则很容易陷入绝境，像西伯利亚人一样，最终上吊。因此鲁卡支持所有人内心中的美好愿望，这种愿望不一定会通过幻想的形式体现。安娜相信有天堂的存在，鲁卡便亲昵地、详细地讲解给她听，告诉她在死后便可以到达天堂。娜斯佳相信自己昔日的爱恋，鲁卡便绝对相信地、耐心地询问她有关她虚构的罗曼史的每一个细节。没有梦想的人，鲁卡会帮助他拥有梦想：向往能将所有酗酒者彻底治愈的医院的故事，给别别尔描绘在西伯利亚重生的可能，在他上路的时候为他临别赠酒，并嘱咐娜塔莎："你要经常提醒他，让他知道他是很好的小伙，让他不要忘了这一点！他很相信你。你只要告诉他：'瓦夏，他们说你是一个很好的人'不要忘了！"鲁卡知道相信自己，对自己的尊重对别别尔来说，就像是正义土地对上吊的西伯利亚人一样有意义。鲁卡不赞同对真理的狂热崇拜："她并不总是因为人们有病，也并不总是能治愈心灵深处的真理。"他在另一处说道：

"你为什么那么需要真理？好好想想！"鲁卡对别别尔说道，"她也许会变成砍你的斧头。"

"对我反正一样！"别别尔回答道，"斧头就斧头！"

"你这个怪人！你就要这样把自己害死？"

对鲁卡来说唯一有价值的就是人和仁爱，其他的事物，包括真理，都只是因他们为人类和仁爱服务的程度以及帮助更好的事物出现而变得重要。我们可以看出，鲁卡并不是一个偶然的崇拜者，也不会认为一切生物高于造物主，更不会为了人类所创建的东西去牺牲人类本身，尽管这种创造通常名为真理。

这就是高尔基这部戏剧展示给我的中心思想内容。我主要分析了基本特征，忽略了细节部分描写，而这其中不乏大量优秀的细节。但是我相信，上述所描述的已足够证明《在底层》这部作品的卓越。当然，我们这些从 20 世纪 40 年代伟大艺术家学校成长起来的俄罗斯人，并非一定要将高尔基称为天才，像柏林人所做的那样。我们已经习惯看到作家们对生活诚恳的描述，揭开人类心灵深处的秘密，深刻的道德和哲学观念。分析这部戏剧的时候发现我们很多与以往作家所描述的情节相似的地方。鲁卡心底最深处的信仰——相信最好的人、英雄和正义土地——在我们那些伟大的诗人、人民的想象的源泉中也曾见到过。

而鲁卡作为逃亡的服苦役的犯人，对我们来说那些高尚的谎言要比卑劣的真相珍贵得多。屠格涅夫创造了人物满怀美好幻想的卡西亚娜，他们沿着光明寻找真理，并相信存在"每一个人都能满足且公平地生活"的土地。在鲁卡给娜塔莎的训诫中，就具有基里洛夫的思想（陀思妥耶夫斯基的《魔鬼》）："人们的不幸在于，他不知道自己是幸福的。"还有："他们不优秀，因为他们不知道自己优秀。应该让他们知道他们是优秀的，这样他们就会立刻变得优秀起来，无一例外。"陀思妥耶夫斯基是自由灵魂的虔诚的信徒，是支持对人们尊重和同情的传道者，这一点是仿效普希金，后者也同样"颂扬自由，号召宽恕堕落的人们"。我们不再进行更多的比照了，只是想说明引用这些并不是为了指责高尔基。我已经说过，他作品中的形象和观点都是他在自己心里酝酿出来的，并没有受到模仿的诱惑，所以，若是他的作品与人民的传统以及我们最好的作家的趣味有关，那也只会给他加分。对我来说，目前很明显的是，高尔基最终走出了一条正确的道路。他这种自然的、内在的成长就是通过琢磨那些俄罗斯人民长期探求的实质问题，而关于这些问题的解答也同样涉及到许多优秀思想家和艺术家。高尔基的这些问题是建立在我们文学中产生了最好作家的基础上，这也是我们俄罗斯自古以来的基础，没有它俄罗斯人民就会失去自己原始的力量。俄罗斯的所有新文学都是由普希金发展而来。普希金是俄罗斯艺术家们的正义土地，而高尔基的幸运在于，他可能在不知不觉中成为了这个正义土地的追随者。

《在底层》对于高尔基作品的发展，对于理想和艺术技能来说都具有重大的进步意义。高尔基长久地寻找一个具有坚强灵魂的人物形象，这个形象能够冷静、直观、摆脱一切传统束缚地看待生活，能够不具有任何信仰，不屈服于任何威望，只接受那些对他来说清楚、无疑的东西。对高尔基来说，这种类型体现在不同的人物形象上。在上面的故事中我们可以看出，最强大、最自由的人往往对周围的人充满蔑视和仇恨，并把满足己欲作为自己生活中唯一的目标。大多数情况下他们都具有强烈的物质本能，而内心缺少精神需求，他们认为道德往往只存在于那些软弱、胆小的人的心中。自由、坚强的人们常常嘲笑那些对孩子们来说可怕的故事——寓言。事实上，高尔基早期作品中那些坚强的人们，偶尔也会发起愁来，而他们却不是很清楚为什么要忧郁。随后，理解生活意义的渴望开始在这些自由人的心中复苏。福马·高尔杰耶夫就尤其思考过人为什么活着，以及到底什么是生活这样的问题。他没能自己找到答案，于是询问其他的人，但是没有人可以给出答案。这时自由的人开始发起愁来，发疯似的忧郁起来。带着这些问题，高尔基在他接下来的作品（《农夫》、《三人》）中更加贴近生活，但仍是没有找到答案。失败的主要原因在于高尔基不能兼有力量和精神上的自由。但是所有的尝试都创作出了没有道德冲动能够忍受灾难的坚强的人物形象。可以看出作者对已经形成的类型不满意。难怪《农夫》没有完结并且没有被收藏进文集。只有现在的鲁卡为高尔基指出了他认为无法解决的矛盾的办法。道德并不是软弱，而是可以依靠的、强大的力量，它只会带给生活意义，此外它不仅不是外在的束缚，反而是人类内心的基本特质。由此可见，真正强大的、健康的形象并不需要超越道德界限去寻找，而是在道德的界限内部寻找。现在，新的、宽阔的、崇高的舞台已经为高尔基的探寻和创作敞开了。但是如果回忆起不久前，他在《小市民》中曾将尼尔这种粗鄙、狭隘的类型描述成“垮掉的一代”的反面类型，以至于无法承认，他能够在新的戏剧中有如此大的进步。的确，现在的瓦西卡·别别尔应该可以说是这部戏剧真正意义上的主角，尽管看起来并不是很成功，但我认为这是高尔基放弃对他来说更熟悉的方式，而大胆地对这个形象给予更加丰满和完整描述的、在一个崭新层次上的一次新的尝试。

尽管高尔基艺术技巧的改善并没有那么明确与全面，但是对比高尔基在艺术舞台上的两部尝试之作（《小市民》与《在底层》），则可以很明显地发现，第二部更具有优势。事实上，《小市民》这部作品中既没有鲜明的戏剧事件，也没有内在联系。展现在观众面前的是一系列描述得完美而逼真、内在联系却异常微弱以至于其中的一半可以重新编排，更多的情节即使被删掉也不会影响故事情节发展的舞台场景。并没有一种内在的必然性是要求这种情节只能以戏剧的形式而非小说的形式进行加工。在新的剧本里已经有了毋庸置疑的戏剧元素——瓦西卡·别别尔的历史；第二幕与第三幕均有很丰富的戏剧活动，悲剧的进展快速且自然，悲剧观感剧增，可以说第三幕最后一场宛若大师神来之笔。但是作者却公正地称这部剧为“图片”而非戏剧。戏剧没有取得成功的原因有很多。首先，鲁卡可以说是这部戏的中心人物，一个内心状态完全安宁的人，他的内心既没有进行任何斗争，也没有任何戏剧性存在：这是一个高谈阔论的角色。真正具有戏剧性的形象是别别尔，但是他也恰好是没有被深入分析研究的角色，因为作者没能将他发展到一个能够创造真正戏剧的主导位置上。总体而言，别别尔的心理活动描述得不够清楚，在第三幕中与娜塔莎相爱的理由也很牵强。没能将别别尔研究透彻，作者自然而然地将更多的注意力投入到配角的身上，也因此打破了剧本的完整性，使他最终成为了“图画”。

这部剧中有一些可有可无的角色。比如，梅德韦杰夫、科瓦西聂亚、克里沃伊·左波、塔塔林这些角色给主角的特点和戏剧的发展带来哪些实质性的东西吗？所有这些角色本身都是很出彩的，但是他们给剧本带来了什么呢？此后，应该将第一幕删掉，或者使它与主要情节的发展联系得更为紧密，使其更加丰满，也就是说，使紧张的情节更为丰富。从戏剧构成的意义上看，应该承认第四幕最为失败。第三幕的灾难已经形成了一种自然又详尽的结局，如果第四幕完全不存在，观众也会因此满意地走出剧院。这幕戏中完整的心理活动应该有限度地引入戏剧中，而不是像这样进行不必要的特别补充。如此看来，《在底层》仍像是日常生活舞台戏。

我们用语言已无法说明这部戏剧比近段时间内充斥我们舞台的大量作品更有才华。但是——大船行深海。因为高尔基是天才，所以我们不自觉中对他的要求要高于其他剧作家。而我们现在也坚信，高尔基具有足够的才能，可以创造出真正的戏剧，而他对文学真诚的热爱以及他所有作品中涉及到的深沉、严肃的人类利益，使得我们坚信，高尔基今后能够诚实地创作自己的作品，并且将自己全部的力量投入其中。

编后记

谢尔盖·亚历山大洛维奇·阿德里安诺夫(Сергей Апександрович Адрианов,1871—1942),俄罗斯文学批评家、政论家、文学史家、翻译家,《欧罗巴信使》的主持人之一。具有自由主义倾向,主张艺术创作与政治立场相分离。

论马·高尔基

作者［俄罗斯］瓦茨拉夫·瓦茨拉沃维奇·沃罗夫斯基
译者 程代熙

那专供"上流"社会读者阅读的"老牌"刊物的领导者们，有时也会吃命运的苦头。生活总是按照它自己的规律运行，但这些规律并不永远同"老牌"刊物的公式相一致。读者们看见的往往是生活的另一面，结果弄得这些"老牌"刊物惊讶得一筹莫展。可是，天真的读者却像淘气的孩子那样缠住不放，老是盯住问："爸爸，这是什么？"这样一来，不管你愿意不愿意，我们也只好在刊物上讨论那些根本不愿去思考的问题了。不久以前，我们那个牌子最"老"的杂志——《欧罗巴导报》[①]就是处在这种尴尬的局面下。

俄罗斯文学出现了一位新的人才，距今差不多已有十个年头了；他已经在其中占据了一席巩固的位置。起先在外省的出版物中，后来也在京城的出版物里，开始的时候还是间或地，到后来经常地出现了署"高尔基"这样一个名不见经传的笔名的一些短篇小说。这些为作者那极不寻常的生活环境所强化了的、浸透着春天的清新气息的短篇小说，其魅力深深地赢得了读书界的好感，而且还把它同当代第一流的文学力量并列。由于这位作者经常在定期刊物上发表作品，他的短篇小说集在最近短短的三年里也相继印刷了四个版次，因此，俄罗斯社会的不同集团和这些集团的机关刊物早就对这位作家有着明确的态度了。只有那个具有一定权威的刊物，直到现在还对这个新现象顽固不化地熟视无睹，这个刊物就是

① 《欧罗巴导报》(1866—1918)，在彼得堡出版的一份资产阶级自由主义倾向的文史月刊。从 20 世纪 90 年代起，它曾对马克思主义进行过一连贯的斗争。

《欧罗巴导报》。

但是，抱这种轻蔑态度的原因究竟是什么呢？凡是了解《欧罗巴导报》的文学面貌和社会面貌的读者，只要想一想我们这位作者和他笔下的人物是怎样的人，至少，想一想他们在《欧罗巴导报》的心目中是怎样的人，那就不难发现它对高尔基先生表示憎恶的原因了。高尔基先生把他那“有力的、勇敢的，更准确点说，蛮横无礼的人物的特别世界，以及坚定的、完整的和在理论与生活实践方面不知道有什么矛盾的人物的特别世界”，引到《欧罗巴导报》的既体面又合体统的沙龙里来了。“就他本人来说，高尔基倒是个蛮有意思的人物，他不仅不自惭形秽，反而以自己过去做过大街上的流浪汉、卖苹果和卖巴威利亚葛瓦斯的小贩而感到自豪。这个在昨天还被社会所唾弃的人，现在已经率领了一群也为社会所不齿的人，而且还是社会永远唾弃的人——小偷、杀人犯、职业暴徒、强盗、淫棍、酒鬼和其他的下流胚；可是，他不仅没有表示出任何轻蔑的或者厌恶的感情，反而用迷人的艺术力量，甚至是用狂喜的感情来讲述他们这些人所生活着的肮脏的世界，讲述由于这种在所有的意义上来说都是罪恶的、乌烟瘴气的生活，他们思想上和内心里产生了什么想法。”[①]

事情不是很明白吗？决不能要求这批社会制度的卫道者们把这些流氓，或者至少把那描绘这些流氓的，也就是正统派杂志觉得只不过是这群流氓的首领的作者，引到这份杂志的订户里来。真的，你们不妨想象一下，我们这位作者到《欧罗巴导报》的上流社会读书界里，讲述过去当他还是一个“大街上的流浪汉”，卖“苹果和巴威利亚葛瓦斯”时所碰到的一些“下流的笑话”吧！

但是，硬是同时代的潮流作对，却不是件容易的事情。读书界的“轻信态度”，使它们早就注意到那位刻画出所有这些“杀人犯、小偷等”的作者了，甚至于还把他“抬”到了——用良茨基先生的话来说，“也许，他根本就不配”的那种高度。他站得这样高，显得多么触目啊，甚至《欧罗巴导报》的读者也看到他了，尽管这个具有 36 年历史潮流的“老牌”刊物顽固不化地力图用沉默来淹没他。不管愿意还是不愿意，都必须故作姿态地来谈论这个令人感到不愉快的人。这种吃力不讨好的事情，即把高尔基和他笔下的那群“流氓”介绍给《欧罗巴导报》的读者，却落到了良

---

① 叶·良茨基：《马·高尔基》，《欧罗巴导报》，1901 年 11 月号，第 286 页。

茨基先生的身上。良茨基先生硬着头皮接受这场考验，将任务完成了；应该承认，他完成得很出色。

至于这给可敬的批评家带来多少苦恼，读者是不难想象的。"所有这些切尔卡什、奥皮叶特卡、库瓦尔达、库巴尔、恰巴、皮里雅依，"良茨基先生抱怨地说道，"都跟高尔基先生一齐来了，并且还大模大样地公然住在'有思维能力的'和'满腹经纶的'知识分子的（即良茨基先生的）客厅和书斋里，并且还满不在乎他们身上所带来的那股贫民窟的酒臭气味。"说句老实话，良茨基先生压根儿并不厌恶这些穷光蛋，他甚至还热爱他们。真的，他是热爱那样的人民的，他们"创造了非常出色的民间诗歌、史诗及其充满着自由的、人道的力量的理想，以及那浸透着真与善在人间必胜的思想的童话和谚语等"。但是，他之所以也讲人道，是因为"与普希金、屠格涅夫和列夫·托尔斯泰的文学有关系的人"，就不可能不是一个人道主义者。他还准备在这些无产者面前放下架子，甚至他还能够"坐在自己书斋里的安乐椅上，情不自禁地对他们欣赏不已"。可是，"他们根本连一点点请求同情与施舍的口气也没有，反而以独立自主的、经历过无数艰辛的那种人的冷嘲热讽的态度而感到自豪"。在碰到这样令人不愉快的事情之后，他就只能丢掉任何的温情主义，而实干起来。良茨基先生确实干得非常干脆。他根据这样一个公式：对于发展我们的"神智"来说，只有"作家兼人道主义者"才是"不可少的、重要的活动家"，定出了一个独特的社会道德的标准；至于"人道主义者"这个词的含义，不妨在那些陈旧的道德格言里去找找对它的解释。良茨基先生拿着这个社会道德标准依次去检验所有的客人——高尔基先生笔下的这群"流氓"，并且加以分类；符合的，站到右边去；不符合的，就滚蛋。由于这样的分类，高尔基先生笔下的人物差不多没有一个能够获准进入上流社会。根据我们手头的两张统计表来看，除作者以外，获准的有：基列尔卡、奥尔洛夫夫妇、马尔华及其倾倒者们、《二十六个和一个》中的面包师傅和《有一次，在秋天》里的娜达莎。可以这样说，他们这些人构成了高尔基作品里供上流社会仕女们阅读的版本。

但是，良茨基先生也并没有让这些被社会唾弃的人听从命运的摆布。他把柯瓦洛夫和吉洪（短篇小说《苦恼》中的人物）叫了过去。他说道："科诺瓦洛夫已经本能地感觉到，他这个可怜人身上所缺少的那个'东西'究竟是什么了。他渴望得到这个'东西'，就像一个在迷雾中掉进河里的人拼命想去抓住河岸一样。对于所有的科诺瓦洛夫来说，这个‘东西’就是知识，就是认识字[①]。”良茨基先生套用了那本陈旧的格言集里“学习就是光明”这条家喻户晓的谚语，这样惊叹道。之后，他就把这些被认为是废物的人打发走，每人送了一本媒介社[②]的出版物。祝您成功，良茨基先生，他们拿这些东西去卷烟卷，倒是再好也不过了。

良茨基先生把这批讨厌的客人打发走了之后，就打开大厅的门，那里已经聚集着《欧罗巴导报》的好多读者，于是对主犯，即对高尔基先生的公开审判就开始了。良茨基先生身上有着非常浓厚的检查官的癖性，他能用各种各样的手段激发被告的天良。所以，他一上来就想吓唬一下这位被告，就是所谓先来一个下马威：

“您是否还记得，高尔基先生，有一次，在秋天，您跟一个没有饭吃的娼妇一起偷过小吃摊上的面包？”良茨基先生一上来就这样“开门见山地”说道。当着他的听众，良茨基先生把破坏基本制度，即所有制的罪名强加在我们这位作者的身上后，接着就又扯到另一个问题：

“您破坏了伟大的自由原则，把它同那些到处流浪，没有身份证的人的生活胡乱搅在一起。您还给人们提出这样的任务，用为自由而生活来代替自由地生活。总之，我根本不理解，您为什么让您那些流浪汉谈论自由？真正存在着自由的地方，人们就不会去谈论自由，也不会去注意自由，就如一个肺部正常的人不会去注意新鲜空气一样。既然如此，那还有什么可说的呢？”

“您还破坏了伟大的劳动原则，您没有让奥尔洛夫老老实实地为上流社会去做皮靴，却反而把他弄成个流浪汉。在我们看来，这在心理上是毫无道理可言的。谁脑子清醒，谁就不会去做流浪汉，何况有着一身的手艺和劳动的习惯呢。”

您侮辱了农村和人民——这是任何一个良好社会的基础。当然，您生活的那种环境“没有给您认识农村的机会，没有使您能够即使不说喜爱吧，至少也该理解它”。因此，您在农村里“就感到令人难忍的窒息与愁闷”；但是，您笔下的那些人物却尽是些“特别的、被社会唾弃的人，或

① 真是简单而明白，一点也不用费脑子！——作者注。

② 媒介社是一家出版大众读物的出版社，1884 年底创办于彼得堡，其宗旨是宣传托尔斯泰主义。

者更精确点说，是自绝（原文如此！）[1]于自己同伴的人，穷凶极恶得像头饿狼，并且按照狼的方式判断和思考，所以，他们的人生观在本质上是狼的人生观，既然这样，把这种人生观同真正人民的人生观相提并论，就不能不违背常理，因为在人民的人生观里，阴暗的思想是受深刻的人的感情制约的。"[2]既然，您，高尔基先生，承认同"自己人物的世界观相一致，那您，——如果可以这样说的话——，就是反人民的"。

在扣上这顶大帽子之后，良茨基先生稍微缓和了一下语气，开始责备地说道：

"您用完全不能令人容忍的态度来对待我们，对待知识分子。在童年和青年时代，'当您的那些同伴**只知道**[3]偷窃，酗酒，为非作歹的时候'，您'却读着各种各样的书'，可是，这些书是谁写出来的呢？是我们，是知识分子！后来，我们也曾向您高高兴兴地敞开我们的胸怀，而您却大模大样地对待我们。我们把您当作自己人看待，可是，您却把我们这些知识分子叫作是萎靡不振的、利己主义的、虚伪的人。我们一直帮助您'通过跟有识之士谈话，通过读书，——书也是这些有知识的人写的，——从那个流浪汉的圈子里摆脱出来，了解他们内外生活的特点。如果您总是同那些流浪汉生活在一起，您就一定不会注意到这些特点。总之，除了您的才能以外，您应该把您，作为一个知识分子艺术家所受的教育，都归功于知识分子'。可是，您却表现得非常不好，非常不好，高尔基先生！"

良茨基先生的这段控诉词不仅得到了自己、听众，而且看来还得到了被告的怜惜；之后，他就非常温和地，甚至带点儿熟不拘礼的亲切口气继续往下说道：

"我们也知道，高尔基先生，就您的本性来说，您不是一个流浪汉，而是一个人道主义的艺术家。您做流浪汉是暂时的、偶然的。如果把您在作品中用您自己的名义说得如此真诚的那些片断集在一起的话，那就非常清楚地表明：您是一个温和的、善于爱人的人，一个对于人的苦难与痛苦有着共鸣的人，但也是一个带点儿病态的、容易激动的、神经质的人。

---

① 真是一个与果戈理笔下那个中士一样的人物！——作者注。

② 显然，良茨基先生不仅用这种庸俗的观点来评价高尔基先生一个人，而且还用它来评价整个世界。——作者注。

③ 这个带些幼稚的字眼："只知道"，已经完全超出文学上礼节的界线了。——作者注。

您回想一下科诺瓦洛夫对您的评价吧：'您对一切都抱着怜悯的态度。显然，您是一个心灵脆弱的人！'到底是谁对，是那断定您是一个'心灵脆弱'和'富于怜悯心'的科诺瓦洛夫呢，还是那仿佛有些崇拜强者，崇拜凶恶的野兽式的粗鲁的您是正确的呢？一个富于怜悯心的和善于爱别人的人，一个有知识的和有理性的（原文如此）人能够真正地唱出'勇士的疯狂就是人生的智慧'这样的歌来吗？您为什么喜欢'采取给人以深刻印象的姿态，用不平常的感情和响亮的词句伪装起来'？您是在愚弄谁呢？并且，我们还知道，您的真正的道德，本质上它属于基督教，对于生活来说却是必不可少的、重要的。'可是，突然出现了一个坏的东西，这就是所谓的《鹰之歌》[①]。这简直是在'胡说八道！''我们歌颂这种勇士的疯狂！'高尔基先生，您该为那些庸俗不堪的事物感到羞愧！您在悄悄地说些什么呢？您是不是说过：爬行的东西'不会飞'？没有吗？那我可能听错了。现在我宣布休息一下。"

休息之后，良茨基先生终于这样相信：听众已经从纠正过来的，并且是唯一"必要的和重要的方面"了解了高尔基先生，所以，他建议被告在下面这份自我否定书上签字。

"我，下面签字的人，马克西姆·高尔基，现在承认，我的题材仅仅是一个人，多则是两个人，是和平的自然景象，海、太阳和空气。在这方面，我称得上是一个内行，在这方面，我是一个精练的审美家，而且还是一个同样精练的心理学家：总是沉思着灵魂的永恒的黄昏，关于人的存在的那些永恒的问题，您越是拼命地想猜出这些问题的谜，它们就越是深奥莫测。"

二

在社会生活发展的过程里涌现出来的无数冲突与矛盾中，有一个矛盾是非常重要的，虽然并不十分令人触目，这就是生活的内容与其所创立的形式之间的矛盾。生活的内容比起那些形式，即比起生活在历史发展过程中极力把这个内容硬塞到其中去的那些形式来，真不知要丰富和纷

① 我推荐大家读一读良茨基先生对《鹰之歌》的这篇出色的分析文章，在这里，他同希腊神话中的那只长着女人头的怪鸟一样，"连自己都给忘掉了"。—— 作者注。

繁多少。生活总是极其严峻地把无限丰富多采的生活现象都装进那已经形成的各种社会形式的框子里去，并且无情地把所有那些不愿意待在狭窄的框子里的东西加以摧残。尽管社会生活总是墨守陈规地极力把全部社会现象都塞到它所制定的那几个寥寥可数的框子里去，可是，就在生活过程本身中也还是存在着永远与这种严峻的做法相违反的因素。这个因素就是分化。这个分化的因素极力想瓦解那些已经建立的关系，破坏那些已经形成的社会机体，把那些漂浮在社会生活表面上的类似泡沫或者杂质的东西分离出来。这些杂质是发展过程中的废物，还是也包含着有价值的东西，——无论是在前者或者后者的情况下，它们都证明：在这个发展过程里并不是一切都很顺利的；它们还证明：这个过程并不能容纳所有的力量和才能，从而也就不能满足全部要求和需要。在生活的表面上积累起来的杂质要是越多，其中有价值的东西要是越多（这价值，当然不是社会的，也不是肯定的，而是否定的，它表明这些杂质并不是那种东西，然而却有可能成为那种东西），那么，这就意味着，各种关系所构成的现存制度就越不能满足那极其丰富和纷繁的全部生活的需要。但是，任何一种自发的、无意识的东西，包括历史的过程在内，它的命运总是这样；只要一开始发展，它就会一直继续下去，不是变成荒诞的东西，而是变为可以意识到的事为止，或者到外在的影响改变不了它的进程为止。所以，硬把生活塞到一定社会形式的框子里去的那个社会过程，是自管自在行进和发展的，根本不考虑生活完全是按照另一条道路在运动，而且是变得越来越复杂，越来越纷繁的。由于形式与内容的这种基本矛盾，就使得越来越多的力量被消耗掉，因此，生活在大地上的人们，尽管在肉体和心灵上所占据的领域差不多一天比一天大，也还是感到“缺少活动的余地和感到窒息”。

我已经指出，生活总是越来越丰富，越来越纷繁的。正因为生活变得越来越复杂，正因为被它作为组成部分吸收到它身上来的成分越来越多，所以创立新的组合的可能性，以及生活所能创造的典型也就越来越多。而每一种新的典型，无论它是个人的或者集体的典型，都会提出自己的一些要求，要在生活的筵席上占据一个席位，取得自己在这共同的、丰盛的酒席上应得的一份。但是，生活并不是完全平等地对待自己的孩子的：在一些孩子的心目中，它是一位母亲，可是，在另一些孩子看来，它却是一位狠心的后母。现代的生活，即社会生活，一般来说，是不认识人的；为了在生活中取得公民的权利,就必须得出示身份证那样的东西,并且明白自己的社会面貌。

为了生存,人不得不进行永恒的斗争:一方面,在对大自然的斗争中;另一方面,又在为了争取领导权和统治地位而进行的对人的斗争中。由于劳动分工以及社会生产力组织的需要,形成了一些共同生活的形式,对于文明的民族说来,这些形式就成为它们的特征。这些形式也就是社会的阶级集团。社会生产、自然财富的社会开发以及生产力的社会运用,把社会变成一台机器,在这里,各个不同的阶级和集团相互建立起某些关系,以便最有利于在一定的历史条件下达到主要的目的——社会生产。那个被历史发展的进程提到社会首位上来的集团,就成为这架机器的主要领导者和调节者。这个集团由于掌握着组织与调节社会关系制度的大权,所以,它就使社会制度能最充分地满足自己的需要。而尽可能地保证它所同意的制度和秩序,当然也符合这个集团本身的利益,因为这种制度和秩序是最符合它的需要的。因此,它就倾其全力把在社会生产过程中使社会分裂成不同的集团这种情况保存下来。正因为社会由于这种生产的利益而分裂成许多或大或小的集团,所以它呈现出来的就是一幅五光十色的图画。每个这样的集团都是在共同物质利益的土壤上,在运用同样的手段来取得生活资料的基础上形成起来的。同样的经济条件就在一定集团的成员身上产生出同样的心理状态,同样的法律和道德的观念。经济上的需要变成心理上的、道德上的、法律上的需要。因而,也就随着出现了具有自己的一些概念和观点的小圈子,虽然这样的小圈子还是从属于统治集团的某些观点,即从属于所谓整个社会的概念,但是同时,它还是神圣不可侵犯地保留着它自己的一种特殊的世界观。

这样一来,现代社会就成了许多有着不同程度卑微利益的小圈子,为了在社会上获得公民权,就非得从属于某一个小圈子不可。在现代条件下,"生活"就意味着依靠某种劳动或某种报酬来维持自己的生存。生存的概念为经济的概念所代替。但是,为了过这样意义的"生活",就得不仅在社会意义方面,并且也在自己的世界观方面与一定的社会形式相适应。现代人的社会经济地位和他的阶级心理状态,是同一事物的两个方面。而在这些现象之间发生不协调的地方,我们就遇到一种正在分化的典型。现在,我就来谈一谈这种典型。

我已经在文中指出,生活本身自发地表现出来的现象,比起那把它组织起来的历史和社会的形式,真不知要丰富多少。无论人们多么努力想把全部社会现象都塞到这些狭窄的框子里去,人们都是不会成功的。分化过程经常把那些已经形成了的典型弄成各种不同的样子,同一父母也会生出许多彼此毫不相似的后代。在这些后代中,有一些按其心理状态的形式来说,与现存的某一社会集团极其相似;而另一些则又不太一样,因此,这样的后代只好克制自己,做出让步,走向妥协。他们在变成“凡夫俗子”[①]之前,往往扮演着“伟大人物”的角色。可是,在这许许多多的后代中,还能发现这样极端的典型,他们就精神气质来说,与任何一个社会集团,或者,至少与他们本身所属的那个社会集团都不一样。必须要有性格上的根本改变,而不是单纯的妥协,才能使他们与已经形成的某种生活形式相适应。在这批极端的代表中间可以看到出身相同,但是在社会生活中却起着完全不同作用的两种典型。第一种典型,即深刻的社会典型,他鉴于那个与自己有着血缘关系的社会集团的死气沉沉的环境,就转而向社会呼吁,然而他所面向的不是现存的社会,不是向一台盲目的、试图以自发的力量向他们所不知道的目的地奔去的机器,而是向依靠自觉的创造活动建立起来的高级社会。这种典型所体现的主要是理性的、理想主义的、利他主义的对于日常庸俗行为的一种抗议。第二种典型则是鲜明的个人主义的,他痛苦地感到自己是受到了社会的排斥,因为把社会当作监狱那样加以蔑视和憎恨,这种典型根本不把共同的幸福当成自己的理想,而作为他的理想的仅仅是个人——首先当然是他自己个人——的自由与不受约束。按其心理气质来讲,这是一种反社会的、无政府主义的典型。这种典型在生活实践中简直发展到了非常极端的地步。

上面所谈到的第一种典型不在本文的研究范围之内。所以,我要谈的只是第二种典型,高尔基先生短篇小说里的那些“流浪汉”人物都是从这种典型所在的环境里来的。

我们要了解像切尔卡什、普罗蒙托夫等人的那种“豺狼的”性格,就必须仔细地研究他们这些人是怎样落到那种地步的。为此,我们就应该研究他们出生的那种环境,以及他们所不得不经历的那些过渡的阶段。高尔基先生的短篇小说展示出整整一个典型人物的画廊。他给我们绘出了流浪汉心理上的各种各样的色彩,并十分鲜明地表现出了“流浪汉”面

① 这也是《欧罗巴导报》的一个撰稿人,斯巴索维奇先生,在为库兹涅佐夫辩护时所使用的一句话。难道这不是一句具有代表性的话吗?—— 作者注。

貌的演变情况。从短篇小说《傧相》中的那个还没有脱离农奴心理状态的乌波瓦尤席开始,直到那代表着充分定型了的惯贼切尔卡什为止,这就是贯穿那些过渡阶段的一座完整的阶梯。为了把这个画廊研究明白,就必须尽可能地把这些人物性格概括为一定的心理典型,即去掉所有那些属于个人的、偶然的特征,把所有共同的、具有代表性的东西抽出来。

我在上面已经指出:人们的心理状态与生活所制定的那些共同生活的形式不协调,是人们所以受到排斥,沦为社会渣滓的主要原因。在现代生活中,一个完美的人要把全部能力发挥出来,凭自己的全部感情来生活,是很难找到立足之地的。生活不给这些能力以用武之地,所以它们只能被埋没。社会需要和为生活而经常进行的斗争只在人们的身上发展成一定的心理特征,把这些特征提到第一位,还赋予它们一般日常生活的性质,其余的特征对于他只起一种摆摆排场和装饰外表的作用。至于那些与公共生活形式不协调的人,在他们身上有力地表现出来的就不是那些必要的、"装饰外表"的特征了,——他们对于那些"日常生活的"东西是极其轻视的。他们的心理与生活条件的这种不协调就逐渐把他们从社会中排斥出来,使他们脱离了自己的阶级,这样,又使得他们身上那些具有代表性的"反社会的"特征更加发展起来。

"我这个人,在生活中就感到憋气,"普罗蒙托夫说道(《无赖》),"生活的天地是狭窄的,可我又是一个喜欢占据广阔空间的人。或许,这是不对的。但是,世界上就有一种特别的人,应该说,这是那'永不安宁的日得'[①]生养出来的一种人。这种人的特点就在于:他们怎么也不能给自己在世界上找到一个立足的地方,并且牢牢地守着它。他们内心里活动着的是一种对新事物怀着期望的不安心情。在生活里,人们是不喜欢这样的人的。他们这样的人,胆子大,可又不合群。要知道,社会上大多数人都像五戈比的小钱,普普通通的铜板。这些五戈比的小钱和铜板之间的全部差别就在于:制造它们的年代不同而已。这个是被磨平了的,而那个却是比较新的,但是,它们的价值却是相等的,它们都是用同样的材料制造出来的,它们身上那种令人恶心的气味也是彼此不相上下的。可是,我并不是五戈比的小钱,虽然可能,我只是一枚两戈比的铜板。"这番话

① "永不安宁的日得",典出《圣经》。阿加斯费尔犯了罪上帝给他惩罚:令他不停地在路上行走,过着四处漂泊、流浪的生活。后来,人们就把阿加斯费尔叫作"永不安宁的日得"。

充满着骄傲和自命不凡的味道，甚至可以说是充满着崇拜这种特殊的生活、这种“不同凡响”的东西的味道。然而，一个完全定型了的流浪汉的基本特征却正是这样，普罗蒙托夫恰恰就是这种道道地地的、最完整的典型的鲜明代表人物之一。跟任何完整的典型一样，这个典型变得有点儿僵硬，因此同样落到了一种独特的社会形式里[①]。高尔基先生短篇小说中的那些还没有发展到这种极端地步的人物，却令人更加感到有趣和富有教益。例如，科诺瓦洛夫就是这样。那种模糊的、动摇不定的心理状态就与他那作为过渡典型[②]的角色相吻合。科诺瓦洛夫与社会还保持着密切的联系，他既然是一个手艺人，当然他就没有与他所生长的那种环境断绝关系，因此，他的思想根源就离不开这种环境所具有的心理状态。他跟奥尔洛夫（《奥尔洛夫夫妇》）一样，也感觉到“生活是一个坑”，但是，他在按照自己的方式来解决社会问题的时候，并不是从否定社会的观点出发，而是相反，从纯粹的社会观点出发的。“需要那样的生活，在这样的生活里人人都有广阔的天地，谁也不妨碍谁。”他这样宣称道。或者，“谁应该来建设生活呢？”他问道，接着，他就直截了当地这样决定道：“我们，我们自己！”他在做出这个决定的同时，就已经开始从哲理上去研究这个命题：“我们是什么人？”原来，他是一个多余的人。“我活着，我发怒，”他严厉地自我批评道，“我自己觉得好像母亲生我下来的时候，我就没有别人都有的，以及一个人所首先需要的那种东西。”这就是说，没有那些“日常生活的”、“实际的”特征。“并不是我一个人，”他继续说道，“像我们这样的人多得很。我们是一种特别的人，不能把我们列入任何一类人里去。我们必须要特别对待……特别的法律，极其严酷的法律，以便把我们从生活中清除出去。”这个奇怪的结论完全是同科诺瓦洛夫个人的心理状态有关的。科诺瓦洛夫是一个大主观主义者。我们已经看到，他是从自“我”这方面来看待社会问题的，并且，就是在评价他自己的时候，他所遵循的也是那个同样的原则。他发现，在他的内心里还缺少一种立足之“点”，所以，他就得出这样一个关于自己无用的结论。他的根本错误就在

① 这种形式可以称为社会的，只是因为它是生长在社会身上的寄生虫。——作者注。

② 这并不是说，科诺瓦洛夫这样的人会随着时间的推移变成切尔卡什或类似切尔卡什之流的人物。在研究“流浪汉”这类人时，如果把切尔卡什、普罗蒙托夫以及与他们相似的那些人物当成是已成形的最后的典型，那么，科诺瓦洛夫还只是一种过渡的现象。——作者注。

这里。缺少这样的“点”,不过是他与那已经形成的社会共同生活形式不相协调的一种主观反映。这些科诺瓦洛夫的确需要一些“特别的法律”,以便他们能够成为有益于社会的成员。他们需要的是这样的一种社会组织,在这样的社会组织里他们的需要、他们的心理特征并不是另一种心理状态的附加物,而是一种占统治地位的“日常生活的”情绪。在那样有利的完全适应的条件下,他们这些模模糊糊地憧憬着某种事物、有着非常强势性格的人,就一定能够起重大的作用,干出英雄主义的事业来。我们知道,在欧洲社会生活的严重关头,在所谓的社会渣滓中却常常涌现出了富有自我牺牲精神的活动家,因而使论敌得到了把运动本身跟小偷、流氓分子混为一谈的借口。高尔基先生通过他笔下的奥尔洛夫这个人物,非常出色地把那些科诺瓦洛夫在精神上也有可能提高到创造出丰功伟绩的地步的情景展示出来。为了阐明这个有待发挥的思想,我们这里就多费一些笔墨来谈一谈这个从政论的角度看来非常精彩的短篇小说。

格里高利·奥尔洛夫的职业是鞋匠;他是一个机灵的人,手艺也很高明,他已经结了婚,并且跟他妻子的感情很不错,看来,他们已经具备能够建立那种平凡的小市民幸福生活的一切因素。“别人过日子,也不是怨天尤人的,他们不停地积攒钱,把钱拿去开作坊,后来,他们就过起老板的生活来了。”可是,奥尔洛夫却没有迁就自己的这种生活。“我已经学会了手艺,”他这样往下推论道,“这究竟是为了什么呢?是不是除我之外,就没有什么鞋匠了呢?唉,去他的。作了一个鞋匠,以后又能怎样呢?对我来说,这又有什么可满足的呢? 我老是待在这个洞窟里,不停地缝着,缝着,到头来,还不是一死了之。为什么我要这样活一辈子,缝一辈子鞋,又一死了之呢?”由于这种生活所带来的痛苦和烦闷,奥尔洛夫开始喝起酒来;一种莫名的仇恨周期性地袭击着他。每在这个当儿,他就拿老婆来泄恨,狠狠地揍她一顿,然后跑到酒馆里去跟那些只知欢乐不知愁的人一起大喝特喝。这种莫名的仇恨越来越频繁地袭击他,奥尔洛夫就越自暴自弃,在前面等待着他的是流浪汉的那种痛苦的命运。可是,暂时他依然保持着他那手艺人的地位,跟科诺瓦洛夫一样,他也力图用不合流的性格的观点来说明他自己的不幸。等到后来,终于沦落为流浪汉的时候,他就会用另外的眼光来看待周围的事物,并且像真正的流浪汉那样把自己的不幸都统统归结于社会的原因。而在目前,在还没有跟这个社会割断联系的时候,他认为社会是健全的、正确的,自己才是不中用的东西。“显然,我生下来内心里就是不安定的，”他这样推论道，“我生来就是这样的性格。霍黑尔[①]的性格像一根棍子，而我的性格却像弹簧，只要按它一下，它就会动弹起来。比方说，我跑到大街上去，我看见这样那样的东西，可是，我自己却什么也没有。真使我生气。霍黑尔呢，他什么也不需要，这事儿真叫我生气，他这个大胡子鬼什么也不要，可是我……我甚至不知道自己到底需要的是什么东西。我是什么都要。然而，我老是这样待在洞窟里，不停地干活，却什么也没有。”当奥尔洛夫意识到自己与那些已经形成的生活方式不协调的时候，他已经毫不怀疑自己的位置是在“流浪汉的队伍”里了。“宁愿去当流浪汉，”他说道，“虽然会挨饿，可是却自由自在。”要不是由于外在的完全偶然的干涉，这样的命运早就落到他的头上来了。

城里发生了霍乱病，富有自我牺牲精神的抗霍乱的斗争也展开了。在容易受到传染的危险中间，在来自愚昧的市民群众的不信任的，甚至差不多是敌视的态度中间，与流行性疾病的斗争就提到了创造丰功伟绩的高度，提到了富于自我牺牲精神的高度。我在前面曾经说过，那些跟环境不协调的人，在比较良好的条件下也是能够表现出英雄主义的精神来的。对于奥尔洛夫来说，同霍乱病的斗争及其紧张的活动、每分钟都能受到的传染的危险，以及忘我精神的光荣，就是这样的条件。他当了看护，卫生人员的奋不顾身的精神，“为了钱是决不会这样卖力地干的”这种认识，吸引了奥尔洛夫；当他把那些英雄主义的因素从个人转移到事业上去的时候，他就理想化了自己的作用。像这种跟诗完全风马牛不相及的现象——传染病，在他的想象中却取得了勇士那样的艺术面貌。“我的灵魂在燃烧，”奥尔洛夫怀着愉快的心情向他的妻子说道，“心灵渴望广阔的空间，以便我能够把我的全部力量施展出来。嗯，我现在感觉到我身上的力量是用不完了！就是说，例如，即使这种霍乱病变成了人，变成了大力士，甚至变成伊里亚·穆罗米茨[②]，我也要同他较量，来一次你死我活的斗争！看是你厉害，还是我，格里什卡·奥尔洛夫利害，啾，看谁战胜谁吧？即使赔上自己的身家性命，也要把霍乱病消灭干净。我要是死了，就在我的墓上竖一个十字架，刻上‘格里高利·安德烈耶夫·奥尔洛夫，为俄罗斯消灭了霍乱病。’我再没有别的希求了。”奥尔洛夫的这种想象非常鲜

① 奥尔洛夫同院住的一个居民。——作者注。

② 俄罗斯民间传说中的英雄人物。

明地说明了这种不协调的典型的心理状态的特征。他能够干出英雄主义的事业来，但是有规律的日常工作他却干不了，尽管对于这样的工作他也是十分看重的。像他这样极端的个人主义者、社会形式的否定者，在否定了一定社会形式之后也是不可能同另一种社会形式相协调的；可是，任何一种有规律的工作都少不了一定的社会形式、一定的制度。如果说能随心所欲地在一夜之间就改变了现存的那些社会形式，并且使它们变得对那些不协调的人有利的话，那么，它们就完全消除了今后产生奥尔洛夫们、科诺瓦洛夫们的可能性了，但是这些社会形式却不能把那些活生生的、已经定型了的奥尔洛夫们改正过来，充其量不过在开始的当儿，能够使他们这样的人产生兴趣而已。

的确，在经历了一个时期以后，奥尔洛夫就开始这样思忖道："彼得·伊凡诺维奇说过，所有的人都一样，难道我不是跟大家一样，也是人吗？然而，瓦希钦科医生就比我好，彼得·伊凡诺维奇也比我好，而且许多其他的人都比我好。这就是说，他们跟我是不一样的，而我跟他们是不相称的，这一点我现在是感觉到了。"在熟悉了自己的新环境和新的工作之后，奥尔洛夫发现，这也不过是一种"日常生活"，在这种生活中间，他那"快乐的"热情又冷下来了。他费了很大的功夫，怀着无限向往的心情沿着悬崖峭壁终于爬到了高原上，这时，他才看到，这儿跟下面平原上的情形完全一样，不仅住着人，而且还放牧着成群的牲口；不仅有灿烂的太阳，而且也有轻拂的和风。在卫生人员和医生们中间他也发现了十分确定的社会形式，并且很快就感觉到，他跟这些形式，跟它们的代表者的心理状态，如同跟下面平原上的那种形式一样，也是不协调的。原来他跟他们是不同的，他这样暗忖着。正在这个时候发生了一件小小的事情：生卡·乞席克——奥尔洛夫同院住的一个男孩子——被送到隔壁病房里去了。在傍晚的时候，生卡就死了。他的死极大地影响了奥尔洛夫原先那种疑惑不定的思想。在沉默了一阵之后，他心里"那些该诅咒的问题"又浮了出来。英雄主义的帘幕开始从他的活动中降落下来，"日常生活的"一面又显现出来了。"在死亡面前无能为力的这种令人沮丧的意识和对死亡的不理解支配了他。他在乞席克的身边忙来忙去，而且那些医生也是满腔热忱地悉心为他诊治，但这个小孩还是死了。真叫人感到难过。总有一天，他，奥尔洛夫也会得这样的病，也会抽搐成一团，然后一命呜呼的"怀疑的种子终于埋在他的心里了。奥尔洛夫徒然地认为，同一个有学问的人谈谈也许能使自己的思想轻松些——科诺瓦洛夫也曾用这样的幻想来安慰自己，——这只不过是一种幻想，只不过是一种可以稍稍抑止内心的不满与忧郁的愿望而已。奥尔洛夫的妻子，马特林娜却是一个有趣的对立面。我们是在同样的条件下，也是在那个地下室里看到她和奥尔洛夫的，她在那里帮助丈夫缝鞋子，他俩也是一起到隔壁病房里去的。可是，无论在什么地方，马特林娜都是一个安详的、稳重的、令人喜爱的女人，跟她那不安静的丈夫不一样。她还是头一次落到这样讲究礼节的小市民的环境里来，所以，她在病房里意识到，自己过去的日子是过得太好了，并且产生了这样的愿望：将来一定也要过这种安静的、纯洁的日子。当她的丈夫又露出他过去的那些恶习时，她就坚决地抛弃了他，而到一所学校里去给人补鞋。她是一个与自己的环境完全协调的人，也终于在这个环境安静的、平凡的活动中找到了满足和幸福。她的丈夫却不是这样。乞席克死后不久，他先前内心里的那种愁闷又马上涌现出来。“我是多么难过啊！”他抱怨道，“我在人间过得多么憋气啊！难道这就是生活吗？喏，比方说，那些患霍乱病的人，他们是些什么人呢？难道他们帮助过我吗？有些人眼看就要死去，另一些人正一天天地复元起来。我也还要继续活下去。怎样生活呢？这根本不是在生活，而过的是一种得痉挛病的日子，难道这不令人感到可怕吗？要知道我是完全了解的，只是很难表达出来而已，我不能那样生活下去；然而，我到底应该怎样生活，我却不知道。你看，人们在医治那些病人，他们受到了无微不至的照料。可是，我这个健康的人，却是一个灵魂上非常痛苦的人。难道我还不如那些病人吗？你认为我比霍乱病这个瘟神还要坏……我的心在痉挛，问题就在这里。”

这样一来，奥尔洛夫又恢复了他从前那种内心的情绪。那些在他热衷于医务活动的时期内沉寂了下去，并且在他的心灵深处藏了起来的东西，现在又带着更大的力量突然爆发了出来：他采取了坚决的行动——去当流浪汉。在这个短篇小说的结尾部分，我们就在那散发着纯粹的流浪汉哲学气味的令人可疑的小客店里遇见他了。“就是在现在，”他坦白地说道，“我还是想干点与众不同的事情出来。我想把整个地球弄成粉末，或者集合一伙同道去杀犹太人，杀个干干净净；或者，去干跟这些差不多的事情，站在比所有的人都高的地方，然后居高临下地向他们吐口唾沫，并且还要这样对他们说：‘喂，你们这些混账东西！你们是为了什么活着？你们是怎样生活的？你们是伪善的骗子，并不是其他什么！之后，就从上面一个跟斗栽了下来，跌个粉身碎骨。”

在高尔基先生的那些短篇小说里，还可以找出很多相当突出的、完全值得一提的特征。但是，由于我的研究范围只限于上面所说的那些典型，所以不能深入地对我们这位作者的作品进行细致的评价。本文的目的在于，阐明那些确定不移的观点，提出一些在对高尔基先生的作品进行政论性评价时，与《欧罗巴导报》的那位批评家所当作根据的陈旧的道德说教全然不同的准则。

现在，由于良茨基先生对高尔基的那些歪曲和诬蔑，我还得稍微费点笔墨来谈谈作者对待他的那些人物的态度。

高尔基先生在生活中根据直接的亲身体验研究了他所要写的那些人物后，看到了一个对于我们的社会来说令人感到痛苦的事实：在那“豺狼”道德，或者正确点说，就是在生活实践粗糙的外壳底下，往往隐藏着珍珠那样的道德品质，这就是当代的作家和思想家徒劳无益地呼吁着的东西。那种个人的力量，即使它在实践中仿佛应用得很不恰当，那种对于平凡事物的永远的不满足、对于好东西的无止境的渴望，以及对于非凡的事物和“勇士狂热”的苦苦追求，——这一切，都是对现成的社会关系性质表示抗议的征兆。难道这不是当代社会的优秀力量所追寻而没有在自己的环境中找到的那些理想的激情的生动体现吗？难道不是这种要求给易卜生、尼采和高尔基先生本人带来了光荣与广大声誉的吗？而同时，被社会的优秀力量所追求的那些品质却一直受到生活制度本身系统性地排斥，而且还往往被当成无用的——且不说有害的——东西而加以抛弃，这难道不是令人震惊的迹象吗？既然必须到后院粪堆里去找社会道德结构的珍珠，可见，社会本身情形就很不妙。而我们的作者挖出了这颗珍珠，并给社会展示出来。从这个时候起，他就成为这颗珍珠的讴歌者，成为在我们的社会里目前根本不存在的、然而却是向高级社会发展所不可或缺的那些道德品质的讴歌者。在作者的心目中，他笔下的那些人物并没有什么实际的社会价值，只有抽象的价值，即作为某些社会品质的体现者。作者对流浪汉的态度，也就是对那些活生生的人的态度，鲜明得不会使人产生半点儿怀疑，值得惊异的倒是某些老爷们的无耻用心，他们不仅把流氓、小偷的观点和道德，甚至把这些人的行为都加在作者身上。[①]

高尔基先生把他在被社会唾弃的人们当中发现的那些品质作为一个标准，拿去衡量社会上各个不同的阶层。但是，在一些人的身上，例如，在工商业阶级身上，如果说这些品质也有一部分得到表现的话，那么，也仅仅是把它们作为争权夺利的一种有利的武器而已（《福马·高尔杰耶夫》）；至于在另一些人身上，在城市底层或者在农村的人们中间，他只看到了为不可直视的现实而进行的无聊的斗争；如果说在那里也发现了先天就具有这些道德品质的人，那么，他们就是跑到“外面”去的人，即流浪汉。最后，作者怀着很大的希望跑到最有希望的阶层——知识分子面前去。他在那里发现的东西，他自己都在很多短篇小说里一再地、而且是非常明确地反映了出来。高尔基先生对知识分子的态度，这是可以用来写一篇洋洋大观的文章的一个主题。这儿不能细谈，就不谈，这篇文章已经长得成了一篇论文了。为了便于了解高尔基先生对知识分子的否定态度，我只提一提他的几篇短篇小说就足够了，如：《淘气鬼》、《瓦莲卡·奥列索娃》、《庄稼汉》、《福马·戈尔杰耶夫》。

这样，高尔基先生没有找到能够体现出他所喜爱的那些道德品质的社会力量，或者至少还没有在自己的短篇小说里把这种力量给描绘出来。这个原因，在我看来，在于这样的社会力量还在刚刚生长。具有独特的心理状态的、对现状不满的、追求着未来，同时对于这种未来所必需的力量表示向往的人物，已经从社会的细胞中逐渐地、不可阻挡地诞生出来。这种无名的人物有时在高尔基先生的短篇小说里也一度出现；可是，他们的轮廓却非常的模糊。高尔基先生的思想为人们所乐于接受，加上类似的学说也极为流行，虽然这些学说是从另一种世界观，比如从尼采的世界观产生出来的，这个事实本身也就肯定了前面所说的想法：显然，在社会的核心里正诞生出一些未来的人物，重组生活，使它不再成为“陷坑”的责任就落在他们的头上。

① 作者（指高尔基）本人在11月22日致《圣彼得堡公报》编辑部的一封信里曾对此提出过抗议。在谈到不久前出版的《马·高尔基：格言和怪论》一书时，高尔基就指出了这样一个毫无道理的做法：“该书的编者把作者笔下的人物的观点和意见都加在作者身上。”——作者注。

编后记

瓦茨拉夫·瓦茨拉沃维奇·沃罗夫斯基(Вацлав Вацлавович Воровский,1871—1923),俄罗斯革命家、政论家、文学批评家。生于莫斯科一个波兰工程师家庭。在莫斯科高等技术学校求学时加入大学生革命小组,1894年起为"莫斯科工人联盟"成员。不久因革命活动遭到囚禁(1897—1899)和流放(1899—1902),1902年流亡国外。1903年后属于布尔什维克派,先后为列宁的《火星报》撰稿,参加《前进报》和《无产者报》等的编辑工作。1905年至1911年为敖德萨俄罗斯社会民主工党南方局组织者之一。1912年再次被流放。1915年后在国外从事革命工作。十月革命后先后任驻斯堪的纳维亚各国全权大使(1917—1919)、驻意大利大使(1921—1923)。1923年参加洛桑会议时被白匪杀害,遗体葬于莫斯科红场。本文创作于1902年底,是评叶甫盖尼·良茨基《马·高尔基及其短篇小说》(1901年11月号)而作。这篇文章在作者生前未能发表。本文是在作者留下的文稿中发现的,原稿无标题。这篇文章首次刊载在1929年第四期《红色处女地》杂志上。本译文选自人民文学出版社于1981年出版的沃罗夫斯基《论文学》。

高尔基的终结

作者 [俄罗斯] 德米特里·弗拉基米罗维奇·菲洛索福夫
校对 于明清

一

两个因素扼杀了高尔基：他取得的成就和他对待社会主义的盲目、不成熟的冲动。我之所以说“扼杀”，是因为他晚期的作品《野蛮人》、《敌人》、《在美国》、《我的访问记》等都使他在文学上的荣誉受到了损害，而且在他的创作才能方面也表现出了一些严重退步的迹象，作家高尔基的复活在某种程度上已经令人不太相信了。高尔基所取得的成就非常特别。那卑躬屈膝的崇拜，那近乎疯狂的习惯，那无休止的奉承，都是在托尔斯泰和契诃夫的身上所看不到的。高尔基曾经是一时英雄，是“读者的宠儿”，他仿佛是一个流行歌手，在短短的几年内被爱慕者们的追捧冲昏了头脑，之后悄无声息地离开舞台，然后渐渐地被人淡忘。对高尔基的崇拜在心理上是可以理解的，也是很容易解释的。他的出现太过及时，而且他触动的神经非常正确，所以在新的俄罗斯刚刚开始活跃起来的时候，他在全国范围内得到了广泛的反响。大量的读者认为，高尔基的天赋是无限的，它的发展也是无止境的。这些读者催促着高尔基，满足了他的自尊心，还把他当作自己的偶像。他们并没有给高尔基机会专心回顾过去，没有给他机会了解自己，了解自己能力的极限和自己天赋的特点。戏剧《在底层》是高尔基创作的顶峰，随后他的创作就开始走下坡路。可以说在整个欧洲，乃至全世界都流传着高尔基的作品，甚至是那些创作得并不理想的作品。整个世界都在看着他是如何一点一点走向低谷的，看着他是如何形成那些令人难以置信的庸俗思想的，是如何几乎处在一群自命不凡的演说者们的底层的。

高尔基的处境是沉重和痛苦的。但是到处都是拥护他的群众。他们推崇高尔基，一个接一个地奉承他，仿佛是在一味地顺从他，但实际上是在征服他，让他为自己服务，把他变成自己的奴隶。按常理来看，充满了渴望但却痛斥预言家的群众没有什么可责备的。虽然他们的行为天真得近乎残忍，可他们是无辜的。“他是属于我们的，他是属于我们的。”他们兴高采烈地这样呐喊着。他们把这个人撕成许多片小块儿，为的是让所有群众都能得到他的一小部分。所以主宰者变成了奴隶。高尔基真诚地认为自己是精神和心灵的主宰者，认为自己是独立的，不受任何人支配，但他却在不知不觉中甚至连丝毫的自由都失去了。对他来说，用命运衡量的个人力量抵抗不了非个人因素的压迫，而且那些个人力量都会随风吹散的。

说到这，有一个伟大的责任落到俄罗斯评论界的头上。评论界不支持高尔基，不帮助他，反而想尽一切办法让他失去自我。爱一个人不是要怜悯他、纵容他、娇惯他。爱首先是一种严厉的要求。在了解一个人的价值之后，评论界命令这个人发挥出他所有的力量直到尽头。他们尽一切所能阻止他力量减弱，以免影响到自己的发展。

我们的评论界对高尔基从来没有表现出任何的爱戴。把高尔基作为目标也好，作为单纯的个人也好，他们从来都没有将目光投向他。他们只是把他当作一种手段。高尔基没受到过批评，这是十分罕见的例外。他只是遇到过歇斯底里的喊叫，而这些人正是那些视他为偶像却又给他造成不幸的群众。现在高尔基处于停滞不前的状态，这正是他更加需要帮助的时候，而不是评论界无情地与他断交的时候。在 1906 年做俄罗斯文学调查（见杂志《伙伴》）的过程中，一直持乐观态度的戈尔恩费利德偶然发现，高尔基晚期的作品都遭到了评论界的一致批评。那些作品仿佛就仅仅是作品，其中没有任何活生生的人物；那些不理想的作品仿佛是完全少见的；那些认真严厉对待高尔基的人仿佛会受到某些意外的阻挠和影响。这些人都对高尔基阿谀奉承，让他的意识变得模糊，不但不好好保护他的天赋，反而去赞扬他最愚蠢、最软弱的那方面性格，然后在他最艰难的时刻同他断绝往来，却丝毫都没有尝试去分析是什么原因导致高尔基走向败落。

二

成功不但没有给高尔基带来足够的时间和精力去好好思考内心的想法，反而妨碍了他提高自己的意识。因为外面赞赏他成功的声音遮住了自己的耳朵，所以他没能弄清楚自己的想法和感受。他甚至都没有看到那不可调和的悲剧性矛盾，他创作思路的实质正是这些矛盾构成的。他笔下的流浪汉不知不觉变成了一个社会主义者，好像这些变化都是自然而然的，又好像流浪汉和社会主义者的世界观是可以结合在一起的，并且好像是他们之间没有不可避免的分歧，也没有人类到现在都没有破解的永恒的谜。

一般的"流浪汉"，包括高尔基笔下的"流浪汉"绝不仅仅是一个社会概念。如果高尔基的流浪汉们只是第五阶层的代表，俄罗斯流浪汉这一典型的话，那么不管是从日常生活的角度，或是单从社会学的角度他们都会有一定的意义。

高尔基向我们展示了现代俄罗斯人生活方式最新的一面，但作为一名作家，他的重要性不仅仅局限于这一点。高尔基创作天赋的实质不是生活方式，而是人。在新形式与新环境下的流浪生活中，高尔基展现了人的一切永恒的个性，更确切地说，是对个人的永恒渴望。想成为"个人"，这是他笔下所有流浪汉始终不变的本能呼声；"自我"是他们根本的世界观。其余的要取决于形势、背景，可要是从社会经济学的角度洞察高尔基笔下的流浪汉的话会显得太过狭隘。唤醒个人，感觉自己是原始的、特别的、不可侵犯的、骨子里不受任何东西支配的，——这是"流浪生活"的思想基础。

"流浪汉"，这是自主个人的一种特殊类型，也是无政府主义者的一种。其实，不是只有在无政府主义原则中存在着关于人的永恒真理，在高尔基的"流浪汉"形象中也存在着这个真理的一小部分。颓废派的无政府个人主义，一句话，就是少数文化中模糊的无政府主义在被称之为"垃圾"文化的最底层找到了添补自己的东西。上层是有意识的"个人崇拜"，下层是无意识的、本能的个人神化，但无论是上层还是下层，根据只有一个："我"是唯一的客观存在。有修养的人宣布人道的"我"是头等重要的，这里的文化是无数线索结合起来构成的，这些线索包括习俗、历史经验、审美规律。这个时候,“文化”这个词是安全的,它的字面意思是不会被破坏的。高尔基笔下的一个“流浪汉”说过:“我不自由,所以我一定要给现实生活让路,先摧毁再重建……那会怎么样呢?正是在这里我走进了一个圈套,我没弄明白这一点,所以这就是我的尽头。”事实上,几乎每个颓废派分子也都会那样说,他们也“不自由”,也想“先摧毁再重建”,但却不知道要怎么做。这是一种无知,它使一个文化个人主义者的一切行为都变得很麻木。他注定要“激怒被俘虏的思想”,他的“事业”注定会被认为是或多或少地带有一定色情内容的文学。“这就是文学”。那些处在社会底层的同行却和他完全不同。在这里想要重建的无知不可能阻止“摧毁”。当流浪汉说“让一切都滚得远一点吧”,或是宣布自己希望“把整块土壤都割裂成灰尘”时,这些威胁的现实影响力要比颓废派那些关于“未来戏剧”、“狄奥尼索斯信仰复活”或“崇拜太阳神”的荒谬幻想要深远得多。这已经不是那些令人腻烦的知识分子的文学作品了,而是一个野蛮人那充满力量的、实实在在的拳头。它拥有巨大的力量和正义的本能,只是缺少可以推动力量发挥的杠杆。“我一定要给现实生活让路,先摧毁再重建。那又怎么样呢?我没弄明白这一点,这就是我的尽头。”这一觉醒的力量既能为善良服务,又能为邪恶服务;它既能做上帝的杠杆,又能做恶魔的杠杆。这力量隐藏着极大的危险,所以梅列日科夫斯基担心这股新力量,而事实证明他是对的。“未来的无耻之徒”,还有不管是天上还是地上除了“自我”什么人和事物都不承认的“内在的流浪汉”都预示着一些令人不快的意外。梅列日科夫斯基的这种担心渐渐成了某种偏见并引起了他毫无根据的悲观情绪。流浪者的个人无政府主义没有内涵。它是意识觉醒的原始感知。如果要相信历史进程的意义,相信其内部思想,那么就必须相信这个事实,即人类“自我”的巨大力量和从群居动物到独立个体的过渡阶段。在这个阶段会发现自身的积极内涵,这种潜在的力量会成为现实,会为善良服务。这么说吧,梅日列科夫斯基总把历来缺乏历史内涵的流浪汉的个人无政府主义误当作是他的本质,把表面的征兆看成是有形的、永恒不变的。任何内涵都不可能灌输到一群野兽或羊的身上。把一群牲畜变成独立个体的首要条件是让绵羊意识到自己的存在,每一只绵羊都应该是独一无二的。这个时候历史能给这些活跃的个体植入一种必不可少的内涵。这种内涵必须是容易理解的、有觉悟的、非暴力的。心灵疲惫的怀疑论者和任何一个施暴者都可能害怕流浪汉，但梅列日科夫斯基却不同。在俄罗斯文学中“农民”被奉若神明。他渴望永恒的真理，具有深刻的精神内涵等。这里包括托尔斯泰、陀思妥耶夫斯基，还有兹拉托夫拉茨基。可流浪汉又是从哪里来的呢？难道他们是从天上掉下来的吗？他们难道不是俄罗斯人民的孩子吗？更确切地说，俄罗斯的农民目前仍然是那群牲畜中的一只羊，受着东正教专权牧师的鞭子在草地上放牧，他的美德在很大程度上取决于那绵羊般的外表，而他那臭名昭著的“精神内涵”却取决于“鞭子”。当然，农民绵羊变为无政府主义流浪汉，也就是说俄罗斯人民的思想发展是和社会经济的进程有关系的。然而在这里像马克思主义者那样建立起直接的因果联系是很困难的。曾经流行一种唯物主义理论，它认为意识是人脑的机能。在当代心理学中这个理论已经被替换为身心平行论学说了。看来那样的平行论在历史的进程中是存在的。社会物理学和社会心理学是同步发展的，在因果关系上后者是从属于前者的，最简单的解释就是身体状况是由精神状态决定的。如果马克思主义者忽视精神状态，那么描写俄罗斯农民和基督教的所有浪漫主义作品就都会忽视身体状况，藐视人民体质健康的发展，轻视细微的身体机能。这是其最根本的问题，而且使其恢复标准永远是个麻烦事。“人民是东正教的，是有无限权力的，所有这些发展理论以及社会主义理论等都是庸人自扰。”(陀思妥耶夫斯基)“人民首先是憎恨一切暴力、爱好和平的农民，是不要求任何发展的有家属的人。中国是他们的典范，所以他们不需要建立在暴力基础上的革命。”(托尔斯泰)从思想政治上看，托尔斯泰和陀思妥耶夫斯基也许是世界上最具革命精神的两个作家了。可当他们同历史的躯体及高尔基笔下的流浪汉的不自在的、鲜活的身体相碰撞时，他们会变成残酷的反动分子。对“未来的无耻之徒”的担心也是不信任人民血肉增长的一种表现。人民的血肉和心灵的平衡发展遭到质疑。在这种情况下就会有基督教徒唯灵论的复活，梅列日科夫斯基一直遵循着一个原则：用自己所有的心理和生理本性去摆脱唯灵论。

作为一名艺术家，高尔基勇敢地给我们描绘“赤裸裸”的人及其所具有的破坏力——“让一切都滚得远一点吧。”

但是这世界性的毁灭到底是为了什么呢？“不为什么。”梅列日科夫斯基很坚定却又很害怕。真是这样吗？

“流浪汉”确实没有“名称”，现在也没有。他对周围的一切事物，甚至是全世界都怀着一种赤裸裸的憎恨，但谁又敢断言在这憎恨中没有任何的创作呢？

“一次一次，想了又想。突然间一切都会从你的身边消失，仿佛完全陷入了某个地方。这个时候心里就如同一个地窖那样黑暗、潮湿，非常空虚。什么也没有，哪怕是一丝恐惧，好像这不是一个人，而是一个万丈深渊……”

这种空虚从何而来？难道这空虚就那么没有希望吗？难道它不渴望充实吗？它有没有本能地摆脱那虚假的内容呢？摆脱那掩饰谎言和欺诈的赤裸裸的“名称”了吗？俄罗斯人民长时间遭受折磨，他们一直受神学暴力的压制。鼓吹“上帝”这一名称的东正教和专制制度已经把他们摧残到那样一种程度了，在这个名称下他们竟然能自然而然地看到自己贫穷和暴力的一切根源。出于自我保护的本能人们避开这个名称，可他们渐渐地开始暴露了，开始犹豫了。人们准备接受新的事物、正义的内涵和神圣的名字，看在它们的分上他们有可能团结起来，继续前进。做一道万丈深渊实在是太危险、太可怕。这一点他们自己也承认。让真理和真实创作的露水流入空虚的心灵，对这一点我们不应该抱太大希望。

梅列日科夫斯基很想相信，但怀疑有时占据了他的心灵；高尔基认为自己已经给这空虚的心灵找到了“名称”，找到了推动流浪汉那股力量的杠杆。这个杠杆就是社会主义。

在这里，开始了高尔基那品味低俗的浪漫主义的感伤情调，开始了社会民主主义者高尔基对艺术家高尔基的摧残。不考虑悲剧性的问题，单纯从表面上来看，高尔基硬把无政府主义流浪汉当作是社会主义者。他的这种做法破坏了真实的“流浪汉”及其对独一无二的绝对个人的渴望，因为高尔基把流浪汉的苦恼看作是一个民主社会主义者的“环境和条件”，“流浪汉”不知不觉地变成了全人类社会经济的典型。

高尔基塑造的典型形象只是深刻的虚幻，于是他笔下的那些流浪汉是受小说特征点缀的、资本主义制度下最普通的废弃物，当然社会主义能够不留一丝痕迹地将他们都消灭掉，或是在这社会经济的典型“流浪汉”的身上表现出任何一个坚毅的人都固有的反社会无政府主义倾向，表现出在陀思妥耶夫斯基《地下室手记》中主人公身上那颇具破坏力的利己意图。这些意图单凭一些社会经济状况是无法解释的。个人自由同社会安定的矛盾，即个人同社会的矛盾是永恒的，而社会主义不可能消灭这一矛盾。当然，社会主义国家具体可以借助暴力铲除一切反社会势力，但从形而上学的角度来看这是不可能。“流浪汉”及任何一个个人无政府主义者对社会民主主义者来说都是无懈可击的。我们应该相信这一矛盾某一天会解决，但目前社会主义和无政府主义仍然机械地处于一种不可妥协的对立状态。高尔基跳过了这个问题。不知是他没有注意到它，还是根本不想注意它。作为艺术家，他是个无意识的无政府主义者，可作为俄罗斯的一个公民，他却是个坚定的社会民主主义者。他的公民觉悟越高，抗议一切公民意识的所有艺术力量就越弱。在这方面列奥尼德·安德烈耶夫比他的朋友高尔基要强得多。他走到了最后，直接面对那些人生在世注定要经历的矛盾，他写下了《萨乌》，这部作品也许在许多方面都不是很理想，但却有很强的感染力，既真实又深刻。安德烈耶夫不知道要怎样解决矛盾，至少他让矛盾变得更尖锐了。高尔基想用社会主义这一糖果去缓解“流浪汉”的苦楚，当然这没有任何结果。流浪汉仍然是无法制服的，而高尔基却沦落成为一个庸俗的小品文作家。

三

我不知道高尔基以前是否去过欧洲。不管怎样，在自己晚期的作品《在美国》和《我的访问记》中，他第一次谈及“欧洲”，但太不谨慎。结果他没有战胜欧洲，反而侮辱了自己。

他不了解欧洲，而且他完全没弄明白自己到底想要从欧洲那里得到什么。他的艺术鉴别力并没有给他带来帮助，也没有提醒他违背标准势必会走向畸形。他的愤怒是发自内心的，他的指责在许多情况下都是正义的。但是他的矛头却指错了地方，他的责备都是些矫揉造作的话语，只会让人觉得很滑稽。欧洲人只是轻蔑地一笑了之，然后仍然按照惯例做事情。而高尔基的呐喊换来的却是抹不掉印迹的“荒谬可笑”。在这种情况下，“腐朽的欧洲”完全是无辜的。因为高尔基不太喜欢欧洲文化且对其真谛了解得太少，所以他没有资格去指责欧洲文化的假象。也许，没有一个俄罗斯人会像陀思妥耶夫斯基那样不憎恨欧洲的。然而欧洲对他来说就是坟墓，那些对他来说很珍贵的故人的坟墓。《冬天关于夏天印象的笔记》是对欧洲资产阶级巴力神的接连不断的诅咒。

"'是的,展览会是很令人吃惊,'陀思妥耶夫斯基评论1865年的伦敦展览会说,'您会感到一种极大的力量,这种力量把无数的游客和整个世界结合成一个统一体;您会领悟到一种庞大的思想;您会感觉到这里已经获得了些什么,这里有胜利和喜悦。您甚至好像开始害怕。无论您多么独立,都会因为某些事情而感到害怕。这不正是您想要实现的理想吗,这难道还没有结束吗?这不已经是所谓的'统一体'了吗?没有把这当作绝对真理吗?彻底麻木了吗?一切都是那么庄严、凯旋,那么令人自豪,所以您开始喘不过气来。您眼看着那成百上千万的人成群结队,乖乖地从世界各地涌到这里。他们都是带着同样的想法来到这里的,默默地聚集到这个庞大的殿堂。您会感觉到这里举行着什么最终的仪式,进行着,然后终结了。这是《圣经》里的某个情景,有关巴比伦的某个故事以及《启示录》里的某个预言,这些都清清楚楚地进行着。您还会感觉到许多事物都需要永恒的宗教反击和否认,这样才不能在外界的影响下屈服,才不能向事实低头,才不能对巴力敬之如神,也就是说才不能把现实的存在当作自己的理想。如果您能发现在这庞大的舞台上聚集的强大灵魂有多崇高,相信这种灵魂的胜利和喜悦有多自豪,您会为它的骄傲、顽强和无知而颤抖,会为这种灵魂所具有的一切而颤抖。"

紧接着陀思妥耶夫斯基描写的是伦敦贫民工人的休息日,描写他们的酗酒和奢侈。他提到说:"看着这一伙人,您会发觉,对于他们来说神的启示还需要很长一段时间才能应验;要得到棕榈枝(象征和平)和洁白的服装还需要很长一段时间;要向至高无上的主恳求供桌也需要很长一段时间:'主啊,还要等多长时间啊。'留下的千百万的人从人间盛宴上被驱逐出来,他们相互拥挤着掉进了地狱,把他们扔下去的正是比自己年长的兄弟们,这千百万的人只是试探着到处敲门找出口,这样才不至于在黑暗的地下室里憋死。""……然而当昼夜交替的时候,这高尚阴郁的灵魂重新在庞大的城市上空闪过。他们并不担心白天时自己完全会被看到。巴力神虽然占优势地位,但它甚至不要求别人顺从自己,因为他深信那些人会听话的。"

20年后,陀思妥耶夫斯基意识到巴力神即将面临必然的灭亡。"'你们的欧洲,它已经处在衰落的前夕了,'他在《作家日记》提及格拉多夫斯基教授的那部分中写道,"这种衰落无处不在,非常可怕……第四阶层即将到来,它会先敲门,然后硬往里闯;如果没有人开门,它一定会把门撞坏……它不会同意妥协和退让，因为一些支架是无法拯救一栋大楼的。现在只能妥协，因为这一阶层想得到一切。谁都无法想象的事情即将发生。所有的这些议会制，所有公民信仰的理论，所有积累的财富，银行、科学、吝啬鬼，所有这一切都会在瞬间崩溃，消失得无影无踪。”“无产阶级无家可归。您是怎么想的呢？难道无产阶级现在仍然会等着饿死吗？不，现在不会再像以前那样了。他们将奔向欧洲，所有的旧事物都会永远垮台”。

陀思妥耶夫斯基担心这是最后的灾难，因为他喜欢欧洲，不相信社会主义真理，不相信这个没有个性、没有精神实质的“蚂蚁窝”。他坚信俄罗斯一定会拯救必将因内部矛盾而灭亡的欧洲，俄罗斯将成为其最后的堡垒，成为那悬崖峭壁，紧挨着峭壁的那股破坏的浪潮必将消退。

“啊！欧洲的人民并不知道自己对我们来说有多珍贵。后来，我便相信这一点，我们，不，不是我们，而是未来的俄罗斯人民无一例外一定都会明白，成为真正的俄罗斯人将恰恰意味着：竭力调和欧洲矛盾的时代已经结束，这给俄罗斯人自己以及全人类共同指明了欧洲那些令人厌倦的事情的结果。”

陀思妥耶夫斯基是否正确，他是否是革命和反动派的倡导者，这是另一回事。但是唯一明确的一点是：认识到欧洲资产阶级制度的荒谬和卑鄙、憎恨这一制度所有实质的同时，他深深地明白了这一制度的奥秘，它一切的混乱以及他那令人心醉的诱惑。他不相信社会主义最终会战胜资本主义，因为他相信世界上如果没有神就不可能造就人类。全人类的造就，只有人类的造就是建立在客观外部条件、个人局限以及个性的基础上的；但是任何时候一个人都不会为了表现自己愚蠢的愿望而同意让自己变成管风琴或钢琴的键盘，或情愿让所有的福气都去见鬼。欧洲无神论文化创立的人神思想：“人就是一切，一切都为了人。”它是从根本上反社会的无政府主义思想，是推翻社会主义基本理论的思想。陀思妥耶夫斯基非常害怕即将到来的混乱。他绝望地抓住俄罗斯，抱住上帝，因为他能将欧洲从最后的灭亡中拯救出来，能拯救我们俄罗斯人最珍惜的欧洲的坟墓，能让埋葬在坟墓里的人起死回生。陀思妥耶夫斯基对欧洲的所有憎恨可能都是出于他对欧洲极大的喜爱和怜悯，出于为人类遭受的极大苦难而感到难过。

完全从另一方面来看，在因为没有希望所以有太多绝望的时候出现了一个典型的西欧主义者赫尔岑。他满怀着希望和期待去了欧洲，然而1848年革命的凄惨结局令他很失望。受他所经历的事情的影响，他写下了《来自彼岸》，这是最忧伤、最无助的书籍之一。他把这本书献给了自己15岁的儿子萨沙。“我没有写过什么更好的作品，想必也不会写出什么更好的作品来。”他在书的序言中提到。在这里赫尔岑所有的痛苦和折磨都暴露出他心灵的空虚。由于内心的痛苦，赫尔岑大声地号叫，他向自己珍贵的欧洲道别，跨越到了另一岸。

“永别了，将要离开的世界！永别了欧洲！巴黎！这个名字像人民的指路星那样燃烧得多么久啊！谁不喜欢它，谁不崇拜它，但是它的时代已经结束。就让他退出舞台吧。”唯独只有一点是，赫尔岑希望能把它从毁灭中拯救出来，然而这不是由一个人决定的：“我们没有找到像自己意识里那种无限自由、独立专制一样的港湾。”

作为西欧派、无神论者，赫尔岑在很多方面都和斯拉夫主义者陀思妥耶夫斯基很相似。除非“我所有的东西都随身携带”这一句（选自《来自彼岸》）不是专制的、绝对个人以及人神的号叫，否则《地下室手记》中主人公那赶走所有幸福的人的疯狂愿望就只是为了能按照自己愚蠢的愿望生活着，而不是把自己变成管风琴的键盘。然而陀思妥耶夫斯基并没有停留在无政府个人主义中。他继续往前走了一段路，有些接近神权政治的幻想。可赫尔岑没有继续往前走，但他的心中却出现了一生的分裂，伴随着以往对社会主义的疏远，他已经向往社会主义了。陀思妥耶夫斯基每时每刻都在怀疑欧洲的毁灭，他相信只有俄罗斯才能拯救欧洲。赫尔岑也清楚地意识到欧洲即将灭亡，但他不愿意相信。而且他痛苦捍卫的正是社会主义，那个他整个身心以及专制的绝对个人都在与之斗争的社会主义。除了让自己走向欧洲，他没有找到也没能找到任何生路，但是这条生路对他来说比一切的毁灭还糟糕。这是他最大的悲剧。陀思妥耶夫斯基相信这个悲剧会得到解决，但需要从另一方面考虑，就是宗教方面。赫尔岑不容许那样做。他们两个人在对待欧洲及其文化和思想时都显得更加悲观。

瞧，在欧洲出现了我们这个时代的偶像——马克西姆·高尔基。他是一个从俄罗斯人民群众中脱颖而出的社会主义者，无论他的文化水平有多低微，他都从西方汲取了自己所有的知识；他是欧洲的徒弟，是臭名昭著的作品《人》的作者。在欧洲他又看到了什么呢？

四

除了轻佻无辜的赫列斯塔科夫，似乎没有任何一个俄罗斯人贬低过欧洲，而高尔基向全世界表现出了自己对欧洲的不满。

也许欧洲确实很不像话，也许俄罗斯人眼中的欧洲尤其不像话；但高尔基却用那种腔调责备欧洲，这显露出他对欧洲主义实质的无知和不理解。重要的是，这让自己的旅行显得没有什么艺术修养，因为任何一个稍微公正点儿的人都会产生难以克制的愿望，那就是拥护欧洲这座大山。

我们已经知道，陀思妥耶夫斯基和赫尔岑都曾坚信社会主义即将胜利。他们认为欧洲巴力神的胜利不会长久。他们听到了地下的一声巨响，从那里散发出无产阶级的光芒。他们确信资产阶级的一切幸福和安宁都会很快消失。他们并不担心资产阶级将会永远存在，而是担心即将到来的社会主义有足够的精神力量去革新人类，担心在社会主义中存在着能使人们团结起来而又不能给他们带来更大的仇恨与敌视的指导思想。赫尔岑和陀思妥耶夫斯基的对错与否是另一回事，但清楚的是，如果他们同高尔基一样成为普通的社会民主主义者，并相信跟随社会主义是绝对真理的话，那么他们就不会用那么悲观的眼光看待欧洲了。唯一令他们发愁的也许是资产阶级巴力神的崩溃没有想象得那么快。高尔基的立场同他们是不一样的。他认为自己是忠实的社会主义者。他没有怀疑社会主义的创作思想。但如果真是那样，那他又期待从欧洲资产阶级那里得到什么呢？何必训诫和责备欧洲呢？显然，当代欧洲已经过去了，而未来欧洲将是社会主义的天下，这不可能引起高尔基的不满。不过高尔基忘记自己是社会主义者了，他没有记住或是根本不愿记住欧洲社会主义的样子。他用自己虚假的全力呐喊猛烈抨击法国资产阶级共和制，因为他把法国资产阶级共和制等同于法国了。关于这一点，就连法国最温和的社会主义者都有可能这样问：为什么您要那么猖狂地闯进紧锁的门呢？您发现了新大陆，我们没有什么可说的。因为经常谩骂统治阶级，我们的嗓子都喊哑了，可您就好像当我们不存在似的，就好像我们活干得还不够多似的。您那么严肃而幼稚地指责银行资产阶级，认为法国只有无休止争吵的议会、资本家和高利贷者。那我们难道就不是法国的一部分吗？难道我们不是法国的未来吗？

但是高尔基感兴趣的是“艺术”形象，而且酷爱俏皮话。他认为有银行家存在的法国才是真正的法国。“那个多次经历爱情的女人的脸现在已经变得不健康了，画着眼影的眼睛不安地来回瞟着，睫毛疲倦地耷拉着，遮住了她那肿胀的眼皮……她刚开始是虚胖，然后开始变得肥胖，而且很显然这个女人现在离胃的诗歌更近了，但那并不是伟大的心灵诗歌，因为比起从来没有从她口中听到的震惊整个大地的真理和自由的声音，肚子里那难听的叫唤声她听得更清楚。”这个年老的名妓向高尔基提出了一个很正常的问题：“您说法语吗？”高尔基很诚实地回答说：“不，我只说真话。”这个年老的妓女已经习惯了天花乱坠的俏皮话，也许她确实会对那样的回答而感到惊讶。

社会主义者完全用不着拿道德说教和高尚的语句去纠缠一个年迈娇纵的妓女，而且也没必要顺便用那粗俗的俏皮话侮辱自己。然而高尔基竟然没有考虑到自己的访问有多荒唐。所以从她那里离开的时候，他的内心充满了愤怒，突然写了三页粗俗的话语，像是一篇抨击散文。

一开始，他用纪念伏尔泰的方式羞辱那个老妓女。“法国啊！你一定感到很可惜，因为伏尔泰已经不在了，要不然现在他一定会给你一个耳光的。不要抱怨！对于像你那样出卖灵魂的母亲来说，像他那样伟大的儿子打的一记耳光就是一种尊重。”

可这完全是错误的。伏尔泰不会打任何一记耳光，反而会亲吻老孔布，抚摸勤奋的白里安。“社会的败类”，在适当的时候他会平静地喊出来。而且不管是他的子孙还是孔布的后代都丝毫不懈怠地执行着巨人伏尔泰的使命。他会偷着乐，而且作为一个名副其实的资产阶级，他也许会开始冲着社会主义者发火。

在伏尔泰之后，高尔基开始呼吁纪念雨果。“作为政论家和诗人，雨果如飓风般享誉全世界，唤醒了生活中隐藏在人心灵中的一切美好。”(要设法用那种程度的平庸语言来描述雨果。)“如果法国那漂亮的脸蛋上闪着灿烂的微笑，真诚的双眼里流露出对真理和善良的胜利的渴望，手中举着自由的旗帜走在人民前面的话，雨果肯定不会再与法国有任何瓜葛。”

还有一些事情同样令人难以置信。感伤的雨果受社会主义的感化，他大概会因劳动关系的建立而感到高兴，大概会说一些夸张的话，然后享受着很高的荣誉。可是涉及到高尔基推崇的权威人物福楼拜，我们这里的揭发者直接就碰了一鼻子灰。“象征美丽的祭司是19世纪古希腊人，他教每个国家的作家都要尊敬笔尖的力量，懂得他的美丽，他是词语的魔术师，像太阳一样照亮了大街上的肮脏，而且在那里珍贵的东西同样闪闪发光，甚至连福楼拜也不会原谅你的贪婪，他会充满鄙视地离开你。”我不打算陷入对这些一知半解的陈腐思想的文艺评论中。很显然，高尔基没有从福楼拜那里学会“尊重笔尖的力量”。可现在福楼拜又能做什么呢？就如同过去他蔑视一切的人和事一样，现在他要是侮辱这些“肮脏的资产阶级与无耻之徒等”的话，他会找不到任何新的特殊原因与法国“绝交”。

我故意用这么长的篇幅去描述那些高尔基为了羞辱当代法国而推崇的人。正是他们的选择说明了高尔基有多无助，说明了他在想象什么是法国、想象对自己来说法国真正是什么样子的时候有多惊惶不安。他轻浮无礼地向整个法国挑战。“接受我那带血的唾沫和你自己眼中的怒火吧。”他以此结束了自己的“揭发”。但是法国并没有感到不安，反而替高尔基感到羞愧，因为高尔基大概已经意识到自己的话将带来怎样巨大的影响了。在欧洲他是个公认的狂妄自大的人。他公然咒骂欧洲，以为欧洲会胆战心惊。然而欧洲并没有害怕，因为在大家的审美观中欧洲太受溺爱了。在高尔基的那些宣言中，欧洲最先看到的是低劣的文学作品，然后礼貌却又郑重地警告高尔基说“法国之法国”是存在的。这个时候，高尔基突然意识到自己的错误，所以在自己的回应中他解释说自己提及过“法国的银行和资本家、警察局还有政府部门”；如果有什么话冒犯了法国资产阶级，他一点都不会觉得后悔，因为对他这样的一个社会主义者来说，资产阶级的爱是一种极大的耻辱。他的这个回应最初是发表在《人道报》上的，后来又用俄文在阿姆菲杰阿特洛夫的《红星》杂志（1906年，第六期）上发表。

高尔基的回应内容分为两个部分。第一部分是针对著名的历史学家阿方斯·奥拉尔写的，这一部分充满了礼貌而委婉却又非常滑稽的恭维。“俄罗斯无产阶级都在读您那本描写法国人民大义凛然地同暴力斗争的书。在这本书里，他们学会为自由而死，自由对他们来说就像空气一样，是他们生存的必需”，高尔基提到。这番恭维话从一个社会主义者高尔基的口中说出是非常奇怪的。奥拉尔的书写得很好，可是这本书是从一个激进分子的角度写的。这个激进分子对法国当前的制度完全满意，而且是个民主共和主义者，把实现伟大的革命理想看作是当时的共和制。如果高尔基赞美社会主义革命史，那也是可以理解的，但他对奥拉尔崇拜就会变得无法解释了。这个小小的例子清楚地表明，高尔基在法国政治社会史方面的认识有多浅薄。高尔基回应内容的第二部分写的是吉诺–理查尔[1]和勒内·维维亚尼[2]，他们的政治主张和奥拉尔极为相似。在这部分高尔基没有说什么恭维的话。为什么呢？如果在高尔基这个社会主义者的眼里奥拉尔都不算资产阶级，那维维安和热丽莎就完全算不上是资产阶级了。

然而高尔基的回答有个最主要的缺陷，那就是他什么都没解释清楚。无论高尔基怎么回避，在《神奇的法国》这篇访问记中他只是从大体上说了一下自己对法国的认识，而并没有涉及法国的银行家和资本家。在这里不能存在两种不同的观点，否则把伏尔泰、雨果、福楼拜搬出来又有什么用呢？作为一个社会主义者他完全不可以把一个被奴役的法国和一个胜利的法国搅和在一起。赫尔岑和陀思妥耶夫斯基是用哲学的观点、从全世界的角度哲学地看待西方的。他们关注的是全人类的命运和未来，可是对西方是否会走向灭亡，是否会激起全人类的愤慨他们深表怀疑。高尔基跟任何形而上学和哲学观点都格格不入。他发表这样浮夸的演说归根到底是因为对贷款给俄罗斯政府的法国人感到不满。这些提供贷款的法国资产阶级没得到什么好名声，这是无可争辩的事实。可难道高尔基这个社会主义者还能从资产阶级那里期待什么别的东西吗？要是资产阶级满脑子都是社会主义思想，并且把他们运用到生活中去的话，那这样的资产阶级就不再是资产阶级了。作为一个社会主义者，高尔基不应该抱有那样的幻想。难道在饱览了奥拉尔的书以后，他确实错误地认为当前的法国共和制完全充满着伟大的法国革命思想吗？

除了《神奇的法国》这篇访问记外，高尔基还写了一些其他的访问记。不过我们没有必要在其他的地方浪费时间，那就是在想方设法表现机智，在嘲笑那些虚构出来的夸大狂。其实，首先高尔基自己就是一个夸大狂。作者矫揉造作的序言就是最直观的一个证明。

① 吉诺–理查尔（1860-1911），原名为阿尔弗雷德·雷昂·吉诺，法国记者、社会党政治家。

② 勒内·维维亚尼（1863—1925），法国第三共和国社会党政治家。第一次世界大战第一年的法国总理。

五

不过，后来高尔基又去了美国。我们欧洲人其实对这个神秘的国家了解得很少，而我们只知道怎样排斥美国。在我们看来，美国的一切都是在模仿欧洲，没有一样属于自己的东西。它的精神毫无价值，对一些事物盲目崇拜。除此之外，一个没有历史的国家和欧洲人是格格不入的，在欧洲人看来这样的国家是从19世纪末才开始建立和发展的。昔日伟大的遗产让欧洲变得丰富多彩。假如在巴黎没有圣母院，那埃菲尔铁塔只不过也就是个没有意义的畸形附属品。现在我们会想象出一个除了埃菲尔铁塔以外什么都没有的富有的大国。什么都没有。没有任何历史和任何光荣传统，没有任何艺术、文学和哲学。只有贫乏的资本主义，对巴力神的崇拜和物质的胜利。

如果美国真像欧洲人想象的那样，那它理应遭到憎恨。然而，欧洲人的观点、旅行者的感觉可以信赖吗？难道他们的观点还算不上太片面吗？理解一个民族的灵魂需要从内部去窥视它，而不是只看它的表面。可是普通的旅游文学家能那么慷慨地赋予我们那样的"美国印象"吗？那些描写海外技术的奇怪故事已经让我们觉得很腻烦了，但我们对美国的本性、美国农民的生活、美国人的宗教信仰和其无数的宗教派别了解得太少。

难道现在的美国就仅仅是所谓的"美国风"吗？高尔基很坚定地说："是的。"很显然他很直言不讳，因为这正是他对美国的印象。可他的印象值得信赖吗？

我完全不想替美国辩护。"美国风"也许是最可耻的现代文化，但我只是不能接受仅仅用"美国风"就把美国的本质全部概括了，而且不容许仅凭高尔基那肤浅平庸的印象就在某种程度上决定着我们对美国的态度。高尔基告诉我们的一切事物都是为大家所熟知的。就连颇有成就的两个法国文学家保罗·亚当[①]和保罗·布尔热[②]都能给我们展示出比高尔基更真实更有趣的美国景象，尽管那缺乏严肃性。不管是好是坏，他们

① 保罗·亚当（1862—1920），法国小说家，以历史小说见长。他与让·莫雷亚斯合作的小说《姑娘们》标志着法国文学从自然主义到象征主义的过渡。

② 保罗·布尔热（1852—1935），法国小说家、文学评论家。他的著作起到了普及心理分析小说的作用。1895年，他入选法西兰学院。

都在努力了解当地的生活和美国人的心理状态，并从中找出其同欧洲人相区别的一些特征。高尔基是站在高处描写美国的。这是那些没有什么文化、又不懂语言的人的综合旅游印象。保罗·亚当和保罗·布尔热清楚地知道自己想要的是什么，知道自己将从美国那里得到什么。可我们完全不知道高尔基到底想得到什么。也许只有那些必须写出一定数量小品文的地方新闻记者才会那样去描述美国。

高尔基的那篇名为《黄色魔鬼之城》的随笔是这样描写纽约的。

"仿佛这个城市中心的某个地方，伴随着令人销魂的尖叫声以惊人的速度转动着一大块黄金；这块黄金变成粉末洒满整个街道，一整天人们贪婪地寻找着，争抢着抓住那些黄金粉末。但是天一黑这块大黄金就形成了一个冰冷的火旋风，开始朝相反的方向转动，然后拽住那些拿到金子的人，总是让他们超额返还自己得到的金子数。第二天早上这块金子会变得更大，旋转的速度也会变得更快，金属的欢呼声、这些奴隶的号叫声、奴役这些金子的所有力量也都会变得更强。在更大的权力下金子变得比昨天更贪婪，它会榨取人们的血和骨髓，然后在傍晚的时候把这些血和骨髓变成冰冷的黄金。一块黄金是一个城市的心脏。"心脏"跳动就是黄金所有的生命，它的一切目的都是为了让自己的数量增加。为此人们终日挖地，打铁，建房子，呼吸工厂的废气，偶尔还吸入一些对身体有害的有毒气体，为此他们出卖了自己健康的身体。这可恶的诱惑麻痹着他们的心灵，这种诱惑把人们变成黄色魔鬼手中那灵活的工具和矿石，为了这些矿石这个魔鬼不知疲倦地舍弃黄金，付出自己的血肉。"

这段引文确切地说是从一篇名为《城市对人道德的负面影响》的中学作文中摘取的。高尔基的这个随笔太感情用事，对人们有很多同情心。总而言之，在这篇随笔中是有很多善良的情感，但却没有任何艺术创造，没有任何主导思想。假如高尔基有自觉意识，哪怕稍稍分析一下自己对西方或是对美国的整体看法的话，其中，假如他明白个人主义者和社会主义者的同时存在不会那么简单的话，那么就会有这样或那样的思想情感影响着他对美国的印象，他就会阐明这些思想情感的主导思想和倾向。从另一方面来说，假如他只跟随自己的艺术本能，就可能会向我们展示出自发愤怒和人类反抗物质压迫而自发暴动的真实一面。

然而高尔基保持着中立和半意识状态。他怎么看本质上都是一个无政府主义者。只有这样他才有力量，只有在这里，在无法遏制的流浪生活中才能显现出他的才华。但是他把最肤浅、不成熟的社会主义和那些带有讽刺的幼稚和个人崇拜的最普通的唯物主义同这种本能自发的无政府主义结合在一起。如果真的“人就是一切，一切都为了人”，如果“人类”存在于宇宙中心，那高尔基的愤怒就是毫无根据的。

看起来美国正是那样的一个国家，在这个国家里没有偏见的人是有优势的。来美国的人都很轻松。他不会受到悠久历史的压迫。他不会受到教会的极大影响，不会和谁起冲突。无边无际的大海帮助他抵御外来敌人，在美国国内已经濒临灭绝的印第安人留下的那可怜的残余还在到处徘徊，只有欧洲的中学生觉得他们凄惨。所有的证据资料似乎都是为了建立一个幸福安康的王国，一个高尔基赞颂的人的王国！但是高尔基并没有感到高兴，而是开始觉得心惊胆战。高尔基吓坏了，当然，他是很无辜的。

高尔基也许会这样安慰自己：美国人不是人，而是资产阶级。在大洋的彼岸是什么主宰着金钱，主宰着资本主义？我们清楚地知道资本主义制度是什么。它就是要把人毁掉，歪曲他的形象，把他变成一头野兽；不过我们都知道资本主义是在给自己埋下炸弹。资本主义创造了无产阶级，在一个国家资本主义越发达，阶级斗争就越激烈，而无产阶级就会越和睦、越团结、越有觉悟。尤其是在资本主义国家里，工业发达，必须要脱掉旧资本主义的外皮才能感觉到未来制度的新皮肤。作为社会主义者，高尔基必须要特别敏感地察觉到这一点。对于像美国那样的国家来说，他必须要看到那批有组织、有革命思想的群众，那就是强大的无产阶级，他们要想摆脱资本主义的桎梏还需要一段时间。但是社会主义者高尔基没有意识到这一点，他已经忘记自己是个社会民主主义者了。

他其中的一篇随笔描写的是被黄色魔鬼吸干鲜血的那群人。高尔基描写了一群人的“休闲”，周末休息日是无产阶级那么极度渴望的日子。娱乐是非常残酷的。那些卑鄙的骗子和小丑榨干了工人身上最后的一点钱，那些卑劣的酒馆老板也蒙骗他们。“‘所有这些都是白皮肤的野蛮人，’高尔基形容这群人说，‘他们只能感受到，只能看到。他们的观感不可能变成一种思想，因为他们的灵魂是哑的，心是瞎的。’”

当那可怜的休息日即将结束的时候，“街头默默地走着一群毫不相干的、愁眉苦脸的人”。

但即便如此，高尔基对待西方文化的态度同赫尔岑和陀思妥耶夫斯基那极度绝望的呼喊又有什么区别呢？仿佛只有那没有艺术修养的要求和陈腐的思想。除此之外什么都没有。赫尔岑非常害怕，他不相信这些“野蛮人”会复活。陀思妥耶夫斯基从“上帝”那里找到了生路。可高尔基呢，高尔基连自己都没意识到自己是在挖社会主义的墙角，那还是他坚信不疑的社会主义。

他看到的是只有一个统治阶级的美国，即资产阶级。在和法国记者的论战中，如果高尔基竭力让我们相信他所说的仅仅是法国银行家的话，那么他就不能这样支支吾吾地表现出对美国的态度。他谈及了整个美国，有高层领导，也有底层群众。他非常害怕这些底层群众会像一盘散沙一样没有任何组织，乖乖地为剥削阶级服务。任何一个高尔基信任的人都坚决地说，美国不存在也不可能存在社会主义。①

那样悲观的结论未必掺杂着高尔基的“社会主义”意图。难道比起西方这个社会主义发源地，他也许更加相信社会主义真理在俄罗斯的胜利？这背叛正统的马克思主义了吗？

在一部13册的书籍《知识》的末尾收录了高尔基的一篇小小的呼吁《同志》。用这个旧时代友善的地方宣言作引文简直是一件令人难堪的事，这让人既替高尔基感到羞耻，又替俄罗斯文学感到羞耻。

他告诉我们这个有魔力的词语“同志”是如何改变了俄罗斯人的生活。妓女、车夫、警察都被这个词语的魅力所吸引。“在死气沉沉的城市里，被残酷笼罩的大街上增强了人们之间的信任和对战胜自己和邪恶世界的信心。”

这个新词从何而来呢？高尔基坚信一个“朴素美好的词语”已经被那些“对人绝对信任”的“孤独的空想家”抛弃了。“他们偷偷地把一些普通却伟大的理论其富有成效的小种子带进报刊底栏”。

难道西方没有也从来没有过“孤独的空想家”吗？

为什么“同志”这个词语不像耀眼明亮的星星和指引未来的火焰一样闪闪发光呢？为什么仿佛这个令人满意的字眼对街上那些默默走着的毫不相干、愁眉苦脸的人来说就一定要含有特殊的力量呢？

还是说表现出西方体现不出的东西就是俄罗斯人的命运？但是另一

① 我当然没有研究这个问题：为什么美国工人运动的革命情绪那么低落，是什么特殊原因阻碍了美国社会主义的发展。我只是想指出高尔基本人对待社会主义有多幼稚，对美国的看法有多肤浅。

方面我们把所有的视线都集中在神人上，因为，还是那句话，没有任何一个科学而又有严格根据的理论可以指出俄罗斯的社会主义比起西方更有可能胜利。我们知道社会主义的科学刚好相反。很明显，高尔基不只是把阶级内容，而是把全人类的内容都贯穿到一个把警察和车夫、妓女混在一起的、有奇效的词中；相比阶级来说，他更加相信“人”本身。在俄罗斯，无论阶级矛盾有多激化都会有一些人实现阶级外的联合，也会形成渴望个人存在的联盟，他们处在不同的发展阶段上，同时拥有不同的意识水平，但最主要的是他们都竭力争取人类的尊严。与正统马克思主义相反，似乎纯粹自发运动的基础是一切永恒的，也许永远都不会被理解但却是绝对的人类自我。

六

高尔基是一个愚昧落后的人，他竟然都搞不清楚无政府主义和社会主义那么显而易见的事。

艺术家高尔基首先是个人主义者。如果说在他身上存在什么有价值的东西的话，很明显那一定是个人对社会的反抗，还有“自我”对“非自我”、世间万物以及上帝的反抗。他是一个易怒的无政府主义者。从这方面来看，他笔下的那个社会经济学中典型的流浪者上升到了一个绝对个人的高度，达到了反抗上帝的程度。这种反抗并没有被包含在社会范围内，也没有被容纳在阶级斗争理论中。当高尔基在西方看见那个黄色魔鬼的庸俗王国，看见被黄金控制的“白色野人”所隐藏的愚蠢的苦闷时，他本能地反抗生活中的惨状。在他的心中一个过时的、正在反抗的“个人主义流浪汉”被唤醒了。然而这次造反没有任何结果。意识，准确地说是半意识，还有最庸俗的拥有着社会主义知识分子普遍世界观的高层组织，这些都扼杀了他那并不突出的艺术才能。艺术家高尔基渴望的个人光辉在原始的唯物主义世界观的压力下逐渐黯淡。原始的唯物主义世界观这个廉价的商品在那些稍微懂点儿知识的群众中都是相当普遍的，这种恶劣的疾病是当代社会主义从即将灭亡的资本主义那里继承而来的。也许高尔基的内心悲剧就是当代社会主义强烈悲剧的象征。本质上当代无产阶级是深度革命的，在对光明、真理和正义难以抑制的渴望方面他是神圣的。他的热忱是纯宗教的，当然也是无意识的。这些人所有大公无私的牺牲都是为了更美好的未来，但他们中间没有一个人活到美好到来的那一天。他们经常牺牲自我，忽视眼前的利益，他们说这是在积累无限的精神力量，是炽热的信仰，是燃烧的火焰。但是这一信仰的对象和内容正是无产阶级从自己憎恨的资产阶级那里借鉴来的。在单调乏味的社会主义文学中总是重复着一个观点：所有的唯心主义，所有的宗教理想都是资产阶级心理的产物。每一种思想意识形态都是阶级统治的工具。这个普遍的观点是极其不正确的。唯心主义、宗教意识都是非阶级的个人命运。对于资产阶级或其他阶级来说最常见的是原始的唯物主义，由于某些偶然的错误一些知识分子把这原始的唯物主义强加给工人群众，却没有意识到资产阶级的世界观同无产阶级的心理到底抵触到什么程度。土地崇拜同隐密恢复的埃及托勒密王朝的地心理论没什么区别；所谓的人类崇拜以及将其神化都是当代资产阶级的宗旨。无论是当代法国的所有统治阶级，还是那个让高尔基咬牙切齿的年迈名妓，他们的存在都建立在信仰尘世安宁的基础上。摆脱泥潭的独立个人，真正的个人会超越资产阶级崇尚的世界观，会追求全人类和全世界的阶级外理想，会反抗那和巴布亚人的拜物教没什么区别的、没有人性的唯物主义；正是这些为世界真理而奋斗的战士们的精神同工人群众的革命激情非常接近，可当他们站在这群人领导者的角度，他们却遭到了莫名其妙的憎恨。就连这些领导人自己都没发现中了资产阶级那卑鄙庸俗的毒药，而且他们甚至还残忍地将崇拜旧资本主义制度的思想强加给无产阶级，把人家弄得稀里糊涂，还用一个资产阶级麻木沉闷的面具遮住无产阶级那张崇高的革命面孔。资产阶级可以很自豪，因为觉得自己熄灭了“空中的火焰”，用自己那照亮黑夜的电灯遮住了星星。康德满怀着虔诚的惊奇感，他感受着自我的道德规范和头顶上的星星。现代的大城市居民对这些并不感到意外，原因很简单，那就是他们根本看不到星星。被灯光照亮的杂乱和喧嚣破坏了美好的天空，而正是因为看不见天空，所以才看不见自我的道德规范。然而这个粗俗的火焰是无产阶级竭力想要得到的吗？他急着冲破阴暗的地牢要奔向哪里呢？奔向太阳，奔向光明，还是奔向世界真理呢？在熄灭空中的火焰，点燃杂乱喧嚣的情况下，他那神圣的热情能满足于资产阶级的福利吗？

个人无政府主义者高尔基没有把注意力集中在这些问题上，而是号召整个世界进行殊死的战斗。他的内心既渴望世界的灭亡，又渴望自我改变。但是他被浑浊的唯物主义源泉毒化了。健康的本性和因永恒真理而受折磨的个人同毫无人性的世界观以及稍有些知识含量的科学真正地联系在一起了。绝对个人不知不觉中被与人有因果关系的偶像所代替。"'人'这个字叫起来多自豪。"高尔基笔下的一个主人公呐喊道。是的，自豪，确实很自豪，但那仅仅是因为在人的内心深处存在着绝对的道德准则，而且他头顶上的天空中还闪着星星。如果一个人一头扎在地里，完全服从因果规则，那他必然会化为灰烬。这是一个简单的逻辑。

高尔基无法理解个人主义的意义。单纯从表面来看，他机械地和普通唯物主义结合在一起，陷入了最低俗的境遇。作为一个艺术家，在他身上曾经存在的一切卓越和刚毅都已经消失了。不满、谄媚、叛乱——他用自负的语调代替了平凡的蛊惑。最开始他那生动有力的语言已经变得很空洞、很虚伪，还有些中学生般的无助。

不，如果一个艺术家不能用自己真实的感觉去照亮作品的话，那么最好让他只去倾听自己的艺术本能。极度的半意识状态破坏的正是创作的灵感源泉。

一个不存在更多疑问的人，一个用廉价的唯物主义淹灭自己灵魂火焰的人不可能变成一个自我满足的中等资产阶级。

编后记

德来特里·弗拉基米罗维奇·菲洛索福夫（Дмитрий Впадимирович ФиПософов, 1872—1940），俄罗斯政论家、文学批评家、社会活动家。他也是梅列日科夫斯基的挚友，以及"寻神学说"的鼓吹者，积极投身宗教哲学活动。他关于高尔基的论文引起了当时的文学界高度注意，引发了激烈的争论。

谈谈工人运动的心理
(评马克西姆·高尔基的《敌人》)

作者　[俄罗斯]格奥尔基·瓦连京诺维奇·普列汉诺夫
译者　曹葆华

关于《太阳的孩子们》和《野蛮人》[①]，我曾不止一次地听说它们不受欢迎。“高尔基的才艺在衰退；他的新剧作在艺术方面是蹩脚的，不能满足时代的需要”，——甚至连那些自称是我们这位多才多艺的无产者的艺术家的最亲密同志人也都这样说。现在，当我读了《敌人》之后[②]，我很想知道，那些曾经对《野蛮人》和《太阳的孩子们》嗤之以鼻的人，对这个剧本有什么高见，难道他们认为《敌人》这个剧本也是蹩脚的和不合时宜的东西吗？很可能是这样的！因为这是一些非常“严肃的”人。他们是善于评价艺术的呀！至于问到我，我要直截了当地说，高尔基的新舞台剧是很出色的。它的内容异常丰富，谁要是不想承认这一点，就是闭着眼睛说瞎话。

当然，我之所以喜欢《敌人》，并非因为它描写了阶级斗争，并且是描

① 《太阳的孩子们》是高尔基于1905年1—2月在彼得保罗要塞写成的（30卷本《高尔基文集》，第6卷，国家文学出版社，1950年，第285—375页）。《野蛮人》是1905年夏天写成的（同上书，第377—466页）。这两个剧本的主题是资产阶级知识分子在革命中的作用以及科学和艺术同生活的相互关系问题。关于资产阶级知识分子在革命中的作用问题，高尔基在这些剧本中是这样解决的：资产阶级知识分子不能摧毁旧制度和建立新生活。能完成这个任务的只有“铁一般的”人们。这些“铁一般的”人们——布尔什维克工人们——高尔基在自己的下一个剧本《敌人》中有充分的描绘。

② 高尔基的剧本《敌人》写于1906年秋天，第一次刊印于《知识出版社1906年集刊》，即该集刊第14期，同时在国外由狄茨出版。根据1907年2月13日书刊检查员的报告，这个剧本是被禁止上演的。检查机关对这个剧本的禁令在1917年才取消。

写特定环境中的一场阶级斗争，比如像我国阶级斗争由于十分警惕的首长孜孜不倦的操心而发生那样。工人在工厂里的骚动，一个厂主的被杀，士兵和宪兵的出现，——当然，在所有这一切中有着很多戏剧性的和“现实性的”东西。但是，所有这一切仅仅提供了写出一部出色的剧作的可能性。问题在于，这种可能性是不是变成了现实？而这个问题的解决，是取决于对生动的材料所进行的艺术加工令人满意到什么程度。艺术家不是政论家。他不是议论，而是描绘。描写阶级斗争的艺术家，应当向我们表明，剧中人物的精神状态是怎样受阶级斗争的支配的，阶级斗争是怎样决定他们的思想和感情的。总之，这样的艺术家必须同时又是心理学家。高尔基的这篇新作品之所以出色，正是因为它在这一方面已经符合了严格的要求。《敌人》在社会心理方面是很有意思的。我很愿意把这个剧本推荐给一切对现代工人运动的心理感兴趣的人们。

无产阶级的解放斗争是群众运动。因此，这个运动的心理也就是群众的心理。群众是由单个人组成的，而单个人彼此间是不相同的。参加群众运动的个人存在个体差异：有瘦削的和肥胖的、矮小的和高大的、淡黄色头发的和黑色头发的、胆怯的和勇敢的、软弱的和刚强的、柔和的和严峻的。但是这些个人，既然是群众的组成者，与群众血肉相联，所以同群众是并不对立起来的，不像资产阶级的英雄喜欢把自己同群众对立起来那样，而是意识到自己是群众的一分子；他们越是明白地感觉到把他们同群众结合起来的密切联系，他们就觉得自己越好。无产者首先是“社会性的动物”，只要把意思稍微改变一下，在这里可以用得着亚里士多德的这个著名的说法。这是所有稍微有点观察能力的人都能一眼看出的。那个并非热情满怀地描写现代无产者精神的维纳尔·桑巴特说，现代无产者感觉自己是这样的一个量，单就其本身来说，它没有任何意义，只有同许多其他的个体加在一起，它才有意义。[①] 当然，另一个资产阶级的“超人”由此差不多得出这样的结论：这个量本身是微不足道的、强有力的“个人”在无产阶级中间是没有存在的余地的。然而这是资产阶级的鼠目寸光所造成的最严重的错误。作为个人性格的发展，是同他的独立精神即自立的能力的发展成正比例的。同一个维纳尔·桑巴特承认，无产者获得和显示出这种能力，在年龄上要比资产者早得多。[②] 无产者

① 选自维纳尔·桑巴特的《无产阶级》一文。

② 维纳尔·桑巴特：《无产阶级》，圣彼得堡：世纪出版社，1907 年，第 51 页。

在“富贵人家”的孩子还只知道搂着别人脖子撒娇的时候，就以自己的劳动——多么顽强和艰苦的劳动——来养活自己。但是，如果无产者的确感觉到自己是这样一个量，如果不同其他许多的个体加在一起，就会丧失自己的意义，那么这是由于下面的两个原因造成的。一个原因是在于现代生产的技术组织，另一个原因是在于它的社会组织，或者如马克思所说的，是在于资本主义社会所特有的生产关系。无产者没有生产资料，只靠出卖自己的劳动力以求生存。作为劳动力的出卖者，即作为除了自己本身以外没有任何其他东西可以在市场上出卖的商品占有者，无产者的的确确是极端软弱无力的，可以说是无依无靠的。他们完全依赖那些购买他们的劳动力，并且在手里集中了生产资料的人。无产者越早地能够自立，就是说，他们越早地能够独立，那么他们就越早地开始感觉到自己对生产资料占有者的这种依赖性。由此可见，无产者的独立是以无产者觉悟到自己对资本家的依赖性并且力求摆脱或者至少是削弱这种依赖性为先决条件的。而要达到这个目的，除了无产者团结起来以外，再没有其他的道路；除了他们联合起来为生存进行共同斗争以外，再没有其他的道路。因此，工人对于依赖资本家这一点越加强烈地感到不满，他们身上的这种觉悟就越加强烈地巩固起来；他们必须同其他工人一起共同行动，他们应该在整个工人群众中唤起团结一致的感情，他们对群众的向往，是同他们对独立的渴望，他们对自己尊严的觉悟，一句话，对他们的个性的发展成正比的。当然，维纳尔·桑巴特并没有看出这一点。

从现代生产关系观点看来，事情就是如此。从现代技术观点看来，事情就像下面这样。在资本主义企业中劳动的无产者，不是生产整个产品，而仅仅是生产产品的某一部分。完整的产品是很多生产者，有时是非常多的生产者的联合的和有组织的努力的成果。所以，现代技术也使无产者感觉到自己是这样的一个量，它只有同其他的量加在一起，才有意义。简言之，技术也促使无产者主要成为社会性的动物。

这两种情况给无产阶级的心理打上了十分明显的烙印，这也就决定了——通过同样的心理——无产阶级同资产阶级进行斗争的策略。无产阶级运动是群众运动；无产阶级斗争是群众斗争。组成群众的单个人的努力越是团结，胜利就越有可能。工人在青年时期从切身经验上就认识到这一点。高尔基的一个主人公，工人雅戈廷，曾经天真地谈到这一点，他说：“我们联合起来，围拢起来，紧紧依靠在一起，便成功了。”当然，“成功”实际上并不像雅戈廷所说得那样快，但是由此可以得出结论说，为了最后取得“成功”，必须更加广泛地和更加紧密地团结在一起。工人阶级先进代表者的活动，自然地、几乎是本能地集中在联合和组织无产者的力量这个方面。联合和组织在他们看来自然是为美好的未来而斗争的最强有力和最有成效的策略手段。同这种有成效的、强有力的策略手段相比较，其他的一切手段在他们看来都是其次的和无关紧要的，而其中的某些手段，有时在其他社会条件下是没有成功地运用的，有时甚至是根本不适用的。在高尔基的这个新剧本里，工人列夫欣的同伴雅基莫芙把一个工厂主，残酷的米哈依尔·斯克罗卜托夫打死了。列夫欣曾这样说道："唉，安德烈白白放枪呀！你杀人做什么呢？一点也没有用啊！杀死一条狗——主人会再买一条……就是这么一回事！"所谓的恐怖主义不是无产阶级的斗争手段。真正的恐怖主义者，就其本性来说，或者就其“迫不得已的情况”来说，是个人主义者。席勒以天才艺术家的嗅觉懂得了这一点。他的威廉·退尔是一个名副其实的个人主义者。史陶法赫对他说："只要我们团结一致，就能大有作为。"他回答道："在船舶沉没的时候，单独一个人才容易逃命。"还是这个史陶法赫谴责他对共同事业冷酷无情的时候，他反驳道，每个人能有把握指靠的只是自己。这是两种完全对立的观点。史陶法赫证明说："只要联合起来，弱者也是强有力的。"[①] 而威廉·退尔固执地坚持说："强者在单独一个人的时候最强有力。"[②]

退尔始终不渝地彻底奉行这条信念。他“单独一个人”对付盖思勒。相反地，史陶法赫在席勒笔下被描写成典型的群众运动的鼓动者、组织者和领导者。像退尔一样，这个颇有魄力的人也不怕采取最极端的手段。他在格留特里会议上讲了这样一段著名的话：就连暴君的权力也并不是没有限制的。当被压迫者在任何地方都找不到正义的时候，当那压榨着他们的枷锁变得无法忍受的时候，他们就会诉诸自己那个永恒的不可侵犯的权利，拿起宝剑来。然而，他把联合起来看作是成功的主要保证；他需要各州参加解放斗争，大家共同行动：

要是乌里人登高一呼，林间人立集响应，
那么什维兹人就不会背弃前盟……

① 席勒：《席勒文集》（第3卷），国家文学出版社，1956年，第295—296页。
② 席勒：《威廉·退尔》，国家文学出版社，1978年，第30—31页。

要不然发难就毫无意义了。史陶法赫甚至害怕单独的发难，因为单独的发难将会妨碍共同事业的成功。他坚决地向在格留特里集会的人们建议：

现在，大家悄悄地各自回家，
分头去找他的亲戚和朋友！
牧人要好好地看管牛羊过冬，
还要替同盟机密纠集同志！
在发难以前，得忍耐又忍耐！
让暴君们多行不义，恶贯满盈，到那一天，
我们跟他把总账算清……

最有代表性的是下面这个细节：当退尔杀死盖思勒的时候，他本是为整个瑞士效了劳，可是他并没有确知当时解放运动的情况，而且他在杀死凶恶的暴君的时候，仍然是"单独一个人"出现，为自己报仇。对于他的功勋纯粹出于个人动机这一点，拉萨尔早就注意到了[①]。另一方面，史陶法赫说：

谁要是为个人利益打算，
他就是剽劫共同的财宝。

他就是剽劫共同的财宝，因为要达到共同事业的胜利，必须有共同一致的行动。史陶法赫是完全正确的。单独一个人的发难在历史上是无足轻重的。席勒也看到了这一点。在他的笔下，退尔的功勋，只不过是把中世纪的瑞士从奥地利的压迫下解放出来的一种革命的借口。史陶法赫的鼓动活动和组织活动为这个革命准备了手段。那些"在单独一个人的时

① 拉萨尔在他的悲剧《弗兰茨·冯·济金根》的序言中发挥了这个思想：历史悲剧和任何一般悲剧的任务是描述一切时代和一切民族的历史过程。拉萨尔说，席勒在他的悲剧《威廉·退尔》中，最接近于历史悲剧的思想。在这个悲剧中"现实的解放功勋不仅来自民族解放的精神，而且来自英雄们正义的自卫愿望，因为他们在个人情感和家庭利益上都受到损害"。（参见拉萨尔：《弗兰茨·冯·济金根》，北京：人民文学出版社，1976年，第10页。）

候就最强有力”的强者的力量只是间接地属于历史的动力。

席勒笔下的退尔就其本性来说是个人主义者。但是,如上面已经讲过的,他还是出于“迫不得已的情况”所造成的个人主义者。必须承认,我国 19 世纪 70 年代末 80 年代初的许多恐怖主义者就是这种个人主义者。同人民群众齐步并进,他们总是会感到高兴的;他们确实想努力做到这一点;但是群众原地不动,没有响应他们的号召,或者确切些说,他们缺乏耐心等待群众的响应,于是他们“单独一个人行进”。这是一些非常强有力的人,但是,他们在恐怖行动中所表现出的力量,在相当大的程度上是悲观绝望的力量。于是这些强有力的人被打败了。

高尔基新剧本中所出现的有觉悟的无产者也是一些强有力的人,可是他们真幸运,他们没有任何理由怀疑工人群众所具备的同情心。相反,工人群众越来越响亮地响应他们的召唤。列夫欣说:“人民的智慧提升了,他们听讲演,读书,思想。”还有什么比这更好的呢?在这样的时候,甚至连那些毫无耐心的“知识分子”也找不到借口同群众分道扬镳了。而同群众有机地结合在一起的从事体力劳动的无产者,就更找不到这种借口了。

但是不论在什么时候,“知识分子”更乐于指望“个人”,而觉悟的工人则更乐于指望群众,这总是事实。由此就产生两种策略。高尔基的《敌人》提供了丰富的材料来正确理解工人策略的心理基础。

二

我不打算详尽地论述这个剧本的全部材料,但也不愿意仅仅局限于刚才所说的一些。我要继续谈下去。

大家知道,我国有很多人过去和现在都认为“恐怖主义”主要是英雄的斗争手段。席勒的《威廉·退尔》已经表明,这种说法是错误的。难道退尔表现出的英雄气概较之史陶法赫还要更多吗?完全不是!不难表明,如果在退尔身上体现更多的是直爽性格,那么在史陶法赫身上体现更多的则是为了共同事业利益的自觉的自我牺牲精神。要理解这一点,只需要记住我在上面引证过的史陶法赫关于剽劫共同财宝的那段高尚的话就够了。不过,要是事情果真是这样,那么为什么社会舆论把英雄的称号给予退尔，而不给予史陶法赫呢？这是由许多情况决定的。下面是其中的两个情况。

在类似退尔的功勋的这种行动中，个人的全部力量是在刹那间显示出来的。因此，这种行动可以获得最大限度的印象。那些看到或者听到这种行动的人，无须多伤脑筋去评价它所产生的力量。显而易见，这是一种巨大的力量。

史陶法赫的活动就不是如此。他的活动在时间上的延伸非常长，因此在这种活动中所显露出来的力量，也非常不明显。为了确定这种活动的范围，我们是要花一番工夫的，然而这一点并不是所有都乐意这样做，也不是所有人都能够这样做的。

我之所以说“不是一切人都能够”，是因为我们对各种各样历史活动的态度，是由我们总的历史观所决定的。曾有过这样的时期，人们是从某单个人物或者及跟随者们，如罗慕路斯[①]们、奥古斯特[②]们、或布鲁图[③]们的功勋着眼来观察历史活动的。人民群众，一切被奥古斯特们和布鲁图们压迫或解放的人们，都从历史学家们的视野里消失了。因为群众在他们的视野里消失了，所以他们自然就不去研究那些通过对群众的影响来影响本国历史的社会活动家。如果在这里研究这种历史观起源于何处，比方说，即使是起源于现代的欧洲，那也是不适当的。只要指出下面这个情况就够了：连奥古斯丹·梯叶里也早就十分中肯地提出，这种历史观同西方先进国家中贵族君主政体的存在有着因果关系。[④] 历史学家们只有在群众推翻贵族君主政体的时候，才想到群众，——而奥古斯丹·梯叶里是最先想到群众的人中的一个。现在已经很少遇到这样的历史学家，他认为历史可以在个别的、多少贪权的、英勇的人物的自觉活动中给自己

① 罗慕路斯（约前771—约前717），传说中罗马的创建者、罗马的第一个皇帝。

② 奥古斯特（前27—14年），罗马皇帝。

③ 布鲁图（前85—42年），即马尔库斯·尤尼乌斯·布鲁图，阴谋反对恺撒的领导人。

④ 梯叶里（1795—1856），法国著名历史学家、自由资产阶级思想家。梯叶里谈到革命前（1789年以前）的历史学家，他们把一切历史事件都硬说成是国王和当权者的业绩。他说：“……在所有的人都甘心情愿对当局卑躬屈膝的时代，难道他们能够忠实地描述，或者甚至了解那旨在反对已经建立的政权的起义和联盟，以及那伴随任何政治变革而来的全部破坏性的工作吗？当一切东西在他们的时代都是由于中央政权而产生的时候，他们怎么能够不把过去时代的一切市政特权硬说成是中央政权的善意的允许呢？”（奥古斯丹·梯叶里：《中世纪的法国城市公社》，圣彼得堡，1901年，第2—3页。）

找到充分的说明。科学已经了解到更加深刻说明的必要性。但是"广大公众"对这种必要性还缺乏认识。他们的眼光仍然停留在历史运动的表面上。在表面上只能看到个别人物。而在个别人物当中,对于"广大公众"来说,退尔要比史陶法赫容易理解。正因为如此,"广大公众"给退尔戴上桂冠,而对史陶法赫几乎没有给予"应有的注意"①。

但是群众,只有当他们自己还没有觉悟的时候,只有在他们不了解自己的力量和自己的作用的时候,才会用这样的眼光来观察历史。如果有学识的资产阶级思想家奥古斯丹·梯叶里已经强烈地谴责了那些把一切都归诸帝王而认为与人民毫不相干的历史学家,② 那么工人群众觉悟的代表就更不能对这样的历史观满意:一切都归于光辉的"英雄"的功勋,而粗野的"人群"的运动却算不了什么。因此,无产阶级有觉悟的代表从自己切身的经验明白了,在无产阶级中间从事唤醒觉悟的顽强工作,需要花费多大的精神力量。当然,他们十分尊敬退尔,可是他们一定会对史陶法赫寄予更大的同情。这是自然的,如果他们没有处在哈尔土林的特殊地位上的话。

总而言之,在这里暴露出了由社会阶级地位的差别所决定的观点的差别。这个无法避免的差别,高尔基看得十分清楚。他在《敌人》中所描绘的工人,充满着最崇高的自我牺牲精神。你们不妨回想一下列夫欣和雅戈廷建议青年工人李亚勃卓夫去承担杀死资本家米哈依尔·斯克罗卜托夫的罪行的那个场面:

李亚勃卓夫 我已经决定了。

---

① 顺便说一下,下面这个完全新颖的例子表明了关于"恐怖主义"的偏见是怎样地传播的。关于米·罗·波波夫参加1879年沃龙涅什代表大会,《施利色堡囚徒的陈列馆》(第1卷,圣彼得堡,1907年)这样说道:"他在代表大会上是一个最右的分子"(第160页)。这就是说,米哈依尔·罗季奥诺维奇(即波波夫)是"恐怖主义"的一个最坚决的敌人。但是,写这篇有关米·罗·波波夫的文章的人并不是社会革命党人。

② "在我们的灵魂中,"梯叶里在关于法国历史的第一封信中说道,"对人民群众的命运的依恋心,比对王公大臣的命运的依恋心要觉醒得快得多,因为人民群众是同我们一样生活和感受的,至于王公大臣的命运,我们只听到关于它的叙述,它未曾给予我们什么有益的教训。人民群众在走向自由和幸福的道路上的运动,要比征服者的行进留给我们更深刻的印象,而他们的不幸,要比丧失领土的国王的灾难更令人感动。"(引自普列汉诺夫的文章《奥古斯丹·梯叶里和唯物史观》,收录在《普列汉诺夫文集》,第8卷。)

雅戈廷 不急。再想想看。

李亚勃卓夫 还想什么呢？杀了人，总该有人抵命才是……

列夫欣 对！是应该抵命。我们做事光明磊落，—干掉你们的人，用我们的人来抵命。如果没人去承当——许多人就要受害。那就会有比你更宝贵的、更优秀的人受害，巴肖克，这是为了同志们的事业。

李亚勃卓夫 我毫无怨言。我虽然年轻，不过我明白，——我们需要像铁链似的……更坚强地互相团结在一起……

雅戈廷 （微笑）我们联合起来，围拢起来，紧紧地靠在一起——便成功了。

李亚勃卓夫 好吧。还有什么可说的呢？我一个人，我应该去。不过为了这种人流血真让人恶心……

列夫欣 是为了同志们，不是为了流血。

李亚勃卓夫 不是的，我是说，他是一个可恶的人……很坏的人……

列夫欣 坏人所以要被杀死。好人自己会寿终，他不妨碍人。

李亚勃卓夫 嗳，没有别的话了？

雅戈廷 没有别的话了，巴肖克！那么，明天早晨你去说？

李亚勃卓夫 为什么要到明天呢？我是说，我现在就去。

列夫欣 不，你最好还是明天去说！黑夜就跟亲娘一样，她是一个好顾问……

李亚勃卓夫 嗳，算了……我现在就去？

列夫欣 上帝保佑你！

雅戈廷 去吧，兄弟，坚强地去吧……

（李亚勃卓夫不慌不忙地走下。雅戈廷把手杖在手里转着，他眼盯着手杖。列夫欣看着天。）

列夫欣 （低声地）季莫菲，好人开始多起来了！

雅戈廷 天气好就会收成好！

列夫欣 这一次弄成功，我们就可以搞得好一些……

还有什么能比这个年轻而充满自我牺牲精神的李亚勃卓夫更高尚的呢？更为成熟的他的同志们给他指出建立功勋的道路，他们的动机又是多么的崇高啊！他们只有一个目的，就是使人民“搞得好些”。这是一些千真万确的英雄。然而这是一些特殊类型的、具有特殊坚韧精神的英雄，这是无产者中间产生的英雄。塔季雅娜·卢高瓦娅，一个有才华的女演员，目睹了对他们的审讯场面。请看一看，英雄们的这种特殊的、新的坚韧精神给她留下了怎样的印象！她的丈夫说："我喜欢这些人！"她回答道："是啊，可是他们为什么这样纯朴……这样纯朴地谈话，这样纯朴地看人……却要受苦受难？——为什么呢？难道他们没有热情吗？没有英雄气概吗？"

雅可夫（塔季雅娜的丈夫）他们坚定地相信自己的真理。

塔季雅娜他们一定是有热情的，并且一定是英雄！不过在这里……你有没有觉得——他们轻视所有的人？

一个优秀的女演员应当通晓自己的业务。她应当善于了解别人的热情，品评别人的性格。看来塔季雅娜·卢高瓦娅也是善于此道的。但是，她所观察到的是完全从另一种生活圈子里迸发出来的热情，她所研究的是完全在另一种环境里形成起来的性格。不论在生活中也好，或者在戏剧文学中也好，她都从未遇见过有觉悟的工作。她在偶然碰上审问这些她从未看到过的人类代表——有觉悟的工人这一场面的时候，竟"大为失常"，她落到了克雷洛夫笔下那个在古董陈列室里东张西望的古怪人的可笑境地，——她在英雄精神主宰着被告的一切行动的地方，竟没有看出英雄精神来。

事实上，正是在这种英雄精神的纯朴中才表现出它的更加崇高的本质。请你们回想一下，列夫欣是怎样劝说李亚勃卓夫的。后者之所以应当牺牲自己，并不是因为他比别人更好些；恰恰相反，而是因为别人比他更好些："那就会有比你更宝贵的、更优秀的人受害，巴肖克，这是为了同志们的事业"。我认为，任何一个英雄，只要是富有才华的女演员塔季雅娜·卢高瓦娅能够理解他的热情的，假如人们打算这样劝说他的话，都会觉得十分委屈，于是同他谈话的人不得不放弃叫他去从事自我牺牲行为的任何想法。塔季雅娜所能理解的英雄是非常喜欢听恭维话的。

英雄主义的形式是各种各样的。上层阶级推崇的英雄是与无产阶级推崇的英雄不一样的。塔季雅娜对此并不了解。这是可以理解的，因为她不是用唯物主义来解释历史的。但是我和你们读者，有时候就要思索这个问题。所以，为了更好地理解一个对象，我建议大家像做心理试验一样来这样设想：塔季雅娜·卢高瓦娅领会了社会民主主义思想，并且成了工人党的一名成员。看来，她是有一定的天赋做这件事情的。她不仅是富有才华的女演员。并且她也是秉性诚实的人。难怪在审讯快要结束时，她关于被捕的工人这样说道："这些人一定会胜利。"所以，我们假定她已决心与他们走同一条道路。这将会怎样呢？你们是否认为，由于这个坚决的信念，从资产阶级中间带来的陈旧印象的一切痕迹都会从她的心灵里消失吗？这是根本不可能的。当然，谁也没有权利这样要求她。教育是会留下许多不可磨灭的痕迹的。所以，人们很难"脱去古老的亚当"①。塔季雅娜·卢高瓦娅关于英雄主义的旧观念在她往后的活动中一定会感觉得到。于是，在达到无产阶级斗争最终目的的手段问题上，看来她与她的无产阶级同志会不止一次地发生分歧。雅戈廷和列夫欣几乎是本能地踏上的鼓动和组织群众的道路，她曾不止一次地认为，这算不上什么英雄主义。觉悟的无产者会不止一次地以她认为是缺乏革命热情的、"机会主义的"行动使她感到伤心。她就会跟自己的新同志争论起来，竭力使他们相信，他们"应当成为英雄"。她能不能做到这一点呢？我不知道。这是由多种情况决定的。也许能够做得到，那就要有相当多像她一样的知识分子同她一起站到工人这一边来。历史表明，工人运动的最初几步往往是在知识分子有决定性的影响下采取的。但是在这里一定会发生内部的斗争。在这里，在运动内部，也还会产生"两种策略"的斗争。但是，当工人运动日益壮大的时候，当无产阶级习惯于没有知识分子的帮助也会前进的时候，无产阶级的策略就会取得彻底胜利。那时候知识分子就会逐渐地同无产阶级分道扬镳。

在列夫欣和雅戈廷与李亚勃卓夫的谈话中还有一个地方，如果在阐明无产阶级策略的心理条件的时候注意到它，那是很有益处的。下面就是例证：

列夫欣 不应该随随便便地到什么地方去，你应该明白……你还年轻，这是苦役……

李亚勃卓夫 没关系，我可以逃走……

雅戈廷 也许，并不是苦役！……巴肖克，要服苦役，你的年龄还小……

---

① "脱去古老的亚当"，语出《圣经·保罗书信》里的"脱去旧人"。意为摆脱旧习惯、旧观点，寻求精神上的自我更新。

列夫欣 我们就说是苦役吧！这种事情还是设想得越可怕越好。如果一个人连苦役都不怕，那就是说，他的决心很坚定！

列夫欣说得非常正确！列夫欣老人，用他自己的话说，是一个见多识广的人，他是非常清楚地懂得这一点的。但是，假如他同塔季雅娜·卢高瓦娅辩论革命的英雄主义，他也许就不会恰如其分地运用他这个非常正确的说法："这种事情还是设想得越可怕越好。"这非常有道理。然而是否只是在列夫欣同李亚勃卓夫所谈的那件事情上才有道理呢？哦，不是！世界上有许许多多的事情，都是设想得"越可怕越好"。无产阶级的解放斗争就属于这一类事情。在这里确实要经常记住"越可怕越好"，因为这些为无产阶级解放而斗争的人如果什么都不怕，那就是说，他的决心很坚定。但是在这个斗争中，最可怕的是什么呢？是那威胁着参加斗争的人们的死亡吗？不，他们不是那么容易用死亡吓唬得了的。你们试试用死亡吓唬年轻的李亚勃卓夫看看。他沉着、朴实，甚至对那些认为必须鼓励他的人好像有点愠怒；他说道："我的主意已定。那又有什么呢？"要使这样的人感到不安，必须想出一种比死亡还更可怕的东西来。对他来说还有什么能比死亡更可怕呢？对他来说，比死亡还更可怕的只能有一件事情，就是**他全心全意为之奋斗的事业遭受失败**。甚至不是完全的失败，不是对这个事业寄予的希望的彻底破灭，而不过是这样一种单纯的感觉：胜利在望的事业又推迟到渺茫的未来。从某种心情来讲，这种感觉毫无疑问比死亡还更可怕。当生活把这种感觉强加给人的时候，也就是说，当生活打破了胜利已经临近的过于乐观的想法的时候，它甚至会使意志坚强的人也悲观绝望。正因为如此，参加无产阶级解放运动的人们，不应当用过于美妙的希望来迷惑自己；他们应当避免过分的乐观主义。"这种事情还是设想得越可怕越好。"如果人们决心斗争，甚至不抱有胜利已经临近的任何希望，如果人们决心进行哪怕是十分长期的斗争，如果人们想到他们也许要死亡，他们所向往的乐园会变得远不可及，——也不能使他们抛弃决心，那就是说，他们的"决心很坚定"。"这种事情还是设想得越可怕越好。"自然，列夫欣现在不会同意这一点。而前面提到的那个女演员塔季雅娜·卢高瓦娅大概会宣布这个看法是"孟什维克的"（或者其他什么的）"机会主义"。资产阶级出身的革命者很喜欢用过于夸大的希望来欺骗自己。他们需要这样的希望，就像需要空气一样。他们的毅力有时候全靠这种希望支撑着。在他们看来，对群众进行长期的、细致耐心的不断感化的工作，简直是枯燥无味的。他们在这种工作中既看不到热情，也看不到英雄气概。当无产阶级运动受他们的影响的时候，这个运动本身就多多少少沾染着他们的浪漫主义的乐观。只有当无产阶级运动完全独立自立的时候，这种浪漫主义的乐观才会离开它。但是，毫无根据的乐观主义，正是由于它毫无根据，所以周期地被极端的没落精神所替代，所以它确实是几乎任何处在知识分子影响下的年轻的工人运动所诅咒的东西。这个运动所遭受的相当大一部分失败都可以由它得到说明。

很有意思的是，曾经在《新生活报》上写文章的高尔基，如大家所看到的，他本人在这方面受到了知识分子最强的影响。在他看来，"布尔什维克"的策略就像他笔下的塔季雅娜所认为的那样，是最"热情的"和"英雄主义的"。我们可以期望，他的无产阶级本能迟早会向他揭示这些策略手段是站不住脚的。恩格斯早在19世纪50年代初就一针见血地把它们称之为"革命的炼金术了"。

三

让我们还是回到这出戏上来吧。

资产者通过自己根深蒂固的偏见这一有色眼镜来看工人群众，他们把工人群众看作是野蛮的"人群"，而把工人群众斗争的心理动机看作是粗野的、近乎动物式的冲动。难道谁没有听到过觉悟的无产阶级所得持有的阶级观点是以极端狭隘性为特点，并且排除对"一般的人"的任何的热爱吗？马克西姆·高尔基，他本人出身于无产阶级，他知道这是多么的不正确，他以艺术家的身份，通过很有意思的艺术形象向我们表明了这一点。他的列夫欣以半神话式的殉道者的善良的身份宽恕一切的眼光来看待所有的人，据说这种殉道者为自己势不两立的敌人做祷告："他们并不知道自己在干什么。"当巡长向被捕的列夫欣吼叫道："你不害臊吗？老鬼！"当工人葛列可夫反驳巡长道："你为什么要骂人呀？"——列夫欣却沉着地说道："没有关系！他的职务就是这样的……专门欺负人！"甚至那些专门欺负人的人也没有引起他的憎恨。资本主义社会里争取生存的斗争，给他留下一种极端残酷压榨的沉重印象。他向厂主的外甥女娜佳说："亲爱的小姐，世界上的人都中了铜臭的毒！这便是你年轻的心灵为什么这么苦恼的原因……所有的人都被金钱给束缚住了，你还是自由的，所以你在人世上就毫无地位。金钱向世界上每一个人发出叮叮当当的响声，它说：'你爱我吧，像爱你自己一样……'不过这与你毫不相干！"工人雅戈廷不免讥笑地对他说："你呀，叶菲梅奇，在石头上也播种起来，真是怪人！何必白费气力呢。难道他们能明白吗？工人的心能明白，可是老爷的心有病，是不会明白的。"但是，他没有接受这个论据："心就心吧，他说，要知道，所有的人都围绕一个地方转。"看来，在他没有碰到社会主义者以前，早就得出了这个不可动摇的结论：邪恶不在于人，而在于"金钱"。他那简单而独特的、合情合理的对生活的看法，已经在他同这个娜佳以及同我们已经熟识的女演员塔季雅娜·卢高瓦娅的谈话中阐述得很透彻了。

在米哈依尔·斯克罗卜托夫被杀死之后，当死者的尸体还停放在屋里等待埋葬和法庭检验，敏感的娜佳问塔季雅娜："为什么家里有死人，大家都悄声说话？"塔季雅娜回答道："我不知道。"而列夫欣看守着尸体，他匆匆忙忙地说出让自己灰心丧气的话来：

列夫欣 （带着微笑）小姐，因为我们对死者是有罪的，全都有罪。

娜佳 可是，叶菲梅奇，人们并不总是这样被杀死的。为什么无论在哪种死人身边都是悄声说话呢？

列夫欣 亲爱的，所有的人都是被我们杀死的！有的是用枪弹，有的是用言语，我们以自己的所作所为杀死所有的人。我们把世上的人都赶到泥土里去，我们做着这样的事情，既看不出，也感觉不出……等到把人给弄死了，那时我们才明白，我们对他是有罪的。于是对死人怜悯起来了，觉得对不起他了，心里怕起来了。要知道，人家也是这样赶着我们，我们也预备进坟墓了！

娜佳 是吗？真可怕！

列夫欣 没什么！现在可怕，明天便什么都过去了。于是人们又重新你推我推的，被推的一个倒下去，大家沉默一会，抱歉一番，叹口气，接着又去搞那老一套了！又走那条老路了。真黑暗啊！大家走的是同一条路，真有点儿憋得慌。你呢，小姐，你是不会觉得有罪的，死人也不会来打扰你，你就是当着死人的面也可以大声说话。

塔季雅娜 为了不这样生活，该怎么办呢？你知道吗？

列夫欣 （神秘地）要消灭金钱……要把金钱埋葬掉！没有金钱了，怎么还会仇恨呢，怎么还会互相排挤呢？

塔季雅娜 只要这样就行了吗？

列夫欣 开头这样，就够了……

塔季雅娜 娜佳，你要到花园里去散散步吗？

娜佳 （沉思地）好吧。

在我看来，谈话的结尾对于塔季雅娜来说是有典型意义的。列夫欣自我独特的"经济唯物主义"在她心中初次只能萌发"到花园去散散步"的愿望。我们已经知道，她所需要的是热情和英雄气概，而有关金钱的议论，无论对于热情或者对于英雄气概，甚至似乎没有留下丝毫余地。金钱是一种十分平淡无味的东西，关于它的任何解释都会引起——至少由于不习惯——自我感觉"细致的"、"有文化的"人的十足的厌烦。但是问题就在于，列夫欣把这个问题看成是完全另一个样子。这完全是因为他以自己特殊的无产阶级的观点来看待平淡无味的金钱。

在这里我擅自加上小小的一段插曲。有一次，已故的涅克拉索夫在自己的一首诗中描写了一个为自己儿子的死痛哭不已的年老的农妇，然后她哭诉道：

那暖和的小皮袄穿坏了，
谁来捕捉当年的新兔子？①

然后这位老太婆噙着眼泪回忆到自己的儿子，说她的小木屋已经全部倒塌了等。这是当时的某些批评家很不喜欢的。他们认为这是"粗野的"。他们叫嚷道：心爱的儿子死了，哪还能有心思唠叨小木屋和小皮袄呢？如果我没有记错的话，当时有人甚至谴责涅克拉索夫是在诽谤人民。的确，在涅克拉索夫的作品中，初看起来这好像是太"唯物主义"了。老太婆痛哭的原因与其说是儿子死了，倒不如说是她从此得不到新的"小

① 涅克拉索夫：《在农村中》，《涅克拉索夫作品和书信全集》（第1卷），国家文学出版社，1948年，第87页。

皮袄”了。如果把俄罗斯《复仇和悲哀的缪斯》[①] 这篇作品，比方说，同维克多·雨果为自己的孩子的死所写的那首诗[②] 进行比较，那么上述的批评家们对涅克拉索夫的责难还将更有根据些。在著名的法国浪漫主义作家的作品中，不仅丝毫没有提到小木屋和小皮袄，而且根本就没有写到什么物质的东西。他所谈的仅仅是感情，当然是最真挚和值得尊敬的感情。诗人回忆起他在一个晚上放下手头工作休息的时候，把自己的孩子抱在膝头上，给了他一些玩具等。非常遗憾，此刻我手边没有这两首诗，我又不能把它们背诵出来。只要把其中的某些片断进行比较，就可以清楚地看出雨果描写痛苦的手法是跟涅克拉索夫描写同样感情的手法有很大差别的。然而这还绝对不能证明，某些批评家谴责涅克拉索夫笔下的不幸的老太婆，抱有粗野的唯物主义是正确的。雨果的痛苦同涅克拉索夫笔下的老太婆的痛苦究竟有什么区别呢？区别就是，在雨果那里，对于失去的亲人的回忆是与另外一些完全不同的观念连结着的，而在老太婆那里就不一样了。仅此而已。感情是完全一样的，然而伴随着感情所产生的联想却完全不同。联想的这种区别是由什么引起的呢？是一些完全不以感情为转移的状况。第一，小孩根本不能修造小木屋，也不能捕捉兔子。第二，当然，这是最主要的一点，雨果在物质方面有充分的保证，他无须把生活资料问题同自己孩子的生命问题联系起来。这后一种状况我认为是丝毫不以感情为转移的状况，因为大家知道，人的富裕的物质生活是同他的一般感情，特别是同他作为父亲的感情没有因果联系的。人的富裕的物质生活是由他在社会中的经济地位决定的；这种地位不是由心理原因决定的，而完全是由其他一些原因决定的。

但是，如果人们的经济地位一点也不以他们感情的深厚为转移，那么整个说来人们生活的环境则以这种地位为转移，可是这种环境决定着与他们对亲人的怀念结合（联想）在一起的那些观念的性质。所以，社会经济决定社会成员的心理。

雨果的生活条件和俄罗斯农民的生活条件是不可同日而语的。毫不

① 《复仇和悲哀的缪斯》是涅克拉索夫的诗歌。他本人在一首无题的诗作中是这样描述缪斯的，这首诗的第一行是：“不要作声，复仇和悲哀的缪斯！”（《涅克拉索夫诗选》，上海译文出版社，1980 年，第 91 页）。

② 这里所说的雨果的诗作，刊印在文集《沉思》（第 2 卷）上，于 1882 年在巴黎出版。

奇怪,在他那里丧失孩子联想到的观念与农民失掉亲人时联想到的观念是完全不同的。因此,这种损失所引起的痛苦在雨果身上的表现,同涅克拉索夫笔下那个老太婆身上的表现必然是不同的。由此可见,涅克拉索夫大概不像初看时那样不正确了。然而主要的是,他一点没有诽谤人民的企图。丧失亲人所引起的痛苦,决不会由于这种损失的观念与那些和所谓的物质需求有关的观念联系在一起,便不再是沉重的了。涅克拉索夫笔下的老太婆之所以想到兔子和倒塌的小木屋,并不是因为她对物质需求的满足比对儿子的爱还更宝贵,而是因为她认为,比世界上一切东西大概都更宝贵的儿子的爱,是表现在儿子对满足母亲物质需求的关心上面。在有钱人那里,孩子的爱表现在另一种关心上面,因为"老爷们"的物质需求是由雇佣来的仆役——从前是由农奴充当的仆役——来满足的。所以,第一次从表面上看来,"城市的"感情可能显得是较为细腻和高尚的。那些斥责涅克拉索夫的批评家所习惯于观察的正是"城市的"、从表面看来较为细腻和高尚的感情。因此,他们就痛斥涅克拉索夫笔下那个穷老太婆的完全无辜的"新"兔子。因此,他们就叫嚷说是什么诽谤了。

我说这一切是为了使列夫欣提出的"金钱"问题得到适当的阐明。那些属于社会"上等阶级"的人们,习惯于把这个问题看得非常平淡无味。在下面这个意义上他们是正确的:既然一个人享有富裕的物质生活,那么对他来说,他所支配的金钱的数量的问题,在极大多数场合下,归结为获得多少数量的物质享受的可能性问题,例如,"把沙发靠近壁炉,设宴款待友人"等。那属于"上等阶级"、对谈论"金钱"毫无兴趣的人,被认为是具有较为细致的愿望的人。但是,对于那些属于所谓下等阶级的人,特别是对于那些被唤醒了求知欲望的无产阶级,"金钱"则有着完全不同的意义。可以用统计学的方法来证明:这一工人阶层的工资越高,那么用来满足工人的精神需求的工资部分也就越大。所以,对于无产者来说,为"金钱"而斗争就是为捍卫和发展自己的自尊心而斗争。这一点是"上等阶级"的人们通常不愿意了解的,他们十分蔑视工人阶级解放斗争所追求的"粗野"。这对于列夫欣这样有思想的无产者是完全可以理解的。但是必须指出,列夫欣的愿望不是仅仅限于增添那构成工人收入的"金钱"的数目。对他来说,"金钱"是整个制度的象征。他那充满热爱的心灵,由于资本主义社会中为了"金钱"而进行的残酷搏斗的景象,痛苦到了极点。他由于这种搏斗而为自己和自己的亲人感到"难为情"。他追随社会主义者，因为社会主义者所期望的与他那正直而敏感的心灵所企求的是同样的东西："消灭金钱"，就是说，摧毁现存的经济制度。因此，使那些没有丧失崇高志愿的"上等阶级"的人感到十分厌烦的"金钱"问题，在他的心目中就有着极其巨大的社会意义：对他来说，"消灭金钱"就是消灭现在人们在争取生存的经济斗争中所作的一切坏事。如你们所看到的，这已经不是平淡无味的事情；热衷于它是最富有崇高诗意的事情，只有精神上充分发展的人才能够做到。

四

"消灭金钱"！结束现在人类社会中为争取生存而进行的残酷而可耻的斗争！

甚至持有"上等阶级"观点的人，也完全能够领会这个目的的伟大。但是我们已经看到，对他来说，追求"金钱"就等于追求获得满足物质需求的新手段。因此，对他来说，"消灭金钱"的问题并不涉及社会关系，而是转向道德领域。消灭金钱的权力，就是意味着生活朴素，不尚奢侈，要知足。消灭金钱，就是意味着消灭自身的贪欲和其他的恶习。克制自己，一切都会很好。"天国在你们的心中。"

对于列夫欣们来说，消灭"金钱"的问题必然会成为社会问题。列夫欣是属于这样一个社会阶级，它甚至在决心遵从"上等阶级"的好人的好心劝告——生活要朴素——时，也不能停止争取"金钱"的斗争；它之所以不能停止，是由于这个简单的原因：它必须进行斗争，不是为了争取多余的东西，而是为了争取必要的东西。对它来说，恶不是在于"金钱"在它面前勾画出一幅只有用金钱才能换得来的"人为的"欢乐的图画，使它腐化起来；而是在于，它应当屈从于金钱，因为它如果不屈从于金钱，就会丧失满足自己最"自然的"和最迫切的肉体需求和精神需求的任何可能性；因此，对它来说，道德问题不可避免地会成为社会问题。"天国"当然"在我们的心中"。但是，要在我们心中找到天国，就必须摧毁"地狱的大门"，而这扇"大门"并不在我们的心中，而是在我们的身外；并不在我们的精神之中，而是在我们的社会关系之内。如果某一个"好心肠先生"向列夫欣宣传，比方说，列夫·托尔斯泰伯爵的教义，那他一定会这样回答的。

列夫欣之所以成为社会主义者，是因为他根据经验，从“金钱”的全部客观的，即社会的作用方面认识了“金钱”的力量。正因为他认识了这种力量，所以他这个天性最温和的人，他这个乐于宽恕一切的人，就连在暴力手段面前也毫不畏缩。我们已经知道，他远不是拥护所谓恐怖手段的人。然而他反对恐怖手段，其实是根据策略上的理由，也就是根据合乎目的的理由。当李亚勃卓夫由于一个坏人不得不去死而表示遗憾的时候，这个善良的、宽恕一切的列夫欣带着可以说是完全出人意外的残酷态度反驳道：“坏人要杀死。好人寿终。”他充满了热爱，可是社会生活的辩证法作为感情的辩证法在他的心灵中反应出来，而且热爱使他成为一个能够作出最严峻的决定的斗士。他感觉到，没有这种决定是不行的；没有这种决定恶还会更多，所以他不能放弃这种决定，纵然他感觉到这种决定的必要性是一种极其沉重的东西。

“勿以暴抗恶。”托尔斯泰伯爵这样教导道。他用一种类似初等算术的计算法来加强自己的说教。暴力本身就是恶。以暴抗恶，就是不但不消除恶，反而给旧恶添加新恶。这个论据对托尔斯泰伯爵来说是非常有代表性的。在我们这位贵族的“生活导师”看来，以暴抗恶就是对杀人犯处死刑：杀人 + 杀人 = 两个杀人。如果用这个一般公式来表示，我们就得出，暴力 + 暴力 = 两个暴力。接着是新的杀人和新的死刑，就是说，又一个杀人。恶在这里没有被暴力所消除，——就是这样。但是为什么是这样呢？因为任何一个社会的罪行都取决于它的制度，当这个制度没有改变以前，或者至少当它的某些特点没有减弱以前，没有减少罪行的原因。现在要问的是，刽子手是不是会改变社会制度呢？当然不是。刽子手不是革命者，甚至不是改良者；他主要是保守者。显然，从刽子手实行的暴力那里期望减少罪行中所表现的恶，那是令人奇怪的。但是，假如暴力使社会制度变好，假如暴力能消除引起罪行的大部分原因，那么暴力就不会使恶增加，而是使恶减少。这样一来，只要我们抛弃刑事惩罚的观点而转到社会制度的观点，托尔斯泰伯爵的论据就像纸糊的房子一样垮台了。但是托尔斯泰伯爵从来也不能接受这个观点，因为他过分地浸透了贵族的保守主义。但是，像列夫欣和他的同志们这样的无产者，由于他们所处的社会地位，不得不接受这个观点，因为大家知道，他们除了自己身上的枷锁以外，什么东西也不会失掉，而且由于社会制度的合理改革，他们一定会赢得整个世界。社会改革的观点是这样一种观点，他们在学会用理智理解它以前，就已经本能地预先倾向于它了。他们的视野，由于他们的社会地位，不是缩小，而是扩大。所以，他们很容易理解托尔斯泰的道德是冷酷无情的不道德。所以，他们的仁爱首先具有积极的性质。他们认为自己的责任是消除恶，而不是使自己不作恶。

“亲爱的，所有的人都是被我们杀死的！有的是用枪弹，有的是用言语，我们以自己的所作所为杀死所有的人。我们把世上的人都赶到泥土里去，我们做着这样的事情，既看不出，也感觉不出……人家也是这样赶着我们，我们也预备进坟墓了！”

列夫欣这样对娜佳说。你们能断言这不是正确的吗？你们能够说这一切不是由于“金钱”而发生的吗？如果你们不能，如果列夫欣说“所有的人都是被我们杀死的”是正确的，那么勿以暴力抗恶，作为间接支持现存制度的一种形式，本身就是间接参与暴力的一种形式。具有“上等阶级”人们的心理的道德家，会以下面这种想法来安慰自己：这样参与暴力终究只有间接的性质。列夫欣们的富于同情的良心对于这种想法是不能感到满意的。

“上等阶级”的道德家说：“你要避开恶，创造幸福。”无产阶级的道德家说：“纵然你避开恶，你终究还是维护它的存在；要创造幸福，就必须消灭恶。”道德的这个差别根源在于社会地位的差别。高尔基通过列夫欣给我们鲜明地描绘了我所指出的无产阶级道德的这个方面。单凭这一点就足以使他的这个新剧本成为杰出的艺术作品。

据说《敌人》这个作品在柏林没有得到好评，然而《在底层》在那里却上演了很多次。我对这一点毫不奇怪。描写得很出色的流浪汉可以使资产阶级的艺术爱好者感到兴趣，而描写得很出色的有觉悟的工人一定会引起他们一连串最不愉快的想法。至于柏林的无产者，他们在这个冬天就谈不去剧院看戏了。

但是，资产阶级的艺术爱好者可以随自己高兴赞扬或者斥责高尔基的作品。然而事实毕竟是事实。最有学问的社会学家可以从艺术家高尔基那里，从已故的艺术家格·伊·乌斯宾斯基那里学到很多的东西。他们那里有着很发人深思的东西。

高尔基的这一切无产者是用什么样的语言讲话啊！这里一切都很完美，因为“这里没有任何臆造的东西，一切都是真实的”。普希金曾经劝告我们的作家要向莫斯科烤圣饼的女人学习俄罗斯语言[①]。无产阶级艺术家高尔基,不曾有外国"保姆"在其摇篮旁站立过,用不着照普希金的劝告去做。他即使不向烤圣饼的女人请教,也非常出色地掌握了伟大的、丰富的和强有力的俄罗斯语言。

编后记

格奥尔基·瓦连京诺维奇·普列汉诺夫(Георгий Валентинович. Плеханов,1856—1918),俄罗斯著名的马克思主义者、社会民主运动的领导者、政论家、文学批评家。他在高尔基思想研究史上,尖锐批评了卢那察尔斯基的寻神说、造神学说对高尔基的影响。这篇评论高尔基的剧本《敌人》的文章《谈谈工人运动的心理》,是普列汉诺夫在1907年写成的。这篇文章第一次发表于1907年出版的《现代世界》杂志第5期,第2栏,第1—17页。次年,它被收入普列汉诺夫的《二十年间》文集第三版中。本译文选自人民出版社于1983年翻译出版的《普列汉诺夫美学论文集》,由曹葆华翻译。

① 普希金在他的一篇短评中写道:"普通人民(他们不读外国书,还要谢谢上帝,不像我们那样用法语表达自己的思想)的口语,也值得我们极其深刻地研究。阿里费利在佛罗伦萨集市上学习意大利语;我们有时候听听莫斯科烤圣饼的女人讲话,也不无益处。"(《批评家普希金》,国家文学出版社,1950年,第248页。)

论俄罗斯的所谓宗教探寻

作者 [俄罗斯] 格奥尔基·瓦连京诺维奇·普列汉诺夫

译者 中国人民大学编译室

高尔基的《忏悔》[①]是对“新宗教”的宣扬

高尔基是一位杰出的、卓越的艺术家。但是，在理论领域中，即使天才的艺术家也往往会十分软弱无力。远的不说，就拿果戈理、陀思妥耶夫斯基和托尔斯泰为例，这些艺术创作领域中的巨人每当接触到某一抽象问题时就表现出孩子般的脆弱。别林斯基曾说，艺术家的智慧变为艺术才能。这个一般规则是没有多少例外的。至少高尔基不属于这些例外之列。他的智慧也变为艺术才能了。因此，他的那些政论因素强烈的作品也都是失败的，例如美国生活特写和长篇小说《母亲》。怂恿他扮演思想家和宣传家的角色的人们，给了他不好的帮助；他不适于扮演这些角色。他的《忏悔》就是这一事实的又一个证明。

在这一作品中，有几页写得很优美，充满着人和自然统一的诗意。在这几页中可以清楚地听出歌德的旋律。但是，这几页优美的描写并没有挽回中篇小说《忏悔》最终归于失败的局面。在长篇小说《母亲》中扮演社会主义宣传家角色的高尔基，在中篇小说《忏悔》中扮演着卢那察尔斯

① 中篇小说《忏悔》是高尔基在1907—1908年斯托雷平反动时期写的。它最先发表在1908年“知识”社的文集的第23册上，同时在柏林出了单行本。高尔基焦急地等待着这部小说的出版，他在1908年8月31日给瓦·雅·布留索夫的信中就写道：“我本人对它很不满意……”（参看《高尔基全集》（俄文版），第8卷，1950年，第503—504页）。

基先生的“第五宗教”的宣传家。这种情况把整个事情搞坏了：由于这一情况，《忏悔》成为一部过分冗长的、虚构的作品，有些地方简直是枯燥无味。书中主人公——修士马特维（故事就由他以第一人称方式叙述出来）、朝圣者伊奥那、工厂教员米海洛——所说的都是很不合情理的事情。如果高尔基作为一个艺术家来处理他们，那就不能归咎于他了；但是，他是作为一个宣传家来处理他们的，他利用他们来表达自己的思想。因此，读者不能不把这些主人公所说的话看成是高尔基说的。而因为他们胡说八道，所以他们的话令人烦恼，使人想起克雷洛夫的寓言：

牙齿锋利的梭鱼，
想干猫的行业……

但是，我不打算分析中篇小说《忏悔》。谈到这篇小说时，我要谈的不是作为艺术家的高尔基，而是作为宗教宣传家的高尔基。他和卢那察尔斯基先生宣传着同样的东西。但是，他知道得更少（我不想因此说，卢那察尔斯基知道得很多）；他更幼稚（我不想因此说，卢那察尔斯基先生不幼稚）；他更不了解现代的社会主义理论（这决不是说，卢那察尔斯基先生很了解这种理论）。因此，他想披上宗教法衣的企图失败得更惨。在这篇小说中，工厂钳工彼得·雅基赫向他的外甥米海洛说：“米什卡，你像偷别人菜园里的黄瓜一样窃取了教会思想，而且又扰乱别人！”毋庸置疑，在这里我甚至连开玩笑也不会重复说“偷”这个字。用这个字是绝对不恰当的。但是，我必须承认，高尔基的宗教思想给人留下的印象正是别人菜园里的黄瓜，这种黄瓜根本不是在现代社会主义思想赖以生长和成熟的土壤上生长起来的。高尔基想给予我们宗教哲学，而实际上他给予我们的……只是一种想法；他多么不了解这一哲学啊！

他所描写的一个学识最渊博的寻神者米海洛教训马特维说：“奴隶从来没有神，他们所崇拜的是从外部灌输给他们的人类法律，奴隶也永远不会有神，因为神是在每个人同所有人精神亲近的愉快的火焰中产生的。”[①] 事实上这是错误的。我们已经在第一篇文章中看到，神根本不是在每个人同所有人精神亲近的愉快意识的火焰中产生的。神产生于某一

① 高尔基：《忏悔》第164页。——原注

血缘联盟认为它同某一精灵有紧密联系的时候，这一联盟的成员逐渐地热爱和尊敬这一精灵，也就是说，开始把他们共同的生存斗争所引起并巩固起来的社会感情放在这一精灵身上。现在，已经可以肯定地说，这种感情早在神出现以前很久就产生了。因此，有些人像高尔基那样把一切社会感情都称为宗教感情，其错误是十分明显的。至于奴隶，只要他们没有接受奴隶主的宗教，他们的神就是他们所属部落的神，这是高尔基首先要反对的，他去掉米海洛语言中过多的圣油，而用米海洛的嘴巴讲话。但是，稍微仔细地看看这种去掉圣油的语言，我就可以看到，对这种语言，用众所周知的话来说，“应该从精神上来了解”。米海洛的神不是蒙昧人、野蛮人和文明民族所崇拜的许多神中的一个。这是未来之神，按照高尔基的信仰，是将由达到自我意识的无产阶级同全体人民合作而“建造”[①]出来的神[②]。如果是这样，那就很明显，不仅奴隶，而且一切不相信圣阿纳托利所创造的宗教的人，都从来没有这种神，而且“将来也永远不会有”。这是颠扑不破的真理。不管高尔基用圣油把这一颠扑不破的真理涂得多么厚，它仍将像埃及法老所梦见的瘦母牛中最瘦的母牛那样瘦[③]。它不能给我们的世界观和我们的无产阶级心理带来任何新的东西。

我说米海洛的神不是文明发展各个阶段上的部落和民族所崇拜的许多神中间的一个，但是这又没有十分确切地表达出高尔基的思想（请相

① 现代的寻神派有一种特别的说法：他们正是按预先想好的意思“建造”神，好像建筑师建造房屋、板棚和火车站一样。

② 高尔基借用他作品中的老人伊奥那（又名耶古奇尔）的嘴说：“造神者就是人民！全世界无数的人民，比一切受教会颂扬的人还伟大的圣徒（这就是神），创造奇迹吧！人民是不朽的，我信仰他的精神，我宣扬他的力量；他是生命的唯一的绝对的本源，他是现在和未来的一切神的父亲。”卢那察尔斯基先生给中篇小说《忏悔》写了注解（参看他的关于“知识”文集第23册的文章，载于论文集《文学的瓦解》第2辑），他怕读者怀疑高尔基“完美无缺”就急忙防止这种怀疑的发生。他向读者说：“我们决不和社会革命党的混乱观点接近，但我们可以而且必须抱着这样的观点：无产阶级对人民群众的影响不是空谈，而是头等重要的现象。高尔基在《忏悔》中描写的就是这种现象。黑暗中出现了光明。这种光明普照着一切城市和工厂周围的还笼罩着‘黑暗的势力’的乡村。”（《文学的瓦解》，第92页）现在我们可以了解了，这就是所谓的那种适合于宗教创造的“无产阶级和农民专政”。卢那察尔斯基就这样直言不讳地说：“这样的政治领导权和这样的革命合作——它们的纲领甚至由考茨基这种被许多人认为‘狭隘的正统派’的人所概括性地指出，它们的可能性也由他所证明——无疑地将类似于无产阶级思想对小资产阶级的影响。”（同上书，第91页）这就妙极了！读了这一段话，谁也可以了解，老人伊奥那谈论“人民”的时候，丝毫也没有离开卢那察尔斯基先生及其伙伴的策略。大概谁也可以发现，中篇小说《忏悔》受到上述策略的影响。

③ 参看《圣经·创世纪》，第41章。

信，这根本不能归咎于我）。在小说的末尾我们发现，“造神者——人民”原来不是相当遥远的未来的人民，而是现在以一群神魂颠倒地拿着圣母像行进的朝圣者为代表的人民。现时的这一“人民”甚至创造着医治绝症的奇迹，因此，修士马特维向它祈祷。

“你是我的神，是一切神的创造者，你在自己探寻的劳动和行动中用自己的心灵之美织造了他们！”[①]

原来，米海洛“微笑地”说“神还没有造出来”，这是不对的。而他“固执地”说下面一段话，也是不对的：

“我现在所说的神，当人们为了驱除生活的黑暗而一致地用自己的思想材料来创造他的时候，是存在的；可是，当人民分为奴隶和奴隶主，分成几个部分的时候，当人民破坏了自己的思想和意志的时候，神就死亡了，毁灭了！”[②]

坦率地说，如果没有注解，我无论如何也想不出如何摆脱这一切矛盾。卢那察尔斯基先生在注解中把小说中不明白的地方解释清楚了。

我们在注解中读到：“集体的威力，集体生活醉人的美，集体创造奇迹的力量，这就是作者所相信的东西，这就是他所召唤的东西。但是，他本人不是也说过现在人民遭受破产和镇压吗？他不是说过只有在新生的人民中、在工厂中才能找到集体主义吗？是的，只有在这里，在阶级集体的形成过程中，在无产阶级组织缓慢的建立过程中，才能进行把人们改变为人类的真正工作，虽然这也是准备工作。这并不是说，集体情绪不会一阵一阵地、一会儿一会儿地勃发，某地的人民群众不会在某些时候偶然地团结为一个意志统一的整体。所以，高尔基把自己的奇迹作为未来的象征、作为未来事物的平淡形象——同未来比较是平淡的，但同周围比较则是鲜明的——提了出来”[③]。

很好。医治病症的奇迹是未来的象征。但是，问题就在这里。如果“集体情绪勃发”和人民群众“团结为一个意志统一的整体”的时刻必须被认为是“创造奇迹”的神诞生的时刻，那么，就不得不说，米海洛所说的还没有诞生的神在文明发展的各个不同阶段上就已经诞生过无数次了。不仅诞生过，而且每当深信宗教的群众参加宗教行列时，都有这种神的诞

---

① 高尔基：《忏悔》，第 194 页。

② 同上，第 162 页。

③ 《文学的瓦解》，第 2 辑，第 96—97 页。——原注

生。我从来没有到过卢尔德[①]，但是，我认为，如果我在那里，哪怕逗留比较短的时间，我都会亲眼看见和高尔基小说中所描述的东西十分相似的“未来的象征”，甚至可能不止一个。而这就是说，在这一象征中没有任何象征性的东西。不仅如此，“人民群众”不但在举行宗教仪式时团结成为一个“意志统一的整体”，而且他们在其他场合，例如在军事舞蹈中也会团结成为“意志统一的整体”，斯坦利非常精彩地描写了他在非洲内地看到的这种舞蹈[②]。为了在集体生活的这种表现中发现未来的宗教创造的形象，还需要许多善良的意志。我不知道，高尔基是否感觉到这一点。看来他是没有感觉到。但是，卢那察尔斯基先生意识到，在这里事情并不十分顺利，因而企图加以改善。他在注解中说：“在这里重要的就是有共同的情绪、共同的意志。诚然，在这里集体是人为建立的，集体的力量在集体参加者的心目中被偶像化，但是，集体毕竟已经建立起来，力量毕竟存在着。问题不在于干脆地、先验地否认，而在于了解和评价。”[③] 正是这样。问题当然不在于“干脆地”和“先验地”否认，而在于评价和了解。但是，卢那察尔斯基先生本人是否清楚地了解并正确地评价了他在注解中所说的东西呢？恐怕并非如此。自觉的无产阶级在实现自己的伟大历史任务的时候，多次表现出自己的“共同情绪”和“共同意志”，这是无需任何解释就一目了然的。但是，从任何地方也得不出这样的结论：他的这种“共同情绪”和“共同意志”将具有宗教性质。在这种情况下，只有那些满足于“语源学上的把戏”，把“宗教”一词同“联系”一词等同起来的人才会相信卢那察尔斯基先生。但是，我们已经知道，科学社会主义的奠基人之一是如何对待这一把戏的，因此，借马克思之名反复玩弄这个把戏的卢那察尔斯基先生并不能迷惑住我们。其次，在我们所说的情况下，“集体的力量在集体的参加者的心目中被偶像化”，这倒是正确的，但是，整个问题在于是否永远这样。卢那察尔斯基和高尔基希望永远这样。他们看见旧的偶像有一部分已经过时，有一部分也快要过时，于是打算把人类本身变为偶像，为此目的他们给人类打上神的烙印。在这样做的时候，他们以为

① 卢尔德是法国西南部的一个城市，天主教徒朝圣的中心。

② 著名的英国旅行家和非洲研究者斯坦利在《在非洲的密林中》描述了他在赤道非洲看见的军事舞蹈。普列汉诺夫在自己的《没有地址的信》中引用了这一精彩的描写。

③ 《文学的瓦解》，第 2 辑，第 97 页。—— 原注

自己是出于对人类的爱。但这是简单的甚至可笑的误解。他们从承认神是虚构开始，而以承认人类是神结束。但是，人类不是虚构。那为什么把人类称为神呢？那为什么如果把人类同他自己的虚构之一等同起来人类就引以为荣呢？不，不管你们怎样认为，我还是认为修士马特维和老人耶古奇尔不如恩格斯。恩格斯说道："为了了解人的伟大，我们没有必要求助于神这个抽象概念；为了表示对人的尊敬，我们没有必要走迂回曲折的道路，先给人打上神的烙印。"①

恩格斯赞扬歌德不喜欢求助于神，甚至避免用这个字眼，"这种人性，这种使艺术摆脱宗教桎梏的解放，正是歌德的伟大之处"。如果研究马克思主义能够帮助高尔基从歌德的这方面来了解歌德的伟大，那该多好啊！

但是，现在我必须来分析高尔基相信卢那察尔斯基先生的伟大而犯的错误。

这个错误不亚于第一个错误。老人伊奥那（即耶古奇尔）喊道（"他大声地说，似乎是在争论"）：

"神被创造出来，不是由于人们软弱无力，不是的，而是由于人们的力量过剩。神不是活在我们之外，老弟，而是活在我们之中。而人们由于被精灵问题吓怕了，就把神从我们之中抽出来，放在我们之上，希望因此节制我们的骄傲，节制我们总是与各种限制不相适应的意志。我看，人们把力量变弱了，是为了强制地阻止力量的增长！匆匆忙忙地创造出尽善尽美的形象，这是对我们有害的，是痛苦的。但是，人分为两种，一种人是永恒的造神者，另一种人永远是一味想统治前一种人和整个大地的奴隶。他们抓到了这一统治权，就断言神存在于人之外，神是人们的敌人、是大地的裁判者和主人，他们歪曲了基督灵魂的面貌，拒绝他的诫律，因为其实基督反对他们，反对人对别人的统治。"

这是真正令人惊异的历史哲学。按照这种哲学，人分为两种，一种人"永恒地"从事造神，另一种人"始终"想使永恒的造神者服从自己。似乎"两种人"之间的这种相互关系，就可以说明存在于人以外的神这个概念的由来。这实际上又是错误的。存在于人之外的神这个概念的产生，不是由于人分为两"种"或两个阶级，而是由于原始万物有灵论。因此，认为神是"由于人们的力量过剩"而被创造出来，这个说法也是错误的。

① 恩格斯：《英国状况：评托马斯·卡莱尔的〈过去和现在〉》，《马克思恩格斯全集》（第 1 卷），人民出版社，1956 年，第 650—651 页。

最后，认为基督的教义“反对人对别人的统治”，这是毫无根据的。诚然，我们极难判断这一教义原来是怎样，但正因为这样，所以我们必须谨慎地对待这一教义，不强加自己的意愿。不论在任何情况下，我们都不应该忘记“我的王国不是来自这个世界”这句话。说到最早的基督教徒，其中一个几乎是最杰出的基督教徒曾写道：“奴隶们！听从自己的主人吧！”为什么要歪曲历史真相呢？在提出这些反对高尔基的意见时，我想起了注解（读《忏悔》时始终应该把它放在手上），其中有这样的话：“《忏悔》中的主人公不是社会民主主义者，不是工人，而是半农民。这一点必须好好注意。”这些话本来是指修士马特维说的。但是，它们被我好好地“注意”到了，以至于我不反对把它们用在老人伊奥那即耶古奇尔身上。他唠唠叨叨地谈论着关于上帝以及两“种”永恒的人的琐事，说不定他说这些琐事，只是因为他不是社会民主主义者，不是工作，而是其他“半”什么人吧。但是，卢那察尔斯基先生根本打消了我的怀疑，他在自己的注解中（我再重申一遍，你们读《忏悔》时不要抛开注解呵！）恰好说到《忏悔》中的主人公同伊奥那的会面：“高尔基这个中篇小说的思想力量和崭新的东西正在于下面这个宏伟的场面。以自己的健行者、自己的探寻者为代表的疲备不堪的人民迎面遇到了‘新的信仰’，遇到了无产阶级带给世界的真理。”如果是这样，如果老人伊奥那向疲备不堪的马特维说出了无产阶级带给世界的真理，那么，我们在这里就必须严格要求；我们在这里就没有理由去注意例如伊奥那不是工人而是“半”什么人等可以减轻过错的情况；我们在这里就应该要求“创造”伊奥那的高尔基提出完整的、新的真理。但是，我已经说过，伟大的艺术家高尔基是一个拙劣的思想家，是一个不成功的新真理的宣传家。全部问题都在这里。

我要直言不讳地说，对高尔基这样的大文豪，批评必须“直截了当，而不要拐弯抹角”。高尔基本人对于无产阶级带给世界的这个真理并没有理解得很透彻。他在文学上所犯的许多错误，原因就在这里。如果他很好地领会了这个真理，他就会以根本不同的风格来写他的美国随笔，他就不会以诅咒资本主义到来的民粹主义者的面貌出现在我们面前；如果他很好地领会了这个真理，那么，他赖以传布这个真理的主人公们就不会在任何场合（不管合适不合适）都说一套含糊其词的废话。最后，也是最重要的，如果他很好地领会这个真理，他就会清楚地明白，现在不论在理论上或实践上都没有必要重犯费尔巴哈的老错误，在丝毫没有宗教痕迹的人们之间的关系上以及他们的感情、情绪和顾虑上打上宗教的印记。这样，他本人也就不会犯那个叫作《忏悔》的大错误了。但是……如果没有的东西也有了，那就什么东西都出来了。“牙齿锋利的梭鱼想干猫的行业”。高尔基想当老师，可是他自己还远远没有学好呢。青年费杜克在晚上伴送马特维的时候对他说：“所有的人都说：‘这样的生活不行！真憋气。’从前我没有听到这句话，生活得很安静。而现在，我觉得自己并没有长高，但必须把头低下去，这的确是憋气！”你们再给它加上几句话：世界应该由真理来统治，人不应该统治人，因此无产阶级应该同资产阶级斗争。这样，你们就算完全了解高尔基的社会主义世界观了。我绝对肯定地说，他在长篇小说《母亲》中除了这一点之外，就没有表达其他任何东西，在这部小说中他扮演了社会主义宣传家的角色，当时他还没有给社会主义穿上教士的法衣呢。但是，要成为一个没有旧时代的空想的社会主义者，靠这一点就太不够了。因此在这些空想中的一个最不合理的空想面前，在卢那察尔斯基先生为了感化、教训和鼓励烦恼的“知识分子”而创造出的新神的空想面前，高尔基就站不住脚了。

但是，我们还是回过来谈谈《忏悔》吧。其中有一个地方从我国现代造神所说的心理方面来看是很有意义的。马特维叙述了他跟那个断言人需要知道一切的米海洛会面后所受的影响：

“于是我就埋头读书了，整天整天地读着。我感到困难和烦恼，书不同我争论，简直不想了解我。有一本书把我折腾得好苦呵 —— 它里面说的是世界和人类生活的发展。它是为反对《圣经》而写的。一切都很简单明了而且必要，但是，在这种简单中没有我存在的余地，许多不同的势力包围着我，而我在它们当中好像老鼠在笼中一样。我读了两遍，一声不响地读着，希望在其中找到一个漏洞，好钻出去自由自在地生活。可是我找不到。”

由于卢那察尔斯基的注解，我们已经知道，《忏悔》的主人公不是社会民主主义者，不是工人，而是半农民，这一点必须“好好注意”。但是，这里的问题根本不在于马特维是“半农民”。让“半农民”马特维束手无策的理论困难，他的老师米海洛（看来必须承认米海洛是具有宗教背景的社会民主主义者）也几乎完全同样地感受到。

“我向我的教师问道：

‘怎么会这样呢？人究竟在哪里呢？’

他说：‘我也觉得这是错误的。而错误在哪里，我却解释不了。但如果当作是对世界情况的猜测，这倒是很妙的！’”

可以看出，这本书是唯物主义的，它在马特维的思想中引起的问题，正是马克思主义者同主观主义者争论时花费了不少笔墨的那个问题：即如何使自然的必然性和人的能动性这两个概念一致的问题。大家知道，主观主义者不能解决这个问题，像马特维那样，像笼中的老鼠那样，他们始终在这个问题中打转。他们也像马特维那样向马克思主义者问道："人究竟在哪里呢？"马克思主义者回答了他们，指出黑格尔对这个问题所提出的而被马克思和恩格斯所接受的解答。[①]这个解答没有使主观主义者满意。这是当然的。但是，在马克思主义者当中，也只有那些抱着最新的辩证唯物主义观点的人才能正确地了解这个解答，这就使事情复杂化了。而那些倾向于康德学说的人（说起来惭愧，当时这样的人还不少哩）或者一般说来不关心哲学的人，则在理论上没有任何可能使自由和必然这两个概念一致起来，因此，他们或早或迟地通过这样或那样的途径回到主观主义者的理论立场上去了。由此可见，甚至在那些十分真诚地和毫无保留地同情现代无产阶级运动的人当中，也有许多人还没有搞清楚这个问题。现在可以看出来，这些人中就有高尔基。

他早就对这个问题发生兴趣了。在他的短篇小说《苦恼》（1896）中，没有手的米沙对花天酒地的商人吉洪·巴甫洛维奇说了一段很值得注意的话：

"我对生活有另一种看法，我很为自己和别人担心。他们说，怎么样，什么，什么意思，是什么，为了什么，因为什么……现在，呸，都去它的吧！生活按一定的秩序进行，好吧！进行吧，——就是说，应该这样，可是这与我毫不相干。规律，先生，反对它们是不可能的……也用不着，因为即使一个人知道一切，他也一无所知。在这种场合，您真的要相信我——我同最聪明的人谈过这些事情——同大学生和教会的许多神职人员。嘿！嘿！……"

"这么说，人就没有办法吗？"

"一点办法也没有！"没有手的人说道。他的眼睛炯炯发光，整个身体向吉洪·巴甫洛维奇方面移动了一下，用结结巴巴的、严肃的声音说：

---

① 参看《反杜林论》，亚柯文柯出版社，"自由和必然"一章。再参看我的《论一元论历史观的发展》一书中与此有关的地方。——原注

“规律！这是秘密的原因和力量，您懂吗？”—— 他的眉毛向上一扬，意味深长地摇了摇脑袋：“任何人都一点儿也不知道……一无所知！”——他的身子缩成了一团，蜷缩着头；磨坊主想，如果他的交谈者有手的话，一定会用手指威吓他一下。“那么，你就过你的日子吧，但不要埋怨，也不要责备自己。就是这样……”[①]

当短篇小说《苦恼》发表的时候，或许有人以为作者知道没有手的人米沙其议论的弱点在什么地方。很遗憾，在《忏悔》出版以后，就不能这样想了。米海洛（据注解中说，他代表无产阶级带给世界的真理）以值得赞扬的坦率态度承认，他不能回答“人究竟在哪里？”这个问题，也就是说，他不能解决自然的必然性和人的自由之间的二律背反。我们要在小说人物的对话中 —— 总的说来，对话是很多的 —— 寻找一点点解决这个问题的暗示，都是徒劳的。没有暗示，而且不可能有。高尔基最后决定，如果抱着唯物主义的宇宙观，就必须承认马特维和没有手的人米沙关于人的自由的可悲结论。“第五宗教”就成了他摆脱这个绝望结论所必经的大门。诚然，这个宗教本身同自由和必然这两个概念的结合问题似乎没有直接关系。但是，“第五宗教”所依据的“哲学”却同它有最紧密的联系；至少创造了新神并为中篇小说《忏悔》写了注解的卢那察尔斯基先生是这样说的。他在《无神论》[②] 一文中很详细地向读者说明，“灰色的唯物主义”没有为人的自由留下任何余地，而“经验一元论”哲学却把人的自由放在不可动摇的理论基础上。[③] 总之，可以肯定地说，只有那些对付不了马克思和恩格斯学说的最主要理论原理的“马克思主义者”，才会创造和接受“第五宗教”。这一点也“必须好好注意”。[④]

顺便补充一点，梅列日柯夫斯基先生非常注意观察没有手的米沙的高谈阔论，他说，这些高谈阔论是“下降到流氓‘底层’的科学上的无知。梅列日柯夫斯基在其对唯物主义（“机械的世界观”）和由此得出的道德结论的评价方面，同卢那察尔斯基先生的观点很接近。“这也不妨好好注意。”在我国现代造神学说中有一些变种，其中每一变种都反映着特殊的

---

① 高尔基：《高尔基全集》（第 1 卷），圣彼得堡，1898 年，第 310—311 页。

② 这篇文章在论文集的目录中，篇名为《无神论者》。

③ 参看卢那察尔斯基的《无神论》一文，载于 1908 年圣彼得堡版的《马克思主义哲学概论》论文集。

④ 《现代世界》杂志上没有“这一点也‘必须好好注意’”这句话。

心理情绪和特殊的社会"探寻"。但是,它们都具有一个共同的特征:这就是根本不能解决自由和必然之间的二律背反。

不是社会意识决定社会存在,恰恰相反,而是社会存在决定社会意识。社会运动和社会情绪决不是由参加这些运动或感受这些情绪的人们的理论错误引起的。但是,既然有一定的社会运动——更确切地说,既然有一定的社会状况——,既然有与它相适应的社会情绪,那么理论也就会充分地表现出自己的力量。并不是任何理论体系都同一定的社会情绪相适应。辩证唯物主义对造神说是完全不适用的。凡是向我国现代"知识界"中占统治地位的情绪让步而从事造神的人,必然会背弃辩证唯物主义,犯一些理论上的错误。当然,并不是人人都会这样。犯这样的错误,也必须有某些先决条件,在我们所说的情况下这些条件主要是:没有能力克服我所指出的那些理论困难。

我还想就高尔基的不成功的中篇小说发表一些看法。

在小说中米海洛教训马特维说:"自从第一个人脱离了人民创造奇迹的力量,脱离了群众、自己的母亲,并由于害怕自己的孤独和软弱无力而蜷缩到一小团可恶的、渺小的希望中去的那一天起,这种恶劣的、与人类理性不相称的生活就开始了。这一小团希望叫作'我'。这个'我'就是人最凶恶的敌人!为了保卫自己和使自己在世界上立足,它徒然扼杀了一切精神力量和一切创造精神财富的伟大能力!"

这使我又一次想起了马克思同海尔曼·克利盖的争论。克利盖在宣扬自己的新宗教时写道:"我们有一件事情要比对我们可鄙的'我'的关心好得多。"马克思尖锐地批驳了这一点:克利盖的宗教,同任何其他宗教一样,其结果都是奴颜婢膝地奉承形而上学的臆想,甚至宗教的臆想,即同"我"疏远的人类。我诚恳地建议米海洛和他的创造者高尔基好好地思考《资本论》作者的这些话。

真值得好好考虑!关于"我"的问题,在运用于人们之间的相互关系时,往往是按形而上学的公式"不是……就是……"来解决的:不是"非我"为"我"牺牲(用尼采的精神来解决),就是"我"为了"非我"的利益不值得任何关注(用克利盖和米海洛的精神来解决)。黑格尔早就指出了辩证地解决这个问题的方法,给这个二律背反的两个方面的统一提供了逻辑可能性。此外,我国的赫尔岑和别林斯基就是从黑格尔那里学会这个方法的。但是,遗憾的是,我国现在的造神派还不知道西欧思想界在其历史发展过程中所取得的许多极宝贵的成就,包括马克思和恩格斯的成就在内。这是使他们同“马克思的批评家”相似的一个特点。高尔基的伊奥那断言:“不要对人说,站在这里!而要说,从这里往前走。”“马克思的批评家”和我国现代造神派为了自己的日常生活而接受的“进步公式”是:“不要对人说,站在这里(马克思这里),而要说,从这里往后退,退到马克思以前甚至黑格尔以前的人类思想所处的地方,在那里你将会有一系列光辉的发现。”

果戈理、陀思妥耶夫斯基、托尔斯泰和高尔基,他们都是伟大的艺术天才。可是这些伟大的天才都被宗教难住了,使自己的艺术创作受到了无法言明的损失。他们在这一点上是彼此相似的。但是,也仅仅在这一点上。他们当中的每一个人,正如伟大的天才所应该做的那样,都按自己的方式进行创作。甚至在宗教问题上,他们当中的每个人也都是按自己独特的方式被难住的。高尔基究竟是怎样被它难住的呢?

我们不能简单地说,高尔基犯了某种理论错误。我们还必须说明,他的思想为什么走上了犯这种错误的理论道路。我们也不能简单地说,高尔基受了某某造神派——譬如说,卢那察尔斯基先生——的影响。我们还必须说明,他怎样的精神状态使得这个造神派能够影响到他。要知道,卢那察尔斯基同高尔基比起来算得了什么呢?卢那察尔斯基好比是干草堆,高尔基好比是勃朗峰。为什么勃朗峰会受干草堆的影响呢?为什么我国富有诗意的“海燕”现在用虔诚教徒的神秘语言说话呢?

高尔基在俄罗斯文学中的意义在于,他在适当的历史时机,在许多富有诗意的特写中贯穿着他笔下的伊则吉尔老太婆所秉承的思想:“要是一个人喜欢功勋,他总可以建立功勋,而且也会找到能够建立功勋的地方。你知道吧,生活里总有让人建立功勋的地方。”① 但是,如此有力地震撼俄罗斯读者心灵的这位富有诗意的、歌颂功勋的歌手,却不大了解现代俄罗斯的先进人士建立功勋的历史条件。在理论方面,他落后于时代太远了,说得好听点,他还没有赶上时代。因此,他的心灵中还有神秘主义的地盘。他那勇敢的马尔华迷恋于神人阿历克赛的生活。高尔基像他自己的马尔华。他赞颂功勋的美,同时又不反对从宗教的角度来看功勋。这是令人遗憾的重大弱点。正是由于这一令人遗憾的重大弱点,小小的干草堆才能使巍巍的高山受它的影响。

---

① 高尔基:《短篇小说集》,《高尔基选集》,北京:人民文学出版社版,1956年,第84页。

编后记

普列汉诺夫以《论俄罗斯的所谓宗教探寻》为标题的三篇文章，发表在1905—1907年革命失败之后，俄罗斯思想界“复活宗教、唤起对宗教的需求，编造宗教，向人民灌输宗教或用新的方法在人民中间巩固宗教”（列宁语）的背景下。论述高尔基《忏悔》的第二篇文章，最初发表在1909年第10期《现代世界》杂志上。本文选自《普列汉诺夫哲学著作选集》（第三卷），生活·读书·新知三联书店于1962年出版。

通往以马忤斯的路上

作者 [俄罗斯] 瓦西里·利沃维奇·李沃夫-罗恰切夫斯基
译者 李进进、李静
校对 于明清

我阅读的是高尔基的小说《母亲》的柏林版本[①]。

这部小说陆续在瑞士和挪威出版，并被刊登在意大利、法国、德国及美国的报纸和杂志上。最终，它在纽约出版。纽约版《母亲》的印刷量很大，书中还附有波兰艺术家伊万诺夫创作的插图。

欧洲版本的反响非常好。

我们这一版《母亲》的前几章已经获得了巨大的反响，但我们更希望能就整部作品来进行讨论。尤其是现在，因为一些人想活活地埋没艺术家的才能，宣告了“高尔基的末日”，而另一些人则宣布，现代读者“再也不会喜欢狂热的极端分子”。

尽管我们并不情愿，但是我们已经不是第一次见到人们试图给这个杰出的、勤奋的艺术家画上句点。以主观主义者—民粹主义者为代表的《俄罗斯财富》曾这样宣称过，而高尔基则写了《避暑客》、《太阳的孩子们》来回答他们；以具有神秘主义色彩的无政府主义者和“新宗教意识派”为代表的“新道路”和“生活的问题”的编辑们这样做过，作为回应，高尔基写了《敌人》、《母亲》、《朋友》《间谍》，以及戏剧《父亲》，展示了他伟大而鲜活的心灵，这颗心被坚定的斗争之火所温暖，他的信念来自被其掘墓人称之为“下等人升起”的地方。

---

① 很遗憾，我们不能对照被没收的俄罗斯版的《母亲》，那一版中有大量的删减。

“现代的读者”不再喜欢高尔基这种“狂热的极端分子”，但这些读者是谁呢？难道不是那些享乐到呼吸困难，只沉迷于阅读那些艺术家的淫秽作品，建造自己的“蜡头”社会，安排狂欢夜晚，内心深处潜藏着斯维德里加洛夫和卡拉马佐夫荒唐本性的人吗？

这些“现代的读者”指的是谁呢？不是“别斯谢苗诺夫家”的彼得，当之无愧的、可敬的市侩别斯谢苗诺夫的儿子，知识分子的市侩，他想要在十月份“趾高气扬”地走着，穿着象征社会主义的红色斗篷，与无产革命者卖弄风情并且炫耀着。

他们不停地数落现代读者，并且说现代读者已经“不是那个人”，不是狂热者。现在，不管是在生活中，在文学作品里，还是在彼得的心灵深处，“大杂烩”取代狂热主义的时刻都已经来临了。

在别斯谢苗诺夫父母的烦闷的家里永远没有革命的狂热主义的容身之地，那里诞生的人们永远是倦怠的，他们的心中没有信仰，徘徊在“愿望与责任”之间，表演着名叫《进退两难》的、永无休止的喜剧。

有一个让彼得的父母真正惊慌的时刻：他们的儿子开始走向阁楼，走向热爱生活的、快乐的叶莲娜和她的朋友们：工人尼伦、大学生希什金、杰杰列夫，但杰杰列夫这个不相干的局外人，充满好奇心，生机勃勃，他像先知一样对别斯谢苗诺夫老人说起彼得——他的孩子时：“他不是要远离你，而只是暂时的离开，那里吸引着他，但是他会回来的……等你死后——他会稍微重新摆放这里的家具，然后像你一样——安静、理智、舒适的生活。”

这写于 1902 年。

在 1906 年的不幸之后，彼得赶来埋葬了别斯谢苗诺夫老人，他自己也离开了叶莲娜的快乐，的确他重新摆放了房子里的家具，宣告了革命狂热主义的终结，并且成为了自己逝去的父亲当之无愧的儿子，和他父亲一样“适度地聪明又适度地愚蠢、适度地善良又适度地邪恶、适度地诚实又适度地卑鄙、适度地胆小又适度地勇敢”。

如果就是这个追随着父辈的脚步的，有教养的小市民在调侃了艺术之神缪斯之后，宣布不再喜欢极端的狂热分子——高尔基，那实在也没多大关系。

不要急着否定作者的才华，并且急着宣告他已江郎才尽——这不是作家才华的枯竭，而是小市民品位的下降。

现在让我们离开有教养的小市民的小屋，离开他愉快的小屋和愉快的小屋里的家庭文学，转而去关注极端狂热分子的小说。

我们在想，这个已经在欧洲发行了几百万册的小说应该能在自己的祖国找到自己的读者。读者不是有文化的小市民，而是农村的无产者，不在别斯谢苗诺夫的房子里，而是在工人们灰色的、塌陷的小屋里，在农民简陋的小茅舍里。在那里居住着新的读者，他们热切地期待着那些讲述他们自己生活的书，那些讲述新生活，讲述光明生活的书。

高尔基的《母亲》会来到这里，艺术家同志在这里变得亲近。他和灰色小屋里住的人越亲近，别斯谢苗诺夫们就会对他越冷淡，甚至越有敌意。那是合理的：小市民彼得和工人尼尔是敌人。而且是你死我活的死敌！

在刻赤过去有一个犹太年轻人，他有一天写了这样一行诗：

> 真理的力量会使无罪的被杀者复活。

他本人被刻赤的警察杀死了，但这并不重要。他知道真理并且把真理播撒在人们的心里……您就是那个无辜被害的人，他说的对。安德烈·纳霍德卡对“母亲”说。

在这几句话中，艺术家浓缩了小说的精神实质。

他在自己的书中难道不是在讲述无辜被害的人、无辜被害的祖国母亲的复活吗？

在被烟熏黑了的大地上，遍布着如同红黄相间的巨大蜘蛛一样的工厂，它们高高的烟囱就像黑色的柱子一样耸立在工人宿舍的上空。

在紧挨着沼泽地的工房里，伴着汽笛的怒吼，日子就这样没有痕迹地逝去，由于艰苦生活而积累的病态的愤怒只有在酗酒和为一些琐事的打架中才能得到发泄。

在那些数不胜数的农村中，饥饿就像影子一样跟随着人们的一生，而且人们永远没有得到粮食的希望。在那里饥饿贪婪地吞噬着人们的灵魂，折磨得他们不成人形，人们不是在生活，而是在每时每刻的渴求中渐渐腐烂。

工人居住的工厂就像某种黑色的影子一样耸立在我们的面前，只有偶然在深夜的黑暗中"远方城市的火光"闪烁某种希望的光芒。

在工人居住区和农村,"埋葬了某个人,棺材被紧紧地封住"。

复活的消息传到了这口棺材,传来了快乐的、威严的口号:"站起来吧!行动起来吧!工人们!"

这个消息并不是从工人居住区的教堂里传出来的,和工厂的烟囱相比,教堂那深红色的钟楼似乎也显得低矮。

起初是"被禁的人"把这个消息从城市带到了工人居住区,把它传给萨沙和娜塔莎。

收到这个消息的人并不是父亲们,而是"孩子们",他们将真理传播给了母亲、老一辈人乃至所有工人们。

工人们把真理的言论从工人居住区带到了农村……"重新成为了男子汉"。

农村看待工人居住区,就像是工人居住区看待城市一样。

艺术家就仿佛是在用一个巨大的反光镜折射着走向复活的城市,他用一个巨大的象征来比喻从棺材里爬出来的工人居住区和农村,这个形象就是去往以马忤斯的复活的耶稣。

"有一天巴维尔带回来一张画并把它挂在墙上,画上有三个人,他们边聊天,边轻松地、精神饱满地走向某处,这就是复活的耶稣去往以马忤斯!"巴维尔对他的母亲解释说。

这幅图似乎是从小小的灰色房子墙上通往合理生活的一扇窗口,合理的生活正渐渐向周围扩展。很遗憾,对那些不记得或者没有读过有关以马忤斯的耶稣这个传说的读者来说,这个象征相当隐晦。

在耶稣被埋葬的那一周的第一天,玛莉亚·玛格达丽娜、玛利亚、伊阿克夫的母亲还有其他的女人,她们带着准备好的香料来到放置耶稣肉体的洞窟时,但是他们发现盖在棺材上的石头被挪开了,而他的肉体也不见了。当她们百思不得其解时,两个穿着金光闪闪的衣服的男人出现在她们面前并且对他们说:"你们怎么能在死人堆里寻找活人呢?他不在这里,他复活了。"

当女人们讲述他们看见11个门徒的事情时,"她们的话语非常空洞,难以令人相信"。但是彼得站起来,走向棺材,鞠了一个躬,只看见里面放着一些罩布……

在那天两个门徒到了离耶路撒冷只有60里的一个叫作以马忤斯的

村落，他们在聊着彼此的经历。当他们聊天和争论时，耶稣本人走过来，和他们一起前进。

但是学徒们的眼睛被蒙蔽了，他们没有认出耶稣……耶稣问他们：“你们为什么那么沮丧？”——门徒们给他讲述了白天的事情作为回答。

他对他们说：“噢，不明事理、感觉迟钝的人们，你们的心灵无法让人们相信先知所预言的一切。”

耶稣给他们讲述了在《圣经》中有关他自己的传说，但是，到了他应门徒的请求到达以马忤斯之后，到了耶稣和他们一起祈祷到面包，掰开赐给他们之后，他们的眼睛才真正睁开，认出耶稣，但此时耶稣却已消失在他们眼前，他们无法再看到耶稣。

总之，门徒们起初准备绕过正在复兴的城市。他们不相信穿金光闪闪的衣服的男人，不相信带回圣言的女人们，不相信复活这一事实的这些首批报信者，甚至当复活者恢复清醒，来到摩西和先知们面前时，他们还不相信复活者本身。

他和他们一起走，他们的心在燃烧，但是他们的眼睛被蒙蔽了，他们没有认出他。

只是当他们亲眼看到折断的身体，流淌的血液，不明事理、感觉迟钝的人们的心灵之眼才打开……事情就是这样的。

这个有关不相信自己亲眼所见的门徒的传说，已经有两千年的历史，而人们依旧没有完成自己去以马忤斯的路途。

无辜被害的人——母亲、工人居民村和农村的复活，不明事理、感觉迟钝的人们心灵的复活，人们被蒙蔽的双眼，所有这一切都是以逐渐认清被钉在十字架上并最终复活的耶稣为尾声。

两千年前门徒们不愿承认复活的精神导师，新真理的传播者们身上也发生了同样的事情。人们不接受活生生的他们，却在死人中寻找他们。

对于母亲，对于工人们的居民区，对于那些被毒打的自己的维护者和朋友的人来说，“共产党员们”这个词是非常严肃的。他们用自己的想法来理解这个词。“为了解放农民而杀死皇帝的地主们”——这就是共产党员。

异教徒、强盗、叛乱者——这就是那些不去和工厂漆成同样颜色的教堂的人，也不像那些心灵被禁的人。

“我害怕他们，谁知道他们是什么人。”这就是母亲，一个无辜的被害者对那些被关押的人的评论。

我们不能相信巴维尔的母亲那空洞的语言，因为当时她的眼睛被蒙蔽着，她除了丈夫之外谁都看不见，她除了恐惧之外什么都看不见，而她已经那样生活了 20 年；结婚之前是怎样她已经不记得，她所有的一切都被敲打定型，心灵之眼被蒙蔽，什么也感觉不到。

被殴打的、被迷惑的、被蒙蔽的、被无辜戕害的母亲遍布全国各地。

永远生活在被杀的恐惧下，还是打破这恐惧和驯服，被禁锢的人们把两种生活相比较后，真正的斗争开始了，而且不是口号中的斗争，而是真实的斗争。那时候周围的人开始认识到：在很久以前，他们的心就已经开始燃烧，只是他们被蒙蔽的双眼到现在才睁开，到现在才能理智地看待生活。

巴维尔的无辜被害的亲生母亲，已经生活了 40 年的人，却没有看到过真正的生活，她满怀恐怖地看着儿子严肃的脸。他不酗酒，不打架，不像所有工人居民区的人一样，不像他的祖辈和父辈那样生活。当母亲听到“从城里来的人们”到巴维尔那里的消息时，妈妈哀号起来，是儿子的生活和被禁止的人们的工作渐渐地揭开了那些恐怖话语的真实意义，并且抹杀了她奴性的恐惧。

她开始厌恶被动地等待殴打，厌恶心灵的麻木，开始期待某种重要的东西，期待为真理服务。她从一个胆怯而沉默的旁观者变成了一个改变生活的火热参与者。

在她亲口说出新的信仰之前，她就已经走上通往以马忤斯的路了。她和自己的儿子一起行动，并且能更彻底地从自己身上去除旧时代的烙印，去除祖祖辈辈的劣根性。

当孩子们在自己的旗帜和士兵的刺刀之间进行抉择，并且依然准备迎着刺刀去斗争、去捍卫自己的旗帜时，她已经和孩子们一切站在旗帜下面了。

当孩子们用自己的真理去反抗法庭的法律时，她已经明白，孩子们坚持的真理不可战胜。

当尼古拉·伊万诺维奇·巴维尔，还有成百上千个带有灿烂笑容的人从她面前走过，为真理去面对痛苦时，她盲目的心灵开启了，她的眼睛睁开了，并且认出了去以马忤斯的人。

“生活过得很快，日子是五彩缤纷的、各式各样的，并且每一次都带来了某种新的东西，这些新的东西已经不再使母亲惊慌。”每逢晚上，陌生人出现得越来越频繁，他们小心地、轻轻地和安德烈谈论着，在深夜的时候他们竖起衣领，把帽子压低至眼睛，谨慎地、无声地走向黑暗。每个人身上都有难以抑制的兴奋，似乎他们想要唱歌、大笑，但是他们没时间，他们总是很忙碌。一些人——嘲笑的、严肃的，其他人——毫不隐藏的快乐，闪烁着年轻的力量，还有一些人——安静地沉思着，他们所有人在母亲的眼中都有某种同样的坚定、自信，并且虽然每个人相貌不同——但是对她来说，所有的脸都汇聚成一个——瘦瘦的、安静的、坚毅的，带有黑色眼睛和深邃眼光的、明朗的脸，那眼光既温柔又严厉，这正是去以马忤斯路上的耶稣的目光。

在孩子们身上找到真理，并走向通往以马忤斯之路的母亲绝不是只有她一个。

老工人西佐夫已经在工厂工作了 39 年，工厂剥夺了他的儿子，他在工厂中的影响力渐渐地被年轻人所取代，他们完全不像老人，他们有着坚韧不拔的意志，正是他们帮老人战胜了自己心中奴性的恐惧。

甚至在工厂里面卖食品的女小贩克尔苏科娃在新生活的影响下也开始改变。

从“为孩子们考虑一下”这句话中她明白过来了，“所有的，所有的人都在受欺负”。

瓦解了人们心中疑虑的并不是巴维尔和其他人所说的有关反抗者、无神论者和起义者的言论，而是他们的行为。

只有在顽强的抵抗和血腥的牺牲之后，无辜的被害者们才相信，孩子们说的不是“空话”。

只有当巴维尔、雷宾和复活的母亲开始公开演讲的时候，新学说的秘密才崭露头角。

过去，雷宾一直在寻找真理，他曾在反仪式派东正教徒那里寻找真理，但最终只有巴维尔那灰色小屋里的事情才可以帮助他找到真理。

在搜查和逮捕之后，当雷宾醒悟以后，他自己来到巴维尔面前并且对他说：“我理解你了，理解你们所有人了。”

当巴维尔在工厂发表演讲之后，在工人们起义以后，巴维尔却保护他们的利益，留下一大堆钱财并且和其他共产主义者去了监狱，玛利亚·克尔苏科娃表达了居民区所有人的意见，她说：“巴维尔可能不是随意胡说，他站出来是为了所有人，所以大家一定会帮助他，不要担心！”

在五一节庆典之后，所有工人阶级都一致热烈回应已经展开自己的旗帜并且已经拥有武装力量的共产党员们。

对于那些最冷漠、最不愿相信的人来说，“顽皮的孩子们不可能迎着刺刀而上”。

“强盗已经被抓住了”，并且现在正在带回来的路上，这个消息已经在村庄里面传开了。有关那一帮想要洗劫教会的团伙的消息已经在人们中间传开了。

雷宾已经被用马押回到了州上，在一群充满怀疑的、沉默的群众面前，伟大受难者的强壮的身材显得更加高大。

他也已经不再隐藏，展现出自己的真实面貌。

他以此来宣扬自己“忠诚的宣言”，他这是“准备为了真理接受死亡”，他这是为了农民的生活而斗争。

军士和警察在人群的面前施行酷刑，他们想用拳头使叛军妥协，想要阻止他们所谓的谋反行动。

但是“拳头是打不倒真理的”——来自当权者的每一次打击都有反应，那是用鲜血浸透的话语所做的回答，挡在人们眼前的障碍慢慢掉落，他们的眼睛睁大了，他们开始认识到了。

墓地里正在为社会主义者举行葬礼。警察们痛打那些为被害者送行的人。

对死亡的朋友的同情在增长，被禁锢的人们内心的意识开始萌发。

火车站里，看守站在老太婆的面前。她的怀里抱着一个箱子，她被诬陷是“小偷”，现在她就要被逮捕了，人群冷漠地走过，“被蒙蔽的眼睛”什么也看不到。

但是这个老太婆，她就是巴维尔那复活的母亲，昨天她还在法庭上看到了旧理和新理的争论。

她带着一些传单，这些传单里面是他儿子的话。

这个被诬陷的小偷在看守、间谍和宪兵的殴打下，流着血向冷漠的人群散发着传单，讲述着使人们复活的孩子们，讲述着自己的复活，她说：“没有人可以消灭正在复活的真理。”因为她曾看到，过去人们是“怎样的互相失去联系，互相疏离，现在又如何汇成某个整体的”。

不仅那些被残害的人是无罪的，那些正在走向以马忤斯的人也是无罪的，所有人都深深地充满了真理的力量。

新的灵魂在这儿生长，那些敌人钉上的钉子都从灵魂中脱落了，人们彼此都靠得越来越紧密。

这是新的灵魂的诞生，在描写尼古拉雅·维索夫西科娃、萨沙、柳德米拉、巴维尔、雷宾时，作家都在欢庆他们彼此间这种同志般的友好关系。

“人们很糟糕，”巴维尔说，“但是当我知道世界上存有真理的时候，人们就显得美好些了。小的时候我什么都怕，长大一点儿后——开始痛恨，而现在对于我来说所有的一切都是另外的样子。我开始怜悯一切，同情一切。”

巴维尔意识的成长帮助他理解了母亲的心，使他对一切充满同情，变得温和起来。

性格严肃，被巴维尔的母亲称为女贵族的柳德米拉，同母亲在印刷厂过了一夜后，早上向母亲敞开了自己的心扉。

“母亲觉得，今天柳德米拉不太一样，很正常、很亲近。”

雷宾仇恨贵族，甚至不相信“城里来的人”。“离贵族远一点儿”，这个奴隶这样诉说着自己对地主的痛恨。

但是村里来了女贵族索菲娅，她沿着大路走了三天，走了几百俄里才来到这里。她为争取自由已经斗争了12年。她32岁了，已经是中年，埋葬了被“痛苦的奴隶地位”而折磨死的丈夫。夜晚，她借着涂满焦油的窝棚前的篝火的光芒，告诉人们全世界的人类要起来斗争，要争取更好的生活。

曾经充满恶的雷宾，为了真理而准备牺牲自己的雷宾，他终于认清了通往以马忤斯的耶稣所承载的真理。他的眼睛睁开了。

“您去吧，”雷宾用一种不寻常的温柔的嗓音说道，“您说得真好……这是项伟大的事业，能激励人们。您知道上百万的人都想这样，我们也是……心会变得更加善良，而善良是一种巨大的力量。”

这是雷宾本人在被捕前写给巴维尔母亲的便条，是在他已经濒临绝境时写的：

“母亲，请不要放弃我们的事业，请告诉伟大的女贵族，让她再多写点儿关于我们事业的东西，求您了。”

尼古拉·维索夫西科夫的变化尤其典型。他是小偷丹尼尔的儿子，曾经仇恨一切。

他连一起参加革命工作的同志也不爱，也不信任他们。“所有的人都是流氓，”这个有点像巴维尔的父亲的人怒吼道，“应该杀死一些人。”他想杀死间谍伊萨依，他几乎成了所有人的累赘。

巴维尔，还是安德烈，应该有个人去杀死间谍伊萨依，完成这项“沉重的工作”。最终，这个完全找不到自己在生活中的位置的人彻底被改变了。

他用心地感受到不久前对他说的那些话的真实意义，他的眼睛睁开了。

母亲，还有他的同志们都庆祝他的这一变化。

萨申妮卡通常都是冷酷而谨慎的，当所有人都在思考叶戈尔同志的逝世时，她去找同志们。萨申妮卡好不容易才控制住了自己不同寻常的欣喜。严厉的姑娘，变得温和而且高兴，她告诉同志们那个深深地触碰她心灵的好消息。

“我和维索夫西科夫谈了一整晚……我以前不爱他，我觉得他粗鲁又愚昧，是的，他以前就是这样……他对一切永远都愚蠢的不满，他总是一切都以自我为中心，粗鲁愤恨地说：‘我，我。’这里有些充满市井气、低俗而且有害的东西。”

“现在他能说——‘同志们！’应该听一下他是怎么说的……带着怎样的腼腆的、温柔的爱……这无法用语言来表达。他变得非常的朴素而真诚，充满了工作的愿望。他找到了自我，看到了自己的力量，知道自己欠缺什么。最主要的是，他拥有了真正的同志般的感情，用博爱的、微笑的心态来面对生活中的一切困难。”

如果那些无辜被害的人，如果群众们能从被逮捕的人们口中那浸染着鲜血的话中获得复活的讯息，那么，那些被逮捕的人，那些走向以马忤斯的人就能更加简单、更加愉快、更加温和地对待群众。

也同样地对待她漫长的折磨和苦难。

当母亲在索菲娅和尼古拉·伊万诺维奇面前展开自己忧伤日子的灰色纸卷时，告诉他们自己所受的冤屈时，索菲娅以及其他革命者的成就在这具有象征性的历史面前也显得苍白。

“所有我的不幸或者再多十倍——都比不上你生活的一个月，彼拉戈雅·尼洛夫娜·弗拉索娃，比不上！每日每时的折磨，而且持续了很多年……人们从哪儿汲取力量来对抗苦难呢？”

索菲娅和母亲谈到男人们，萨维里的讲述，他们的生活，他们的面孔正好将另一种生活的所有残余都从索菲亚心中清除。

“我害怕——他们不喜欢您。”母亲在从村里回来的路上对她说。

索菲娅沉默了一会儿，然后带着淡淡的忧郁回答道：“和他们一起会变得更朴实简单，”她突然更加悲伤地感叹道，“我们是多么需要这样啊——变得更简单……更简单！……”

她的兄弟，尼古拉·伊万诺维奇，整天无精打采的，埋在书本和数据中都要发霉了。但是他从单纯的统计数字、纯粹的言语转换到真正贴近工人的生活后：他的确改变了，母亲马上察觉到，他变得“如此的开朗和有生机”，他完全变了一个样子，母亲为他感到非常的高兴。

尼古拉·伊万诺维奇感觉到母亲有些好奇，就向她解释了自己的转变：“您知道，这段时间我过得非常的好——一直跟工人们待在一起，读着，谈着，看着……心里沉淀了如此多的健康而纯净的东西。”

他很高兴自己失去了原来的职务，这样他可以在工人中间生活。“您知道——我将在新生思想的摇篮旁，在创造力的面前生活。这生活极其单纯、美好，却又能极大地激励人……你会变得年轻而又坚定，会活得丰富多彩！”

革命者教会无辜受难的人们理解真理，而无辜受难的人们教会革命者相信人并去爱人。

当“被蒙蔽的”眼睛和受压抑的心灵打开之后，去往以马忤斯的人们与那些无辜受难的人的心灵产生了共鸣，他们期待同一种情感，怀着同一个心愿——那就是复活，艺术家唱着自己的《耶稣自死者中复活》来歌颂他们。

这首歌中愉快与激昂的情绪同安德烈耶夫的《耶稣复活》有明显的不同，后者是人们在被杀死的革命者“萨瓦”的尸体旁唱着的葬礼乐曲。

在高尔基的笔下，人群不崇敬陈腐的神灵，以及那些涂着和工厂同样颜色油漆的教堂，他们和母亲一起去“那白色的、欢快的教堂，这座教堂好像建在白云上那样高不可攀”。

这座教堂有另一个名字“整个地球”，在这座教堂里，革命者是穿着白色法衣的神职人员。而“耶稣复活”同欢快的歌曲《起来吧，站起来》交融在一起。

列奥尼达·安德烈耶夫笔下的群众跟着大批僧侣走进教堂，教堂里充斥着恐惧、饥饿和无言的恭顺，充斥着以死亡为前提的复活之歌，群众显得既恐惧又反常。

列奥尼达·安德烈耶夫笔下的群众充满奴性思想，甚至在他们被宣布自由时，在绞死柳多维克，为拿破仑加冕时依然如故。“从前是这样，以后也会是这样。”艺术家的话震耳欲聋，就像为他们盖棺定论一样；列奥尼达·安德烈耶夫笔下的群众是胆小的出卖者和冷酷的杀手，他们这一群今天是“和撒那”，明天将是“把耶稣钉上十字架”的人。

高尔基笔下的群众完成了画十字架的仪式，人群把自己的希望同新人的功绩连结在一起，高尔基笔下的群众挣脱了旧的锁链，唱着新歌，人群的面孔都变得更加明快，在这里，阴暗的“从前”让位给明亮的信心，未来发生了改变。

在高尔基笔下，曾经在阴暗的生活中挣扎的人们变成了全民节日的参与者，光明和自由的追逐者。

这种对群众的观念决定了他们的命运。

在高尔基的小说中，除了愉悦以外我们还可以听到另一个典型基调——小说中透露出的母亲的温柔。

有段时间，我们曾把艺术家的缪斯称为复仇的缪斯。

伊利亚·卢尼奥夫、福马·高尔杰耶夫、调皮鬼格沃兹捷夫、弗拉索夫、钳工叶戈尔、鞋匠奥尔洛夫，作家借助这些人物骄傲地、直接地、尖锐地批判社会，痛斥小市民，开心地畅饮复仇之酒，他们强烈地批判了黑暗的生活，嘲讽生活中的不公和荒唐。他们痛恨着一切，鄙视着一切，他们和米哈伊尔，维索夫西科夫或者奥尔洛夫一样，最爱说：“呸，你们这些败类！”

对于小说《三人》的主人公伊利亚，他的全部愤恨，那些石头般生硬的话语都同他所受的委屈密不可分。他觉得，所有这些话都充满了火，可以照亮他内心的阴暗，还能给他指明避开人们的道路。他不只对玛申采说过这些话，还对舅舅杰列伊奇、对彼特鲁赫、对商人斯特罗卡诺夫、对所有人都说过。“就是这样的，”他边走出院子边想着，“对你们不用客气，败类！”

前人的话散发着残酷的、智慧的光芒，他们充满着罪恶。

现在，当血腥的残酷激发起人们的血性，当“心已经厌倦了罪恶”，当流浪汉逐渐瓦解了孩子和女人心中的罪恶，当无产者致力于开始自己团结群众的第一步，艺术家塑造了一个善良的、有同情心的母亲的形象。她对人们充满了爱，反对那些残暴罪恶的人。

高尔基的小说是架楼梯。最底层是残暴的米哈伊尔，而最高层则是母亲。我们看到，小说的主人公最终都变得很温和。复仇的缪斯给母亲的爱让路。

安德烈——这个温柔而富有同情心的工人，为了同志们而甘愿踩碎自己的心，他说：“生命的母亲是爱，而不是愤恨”；曾经充满了恨却又变得温和的雷宾感叹道：“善良中孕有巨大的力量”；村子里有名的孤僻之人维索夫西科夫后来心里也充满了同志间的感情，他变得心胸宽广，充满善意。

艺术家把这种同志间温馨的、充满了爱的情感同整个世界都充斥着“我”的那种具有小市民习气的低俗崇拜相比较。

这种善良、爱、同志间的感情，没有妨碍人们奋斗，而是号召他们一起奋斗，反抗“敌人”，反抗那些“产生罪恶”的人。

“母亲”本人也在觉醒地反抗他们。

巴维尔的母亲彼拉戈雅·尼洛夫娜·弗拉索娃是高尔基小说的中心人物，也是我们文学上的一个新形象。

到现在我们一直在谈“父与子”的问题，我们都是几十年来他们争吵的见证人，孩子放弃父亲那老的真理，而父亲也不愿承认孩子新的真理。

现在艺术家提出了母亲和孩子的问题，而且母亲不是反对儿子，而是支持儿子。

下面，我们将谈一下高尔基笔下的母亲形象。她不是再现于我们眼前的无辜的、死去的国家的象征，而是聚集了生活在新的环境、新的现实中，鲜活的母性特征的典型代表。

关于“母亲与孩子”的问题，我们的文学中已经讨论了成百上千次，最近这些年，在孩子毅然奔赴死亡的时候，这个问题又显得尤为重要。

绥拉菲莫维奇先生在1907年出版的一系列小说中给我们刻画了“母亲

与孩子”的形象。不妨拜读一下他的小说《母亲》、《事件》和《在家庭中》吧。

我们通过这个艺术家看到了渺小的、冷漠的老妇人，以及没什么文化的妇女形象（《事件》）；看到了很有文化的年轻母亲、进步人士、有着骄傲而又漂亮的面孔（《在家庭中》），最后，在《母亲》这部小说中，艺术家塑造了一个在原始森林生下了儿子，为了民族事业献出自己丈夫的母亲形象，所有这些母亲都有一个特点：她们爱自己的儿子胜过爱自己的生命，胜过爱自己孩子的自由，胜过爱几百万人的自由。

绥拉菲莫维奇先生的“母亲”培养了儿子的公民意识，这使儿子走上争取自由之路，并因此牺牲。为此母亲深深地自责，认为自己害死了儿子，儿子离开了自己，走向斗争，最终却为别人而死。

“母性中有一种强大的力量，是不以我们的意志为转移的。它里面有一种极为巨大的东西，否则我们不会感觉得到。”这位由于思念死去的儿子而变得半疯的女人说道。[①]

这样的母亲形象从拉赫莉亚开始，她一直为自己的孩子哭泣，无法释然，因为孩子已经死去。

高尔基描绘了另一种母亲，她敢于对抗极为强大的东西，就像“信念、希望和爱情”之母索菲娅曾经做过的那样，就像不久前卡利亚耶娃做的那样，就像十月里的那些和自己的孩子一起战斗的母亲一样。我认识那样的母亲！

我认识一个母亲，她是位出色的活动家。她大概 60 岁，参加过斗争。她现在仍在工作，从事那项事业。她最大的痛苦在于她的儿子不能跟她一起战斗。

工人家庭中的寡妇，彼拉戈雅・尼洛夫娜・弗拉索娃也战胜了自己身上那个“极为巨大的东西”，在她善良的心里，那些遥远的东西变得亲近，人性战胜了母性。真理成了她、也成了她儿子共同的母亲。

最初，她很为儿子担心，也很舍不得他。巴维尔对着“泪流满面”的母亲，对她讲述了残酷的生活和真理，这些话唤起了她对遥远的青春的回忆。

她的感觉是两方面的：“为儿子而骄傲，但同时担心他太年轻了。”

有时候她非常舍不得儿子，但是渐渐地她整个生命都变了，她内心生

① 参见绥拉菲莫维奇《短篇小说集》俄文版的第二卷，第 128 页。

长出了新的灵魂；她同情所有人，为所有人担心…… 她沿着自己唯一的那个儿子所走的道路前行，儿子在她失去丈夫后成了她的供养人给她灰暗的生活带来了光明。“我最好能活着，我能看见所有的东西……整个一生我都沉默着，想的也只为一件事——怎样才能避开那些和我无关的事，怎样才能不被注意地生活，只要自己不被打扰。而现在我关心所有人。所有人对我来说都是亲近的，我同情和怜悯所有人，希望所有人都好。”

她开始理解那些被禁的人其生活的美好和快乐。“不管是否危险，都可以去爱这种生活。”她这样想着，并回顾自己过去阴暗狭隘的生活。

母亲没有抗拒儿子，她接受了孩子的真理，她是他精神上的亲人，而不仅是血缘上的。

她并没有打消掉自己身上那“巨大的”母性。她把自己满满的母爱、自己的善良、同情和温柔都给了那些离开家、离开父母的被禁的人，她给他们的生命中带来他们缺少的温暖，她是他们共同的母亲。

她把所有这些年轻人都当成是巴维尔。

安德烈·纳霍德卡，一个私生子，经常想自己的母亲，他称彼拉戈雅·尼洛夫娜·弗拉索娃为“涅妮可”，他说：“有可能，您就是我的母亲。”娜塔莎，萨申妮卡，伊戈纳特心里也深有感触，母亲更加相信“所有这些人都需要”她。

母亲在怀着恐惧观察了其他孩子和自己儿子的奇怪举止两年之后，终于告别了过去，理解了儿子并成为他的精神之母。

艺术家自己不止一次地强调，与成千上万的母亲不同，这样的母亲是新式的母亲。

“如果一个人能称自己的母亲是精神上的亲人，那真是一种少见的幸福。”儿子在走出监狱后给母亲一个极温暖的拥抱时对母亲这样说道。

尼古拉·伊万诺维奇和索菲娅所受的教育决定了他们无法理解和感觉到普遍人性与母性的对抗。

“您正给自己带来危险，应该再好好想一下。”尼古拉·伊万诺维奇警告她说。

“您是我的亲人！”她叹道，“还有什么好想的？孩子是最珍贵的血亲，是我们最珍视的心头肉，他们献出自己的意志和生命，能够毫不犹豫地牺牲……而我作为一个母亲应该怎么做呢？”

尼古拉的脸色变得苍白，他温柔地看着她，静静地说：“您知道，我是第一次听到这样的话。”

在儿子被捕后，母亲和索菲娅一起来找干馏焦油的工人雷宾。他们拿来的报纸上写着巴维尔被捕的消息。

雷宾凝视着母亲的脸，他沉默着，打了个哆嗦，轻轻说道：

“她可能是第一个走儿子的路的人……第一个。”

在母亲自己被捕的前夜，在儿子被审判之后，她战胜了自己最后的一点担心与害怕，最后的一丝不舍，她甘愿牺牲自己，传播儿子的思想，行使着真理母亲的使命。柳德米拉对她说：“您真幸福！母亲和儿子一起，这真是太好了，真是太少见了！”

但是艺术家描绘了不止一个彼拉戈雅·尼洛夫娜·弗拉索娃，一个无产阶层的母亲。

在我们面前出现了一系列受艺术家重视的母亲形象，他们使得这个中心形象更加丰满完整。

还有个母亲把儿子送到工厂，工厂要了儿子的命，却只赔了几个卢布。这个母亲甚至没有留下名字。她只是工人中的一员。前面旗帜在飘扬。她的米佳就在那里。“你要去哪儿？……请爱惜自己。”母亲的喊声飞向士兵的刺刀。

米佳和所有旗手都被捕了。

巴维尔的母亲在人群中说着话，人群中另一个失去自己儿子的母亲回应道：“信徒们！我的米佳的心灵是那么的纯洁……他究竟做了什么？他是为了同志们、为了爱的人才去的……她说得对，为什么要舍弃孩子，他们做了什么坏事？”

这个疯狂的母亲的形象只是偶尔出现，她的话与老人西佐夫的话混在一起，与人群中的低语混在一起，共同阐明了母亲与孩子这个话题：“我的儿子马特维依在工厂被害死了……您知道。但是如果他现在还活着，我会把他送到他们那儿和这些孩子们一起……”

那些过去把儿子送进工厂的母亲，现在也能把儿子交给真理。

艺术家也塑造了生活在农村的母亲形象。

如果彼拉戈雅·尼洛夫娜·弗拉索娃是一位已经打开眼界、心灵重生的母亲，她和儿子同行，追求共同的真理，而塔基雅娜，一个农民的妻子，则瞪着燃烧着怒火的绿色眼睛，满怀愤怒地去“反抗人民”，因为在她的心里有一种“母亲对死去的孩子无法释怀的阴郁与痛苦”。

她曾有两个孩子，“一个，两岁，被开水烫死了，另一个一出生就死了……都怨这个该死的工作”。

她把自己孩子的死归咎于上帝，归咎于别人。她首先是这个社会的憎恶者，其次才是个母亲。

最终母性使她有了人性，并让她有了正确的结论：“所有都是徒劳的。”塔基雅娜“不想白白地憔悴”，她开始反抗自己的丈夫。

最后，我们在小说中还看到了一个在“城市的人群”中的母亲。

柳德米拉在被禁的印刷厂工作。和她住一起的是个学生，男孩谢廖沙。她总是很严肃，还有点傲慢，也只有巴维尔的母亲那敏锐的心才看到她在挂念着什么。

柳德米拉——是一个母亲，她离开了资产阶级环境。她有一个儿子，但儿子和父亲住一起。她的丈夫是个检查官，儿子跟着他；他 13 岁了。柳德米拉经常在想他以后会做什么。她认为自己的同志们是世界上最好的人，但他的父亲可能会把他培养成同志们的敌人，培养成反对自己亲生母亲的敌人。

他不可能跟她一起生活，她用的是别人的名字。母亲已经有八年没见到儿子了。

这个革命者母亲对巴维尔的母亲说起自己的儿子：“如果他跟着我，我会更坚强，心里不会有这么多一直痛的伤，就算他死了，我也会比较好过，因为我会知道他只是死了，而不是我生命里更重要、更珍贵的东西的敌人，那种东西甚至超越了我作为母亲的情感。”

绥拉菲莫维奇先生，当他说母爱是“极为伟大的东西”时，他当然是对的，这个东西使母亲和整个生物世界相似。但是人——不仅是动物，而是一个生物社会，有比母性更坚韧、更强大的东西，这个东西把人类母亲同动物母亲区分开来，并把人类母亲提升到普罗米修斯的高度，使社会意识超越了血缘关系。

两千年前，为了“某种东西”，垂死的儿子来到母亲面前，眼睛看着约翰，对自己的母亲说：“这就是你的儿子”。为了这个“东西”，老师看着自己的母亲对自己的学生说：“这就是你的母亲。”

共同的灾难、共同的渴望已经超越了血缘关系，而一个人的母亲成了所有失去母亲的人共同的母亲。

高尔基的母亲——不是艺术家虚构的。被禁的人知道这样的母亲，文学界在谈到我们精选的这部小说时都着重探讨这些形象。

而且，作家不久前完成了一部戏剧作品《父亲》，里面描写了一个被算计的警察局长和他分崩离析的家庭，剧中人有母亲索菲娅，还有她的三个女儿薇拉、娜杰日达、柳苞芙，另外还出现了女革命者索科洛娃这一形象，她的言行已经不受自己控制，她承认自己拥护儿子的想法。

创造了新式母亲这一形象的作家并非只有高尔基自己。和《母亲》几乎同时问世的阿兹曼的戏剧《荆棘丛》中就同样有这样的母亲，而且在其他更早的作品中也有。

我们谈一下刊登在犹太人的文集《新风尚》中的小说《新轨迹》。

深思熟虑的、认真负责的小说观察家，他非常了解犹太人的生活，他在自己的小说中描写了一个母亲——老犹太妇人艾斯杰尔，一个鞋匠的寡妇。这个母亲和高尔基的母亲有很多相似的特点。

不要忘记，在犹太人的环境中家庭是非常坚固的，他们的家庭比我们的要团结和紧密得多，犹太区长期以来的压制将母亲和孩子紧紧地连在一起。

但是，那里的孩子反抗旧制度压迫的斗争也更强烈、更坚定。

艾斯杰尔有两个女儿，她们都在工厂工作，也都参加了反抗的斗争。"她们诚实、勤劳、文静，但是当她们不属于我的时候，这有什么用处呢？"母亲有时候这么说她们。

孩子不会为了她，为了她的理想，为了她的旧书而活。

工人母亲和工人女儿都生活在同一个条件下。母亲看到新的面孔和新的事实，而这些事实一点点地落在这块已经过时了的思想和感情的大石头上，最终，水滴石穿。

母亲完全变成了一个有觉悟的工人，她甚至说也要"加入组织"，她是半开玩笑着说的，但是她非常认真地为组织服务。

在小说的最后，母亲回顾自己的整个人生，回想起工厂区，还有胆小的、驼背的、饱受欺负的父母们，她对于工厂区已经很陌生了。

"工厂区——饱受痛苦的、破烂不堪的工厂区，认可了孩子们的新政权，并以他们为骄傲，她开始重复着他们的话语，高兴着他们的高兴，悲伤着他们的悲伤。她也开始深深地相信会有一个伟大的未来。"

艾斯杰尔回想起女儿，回想起她是如何把自己所有的力量、把自己的生命贡献给为穷人和受压迫人们而奋斗的事业。她的心充满了作为母亲的骄傲和幸福。而这种感情从波西亚那儿传到同志们身上,传到所有那些为正义和真理而战却又不怕牺牲的人们身上……艾斯杰尔觉得在她老而疲惫的心里又燃起了伟大的信念,这种信念是所有新式的年轻人和她的波西亚一起所信奉的,是对更好的、光明的、自由的、公正的、未来的信念。

犹太母亲和俄罗斯母亲——她们都是无产阶层,都说着同一种语言,都比父亲先承认孩子们的真理。这种观点是正确的,完全是无产阶级生活的准确提炼。

彼拉戈雅,作为一个受丈夫供养的女性,难道能逃过丈夫的压迫吗?难道她没有看到开始供养家庭的儿子的反抗吗?

但是作为一个无产阶层的妇女,妻子和母亲,她比别人更难认同家庭是束缚自己的锁链。艾斯杰尔和彼拉戈雅整天都看不到在工厂工作的孩子们,米哈伊尔只在工厂的休息日时才在家,而节日里只有殴打妻子的时候才从小酒馆回来。

新的联系——同志式的、人性的——在无产阶层中慢慢成熟起来了。

工人妻子跟随着工人丈夫。

无产阶级斗争将上千万的白色、黄色、黑色人种,将来自不同国家,怀着"不同信仰"的社会主义者集中到自己那"白色的高耸入云的教堂",号召母亲和妻子从狭小的灰色的屋子走出来加入到伟大的队伍,来到几百万个自由成员的宽广的大家庭中来。

我们特意将小说家及观察家笔下的形象和"狂热分子"笔下的形象进行对比。

艾斯杰尔带着欣喜的宗教情绪祝福孩子的事业,彼拉戈雅则和儿子一起奋斗,她们都渴望新的光明的生活,都认为孩子的事业是"天才的",都不认为这是罪过。

这也就是说,不单是孤零零的幻想家渴望新的光明的生活,而且现实生活本身也渴望它,生活本身开始期待那些不久前还抨击的东西。

并非是艺术家杜撰了去往以马忤斯的"母亲",而是活生生的、新的生活条件创造了她。

绥拉菲莫维奇先生的"母亲"的生病在床并非没有原因——她会死的。她是最后一个。而高尔基复活的母亲却会活着。她——是第一个,但不是唯一的一个。还会有别人走她的路……那些充满爱,也充满愤怒的人来了，她们身上的母性和人性融为一体，她们自己的泪和孩子的血融为一体，她们自己的功绩和孩子的生命融为一体。

他们是第一批认出拯救者，敏感地睁大双眼，走向以马忤斯的人。

现在，我们应该让视线离开走向以马忤斯的耶稣，离开挂在弗拉索夫那灰色小屋的墙上的画，去看看小屋之外真实的生活，离开那个两千年前的传说，去观察当下的现实。

艺术家唱着复活的赞歌，唤醒了城市、乡镇和村庄，描绘了复活的形象，但是他最主要的却没有做——他没有指出复活的必要性。

我们看到在小说中闪烁着真理的光芒，贯穿着鲜血浸透的话语，我们问艺术家：难道在以前的几十年里俄罗斯去以马忤斯的人很少吗？十二月党人、启蒙主义者、民粹派、民意主义者——他们都勇敢地牺牲，难道他们的言论就不是血染的吗？难道那时他们没有受到虐待，没有被钉在十字架上吗？为什么那时那些无辜受害的人不了解他们？为什么那时候眼睛没有睁开？难道说，“不是地球上所有人都能得到”真理的力量吗？难道说还有什么东西蒙蔽住眼睛，有比血染的话语更强大的东西存在吗？或者说要认识真理必须要有什么规定的条件才行？难道说认识真理还需要某种力量的辅助，而不是单单依靠真理本身的力量吗？

如果真的是这样，现实主义艺术家应该指出这些条件。

空想家和浪漫主义者相信真理的力量，还梦想着给“人们带来金色的梦”，在他们的梦里社会主义变成了未来的童话，而被压迫的人变成了普通大众。

现实打破了他们的信念，打破了童话，它告诉我们，梦想离现实是相当遥远的。但是，这个现实也为促使人们相信旧的社会政治形式将会灭亡创造了条件，为相信在它深处那些必然会消灭所有陈腐的东西、所有的恶和不公，所有用法令和咒语来阻碍发展的东西的力量正在成熟而创造条件。

高尔基却恰恰忘了这个。他无论如何都无法抛弃古老的传说，无法忘却金色的梦，无法割舍对纯粹的真理力量的信赖，无法淡化对英雄和大众的崇拜，无法不在“智慧之火”面前低下头来。

他的小说将主人公的社会主义民主旗帜变成了一种趋势，而不是艺术形象，这就是他小说的不足之处；艺术家的不幸也在于此，而不在于他自己成了社会主义民主主义者。

艺术家对社会主义民主深信不疑，社会主义民主的旗帜在小说中舒展开来，在这面旗帜下，所有人庄严地向着“更高、更远”的方向前进，这些人就是艺术家几年前在“人”的赞歌中歌颂的人们。

请听一下他的主人公们，那些将社会主义民主看作自己“心灵的家乡”的人是怎么说的。在这些话里——在整个小说里——艺术家一次也没有说过“知识分子”这个词，但是这仅是一种隐秘的创作手法。在每一页都能感到他对“理智”的崇拜，对一个或者是一堆知识分子的崇拜。

我们能听到作者自己的声音和话语，它遍布在社会主义民主主义者、工人还有城里人的对话和独白中，而不是在众多秘密团体以及小组成员进行的“关于经济和政治”的热烈的争论中。

最有觉悟的工人之一——安德烈·纳霍德卡两次被起诉，甚至在监狱里都宣传社会主义民主，他这样说：

“……长出了新的心，我可爱的、新的心在生活中成长。所有人的心脏都被各种利益打破了，都被盲目的贪婪所吞噬，被嫉妒咬伤、碰坏，流淌着脓液……说着谎话，变得胆怯……所有人都病态地、恐惧地活着，云里雾里地走着……每个人只有在牙疼的时候才有感觉。但是人就这么走着，用智慧之火照亮生命，叫着，喊着：‘唉，你们这些误入歧途的蟑螂！你们是时候明白所有人有同样的利益了，所有人都应该活着，所有人都想成长！’他一个人叫喊着，因此需要大声吼叫，他需要朋友，他一个人太空虚、太冷酷！响应他的号召所有的心都健康起来，就像还没有铸好的银钟一样，聚成了一个巨大的、强有力的、有深度的、敏感的心！他向我们鸣钟——团结起来吧，所有国家的人们都团结成一个大家庭！生命的母亲是爱，而不是仇恨！……我的兄弟们，我在世界上听到了这个钟声！”

“我也听到了！”巴维尔大声地说。

这是谁说的？社会主义民主党人，还是只是工人或者“所有国家的人”中的人？

这是安德烈·纳霍德卡说的。正直而坚定的巴维尔总是追随着他，不要忘了——就是这个巴维尔第一个在村里竖起了社会主义民主的旗帜。

所有人都是病态的，而跟随着一个人的号召，所有的心都变得健康起来。这样解决问题是不是太简单了？

难道傅立叶未曾做过第一个召唤者吗？难道他就不能打动所有的心吗？

我们认为，安德烈·纳霍德卡以及小说中其他社会主义民主主义者说的这些话，任何一个相信批判个人思想具有神奇力量的拉夫罗夫派[①]，任何一个同阴谋家的巨大工作做斗争的民意党人早在30年前就都能说出来。

少数为了多数，甚至一个人为了所有人——这样的话在很早以前当独唱者唱着，而合唱团沉默的时候就曾说过。但是从那时起乐队就调好了，引力的中心被转向群众。社会主义民主党人与民意党人以及拉夫罗夫派的不同之处在于，他们非常相信那些拥有未来的群众的力量。

在托尔斯泰描写19世纪80年代社会生活的小说《复活》中，那些已经停止活动的政治人物在一个兵站进行了对我们来说很典型并且重要的关于人民和战士的对话。

下面是理想主义者克雷里佐夫和现实主义者诺沃特沃洛夫这场对话的节选：

“是的，克雷里佐夫突然说，我经常有这样的想法……我们和他们一起——和谁？和他们？和那些我们跟随的人一起。同时我们不仅不了解，而且还不想了解他们。而他们更糟糕，他们仇恨我们，把我们当作他们的敌人。这简直太恐怖了。”

“没什么好恐怖的，倾听谈话的诺沃特沃洛夫说。群众总是很粗鲁且愚昧。”

不去幻想而只是做自己的事对诺沃特沃洛夫来说意味着什么呢？

按照他的话，就是“所做的一切都是为了人民群众，而不期待回报；群众是你们活动的对象，但是直到现在他们还不可能成为我们的合作伙伴，像现在这样懒惰是因为他们充满惰性……在他们还没有达到我们想要他们达到的发展过程之前，期望从他们那儿得到帮助完全是幻想”。

大概是在3月1日前夜，陀思妥耶夫斯基写了《群魔》和日记，而托尔斯泰在1899年写了自己的回忆录——差不多是在历史事件的前夕，他们都见证了民粹主义革命者同人民根基之间的决裂，他们都指出了革命者和人民之间的那道深渊，他们都认为革命者是人民自由的强暴者。

① 拉夫罗夫派，指19世纪70年代知识分子革命家、社会活动家、政论家和民粹派思想家拉夫罗夫（1823—1900）的继承者和追随者。

但是难道历史没有将这深渊消灭，难道我们没有亲眼看到两者之间的联系吗？ 80 岁的艺术家宣告同自己的阶级决裂就是最好的证明。

并不是“所有的心灵”一起，但是无产阶级大众首先进入 19 世纪 90 年代，不是作为对象，而是作为创造性的主体。

“登高一呼的人”从统帅变成了普通民众，社会主义民主青年该怀着怎样的幸福成为第一批积极的无产阶级大众啊！

不仅在巴维尔小组成员无休止的对话中，即便在描写村镇和城市的生活的章节中，我们也几乎没有注意到这些群众，这些主体群众。

你们还记得那个英俊又强大的丹柯的传说吧，最终，他用手撕裂了自己的胸膛，撕破了自己的心，用这把伟大的爱的火炬将那些疲惫的、胆小的、凶恶的人从沼泽的潮湿大嘴中拯救到宽旷的草原上。

艺术家看着给他讲丹柯传说的伊则吉尔老太婆，心想：“她脑子里究竟还记得多少童话，还有多少回忆？思考着丹柯伟大的热情的心，思考着人类只创造美的强大的传说的想象力，思考着不幸的时代，那些无力的民众和重大历史事件，那些怀疑一切、嘲讽一切的民众。在那个悲哀的时代里，只有贫瘠的民众和僵死的心灵。”

这段话写于 1895 年，那时艺术家认为 19 世纪 90 年代是“可耻的，没有灵魂的，无力的”①。

艺术家将那些有炽热的心、美好而强大的人同那“贫瘠的民众和僵死的心灵”做比较，他从心灵无力的 19 世纪 90 年代转向了古代和传说。

但是从那时起已经过了 12 年了；在历史老人讲述时，伊则吉尔老太婆的传说显得是那样的苍白。我们见到了强大的人类，他们完全不像丹柯，我们经历了很多大事件。当还在期待群众变得更伟大的时候，“事实的发展”带来了新的力量，创造了新的意向……我们重复了高尔基小说里缺乏的这种发展过程、这种力量、这种意向。

在艺术家笔下，那些类似丹柯的传说遮蔽了历史的真实。这些人充满了“难以抑制的愿望”，希望它能赋予自己信念与力量，将“燃烧着真理与梦想的火种”的心扔给人们。

作家的文字并非来自真实的民众，而是来自想象中的伊则吉尔老太婆。有个晚上，她在阿克尔曼，在比萨拉比亚，在潮湿海边向他低声讲述

① 参见高尔基小说《瓦莲卡·奥列索娃》，俄文版《高尔基选集》（第二卷），第 309 页。——原注

了自己的传说。

但是，我们更密切地关注一下艺术家在自己的小说中描绘的俄罗斯社会主义民主生活。

在19世纪90年代下半段，马克思主义者把《地下俄罗斯》、《安德烈·科茹霍夫》，还有斯基普尼伊克-克拉夫钦斯基的作品带到工人的灰色小屋里。通过这些书，娜塔莎和萨申妮卡学习那些秘密活动，振奋工作，将《小组》、《阿尔别依杰洛夫》或《乌弗里耶洛夫》带到民意者的巨大战斗中去。

娜塔莎和萨申妮卡在自己的讲话中总是指出19世纪70年代人民的沉默，指出同工人大众的决裂，就像指出最后形成单独战斗局面的原因。

娜塔莎和萨申妮卡把自己及自己这一代同英雄主义时期的那一辈人做比较，可能，他们的英雄主义在于日常工作中缺少英雄主义。

几年过去了。

已经有上百人"被禁止活动"，在"伟大的彼得堡罢工"的旗帜下成千上万的新人为工作准备着并渴望加入组织。萨申妮卡和娜塔莎怀着巨大的紧张仔细地端详着群众那巨大的、黑黝黝的面孔，面孔显得越来越清晰，这已经不是单一的工人团体。

新的俄罗斯地下组织的特征已经形成了，这需要艺术家来强化新的形象，宣布艰难的起步阶段已经终结。

在19世纪90年代下半段，魏列萨耶夫写出了《安德烈·伊万诺维奇的终结》，小说《没有道路》、《风尚》、《在十字路口》。他塑造了工人安德烈·伊万诺维奇、医生契卡洛夫、娜塔莎和塔尼亚的形象，在这些思想坚定的小说中，深思熟虑的艺术家简单明了地描写了革命思想的新阶段，并欢迎新思想的主宰者最终出现。

但是我们，这些小说的读者，在字里行间读到的东西比作者自己所讲的要多得多。我们用自己那时的感受和经历填补了作者的创作，我们和艺术家们似乎有共用的信号用来交流，与其说我们读完了小说，不如说我们"看透"了小说，就像高尔基笔下的斯杰潘。

只有那些工作过的人才了解那些隐藏的、秘密的事情。对于广大的普通读者来说，艺术家的暗示和勉强可以体会到的观点，以及他的"秘密的记号"都被忽略了。

在这些小说中大多数群众都已经精神振奋，奋发向前了。

读者看到了起身上路的准备，注意到了情绪的高昂，他们欢欣鼓舞。在这些小说中听到了有缺陷的人民和找到“观点”的马克思主义者在思想上的坚定辩论，艺术家认真地注意到意识形态领域中的战斗，知识界的分野，新的战斗方式，新的口令和口号，但是艺术家没有带我们离开对农民和无产阶层的政论，走向工作正在热火朝天进行中的实验室，艺术家不能再现这一地下工作和秘密团体参与者的形象，不仅因为这些不合法的材料无法合法的出版，最主要是因为现在已经过去的那个时期在当时还没有形成。

根据作家对主人公的态度，读者可以判断他是站在《沉默》女主人公薇拉父亲这一边，或者是列奥尼达·安德烈耶夫的另一部小说《黑暗的远方》里尼古拉的亲人那一边。

亲人们问他们在那儿都做了些什么。面对这些无法回答的问题，薇拉和尼古拉都用“沉默”回答，然后就走向“黑暗的远方”。

幸福的问题——打破这一沉默，照亮昏暗的远方，谈论新一代的第一步落在了高尔基的身上。

艺术家没有描绘1月9日，10月，12月起义的宏大场面，那时广大的群众取代有觉悟的工人，取代进步的阶层登上舞台，那时革命和巷战代替了地下活动和秘密团体。

几十位诗人和小说家激情洋溢地以此为素材，但是却没有创造出什么伟大的作品。在无数的诗歌、短篇小说及中篇小说中我们听到的往往不是大自然醒来的暴风雨，而是麻风病人那令人厌恶的声音，列奥尼达·安德烈耶夫笔下的那些麻风病人用头撞“墙”，叫喊着“杀死我们吧”，但是没人想去杀死他们，也没人想听见他们的声音。

不是麻风病人，不是外来人，也不是那些没心的冷漠的人，而是人民自己，是已经在自己的集体创作中创造了“政治歌谣”的无产阶级在歌谣和传说中讲述着这段暴风雨的血腥时期，也许在很多年后，天才的艺术家能写出关于伟大事件的伟大作品。

高尔基停在1905年这一历史之年的门槛上回顾着走过的路。

他抽取了那已经变成历史的时期，描写了19世纪90年代末和20世纪初的社会主义民主的地下活动。历史声音是过去的地下活动和小组时期的最好试剂。

漫长而紧张的地下工作铭刻在历史岁月中，那些原先只是在黄昏，在夜晚才出现在黑暗中的革命者现在历史事件的背景下，在白天的光明和战斗的火焰下清晰地显露出来。革命者从地下走出，变得公开，画完他的新时代，扔掉那张自己地下革命者的严肃脸上的最明显的特征，这些特征带有从事地下活动和小组活动的人独有的气味。

这个新时代让革命者同百万民众面对面，加入到20世纪初迅速增长的群众组织中。

在魏列萨耶夫的小说中都是当下的东西变成了往事；当高尔基写自己的小说时，那些东西都变成了往事，但却仍具有当下意义。

19世纪末20世纪初，一个秘密组织的生命在绝大多数情况下能代表着上百个这种秘密组织的生命，城镇工人的生活取决于工业发展或者危机，上千的城镇工人生活在一样的条件下，经历了那个由于“每天的贫困”而进行罢工、进行政治游行的年代。

我们想起了关于这些城镇之一的一部真实的小说。

在波谢的《旅途印象和思考》中，艺术家简单地描写了索尔莫夫45000居民及16000名工人的生活。

在书中我们读到，本世纪初“工人快速增长的时期同工厂生产效率最高的时期是相一致的，同时他们的智力和道德水平也得到提高”。19世纪80年代是全民酗酒的年代，然后酗酒渐渐被打猎、捕鱼、戏剧和音乐所取代，书籍开始盛行，同时产生了对社会生活的兴趣，很多人学着读一些政经小册子，结果，在这些工人的见证下，酗酒行为在十年里减少了几乎十倍，工人更团结了，他们的力量更强大了；他们通过罢工，经常是罢工威胁从工厂行政处那儿得到了很多实质性的让步。然后小说还提到了工人们提出的除了经济要求外的政治要求。

艺术家曾在离索尔莫夫村七俄里的下诺夫哥罗德生活了大部分时间。毫无疑问，大村庄索尔莫夫的生活、发生在1902年5月的经济罢工、扎罗莫夫事件和其他工人的事件不可能不反映在艺术家描述的“城镇工人”的生活中。而索尔莫夫和下诺夫哥罗德的生活与俄罗斯和党，以及为了保护祖国和党的利益而崛起的无产阶级在那个时期所经历的所有大事件是分不开的。

艺术家用大片昏暗的颜色来描写城镇的过去。

在自己早先的作品《福马·高尔杰耶夫》、《三人》中，高尔基用强壮的祖父辈和父辈的形象为寻找自己的英雄做铺垫。在这些作品里既反映了过去的生活，又能看到对新生活的暗示。我们想起了伏尔加河上福马那个身为强盗和富船主的父亲，他是资本原始积累的代表人物，但他有时会喝醉并忏悔，厌恶地看待自己的生活。回想一下小说《三人》中伊利亚的爷爷——富农安季普，躲进了茂密的森林；伊利亚的父亲——雅科夫，由于暴风骤雨般的生活而被同村人流放去服苦役。

在自己的小说《母亲》中，艺术家转向另一种人物：他描写了忧郁的管钳工米哈伊尔的形象，是真理降临到充满了全民酗酒和充满兽性的地方的序曲。

从米哈伊尔身上已经能看到孤僻的维索夫西科夫和忍无可忍、充满仇恨、冷酷异常的雷宾。

米哈伊尔——是城镇沉重的、毫无希望的过去，是黑暗生活下的人们对其伪装的、正在成熟却没有形成的抗议。这种虚伪表现在：米哈伊尔在工厂工作了 30 年，工厂从二幢厂房发展到七幢；他见证了“工厂在发展，而人们死在建设工厂的岗位上”这一事实，他自己本该在应召去工作的时候死于疝气。

米哈伊尔的不满表现在哪里呢？

他对待工头总是很粗鲁，因此工厂没有给他涨工资，虽然他是最好的工人。过节的时候他喝醉了还打了人。他话很少，而“恶棍”是他最喜欢说的词。“他把自己的痛苦，自己生活的痛苦发泄在妻子身上……痛苦压着他，而他不明白这痛苦是从哪里来的……他打自己的妻子，其实他打的不是妻子，而是所有他心存怨恨的人。”

和这个愤恨所有人、所有事的人，这个没有死还在喘气的、跟野兽一样的人在一起，他的妻子终日活在惊慌的等待挨打中。

城镇的过去就是这样。

好像在这样的过去中压根没有对另一种生活的期待。

有时候会有外来人来到城镇，说着些从未听过的东西，人们不和他们争吵，但却不相信地听他们说着些奇怪的话。一些人的话引起了盲目的愤恨，而一些人的话却带来恐慌，对那些不清楚的东西的朦胧的希望使那些不相关的人感到难受，他们开始喝更多的酒以驱散这些毫无缘由打扰到他们的恐慌。

米哈伊尔死后两年，我们已经不再认识城镇。在工厂里“说工头的坏话”，读书读得入迷，为了“沼泽戈比事件”而奋起斗争，庆祝五一，打死间谍伊萨依。群众充满了不满，按照伊萨依自己的话来说，“这不需要锄草，而要耕地”。

难道所有这些都是巴维尔和他的小组宣传的结果吗？

但是那时巴维尔自己是在哪儿出现的？米哈伊尔死后巴维尔才16岁，我们看到，在试图经过两周的喝醉和闹腾之后，巴维尔抛弃了年轻人的一般娱乐，抛弃了平坦的道路，而开始寻找真理。

我们看到他在节日来到城里，读那些禁书，但是没有生气的城镇是怎样让他做到的呢？——艺术家并没有给出这个问题的答案。

从野兽米哈伊尔到巴维尔——有段巨大的距离。城镇生养了米哈伊尔，又是什么创造了巴维尔？就像巴维尔自己把自己从沼泽中拽出来一样，沼泽自己变成了开满花的草地。

这样的变化就像童话。

有意思的是，在巴维尔和他的小组之前，这种意识的火花就潜藏在工人区中间，但是很快就熄灭了，或者闪现一下就销声匿迹了；而巴维尔和他的小组就是这些火花，但是他们燃成了熊熊烈火。

艺术家强调说，在工厂里干了30年的米哈伊尔的儿子巴维尔，工作了39年的有影响力的工人西佐夫的侄子费加·马吉恩，他们不是外人，而是这个城镇自己的孩子，工厂的烟囱扔掉了这些火花，如果是这样的话，也就意味着他们自己出现在开始的复活中。

循环论的怪圈就这么形成了。随着城镇的复活出现了为了群众和他们的利益而战的“当地的”战士，随着小组的出现城镇复活了。

毫无疑问，城镇的条件发生了变化，这些条件给工人的生活带来了生机，为方便理解那些“未听过的”、“奇怪的”话做了铺垫，使人们从城镇里人们酗酒的小酒馆和沼泽转而投向城市之火。

19世纪80年代和90年代初的文化，工业的活跃，伟大的彼得堡罢工，以及整个俄罗斯已经到来的罢工时代，所有这些极具历史重要性的事实不可能不给在黑暗中生活的人们留下印迹。它们使工人的孩子过上了与他们的父辈和祖父辈不一样的生活。我们在小说中没读到一点儿关于城镇另一种生活的内容。

“城里来的人”就像被巴维尔召来的“海上来的瓦兰人”一样出现在城镇中，城镇和农村的历史从他们才“开始”。

艺术家在秘密组织的生活中发现了很多典型特点，有些是纯外在的。

在描写那些与巴维尔的灰色小屋隔绝的整个城镇生活的部分里，艺术家观察很少，记录的材料也很少；对农村和城市的描述中，很大程度上也是这样的。

我们了解的群众生活的全部，仅限于女商贩克尔苏科娃偶然说出的零星不全的城镇生活片段，农村小女孩的痴语，患肺痨病的雇工萨维里在焦油工和雇工间的讲述，以及母亲在城里和马车夫的谈话。

他们中的每一个人通常都扮演着传信者的角色。他们的角色如此不受重视，以至于艺术家可以多次采用同一种方法。

由于消息主要来自女商贩、马车夫、小女孩，他们传播的关于城市、城镇和农村的消息无法让我们深入了解群众那巨大的黑色面孔。

秘密组织的历史同母亲的生活和觉醒交织在一起，这种阐述本身是通过她的理解进行的，这种方法当然束缚了艺术家，并且一直妨碍他的工作。艺术家被迫将城镇四五年的历史压缩到一年，历史是由罢工来讲述的，但是讲到一半的时候中断了。

16 岁的巴维尔最初准备去城里，但是却没人跟他去。巴维尔“为了学习而学习”。

学习两年后巴维尔的小屋成了进行秘密活动的场所。

工人小组在那儿聚会，宣传者们也在晚上从城里赶来。

有时候女宣传员娜塔莎会读关于人们如何生活的“带有插图的黄色封面的大书”。(在这本书里，读者会很容易了解利别尔特的《文化历史》。)然后娜塔莎“降低了声音”说着自身的事，有时也会有激烈的争论，读关于工人大众、关于国外的报纸，也会谈论自己的报纸。

在沼泽和许多的扁塌的、不知道痛苦从何而来的灰色房子边缘的单个小组，这就是秘密组织发展的第一阶段，秘密组织从宣传、阅读那些关于人们如何生活，谁是靠什么而活，“一百年后会怎么样”等的小册子和书籍开始自己的活动。

那幅经常出现在见证了星期六聚会的图画是这个工作的凄凉的标志，它经常出现在巴维尔母亲的想象中。

“平坦的雪原。白色的风冰冷尖细地吹过，在草原上呼啸。一个姑娘的模糊身影在草原上孤单地走着……很困难地走着。纤细的双脚陷在雪里。又冷又怕。姑娘弯身前行——就像死寂草原上的一根草在秋风的肆意玩闹中。她的右边是一片树林，厚墙般地立在沼泽上，那儿细细的、裸露的白桦树和山杨树颤抖着，悲哀地低吟着，在那前方城市的灯火暗淡地闪烁着。”

死寂草原上的一根草——这就是城镇中的宣传者。

下一阶段——是有觉悟的工人小组和“城里来的人”开始大力进行的文字宣传。艺术家一次也没用到“组织”这个词。

在第一次搜查巴维尔之前，按照雷宾的准确统计，宣传单一共是19页，而在冬天结束前，雷宾收集了全部的宣传单，一共是34页。

这些用“蓝墨水”写成的宣传单上究竟说了些什么？

“在这些宣传单上，”我们在小说中读到，“写了对工厂秩序的不满，准确地记叙了彼得堡和俄罗斯南部的罢工，工人们要求团结统一起来为自己的利益而战。”

我们看到文字宣传还是以日常生活需要为基础，并没有超出改善工人经济状态的范畴。

工人们的第一步还是在经济基础上，在已经“意识到的利益”的基础上。

工厂所捍卫的“沼泽戈比”是整个“罢工”时期的标题，那时正在为了车间的必需品而战，为了提高定价，为了开水而战。

在艺术家笔下，从书面宣传改变到口头宣传对小组来说是很意外的。已经做出19页宣传单的小组还不知道工厂发生了什么事儿。艺术家着力强调工厂自己已经提升了。而如果真的是这样，那么娜塔莎独自行走的草原，并非如同巴维尔的母亲说得那般死寂。

厂长决定，把对工厂有利的排干沼泽的负担加在工人头上，星期六，在巴维尔的家里，工人们把这个消息告诉了巴维尔，他因病没去工厂。

这很少见。并不是小组成员（并非所有小组成员都病了）把消息告诉巴维尔，而是有影响力的工人告诉他的。

艺术家就是这样强调巴维尔的灰色小屋同群众的脱离，群众过着自己的生活，而老工人西佐夫和玛霍金比秘密组织的成员更接近这种生活。

巴维尔不仅向老人解释：“就是有这样的法规，它让厂长用工人的钱和蚊子作战。”他还比那些有影响力的工人走得要远，他干预了这次冲突，派母亲进城，送去便签，要求把消息刊登在地下报纸上。

星期一，巴维尔又没去上班（他头疼），费加·马吉恩跑来找他。

总之，工厂没有呼吁组织就罢工了，工人们让费加来找巴维尔。

在那旧铁老砖的前面站着那些有影响力的工人，社会主义者出现在那儿，从那儿传出了他的呼喊声：“同志们！”也是在那儿巴维尔号召工人们“为了自己的权利而奋斗”。

有影响力的工人们带着敬意欢迎巴维尔那股新的、年轻的力量，这力量改变了老人卑躬屈膝的状态。

工人群还没有镇静下来，他们在厂长面前很窘迫，害怕他就像男人害怕那部小说中的警察一样。晚上，工人（大约50人）被逮捕的时候，巴维尔和其他一些有觉悟的工人被强行带走，他们是被工人派来的，是被选出的谈判代表，但是如今工厂沉默了，没有声援那些被捕的人。

总的来说人们表现得相当消极、胆怯和阴郁，这让我不愿意相信是这些人发起了争斗，而不是巴维尔小组。

在经历了金钱冲突之后，秘密集团宣传的新阶段很快开始了。

我们也不知道这是如何发生的。我们只知道，按照被逮捕的工人用过的传单，领导者开始准备了秘密集会，准备的不仅仅是聚集百人去森林或者峡谷的简单集会，而是五一节的公开庆祝。

在小说里，这个政治宣传和游行的转折完成得很快。很突然，在短短几个工作月里，每晚在围墙上都会贴出传单，号召人们“为改变现有的制度而斗争”。

我们不知道，小组的成员是怎样跨出从捍卫“给沼泽排水的一戈比”到政治示威游行之间这一大步的。

工人阶级、“经济学家”、思想家的拥护者与政治学家关于革命事宜和革命空话的激烈争吵，关于群众意识阶段的争吵，关于工人群众意识到的利益和工人阶级革命者需求的争论——所有这些都是巴维尔小组所不可避免的。

事实上，在下诺夫哥罗德和索尔莫夫，这些争论少于其他城市和工业中心，但是必须要知道的是，艺术家描绘的是典型的神秘集团、典型的小组，因此我们不能回避，需要关注整个历史进程的新阶段。

那么人们如何对待这种新的口号？所有在不久前还没有因金钱冲突而支持罢工的市郊的工人、不支持的同志，经过几个月后的五月一日，如今他们为胜利而工作着，几千人组成的人群高举社会主义—民主主义者的旗帜，伴着“摒弃旧社会”的歌声前进。

工人们“坦诚地前进着”。在这次活动中，巴维尔是指挥，他第一个开始寻找真理并学习，他第一个开始教导别人，也是第一个用自己的话给身体力量，并且在五月一日这一天公开地高举社会主义—民主主义者的旗帜。

有趣的是，在这个劳动人民得到光明的、群众欢腾的日子里，我们没有看到伴着夜色“从城市前往村庄的人们”。

这是具有历史性意义的一刻，可能就是这样，这一天在下诺夫哥罗德的游行确实把知识分子引向了城市，但是在艺术作品中造成了“城里人”的缺席，就是这个时候，在困难的时刻，引起了不愉快的感觉。

我们是否能成功地通过这次游行更近地看到群众巨大的黑色的面孔呢？

不，不行！我们对劳动大众的了解比对艺术家所描述的士兵的了解还少，他们就像“没有面孔的千篇一律的人们”的灰墙。

我们看不到人类巨大的黑色的面孔，但是看到了艺术家欣喜若狂的面孔，这张面孔告诉我们在平静的革命歌曲中蕴藏着什么。“过去的黑色沉积、沉重的情感包袱都消失了，新出现的恐惧也烧掉了。”

这次在我们眼中非常激烈的表演不知什么原因与艺术家欣喜若狂的感觉不一致。不是力量的游行，而是弱点的游行——这就是这场表演的名字。

刚刚开始与军队的冲突，几千人组成的自觉而积极的工人群体立刻分化成了几十人一组的小批群众。一些人挺身为所有人奋战，而大多数人在旁观，就像路人、像局外人一样。在最初的游行时期确实是这样，倒是更差：人民按着自己的方式生活着，如同一盘散沙，有时一小部分的群众甚至积极行动，但是并非跟随着举起旗帜的人们，而是追随着乡村黑暗的元素。

随着积极工人受到拘捕，五一节的这场游行谢幕了。巴维尔和他的小组消失在监狱中，只有在第二部中他们才机械地被作家添加到第一部分后面；艺术家用了29页笔墨，描绘了他们在法庭中的表现。

如果说到目前为止，在第一部中，作家用具有历史主义的眼光描绘了在弗拉索夫“黑暗的房子”中的生活、小组的产生和成长，那么如今在第二部中他则是教条地——如果能够这样表达——在我们面前展示了现代社会的典型阶级——雇农、农民和知识分子。

雷宾所代表的雇农的生活、斯捷潘所代表的农夫的生活、未来农村活动家的生活，知识分子尼古拉·伊万诺维奇的生活本来都是支离破碎的，因为母亲的游历，他们被串成整体。在小说的第二部中尼古拉·伊万诺维奇在城边的绿房子起着中心作用。

对雇农的窝棚和农民平坦的农舍的描写比弗拉索夫的灰房子更少。

知识分子的意愿如何？秘密团体与雇农、农村的联系完全是偶然的。

工人阶级的一员——在工厂工作了五年的雷宾与工厂断绝关系，又变成农夫，离开城市来到了农村，一个人暴乱。他成为雇农，为农村的蛀虫服务。与他一起工作的年轻的雇农结成了小组。

到工人们中间去，工人们有时会到他们城里的工厂和厂区中去，通过工人和工厂区向农村推广社会民主思想，这是艺术家认定的正确道路。

在小组考虑在雇农和农村贫民当中工作之前，没有与农村脱离关系的工人已经在群众当中进行了独立的宣传。这些宣传无法统计，但是它在唤醒农村中起到了不小的作用。就这样，工人阶级带进农村的文献消失了，工人们带着"城里人"34页的宣传材料到这里来庆祝节日。

在周详的计划制定出来之前，所有这些都完成了，这是生活的需求。

社会民主人士说着经济的力量，说着在工人中心集中工作的必要性，他们怎么也不愿意像是"土地与自由"秘密团体成员那样去农村，而是希望去城市。

雇农为土豪工作，收入减少了四分之三，而劳动比工人还累。饥饿和贫穷在他那激起了焦急、愤恨和对主人的怀疑。年轻的雇农"用专注的眼神"看着彼此，甚至看着自己的领导者雷宾。如果工人习惯于转圈活动，那么雇农和农夫则孤零零地、单独地活动。在农村所有人都想着造反，但是每个人都是个体，彼此独立。

城市的知识分子讲述着旧社会的破坏力量，工人阶级想着新事物，雇农和农夫更多地是讲述着既有的东西。

在第一部时，艺术家在小剧院中就指明了这点，也就是雇农叶菲姆去巴维尔的厂区取书，并且开始一本本抚摸图书的时候。

《地质学》，这是关于什么的书？

巴维尔给他解释了。

"我们不需要！"年轻人一边把书放到书架上一边说。

雷宾叹了口气说："农夫并不对土地来自何处感兴趣，但是却对如何失去它、对土地如何被老爷们从人民手中夺走感兴趣。地球停住或者是旋转着，这不重要，你哪怕把它挂在绳索上，哪怕用钉子把它钉在天空上都行，只要它供养人们！”

“奴隶制的历史，”叶非姆又读了起来，问巴维尔，“关于我们的？”

“是关于农奴制的。”巴维尔边说边递给他另一本书。

叶非姆接过书，拿在手中翻看，然后把它放在一边，安静地说：

“这……已经过去了！……”

农民和雇农的思想，也就是艺术家没有从农村思维和思潮中脱离出来的思想，与土地的联系非常紧密。

“农夫站着时更安静一些，”雷宾说，“他能感觉到自己站在土地上，哪怕他没有土地，但是他能感觉到土地的存在！而工厂的人们像鸟一样，没有故乡，没有家，现在没有——明天也没有。他和他的婆娘没有归属感。稍微停一下后，请原谅，亲爱的，去动身寻找更好的地方。农夫不会经常换地方，总想把自己周围的一切变得更好……”

作品中各类人物关于农夫们的对话，关于工人的对话非常抽象、不生动，与马克思主义文学中所规定的普通的不同社会阶层的特点非常相似。

只有雷宾被拘捕时那一幕暂时掀开了蒙在农村生活和农村人民心里上的幕布。

怀疑、谨慎、扼杀，从一方面来说，是农村的现状；另一方面，这也有艺术家渲染的成分在内。

让我们简略地回忆一下雷宾被捕的场所和群众对他宣传的态度。

双手被绑住的雷宾被带到了乡公所。

在台阶旁边，“人群站着，安静地等着”。这个人群迅速地扩大，但是仍是“安静地”。

尽管被打得遍体鳞伤，雷宾还是在与农夫交流。这个严肃的农夫留下了“忠实的遗嘱”。他还说，这些传单是他亲自分发给群众的，他已经准备好为他们而牺牲。

那么农夫在看什么呢？他们现在还不相信，“他们愁眉苦脸地看着他，不相信，沉默着……”

雷宾继续说着，“人们沉默地站着，不信任地看着，所有人就像笼罩在一些看不到、沉重的东西之中”。

与这种沉默的怀疑相同的是作家描绘农村时的各个层面。

甚至在愤怒的时候，在怀疑之墙倒塌的时候，人们依然像一盘散沙似的活动。

雷宾讲述了农民的生活,讲述世界上最强大的力量。军士在雷宾前跳跃,开始打他,就像在一块肉面前疯跳的狗。

首先响起了一个孤单的声音:“不要打”,而后就是人们互相矛盾的喊声:“这个人说得对! 叫警察来……找头头脑脑不是我们的事情……松开他的手……不应该,兄弟。”

当军士跳跃的时候,雷宾实际上被松绑了,“有几个魁梧的人走出了人群”。

但是群众壮大了,因为“被惊醒的人们衣帽不整地、迅速地聚到一起”。

当警察出现后,人群中出现了不安的声音:“你看,孩子们,”人群中让出一条道来,“一些阴沉的、忧郁的东西出现在他们脸上。”

警察遭到了浑身鲜血淋淋的雷宾的抵抗,“声音放低了,力量也消失了”,人群立即壮大了;但又不是所有人统一行动。

“农夫分成了两部分,”作者写道,“部分围绕在警察周围,叫喊着,劝说着他;而另一部分,一小部分,留在遍体鳞伤的人身边,压低声音、面色阴沉地窃窃私语。”

斯捷潘破烂的农舍,也就是母亲过夜的地方,充满了乡村的图画。在那里,在这个农舍里,在斯捷潘周围慢慢地集合成农夫的小组,“穿着破烂”、受委屈的领导在那里无声地、如田鼠般地开始工作;贫民将会向这个破烂的农舍靠近。

到这来的年轻人和农夫都充满了对书籍的饥渴和贪婪,胆怯地期待着真理和接受着自由的消息,就像接受宗教,接受新的信仰一样。

在小说中,紧紧依附于土地的无数乡村上笼罩着一层浓雾。

这个农夫对艺术家来说是神秘的陌生人。孩子般的内心当中是巨大的委屈。

满脑子充满仇恨的农夫雷宾说,在善中蕴含着巨大的力量,他的遭遇也预示着站起来反抗黑暗的人民面临着的巨大痛苦。

以巴维尔和安德烈·纳霍特卡为代表的工人对待农夫的态度是不同的。

他们认为农夫是股巨大的力量,他们既拥护又惧怕这股力量。巴维尔不喜欢农夫,安德烈·纳霍德卡认为“也应该教给农夫美好的事物”。

“当他们爬起来的时候，”安德烈·纳霍德卡对巴维尔说，“他们会连续推翻所有的东西。他们需要光秃秃的土地，他们清理地面，拔掉所有的东西……是的，巴维尔，农夫为自己清理地面，如果站起来，就会像经历了瘟疫一样。他们耗费了所有，为的就是消除所有屈辱的痕迹。”

“而后站在我们的路上。”巴维尔平静地指出。

“我们的事业，不可以这样，我们的事业，巴维尔。遏制住他。我们离他很近，但是他不相信我们，不追随我们……我们感觉不到脚下的土地，不应该这样，因为它在摇动我们，摇晃一下，人们疏远了，接着还有第二下，还有更多下……”

在此处艺术家放下了农夫生动的形象……他描绘着和安德烈一样在光秃秃的土地上赤裸的人们。

他本人就被打上了农村分化的烙印，这个经济的过程使越来越多的农夫脱离了土地，越来越多，他暗暗地成为了唯心主义者……他的安德烈准备用理性的光辉把土地从荒芜和破坏当中拯救出来。

不必担心！在农村中，掌权的和有威望的人以及农村的穷人，那些“穿着破烂”的农夫正在飞快地分化。和城市里一样，在农村也已经开始出现了战斗阶层，安德烈需要讲述的不再是光秃秃土地上贫穷的人们，也不应该是大地的震撼，而应该是破烂农舍里展开的工作。

正是这个使工人拯救文化的艺术家让母亲和索菲娅一起走向农村，去朝圣，“去远方的寺院参拜奇妙的圣像”。

荒芜了土地的农夫，人们希望能治愈一切疾病的奇妙的圣像，这就是对农村的两种极端态度。

艺术家怀着忧心又满怀希望地注视农夫，就像母亲注视着斯捷潘浅蓝色的眼睛。矛盾的思想和感觉使他不安，这一点在描写斯捷潘，在他对母亲的矛盾的态度中表现出来。

“在母亲面前站着浅蓝色眼睛的农夫，他这张脸很奇怪，仿佛言犹未尽，布满怀疑的表情。”艺术家在第 320 页这样写到，然后又过了几页（第 326 页），他写道：

“他的嗓音，自信而不强硬，言犹未尽的面孔和明亮、直率的眼神使母亲平静下来。”在下一页（第 327 页）我们又一次读到：

“农夫用容光焕发，却又充满不解的面容刺激了她。”

容光焕发，却又充满不解的农夫平静下来，但又满怀疑虑，这刺激着读者，读者等待着艺术家解释这种疑虑和未尽的言论，而艺术家向读者解释……巴维尔的面孔是愉快的，以及他的眼睛是明亮的都有其原因，因为他是工人。雇农雷宾的面孔是阴郁的，长着黑黑的胡子，因为他是农夫！

艺术家描述的“城里人”更加确切。他们正去往以马忤斯，他们是城市的火种，他们唤醒母亲沉寂的心灵，他们仿佛是面孔严肃的僧侣，他们的生活如同圣徒一般。这是艺术家第一次在自己的作品充分地刻画出革命者的形象。目前为止他主要描绘的是受教育的市民、庸俗的知识分子形象，或者是还没有完全定性的知识分子形象，他们还不能解释这种“转化”、不解和控诉，因为他们自己也不清楚自己精神的成长历程。

编后记

瓦西里·利沃维奇·李沃夫-罗恰切夫斯基（Васипий Львович Львов-Рогачевский, 1873—1930），文学评论家、政论家，庸俗社会学文学批评的奠基者之一。

以马忤斯是耶路撒冷郊外25里的一个小村庄，其名字是温泉与热心渴想之意。耶稣在复活的当天就向往以马忤斯路上的门徒显现。

马克西姆·高尔基

作者 [俄罗斯]瓦茨拉夫·瓦茨拉沃维奇·沃罗夫斯基
译者 衷维昭

一

先生们，要是全世界
都找不到神圣的真理，
那么疯子真光荣，
他给人唤起金色的梦。①

高尔基自己就是这样一个想给人类唤起对于神圣真理这个金色的梦的“疯子”。当我们的整个社会处在反动的20世纪80年代的钳制之下，契诃夫笔下的那些无精打采、萎靡不振的人物在生活的表面上懒洋洋地徘徊，而朝气蓬勃、坚强有力的新事物虽然已经产生却还是深深地藏在社会底层的时候，就在这些阴沉的日子里，高尔基站出来做了勇敢的人们的疯狂大胆的代言人。从那时起，不论是作为艺术家，还是作为政论家，高尔基的活动总是一贯地在探求真理，即探求一种能说明人类的日常生活，并使人们的生活变得合理与幸福的道德原则。

就创作的内容来说，高尔基既是契诃夫的否定者，同时又是他的继承者。契诃夫的使命是描写庸俗与堕落到达顶点时期的俄罗斯知识界。他

① 引自贝朗瑞的四行诗《疯子》，高尔基在剧本《在底层》里引用了这几行诗。

像一位给无药可救的病人写病历的医生那样含着辛酸的苦笑来描写俄罗斯知识界。契诃夫很懂得他的同时代人变得庸俗了的心灵，可是他自己却没有找到出路，对于那些唯一能使俄罗斯社会复苏的力量他又表示不相信。诚然，契诃夫曾经说过“再过十年我们就会有一部宪法了”①这样的话；诚然，他在最后的几部作品里也预言了年轻的新生力量会从丑恶的现实走向新的生活。但是，这无非是诗人的一种模糊的、没有把握的预感而已。在19世纪90年代中期冒出来的新生活的最初一批幼芽，对于包括契诃夫本人在内的旧知识分子来说，这些幼芽是这样新奇而陌生，以至于不能理解和评价这些幼芽，更不用说相信它们了。直到后来这些幼芽变得茁壮，长成了茂盛的大树的时候，这些成了“父辈”的知识分子才懂得了它们的价值；然而，就是在这个时候他们也不能理解它们，相信它们的真理。

为了倾听刚刚诞生出来的、还很微弱的新生活声息，在内部正进行革新的那些年代，人们就必须有一颗年轻人的心。为了完成这个使命，必须诞生出专门的人。这样的艺术家终于诞生了：就是马克西姆·高尔基。他出现在我们的社会开始发生巨大变革的时刻，因此，他是站在两代人的交界线上：他向昨天那些还有生活能力的人，亦即契诃夫社会中的那些逃亡者伸出他的手，并给他们指出已经在望的明天的远景——那五光十色的、光明的，也许是光明得有些夸大的远景。因为他的使命就是要做一个已经酝酿成熟的暴风雨的使者。

从19世纪90年代中期起，俄罗斯社会生活中开始出现了酝酿已久的变革。这就是从农业的、乡村的、贵族农奴的俄罗斯过渡到工业的、城市的、资产阶级的俄罗斯。经济上的变革逐渐把一个新的阶级，即无产阶级，推上了重要的地位，它很快就在资本主义社会中占据了一个固有的和独立的鲜明地位。这个阶级一登上历史舞台，就宣称它自己是社会生活及政治生活中革命原则的体现者。空中弥漫着即将到来的一场暴风雨。

这些深刻的社会与经济的变化，同样也影响了那些把自己的命运或多或少地同工人阶级的命运结合在一起的阶级的思想。它们首先在一部分革命知识分子身上反映出来。无产阶级运动所特有的意识形态开始形成。

① 库普林在《纪念契诃夫》一文里，想起契诃夫说过这样的话：“知道吗？再过十年俄罗斯就会有一部宪法了。”见《库普林文集》，第六卷，第534页。

但是，如果说政治的意识形态已经具有完全符合工人运动的意义、方向和任务的明确的形式（马克思主义），那么，对于审美的意识形态就还不能这样认为。人类创作的这个领域，其实质是对生活做出诗意的反映，因此它对现实的反映往往最不准确，反映得也最不及时。具有一定阶级特征的艺术创作，只有在这个阶级本身已经显著地成长起来，并意识到自己的独立性的时候，才会产生出来。在运动初期，这个未来的战斗阶级的最早一批骨干才开始成长，思想还不明晰，还很模糊而混乱的时候，审美的意识形态的内容只能是一些朦胧而欢欣的预感和期望，它意识到已经积蓄了非常充沛的力量，并且渴望给这些力量以用武之地。

这种审美的意识形态还没有牢固的、现实的社会基础，它本身还和现实主义格格不入。由于它是从对未来正在日渐迫近的这种预感出发，所以它染上了一些幻想的成分，它是浪漫主义的。正如马克思曾经精辟地指出过的一样："这种幻想的未来社会方案，是在无产阶级还处于很没有高度发展的状态，因而对本身所处地位还抱着一种幻想的时候产生的，是从无产阶级希望社会总改造的最初的、充满预感的激动中产生的。"[①]这种幻想的倾向，无论在政治领域或者在艺术创作领域都存在，而在艺术上就表现为对浪漫精神的向往。所以，高尔基作为尚未壮大的无产阶级群众的代表，会打着浪漫主义的旗号出现，这就不足为奇了。虽说《马卡尔·楚德拉》问世后17年来，无产阶级的迅速发展已经根本改变了高尔基创作的内容，使他变成了工人阶级公开的思想家，直到今天他的诗还保留着浪漫主义的色彩。

浪漫主义诗人不是单纯地通过艺术形象来理解他周围的世界，而且通过夸张的笔法、浓厚的色彩和堆砌的形式来理解这个世界。当他再现这些美学形象和情感时，又和理解它们的时候不一样，而是再一次用幻想加以夸大。所以，浪漫主义者的创作总是使用双重夸张的手法，形式、色彩、明暗和透视。因此，浪漫主义文学的形象总是显得非常突出、鲜明而色彩斑驳，以其奇妙的想象而使人神往，比现实主义的形象更容易引起强烈的感情，虽然现实主义的形象同时还具有较为平静和深刻的内心感受。

高尔基就是以这样一个浪漫主义者的身份而进入文学的。他带来的

---

① 《马克思恩格斯全集》，第四卷，第501页。

不是现实主义的粗犷的真实，而是一个“金色的梦”，使得知识分子头脑发晕的金色的梦，以至于到了后来，等到生活本身和高尔基本人都提醒知识分子注意现实的真实的时候，他们也还不能从迷人的梦境中清醒过来。

高尔基的文学活动可以分为三个时期。第一个时期是所谓“流浪汉”小说时期；他早期的几部长篇小说《福马·高尔杰耶夫》、《三人》也应该归入这个时期，因为它们在基本的心理状态上与早期的短篇小说是一样的。在这些作品中贯串着的是个人对于不公正的、混乱的和荒谬的现存社会制度的抗议。(其公式是：“生活这么狭隘，我却这么宽广。”) 在作者看来，人的个性就是一切，而当代的社会制度却总是迫害、压抑和摧残这种个性。作者自然就要去寻找可能有助于安排生活和解放个性的力量。可是他无论在被排斥的人们 (流浪汉) 或者资产队级 (《福马·高尔杰耶夫》) 中间，都没有找到这种力量。他转而瞩目于知识分子，结果也是枉然。这是他的创作的第二个时期。于是他就无情地鞭挞意志薄弱的、可怜的、不能大胆地振奋起来的知识分子，他们虽然标榜关心民困，可是并不理解人民。第二个时期主要包括作者在创作剧本《敌人》以前的一些剧作。从《敌人》开始，就有了转变，这转变后来特别鲜明地表现在长篇小说《母亲》和《忏悔》中。这就是第三个时期：作者在工人阶级中间找到了生活的建设者。这就是孜孜不倦地探索真理的高尔基创作发展的一幅缩略图。现在我们就来仔细地分析一下他的探索。

二

高尔基最初发表的那些短篇小说，在相当大的程度上倒是助长了人们对于作者真实心理的错误看法。由于高尔基描写了许多懂得怎么捍卫生活和享受生活的坚强、自豪而且无情的人，写出了他们强烈的情感、满腔的热忱和奋发有为的精神，所以他很快就被错误地看作是一个超人的歌颂者。[①] 读者虽然与这些强烈的浪漫主义热情毫无关系，可是他们渴望着体验这样的热情，这样他们从高尔基的小说中看到的就不是对于热爱自由的自豪力量的理想化，而是对于体现出热爱自由的流浪汉的理想

① 作者在这里根据的是马克思、恩格斯《共产党宣言》第三节《社会主义的和共产主义的文献》里的内容。

化。读者自己是承受不起这种强烈的感受的，他只能把它们当作别人的感受，即当作一种间接的、减弱了的感受而接受下来，就是说，连同那些假想的体现者一起接受下来。结果就出现了对流浪汉不可遏止的崇拜。

然而，诸如此类把高尔基当成流浪无产阶级的美化者的评价，是极为错误的。我们前面指出的那些社会条件在高尔基的内心里产生出来的那些大胆的、强烈的、无拘无束的感情和思想，是任何一种革命变革，都必不可少的，否则革命本身在心理上就是不可思议的。诚然高尔基的革命心理在那个时期尚未完全形成，还没有形成一种严谨的世界观，它还是混乱的、无政府主义的。可是他的基本情绪是日渐成熟的革命的鲜明旗帜。

作为艺术家，高尔基总是力求把他的感受通过活生生的形象再现出来，为此就需要现实的、具体的素材。这种素材是不能凭空想出来的，必须由生活本身来提供。他把他个人的感情和思想当着一种标尺，用来衡量他在生活中遇到的形形色色的社会阶层，到处寻找这些思想和情绪的体现者。终于他有了一个非常重要的发现，他在现实生活中发现了那些哪里也找不到的体现者。他只是在那个人所不齿的、受到唾弃的人们的圈子里，发现了除恶习和罪行之外，还有一些非常可贵的道德特征的东西。这种东西即使到那个拥有财富、科学、教育机关乃至警察所谓的文明社会里去找，也是找不到的。

就拿你们看到的切尔卡什这个匪徒和小偷、酒鬼和随时都可能杀人的凶手来说吧，他是多么骄傲，多么瞧不起金钱，可是那班“有教养的”、“有知识的”人们，却往往为了这些钱而互相咬破对方的咽喉。或者拿伊则吉尔老太婆来说，这个女人确实有权利看不起那些“文明人”的冷淡的、恶病质的爱情，她的体验是多么丰富，她的感情是多么浓烈。马尔华是这样，《筏上》的玛丽卡也是这样。您再仔细想一想流浪汉普姆托夫（《骗子》）吧，甚至这个寄生虫也可以自豪地认为，他也许是一枚“二戈比的银币”，而不跟大家一样是一枚“五戈比的铜板”。这些本来应该给人增加光采的精神特征，如勇敢和自豪、热爱自由和轻视金钱的权力、强烈的情感和真诚的激情，都统统被有教养的社会抛到九霄云外，忘记得干干净净了。这些特征只有在社会渣滓中才能看到，这是文明世界的耻辱。诚然，这些特征是四分五散的，并且往往被恶习弄得失去了活力，它们也还没有把流浪汉和流氓变成值得尊敬的“人”的代表。但是，只有在他们的那个圈子里才能发现这些可贵的特征，这一点就已经很能说明问题了。

高尔基在他第一个时期的短篇小说里就持有这种观点。但是，如果我们以为高尔基所珍视的以及他只能在他笔下的那些流浪汉人物中间发现出来的，仅仅是那些表现出力量、自豪、勇敢和对小市民幸福的轻视及仇恨的特征，总而言之，只是强悍的匪徒的特征，那就错了；我们就会对作者的心理面貌产生不正确的看法。相反，我们可以说，高尔基是根据客观的、社会性的动机才把这些特征揭示出来的；而他主观的、内心的同情却使他倾向于另外一些心理特征，就是要表现出善良、利他主义、温顺与人道，因为高尔基是一个彻头彻尾的人道主义者。

高尔基是怀着满腔的热爱来表现那些无权者的高尚的道德特征的。例如，就拿他对叶美良·皮里雅依的态度来看吧：这个积重难返的流浪汉，在谈起自己有一次搭救了一个自杀的姑娘时承认说："你知道，我这辈子到现在已经47岁，再也没有比这更顺心的事儿。"您也可以回想一下动人的小说《有一次，在秋天》或《扣子事件》。还可以想一想作者对查茹勃林娜和短篇小说《因为烦闷无聊》中那一群蠢人的看法。

您不妨把高尔基的短篇小说分成这样的两组：一组主要写的是自豪、粗犷、勇敢，另一组描写的是善良、温顺和人情味，只有这样，您才能对作者本人有一个鲜明的印象。在作者的心灵里，人道的特征显然是主要特征，如果说醉心于流浪汉的"恶魔相"的知识分子读者没有很好地发现这些特征，那是由于知识分子读者对这些特征太了解和太熟悉的缘故，而另外的读者才会因其新颖、鲜明而过分着迷。《我的旅伴》中的牧羊人问道："我为什么要指点那个人走上不道德的路呢？我不如要他走我自己的路，也许咱们还会见面，那时我们再来互相认识吧。一个钟头后，我们就会彼此帮忙了。""我从心底里赞美这个老牧羊人和他的处世之道。"讲故事的人自己这样加了一句话，而紧跟在这个讲故事的人后面的就是作者自己。对于高尔基来说，这种处世之道比切尔卡什那种做作的、半真半假的、与社会背道而驰的处世之道要亲切得多，虽然我们那些并不精明的超人对切尔卡什的处世之道倾心不已，并且还打算把它硬加在作者的头上。

然而，高尔基不得不把自己的情绪通过流浪汉世界表现出来的这个事实，不能不在作者的心理的发展上反映出来。这一方面是我们已经指出的思想上存在的某种无政府主义，另一方面就是与无政府主义的流浪汉世界的这种创作关系，这两个方面构成一个迷魂阵，而高尔基的思想没有立即就从迷魂阵里摆脱出来。诚然，不可否认，正是由于这种情况，在作者的艺术感受和他所描写的人群之间才建立起了稳固而和谐的关系，并使高尔基攀上了他在后期作品中再也没有达到的艺术高峰，虽然高尔基后期作品的意义往往更为深刻，在社会学方面也更为有趣。

我们所观察的高尔基的这段活动时期，整个都染上了一层无政府主义的个人主义色彩。“生活这么狭隘，我却这么宽广”的公式，就是用个人反抗社会来捍卫自己的个性这种方法来解决的，而且多半是基于渴望进行一番野蛮的破坏。例如，在格里什卡·奥尔洛夫身上就道出了这种抗议的哲学；“我想把整个地球弄成粉末，或者集合一伙同道去杀犹太人……杀个干干净净。再或者去干跟这些差不多的事情，站在比所有的人都高的地方，然后居高临下地向他们吐口唾沫……并且还要这样对他们说：‘喂，你们这些混帐东西！你们是为了什么活着？你们是怎样生活的？你们是伪善的骗子，而不是其他什么光辉的形象！”其实在这种幼稚的无政府主义里没有对社会的社会性的抗议成分，或者即使这是个人的抗议，但却是基于普遍的社会利益而提出的；同时，这种抗议也没有期望在更好的原则上对社会加以改造的成分。直到这个时期快结束时，才逐渐完成从无政府主义的叛乱向比较深刻的思想分析的过渡。这种转变在长篇小说《福马·高尔杰耶夫》里表现得最明显，在这里已经出现了对资本主义社会各种典型的分析，从原始积累的强盗，如伊格纳特·高尔杰耶夫或阿拉尼·舒洛夫之流到欧洲式的资产者塔拉斯·玛雅金，从流浪汉酒徒到先进的工人。可是，即使在这里，福马那时的探索也是避免采取社会性的抗议和拒绝采取社会活动的无政府主义方式来解决的。不过，作者的思想在这个时期渐渐地进化了，先前对流浪汉世界的那种浪漫主义的看法逐渐消失，而具有了比较近于现实主义的基调。剧本《在底层》的问世就是这种进化的结果。在这个剧本里，从前的主人公——“潦倒的人们”——原来是一些饱受生活折磨而失掉常态的不幸的可怜虫。《在底层》是高尔基创作第一个时期的一个总清算。对社会采取的无政府主义的个人主义抗议在这里发挥得淋漓尽致，作者这一时期的探索在这里也表现得最为充分，可是这里也充满了他第二个活动时期的因素。

剧本《在底层》是高尔基最杰出的作品之一，它在作者本身的发展中起着极其重要的作用。一方面，它给整个流浪汉小说时期做了总结，这不是简单的、机械的总结，而是作者通过这一时期得出了道德和社会的评价。《在底层》问世时，作者已经对那个文明社会说了一些“粗野的”话，那些浪漫主义的流浪汉就是这样来发挥他们的作用的。只要脱掉他们身上的戏装，他们就恢复了他们在现实生活中的那副样子：一群可怜的、不幸的、沦落的人。现在当他们对社会宣布了他们的——其实是作者的——“真理”以后，就可以清楚地发现他们自己也需要真理的语言，不过，他们需要的是那种祛病除毒的生活真理。所以作者就给他们送去了鲁卡——这个人道的骗子，对于那些受苦而又渴求在谎言中忘却一切的人来说，他是虚伪的安慰者的不朽典型。

于是在我们面前，剧本《在底层》展现出了极为重要的另一面：就是对真理的探求，从此这探求便成为高尔基文学活动的中心。他用鲁卡的话给备受压迫的和无权的人们送去了一种虚无缥缈的、幻想的真理，拿它和生活的现实的真理相对应：

……要是全世界
都找不到神圣的真理，
那么疯子真光荣，
他给人唤起金色的梦。

这是自耶稣以来一切改革家向被压迫的群众传布的一种虚幻的福音，高尔基从他开始文学的活动时起透露的也是这种东西。在《说谎的金翅雀和热爱真理的啄木鸟》（1892）这个短篇小说里，金翅雀说：“我说谎，是的，我说谎，因为我不知道，那边的林子后面有些什么，但信仰和希望却是这么好……我不过想唤起信心和希望，所以才说谎的……啄木鸟呢，他也许是对的，可是他的真理有什么用，如果它像块石头一样压在翅膀上，不让你高高地飞上天。”十年以后克列士（《在底层》）也说了同样的话：“什么真理？哪里有真理？（用手抖弄身上的破衣服）看，这就是真理！没有活儿干，也没有力气！这就是真理呀！要安身嘛，也没处安身！……应该死……这就是真理！他妈的！我要真理干……什么？”[①]这样，从丑恶的现实里逃出去：强的飞向天空（《鹰之歌》），弱的到幻想的王国，这就是高尔基在他活动的第一个时期所提供的唯一的出路，同时也就

① 参见高尔基《在底层》第三幕。

是同生活相妥协的办法。

三

浪漫主义情绪，作为高尔基对现代社会中必然要遭到毁灭的那些不幸者所持的这种态度的基础，迟早会使他和当时典型的俄罗斯知识分子发生敌对的冲突，因为这帮知识分子是与丰富的想象格格不入的，而且他们根本不向往“勇士的疯狂”。的确，在高尔基的所有短篇小说里都贯串着对知识分子不友好的红线。在《淘气鬼》里他狠狠地鞭笞了新闻界那些自由主义者的虚伪。《瓦莲卡·奥列索娃》揭穿了一个副教授的卑鄙灵魂。在《谈鬼》中，他通过知识分子读者对他们“爱戴的”作家的态度描绘了这些知识分子的愚蠢，就是在纯粹的流浪汉小说里，知识分子出身的流浪汉也比他们平民出身的伙伴更卑鄙、更丑恶和更残酷。

在高尔基同《在底层》中的流浪汉分手以后，这种对知识分子的恶感渐渐压倒了一切，并曾一度占据了最主要的地位。在他第二个时期从实质上说，就是在他过渡时期的创作中，也充满了对知识分子的批判。他在许多剧本，例如《小市民》、《避暑客》、《野蛮人》、《太阳的孩子们》中描绘了一群资产阶级知识分子，并着重刻画了他们那种无聊、庸俗以及谁也不需要的生活。甚至就连那些真心希望人民幸福的知识分子在他的笔下也是远远地脱离人民，根本不理解人民，跟人民的生活完全隔膜，这样一来连他们的好意也只能使人民感到屈辱和厌弃。但是我们也不应该忘记，就在这帮资产阶级知识分子中间还是出现了这样一些真正具有利他主义激情和富于自我牺牲精神的青年，当时高尔基对于他们就是另眼相待且爱护备至的（见《敌人》中的一些人物）。

1905年底发表在《新生活报》上的几篇轰动一时的文章《谈谈小市民习气》，也表现出了同样的对知识分子的否定态度[①]。高尔基在文章中指责整个俄罗斯文学都具有小市民习气，“甚至”连俄罗斯文学的一些公认的大师，如陀思妥耶夫斯基也不例外，这一下就在我们后院里的那些人神化的卫道者中间引起了一场轩然大波。当然，高尔基的文章里有很多

① 高尔基的《谈谈小市民习气》分别发表在布尔什维克的《新生活报》1905年9月27日第1号、9月30日第4号、11月13日第12号以及11月20日第18号上。

地方的确容易引起误解，因为俄语的“小市民习气”这个词与欧洲人所谓的“资产阶级习气”并不相等，它还含有庸俗、狭隘以及冥顽不灵的意思，高尔基也未必就是想指责俄罗斯文学。可是，那些“文明”的维护者却在这一点上大做文章，骂高尔基耍流氓，这也就说明这一击确是打中了要害。[①]

高尔基对知识分子的这种憎恶，当然不是基于《鹰之歌》作者的浪漫主义与俄罗斯知识分子历来的那种现实主义之间形式上的分野。其原因要深刻得多。高尔基本人就是出身于地狱，也就是我们说的出身于人民生活的人，凡是我们社会的法律规定普通无产者所承受的那些辛酸与痛苦，他都一一经历过，所以他从人民生活中带来了无尽的苦难的呼声，以及对于制造这种苦难的不共戴天的仇恨。也就在这儿，在一切都井井有条的生活表面上，他愤怒地发现在受苦的下层和趾高气扬的上层之间，还麇集着一个特殊的阶层，即声名狼藉的知识分子。这个阶层当时已经腐化堕落，大腹便便，庸俗不堪，过着饱食终日的小市民的幸福生活。虽然这个阶层还保持着那个旧习惯，就是每逢礼拜天或节假日谈谈“不幸的人民”和自己“痛苦的良心”，可是在一个星期的其余六天它总是死心塌地去干帮助“上层”奴役“下层”的差使，使下层人民永远在无边的苦海里挣扎。高尔基怀着仇恨对这帮知识分子说了一些难听的话，因为他们为了物质上的蝇头小利而亵渎自己光荣的社会地位。高尔基对知识分子的这种敌对态度就促使他特别强调流浪汉的问题；这个问题消失以后，他就在上面提到的许多剧本中把矛头直接指向知识分子，直到社会及政治生活中日渐成熟的事件以及作者在自己思想上逐渐认识到，只有无产阶级才是改造社会，把消灭被压迫群众无穷苦难的使命担当起来为止。高尔基，这个完整的人和艺术家，就以他所特有的真诚，公开地站到工人阶级和社会民主党的一边。

劳动世界的代表人物在高尔基的早期短篇小说中也偶尔出现过。比如在短篇小说《淘气鬼》，或者长篇小说《福马·高尔杰耶夫》，或者剧本《在底层》（克列士）中。可是这些人物还不是具有特殊心理和意识形态的代表；他们依然同那些流浪汉差不多，说不上是真正的劳动无产阶级。

① 指别尔嘉耶夫的《革命与文化》一文（见《北极星》，1905 年 12 月 22 日，第 2 期）。别尔嘉耶夫在文章里说高尔基的《谈谈小市民习气》是有辱“永恒的美学和永恒的伦理”的“胡闹”。

《小市民》里的尼尔显示出了一些比较明确的无产者的心理特征。这里已经不再有那种渴望破坏的、软弱无力的无政府主义。尼尔说："我要一门心思地用尽一切办法来使我闯进生活最深处的愿望得到满足……把生活捏成这样、那样，对于这个干涉一下，对于这个帮助一下，这才是生活的乐趣。"然而高尔基作品里第一批真正的产业工人是在剧本《敌人》中才出现的。这就开始了第三个时期。

高尔基这一时期最杰出的作品是小说《母亲》和《忏悔》，它们标志着作者思想发展上的两个阶段，因而格外值得加以注意。前一部小说最鲜明地反映出高尔基生活和思想中的一个转折，因此他才接近了工人运动；后一部小说标志着向所谓寻神主义方向过渡的一个新的转变。

在这里，我们看到了艺术思维总是落后于科学思维的现象：高尔基早在 1905 年就接近了工人运动，在社会民主党的报刊上写作，然而只是在 1907 年，他才有了新的感受并且创作出一部描写工人生活的小说。在这部小说里也表现出了作者的某些个性特征。由于他希望描绘出一幅表现出工人中自觉意识的觉醒和工人运动高涨的广阔画面，高尔基突出了几个典型的人物，通过这些人物的发展过程表现出了已经觉悟了的现代无产者和企业主、对站在企业主一边的政府当局以及一些还没有觉悟的伙伴们斗争时的种种波折。这部小说的主人公不是工人群众，而是巴维尔·弗拉索夫、霍霍尔、雷宾、维夫芙西科夫，尤其是母亲尼洛夫娜·弗拉索娃。小说里的那个工人区，尤如其他一些故事中所写的乡村一样，只不过是道具式的背景，诚然，这种背景也加强和突出了某些个别人物的行动。即使就拿所描写的工人示威游行的群众场面来讲，比起少数个别人物来，对群众的描写也是黯淡无光的。在这里，在小说的结构的性质上，表现出来的还是作者过去的那种个人主义。

这部小说有一个最显著的特点，就是作者没有把运动中最直接的积极活动者弗拉索夫、维索夫西科夫等人，而是把母亲弗拉索娃当作小说的主人公。在艺术家的眼中，特别是在一个还没有完全摆脱不久以前那种浪漫主义情趣的艺术家来说，更令人有趣、更富于诗意的人物当然应该是那个老母亲了；这位母亲凭着从蒙昧中复苏过来的爱的力量，挑起了传播儿子的学说的重担，并在垂暮之年也不惜去迎接那种曾经毁掉了不止一个坚强有力的年轻人的牺牲。弗拉索夫家的小屋子里挂着耶稣复活以后到加利利去的画像，那位为了使受难者——儿子复活，以便同他分担宣传福音的重任的母亲的形象，是多么的富于诗意，多么的迷人啊！

然而，以母亲作主人公，尽管这个主要的形象非常富有诗意，小说的这种结构还是有着很大的缺陷，这些缺陷已经在小说的艺术价值上突出地反映了出来。

尼洛夫娜的再生以及她的全部活动完全取决于，还是仅仅取决于她对儿子的爱。诚然，她对儿子的事业是逐渐才充满信念的，但是她的行动的动机始终是基于对儿子的爱；对事业的爱还是次要的、派生的因素。儿子被捕了，她把他的事业继续进行下去，正因为那是他的事业，而不是社会的事业。甚至在小说收尾那一场，她当着前来逮捕她的那些宪兵散发传单的时候，她散发的也恰恰是儿子在法庭上的演说！

因此，注意的中心就从真正的、直接的活动者们身上转到了一个间接的活动者身上。在小说的发展中，心理的动力不是工人昂扬的斗志，而是其中一个工人的母亲的母爱，这种母爱才激起她跟随工人们一道行动。在小说的中间部分，最重要人物弗拉索夫、霍霍尔、维索夫西科夫，后来还有雷宾，都早就退出了舞台，母亲完全成了小说的主人公。正因为如此，小说在很大程度上已不是一本描写正在觉醒中的工人的思想、感情和事业的小说，而变成了描写一个母亲内心的故事。社会因素屈从于个人的因素。

这样写，当然没有什么不可以，也并不违反艺术性的东西。相反，这样提出问题甚至倒还会给小说带来某些抒情成分。但是问题不在这点上。小说的主要缺点在于，尽管在想象中可能有这样一位母亲，但一般来说，这样的母亲是不存在的。这样的母亲作为个别的现象可以存在，但却不是典型的现象。她们没有某一特定环境和某一特定时代的特征。这个情况就极大地削弱了母亲的形象。由于高尔基的目的是描绘一个理想的母亲的形象，所以他就只好把一切细小的、庸俗的和可笑的东西，把一切凡与真正的人格格不入的，可以这样说，把凡是与现实中的尼洛夫娜格格不入的东西都通通剔除干净。动了这样的手术后，就产生出还需要进一步做的工作：为了色彩的统一，还必须把"真理"的体现者，如巴维尔·弗拉索夫，霍霍尔，尼古拉·伊万诺维奇、雷宾、娜塔莎等人物身上所有那些微不足道的、庸俗的东西也去掉。这一串连环扣似的东西，结果便造成了理想化的描写，同时它还影响到了语言，从而使小说完全失去了健康的、现实的色彩。高尔基在这里又犯了浪漫主义的一个毛病。浪漫主义作家具有一种别人没有的本领,他们赋予人物某些同样的优点或缺点,个别来看,这些优点或缺点是完全可能存在的,但如果把它们凑在一起,则体现出这些优缺点的人物就成了某种美德或恶习的怪物了。

所以,作者开始倒是选取了一个在艺术方面很好的前景,接着,他不是用一些活生生的现实人物来充实这个前景,而是像画符似的描绘出一些圣徒像。因此在小说中,最有意思并且有很高的艺术性的是那些写得鲜明、突出、色彩绚丽的反面人物,这就不足为奇了。诚然,由于作者这种理想化的片面性(有时候叫作:倾向性),这部小说是一个很好的宣传材料;可是宣传价值还不能作为一部文艺作品的凭证。

四

把《母亲》这部小说当作高尔基创作的第三时期的终结,而随后出现的中篇《忏悔》是他新的转变的开始,因为无论就倾向或者情绪来说,《忏悔》是显然地离开了以《敌人》——《母亲》作为标志的那条直线。这样来看,也许更正确一些。可是,我们并不忙于做出这样的评价。我们有很多理由认为,作者在主观上是把《忏悔》看成那条路线的延续。在我们看来客观上的偏离是无可怀疑的,然而,这仅仅是偏离还是分道扬镳,还是让将来来证明吧。

《忏悔》和《母亲》不同,它完全是从另一个方面来处理社会问题。如果说《母亲》这部小说的中心是工人为物质的和法律的地位进行斗争,那么《忏悔》提出的是宗教意识的危机问题。《忏悔》讲的是一个失去了旧的上帝的人怎样又找到了一个新的上帝的故事。要分析这部小说的社会意义,必须在一定程度上观察一下艺术家的灵魂,观察一下他的创作实验室。当然,问题不在于找出作者和他的主人公的观点上的一致;要全面地了解高尔基精神发展的情况,在我们看来重要的也只在于确定这最后两部小说的基调有什么区别。

毫无疑问,作者并非完全客观地在描写那些求神者与造神者的典型。他对他们还抱着显然的同情。就像《在底层》中的鲁卡是作者所同情的一种伦理的代表一样,这里的约纳和米哈伊娜也同样是作者所感到亲切的人物。显然,他们的造神理论对于高尔基本人也并非格格不入。从另一方面来说,《忏悔》是紧接在《母亲》之后问世的,而且造神派的策源地移到了工厂,即工人的中心,这个事实本身就表明是想把造神学说带到工人阶级的思想运动中去。

这里非常值得注意的是,生活真实即艺术真实所不可或缺的基础,怎样使一个艺术家去选取一定的社会素材来体现他的思想,而使他不得不受某些因素的限制,到头来他为了生活的真实而又不得不去损害那构成小说灵魂的造神派的思想真实本身的力量。

首先,作者只好不是选择一个工人,而是选择一个农民(玛特维)来作为小说的主人公,他不能硬生生地使一个典型的工人经历一次类似这样的进化。而且,这农民还是一个弃儿,无家可归的流浪者,也就是脱离了农民生活的经济结构的人。他生活在一处庄园的家庭,并娶了庄园主的女儿,因而他自己也一度成了这样的富农。所以,严格地来讲,这个人物甚至不能算是农民,说他是一个小市民倒更恰当些。从小他心里就有根深蒂固的宗教观念,他希望"按照上帝的意志"来生活,但由于屈从于岳父而过的那种巧取豪夺的私生活以及他对自己所生活的周围环境的观察,让他没有找到上帝的位置,这使他心情抑郁得无法忍受。于是作者又安排了一个便于小说向前发展的出路,他让玛特维先死了老婆,后来又死了孩子,这样小说的主人公又成了个单身汉。于是他就开始了他的流浪和探索。

他到神父、司祭长以及寺院中去找真理,这种艰苦漫长的流浪使他和俄罗斯大批的流浪汉有了密切的接触。"老人和青年,女人和孩子都在走呀,走呀,仿佛有一个声音在呼唤人们,我走遍了天下所有的道路,从而使我感到了一股力量,它抓住了我,使我不安,好像它答应我的心灵要把它开启……又好像是大地把人从它的胸前推开,一边推,一边命令他说:'走吧,去问吧,你有一天会明白的。'"

于是玛特维就开始去流浪了。他在流浪中遇见了约纳,这是高尔基当前这个创作时期的一个鲁卡,一个寻神者和造神者。这里首先应该注意的是,约纳也不是工人,而是过去的神父。在这里,生活的真实又使作者不得不在工人的环境以外去为他的新思想寻找体现者。约纳是一个信奉新宗教的民粹派分子的一个独特典型。他的造神观点的代表不是无产阶级,而是人民,"整个劳动人民"。这又是对生活一次真实的非常值得注意的让步。这已不是贯串在小说《母亲》里的那个旧口号:工人阶级和知识，而是提出了一个新的口号：人民和信仰。

玛特维问道："有人告诉我，信仰是捏造出来的，你怎么认为呢？"

约纳回答："我要说，那个人并不懂得他所讲的事情，因为信仰是伟大的感情，是创造一切的东西。它是从具有充沛生命力的人身上产生出来的；这力量是如此之强大，它总是刺激富有青春活力的人的理性，促使他去行动。可是，人在他的行动中总是受到束缚和压抑，外在的东西总是千方百计加以阻挠，因为大家希望他得到的是面包和铁，而不是他自己灵魂深处的宝物。而他还不习惯、也不善于利用他自己拥有的一切，他自己反被灵魂的捣乱给吓坏了，他在制造一个怪物，而又害怕露出自己灵魂的不安，他还不理解灵魂的实质；所以我说，他崇拜的是他自己信仰的形式，也就是他自己的影子。"

然而据约纳看来，即便有这样一些障碍，"造神的人才是永生和不朽的；如今他们又在暗地里专心地制造一个新的神，也就是你（指玛特维）所思索的那种东西——美和理智、正义和爱的神"。

这些造神者又是什么人呢？

"造神者其实就是普通老百姓。全世界数不清的人民。这是伟大的殉教者，比教会宣扬的所有的殉教者都要伟大，因为这种神，创造着奇迹。普通老百姓是不朽的，我就相信他的精神，信奉他的力量；他就是生活的唯一的和不容怀疑的基础：他是过去和未来的万神之父。"

伊塞茨克工厂的教师米哈伊洛·伊万诺维奇发扬的也是这种理论，而且还用的是富有知识分子味的语言。这些种子落到了玛特维的心灵深处，他逐渐成了造神学说的一个狂热的信徒。这并不是偶然的。对于虔诚地信仰宗教但又对古老的正统教义感到失望的渺小的小市民灵魂来说，最后终归会同这种装在宗教旧皮囊里的新的民主主义思想一拍即合的。到现在为止，作者给我们描写的基本是这样一些小市民典型：玛特维、过去的神父约纳、教师米哈伊洛、善男信女和农民。只要造神派的理论是在这些人中间流传，它就会得到他们的理解并对它感到亲切。

当作者把真正的工人，特别是有觉悟的工人带来和这种理论对质的时候，情形就变了。还是那种同样无情的生活真实又使作者假手自觉的无产者（例如彼得）摧毁了造神派学说。关于上帝的问题始终是米哈伊洛同他的叔叔（彼得）发生争论的原因。米哈伊洛一说起"上帝"，彼得叔叔就生气。"又来啦。你不要去相信这种东西，玛特维。这是他从他妈那儿带来的毛病。”

“‘你瞧着吧，叔叔，上帝对于玛特维是个根本性的问题。’

“‘别胡说八道，米什卡。见他的鬼，玛特维。根本就没有什么上帝。这是一片黑暗的树林：宗教、教会、所有诸如此类的东西都是黑暗的树林，林子里有强盗，你受骗了。’”

后来，这同一个彼得叔叔又极其明确地说出了他的看法，于是把约纳和米哈伊洛的造神派的幻想也全部粉碎了。

“你呀，米什卡，就好像从别人的菜园里偷来几条黄瓜一样，搞到一点宗教思想，就拿它来迷惑人。你既然说，劳动人民的使命是革新生活，那你就革新吧，可别去捡神父扔掉不要的破烂。”

彼得告诫玛特维不要醉心于“神父的破烂”那样的革新生活的形式，这是相当正确的，小说收尾的那一幕就最清楚地表明，玛特维把陷在僧侣罗网中的人们对古老的群众性宗教的狂热当成了造神派的群众性的新高涨（不妨把这个场面和列·安德烈耶夫的剧本《沙瓦》的最后一场相比较）。

这部小说的社会思想以及它在作者思想的发展中所起的作用，是有某些双重性的。如果从小说《母亲》的立场来看，我们就不得不承认《忏悔》鲜明地描写的是那些非无产阶级的和还没有觉悟的群众的错误思想；但如果把它看作是（小说的基调使我们更愿意这样来看）作者思想上的一种新的倾向，即同情造神派，那么根据彼得的指证，我们应该认为高尔基是背离了工人阶级的思想立场。作者这种新的情绪是否稳定而持久，还仅仅是向着思想上的某种新转变过渡的一个阶段，或者最后，多年来一直在寻找的人并且在未来的创造者——自觉的工人——身上找到了这种人的高尔基，现在会不会抛弃寻神派的烦琐哲学，从假想的创造者回到真实的创造者这边来，对于这些很有兴趣的问题也许只有在将来才能做出回答。

高尔基的思想世界就是这样。现在来简单地谈谈他的结构和描写手法。高尔基在他的早期短篇小说里就已提供了一种很有特色的风格的范例——明快、色彩绚丽，以及对于笔下所描绘的大自然的背景总是流露出喜爱之情，人物总是显得突出、鲜明和有特征。自然景色、登场人物和语言本身在高尔基的作品里永远是和谐的，情节的基调也永远让人感到愉快。个人主义者和主观主义者的高尔基，使所有这些因素都服从他的那个主要的情绪。因此，那笼罩着他早期短篇小说时期的浪漫主义情绪以及大自然的图画都和现实主义有着很大的距离，这也就不必奇怪了。高尔基的描写手法本身是带点印象主义的，这种手法完全着眼于把当时直接体验到的生动的印象表达出来，而不考虑这些形象是否符合客观的现实。高尔基在自然景色中偏爱的是大海、天空、阳光、原野。

到第一个时期结束的时候，高尔基的风格有了一点儿变化。他由短篇小说转到写剧本，但是，他并没有创造出自己的手法，而是运用契诃夫所制定的形式：总是用同样的情绪和场景、同样的音响效果和对话来代替动作；用一大群难分轩轾的重要人物来代替个别主人翁。写完剧本《敌人》之后，他又回头来写小说，这时高尔基就使他过去的那种描写风格具有了一种适合他自己内心发展的新的基调：语言和结构也成了某种真实的探索者。他先前那种不可遏止的乐观精神，连同使人眼花缭乱的、鲜明斑驳的色彩，无忧无虑的、优美的歌声，以及那种对于“不思想、不发愁、不杞人忧天”和简单的“动物式”幸福的渴望，现在都看不到了。语言变得精炼、含蓄和耐人寻味了。

从纯艺术的观点来看，高尔基早期写的那些“流浪汉”的短篇小说成就最高。但是他的大部头小说都写得不成功；《福马·高尔杰耶夫》、《三人》以及《母亲》这些作品都很冗长、呆滞，好像是用许多片断组合而成的；艺术性在这里明显地成了政论的牺牲品。只有一些个别的场面写得还不错。高尔基在剧本这种形式上的创作也不是特别成功。除了《在底层》这部艺术上十分完整的、强有力的作品外，其余的剧本都未产生出作者在选择剧本这种形式时所期望产生的那种印象。在这里，很可能是契诃夫的结构手法害了作者：契诃夫的那种结构手法只适宜于一定的素材，只宜于描写停滞的生活。就是在这里，即使出现的是能够采取具有历史意义的积极行动的人物和团体，也未必可以把他们的生活放进那个“没有行动”的特定形式里。但是，除了形式不成功这个问题以外，还应该指出，自从高尔基不再完全是描写，而开始把一定的社会任务提给自己的创作去解决的时候起，艺术形式在社会内容的面前就越来越退居次要的地位。他成了艺术中的政论家。

我们根据高尔基思想进化的各个发展阶段对其做了一番探索。我们看到，高尔基从在文坛上起步的那个时候开始，就确实是一个“真理”的探求者，探求那能够用温暖的光辉给受难的群众照亮道路的真理。早在革命以前，当还只是模糊地感觉到伟大事件即将到来，而无产阶级的政治面貌也还没有明确地形成的时候，高尔基就起来反对那个建筑在剥削与特权基础上的社会，捍卫那些饱受这个社会排斥的社会阶层。随着工人阶级未来的作用越来越明显，高尔基也就摈弃了他对流浪生活的美化，成了无产阶级革命的海燕。

在高尔基整个 17 年来的文学活动史，在这个敏感而沉思的艺术家的多样而富于变化的情绪中，我们还是可以看到能说明他的心理活动的特征的某些不变的因素。我们已经在上面着重指出了他的人道精神，对人敦厚的态度；他要求理解别人，了解人们的境况和思想；他深信真理最后必胜，所以他顽强地去探求这种真理，虽然它的内容有改变；他始终不渝地忠实于一切被压迫者，不可调和地仇恨一切压迫者——所有这些特征像一根红线似的贯穿于高尔基多年的创作活动。因此，他的艺术面貌对于最广泛的各界读者来说都是亲切的。他在自己最初的短篇小说中出现时是这样，今天也还是这样。

编后记

本文是瓦茨拉夫·瓦茨拉沃维奇·沃罗夫斯基（简介请见前文第 166 页）《现代俄罗斯小说史略》的第一章，初次发表在 1910 年环节出版社出版的《现代俄罗斯文学史略》文集里。本译文选自沃罗夫斯基《论文学》，人民文学出版社，1981 年版。

非神圣的罗斯（高尔基的信仰）

作者［俄罗斯］德米特里·谢尔盖耶维奇·梅列日科夫斯基
译者 袁再旺
校对 于明清

一

俄罗斯去向何方？伟大的俄罗斯作家们回答了这个问题，他们就像长期路标，为人们指明了俄罗斯道路。

最后的路标是托尔斯泰。他之后就没有别人了，就好像是俄罗斯之路走到了尽头。不，也许，继托尔斯泰之后的作家高尔基可以算是一个。

和那些伟大的作家相比，高尔基不算什么。因为他出生时默默无闻，成年之后才开始声名鹊起，达到自己的事业巅峰和极限。他的伟大属于过去，而在将来也许会不值得一提。这就是为什么高尔基同那些伟人相比就如同幼儿之于成年人，就如同刚刚破土的嫩芽之于繁茂而古老的橡树林。但是，那些伟人毕竟已经作古，而高尔基才刚刚起步。伟人们代表着过去和现在，而高尔基则代表着未来。俄罗斯从何而来这个问题要靠那些伟人来评说，而俄罗斯最终将要去向何处却要看高尔基的了。

在那些伟人的作品中体现了意识向人们的自发势力靠拢的倾向。而在高尔基的作品中则恰恰相反，体现了人民自发势力向意识靠拢的倾向。

意识控制了自发势力。人民向意识靠拢就意味着向权利靠拢。人民产生的意识也就是人民产生的权利——“人民政权”、“民主”。高尔基是俄罗斯民主制的第一个，也是唯一的代表。

这些伟人是独一无二的、不可复制的天才人物；这样的人，过去没有，将来也不会有。而高尔基却好像没有什么特色；他的特色就是大众化、全民化。虽然少数人的权利（广义上的“特权”）是已经实现了，但是大多数人的权利（广义上的“民主”）却还在完善中。最后一次，也是最有影响的个人行为体现在那些伟人的作品当中，而第一次，也是最悄无声息的全民现象则体现在高尔基的作品当中。

大多数的人都毫无个性可言，这使我感到害怕。但要知道，如同所有的嫩芽在表面上都毫无个性一样，所有的种子也都毫无区别。但与此同时，在他们中间可能隐藏着新的、优秀的、完美的个体。如果种子不死就不会再生：一个牺牲换来所有的重生；用一个人的生命换来多数人的生命。

那些伟人过于复杂，可能是因为他们渴望朴素、全民化或平民化吧。高尔基过于简单，可能是他渴望有意识或无意识的复杂吧。

就艺术创造方面而言，托尔斯泰和陀思妥耶夫斯基要比高尔基重要得多。对于托尔斯泰和陀思妥耶夫斯基，我们可以用他们说过的话来评判他们；对于高尔基，我们则不能这样做：他这个人比他所说过的话更重要。

不论是高尔基，还是托尔斯泰，亦或是陀思妥耶夫斯基，他们都有这种创作能力，又因为高尔基是大众的，或者说是将来的大众的，所以，从生活这层意义上讲，高尔基的创作能力并不比托尔斯泰和陀思妥耶夫斯基差。

从生活这个角度讲，高尔基也是“渺小的”，但与那些伟人一样，他也不失为时代的标志。或许，我们现在该仔细研究的不是那些伟人，而是高尔基，以便于我们能了解这个时代，回答俄罗斯去向何方这个问题。

二

几年前有人预言说“高尔基的时代就要结束了”。这预言对错参半。因为作为人类预言家的高尔基确实是不在了，但一个高尔基消失了，另一个高尔基又出现了。

高尔基，像极少数人一样，经受住了火一样的考验——被人认为是徒有虚名，他所做的，都是所有有气魄的俄罗斯人才能做到的事——烧毁所有崇拜的东西，崇拜所有烧毁的东西。要知道，他以前确信这正是一个最新的真理——“个人就是骄傲”——个人可以对抗人类，一个人可以对抗所有人——但是他现在却否定了这一真理，认为它是一个最新的谎言。他否定了自己，也克制自己。现在，任何考验，哪怕是火一样的考验，他也不会感到害怕：只有经受住火的考验才能历练出钢铁一样坚强的人。

在这种历练过程中，别人的脸，也是“超人的”、“卓越的”、“唯一的”蓬松面具一点一点地变成灰烬，而自己那质朴的脸、大多数人的脸、全民的脸逐渐显露了出来。

不完全意识，即半意识瓦解了自发势力。一个来自人民的人，在成为“半意识”、“半知识分子”后就背叛了自己人民的自发势力。高尔基也是这样背叛了自己人民的自发势力，他也是第一个走到“尽头”的人。之后，这个“开始背叛的人”却又重新回到了人民的自发势力当中，或者是想要回到人民的自发势力当中。但如果不经历完全意识，就不能重新回到自发势力当中，而这种完全意识不可能不是宗教的，因为宗教正是意识的界限、实现和完善，宗教也能把所有的意识的片段连接成一个统一的整体。这就是为什么高尔基要探索宗教文化——可能，目前他只是无意识地探索，——这种事情也经常发生在这种半意识的人身上。

对高尔基来说，其他的方法都无法让他了解人民的自发势力，只有运用宗教意识才能做到。从高尔基的《童年》中可以看出这一观点。

不仅从艺术层面上说《童年》是一本好书，一本永恒的经典著作之一（因为太过经典，所以很少有人评价它），而且从宗教层面上说，它也是一本有着深远意义的好书。《童年》解答了普通俄罗斯人如何寻找上帝这个问题，除这本书之外，俄罗斯其他任何作品都没做出过解答，当然，这其中不包括托尔斯泰和陀思妥耶夫斯基。

我们的宗教意识烙上了托尔斯泰和陀思妥耶夫斯基的印记；我们不可能离开他们，但高尔基却做到了这一点，抛开了他们和他们的宗教观。他是第一个，也是唯一的一个，绕开托尔斯泰和陀思妥耶夫斯基谈论俄罗斯人民生活的人，他甚至还反对托尔斯泰和陀思妥耶夫斯基的宗教思想。高尔基的宗教观的一切都是全新的、出乎意料的、未曾考验的——是一片真正的宗教的新大陆。

难道一个异教徒就可以这么做吗？高尔基经常描写的最真实的、最有感染力的、最经典的东西都是宗教的，难道这只是偶然吗？

出于一个知识分子的意识或半意识，他否定宗教。但在他的知识分子意识和人民本质之间，还是存在着不可调和的矛盾。正是如此，他才忍痛极力反对宗教，克制自己。现在有个问题：高尔基能否成为俄罗斯将会变成什么样的先知者？究竟是人民意识的、人民政权的俄罗斯，还是真正的宗教意义上的“人民政权”、“民主制度”的俄罗斯？

作为一名知识分子，高尔基说：“不需要宗教，不需要上帝”，而他的人民本质又那样说道：“在童年的日子里，有关上帝的那些思想和感触是我最主要的精神食粮……上帝是那些环绕着我们的诸神中最好的、最神圣的那位。”

那就是我儿时的想法，当它头尾相连的时候就形成了一个圈子。高尔基的一切以上帝开始，难道会不以上帝结束吗？

“祖母的上帝”就是他的上帝。《童年》中的小阿廖沙·彼什科夫（即高尔基本人，他对此并没有隐瞒）的祖母是他的精神母亲：她创造了这个思想，让这个思想公之于世——在童年时，正是这个思想保护并拯救了我，迄今为止，它还一直在拯救我，并且可能还将一直拯救下去。

“我躲在黑暗中睡觉，就像祖母在我身边一样，但是她却真出现了，叫醒我，让我又回到了现实中……她是我一生中另一个最贴心的人。”她是我一生一世最亲近的人。如果真是这样，如果祖母还在，那“祖母的上帝”就是我童年中最好的，也是最神圣的，而且一生都将是如此。

祖母满脸皱纹，这一形象鲜明生动；她不仅是一个生动的人物形象，而且也具有标志性，可能在所有的俄罗斯文学作品中再也找不到比祖母这个形象更具预见性、概括性的人物形象了，当然除托尔斯泰和陀思妥耶夫斯基的作品之外。

祖母是俄罗斯民族宗教本质的体现。否定祖母就意味着否定俄罗斯。高尔基当然没有这样做，甚至连想都没想过。无论怎样否定宗教，无论说过多少不信神之类的话，无论怎样的宗教无意识，或者比这更糟糕的半意识，他仍然没有否认自己人民的、“农民的”本质，即“基督的”本质。如果说祖母确实代表着俄罗斯，那高尔基对自己祖母的描写比对自己生活的描写还要多，甚至要多于忏悔，——这是关于俄罗斯去往何方的一次演讲和预言。

“她对世界无私的爱使我得到了充实，使我在面对生活的艰辛时充满力量。”

“要爱世界”，这是祖母的宗教观，也是高尔基的宗教观。这是一个怎样的宗教观呢？是基督教的？但要知道，基督教教徒信奉的是人们并不是来自这个世界：“不爱世界，也不爱世上的一切，爱世界就意味着仇视上帝。”而祖母是既爱世界又爱上帝的，对于基督教徒来说，“上天的”就意味着“非人间的”；爱上天的就意味着憎恨人间的。而祖母是天上和人间一起爱。当她自己就在人间时，她怎么能不爱人间呢？

“你的祖母多好啊，人间多好啊！”有人这样评价。

“和祖国一样，你是我真正的母亲。”有人这样对她说道。

阿廖沙·彼什科夫听到了这些话，而高尔基却用自己的“一生”永远地记住了这些话。要知道，正是“对人间的爱”和人间的奥秘把他和祖母以及她的人民本质联系在一起，因为人民的奥秘就是人间的奥秘。

如果基督就是基督教，如果在基督教中一切都是毫无希望的、虚伪的，那么祖母的信仰就不是基督教了，也不是基督了。这时，祖父的东正教就是对的了：

“不要相信这个老傻瓜。她从小就愚笨无知。”

但是，如果基督要比基督教大一些，如果在基督教中不只有那些基督教特有的东西，而且还有一些别的东西，那么祖母的宗教可能就不是基督教，而是真正的基督。

祖母并不神圣，反而是有罪的、“罪大恶极的”。她喜欢跳舞、唱歌、抽烟、喝酒，并且认为喝醉了之后，“一切都会变得更美好”。

“上帝，上帝啊，一切都太好了！你看看啊，一切都是那么好！”醉酒的人这样说道，确切地说，是祈求。

这些酒鬼通常是不会好好祈祷的。

“你这个木头脑袋，我教过你多少次了，该如何祈祷，而你总是自顾自地瞎念叨，你这个异教徒……该死的楚瓦什人！”

你自己念叨的那些东西不是宗教的，不是东正教的，可能也不是基督教的。你的念叨那么随意，那么奇怪，其实什么也不是，向东正教的女神这样念叨是不恭敬的。对上帝说得这么“生动”，就像在向他“建议”什么一样，在向上天“埋怨”一样，像是在大发脾气，反抗上帝一样：“上帝，难道你没有足够善良的理智分给我和我的孩子吗？”就怜悯一下上帝吧，他是“万物可爱的朋友”，他是完美的，但不是万能的，也不是无所不知的：“如果他什么都知道，人们或许就不用做那么多了！天啊，他也许正在天上看着人间，看着我们所有的人，而再过一分钟，他仿佛酝酿着激昂起来：“你们是我的人民，我可爱的人民！啊，我是多么可怜你们啊！”这个哭泣的上帝是“失去理智的”、“无知的”。在《圣经·创世纪》里被奉献牺牲的羔羊，是不是非理性的？只有那个是常见的、陈旧的，而这个是新的、非凡的。

祖母不会好好地向圣父、圣子进行祈祷；但在人类的语言中，没有比《圣母赞美歌》更美好的祈祷文了。

“高兴得难以自拔……开花的苹果树……我那圣洁的心……金色的太阳……”

不，这是独一无二的，无法再现，应当亲自听一听。最令人惊讶的是，你会听到那些深藏在人民心中的、前所未闻的东西，不是托尔斯泰的基督教，也不是陀思妥耶夫斯基的东正教，而是高尔基的“不信神”。

什么“圣母”？祖母自己也不知道。如果你向她问这个问题，她就会把喀山的、吉和文的、费多洛夫的圣像，或者是某个当地的圣母像指给你看，这就是她意识中的圣母，但事实并非如此，这只是她无意识的宗教观所做出的“引导”。

“你就像祖国，是我真正的母亲。”她可能会这样对圣母说，就像有人也这样对她说一样。或者就像陀思妥耶夫斯基的《恶魔》中的一个有先见之明的人那样说；“圣母是这样一个伟大的母亲，用自己的乳汁灌溉大地。”母亲的奥秘就是祖国的奥秘。

在教条的基督教中，有“三位一体”——圣父、圣子和圣灵；但在祖母的宗教观中，却是圣父、圣子和圣母。祖母好像不是基督教徒，而是一个“异教徒”。圣灵的圣像是不公开的、不被信仰的、也是没有完成的，他隐藏在大地母亲的圣像中。

圣父第一个出现在遗训中，圣子是第二个，难道圣灵是最后一个，也就是第三个出现的吗？圣灵是神圣的身体、神圣的大地、永恒的母性、永恒的温柔。如果圣父《启示录》代表对世界（大地、自然、太空——基督教以前的信仰）的爱，如果圣子《启示录》代表的是对上帝的爱（非大地的、反太空的、“不来自这个世界的”，而是来自基督教），那么圣灵《启示录》

代表的是对大地、对天空的爱，也就是爱上帝，也爱世界。要知道，这就是祖母的宗教信仰，这就是她这个“年老无知的大傻瓜”触及到的东西。

莱蒙托夫、丘特切夫、涅克拉索夫、弗拉基米尔·索罗维耶夫和陀思妥耶夫斯基这些伟人也已经探讨过这个问题，那就是紧随他们而来的，比宗教意识更崇高的俄罗斯人民。“这非常正确、非常俄罗斯。”有人谈论祖母的宗教观时这样说道。

就这样，俄罗斯很强的宗教意识与俄罗斯根深蒂固的宗教自发势力结合起来了。更令人惊奇的是，现在我们已经隐隐地看到和感觉到了这种结合，但与自发势力结合的不是托尔斯泰的基督教，也不是陀思妥耶夫斯基的东正教，而是和高尔基的“不信神”。

他憎恨并且鄙视俄罗斯知识分子中那些“探索上帝”的人，但同时自己却又像是一个无足轻重的人一样接近他们；那些知识分子在自己的知识范畴里创造出了什么东西，他也紧跟着在人民自发势力中创造同样的东西，人们用不同的语言诉说着这同一个观点。

三

祖母代表俄罗斯，但并不代表全部的俄罗斯，因为根据高尔基的预言，俄罗斯有“两种精神信仰”，这也许是他所有预言中最具预见性的。一种精神信仰是祖母的，另一种是祖父的。祖母代表美好，而祖父代表丑陋。祖母的上帝是善良的——“是万物可爱的朋友”；而祖父的上帝则是邪恶的。如果祖母的上帝是真正的上帝，那祖父的上帝就不是上帝，而是魔鬼。

可能对阿廖沙·彼什科夫来说，上帝差不多就像祖母那样，但对高尔基来说，就不完全是那样了。现在，高尔基已经知道，祖母并不是全对，而祖父也不是全都不对，他也有对的东西，“非常正确、非常俄罗斯”的的东西。

祖父并不永远都是邪恶丑陋的。

“要知道，他曾经被那些美好的东西伤害过，之后他就认为，没有比自己更聪明的人了，从那时起他就开始变得喜欢发怒，也变得糊涂了。”

“祖父在复活节的第一天打了我，从午休时一直打到晚上。打一会，累了，歇一会，再接着打。”

“为什么？”

“不记得了……”

祖母比祖父强壮得多，他不相信祖父能打过自己。

“难道他比你强壮？”

“没我强壮，但却比我老……上帝让我对他负责，并嘱咐我要忍耐。”

甚至就连小阿廖沙也感觉到了祖母缺少点什么东西。“有时候，我也希望她能说一些骂人的话，吼两嗓子。”但是，她总是什么也不说，一直忍气吞声。祖母越忍让，祖父就越是发怒，也越糊涂。

祖母虽然不是神圣的，但“近乎神圣”，她最大的罪过不在于她的罪过，而在于她的神圣。她越神圣，周围的人就显得越罪过。

努力去了解，但终究没能了解。仔细去观察，但终究没有去做。祖父尽力地去了解，去做，但仍然是了解得很少，做得也不好；但在俄罗斯缺乏的正是这些东西，因此，即使做得不好，了解得不多，那也比没有去做要好。

祖母身材高大，有些胖，性格优柔寡断。祖父身材矮小，却很结实，脾气尖酸刻薄，就像一块鱼骨头，即使这样，他却仍能吞下身材高大的祖母，而却没有人可以吞下他——鱼骨头会卡嗓子的。

祖母胸怀宽广，没有什么脾气。祖父心胸狭窄，但却很有个性——实际上就是很残暴——但他所有的性格组成了他的个性。

祖母是醉醺醺的，而祖父是清醒的。

祖母令俄罗斯变得无限宽广；祖父在俄罗斯长途跋涉，想要把它握在自己的手中，但如果没有祖父，祖母可能就会像发面里的酵母一样崩溃。

总之，如果俄罗斯只有祖母而没有祖父，那么活活啃食“神圣的罗斯”的就不是佩彻涅格人、波洛伏奇人、蒙古人以及德国人了，而是自己民族的蛀虫。

祖母代表面向东方的古老俄罗斯，祖父代表面向西方的新俄罗斯。祖母是无知的，祖父是半无知的，如果有一天俄罗斯告别了无知，那么，应该感谢的人不是祖母，而是祖父。

在语言上，在自我剖析上，祖母是个“异教徒”、“自由的人”，而实际上她认为是“上帝嘱咐（她）要忍耐”。祖父是“东正教的”、“专制的”。因为小时候他无力反抗，所以他需要忍耐，但他长大以后，就不需要再忍耐了。总之,如果有人在俄罗斯反抗,那么这个人一定不是祖母,而是祖父。

“你要紧紧抓住祖母。”有人这样告诉阿廖沙。高尔基将这个建议付诸了行动:紧紧抓住祖母,但他抓祖父可能抓得更紧。如果把铁一样的人放在火中锻炼,出来的将是钢一样的人,那么,应该感谢的人不是祖母,而是祖父。

祖母的真理是“神圣的罗斯”,这很容易理解:她闪闪发光,光辉灿烂;祖父的真理是“非神圣的罗斯”,这很难理解:他的真理,它透过残暴的外衣闪现着微弱的光芒。托尔斯泰和陀思妥耶夫斯基都没有理解祖父的真理,因为他们只看到了它的外表,而高尔基理解了这个真理,因为他看到了它的本质。

四

《童年》也描写了俄罗斯的两种精神信仰。几乎与《童年》同时,高尔基还写了另外一篇同样具有话题性的文章,这并非偶然,因为这篇文章的题目就是《两种精神信仰》。

俄罗斯有两种精神信仰——亚洲的、东方的和欧洲的、西方的。在东方,宗教占有统治地位;在西方,科学占统治地位。宗教信仰那些不存在的东西(如上帝的存在、阴间生活和其他的“迷信”、“幻想”);宗教是谎言。科学让人信仰那些存在的东西(如“自然规律”);科学是真理。俄罗斯正在毁灭,或者说是正处在毁灭的边缘,因为俄罗斯正在东西方两种信仰之间踌躇不定。若想自我拯救,我们就必须不再犹豫,并做出选择:那就是抛弃东方,抛弃宗教谎言,而去信赖西方,崇尚科学真理。

多么简单啊,而如果这不是说高尔基的,那么这句话应该就是关于他的——多么忠厚老实啊,像个孩子一样。

值得反驳吗?需要证明不必在“迷信”、“幻想”、思想欺骗和宗教经验之间划等号吗?需要证明在推翻评论家的评论之后,又在科学经验和理性哲学的基础上得出了上帝是存在的或者是上帝是不存在的这两个一样无知的结论吗?

如果高尔基是无神论者和教条主义者,那么,对于“科学思维”和了解它的唯一方法，高尔基就没有什么可说的了，因为，任何的教条主义，不管对错与否，对他而言都无所谓，任何的信仰，认为上帝存在与否，对他而言也都无所谓——这与“科学思维”的规则是相矛盾的。而如果他是实证论者和不可知论者，那他又是如何把“不可知的”与“不可认识的”弄混淆了呢？他值得找时间翻阅一下不可知论的创始人斯宾塞的《开端》，以便能明白“不可认识的”由于自己的科学特性是永远不可知的这一道理。高尔基就是如此的不懂哲学。

当在对比宗教的东方与科学的西方这两股世界历史上的均衡势力的时候，他又因为不懂历史说错了话。如果按照欧洲人的思维去理解宗教，认为宗教就是有神论、上帝存在，——高尔基就是这么理解宗教的，那么信仰佛教的东方就是非宗教的、无神论的，因为佛教是最纯粹的无神论。只有在与西方交往之后，东方的宗教才变成我们欧洲人思维中所谓的宗教——有神论的宗教（拜火教、犹太教、伊斯兰教）；离开西方越远，越向东，人们就越信仰无神论。其实，所有的宗教和所有的科学体系（古埃及科学体系、以希腊罗马文化为基础的亚述巴比伦科学体系）都起源于东方，但却都在西方成长壮大；其发源于东方，却在西方开花结果。东方是人类宗教的过去，而西方却是人类宗教的现在和未来。基督教起源于东方，却在西方发展壮大。如果基督教是历史性和世界性的，那么，西方将是宗教的，而东方不是。

在对比宗教和科学的绝对直觉和绝对行为时，高尔基又因为不懂心理学而说错了话。宗教或许是微不足道的“思想欺骗”，或许是人类意志的最充分的体现，而意志又是人类行为的唯一动力。理智指明方向，意志决定并完成人类行为。这就是为什么无意志、无行为的宗教对于已经停止燃烧的火堆感到无所谓：火熄灭了，火堆自然就停止燃烧了。而当宗教不再是宗教时，就又没有什么积极作用了。与此相反，虽然科学只是无意中不再是科学，并使自己转向“宗教”，也从理智转向意志，但科学却变得有积极作用了。为了有所作为，就必须去了解并希望得到应得的东西，但对于科学而言，没有什么是愿望的和应得的，有的只是给予。

在高尔基看来，宗教奴役了个性，而科学却解放了个性。但“个性”与“自由”这两个概念是不可分割地联系在一起的，而对于科学而言，却没有自由可言：规则是必不可少的，决定论是科学思维的基础。这就是为什么科学不知道“个性”，只知道“不可分割”、无个性的“种”与“类”的“个体集合”的原因。因此“个性”与“自由”这两个概念完全不属于科学，而属于宗教。为了肯定个性，就必须肯定自由，就必须在他的极限点，也就是死亡的时候或是个性消亡的时候克服那些规则的束缚。这就是信仰绝对自由和绝对个性的基督教所做的事情。

在高尔基对宗教的所有评论中只有一点是对的，那就是宗教是“有害的”。但要知道，通常任何精神力量都是有害的：精神力量越大，危害就越大；宗教是最强大的精神力量，也就意味着它的危害是最大的。但如果因为火引起了火灾，人们也不能因此就不再用火。

五

说到宗教，高尔基不知道说什么。但重要的是，不是他知道什么或者他不知道什么，而是他想要什么或者不想要什么。

他不想要宗教，因为他希望能爱这个世界，而所有的宗教都宣扬不能爱这个世界。

那祖母的宗教观又是怎么回事呢——她怎么爱这个世界又爱上帝呢？“她对世界无私的爱”是我得到充实，是我有力量面对生活的艰辛。

他现在已经忘了他的祖母，而如果没有忘记的话，那他也会像祖父那样骂她：“你这个愚蠢的老傻瓜！”

按高尔基自己的话说，“两种精神信仰”其实就是描写战争的——“就像一场灾难，从来不会让人感受到和平，也破坏了欧洲人的生活。”灾难到底是怎么产生的——是因为东方的宗教，还是因为西方的“科学”？看起来很明显，没有宗教的“科学”就是半科学，它不仅不能把世界从灾难中救出来，也许还是造成灾难的主要原因。当人类的理智确信理智就是一切，除了理智人身上再无他物，除了理智人不再需要别的东西时，理智就变成了不理智。

“要知道，理智以前是很好的，我们的祖母也认为没有比它更聪明的东西了，但就从那时起，理智就开始浮躁了，变得愚蠢了。”

我们现在亲眼目睹着这个被激怒的、糊涂的、失去理智的头脑做出了如此多的非人的恐怖事情和卑鄙行为。这就是祖父。他就像一只狡猾而残暴的“艾虎”一样殴打着身材高大的祖母——“从早到晚的殴打；打一会，累了，歇一会，再接着打；一会儿使用绳索，一会儿随手抓着任何东西打。”他在打，而祖母却在忍气吞声，祖母忍耐着，还可怜他那疯狂的“不理智”：“哎，老头子，老头子，你在上帝的眼里就像一粒灰尘！”

高尔基忘了祖母，但终究又想起了她，他本来已经离开了她，但又回到了她的身边。

也许，不仅是俄罗斯，就连高尔基也有“两种精神信仰”，因此他也很痛苦，在这两者之间徘徊不定——一会儿选择东方，一会儿选择西方，一会儿是祖母，一会儿是祖父。在这两者之间应该救哪个，又该杀死哪个呢？

但也许不必杀死任何一个，而应该两个都救。把“两种精神信仰”合而为一。因此，也许，俄罗斯不是东方，也不是西方，而是东西方的结合体。

为了能结合两者，就不能混淆两者，而为了不混淆，就应该把二者彻底区分一下。高尔基正是这么做的：区分，然后再把俄罗斯的这两种精神信仰分离开，并变成自己的个人信仰。而如果他的信仰因此被摧毁了，那也不会白费力气：他牺牲了自己的信仰，拯救了别人的信仰。

就这样，“不信神”的他却干着上帝该干的活。分离两种信仰——东方的和西方的——如同把行动从直觉中分离出来，把天和地分离开一样——这是一个人不彻底的、也不永恒的真理。但是除了牺牲两个不永恒真理中的一个，就没有别的办法可以得到一个永恒的真理了；但必须清楚我们要牺牲什么，为什么而牺牲。高尔基还不明白这些，但将来他会明白的。

“神圣的罗斯！神圣的罗斯！”我们不停地说道，当然，这是在亵渎神灵。“不，不是神圣的，是有罪的。”高尔基说着，如同他以前从来没有说过一样。

有一天，祖父把阿廖沙打得失去了知觉。“从那一天起，”高尔基回忆道，“我的心好像被剥了一层皮，它开始对所有的苦难，无论是自己的还是别人的都非常敏感。”现在这颗被剥了一层皮的心在高尔基的胸膛里跳动。

有一天，“穿着新制服的”老爷，也是阿廖沙的继父，在打他生病的母亲。“就是现在我仍然记忆犹新，”高尔基回忆道，“一条可恶的长腿，沿裤腿镶着明亮纹饰的裤子，我似乎现在还能看见那条腿是怎样在空中摆动着，然后结实地踹在一位妇女的胸口上。”阿廖沙抓起刀砍向了继父。

高尔基至今还记得那把刀：不是别的，准确地说是血淋淋的、沾满血腥的：俄罗斯的委屈也是母亲的委屈。

两种感情都让我们感到亲切，
心灵在他们中间寻找食粮：
对故乡和老家的爱，
对父亲的死亡的喜欢。

但是对阿廖沙来说，"父亲的死"就是"舅舅在冬天把他的父亲扔进臭池塘的冰窟窿里"。这就是高尔基必须去爱的"祖国"。

但祖父把"祖国"往死里打的时候，祖母却忍气吞声。"上帝嘱咐我要忍耐。"这让我们深受感动：

亲人长期忍耐的极限，
俄罗斯人民的极限！

"神圣的罗斯！神圣的罗斯！"高尔基没有被感动。如果我们一切的卑鄙行为都来源于这种"神圣"，那么这种"神圣"就是万恶的。

"想起俄罗斯野蛮生活中的这些见不得人的卑劣的行为，我就无时无刻不在问我自己：说这些到底值不值得？但马上我就带着一种新的自信回答道：'是的'；因为这虽是一个下流的真理，但生命力却很强，它现在并不会消亡。必须彻底地去了解这个真理，以便从我们的思想中和艰难的生活中，把它从根本上铲除掉。"从来没有人像高尔基这样评说这个真理，因为其他人只是看到了它的外表，而高尔基却看到了它的本质。

在我们和托尔斯泰以及陀思妥耶夫斯基看来，这就是"顺从"、"逆来顺受"、"无作为"，而在高尔基看来，这却是愤怒、反抗、有作为——"非常正确、非常俄罗斯"。高尔基在俄罗斯从何而来，又去往何处这两个问题的解答上，要比托尔斯泰和陀思妥耶夫斯基高明得多。因此，从这一点来说，有罪的俄罗斯要比"神圣的俄罗斯"更为神圣。

那么与"神圣"相比，难道我们应该更爱有罪过的，难道应该更加信仰有罪过的吗？高尔基就是这么做的，他爱有罪过的，也信仰有罪过的。

"我们的生活令人惊讶，不仅仅是因为它孕育了如此多的粗野的废物，还因为在这个废物阶层中居然产生了善良……这种善良唤起了人们一种不可动摇的信念，那就是相信文明幸福生活一定会到来的。”

从来没有人像高尔基这样评论这个信念，这还是因为其他人都只是看到了它的外表，而高尔基却看到了它的本质。只有亲自穿过俄罗斯过去和现在的黑暗，才能评论俄罗斯未来的光明。

是的，高尔基信仰的不是虔诚的、温顺的、奴性的俄罗斯，而是有罪的、有反抗精神的、解放了的俄罗斯。要知道“神圣的罗斯”是不存在的；要相信的是神圣的俄罗斯即将到来。

“不信神”的他就这样干着上帝该干的活，信仰着这样的信仰。他通过这种信仰接近我们——这要比托尔斯泰和陀思妥耶夫斯基更为亲近。现在，我们不是和托尔斯泰以及陀思妥耶夫斯基在一起，而是和高尔基在一起。

编后记

德米特里·谢尔盖耶维奇·梅列日科夫斯基（Дмитрий Сергеевич Мережковский，1865—1941），俄罗斯著名诗人、作家、剧作家、宗教哲学家、文学评论家。1888年出版第一本诗集《诗作（1883—1887）》，1892年出版《象征集》，1893年刊印小册子《论当代俄罗斯文学衰落的原因及其新流派》，为俄罗斯象征主义奠定了理论基础。给他带来声誉的是文学评论集《永远的同路人：世界文学中的肖像》（1897）。同时，他从事翻译及《基督与反基督》三部曲的创作，并出版了文学研究论著《托尔斯泰与陀思妥耶夫斯基》。1906—1914年间主要居住在巴黎，其间出版第二部三部曲。死后葬在巴黎近郊。

第三辑

综合批评

艺术家高尔基

作者 [俄罗斯] 阿纳托利·瓦西里耶维奇·卢那察尔斯基
译者 蒋路

我已经讲过，我们认为，就时间来说，高尔基是世界第一个无产阶级作家；就等级来说，他也是第一个无产阶级作家。然而直到最近还有人怀疑：高尔基是无产阶级作家吗？这种怀疑不仅见于资产阶级评论家和半资产阶级的小市民评论家的很多著作；甚至从很多共产主义评论家方面也能听到类似的疑问；其中某些人表示可以承认高尔基是无产阶级作家，但同时也有相当大的保留，结果是，他们同这种承认南辕北辙，恐怕更甚于那些公然宣称高尔基不算无产阶级作家的人。我不一一列举这批评论家。我只举两个相当突出的例子。

其中一个是拉狄克[①]，他写过一篇极其尖锐的文章抨击高尔基，不但宣称高尔基是一颗松动的病牙，时而歪向这边，时而又倒向那边；他甚至还宣称，无产阶级的颚骨容不得这颗病牙。这恐怕是同我们对立得最厉害的一种评价了。

拉狄克接着又说明，高尔基对无产阶级是当然有用的，但并非任何对无产阶级有用的作家都是无产阶级作家。[②]

戈尔波夫自命为马克思主义者和接近我们的评论家，他在自己的专著[③]的开头几页承认高尔基是无产阶级作家，然而他接下去又说，高尔基

① 拉狄克（1885—1939），十月革命后初期曾任联共中央委员的要职，20世纪20年代后期一度参加托派，1937年被判刑。

② 详见1922年7月16日和20日《消息报》。

③ 指戈尔波夫的《马·高尔基的道路》（1928）一书。

有大量的过错。奇怪的是，戈尔波夫继续认为，列宁居然没有看出也并不了解这些过错，尽管现在任何一个工农速成中学学生都能一目了然。

从某些方面讲，这简直是骄横狂妄到了极点，竟以为列宁还会失察，还会漏掉什么，还有什么事情不知道，更何况是这种不但每个工农速成中学生，就连戈尔波夫也一目了然的事情。

凡是关注我们这条战线上的艺术学讨论的人都知道，甚至在我们文学艺术和语言研究所的队伍中，对这个问题也有若干分歧；一批研究高尔基创作的研究员，因努西诺夫同志在对待高尔基的态度上有所保留而表示过极大的遗憾。①

由此可以断定，这个问题似乎还有争议。

我已经讲过很多次，我不劝任何人去同马克思、恩格斯和列宁争辩。这是白费劲。结果照例是争辩者遭到惨败。我们还没见过有什么人能够胜利。最好是谨记着这三位的大智大慧、他们的渊博的学识、他们的深刻责任感、他们的阶级坚定性；如果你在什么事情上同他们相左，你就再琢磨一千次，看你对不对，如果到第一千次你还不信服，你就再琢磨到一千零一次，因为在具有重要性原则的问题上面，我们当中随便哪个人出错的可能，就比他们当中随便哪个人出错的可能要多得多。这条规律至今都是正确的。

关于高尔基，列宁十分明确地、毫不含糊地宣称说，他是一个无产阶级作家和无可争议的无产阶级文学权威，他过去对本阶级有过大功，将来还会立下大功。并且列宁说这番话不是在高尔基最光彩或者高尔基同列宁本人融洽无间的时候，而是当列宁不得不极其严厉地批评他，不得不谆谆告诫他，向他指出他的过错，同他争论——往往以很激烈的方式争论的时候。

对高尔基的这个评价，不只表现了列宁的而且表现了整个列宁主义的显著深刻的特点，因为，既然列宁是在履行无产阶级领袖的职责，履行一个由无产阶级派来维护它的正确道路的人物的职责，那么列宁身上所表现的全部特点，对于列宁主义也总是有着巨大的意义。

从前我们常有这样的毛病，说是在某某领域内列宁几乎什么也没留下，既然是“几乎什么也没留下”，那么对于仅有的点点滴滴便可以忽略

---

① 指努西诺夫在1927年10月高尔基文学活动35周年庆祝大会上的发言，见同年《共产主义学院学报》第24期。

过去了。其实，这“点点滴滴”已经使人能够建立起某个体系，或者至少能鉴定别的体系是同这项指示互不相容的。古维叶[①]说过，他单凭一块颚骨或肩胛骨就能重塑出整个动物。同样，一个敏感的列宁主义者根据列宁一句话、一篇短文、几句评语，就往往能够把这个行列式演绎成为一整幅图画；他懂得它在把人引向哪里，它是哪个体系的一部分。马克思、恩格斯和列宁一段不长的评论，常常成为无产阶级科学中一门相应的、形态完备的学科的胚胎。[②]他们关于数学、气象学或语言学的评论可以用寥寥数页包罗无遗，但是比资产阶级和小资产阶级作家所写的几卷书和几套丛书更有分量。正因此，看待列宁的全部言论时我们必须认识到其中含有博大的内容，这要求我们采取深思默察的态度。

这里也是如此。

如果列宁在同高尔基论战时经常强调他是无产阶级作家，那么我们就要好好想一想这句话；这不但对于评述高尔基本人，对于评述一般无产阶级作家也是非常重要的。

高尔基犯过很多错误。比方说，我们知道，在他的活动初期，他没有反映无产阶级本身的日常生活。他只有在较晚时期的短篇小说《莽撞人》[③]里才写出了无产阶级典型的一些迹象；可是比起流氓无产阶级来，工厂无产阶级对于高尔基这段时期只是起着次要的作用。

高尔基本人也乐于承认这一点。我们从他的传记中知道，这是一个浪漫主义时期。柯罗连科碰见高尔基的时候说过：“您本来是个天生的现实主义者，您从头到脚都是现实主义者，为什么您却醉心于浪漫主义呢？”

因此有人可以这样说：“哼，他对无产阶级不太感兴趣，不太了解无产阶级，他喜欢浪漫主义的狂热，他的作品中的核心形象[④]是流氓无产阶级。由此可见，高尔基作品的基础和建筑物本身都是非无产阶级的。”彼烈威尔泽夫教授那一派的“诊断医师们”确实是这么论断的。

---

① 古维叶（1769—1832），法国科学家，在比较解剖学、古生物学和动物分类学方面有卓越贡献。

② 原记录稿语义不清，此句据卢那察尔斯基《苏联文学论集》1958年版第315页译出。

③ 《莽撞人》作于1896年，次年发表。

④ “核心形象”是前面提到过的彼烈威尔泽夫派的用语，指作品中最能体现作者的“阶级本质”的人物。

稍晚，高尔基虽然还留在党组织以内（因为，我不幸也参加过的“前进报派”仍是我们党的一部分，从未被开除出党）①，却在他的艺术活动中阐扬了造神派的思想，这种思想受到党的严厉谴责，特别是见于列宁寄给高尔基的很多光辉而尖锐的书信。②

这也使一些“学者”有理由把高尔基理解为一个没受过充分的无产阶级锻炼的小资产阶级作家，并使他们有理由感到惊讶：党是那样对待这件事情，而列宁倒是似乎疏忽了；虽然人人都知道列宁并没有疏忽，而是十分敏锐地看出了这个偏离正确路线的现象，做出了全部结论。

在十月革命这样的决定性时刻，高尔基不是同革命家，同革命的创作家、英雄和活动家站在一个阵营，而是流露出了完全不合时宜的思想③，置身在一个小资产阶级的、“新生活报派”的阵营。这个阵营的人是口头革命派，实际上远远地离开了革命，后来干脆跑到破坏分子和武装干涉者的阵营里去了。

此外还得加上一条：高尔基出国④以后阐扬的某种关于农民的理论，完全不符合我们党的固有观点⑤，结果沃罗夫斯基和拉狄克（我前面说过，他对高尔基的错误评判得多么严厉）在我们的指导性的机关报上写文章，对高尔基作了尖锐的批驳。如果将这一切一一列举出来，那仿佛就要形成相当大的一堆过错了。

尽管高尔基有这些过错，列宁仍然坚定不移地认为他是无产阶级作家。

这在很大程度上当然可以用每个特定场合的历史条件来解释。列宁认为在所有这些场合，甚至在其中最糟的场合，高尔基都没有越出无产阶级文化的范围；认为对他的批评是内部的自我批评和批评的结果，他的总

① 1909年6月波格丹诺夫、卢那察尔斯基和高尔基在列宁主持的《无产者报》编辑部扩大会议上因“前进报派”问题受批判后，外界谣传他们已被开除出俄罗斯社会民主工党。同年12月，三人曾联名致函《基辅思想》、彼得堡《言论报》及其他报刊辟谣。

② 详见《列宁全集》第34、35卷。

③ 1917年至1918年，高尔基在彼得格勒《新生活报》上发表过一组题名《不合时宜的思想》的错误文章，对工人阶级及其政党领导革命运动和组织广大农民的能力估计不足，却夸大了知识分子的社会作用，认为先进工人同科学技术人员的紧密联合具有头等重要意义，并号召缓和阶级斗争。

④ 高尔基于1921年出国养病，1928年回苏联。

⑤ 指1922年出版的高尔基的小册子《关于俄罗斯农民》，其中对俄罗斯农民指责颇多。

的路子端正了。列宁相信高尔基可能犯错误，跌跤，但是不会离开，列宁之所以怀有这个深刻的信心，是由于他每一次都对情况做了历史分析，因而他每一次都是正确的。高尔基走错了一步，便听取党的意见，检查自己，改正错误。在对无产阶级作家的正确概念中，这原是一个普遍的情况。

在我们这里，由于对列宁所说文学应该成为党的文学这句话体会得不够深，人们往往认为，作家似乎主要应该是解释党的口号的插图画家。不，不能只给作家分派一个插图画家的角色，他并不是黑格尔说的密涅瓦的猫头鹰，白天结束以后才起飞。[①] 不，作家不能等到一切社会争论都已解决的时候才出场，他出场也不是为了要说：'现在我给你们唱一支歌。'向你们最后表明这件事获得了正确的解决。作家是开路先锋和实验家，他应当走在我们的大军的前头，深入到无产阶级生活和经验的各个方面，用形象思维的特殊方法把这些方面加以综合，给我们带来丰富多彩的、鲜明的概括，使我们知道当前在我们四周完成的是一些怎样的过程，在我们周围的生活中轰轰烈烈进行着的是一场怎样辩证的斗争，正在取得胜利的是什么，斗争的发展趋向又如何。假定一个作家具有足够广阔的视野、足够敏锐的眼光和准确可靠的听觉，假定他能用正确的、马克思主义的方法整理自己的丰富经验（虽然是在形象思维的领域内），那么他不仅会成为解释党的现成口号的插图画家，还会给党的领袖们、给党中央、给党的代表大会和舆论机构带来一批上好的半成品，于是党就会比较容易、严谨、正确、深刻、切实地做出自己的表现为口号的结论。作家不只是插图画家，还是一名侦察兵。高尔基当过这样的侦察兵。既然高尔基不得不单枪匹马前进，——最初一段时期完全是单枪匹马——他有时不免受到形形色色的知识分子思潮的影响，在他的艺术活动中犯下错误。当他考察形形色色的生活侧面之际，他有时不免对某件事言过其实，又对某件事估计不足。

可是党在文学领域内如同在文艺学领域内一样，也预先警告过要防止为时过早的正统观念。党说，无产阶级总的方针已经明确，这里不容争辩，在这里争辩就是居心叵测。但在基本的无产阶级方针的范围以外，还有很多创作理论问题。你们去争辩吧，激烈地论战吧，让各种主张去交锋，让创作上有不同的意见吧。一切都正确是不大可能的，通常总是争论者

① 黑格尔在《法哲学》序言中说："密涅瓦的猫头鹰要等黄昏到来，才会起飞。"密涅瓦，古罗马的科学、艺术和手艺女神，她的猫头鹰是一种智慧之鸟。

当中一个比较正确,另一个不那么正确;辩证法的道理不是形而上学的道理,它不能立刻便见分晓。辩证法的真理要在矛盾中存在和发展,它在整个集体中只能逐步得到证实。在这种情况下,犯错误乃是取得进步所必须交付的学费。不过在党对各种各样的论点下了断语之后,从外面、从人的客观活动——文学活动,尤其是政治活动中不管怎样反映出来的一切跟党不同的意见,都会使我们的工作陷于瓦解。这时候就得由铁的纪律来起作用,对纪律我们可无论如何不能抗拒。

马克思对待作家是温和的,可以列举很多证据来证明。列宁对待作家也是温和的;这并不是说,他有时轻轻放过了他们的错误,比如列宁也许这样想过,高尔基是这么一位大人物,何必使他不愉快呢?不,列宁是一个极端负责的人。他与之打交道的作家越是有名,他就越认为自己有责任注意对方的过错,无情地予以批评。然而这种无情是掺杂着友谊的无情的批评,这份友谊立刻有力地说明了这是内部的自我批评,是同志对同志的批评。因此其中没有任何侮辱性的、引人反感的东西。

关于我前面所说的那些高尔基犯过错的时期,我不再细谈了。我认为,我所引用的列宁对高尔基的总的论断就已足够了。高尔基无疑是无产阶级作家,而且得到了我们这样一位最伟大的领袖的承认,并不是因为他忽略了什么,而是尽管他看到了高尔基的全部缺点却仍然予以承认。确定这一点以后,我现在就要转移话题,直接评述作为艺术家的高尔基了。

高尔基从青年时代起开始写政论,直到最近,他的政论和宣传才能还很强大。高尔基越是成为刚强的共产主义者和列宁主义者,他的政论也越写得刚健劲峭。同时高尔基不单纯是政论家,而是政论家兼艺术家。

一般地说,以科学思想和政论为一方,艺术思维为另一方,在两者之间并没有隔着任何鸿沟。不过不能由此推断说,两者可以混为一谈。这里有各种不同的等差。

有一种"纯"科学家的典型,他们害怕一切形象,一切感情冲动,认为这会破坏冷静的客观性、数学式的精确性。纯粹的科学研究,在这些科学家那里,其充满感情的形象可以说完全被阉割了;虽然如此,他们却能写出极其卓越的科学著作来。

在某些时代,作家害怕思想。我们知道,绘画界屡次出现过排斥文学的现象。当时画家通常是这样认为:他们不必模仿文学家,而要模仿音乐家，因为文学家在艺术中贯注了太多的思想，还要通过题目，通过情节把思想强加给他们，他们可不想要这个，他们要做视觉世界的艺术家，他们要描绘，他们要写出灿烂的色彩鲜明的乐曲。

文学家追随在他们后面，也走上同样的道路。众所周知，魏尔伦有一首诗谈到，诗人应该首先想到做个音乐家——“音乐第一”。至于雄辩，即艺术性的政论，则必须抓住和掐死它——“拧断雄辩的脖子”。革命以前那段时期的最大诗人之一亚历山大·勃洛克写道，在他受教育的别凯托夫家“雄辩”（他给这个词加了引号）太多，这有损于他最初的发展。① 但是他在青年时代的早期就已懂得，诗人无论如何不应该成为一个注重雄辩的人，而应该成为音乐家。歌德论及拜伦时说过，当拜伦创作的时候，他是伟人，然而只要他一思考，就毫不中用了。②

有些诗人认为直觉和灵感是他们创造工作的源泉，工作的目的则在于为艺术而艺术；他们以为幻想是诸神的女儿，她奉派到人间，是为了使诗人不再萦心于为人生服务，而把他们解放出来，让想象自由飞翔，这比起那些冷峻的纯科学家来是另一个极端。

艺术界创造的最有意思的东西不是直觉的、幻象的和不动脑筋的东西，这样的艺术是不愿意积极或被迫放弃积极性的阶级所创造的。而那些必须指靠积极性和组织自己的力量采取行动的阶级，这种阶级则选拔了一批艺术家兼思想家。在这个场合，政论思想和艺术思想会以各种方式互相结合起来。

有时候是这样：一个艺术家撰写政论文章和艺术作品，在政论文章中他是思想家兼艺术家，而在“纯”艺术作品中，他却极力不让政论渗透进来。

有时艺术家把政论装入作品里面，并把这一条提升为原则。例如，当平民知识分子登上我国文学中的首要位置时，他们不喜欢贵族文学，因为贵族文学光描写而不论证，即使论证，也仿佛要为它所论证的东西害臊似的，装出一副仿佛它只管描写的模样。

---

① 别凯托夫家族是一个古老的贵族世家，出过一些著名的科学家。这个家族同勃洛克有亲戚关系，勃洛克在那里度过他的童年。这里“雄辩’一词是指艺术中的思想。

② 爱克曼在《歌德谈话录》里记述道：“拜伦作为一个诗人是伟大的，但是他在运用思考时却是一个孩子。”（1825年1月18日的谈话）

塔塔利诺娃精彩的回忆录[①]不久前发表了。她是一个贵族小姑娘的时候，曾经受业于杜勃罗留波夫。杜勃罗留波夫来给她上第一堂课时对她谈到不同的作家。她（或许是她的父亲）怯生生地问他："为什么您完全不谈美、文笔，不谈这一切给人的快感呢？"他说："这一点别人会向您提起的，我的职责是给您指明一个作家写出了怎样的思想，这些思想是否正确，以及总的说来他究竟有没有什么思想。"例如，他对于《初恋》[②]表示很看不起。姑娘说："我喜欢它。""是啊，写得挺好，但是在我们这样的时代，难道可以弄这类无聊的玩意吗？"这对你们就是一个鲜明的例子，说明革命的平民知识分子是如何看待艺术的。

就因为这个缘故，当车尔尼雪夫斯基写《怎么办？》的时候，他同读者谈话比描写更多，又如，他在薇拉·巴芙洛芙娜的几场梦中绘制了一幅幅有寓意的图画，那在唯美派的自由主义贵族看来是荒诞不经的。而当时的革命家，坚持（如列宁所论证的）我国的美国式发展道路的民粹派民主主义者，他们对《怎么办？》却抱着激切赞赏的态度。俄罗斯文学史上没有一部小说，包括托尔斯泰和陀思妥耶夫斯基的小说在内，像车尔尼雪夫斯基的《怎么办？》一样引起过那么强大的共鸣。

格列勃·乌斯宾斯基特有的一种手法，是把政论穿插到艺术故事本身的结构中去，以至于刚在邻近几章或在同一章里描写了形象，作者立刻便向读者直抒情怀，直接发表演说，或者让一个充当作者代言人的主角发表洋洋洒洒的演说，这些手法不应该受到我们的指责。然而连我国最早的马克思主义评论家也指责了它们。普列汉诺夫指责了它们[③]，连老布尔什维克沃罗夫斯基也把它们算作缺点。沃罗夫斯基认为无产阶级文学大概也会有这个缺点，因为它想要论证，像车尔尼雪夫斯基和乌斯宾斯基那样来论证；他还说："在我们的作家学好贵族式古典作家掌握的纯粹描写手法以前，是不会有真正的文学的。"[④]

高尔基也遭到普列汉诺夫、沃罗夫斯基和某些资产阶级评论家的非议。他们认为高尔基笔下政论太多，他的文学作品散发着一股政论气，它

① 塔塔利诺娃（1845—1910），翻译家和回忆录作家。《娜塔里雅·塔塔利诺娃札记》发表于1931年第2期《文学与马克思主义》杂志。

② 屠格涅夫的中篇小说。

③ 见普列汉诺夫《格·伊·乌斯宾斯基》一文。

④ 大概指沃罗夫斯基在《马克西姆·高尔基》和《再论高尔基》两文中发表的意见。

结成晶体，鼓胀出来，好比过度饱和的溶液结成了盐块；它俨然成为一个非艺术性的包袱，结果倾向性使得他为了迎合该被论证的东西而歪曲了形象。

当高尔基转向布尔什维克文学，写出《母亲》和《敌人》的时候，他们就这一点叫嚷得特别厉害。这段时期，他的政论才能由于打中了痛处而更加引人注目。如果这是一般的政论，他们也许还会见谅，然而这却是布尔什维克的政论。于是普列汉诺夫便在他对高尔基的议论中说，那些拉着高尔基去从事什么马克思主义宣传的人给他帮了倒忙。艺术家不应该干这个，艺术家应该描写生活，而决不是论证各种思想是否正确。普列汉诺夫说，高尔基是个蹩脚的马克思主义者，他的思想不正确，因此他用以表现思想的作品也是蹩脚的作品。①

普列汉诺夫责备高尔基思想不正确，是完全可以理解的；那段时期，普列汉诺夫已经变成一个表现得非常明显的孟什维克，所以高尔基这些思想自然拂逆了他的心意。

有点难于理解的是，为什么沃罗夫斯基也对高尔基抱同样的态度，但是高尔基总的思想应该是他所同情的。看来沃罗夫斯基是从形式上的美学观点出发，认为高尔基过于勉强地把他的生活画卷变成解释口号的插图，觉得这样的匆促和勉强从而损坏了他的作品。

现在，当我们经历了一段足够长久的时间，可以回顾一下当年被一口否定的作品的时候，我们却看不到这些缺点。我们直截了当地说，历史地看，甚至从绝对艺术价值的观点看，《敌人》和《母亲》这类作品都属于高尔基艺术创作的巅峰之列。那个时期，连马克思主义评论家、布尔什维克评论家也被甜腻腻的贵族作品稍稍破坏了自己的味觉，他们觉得高尔基所写的东西带有苦味②，而同时，国外无产阶级却真正是阅读了几百万册的高尔基著作，每家报纸，甚至社会民主党的报纸，都不得不根据无产阶级读者的要求，在副刊上登载他的作品，真正是把几百万份用世界各种文字印刷的高尔基作品传播开去。

我此刻不谈诸如高尔基的《忏悔》这样的作品，《忏悔》的思想的确是错误的。这件事必须专门来谈，因为这在某种程度上也涉及我个人。（我对这部作品也有一点过错——固然是很小的一点。）

① 参看普列汉诺夫《论俄罗斯的所谓宗教探寻》中《再论宗教》一节。
② “高尔基”一词，意为“苦”、“痛苦”。

尽管高尔基由于仿佛给了政论以太多的地位而受到攻击，其实无论按照他的思想或实践来说，高尔基都不是上述那种直接使政论和文艺作品的艺术结构并存的作家。格列勃·乌斯宾斯基（特别是在后期）叙述人们的生活时极其生动地写出了他们的谈话，然后却干脆转入政论，几乎是使用数字。这些篇页哀婉动人，充满着绝望情绪，乌斯宾斯基的头脑又非常机灵敏锐，因此我们在他的创作中看到了尖刻而光辉的、典范式的政论篇章。不过这不是精确意义上的小说，在这里，作者本人直接同读者说话了。

你在高尔基那里找不到这个。他有许多政论著作，可以挑出来成为单独一卷。在他的艺术作品中，如果我没有记错的话，你却找不到这种政论，也许连一页也找不到。高尔基属于另一流派、另一趋向——他要做一个从事描写的艺术家。然而他是最深刻的思想性意义上的艺术描写的代表。他不去理会诸如自然主义本身或印象主义本身的任务。他也不理会形式上的任务——选取某个生活片段，用它制成一篇杰作，——把它磨得溜光，使之成为艺术品。他要用关于现有的生活、可能有和应当有的生活的信息，去触动自己的听众和读者；用呻吟、哀号、嗟怨和噩梦中的生活，用蜕化和败绩中的生活，用追求美好事物和取得胜利的生活的复制品去触动他们。高尔基不想单纯地摹写生活方式，他要把生活解释为大多数人的一种深深的屈辱，要向受屈者发出最伟大的号召——依靠受屈者本身的努力，消灭一切丑行劣迹。他所写的被压迫者是这样一个形象，它表现了同剥削制度相对抗的力量，表现了生活可能变成什么样子，人身上有着怎样的潜力。马克思认为，有一项标准可以检验哪种社会制度比较优越，那就是看这个制度能在多大程度内帮助人发挥身上蕴藏的全部潜力；高尔基很可以将这句话作为他的全部创作的卷首题词。他经常怀着极大的爱心同被侮辱的人、受苦受难的人在一起，他写到："人——这个字听起来真使人感到自豪。"[①] 相信人的诞生是一件意义重大的事情，人是一个宝贵的生物。如果说现在的人是盲目的鼹鼠[②]，那仅仅是由于社会制度不公平的缘故。高尔基写作不是为了招人喜欢，而是为了影响人们的意志，影响他们的意识，使他们为较高级的社会制度做斗争。虽然俄

① 《在底层》中的人物沙金的话。

② 在《太阳的孩子们》的剧中人丽莎和瓦京的诗里，把千百万城乡贫民称为"盲目的鼹鼠"。按：鼹鼠的眼睛往往发育不全，或者为皮肤所掩盖。

语文学中也有不少作家对文学抱着同样的目的，但是可以说，以这项意图的强烈性而论，不管在高尔基的同时代人或者在前辈作家中间，我们都看不到一个同他相等的人。

高尔基是伟大的现实主义者。他的方法中有个基本的东西，取得丰富的生活经验，然后根据大量的亲身感受来创造形象体系，因此这些形象令人惊叹之处，首先在于它们的真实或异乎寻常的逼真。在这方面，他可以同托尔斯泰相比。沃罗夫斯基对你们说，请看看托尔斯泰——他作为一个纯艺术家写了《战争与和平》；他同无产阶级作家之间有多大的区别！无产阶级作家一定要胡乱写上一大堆各色各样的阶级感情，各色各样的理论、口号以及诸如此类等等，他们任何时候都不能离开自己的纲领。托尔斯泰却待在他的雅斯纳雅[①]·波良纳，他心境明朗，目标明朗，人物形象明朗，你读着他，你的心里也明朗。（我当然是套用而不是引证沃罗夫斯基的话，但他的言论[②]的意思确实很相近。）我们知道，托尔斯泰写《战争与和平》的时候，一方面把它写成一篇维护贵族阶级而反对当时开始的资本主义攻势的抨击文，另一方面又把它写成一本对平民知识分子的激烈的批判书，他有意识地写成了一篇抨击文，并且毫不羞愧地承认了这一点；[③]他研究过共济会的会员们，原想从中汲取论据来维护本阶级，然而他们是一些大笨蛋！他只好撇下他们。他没有写也不愿写农奴制度，为什么要糟蹋了一篇贵族田园诗呢？他的任务是向这些皮肤黑黑的人——是杰鲁诺夫们及其子弟也好，或是车尔尼雪夫斯基们及其子弟也好，反正一样，——论证这座绅士庄园是怎么回事，证明那里住着一群多么美丽的姑娘，叙说她们怎样拌嘴，她们怎样发育成长，她们怎样恋爱，她们怎样寻求上帝，她们怎样爱护人民，论证贵族阶级有资格取得领导权。固然，后来托尔斯泰对此有怀疑，断定贵族阶级本身不可能成为领导者，于是他穿上农民服装，犁起地来，但这仅仅是同一场大辩论和抗击资本主义攻势的大保卫战的下一个方式。托尔斯泰向来是个辩论家。

不过他清清楚楚地知道怎样和什么时候进行辩论。当他写一篇政论

① “雅斯纳雅”意为“明朗”。

② 可能是指《再论高尔基》一文。

③ 托尔斯泰究竟在什么地方承认过这一点，查无实据。卢那察尔斯基这个论断，可能与下述一事有关：在创作《战争与和平》的同时，即 1864 年，托尔斯泰还写了一篇题名《被传染的家庭》的喜剧，“它完全是为了嘲笑妇女解放和所谓虚无主义者的”（1864 年 2 月 24 日致妹妹玛·尼·拓尔斯塔雅的信），“虚无主义者”是对平民知识分子的贬称。

文章时，他要论证，要把同一个意思重复20遍，力求通俗易懂，不怕显得乏味。当他作为艺术家来创作的时候，那么他的艺术中的所谓“天然无饰”全为了一个目的：让我们觉得作者丝毫没有添枝加叶，丝毫没有渲染夸大，觉得这就是生活本身。所以你每次都看见形象而看不见托尔斯泰；你看见艺术结构，看见形象——只要你具有托尔斯泰所写的人物的特性和感情，就能看见它们。你看得见人物的手势、举动，他们向你叙说他们所想的事情，甚至是临死时所想的，甚至是死后所想的。这种艺术洞察力所提供的生活内容复制品，比你在大街上或一次会议上看到的更令人信服。这是艺术家的“法术”，它能给他力量。你很难同他争论，虽然生活告诉你这不是那么回事，它告诉你托尔斯泰所说的与你的想法不同；托尔斯泰戴上了一副生活的假面具或者他的登场人物的成千副假面具，却代表生活来说话。艺术家知道他在把你引到何处，他的生活的多样性倒不会使你晕头转向，但是他所描写的生活却可能使你晕头转向，如果你相信他是一个没有任何主观成分的作家，是纯粹的生活描写家的话。

这是一个很大、很重要的花招，不过我们不应该把它看作欺诈和权术。全部艺术就是一大“花招”；艺术并不是什么天然无饰的东西。所谓“天然无饰的”艺术可能只是技巧最圆熟的艺术。艺术家的职责根本不是照相，不是记录事实，而在于用想象和幻想的办法去创造事实，即虚构事实而又做得叫你感觉不到这是虚构，然而他却说：这就是它，真实！

不错，如果我们将托尔斯泰和高尔基比较一下，我们会看出两者的现实主义有很多区别。

托尔斯泰把高尔基看得很高。他在高尔基的作品细节中发现一些不完善的、牵强的东西，但仍然当他是一位严肃的大艺术家，对他很推崇。列昂尼德·安德烈夫描写了小市民的噩梦似的、可怕的现实和可怕的思想意识，并极力将绝望的小市民这种可怕的状态弄到引起恐怖的地步。他似乎要说：既然我们小市民恐怖得发出哀号，那么你们也同我们一起哀号吧。而绅士托尔斯泰论及安德烈夫时却说，他在吓唬我，我可不怕，[①]于是把他的书搁到一边去了。但是托尔斯泰怕高尔基。他对高尔基的某些作品的反应很严肃而且强烈，[②]因为两者的近似之处是在基本手法

---

① 许多回忆录都记载了托尔斯泰对安德烈夫的这两句评语。

② 例如，托尔斯泰对高尔基的《三人》前半部大加赞赏，对于后半部，则说：“这是凶恶而粗暴的无政府主义，”见1902年1月高尔基给皮雅特尼茨基的信。

上——在对生活的忠实上，在色调上，在内在的逼真上；高尔基力求永远不背离逼真的原则，因为他表现的是无产阶级之真，这个阶级不需要歪曲现实，而瞎奔乱窜、张惶失措的小市民的艺术家则往往加以歪曲。托尔斯泰听到歇斯底里式狂吠的安德烈夫的绝望呼声时只能皱起眉头，可是他不得不听从严酷的现实主义者高尔基。

但在托尔斯泰那里，天然无饰就是最高的矫饰。如果你瞧一瞧托尔斯泰怎样誊抄和修改他的手稿，你将会看到，他不是在改进他的语言，而是在损坏它。碰到铿锵悦耳的句子，他就使它粗糙些；因为，假如它铿锵悦耳，读者会怀疑：嘿，这写得很矫揉造作，这里没有什么虚假吗？必须写得叫读者感觉不到这一点，必须让木头粗糙些，而不是磨得光滑顺溜。高尔基没有这种情况。高尔基很喜欢格言警句，喜欢阐述思想，喜欢尽可能灵活地、完全地抓住一个性格，喜欢使用这样的花体字，以至于叫人立马能看出他抓得多么巧妙，所以他不怕技巧，他喜欢显示它。

大文体家柯罗连科音调和谐、悦耳，甚至婉妙。他在他的文章中歌唱，他画水彩画，因此他的作品很美，不过美得稍稍流于浮华。托尔斯泰很敬重作为一个人和一个公民的柯罗连科，但并不那么推崇作为作家的他。托尔斯泰觉得这种风格有点做作。高尔基可不同，——在高尔基那里，这种讲求完美的风格在某种意义上说接近于印象主义，然而又不全是：印象主义要写出生活的闪光、闪烁，写出生活在其直接飞翔中的各个瞬间。而且恰恰是瞬息间的飞翔，从一刹那跳到另一刹那，从一个特点跳到另一个特点，从一种感受跳到另一种感受。印象主义者把客观世界深深地淹没在主观印象之中，甚至可以说，印象主义者在某种程度上采取了马赫主义的艺术手法。而高尔基则力求表达现象本身的内在本质，叙述真正的生活，写出这样的形象、这样的箴言，它们成了日常用词，你读了以后会想：说得再好不过了。

高尔基爱好激扬奋发的情绪。托尔斯泰使你在灰色生活里的平坦地区行进，他在这个朴实性的掩盖下布置了大圈套来逮住你，迫使你走上他本人所走的道路，但他仍然是一个最伟大的艺术家。高尔基则喜欢让世界发笑，让太阳洒下黄金，让天空像一只浅蓝色的无底大碗。

有几分激奋夸饰，有点儿扬厉铺张，再加上丰富的内容和圆熟地表现内容的企望，这些都是高尔基历来固有的特色，它们一同构成一束高尔基的艺术现实主义的鲜花。它们丝毫没有使他变得不太切合实际，这只不过是方法中的一种而已。柯罗连科有另一种,契诃夫有第三种,托尔斯泰有第四种,但这些作家全是艺术上的现实主义者。

高尔基的艺术现实主义中最重要的手法当然是结构。我全然无意为高尔基的结构唱赞歌。他的短篇小说通常组合得很好,其中没有任何多余的东西,总是一直把你引向结局,结局通常都是真正的结局。换言之,它能叫你最后树立起小说给你指引的那个观点。相反地,长篇小说却常常构造不佳。《福马·高尔杰耶夫》,特别是《三人》,结构有某种程度的松散。当我指出高尔基在结构或布局上的能力时,我不是说的这个。我是说;在艺术现实主义即栩栩逼真的范围内,他只叙述符合他的意图的事情,并且只用有助于达到他的目标的那种方式来叙述。从这一观点看,他的作品都带有最美好意义上的倾向性。你不可能用"你为什么写这个?"这个问题使高尔基手足无措。每逢高尔基动手写一部小小的短篇小说或大部头长篇小说的时候,他总是知道,这是他为了让读者逐步地真正认清生活而建造的思想意识阶梯的一部分。

从高尔基这个基本的艺术方法中产生了一些旁支。第一支是属于虚拟、夸张或漫画艺术的领域。这在他那里虽不常见,然而的确存在过。譬如说,故事《魔鬼》、《再谈魔鬼》、《黄色恶魔》[①] 和《美丽的法兰西》就是最好的例子。你可以看到,他在那里完全不求逼真;相反地,他创造出了一些显然虚幻无稽的形象,不过用意却在使它们像一幅好漫画一样,能揭示事物的内在本质。他采用这个办法多半是在那个时候,当时由于他的生活进程,由于经历和素养,他简直不可能以长篇小说的形式,制作一幅内容充实、规模壮阔的图画来反映某个现象,他对它还了解得不够详细,但是紧紧地抓住了本质。究竟怎样表达这个本质呢?他想用尽可能简明的形象去表达它,于是找到了漫画式的、虚幻的,然而又符合所表现的事物的思想意义的形象。

第二,他又使用了热情洋溢的浪漫主义的手法,即高大的、虚幻的、将美好崇高的因素集于一身的形象这一手法。人人都记得并永远忘不了《海燕》和《鹰之歌》。高尔基对浪漫主义有过特别深切的喜爱。当时他反映了成长中的无产阶级的初期活动。19 世纪 80 年代的灰暗的黄昏正在消逝,90 年代的振奋人心的雷雨已然爆发。出现了一个新的英雄——

① 即《黄色恶魔的城市》。

无产阶级。它那勇往直前的威力日益明显，它的抗争和希望变得强烈起来，可是它还未能找到真正的现实主义的道路，它感到激动，并且使别人激动。而这种激动，这座从自己通向别人的桥梁就体现在崇高的形象之中，——因为首先必须告诉人们：非凡的时期已经来到，再也不能忍受平平淡淡的生活了，这是一个值得欢庆和浴血战斗的年代，一个危险而又光辉的、不平淡且不灰暗的、纷纷扰扰的年代。

很有意思的是，高尔基在他最近一篇文章《论文学及其他》[①] 里说："当我们接近这幅显示群众在建设事业中极大的创造性努力的图画，接近这幅显示人的干劲、英勇斗争精神和创造性劳动的惊人高潮的图画时，我们要问问自己：'也许现实主义方法在这里已经不够用，也许除了现实主义方法以外我们还需要返回浪漫主义吧？'"

高尔基凭着自己的创作经验，知道这意味着什么。这意味着试图把那一切统统概括为某一个形象，某个战士和建设者的形象。于是他问道：是不是这样一个时代正在到来，我们又开始需要雄浑的浪漫主义？并不是因为我们太可怜，我们没有英雄事迹，而是因为沸腾在我们心中的东西太多，很难把这些沸腾着的东西表现出来，即便使用了气势磅礴的现实主义形象。

除此以外，高尔基认为浪漫主义的另一方面也很重要。艺术家必须具有总摄历史的广阔眼界，不仅指出我们已经取得的，而且指出将要取得的。这可以通过幻想的、跃进的途径，描写十年到二十五年以后的情况的途径来做到，不只描写历史已经提供的，还要走得更远，走向未来，以便在显示今天的成就及其趋向时能产生更大得多的感动力，更大得多的声势。

我们的生活当然在提供艺术家所想不到的、最令人惊叹的现实主义形象。任何人如果想要创造出一个类似共产主义领袖的人物作为主角，一定感到战战兢兢。这是多么庄严雄伟、多么先知先觉的社会主义人物形象啊。尽管如此，我们却完全可以设想这样一件塑造周围形象的工作，使英雄的因素达到极致[②]，宣告新人的典型不仅正在诞生，而且已经诞生，不仅通过很好的、精确的观察，而且通过那种趋向的持续过程来表现功绩和成就。那么作家所表现的就不只是现有的东西，还有正在形成以及我们认为应当形成的东西，处于我们的合乎规律的发展之中的、我们自

① 1931 年 6 月 9 日由《真理报》和《消息报》同时发表。

② 此句据卢那察尔斯基的《苏联文学论集》第 328 页译出。

己有意追求的、我们希望有和我们深信其必有的东西。

高尔基对这种浪漫主义任务了解得很透彻，虽然他一开始只不过在彩虹照耀下向未来做了几次短途飞翔。当他说现实主义方法也许还不够用的时候，他要讲的实际上正是这个，因为他在对无产阶级作家的著名劝告中顺便写道："不必回避浪漫主义，有时需要对一个人指明他可能变成什么，他有时需要赞美，——赞美能培育人；况且也有理由赞美人，因为他身上蕴藏着巨大的潜力。"[①] 我几乎是准确无误地引用了高尔基这些精辟的词句。其中包含着这个作为现实主义的变体的浪漫主义——含有现实主义的浪漫主义——的全部纲领。确实，根据一个人的现状来赞美他有时是颇为困难的。必须这样来表现人们，使他们能看到自己面目一新、变得更好，看到他们可能变成和希望变成的样子。第一，这会使人挺直腰杆，给他勇气。第二，赞美人是有理由的，因为这不是撒谎的、给自己抬高身价的、欺骗性的浪漫主义，而是畅想未来的浪漫主义。

列宁告诉我们，对未来没有爱，没有热情，没有幻想，就不能成为一名好布尔什维克。这首先正是艺术家的任务。艺术家，请你向我们展示我们布尔什维克的宏伟的幻想吧。高尔基使我们想起了这个，他说，同他所运用的思想和艺术上的现实主义方法相并列，还可以使用夸张和漫画的方法，也就是杰米杨·别德内依和别塞勉斯基使用的、马雅可夫斯基有时也用得非常漂亮的方法。但是高尔基说，为此还可以往豪情壮志方面、往热情方面去发挥。[②] 在这里，在这些领域内，创造一个超越现实界限、但又令人信服的东西。我们希望有一种艺术，能用最高超的、固定的形态表达出我们的崇高感情。这种艺术是合理的，高尔基让我们想起了它。

高尔基很谦虚地声明说："我的全部根基都扎在过去，我不由自主地要从这个过去吸取养分，如果说我狂热地爱着现在的话，那么这并不意味着我可以毫不费力地描写它，毫不费力地把现在，尤其是把未来化为活生生的形象。"虽然如此，我们也许还是满怀希望，希望高尔基能够用这些形式，用高度浪漫主义的形式，写出我们迫切需要的惊人之作来；近年来他作为一个政论家已经取得长足的进展，还给我们写出了优秀的艺术

① 见《谈谈我怎样学习写作》(1928)与《同进入文学界的青年突击队员谈话》(1931年)。

② 《谈谈我怎样学习写作》与《就全苏工会中央理事会工人编辑委员会提出的问题同突击队员作家的谈话》(1931)。

作品。

作为政论家，他无可争辩地全然是我们这个时代的人。我这里不谈这个，因为这方面有了许多论著。有关近年来艺术家高尔基的论著却少得多。我们还很少有评述《克里姆·萨姆金的一生》的专著，观点正确的专著更少。高尔基这篇卓越的史诗尚未完成，目前只写到第三部，这是我国社会史上了不起的40年的编年史，这40年把我们一直引到了最伟大的世界性革命的深处。我不想详细分析《克里姆·萨姆金的一生》，但提到它却是完全必要的。[①]

这样，作为政论家的高尔基、作为艺术家的高尔基如今正处在他的创作的一个最高峰上。所以我们才怀着这种最大的喜悦来欢迎他，我们欣庆他这么年轻、这么富饶、这么丰裕，我们衷心祝愿他能有更多的精力、更长的年寿，成为我国无产阶级文学和我国社会生活建设的伟大宗匠。

有许多问题不可能不从政治领袖们身边滑过去，却不可能从伟大无产阶级艺术家身边滑过去。因此，高尔基给我们带来的利益（我们不必害怕“利益”这个词，我们本是最崇高意义上的功利主义者）——这份利益是无法计量的。我们对他的热爱不只限于美学上的喜悦，不只限于感激和景仰之忱；相反，我们认为这些倒不太重要。我们的爱是一种有所要求的爱，因为我们不知餍足，我们希望学习，而高尔基是有东西供我们学习的。

附：马克西姆·高尔基的《母亲》[②]

高尔基的长篇小说《母亲》比《敌人》具有更大的意义。以这部小说造成的印象和流传的广度而论，恐怕没有多少现代文学作品可以企望同它相提并论。在俄罗斯，《母亲》当然被砍掉了一大部分，成了一个没有充分说服力的残本，而国外所出版的俄文足本能传入俄罗斯的又很有限。但是国外的工人报刊——主要是德国的，还有一些法国和意大利的，却

① 详见《克里姆·萨姆金的一生》一文。

② 本篇最初发表于1924年第5期《号召》杂志，后经作者增订，作为《高尔基文集》1928年版序言。这里只摘译了其中论《母亲》的部分。译自《卢那察尔斯基八卷集》第二卷，本文为增订版。

“抓住”这篇小说，用报纸附册或副刊的形式，真正是把它印刷和传播了几百万份之多。对欧洲无产者来说，《母亲》成了本案头常备书。有好几年，我从相熟的德国工人、法国工人和意大利工人那里，不断地听到对这篇作品的最热烈的赞扬。

然而在俄罗斯，态度严肃的评论界，包括马克思主义评论界在内，对待这部小说却不够热情，理由是这样：当然，小说中是有几个绝妙的典型，特别是女主角——母亲的典型。当然，其中是有不少关于地下工人运动、工厂日常生活等绘声绘色的场面描写，但总的来说，在俄罗斯读者看来，这篇作品毕竟有点浪漫主义味道。

高尔基终于在无产者身上找到了他的正面典型，而他仍然抑制不住浪漫主义精神，《母亲》本应该是一部有根有据的现实主义小说，可是其中的浪漫主义精神充沛得大大超过了需要。况且，如果它采取社会主义性质的幻想和梦境的形式，采取符合现实的、当时的确有过的丰功伟绩的形式，采取激烈的演说的形式，那么问题倒还不大，但是高尔基不止这样。高尔基的浪漫主义精神表现在：他用一种色彩斑斓的孟加拉烟火，把他的人物映照得闪闪发光。虽然我们处处都可以感觉到他是一个很有才能的巨匠，他掌握着分寸，不让自己一味赞扬歌颂，力求清醒和严肃，但他并不是任何时候都能做到这一步。

虽然如此，小说《母亲》却是个重要的转折关头。第一，它表明高尔基，这位为脱离他所熟悉的、难于忍受的苦海的问题而四处探求答案的流浪汉，终于找到了港口，向坚实的海岸靠拢了。这件事本身便是重大的社会现象，因为高尔基是这种寒微的平民出身的探求者中间最大的一个，他们注定要集结在无产阶级组织的坚强核心的周围；第二，这本书也是一次有力的宣传，是向全社会发出的号召，号召人们正视无产阶级及其斗争。这个号召并不是没有人听见。正因为小说《母亲》有着如此巨大的社会意义，又反映了高尔基同社会民主党革命团体在政治上的亲近，它才因此受到各式各样敌人的猛烈抨击。他们什么坏话都说过！而处理这个崭新题材的作家又还不熟悉工厂无产阶级的生活，因而像前面已经指出的，他们的行文未免不大自然；敌人利用了这一点。他们在许多地方开始鼓噪，说是高尔基脱离了文学，名存实亡，他的才能业已枯萎，并且任何才能都注定要枯萎，如果他心血来潮，要接触社会政治性质的题材的话。

现在想起这些事来不免可笑。从那时候起，高尔基又写了一系列在艺术力量上无与伦比的佳作。《母亲》至今还是我国工人心爱的书之一，今后也将由于它记录了一个已经一去不复返的时代而具有某种历史性。不久以前它又通过普多夫金的影片[①]，在全世界做了一次凯旋游行。于是，这部曾经在高尔基最亲密的同志和战友中颇受冷遇的小说，如今却极其光荣地载入作者个人的传记和俄罗斯文学史了。

编后记

阿纳托利·瓦西里耶维奇·卢那察尔斯基（Анатóлий Васúльевич Дуначáрский, 1875—1933）。俄罗斯马克思主义革命家、文学家、教育家、美学家、哲学家。1897 年投身革命，1904 年起参加俄罗斯社会民主工党布尔什维克的《前进报》和《无产者报》的编辑工作。1905—1907 年，他在策略与哲学问题上与布尔什维克发生分歧。1917 年二月革命后重新加入布尔什维克。十月革命后至 1929 年，一直担任俄罗斯联邦教育人民委员。1930 年当选为苏联科学院院士。1908—1911 年间，他同波格丹诺夫等人一起宣扬过经验批判主义，并企图建立一种"社会主义新宗教"。这一时期的代表作有：《理查德·阿芬那留斯、安·卢那察尔斯基对纯粹经验批判的通俗叙述》、《宗教和社会主义》。列宁在《唯物主义和经验批判主义》一书中对他进行了严肃的批评。十月革命后，他基本上改正了错误，积极参加了反对资产阶级意识形态的斗争，运用马克思主义观点，写了多部论述文学艺术和美学的著作。1931 年 7 月间，共产主义学院文学艺术和语言研究所举办了一系列关于高尔基的报告会；本篇是作者在报告会上所致开幕词时的速记记录，初次刊载于同年第 4 期《文学和艺术》杂志。本译文选自 1978 年人民文学出版社出版的卢那察尔斯基《论文学》，由蒋路翻译。

---

① 普多夫金（1893—1953）是苏联电影导演。他导演的影片《母亲》于 1926 年 10 月开始在苏联放映。卢那察尔斯基誉之为"电影杰作"、"世界上最强有力的影片之一"。

萨姆金

作者 [俄罗斯] 阿纳托利·瓦西里耶维奇·卢那察尔斯基
译者 蒋路

一

多卷小说《克里姆·萨姆金的一生》(前三部已出版)[①],是高尔基意义最重大,内容最丰富的作品之一。

这部小说值得我们从许多角度来做一番详尽的分析。在本文中,我们将试图指出它在作者创作中的地位,以及它对我们——也就是目前正在创造新的社会生活的我们这一代人和下二代人——的意义。

同时,我们只谈小说里一个寓意深长的中心人物。

二

产生那些同高尔基的创作息息相关的矛盾及其解决办法的社会时代,高尔基的艺术和高尔基的人生哲学借以吸收养分的茁壮根基所扎进的那个社会时代,是俄罗斯资本义取得胜利的时代,大致说来,就是 19 世纪 90 年代和 20 世纪最初十年。一方面,似乎可以认为这场胜利是很彻底的。工业资本、商业资本、银行资本在国家和社会中占有重大地位,资

① 前三部分别出版于 1927、1928 和 1931 年。

本家的利益越来越有力地操纵着沙皇政府的内外政策。虽然国家在很大的程度上仍旧是一个落后、饥饿的农业国，可是国内工业巨头却以很高的速度和强烈的集中化的趋势壮大起来了。

国家为“自己的”资本主义受到巨大的牺牲，保护关税政策和税收政策用民脂民膏喂养着资本主义。但同时，居民仍然由于资本主义不够发达——由于它的手段残暴、商品质量低劣、交通阻塞、文盲遍地等而吃尽了苦头。

然而不难看出，这个胜利者——欧化的或者照旧留着大胡子和穿着长襟衣服的百万富翁——远不是像西欧，特别是像北美那种比较彻底的胜利者。

俄罗斯资本家或许也拥有足够的力量，能够依靠民主派，为自己争取一部内容广泛的宪法，甚至建立一个全俄的资本主义共和国，可是他们不愿意而且害怕这样做。在激荡人心的 1905 年革命期间，他们的最大愿望表现在十月党人的纲领上面。他们并不认为西欧的制度很稳固，因此没有产生羡慕之心。既然连德国（尤其是奥地利）资本家都宁愿同封建主瓜分政权，毕恭毕敬地把所有最体面的职位奉献给他们，那么，对于东方色彩更浓、出生更晚、更畏缩得多的俄罗斯资本家，还能指望什么呢？

应该说，资本家在宪政方面的伙伴是这么一股力量，为了更切合实际，也可以称之为软弱无力的人们，我们说的是俄罗斯民主派。

从 1848 年起，像马克思、恩格斯或海涅那样的人，对德国民主派嘲弄得多么淋漓尽致！但是俄罗斯资产阶级民主派在容易变节的脆弱性上甚至超过了西方所有的先例。只要想一想构成著名文集《路标》的那些歇斯底里的啜泣、对人民群众的诅咒和向警察局长的热烈呼吁就足够了，而《路标》作者中间是有不少红极一时的“民主主义者”的！且不说司徒卢威、别尔嘉也夫和布尔加柯夫之流的绅士怎样可悲而又可笑地翻云覆雨，由“马克思主义者”变成了保皇党，信仰基督的狂吠的政客，或者甚至干脆变成了牧师；[①] 孟什维克的“马克思主义”政党的全部行径又能值几文

① 上述 19 世纪 90 年代的三个“合法马克思主义”者都是《路标》撰稿人。司徒卢威（1870—1944）先是加入立宪民主党，苏联内战期间，又在白匪头目弗兰格尔拼凑的伪政府中担任过部长。别尔嘉也夫（1874—1948），反动的神秘主义哲学家，1922 年由于其反革命罪行，被驱逐出境。布尔加柯夫（1871—1927），立宪民主党人，十月革命后成了神甫，1922 年被驱逐出境。

钱呢？1905 年，他们竟把自己的实践缩小到这个地步，只是劝告工人客客气气地促一促资产阶级，而——为了人类的整个前途——不要乱说乱动，免得吓坏了对方。

资产阶级畏畏缩缩，民主派毫无出息，可是无产阶级的态度却更强硬了。彼得堡工人代表苏维埃[①]让维特先生[②]及其同伙提前品尝了一下苏维埃政权的滋味。

这整个形势造成的结果是：第一，俄罗斯资本家仍然恭恭敬敬地效忠于沙皇制度，即是效忠于显赫的奸胥恶吏、官僚主义匪帮、富裕但已逐渐式微的地主和一大群贪婪的贵族。第二，俄罗斯资本家差不多从一出生起，心里便有一个隐痛。他们知道工人问题的一般提法；这个问题，再加上农民对土地的强烈的，准备挣脱一切锁链的意愿，在资本家面前描绘出一幅阴暗的远景。一切都预示着他们是短命的。这使俄罗斯资本家得了一种"早衰"症。差不多还在少年时代，他们就已经用阴森森的声音随着欧洲颓废派吠叫，给自己造起一座座带有相应的没落情调的宅邸，用残花败叶和魑魅魍魉作为装饰了。如果说西欧资本主义在第一次世界大战前曾经振作和飞扬跋扈过一番，那么，俄罗斯资产者却连这个迟来的"小阳春"也没有经历过，他们的典型特色永远是不干净的良心的臭味、气血亏损，以及想用广泛的捐献和对文化事业的资助来实现沽名钓誉的愿望。

虽然压在俄罗斯各族人民的胸口上的资本主义巨石表面布满了裂缝，它却并没有因此减轻了重量。

不过还有比资本家内在的孱弱更重要得多的事情：一个可以叫作"社会向反面转化"的现象显然是无法避免了。在这种情况下的资本主义的胜利意味着无产阶级的长足进展，并从而决定了一点：这个新的、坚实的庞然大物闯进俄罗斯泥沼以后，势必要推翻其中的整个不稳定的平衡状态，成为能起组织作用的引力中心。

正是在这个时代，高尔基遇到了剧烈的生活矛盾、恶毒的谎言、人的苦难和卑劣的罪恶。而这一切都带有上面所说的社会矛盾的痕迹。

高尔基亲自经历过并在周围看到过小市民——在很大的程度上是半无产者——生活的全部惨剧，他原是在他们中间度过了他一生最初的岁

---

① 彼得堡工人代表苏维埃成立于 1905 年 10 月全俄大罢工期间。

② 维特（1849—1915），1905—1906 年间的俄罗斯内阁总理，曾残酷镇压 1905 年革命。

月。但是可以说，从他跨出最初几步的时候起，他身上便已带着另一种烙印，跟小市民习气迥然不同的烙印。

他抗议时所表现的愤怒的力量本身，特别是同抗议一起展开的对幸福的要求——这个由于对大自然和生活的热爱，由于对人的明朗的信心而显得金光灿烂的要求，高尔基准备投入革命队伍，成为自由大军的一个列兵的决心本身，——这一切全是新春的产物，当时俄罗斯开始散发出春天的气息来了。

并不是人人都能嗅出这股气息的。有许多人觉得长夜越来越黑暗。还有人以某种预感自慰，他们听到某些号召，可是他们既不了解这口新钟的低沉而雄浑的声音来自何处，也弄不清它召唤人们走向哪里：这就产生了一种模模糊糊的、急躁不安的革命情绪，它可以代表当时广大知识界的特色，对于昙花一现似的、再度兴盛起来的民粹主义运动很有利。

在无产阶级本身中，在它的周围，都有人知道那钟声来自何处，也知道它召唤人们走向哪里。西方的经验帮助了他们。但他们是经济学家、统计学家、政论家、宣传家，他们在那时候做过光荣的工作，我国的历史和人类的历史永远忘不了它。

论马克思主义的学识，论同工厂无产阶级的直接的亲密关系，高尔基不及他们。在理性上，他对社会局势的基本线索不像他们那么明了。可是他的莫大的、无比的、不朽的光荣，在于他利用自己的艺术器官，非常清楚地认识了来自成长中的无产阶级的创造热潮，并且使这股热潮在艺术上得到有力的表现，成为艺术家对周围世界的回答的一部分，从而他在我们的运动刚刚发轫的时候就成为了一个强大的无产阶级艺术家。

三

从上一节的论述中已经能够得出结论：资本主义的出现及其形形色色的后果——这个作为高尔基笔下的问题、形象和号召之基础的现象——具有两面性，换句话说，它避不可免地会引起一个新的现象：资本主义崩溃，政权转到无产阶级手里。

无产阶级的日益增长的影响，可以说是通过各种不同的形式，贯穿着从 19 世纪 80 年代末期以来的整个时代。

高尔基卓越而充分地反映了这一点，反映了成为他的写作对象的生活素材中如何贯穿着无产阶级战斗精神的情况。这个因素的存在，从高尔基的作品中处处都看得出来，即使是他那些最悲观的短篇小说，即使是他那些离无产阶级中心最远的插笔；当然，像《莽撞人》之类接近工人题材的作品，尤其是《敌人》、《母亲》等重要的无产阶级作品，就更是如此了。

然而我们已经说过，高尔基在他的创作根源上同另一个社会论题、同资本主义的胜利有着联系。高尔基认识这个论题时，是从矛盾、否定、斗争中，从对于资本主义的灭亡和我们的胜利的预感中辩证地认识它的。

在纪念过去的伟大艺术家格利鲍耶陀夫、果戈理、奥斯特洛夫斯基、契诃夫、谢德林的日子里，我不止一次地发表过意见。我每一次都重复说，这些肉体上已经死亡的人物，对我们来说绝对没有死去，他们仍旧同我们一起做着巨大的事业。他们与之搏斗的那种弊害、妖魔、败类，至今还是存在着，或者说得更正确些，还在苟延残喘，在周围毒化着为一切真正有生命的东西所需要的空气。

弗拉基米尔·伊里奇曾经强调说，用激烈的外科手段铲除豪富的资产阶级、真正的资本主义等大的敌人（说得更确切些，是数量少而力量大的敌人），在我们看来，要比铲除无数的小敌人、比铲除小市民根性容易些，它不仅存在于工业资本家被打倒之后我们的主要敌人富农身上，并且更广泛得多——几乎到处都是。[①] 它表现在各个方面：有的政权代表的傲慢和胡涂，许多加入集体农庄的中农的小私有者根性和富农余毒，对事业漠不关心的公职人员的死气沉沉的官僚主义，酗酒，有些无产者的不顾大局，特别是我们许多知识分子的形形色色的、有时貌似高雅的特性和品质。

在旧时的罗斯，小市民的王国是广阔而富饶的。很难同它斗争，因为它像沼地一样富有弹性：裂开了，随后又合拢来。也很难战胜它，因为它虽然有许多副面孔，可是面貌并不清楚，而且油滑、狡黠、变幻无常，容易化为乌有，然后重生再现。还需要不少时间，无产阶级的——即真正的人类的——因素才能把这片臭烘烘的广大冻土地带从我们国家清除掉。不错，——说来遗憾，不过这是很自然的，——您至今还可以碰到坐着公

① 参看《共产主义运动中的“左派”幼稚病》。《列宁选集》第四卷，第200—201页。

家小汽车去签署公文的、威风凛凛的法穆索芙。也可以碰见腋下夹着厚厚的公事包,从人行道上跑到他面前去阿谀奉承的莫尔恰林。还可以在某个会议上,碰到就随便哪个题目胡乱吹嘘的、大嗓门的列彼季洛夫。

何况在我们这种从根本上说是充满朝气的、健全的生活里,还有许许多多出现较晚的文学典型——圆滑的乞乞科夫们,无礼的罗士特来夫们,仿佛刚从奥斯特洛夫斯基的"黑暗王国"中走出来的迟钝的笨伯、直到今天艾尔德曼还在兴致勃勃地加以嘲笑的白痴巴尔扎米诺夫们,以及契诃夫创造的各类典型的代表人物。

不错,我所列举的几个伟大作家,都可以帮助我们彻底消灭他们所痛恨的恶劣的人类渣滓。

同时必须记住,情况并不是这样,仿佛可以把人类随便分成善恶两种。阶级区分当然占着主要地位:不过关键正在于,一个积极有为的阶级——例如贫农或者甚至无产阶级——的每一个别的代表,常常会染上小市民的脏病,因此必须给他治疗,或者说得更正确些,他自己必须好好地给自己治疗。弗拉基米尔·伊里奇讲过,共产党员是最有远见、最能自我牺牲的优秀分子;虽说这句话无疑是正确的,然而党的藩篱对于小市民的细菌来说毕竟也不是一个不可逾越的东西,而且不一定要当中央监察委员才会知道这一点。

旧根性既然具有这么大的渗透力,反对旧根性的斗争就格外困难并且格外需要了。

中世纪的人认为,如果能够叫出一个恶灵的名字,它便会失去它的魔力。对于小市民这个恶灵来说,这种想法在很大的程度上也是正确的。一项有效的防腐的办法,是在小市民或者至少沾染了一点小市民习气的人面前,摆上一面十分明净的镜子。

这正是艺术所做过的事情。艺术曾经是这么一面照妖镜。它不单能够反映恶习的丑陋的面貌,同时还能从各方面、从内心去显示它,这样照出它,使得朝镜子里观看的人不禁要笑起来;于是出现了另一种伟大的防腐力量——笑。

有一句古代格言:"让死人去埋葬死人。"尽管小市民还在爬行、蠢动、为害,实际上他们当然是要死了:无论如何,他们的大限毕竟快到了。但我之所以肯定说格利鲍耶陀夫、果戈理、奥斯特洛夫斯基、谢德林、契诃夫以及类似的过去的作家是我们的得力助手,并不是因为他们本身已死,从而可以把“埋葬”死尸的事交给他们去做。

不，说我们仿佛可以让死人去埋葬死人，这是假话！那句古老的格言是错误的，最好的证据就是还有一句古老的格言：“死人揪住活人。”没错，死人揪住活人。社会的死人、僵死的阶级、僵死的生活、僵死的宗教，这些妖尸[①]还能长久存在下去；它们早已该回墓地了，但是它们还在这里，在我们中间。如果不用白杨橛子镇住它们，它们便要从坟墓中爬出来，或者化为一股青烟，从火葬场的烟囱里溜出来，重新降落到地上，变成厉鬼。

我认为上面所说的一大群作家都是我们的活生生的助手，因为他们的作品有着强烈而光辉的生命，但虽然如此，我当然还是无意把他们的著作同高尔基——作为一位描写刚过去不久的生活的艺术家——的完全活生生的、沁透着现代精神的著作等量齐观。

区别到底在哪里呢？

区别在于，所有这些作家、这些高贵明智的人物，他们同无产阶级只有很间接的联系，而高尔基却完全是从无产阶级中来的，所以他同那极力揪住我们的现在以及可诅咒的过去之间的斗争是一场直接的斗争，它能给人以致命的打击，作出最深刻的活体解剖，最真实有力地照出过去的丑恶面貌。

因此，即使高尔基把他的才能整个用来从艺术上阐明革命前的过去；他，正是作为一位艺术家，也仍然是我们先进的战友。

已经出版的三部《萨姆金》，就是献给从艺术上阐明刚过去不久的时代这一事业的。

四

高尔基的气势不凡、然而还没有结束的历史纪事巨著，叫作《克里姆·萨姆金的一生》。这一点，可以说明这部小说是用“集中法”——也就是让各个事件聚集在特定的中心人物即主角周围的方式——写成的。在本书里，文艺学家彼烈威尔泽夫所谓的“核心形象”（他把这一概念用

---

① 某些斯拉夫民族迷信地认为有的死尸夜间会从坟墓里爬出来，吮吸活人的血液；这些被叫作“妖尸”。

得很不正确），被作者表现得十分显豁：要谈的是克里姆·萨姆金，是他本人和他周围在数十年间发生的事情。

高尔基始终如一地保持着他的作品的这个特质：凡是萨姆金没有直接或间接看到过的事，书中一概不提。

表面上看来，我们很可以向自己提出一个问题：既然如此，作品为什么不采取"集中法"的长篇小说所常用的那种第一人称叙述的方式呢？我们在下面将会发现，无论从艺术或社会的角度看，这种方式对于本书都是完全行不通的。

不过世界文学中有许多辉煌的所谓"成长小说"[①]——这个术语不太容易被译成我们的语言，它的意思是：描述一个青年怎样变为成熟的人的一种长篇小说。这类小说几乎全都不用第一人称写作，即使主角很得作者好感，并且同作者本人的个性相似得几乎要混淆起来，像这一体裁的最佳典范如歌德的《威廉·麦斯特》或《绿衣亨利》[②]中的情形那样。

《克里姆·萨姆金的一生》表面上是一部"成长小说"，但作品的中心人物——表面上可以叫作"英雄"的那个人物——绝没有获得作者的好感，他在各方面都同作者的个性恰恰相反。

这一点，可以很容易使作品变成讽刺之作。例如，《死魂灵》也是由乞乞科夫一生的许多感受、遭遇和事件构成的。

当然，《死魂灵》决不是"成长小说"；在果戈理看来，表现小小的阿谀者和骗子手保希卡[③]怎样发展成为同类中最突出的一个——保甫尔·伊凡诺维奇·乞乞科夫，明明是次要的事，虽然乞乞科夫这个人物本身是讽刺的对象，但对作者来说，表现整个"死魂灵"的国度却更重要得不可比拟。

在高尔基的作品里，勾画全景的任务——从变动中描写特定时代的俄罗斯——也起着主要作用；然而处于连续不断发展中的萨姆金个人在小说里所占的重要地位，恐怕也跟"成长小说"的优秀典范的主角在书中所占的地位一样。

严格地说，在高尔基这部作品里没有真正的讽刺因素。或者说得更正确些，它只是隐隐地存在着。

---

① 此处为德语"Bildungsroman"。译为"发展小说"或"教育小说"。

② 《绿衣亨利》是瑞士作家高·凯勒（1819—1890）所写的小说。

③ 即保甫尔。

名副其实的讽刺家在或多或少的程度上总是一位漫画家；他毫不客气地突出他笔下形象的某些特点，以至于失去了一部分的“真实性”，但是他使我们更便于识别通常被掩盖着的东西，理解丑恶可笑的东西，这比我们在未加渲染的现实中去识别和理解要容易得太多了。

相反地，高尔基虽然对他的“英雄”和他所描写的大部分现象抱着彻底否定的态度，可是他并不作这样的渲染。反之，他似乎总在极力克制作为道德裁判员的自己，做到客观地、十分公正地描写事物。这是一种有力的手法——可以叫作含蓄的讽刺法。

作者这样考虑着：我现在用艺术的烛光来照明的素材，其本身显然就很丑恶，读者越是强烈地感觉到一切都被白天的均匀的光辉照耀着，未加渲染，仿佛生活本身在这里说话似的，那么他们便越能确信素材的恶劣性。

在相反的场合，即使当我们要含蓄地赞扬什么的时候，这个被强调的客观手法也能发挥它的威力。作者想歌颂某些人物或事件，但是他这么做的时候写得十分朴素，毫不夸饰，因为他相信，他们的美的本身会替自己说明一切。在我们所谈的这部高尔基作品中，也有这种含蓄的赞扬的因素。

不过关于萨姆金本人，还是有一个特殊的、费解的地方。

本文读者也许会这样问我：

“您说，《克里姆·萨姆金的一生》一半是‘成长小说’，另一半是在很大程度上通过主角的见闻描绘出来的、一个重要时代的活动全景图。您的意思我理解得对吗？”

“您理解得一点也不错。”

“但同时您又肯定道，克里姆·萨姆金是个引起作者厌恶的典型。就是说，高尔基给我们详细描写了一个恶棍的发展过程，并且通过这个恶棍给我们介绍了一个时代……说实话，我觉得，要不是阿列克塞·马克西莫维奇向自己提出的任务太奇怪，就是您对它的解释有点古怪。”

“亲爱的读者，您的问题提得正确。为了回答它，必须研究一下，第一，为什么作为‘成长小说’的主角来看，萨姆金的本身是饶有兴趣的；第二，作为生活的见证人来看，为什么他也是饶有兴趣的，换句话说，表面上他也是饶有兴趣的。”

在下面几节中，我们便来谈谈这一点。

五

高尔基这部新作的读者不可能不很快注意到，虽然作者为了阐明萨姆金的性格下过那么多功夫，他的性格还是苍白得近乎没有特色，萨姆金其人也索然乏味，他的内在的东西常常是从别人那里假借来的，而且——由于他的心理上的枯萎——显得又狭隘又平淡。

我们很容易设想，某个作家会欣然承担这样的任务：描写一个风格鲜明的坏蛋，例如一名大盗或者恶毒的、诡计多端的阴险小人。可是写空虚的灰色人物，这值得吗？

在我国文学中，我们可以看到一个经典式的、经过精琢细磨的空虚的形象。萨尔蒂科夫-谢德林观察他所背弃的地主阶级的衰落和崩溃，创造了几乎是魔鬼般的犹大什克·果洛夫廖夫的形象。

最初看见这个讨厌的恶棍时，我们可能觉得他有个性、有抱负、有成就，觉得他有点像那种没良心、无情义、爱做作的严酷的典型，例如莎士比亚笔下纪念碑式的理查三世。但是，如果凑近去仔细看看这个口齿不清、迈着小步走路、永远在侈谈上帝、永远在画十字的可鄙的老饕和其实并不善于经营的财迷，我们便会发现俄罗斯评论界早已指出过的一点：犹大什克的基本特征是可怕的空虚。他什么人也不喜欢，什么人也不尊敬，他没有任何准则，只有纯动物的卑劣的本能指引着他的行为。他用空谈来文饰这种可鄙的、同人不相称的行为，他以自己所特有的讨人欢心的口才，不断地、轻率地胡说着带有正教——基督教色彩、精神——道德色彩的废话。犹大什克一边说着废话，一边又在它那蜘蛛网似的帷幕的遮掩下，干着卑污的勾当。但值得注意的是，他不像莫里哀的达尔杜弗[1]那样，抱着有意识的伪善态度，给自己制造一个便利的假仁假义的烟幕；不，他非常真诚地相信这一切废话。犹大什克是个真正笃信上帝的人、规规矩矩的公民，他崇尚秩序和自古以来的道德观念。不过，作为本阶级的余孽，他内心老是摇摆不定，所以在他的心理的某一方面，他对上帝和天诫敬仰得五体投地，而在他那像一所荒凉阴暗的房屋似的天性的另一方面、更大的方面，他却好似一团漆黑，毫无原则。正因此，他才能一边在他的小教堂中祈祷，同时又在附近一个潮湿阴暗的房间里干出欺诈和淫乱的行径。

---

① 喜剧《达尔杜弗》（旧译《伪君子》）的主角。

可是您会说，这难道不是大多数基督徒的共同特点吗？难道他们的"礼拜天的祷告"与平日的表现之间不是隔着一条鸿沟吗？同资产阶级制度的残酷的实际对照之下，神甫、牧师和教士所传播的基督教箴言，听起来难道不是空谈吗？

不过在犹大什克身上，这种动摇和这种两重性更为明显，因而他的内心世界的可怕的空虚也更为明显，这空虚使人感到那么冷飕飕，那么恐怖，以至于犹大什克真正具有了恶魔的特点。承认犹大什克是魔鬼或魔鬼的玩物，换句话说，承认他是邪恶本身的代表；这在哲学上是正确的，如果我们一致认为，当空虚或虚无极力戴上一副假面具来冒充生活的时候，它正是一种邪恶。

应该说，俄罗斯的魔鬼，特别是知识分子手中的魔鬼，恰恰越来越具有这样的性质了。

在这里，我们没有工夫把光芒四射的西方魔鬼同我国文学中乏味的、灰溜溜的鬼怪做一番比较。只要回想一下靡非斯特就尽够了。歌德直截了当地论述他——而且是由他自述道："我是那经常希望作恶、而实际上却在造善的力之一体。"

靡非斯特这个魔鬼似的人物跟浮士德同样富于或比他更加富于辩证性。

靡非斯特之所以能够"造善"，是因为他的邪恶会扎痛人，刺激人。靡非斯特拥有光辉的机智。他摧毁了唯心主义的虚影，在被诱惑者面前揭露出现实的污秽，他的确在策励人们。可是犹大什克能够策励人们奔向什么地方呢？

陀思妥耶夫斯基曾多次同魔鬼交好；当他决定把一个新从地狱中出来的真正的魔鬼引给伊凡·卡拉马佐夫[①]的时候，他使它具有了一个老于世故的、十足俗物的全部特点。俄罗斯的魔鬼——至少是知识界的魔鬼——常常是小鬼，常常是彼列多诺夫或者涅多蒂科姆卡[②]。这还是从果戈理那里流传下来的。果戈理对谢普金[③]说明过，轻佻的撒谎者和无意中做了冒名者的伊凡·亚力山大洛维奇[④]，实际上什么也不是，就是恶魔

---

① "真正的魔鬼"指《卡拉马佐夫兄弟》中的另一人物斯麦尔佳科夫。
② 涅多蒂科姆卡也是索洛古勃的《小鬼》中的人物。
③ 谢普金（1788—1863），著名演员。
④ 《钦差大臣》主角赫列斯塔科夫的教名和父名。

本身。谢普金一听之下,简直惊讶得发愣了。

六

这就是萨姆金——“魔鬼的玩物”。

从社会观点看,萨姆金也是个精神空虚的典型。他有一个不正常的家庭,他小时候受人溺爱,同时却没有得到真正的温暖。追溯一下他的家谱,他所有的亲属都是一些余孽和失败者。他那从贵族中间败落下来、阶级地位不明确的父亲和十分空虚的母亲便是这样;他的名存实亡的民粹派伯父像个幻影;他那笨头笨脑的哥哥是十足的傻子。

“独力奋斗的人”[①]华拉甫卡本来可以给这腐朽的家族输入一点新的血液。但是高尔基以惊人的社会嗅觉,揭示了这个有才能的生意人的鲜明激烈的性格。他活着是为了谁?为了什么?请把安葬华拉甫卡的场面重读一遍吧。他得到了什么结果?一切都化为乌有了。

华拉甫卡是一朵典型的、我国特有的资本主义空花。虽然左拉和托马斯·曼等作家肯定地认为,资本主义王朝非常短促,多半在第三代就产生了不肖子弟和破落现象。不过,第一,这毕竟是到第三代才有的事,其次,这些王朝曾经一同织成了很坚实的欧洲资本主义的锦绣。

高尔基给他笔下的一朵资本主义空花取了德沃耶托奇耶——“冒号”[②]——这个姓氏。冒号表示某句话已经完结,后面应该出现新的解释前文的字句。可以说,最后半个世纪的俄罗斯资本主义,便是这样一个除旧布新的冒号。因此,在资本家中间才有那么多煊赫一时、结果却无声无息地消失了的有才能的人物。

克里姆·萨姆金从他的家庭环境中被投入了我们所谓的“知识界”这一阶层。

关于我们上面所用的名词的实质,有过不少的争论。

知识界本身的使徒们企图这样说明这个名词的内容:知识分子是批判性的思考和敏感的良心的体现者。但同时,人们马上看得出来:那些助

① 此处为英语“Self-made man”。

② 德沃耶托奇耶,剧本《避暑客》中一个工厂主,后来变卖了产业,无所事事,过着富裕但是空虚孤独的生活。冒号即“:”。

理检察官，那些贪财的律师巴拉拉依金[①]之流，那些受过大学教育或准大学教育、担任着上帝所派定的公职或资本主义性的职务，或者从事自由职业、在某个美术摄影部门或牙医部门做事的庸人，把这些人算作批判性的思考和纯洁的良心的体现者，无论如何是不行的。

涅克拉索夫或乌斯宾斯基一类的人，尽管对自己可以求全责备，却毫无疑问是光明正大的知识分子的崇高典型，但连他们也不敢把自己算作是这种体现者。

涅克拉索夫由于没有成为直接的革命家而公开地严格批评自己并同时怀着虔敬的心情，将车尔尼雪夫斯基比作基督。[②]一本乌斯宾斯基传记令人感动地描写过，当一位职业革命家偶然去看望他[③]的时候，他简直不知道请这个人坐在哪里才好，怎样表示亲热才好。他也像涅克拉索夫、谢德林、车尔尼雪夫斯基一样，像成百上千的革命家一样，找到一些词句，对知识界的广大群众加以沉痛的嘲笑。他大概是以米尔托夫（拉夫罗夫）论述对人民所欠的债务的著名书简[④]为依据，用"债务人"这个轻蔑的词来称呼知识分子。

为了抬高自己在社会上的身价，孟什维克或社会革命党之类的知识分子政党总爱忘记这一点，却随随便便、喋喋不休地泛论整个知识界，把受过教育、衣冠楚楚的人们当作一个精英的阶级。

可是这种想法的个别代表有时也了解，这样跟受过教育的一部分庸人称兄道弟，难免会影响自己的名誉。例如，伊凡诺夫-拉祖姆尼克就企图建立一套理论，说知识分子是卓然独立的、个性表现得很鲜明的人物；同知识分子相反的因素则是小市民，即面貌不清的人和群氓。[⑤]

如果信奉这套理论，那就必须完全撇下我们平日所说的知识分子，而承认聪明的、寻求真理的、即使不识字的农民，尤其是有觉悟的无产者，才恰恰是真正的知识分子；否则只好悄悄地仍然掺进这个思想：表现得很鲜

---

① 谢德林的《现代牧歌》中的人物。

② 见涅克拉索夫的诗《致一位不知名的朋友，他给我寄来了〈不可能〉一诗》和《尼·加·车尔尼雪夫斯基（先知）》

③ 指乌斯宾斯基。

④ 指拉夫罗夫的《历史书简》。

⑤ 伊凡诺夫-拉祖姆尼克是拉·瓦·伊凡诺夫（1878—1945）的笔名。他是一名文艺学家、唯心主义社会学家、社会革命党政论家。这里是指他在《俄罗斯社会思想史》（1906）一书中提出的意见。

明的个性、楚楚的衣冠和口袋里的毕业文凭是分不开的。这种思想在拉夫罗夫的著作中早已有过微弱的流露，普列汉诺夫针对着它说过一句中肯的挖苦话："所谓有批判力的人物，该从十二品官算起才对。"

为了高尔基的纪念日[①]，在我国已经被淡忘的库斯柯娃老太婆竟然大放厥词。她终生都站在脸面所能容许的最右的立场：比普罗柯波维奇先生和库斯柯娃女士站得更右，那就太不体面了。[②]

库斯柯娃女士对高尔基当然充满着憎恨。她肆无忌惮地表现了这种憎恨；她说高尔基是苏维埃政权的御用歌手，苏维埃政权憎恨知识分子，并且正在消灭他们，而他们也憎恨它。库斯柯娃女士胆大包天，居然代替苏维埃政权和在苏联工作的千千万万知识分子说话了。

库斯柯娃女士当然无论如何都不会了解，1917 年以后，知识界同人民之间的关系进入了一个复杂的，有时甚至是令人痛心的阶段。她欣然赞成斯大林同志的说法：工人中间有些分子，由于有过深深失望的经验，便笼统地仇恨起整个知识界来。

我们很想知道，这位可敬的太太是否也赞成我们领袖的另一段话：知识界有一些共产主义的死敌，他们为了破坏苏联劳动群众的无比艰巨的工作，可以干出任何的罪行，说出任何的谎言。

我想她是会赞成这段话的，因为以她对布尔什维克由来已久的、出国后更见顽强的憎恨，她距离——她到底离开过没有啊？——我国最恶劣的暗害分子典型已并不遥远。

然而库斯柯娃女士决不愿赞成斯大林同志的这项声明：苏维埃政权尊重知识分子，需要他们，它竭力采取一切措施，有时严厉、有时温和的措施，把它从过去继承下来的有教养阶层中的健全部分同无可救药的部分加以区别。[③]

库斯柯娃女士当然也不会赞成无数的人对她一致发出的愤怒声明："你没有权利代表我们，代表伟大社会主义国家的劳动知识分子，胡说什

---

① 指 1928 年高尔基 60 诞辰和文学活动 35 周年。

② 库斯柯娃（1869—1958）和普罗柯波维奇（1871—1955）都是修正主义的著名论客，俄罗斯的伯恩斯坦主义代表，后来成了立宪民主党人。十月革命后，库斯柯娃和普罗柯波维奇逃亡国外，反对苏维埃政权。库斯柯娃曾在白俄机关报《现代纪事》上写出了《斩断了翅膀的鹰》一文，恶毒挑拨高尔基同苏联知识界的关系。

③ 参看《论联共（布）党内的右倾》和《新的环境和新的经济建设任务》。《斯大林全集》第 12 卷和第 13 卷。

么我们憎恨苏维埃政权。你是替你自己说话，代表那可能还残留在我们中间的少数败类说话。”

我提到库斯柯娃，并不是由于我认为有多大的必要去驳斥她的乌鸦狂噪似的“祝词”，而是因为她也企图制造某种关于知识界的奇谈：知识界差不多是用自己的乳汁喂壮了高尔基这条小蛇，而它现在却用布尔什维克的牙齿来咬破这只乳房了。

同时，我也不想过多谈及下面的事实，当愚蠢透顶的布尔采夫诬控高尔基是德国间谍的期间[①]，几乎整个知识界都对这位伟大作家采取了卑鄙的出卖的态度，而高尔基本人在革命最艰苦，在知识界的各个部分同革命发生抵触的时期，却以他的辩才和勇气袒护着知识界。他那么热心地袒护着它，一个早已不仅对“避暑客”的寓所，并且对“太阳的孩子们”的邸宅发射过许多支雕翎利箭的作家[②]竟会这样做，似乎是很出人意料之外的。

在这里，我稍稍感兴趣的是库斯柯娃的奇谈本身。您知道吧，据说一切从事地下工作和接近地下工作的，特别是被流放和近乎被流放的知识分子形成了一个温暖而光明的“社团”，后来生活中再也没有产生过同样好的“社团”了。

按照库斯柯娃的看法，原来这个由抗争的知识分子、叛逆的统计学家[③]构成的“社团”拥有非常强大的势力，他们可以把荣誉给予一个人，又可以剥夺它；例如，他们也把荣誉给予了高尔基。

由于这些取得胜利的统计学家统计出来的数据显然为数甚少，所以他们之能够把荣誉给予人，明明是因为他们同受过教育的庸人有着密切关系的缘故。

我们得出这样一幅结构图：底下是作为受过教育的专家——也可以说是从事“脑力”劳动的小市民——之总和的知识界，这是浅灰色的广大基础；上面，跟它一脉相通的则是“社团”的尊贵的首脑。

但是库斯柯娃女士记错了许多事情，她已经进入“风烛残年”了。所

---

① 布尔采夫（1862—1942），自由主义的资产阶级出版家和记者，十月革命后逃亡国外，成为露骨的反动分子。1917年7月，他在《俄罗斯意志》报上发表了《不是我们，就是德国人及其同伙》一文，含沙射影地诬谄高尔基是德国的奸细。

② 《避暑客》和《太阳的孩子们》都是描写知识分子的剧本。

③ 指广义的统计学家，包括那些根据统计数字来评论时政的作家在内。

有我们这些当年跟库斯柯娃同样完全属于“社团”的人[1]，每逢回想起流放和流放生活，回想起这种“振奋人心的统计学”本身时，总是感到很大的厌恶。不错，在流放中当然能碰见杰出的人物，他们为“社团”的环境做过有效的斗争。不过一般来说，您问问任何一个曾经被流放的人，他都会告诉您：“再没有比流放中和流亡国外时的生活更容易使人闹是非、说长短、神经紧张、厌倦烦躁和精神压抑的了。说来奇怪，”这个“老住户”会补充道，“聚集在那里的并不是什么坏人，而是受过教育，在革命领域内工作过一段时期的文人，可是他们常常在他们的太太的热心参与下，弄出了多少讨厌的纠纷！”

不错，库斯柯娃女士当作天堂乐土来回忆的流放地的环境，有一股难闻的气味。如果我们注意到在“社团”之上和“社团”以外还有一批优秀分子，注意到被流放的布尔什维克的骨干跟“社团”的其他成员截然不同，那么可以说，被流放的庸人就更像是灰溜溜的神经衰弱患者了（虽然许多人离开流放地之后，又成了不错的甚至是很好的革命战士）。

库斯柯娃女士之所以一回忆起“社团”的香味来便满心欢喜，岂不是因为她今天亡命国外，住在她的新巴比伦河畔[2]，不是奥卡河，也不是杰斯纳河畔，而是塞纳河或施普累河畔，[3]——这种脱离生活、孤立绝缘的是非窝中的发酸的、鄙俗的香味正好也弥漫在她周围的缘故吗？

然而不仅如此。一方面，在我们的集体记忆中，“社团”的知识分子闲散生活的**静态**，根本不是像库斯柯娃女士的感伤的回忆中所说的那样；另一方面，她还忘记了——她不可能记得，她只能曲解，——“社团”的历史**动向**。

必须稍微谈谈这件事。

一般地说，“社团”中包括了革命家，也许还包括了同革命家最接近的外围分子。

历史进程是这样：它引导人们经过1905年的重要阶段，经过1917年的二月革命，然后走向十月革命和无产阶级政权。“社团”急剧地分裂了。

1848年左右，恩格斯曾以天才的智慧和眼力预言道：在无产阶级专政产生的期间，工人阶级的铁扫帚所要扫除的一切陈腐事物的最后和最

① 作者在革命前曾经多次被流放到边远地区和流亡国外。

② 这里引申为“理想的地方”。

③ 奥卡河与杰斯纳河属苏联，塞纳河畔和施普累河畔分别指巴黎和柏林。

顽强的支柱，将是一些极端民主派，它们不会嫌弃任何一个最卑鄙的同盟，它们将同温和的自由主义者，同死硬的保守主义者，同残暴的反动分子，同任何国外的敌人勾结在一起，只要能摧毁无产阶级，虽然它们不久以前还在向无产阶级大送秋波。[①]

除了其中的布尔什维克的部分之外，"社团"的所作所为正是像我们可以预料到的那样：先知们说的话总是要应验的！

"社团"在资产阶级将军麾下行动起来，这些将军首先要做的是恢复他们认为永世不移的旧制度。第二，恢复帝俄的半殖民地性——其目的则在把半殖民地性变成完全的殖民地性。可是"社团"所开创的基业，终于在萨马拉和阿尔汉格尔斯克[②]垮掉了。"社团"最初是英勇群众，最后落得了这么一个下场。

库斯柯娃"忘记"了这一点，"不可能了解"这一点。她不得不用谎言来推托。

为了替自己的重大历史罪行和蜕化堕落辩解，白俄侨民中的整个"左"派所使用的主要伎俩是恶意歪曲布尔什维克。

我们布尔什维克，我们苏联劳动者在一个技术贫乏、文化落后的孤立的国家里，在我们彻骨痛恨的势力的包围中建设社会主义，这是非常困难的。我们的事业正在以雄壮的气概向前进展。有千千万万的证据可以公平地证明这个。不过困难也很大，情况有时紧张到了极点，我们非常贫穷。在这种局势下，白俄侨民往往抓住我们的壮丽的建设图景中一切阴暗的东西，加上一大堆谎言，作为他们养身活命的资料。因此他们好比"气恼的"江鳕，肝火特旺，[③]他们就用这种肝脏所分泌的胆汁代替墨水来写文章。

关于"社团"的奇谈说得够多了。我主要是谈库斯柯娃的论文，因为这位太太在责备高尔基对知识界忘恩负义时，她这样写道："他对知识界的报答，便是目前他在《克里姆·萨姆金的一生》中关于它的描绘……"

高尔基在这部作品里把知识界谴责到了什么程度？高尔基是不是用萨姆金其人来概括整个知识界？这个人物跟知识界有多少共同之处呢？

必须回答上面的问题，我们所提出的这一基本问题才能得到解答：为

① 参看《中央委员会告共产主义者同盟书札《马克思恩格斯选集》第一卷。
② 都是苏联内战期间白匪军及其帮凶溃败之处。
③ 江鳕"生气"时，肝会变大。

什么庸庸碌碌的萨姆金会引起特别大的兴趣？

七

高尔基在《克里姆·萨姆金的一生》中完全没有笼笼统统地谴责知识界，而且也不能指望他这样做。当然，庸俗的人们，即使是其中持有毕业文凭的那一部分，也并没有获得高尔基的好感。然而，尽管高尔基从前不止一次地鞭挞了受过教育的庸人，他这部新作触及他们的地方却实在是比较少；无论如何，它没有给高尔基在《瓦莲卡·奥列索娃》、《避暑客》或《工程师》[①] 中早已说过的话添加任何新的、尖锐的东西。高尔基没有提到，或者说，暂时还没有提到知识界的另一个“社团”——一个向来为他所极其敬重、也许竟是过于敬重的“社团”，即真正的学者们。因为高尔基在他反映革命前最后数十年的情况的组画里虽也写到知识分子，但他确实主要是指库斯柯娃的“社团”。高尔基在他这部近作中所写的知识分子要不是属于各党各派，便是属于接近各党各派的外围。

可是就在这里，高尔基也没有走上笼统地指责的道路。他首先特别突出了以库图佐芙同志这个值得敬仰的人物为首的布尔什维克，包括干练的斯皮瓦克太太和其他许多人物在内。

库斯柯娃分子对这一点也许会回答道：“这正表现了高尔基的党派偏心！”

但是，库斯柯娃分子的先生们，你们不能把我们布尔什维克知识分子从整个知识界开除出去，也不能把我们在“社团”历史上所起的重大作用一笔勾销。

当然，你们这些属于另一种战无不败的党派的人早在革命前就同我们做过斗争，认为我们迷失了方向。你们用最难听的话来说明我们在革命后的作用。这是你们的事，是关系到你们的党派偏心的事。

不过高尔基在他的全景图中是怎样描写布尔什维克的呢？他们跟周围一切人截然不同：他们知道事情在朝哪个方向发展，他们预见到了十月革命，预见到了无产阶级专政。因此他们的言行具有实事求是的性质。而别人却像瞎眼的狗崽子一样东奔西闯，他们的话有时虽也说得漂亮而

① 指剧本《野蛮人》，其中的主要人物是一些工程师。

聪明，但毕竟只是唱高调，不是符合事实的语言。

就算这是党派偏心吧。我们布尔什维克任何时候也不否认我们在各方面贯彻党的观点。可是，请您把高尔基这次所表现出的我们的党派"偏心"同白俄侨民中各种库斯柯娃分子和猥琐狭隘分子的党派偏心拿来研究一下。衡量这两种"偏心"的时候，您不可能没感觉到，历史在我们的天称盘上放了一个巨大的砝码。

难道我们没有战胜你们吗？难道十月革命没有来到吗？难道无产阶级专政没有实现吗？难道世界上还能有一个知书明理的人不肯承认，这场缔造了苏联的革命是世界所曾见过的革命中最伟大的、客观上确实是最伟大和最壮丽的革命吗？

高尔基在描写布尔什维克时的党派偏心已经被历史证明是正确的。他们真是对未来做了正确的估计。

当然，形形色色的白党阵营还在用关于今后的预言安慰自己：他们说，这一切准会垮掉。

因此今后还有斗争。我们相信无产阶级的未来和我国共产主义建设的胜利。你们不相信。我们将鼓足劲儿斗争和工作。你们只会像乌鸦似的呱呱乱叫，并且同老朽的资产阶级串通起来反对我们。

但是高尔基不仅在知识分子中特别突出了布尔什维克及其赞助者，他也完全没有给其余人的脸上抹黑。在《克里姆·萨姆金的一生》中可以找到不少大体上让人好感的典型，那个古怪的、在任何地方都无法给自己找到一个位置的、然而直爽可爱的人物伊诺珂夫，就是一例。

但知识界的某一部分人、很大一部分人，仍然可以认为自己被这三本书刺痛了。而且，与其说高尔基用克里姆·萨姆金的典型打击知识界的某一阶层，不如说是用它打击为知识界所普遍具有的某个因素、某些最有代表性的特点、某些通病。凡是身上的萨姆金气质较多的人，可以把他的形象看作对自己的一记耳光。这种气质不多的人，也不妨把它看作一次有益健康、祛病消灾的外科手术。

八

克里姆·萨姆金首先是一个名副其实的**艺术典型**。

什么是艺术典型呢？

创造艺术典型，就是发现社会上某种普遍的优点或缺点或优缺点的综合，把它们构成一个人物，使他尽可能细致而深刻地肖似同类的活人，同时又更鲜明地揭示出作者想要说明的那种有代表性的综合。

可是创造真正的艺术典型的工作并没有到此结束。如果艺术家凭着自己的嗅觉和知识，用分析法揭示出社会的某些特点，然后经过匠心匠手[①]，用综合法把它们构成一个形象，那么这个形象一定带有机械化的痕迹：这也许是一个做得非常精巧的玩偶，一个十分肖似活人、很好笑、很有教益的玩偶，但也不过如此而已。

在教诲文学中，在漫画和讽刺作品中，这类典型是适用的；顺便说一句：所谓"文学战线派"就曾经为它们奋斗过。我不否认，他们当时指出的范例，比如谢德林，比如说别塞勉斯基的《射击》[②]，也具有自己的艺术价值。

但是艺术可以提供得更多。它能提供得更多，只要艺术家的才能允许他想象和体现出真正的个性，即是像任何活生生的个性一样的独特的个性，并且使最普遍的典型特点不仅不会因此遭受损害，反而能在纯个人的特点中得到自然的补充和充分的完成。

大多数确实出色的典型和差不多所有伟大的典型都是这样塑造成的。艺术家创造了一个完全跟雕像似的、十分生动的新人物，于是这个典型人物就比绝大多数活人更富有生命力：活人生而复死，但俄狄浦斯或哈姆雷特活了千百年还没有露出半点衰老的迹象。

萨姆金正是这样塑造出来的。萨姆金是个活生生的人物。

当叶尔米洛夫同志为"活生生的人"而斗争的时候，他所指的在很大程度上正是我这里所说的意思。在这个限度内，他是对的。我至今还认为，排斥"活生生的人"是一个纯粹的误解。但这并不是说，叶尔米洛夫同志没有错误。[③]

① 1930 年苏联一个文学团体。

② 一部诗体喜剧，其中有尖锐的讽刺，也有正面的东西。

③ 拉普派理论家叶尔米洛夫等主张，为了写出一个"活生生的人"，必须刻画他的个性特点，同时要搜索和表现他的"致命伤"。卢那察尔斯基则强调塑造坚强的布尔什维克形象，"就在我们今天，先锋的典型，党和苏维埃的建设者的完美典型就已经很高大了。"[《农民文学和党的总路线》(1929 年)]

卡尔·马克思在他那封关于《济金根》的辉煌的书信[①]中也多多少少表现过同样的思想：他责备拉萨尔没有把自己的剧中人“莎士比亚化”，却把他们“席勒化”了。他解释说，席勒笔下的人物是一定倾向的体现者。谁也不会争论，马克思显然是在莎士比亚的作品里看到了真正活生生的、多方面的人物。莎士比亚的这项能力已经为大家所公认：只要回想一下普希金的意见就行了。[②]

同时，马克思又——这是主要的一点——向拉萨尔指出，拉萨尔在他的人物处理上没有充分注意阶级性。这一事实，只能对我们着重说明马克思的一个显著的思想：从观念出发去创造体现这些观念的典型，便创造不出活生生的形象；从阶级出发，极力创造这些阶级鲜明的、有充分价值的表现者，才能同莎士比亚相近似。

因此，按照我们的看法，萨姆金是个地地道道的艺术形象，而且他是被当作一个阶级的代表来描写的。

同时，我们无论如何也不要认为，典型只能代表整个阶级。基本的阶级很少，可是它们分成了许多集团。在每个特定的时代，一个阶级仿佛包含着若干数量的基本典型。发现这类典型，从它们相互之间以及它们同其他阶级之间的关系上去描画它们，是写实艺术家的主要任务。

如果某一阶级或集团——在我们这个场合就是知识界，即是小资产阶级中靠“脑力”劳动为生的那一部分人，——可以被责备说：它里面普遍存在着萨姆金的典型，在这个集团的很多代表身上，存在着或多或少的萨姆金因素，那么，这一事实当然是一种谴责。

不过第一，这谴责非常公平。

第二，这谴责非常有益。

然而首先，克里姆．萨姆金到底是什么呢？

我们已经说过，作为一个活生生的艺术典型，克里姆·萨姆金有着许多个人的、即他所独具的非典型的特点。艺术家的嗅觉使作者能够这样选择这些个人的特点，它们同形象并不矛盾，而是仿佛对典型特点做了补充。

我完全不想谈以下的问题：这种典型的创造是整个儿在理智之光下

---

① 指1859年4月19日马克思给拉萨尔的信。见《马克思恩格斯选集》第四卷。

② 普希金认为，莎士比亚在人物性格描写上，要比莫里哀或者拜伦全面，要完备得多。

面进行的呢，换句话说，这全部创造过程是艺术家清清楚楚地意识到了的呢，还是有几分——从理智的角度看——像摸索似的、以直觉的方式、但又非常合理且有目的而进行的？

我只想说，我们年轻的评论界有一部分人在维护艺术创作的纯理性性质时做得太过火，甚至到了荒唐的地步，他们害怕非理性方面的艺术想象力有活动的余地，如同害怕魔鬼那样。

关于这一点，我们当然还会有不少的争论。我再说一遍，我不想讨论高尔基是否像制造机器的机械师似的，明确地认识到他如何塑造萨姆金这个复杂人物的问题。

我们的"英雄"像每个人一样有他自己的名字。纯理智的艺术家凭着理性想出了普拉夫津[①]、莫尔恰林[②]等姓氏。艺术家又往往只给人物取一个偶然的名字和常见的姓氏。在给重要典型命名这件事上有一种最巧妙的方法，很难凭理智加以说明：那便是使典型同名字之间具有某种深刻的、隐约的、然而又让人感觉得到的内在的协调。我国文学中有许多这样的例子，可是我不想细谈。

我们的"英雄"的名字十分独特。难道您在什么地方碰见过另一个克里姆·萨姆金吗？但是他的名字很能说明他的性格。

这个名字含有夸饰的意思，同时又在感性上具有重大的意义。

"克里姆"一词的发音是干巴巴的、尖细的，它叫人想起"克林"[③]。"萨姆金"[④]——您可以感觉到这里有一种自负，一种依靠自己，希望表现自己的个性的味道。

一听见这个名字，我马上联想到陀布仁斯基的著名的"戴眼镜的人"[⑤]之流的外貌，但这不仅仅是一个同样偏狭、同样盲目、同样做作、同样乏味的人。这还是个萨姆金：他神气十足地微微仰起脑袋，他身上的某个东西，比如端正得使人感到凛然的衣领、领带、发式，显出一种自以为别具一格。而且仿佛自以为颇有含蓄的艺术味的派头。他身材并不高大，可是他同人家在一起的时候，他似乎总是稍稍挺起他的身子，希望显得高

① 普拉夫津是冯维辛的喜剧《纨绔少年》中的人物，意为"诚实"。
② 莫尔恰林意为"沉默寡言"。
③ 意为"楔子"。
④ 从"自我"一词变来。
⑤ 陀布仁斯基（1875—1957），苏联画家。《戴眼镜的人》是他的一幅作品的题名。

大些。他的谈吐不只在方式上，甚至在音调上也很干巴巴，它根本是非常乏味的，仿佛一开始就是废话，同时，它又带有律师的狡辩、自我聆赏和自命不凡的强烈意味。

这便是萨姆金的外貌，的确，我们无论如何不能把刚才勾画的侧影叫作其他什么人，只能叫作克里姆·萨姆金。

萨姆金有他自己的独特的家庭，有他自己的独特的童年，有他自己的、在某种程度上说也是独特的生活道路。他还有他自己的独特的恋爱史。然而这些非常独特的因素，却为萨姆金身上的基本的东西做了很好的准备、揭露和证明。

在我们这篇评论性的分析中，我们不必细谈这类人的特点。我们要直接谈萨姆金的本质和典型性。

我们已经说过，萨姆金是“魔鬼的玩物”。

这是空虚的表现之一，这是戴着幻影似的生活的假面的一种空虚。

幻影不但迷惑着别人，也迷惑着萨姆金自己。他相信实在的东西。可是并不尽然；有时他似乎也领悟到，他只是一个零。

俄罗斯知识界相当大一部分人的这种空虚，有的人十分空虚，有的人有几分空虚，从社会学上说是由于什么原因呢？

首先是由于知识分子的“超阶级”的或“无阶级”的地位。

知识界的“领袖”们就这个特点大吹大擂，说它使他们超越了所有的阶级。实际上，它只能使他们——当然不是他们全体——陷入空虚。

知识界最优秀的一部分人——多半是清寒的知识分子——转向了劳动人民：在车尔尼雪夫斯基时代是转向农民，在列宁时代是转向无产阶级。

还有一部分人却去为上层阶级效劳——有的为官僚制国家，有的为资本家效劳。

但在这两部分人身上都可以看出几分空虚：有时候，革命知识分子会感到某些疑惑、懊悔；他们茫然四顾，总之是，不能始终如一。

在那些投奔上层阶级，为它们出力效劳的人中，这种情形更是常见。他们受到良心的折磨，他们有时也爱谈他们的“两重灵魂”。

可是假如我们要看到十足的空虚的事例，就得把眼光转向那些有意识地不以斗士的资格，而仅仅以偶然的客人的资格分别置身于两个或两个以上阵营的知识分子，或者甚至不在任何阵营做客的“独立派”。这样的人是没有历史前途，没有原则性的见解，没有纲领的。

如果这人生性驽钝，没有受过很多教育，我们可以说这个人是“一个无可救药的灰色的庸人”，认为不必对他抱什么希望。如果他像克里姆·萨姆金一样，并不愚蠢而又受过教育，那么他一定要极力表现他在政治上、道德上和文化上仿佛都还有生命，起着作用；这样一来，他那“魔鬼的玩物”的性格便完全暴露了。

萨姆金之流的一个重要特点，是德国精神病学家所谓的“虚荣心”，即是力图使自己享有威望或出风头。

这里有一个细微的差别：企图使自己享有威望——指那种比人们实际具有的威望更大的威望——的人，毕竟还可能渴望某种有益的活动；这类人可以叫作现实的野心家。

托尔斯泰有一次说得非常中肯：一个人的价值决定于这样的分数，其分子是他的真正的优点，分母则是他的自负心。[①] 假如这个分数的分母大于分子，那么现实的野心家就很讨厌，因为他们常常要过问他们力不胜任的事情。但是那些可以叫作“华而不实的野心家”的人则更讨厌得多：对他们来说，重要的不是**威望**，而正是**出风头**。他们自己心里可能相信，他们的金光闪闪的服装只是一堆廉价的锡箔和铜线，他们在社会上扮演的“角色”也毫无用处；但只要它能让他们出风头，他们便满不在乎。

当然，知识界还有很多这样的个人主义者，他们坚决为自己的功名和“地位”奋斗，而且是用一件重要的武器，即是从他们的事业中去奋斗。他们有时也具有无谓的野心所带来的可笑而猥琐的特点，不过他们身上的本质的东西不在这里。在他们，托尔斯泰所说的分数的分子毕竟要大于分母。

知识界有不少现实的野心家，也有很多华而不实的野心家。

为什么知识界有这么多野心家呢？

因为知识分子的各种工作几乎全是这一类型，其成果（薪金、名气、荣耀等）要取决于纯个人的特点——取决于独创精神、才能。人们总是去找那无可取代的律师、医生、肖像画家，邀请无可取代的演员、音乐家。容易由人取代的只值一戈比。难于取代的却值一卢布。无法取代的简直可以“漫天讨价”。所以，几乎每个知识分子都希望成为无可取代的人物；

① 见《托尔斯泰全集》第40卷，第143页。《复活》第三部第15章中也有类似的说法。

这里的问题不仅在酬金，还有社会的重视、女人的青睐等。

正因如此，萨姆金之流虽然微不足道，又只是戴着生活的假面具，却极力要把这副假面具装饰得更有独创性一些。

萨姆金主义的要点之一，便是希望表现自己的个性，使自己成为独一无二的、与众不同的人。

顺便说一句：易卜生的名剧《彼尔·金特》也根植于这个希望之上，只是其中的希望没有得到适当的机会来实现罢了。

除此以外，我们还得加上一个极其重要的社会学因素：我们所谈的那一类型的知识分子，即是有意识地“超党派”的知识分子，都站在各种思想和潮流的十字路口。因为他们本身很空虚，这些思想便能自由地灌注到他们的头脑里去。有时候它们轮流地吸引着他们，于是我们看到了反复无常的人的典型；有时候它们在他们身上同时并存，于是我们又看到折衷主义者的典型。

萨姆金热烈希望具有独创精神。可是他心里又滋长不出稍微卓越一点的独创思想。因此，有时他自己也无可奈何地承认，他那全部被夸大了的独创精神，不过是一个用别人的破布填塞起来当作内脏的动物标本而已。

一般来说，每逢萨姆金走进灯火辉煌、聚集着一批巧于词令的健谈家——用谢威利亚宁的话来说——“一群尖酸刻薄的妇女”[①]的客厅时，他不得不带几分骄矜，适当地露出公鸡挑斗的神气，可是当他独自一人的时候，他却常常好似一个去掉弹簧的纸板做成的丑角：驼着背，皱起眉头，用笨拙的手势擦擦眼镜，眨巴着淡色的眼睛，想着自己的伤心事。

高尔基笔下的萨姆金在这样的一个时刻论断得很正确。他想起红胡子哲学家陶米林的名言：“阅历丰富对大多数人都起着破坏作用，使他们的道德感混乱。不过，这种丰富的阅历也会造成一些特别有趣的人物。”一天夜里，萨姆金躺在床上思考这句名言。“克里姆在红胡子教师这些话里面发现了一种既使他恐惧，又使他入迷的东西。他觉得自己的世故经验已经太多，不过有时候他又感到他并不需要那一切积累起来的阅历和思想。其中没有任何一个在他身上牢牢地扎下根，并且可以让他称之为他个人的思想和信仰的东西。他心里所有这一切仿佛都是违反他的意志

① 谢威利亚宁（1887—1942），苏联未来派诗人。语出他的《序曲》一诗。

的，只是浅浅地藏在皮肤下面，而更深的地方却是一片空虚，还有待于用其他的内容来充实。克里姆越来越经常地、越来越不安地感觉到，在作为一个容器的自己同他所容纳的东西之间，正在发生分歧和对立。他羡慕库图佐夫，因为这人学会了信仰和心安理得地宣传自己的信仰。”

萨姆金所不了解的到底是什么？是什么秘密的根源？

他不了解，各种阅历、各种观点和念头只有集中在某些主要的思想感情的周围的时候，才能变成一个体系，才能成为良好的行动指南。而这主要的东西却取决于刚强的性格；在地位最明确、态度最坚定的阶级和集团的代表人物中间，常常可以碰到刚强的性格。对于知识界“超阶级”的那一部分人来说，性格软弱不能不是他们的一个特点。萨姆金没有这主要的东西。

这个可怜的人有时也会经历深刻的、自有其精微之处的内心悲剧。就在他得意地认出他的“复杂性”的时候，他心里常常痛苦而模糊地想到，他始终没有一个为自己指明道路的罗盘。

高尔基在萨姆金下面一段“独白”中把他这种内心的不安写得很好：“‘我跟任何人和任何事都没有联系，’他提醒自己，‘现实跟我作对。我在现实上空驰骋，就像走钢丝一般。’

“把自己比作一个走钢丝的演员使他感到意外和委屈。

“‘我没有什么可懊悔的。’他半信半疑地重说了一遍，仿佛是从远处，用一种没有形成语言的新思想的眼光考察着自己的思想。在他那一切旧思想后面还存在和显现出一个虽说并不清楚，然而可能是最强有力的思想，这一点在萨姆金心里引起了**愉快的感觉**，因为他**意识到自己的复杂性和独特性**，觉得内心很丰富。他站在房间当中抽着烟，看着脚下亮光的粉红色斑点，忽然想起一则东方寓言，其中讲到一个人坐在十字路口的太阳底下痛哭，过路的人问他为什么流泪，他回答说，‘我的影子离开了我，只有影子才知道我往哪儿走。’那个寓言里流泪的人被称为傻瓜。”

我们再来看看萨姆金主义的其他根源和表现形式吧。

知识界是一个小资产阶级集团。换句话说，它没有资本。它出卖自己的劳动。可是它能把劳动出卖给谁呢？出卖给谁才能得到好价钱，使自己的生活走上轨道，家属有保障呢？显然要出卖给有产者。有的人出任国家公职，而任何人都知道，从前的国家是怎样的国家；还有的人则为富豪效力。那些做不到这一点或者不愿意这么做的人，除了极少的例外，一般只好仍旧过清苦的日子，在大多数情况下这种阶级压力总会在知识分子内心碰到某种反压力。自重之心常常提示他们，为满足剥削者的要求而工作是丑恶的。专业本身，可以说，任何专业的本身，都能促使它的从业人员得出非常激进的结论，只要他们深入而公正地思考一下这专业的目的。严格地说，一个十分正直的医生、教师、艺术家等，不可能不成为社会主义者。

知识分子如果用这样那样的方法、在这种那种程度上保持着自己的清白，便能在道德方面具有一定的威望。忽视他们的意见并不那么容易。他们的指责可以刺伤你，或者至少抓得你叫疼。

在革命前的俄罗斯，无疑也有过这类似的情况。

受过教育的阶层，即平民知识分子，立刻受到警察的监视，虽然在某种程度上，平民知识分子是政府本身为了适应资本主义的要求而造就出来的。对于掌握情报的政府机关人员如宪兵、密探和警察的恐惧，在知识界极为普遍。怎么才能不这样呢？难道这些恶势力不是仅仅由于怀疑某人同革命有关，就可以迫害和毁灭他吗？只要列举一下政府的恐怖政策下的最大牺牲者，只要列举一下俄罗斯思想界和俄罗斯艺术界的杰出代表们，便能写成一份长长的蒙难者名单。

当然，这一点并没有妨碍知识界产生英雄人物；但涅克拉索夫说他们属于“为伟大的博爱事业而捐躯的人们的阵营”，不是没有理由的。

萨姆金之流不愿为任何事业捐躯。他们很怕警察。他们怕得那么厉害，在顺利的情况下，警察甚至可以驯服他们。萨姆金碰到警察，好比火柴碰到火柴盒上的砂皮。幸好警察逼得不紧，否则这根火柴一定会燃起带硫磺臭味的挑拨陷害之火来。不过有许多次，萨姆金已经走到叛卖的边沿，甚至偷偷摸摸地跨过了这个边沿。

可是同警察的压力相对抗，俄罗斯知识界那些转到农民或者（在晚些时候）工人立场上的优秀分子的巨大的反压力也有了发展。

不但知识界的先锋队亲手给叛徒打上的火印烙得很深，像该隐身上的火印[①]一样，就连指责对革命漠不关心、指责平凡的庸俗生活的话也足以引起戒惧，甚至使胆小怕事的人都不得不为革命家解囊，供给他们住处，对他们表示同情，有时候还间接地同他们合作。

---

① 该隐杀死其弟亚伯后，耶和华给该隐打了一枚火印。

这种中间路线,这种夹在两块可怕的磨盘之间的生活,当然会造成骑墙态度和内心的分裂。高尔基多次指出了萨姆金这些特点。我们只引用一段:“萨姆金厌恶犹太人,不过他知道这种厌恶是可耻的,所以他像许多人一样:把它隐藏在一套叫作‘亲犹主义’的词句里面。他觉得犹太人比德国人或芬兰人更隔膜,他猜想每个犹太人都具有特别敏锐的洞察力,可以看出他这个俄罗斯人的许多明显的和隐蔽的缺点,比其他种族的人看得更精细和清楚。他了解犹太人在俄罗斯的命运多么悲惨,同时又猜想犹太人的心里一定沾染和接受了一种本质上敌视俄罗斯人的感情,以及为了屈辱和痛苦而复仇的愿望。”

我们还要谈谈萨姆金主义一个鲜明的、很普遍的特点。

问题在于,知识界的一部分报酬优厚的工作,完全是个幻影似的东西。这种虚幻的工作者当中稍微有点才智和良心的人,都了解自己的工作是根本不必要的,这使他们认识了他们本身对社会的虚幻性。就连那些诚心诚意地认为自己有用,而其实只是虚度时日和徒劳无益的人,从他们的社会功用来看,客观上也是个幻影。虽然如此,这样的幻影却完全可以使社会遭受很大的损失,因为他们的贪婪并不是幻影。

国家机关充斥着这类游手好闲之辈,他们多多少少已经被写进《塔什干的老爷们》里面,一般地说,他们常常为伟大讽刺作家们所痛恨。在所谓的社会活动中挤满了“清谈家”,好像一大群蚊子一样。此外还要加上一切为豪门集团的奢侈生活和奇思异想服务的帮闲,各种替老饕们烹调山珍海味的厨师,或者替不识风雅的“大老板”修建里斯本式房屋的建筑师,各种依靠掠夺者的残羹剩饭过生活,而以给他们逗趣引乐作为报答的奴仆、弄臣、男男女女的卖淫者;所有这些人当然都毫无用处,纯粹是社会上的消极因素。

然而这些分子恰恰都是知识界的人。他们要不是艺术家,就是什么名手、行家,他们是各种各样的“专家”;他们或者拥有才能,或者持有毕业文凭,他们的薪金优厚,他们甚至常常享有广大的声誉。

应该说,克里姆·萨姆金完全是这一路货。他有点像法律家,又有点像作家;如果说他游手好闲,他恐怕要大大地见怪。他在工作。他寻找工作。但在他的整个“一生”中,您连任何有益的工作的痕迹也看不到,假如不算他受斯皮瓦克太太之托而写的那少数不取报酬的文章的话。

知识界有许许多多人面对着劳动人民的真正的民主革命所提出的两

个严峻的问题：你在干什么？你能够做什么？他们感到很难回答。

第一，这些经济上的虚幻人物是靠侍奉财神来维持生活的，可是财神被革命打倒了。第二，凡是足以掩盖形形色色虚假无益的工作之真相的烟雾，都被革命吹散了。

正因为这个缘故，萨姆金之流才本能地憎恨革命。说得更正确些，他们也可以容许革命，只要它不去触动荒谬的奢侈生活和形形色色的清谈。在这样的革命之后，有些虚幻人物甚至能爬得更高，为自己的空虚的活动找到广阔的舞台。比如说，克里姆·萨姆金认真地设想过，他要在这样的革命以后做一个国会议员，不过他的妻子华尔华拉对他了解得很透，她在发怒时叫道："你想做国会议员。你不会飞黄腾达的，因为你没有能耐……"

我觉得，我已引用了充分的证据；以此证明高尔基用萨姆金主义来谴责知识界相当大一部分人和某种普遍存在于知识界的特殊因素，是多么公平。

读者会看到，萨姆金主义不是一个偶然的东西；相反地，萨姆金主义的一切最典型的组成部分，可以说差不多都决定于作为一个社会集团的知识界的基本社会生活方式。

但是我们说过，高尔基的谴责不仅公平，而且有益。

我觉得，这谴责的益处现在很明显。彻头彻尾的萨姆金主义、完完全全的萨姆金主义应该被消灭，为了这个目的，我们就应该对它有所认识。一种最重要的社会认识方法是从艺术角度去认识。

我听说高尔基想采用这样的写法：当列宁乘坐装甲车进入后来的列宁格勒[①]的时候，萨姆金在车上发出的探照灯的灯光之下，富有象征意义地消失了。

我又听到一个设想，说是小说第五部将描写萨姆金如何假惺惺地拥护苏维埃政权，如何变成一个暗害分子。

毫无疑问，萨姆金跟著名的审判案[②]期间所揭露出来的暗害分子心理有着非常多的共同点。姑且假定暗害活动已经被肃清了吧，那么能不能说萨姆金主义也被肃清了呢？

---

① 原名彼得格勒。

② 指 1938 年莫斯科法院对一批在顿巴斯所属沙赫特等地从事暗害活动的资产阶级专家的审判。

不！萨姆金主义更微妙、更变化无常；对付一个完整的萨姆金要容易一些，对付零碎的、有时像某种微生物似的钻入健全的天性中的萨姆金主义，却比较困难。在这件事情上，萨姆金的艺术形象常常能以最直接的方式给我们带来益处。

一个健全的好人，在准备说空话，做无聊的或者诸如此类的事情的时候，一想起克里姆·萨姆金，便会立刻自问："我不是像这位绅士吗？"承认彼此相似以后，他将会恐怖地叫道："呸，你这恶魔，差一点缠上我了！"在这种场合，只要对空虚的魔鬼萨姆金念道："邪魔隐遁，阿门，阿门！"那么他真的就会消失了。

当我这样结束我对萨姆金形象的分析时，从而也就回答了读者所提出的第一个问题；现在很明显，为什么本身如此乏味的萨姆金，对高尔基来说却是个非常有趣的"英雄"，因为高尔基这部近作带有一种特殊的"成长小说"的性质。我们亲眼看到，萨姆金从一个孩子变成了——可以说是——花里胡哨的空虚人物。

最后，我想证明一下，我们分析的基础，确实是完全符合了我们的作者贯穿在他的"英雄"身上的基本思想。

为了这个目的，我们要引用萨姆金一个值得注意的梦："萨姆金以梦境里才能有的疾风骤雨的速度，看见自己正在两行老桦树中间一条没有人踪的、坎坷不平的道路上走着，而另一个克里姆·萨姆金跟他并肩而行。这是个晴朗的日子，太阳烤得人背脊滚烫，然而无论是克里姆本身，还是那个跟他容貌相同的人，或者是树木，都没有影子，这叫人很不安。那同貌人一声不响，用肩膀把萨姆金推进路上的坑坑洼洼里，推到树上。他很妨碍走路，克里姆只好也推他；于是他倒在克里姆脚下，抱住两腿，狂呼大叫。萨姆金感到自己也要倒下去了，就抓住同伴，将他拉起来，却感到同伴像影子似的没有重量。但是他的装束完全和真的萨姆金一样，所以该有个重量才对。萨姆金高高地举起他来，扔到旁边的地上；他摔成了碎块，于是在萨姆金周围立刻衍化出几十个人形，跟萨姆金一同飞快地奔跑，虽然他们都像影子一般轻飘透明，却把他挤得好紧，推推搡搡，使他离开道路，赶着他往前走。他们的数目越来越多，他们都很激动，萨姆金在这一群默不作声的人当中直喘大气。他甩开他们，用双手揉碎、撕裂他们，那些人在他手里就像肥皂泡似的破裂了；有一瞬间，萨姆金认为自己取得了胜利，可是下一瞬间，他的同貌人却无穷无尽地增加起来，复又包围住他，赶着他在没有影子的旷野上朝烟灰色的天空跑去。”

九

我们已经讲过，高尔基这部近作仅仅在某个程度上说才是一种反面的“成长小说”；在主要的方面，它也许是一部艺术性的历史纪事，或者照我们先前的说法，是一幅包括数十年之久的活动全景图。

把两项因素这样融为一体，是十分合理的：如果您写一个人物的传记，那么它自然会成为他的一切见闻的历史纪事，因为，用普希金笔下的皮敏[1]的话来说，“上帝派定”他做了许多事情的“见证人”。

在用第一人称写作的长篇小说里，所表现的全部内容无一例外地都应该是中心人物看到过、思索过、感受过或者至少是用心听取过的东西。最好的例子是《鲁滨孙飘流记》。

然而在我们这个场合，我们所分析的萨姆金自然不适于做这种特别的见证人。

但是我们应许过要回答一个问题：为什么作为观察者、作为见证人、作为置身事件之中的人来看，萨姆金是让人饶有兴趣的呢？

有几个原因，使萨姆金能够上升为这个角色。首先，他好动。萨姆金表面上同任何阶级都没有联系，也没有牢牢地扎根在任何事业上或任何地方；正相反，他不安地为自己寻找位置，无论从社会的或地域的角度看，他在到处飘游、乱转。单是这一点，便使他成了应该尽可能广泛地囊括时代的长篇历史纪实小说的一个适当“英雄”。从阿普列尤斯[2]起，所有的作家都挑选这类好动的“英雄”作为广泛描写生活的长篇小说的中心人物。

高尔基所写的时代是动荡的时代，是一个庞大的帝国崩溃、雄伟的新兴势力成长的纷纭扰攘的时代。

许多事件有时能使那些年月的混乱局势受到震荡，可是事件的宏伟同见证人的渺小表面上并不矛盾。

---

① 皮敏，普希金的历史剧《鲍利斯·戈都诺芙》中的人物，一位编年史家。

② 阿普列尤斯（约124—约175），古罗马作家和哲学家，著有长篇小说《变形记》，又名《金驴记》等。

萨姆金为内心的不满情绪、自己不明确的地位和惟恐由于他在政治上庸庸碌碌而受人指斥的心理所驱遣，只要是出现了热烈紧张的场面的地方，他都要在那里瞎闯一阵。因此作者轻而易举地让萨姆金接触了一连串最重大的现象，以及许多细琐但是具有特征意义的事情。

除了社会生活和历史事件的画卷以外，高尔基还绘出了长长一系列的肖像和素描。由于上文所说的原因，这许多形形色色的人物也很容易同萨姆金发生联系。

然而萨姆金是不是一个客观的见证人呢？

首先我们要指出，对事实的形而上学式的客观记述本来并不存在。如果一个作家根据他的亲身观感来写作，那么，他本人便是使事实到达读者心中所必须经过的一个复杂的媒介物。这一点甚至适用于科学，特别是适用于历史学。就艺术而论更是如此，在艺术上，左拉所说要透过人的气质的三棱镜来描写现实的话[①]，仍然是正确的；只要我们能从广义上了解“气质”这个词，把它解释为性格和思想方式。

固然，科学也好，从某种程度来说，艺术也好（我们可以再回想一下左拉），都同样推崇一个达到客观性的方法：广泛的文件和不偏不倚的态度。

说到广泛的文件，——即是尽可能地多多搜集证据——那么，这对事情并没有多大帮助：这一切证据，包括那些甚至像公证书一样枯燥无味的官方文书在内，都充满着主观主义的情绪，它们首先反映各个集团和阶级的利益。作家必须加以深入的研究，衡量一番哪里是真多于假，哪里是假多于真。这很不容易做到，并且因人而异，比方说，在不同的历史家的笔下（正是要看他们的阶级立场如何而定），同一个事件竟会蒙上完全两样的色彩。

同时，所谓不偏不倚的态度，更不能成为一个可靠的指导者。

“什么？”说到这里，一个读者插嘴道，“难道马克思主义不是恰恰坚决主张客观性的吗？难道马克思所建立的科学社会主义，不是恰恰要求人们对任何历史形势都得作一番十分冷静的，可以说是数学般精密的研究吗？”

马克思确实直截了当地指出过客观性在科学中的重大价值。他曾经

---

① 见左拉的《蒲鲁东与库尔贝》（1866）等文。

赞扬大卫·李嘉图[①]的这一特点,而谴责马尔萨斯凭主观捏造事实。

可是那位插话的读者应该回想一下,无论马克思、恩格斯或列宁都决不是不偏不倚的人。相反地,他们都怀有强烈的爱憎。他们的高度的客观性正好在于他们的党性。谁都知道,党性是某个阶级的自觉先锋队的一种集体的主观情绪。从这里就看得出来,剥削阶级的党性会把现实歪曲得不像样子。而注定要在未来建设共产主义的那个阶级的党性,却能让人们培养敏锐的眼光和英勇的精神,并且是真正的客观性的唯一表现形式。

这一切不仅与科学有关,也与艺术有关。

《克里姆·萨姆金的一生》是一部具有党性的、无产阶级的作品,正因为如此,它才是客观而真实的作品。

高尔基到底是怎样把萨姆金的歪曲真相的证词同他自己真正的、充满党性的证词结合起来的呢?

我们首先要举一个例子,用来说明事实一旦通过萨姆金的意识和叙述,便非遭到严重的歪曲不可。

萨姆金亲眼看见过 1905 年 1 月 9 日彼得堡发生的令人震惊的大事。他回到莫斯科以后,依照他妻子的请求,立刻就这件事做了好几次演讲:

"他本来也想谈一谈,他认为必须表现表现自己,就算为真正的报告举行一次彩排之类,也是有好处的。"

虽然萨姆金认定这一次他的听众是"第三种人",但这批听众的聚精会神的态度仍然使他得到了满足;其实他和他们完全是一丘之貉:饶舌家和精神上的花花公子。

"这天晚上,他们如饥似渴地看着他,就像馋嘴的人看一盘佳肴似的。他们默默地、全神贯注地听他讲话,仿佛他是一位首都的教授,来到偏僻的外省城市给居民讲课,他们早已向往着不平凡的事情了。他意识到昨天的事已经成为历史,这叫他很快乐。

"萨姆金竭力保持客观见证人的口吻,只注重真实,而不管它是怎样的真实。但他很想吓唬吓唬这些人,于是他得意地这样做了。"

此后萨姆金还多次重复过他所讲的故事。

"他大大地扩充了血的星期日的故事,他说起他对沙皇的观感,颇

① 大卫·李嘉图(1772—1823),英国资产阶级古典政治经济学的代表。

为有趣地拿沙皇跟加邦[①]做了对比，暗示他们两人中间有一种难以捉摸的——连他自己也不清楚的——类似之点，他谈到司炉，谈到那些极其简单地死去的工人，谈到那个小老头怎样用石头敲打普希金曾在那里居住和逝世的房子的墙，——他把小老头谈论得远比他本人所知道的要多。每次报告以后，他总感到自己更聪明、更显要，他感到越是把他的见闻描绘得美，它们对于他就越没有什么恐怖之情。”

因此，我们看见，由于1月9日事件报导人这个角色可以使萨姆金炫耀自己，它一开头便让他得到了满足，并且渐渐地越来越符合他的趣味。最初他觉得“保持客观口吻”是一种趣味高雅的打扮。他只是逐渐地才像常言说的，话里掺谎言，当点缀；可是他除了想首先把讲述这个特殊事实当作他自己的孔雀尾巴以外，越往后，越能看出萨姆金还有一个卑劣的、实际上是反革命的、为他那内心空虚的知识分子集团所常有的意图：他很希望别人听着会觉得恐怖。

“他很希望别人听着会觉得恐怖，恐怖会使他们清醒过来，而且他觉得他正在达到这个目的：人们都觉得很恐怖。然而他又看到，对那些深信自己可以改变现实、制伏现实的人来说，恐怖的时间并不长。

“‘多轻狂。’他想，心里恨透了那些胆大妄为的人。

“我很惊讶，克里姆，’华尔华拉说，‘我这是听第三遍了，你讲得真妙！每一次都加些新的人物、新的细节。噢，那第一个说出最崇高的美是在悲剧中的人，说得多正确！’

“萨姆金听着她的赞扬，装出冷淡而疲倦的神色。

“‘我付出的代价可不小啊。’

“‘我想是这样。’华尔华拉表示同意。

“他一生还从来没有经历过这样的成功，在这些成功的日子里，萨姆金心中自然而然形成了一个公式：‘革命之所以需要，是为了消灭革命党人。’

“他第一次这样想的时候，心里暗笑道：‘荒唐！’

“可是暗笑并没有把这个公式从记忆中驱逐掉。”

因此，他的“意图”的性质十分明显，用不着注释。但是萨姆金在实现它的同时，又沾沾自喜地意识到，人们都认为他是一个见多识广却故意

① 加邦（1870—1906），牧师、暗探局的密探、“血的星期日”即1月9日事件策划人之一。

不肯吐露他所知道的一切的真正的革命党人。

他这个“玩意儿”一碰到布尔什维克对同一事实的真正严肃的态度、而以它那痛定思痛的求实精神来说又是清醒的态度时，当然立刻失败了。斯皮瓦克太太请萨姆金就这起事件写一篇文章。

“萨姆金高高兴兴地写了出来，好像是在做他私人的事情，不过他把文章朗读一遍之后，穿皮衣服和浑身油污的杜纳叶夫微笑着指出：

“‘这是一篇吓唬老百姓的东西。’

“‘必须删节一下，’斯皮瓦克太太说，但是长腿柯尔涅夫就像拿自己的稿子一样，拿起这篇稿子，嘟哝着说，他来干这件事。”

这整个有说服力的插曲清清楚楚表明，萨姆金是怎样一个“恶劣的见证人”。

然而同一插曲又向我们表明了，作者本人是如何修改了萨姆金的证词。

这种修改在刚一开始描写萨姆金在那个重大日子的感受时便开始了。高尔基给我们指明，萨姆金怎样记下他的见闻，怎样从第一次起就根据他已有的经验去了解它，怎样在自己的意识中逐渐修改它，怎样把它告诉别人。于是我们看到了萨姆金那些在其全部伪造过程中被深刻地揭露出来的值得注意的证词。

总之，高尔基总是这样叙述事件，无论事件多么重大，都是在一个观察者——萨姆金的身边进行的。但同时，作者本人任何时候都决不从幕后出场，他几乎在不知不觉之间使我们也成了直接的见证人，能够看见按照他的理解（阶级和党的理解）来表现的种种事实。

在这里，我们仅仅涉及了《克里姆·萨姆金的一生》中的全景图部分的艺术技巧，所涉及的范围也只是以我们在回答下述问题时的需要为限：为什么萨姆金会成为一个有趣的事件见证人呢？

十

我们在本文中提出的任务，现在已经完成了。

我们认识得很清楚，将来一定会有人对高尔基这部杰作加以认真的研究，我们不过对这项研究做了某种局部性的贡献而已。

甚至分析克里姆·萨姆金形象这一狭小的任务也没有到此结束：我们有意避免谈论他的个人特点——他的命运中的波折、他的恋爱等。其实这一切都很重要，可以补充我们分析的结果。

我们完全把书中那一整幅壮丽的、极其丰富的、洋溢着生命力的事件全景图摆在我们这篇小小的研究著作的范围之外，虽然全景图在构成整个作品的实质方面所占的分量，比对于主角的刻画有过之而无不及。

我们之所以这样做，是因为小说的这一部分实际上用不着什么注释。对于这一部分，只能强调一系列典型和画面的丰富多姿，只能阐述其创作艺术的深度，顺便也阐述一下技巧上的特色和写景在小说中的特殊地位；此外，还可以从社会学和历史的角度做某些解释，对所描写的事件予以广泛的说明。这当然是一件大有裨益的工作。我们相信，我国评论界一定会完成它。

笔者自己也愿意从这个方面把《克里姆·萨姆金的一生》重新研究一番。但是本文只要论述它自己的题目就够了。

为了纪念阿列克塞·马克西莫维奇创作40周年，我首先想阐明的是他这部近作的强烈的时代精神、活生生的积极的意义，以及他的回顾过去与为当前迫切问题服务这两者之间的独特的、有机的、密切的结合。

我这最后一句话不但不是否定，而且极力肯定了《克里姆·萨姆金的一生》对于整个可以预见的将来的恒久意义。

编后记

本文初次发表于1932年第9期《红色处女地》杂志。本译文选自人民文学出版社翻译出版的卢那察尔斯基《论文学》，译者为蒋路。

真正人民的书
——高尔基的《母亲》

作者 [俄罗斯] 谢尔盖·瓦西里耶维奇·卡斯托尔斯基
译者 袁湘生

一

今天世界上大概没有一个国家不知道高尔基的《母亲》。这是一部描写俄罗斯工人阶级,描写他们与农民联盟为了光明和幸福的生活,为了自由和创造性的劳动,为了劳动人民的不分种族和民族的友爱团结而斗争的、富有鼓舞力量的诗篇。它在1906年出版,之后就成了全世界劳动人民一本必读之书。高尔基的这部小说鼓舞他们进行反对资本主义、反对殖民奴役制度的斗争,同时它还肯定了社会主义思想其胜利的必然性。"我们工人,是一定会胜利的!"这是巴维尔在法庭上所说的最后一句话。"复活了的心,是不会被杀死的! ……真理是血的海也不能淹没的!"这是尼洛夫娜被捕时发出来的充满热情的呼喊,这些话似乎成了响亮的口号,它们包含着永不衰颓的、具有历史意义的、人民的乐观精神,表示着无可争议的社会生活发展的客观规律,鼓舞全世界的劳动者走向斗争。

"在俄罗斯国境外,有很多人永远不能忘记这一本书。全世界有许多人,因为读了《母亲》才开始参加政治生活的。"参加过国际志愿军,为了西班牙的自由而牺牲的英国共产党人作家拉尔夫·福克斯在评价高尔基的这本小说的政治教育意义时就这样写道。

1936年6月,维尔弗兰涅发生了罢工的问题。一个老年的泥水匠说道:"我赞成罢工。这是走向胜利的唯一的道路。你们想一想高尔基的《母亲》吧。俄罗斯的工人们曾经斗争过，并且他们取得了胜利！”

把《母亲》译成了孟加拉文的印度译者比马尔·森，在提到高尔基这部小说的巨大艺术力量时写道，在这部书里，“工人运动的整个意义是用火焰般的语言揭示出来的”。著名的印度文学家查托巴迪雅亚曾用“一朵美妙的鲜红莲花”这个美丽的形象来比拟高尔基的这部作品。“这本书鼓舞了我们中国人，它已经成为禁不绝、分不开的中国人民血肉和心灵中的构成部分了。”杰出的中国剧作家和社会活动家、《母亲》和对高尔基其他作品的译者夏衍，在指出伟大的两国人民之间兄弟般的文化合作时，曾对小说《母亲》作出这样崇高的评价。

当然，上面所引的例子，远不能概括世界各国进步人士对于小说《母亲》的实际作用所发表的宝贵意见。这些意见就是世界各国人民的意志和呼声。

二

高尔基这部作品之所以获得非凡的声誉和千百万人民群众的热爱，就在于它的人民性，以及它的不朽的思想和艺术形象。这部书充满了生气勃勃的创造性的思想——共产主义的思想，在小说里，这些思想的体现者不仅仅是布尔什维克党的党员们（年轻的工人巴维尔、安德烈等，知识分子的革命党人叶戈尔·伊万诺维奇和尼古拉·伊万诺维奇等），并且是——这是特别重要的——工人阶级的广大阶层的代表们，首先是巴维尔的母亲尼洛夫娜。

尼洛夫娜的形象使人相信，共产主义学说具有创造性的、生气勃勃的、鼓舞的力量。

早在高尔基之前，工人的生活就在俄罗斯文学和世界文学里被描绘了。就俄罗斯作家的创作来说，早在19世纪的前半期就可以见到工厂工人的形象（如在屠格涅夫的《猎人笔记》和涅克拉索夫的作品里）。从19世纪60年代开始，工人的日常生活和劳动，就成了俄罗斯文学，主要是民主主义文学的重要题材之一（如：涅克拉索夫的《铁路》，斯列普佐夫的《弗拉其米尔卡和克利亚齐玛》，列谢特尼科夫描写乌拉尔工人的三部曲——《矿工》、《格路莫夫一家》、《更好的地方》以及乌斯宾斯基的《破产》

等）。在19世纪80年代至90年代中，工业无产阶级在工人的题材中开始占据主要的地位（马明-西比利亚克的长篇小说《山上的家》和《三种结果》、库普林的中篇小说《火神》和一些特写、绥拉菲摩维支的短篇小说和特写等等）。但是工人通常总是被描绘成资本主义下的牺牲者——备受压迫的、被艰苦的劳动、贫穷和无权地位所折磨的人。在19世纪90年代的前半期中，高尔基的《切尔卡斯》和其他作品也是这样描绘工人的。当时的外国文学也大多是这样看待无产者的，如巴尔扎克、狄更斯、莫泊桑、左拉、杰克·伦敦以及许多其他作家的创作就是如此。

19世纪末，在许多外国作家的作品中出现了工人群众起义的鲜明的画面，然而在霍普特曼的《织工》、左拉的《萌芽》以及其他作家的作品中，起义工人们的行动一般被表现为自发的行动，看不出他们和他们的领导者的行动是遵循着无产阶级思想的。

高尔基第一个创造了工人革命家的形象，具有社会主义意识的人的形象。这就是高尔基的剧本《小市民》（1901）里的司机尼尔，这也就是他在短篇小说《同志》（1905）里所描述的那些由于受到了革命的马克思主义思想的影响而成为战斗集体的无产阶级群众。而剧本《敌人》和《母亲》是更接近了——《敌人》也写于1905年，比《母亲》早一些。

然而，只有在小说《母亲》里，高尔基才从工人阶级的新的历史阶段这个层面来清楚地表现工人阶级，即他们是被共产主义世界观所武装，并在布尔什维克党的领导下进行斗争。《母亲》里的工人是新生活的创造者，他们清楚地预测了斗争的目的和任务，即向专制政体和资本主义的堡垒举行有组织的进攻。

列宁在1905年所写的天才著作《社会民主党在民主革命中的两个策略》里，曾经提出了一个战斗性的要求，即必须使党的口号始终能发动群众的革命主动性，成为他们的灯塔，表明出我们的民主理想和社会主义理想的全部伟大与全部光彩，指明达到绝对、完全、彻底胜利的最近且最直的道路。无产阶级的艺术家高尔基概括俄罗斯现实生活的现象，在小说《母亲》里从原则上解决了党的这一问题。列宁在他对《母亲》所做的评价中，就曾指出这部小说的社会政治的教育作用。“这部书是需要的，许多工人都是不自觉地、自发地参加了革命运动，现在他们读了《母亲》会获得很大的益处。”

许多布尔什维克工人在《给高尔基的公开信》里，对自己的作家深表感谢，因为他在《母亲》这本书里以深刻的感人力量描绘了社会主义的理想。“在巴维尔这个人物身上，”他们写道，“可以说，在俄罗斯文学里还是破天荒第一次出现了一个整个身心充满着这种理想的工人，他不但给工人阶级，并且给全人类带来了解放。他给我们描绘出了大家的和谐美好和自由快乐的幸福新生活。”

实际上，《母亲》的读者们所说的就是这部小说的社会主义现实主义。在当时用工人和知识分子革命者的形象表现出社会主义的人的特征，这些特征将来会有新的东西丰富起来，并成为千百万社会主义建设者的基本品质，这就意味着创造社会主义现实主义的作品。《母亲》中这样的人物，每一个都是有突出的个性的，而同时又是很典型的，因为每个人除了特有的性格特点之外，还有作为共产主义战士的一切无产阶级革命者所共同具有的特征。

巴维尔·弗拉索夫沉着、宁静、严肃，甚至有些严厉，虽则他内心里有着那么多的柔情。安德烈·纳霍德卡则恰恰相反，他容易激动，富有感情，善于以快乐心情感染别人，亲切的、浅蓝色的眼睛里含着多么可爱的幽默和狡黠，可是那里面也含着忧郁和悲哀。可爱的叶戈尔·伊万诺维奇是个和颜悦色的、喜欢大声叫嚷的人，老是带着开玩笑的、善意的嘲笑。朴素而真诚的尼古拉·伊万诺维奇是个宁静、谦逊、羞怯和不怎么活泼的人。可是《母亲》里的这些以及其他的革命者，都有着对人们的伟大的爱，愿意为人们求得他们所应有的自由生活而奋斗，并且为了这一个崇高的目的，他们暂时都放弃了个人的幸福，因为为了别人而生活就是我们这些主人公最大的幸福。

在克服困难和对敌人进行紧张战斗时所表现的勇敢和大无畏的精神，在斗争里所表现的愉快心情以及对于胜利的毫不动摇的信念——这就是高尔基的主人公们所共同具有的品质。

小说《母亲》第一次在俄罗斯和世界的文学史上描绘出了一个处在革命发展中的国家的生活，表现出了它具有明朗的、历史的、现实的、对俄罗斯人民来说是可喜的远景。

三

这部小说通过情节的发展，通过它的人物和群众场面，揭示了俄罗斯生活中的历史规律，描绘了人民大众本身的运动，但这个运动不是像1905年革命以前俄罗斯所常有的那种自发的运动（如拉辛、普加乔夫等人民起义），而是有觉悟的，为一个在战略和策略上都是以科学的社会主义理论，以马克思、恩格斯、列宁的学说为基础的新型的党——共产党——所领导的运动。

小说娓娓动人地描写了社会主义思想的火花是怎样在无知落后的工人群众的意识里燃烧起来的，以及这些火花是怎样燃起别人的理智和情感，还有以共产主义思想所武装的人民大众是不可战胜的这种信念是怎样巩固起来的。高尔基的这个作品说明了，这样的群众运动是不可阻挡、不可毁灭、不可使之倒退的。

高尔基写出了工人运动的复杂性和困难：它的道路上有不少的障碍，并且也有失败。可是，生活的规律、历史的规律是改变不了的，无产阶级和农民的敌人是没有力量做到这一点的。高尔基给这个过程做出了形象化的概括，就像母亲尼洛夫娜所体会的那样："虽然很慢，但这种影响已经使那沉淀了的黑暗生活起了很大的波纹。睡着的思想快觉醒了……"

高尔基以严格符合历史真实的态度描写了人民大众的前进运动，把它作为先进的、革命的无产阶级力量对自己的阶级死敌——剥削者——进行紧张斗争的过程，作为在工人阶级和农民内部对无政府主义和自发性（维索芙西契科夫、雷宾）、对因循和懦怯以及奴役压迫制度的其他"遗产"进行斗争的过程描写了出来。因此，在《母亲》里，一方面——这是主要的——表现了对抗性的冲突（阶级斗争），另一方面也表现了非对抗性的，但并没有失掉紧张性和戏剧性的冲突。

小说情节发展中的那些基本阶段反映出了1900—1902年间的俄罗斯的历史现实，但这些阶段同时也表明了这个国家伟大的将来，表明了无产阶级社会主义革命在这个国家取得胜利的必然性。

小说《母亲》是以一幅阴郁的画面——工厂的形象开始的，它象征着资本主义制度的本质，迫使成千上万的人为了某一个人发财致富而在其中献出自己的力量。清早工厂把人们"吸"进去，晚上却把他们"好像抛弃已经没用的残滓一样地”抛出来——“机器从人们的筋肉里面，吸取了它所需要的力量。”作为这种剥削的后果的是一个阴暗的、酒气熏人的工人居住的郊区，在那里，由于难以忍受的劳动而变得愚钝的人们都用酒来淹没自己的悲哀、痛苦和仇恨。随后便是锁键工人米哈伊尔·弗拉索夫家里的一幅最可怕的、而在当时看来却是很平常的生活图景：老年工人酗酒，咒骂、殴打妻子。这种可怕的生活是如此根深蒂固，因而就自然而然地产生了这样的一个问题：谁能使阳光照到这个黑暗世界呢，谁能打破这种对于劳动者来说是可耻的生活，而给予合理的、光明的生活呢？

接着，这本书就以许多篇幅给我们指出，起初新生活的火星只是在这个黑暗世界里孤独地燃烧着，但是后来就爆发出新的火花，越烧越旺了。

死去了的米哈伊尔·弗拉索夫的儿子，一个青年工人，由于社会民主党知识分子的介绍而接触了马克思主义。这个工人小伙子的全部生活就起了根本的变化。巴维尔的小屋子里经常举行革命小组的会议。

小组内增加了来自青年工人的新的成员，巴维尔很快做了小组的领导者，而弗拉索夫这一家人的小屋子也成了工人区的核心。

“每个集会都是一种长而陡峭的阶梯。——阶梯一步一步地使人们向上，领导着他们到一个很远的地方。”母亲（彼拉戈雅·尼洛夫娜·弗拉索娃）看着儿子和他的革命小组里的同志们的时候，“不知不觉地觉得在世界上确实有了一种如她所看见的太阳一般伟大而光荣的东西”。高尔基就这样形象地说明了革命思想在工人中间的发展，说明了光明向黑暗的进攻——即无产阶级向专制政体和资本主义的进攻。

这种革命的力量起初是很微弱的，而它的对手却是以剥削阶级的国家制度及其警察、军队和牢狱的面目出现的那个强有力的敌人，但是小说的情节一步一步地表现出，无产阶级的革命核心是怎样成长、巩固起来，是怎样把越来越广阔的工人群众和农村中的先进阶层吸引到斗争里来。群众的行动开始了，起初是畏缩的，带着经济的性质（如“沼泽戈比事件”），后来就是大胆的，具有政治意味的了（五一游行示威）。高尔基把这个过程描写得非常生动。在“沼泽戈比事件”那个场面中，关于工人他是这样写的：“在巴维尔看来，‘他方才所说的一切，就像几点雨水落在久旱的干土上面一样，对人们一点影响也没有。’”工人们不赞成巴维尔开始罢工的提议。但是过了不久，到“五一”那一天，他们很多人就都毫不畏惧地跟在巴维尔和他的同志们后面前进了。工人们的这种政治觉悟的提高是用这样的比拟来强调的："群众向着巴维尔，聚集在他的周围，就像铁粉被磁石吸住一样。"后来，以巴维尔为首的工人们的领导者都被逮捕，判处苦役，被流放到西伯利亚去。这时候，不久前还以敌视的态度对待革命青年的那些中年和老年的工人，再从法庭里出来时都已成为这些被判罪的人的同志了。母亲尼洛夫娜在车站上被捕了，但是她在车站上的群众中间得到了许多拥护自己的人。总之，群众的运动是不可战胜的——这就是小说《母亲》的情节的逻辑。这个伟大的思想有力地、深刻地体现在书里的主要的形象——巴维尔的母亲尼洛夫娜身上。关于这个愚昧、不识字、不能独立的女人是怎样变为英勇的、大无畏的革命者的动人描写，构成了这部小说的情节的基础。起初，慈母的一颗热烈而温柔的心使尼洛夫娜反对儿子的革命真理，她为他担心，害怕失掉"自己的亲骨肉"。但是，也就是这一颗慈母的心使尼洛夫娜热爱儿子的革命事业，她的慈母的感情被这个事业提到了空前的高度。这依然是崇高的、温柔的、伟大的慈母的感情。尼洛夫娜爱儿子爱得更强烈、更温柔，可是在她的内心里，这种爱已和对一切革命者的爱结合起来了。他们都成了她的亲爱的孩子，至于她呢，则成了他们的共同的母亲，难怪安德烈·纳霍德卡把尼洛夫娜叫作"亲爱的妈妈"（乌克兰人对母亲的称呼）了。私人的、慈母的感情成了社会的、公民的感情。这种爱是大无畏的、不可战胜的。

高尔基一步一步地描写了尼洛夫娜在政治上的发展。起初，这个女人害怕一切。她也害怕那些革命者，但是这种恐惧不久就消失了，而被一种对革命者的同情、对他们的爱所替代。随着尼洛夫娜对革命真理的逐渐认识，她看到宪兵就害怕的心理也消失了。尼洛夫娜在儿子被捕后就在工厂里散发传单，这是对她新的考验，她的政治成长的新阶段，也是她对革命的第一个功绩。尼洛夫娜逐渐经历了她儿子曾迅速走过的那些革命成长的阶段，她成了一个宣传员——人民群众的组织者。

在游行示威大会上，尼洛夫娜的内心里发生了根本的转变。她站上被抓走的儿子的岗位，拿起那从他手里落下的红旗，并且第一次向群众发表了鼓动的演说。

尼洛夫娜不断扩大她的宣传范围，并且发挥了主动性。她在农民中间成功地进行着宣传。

起初，高尔基打算用母亲在法庭上受审判的场面来结束这本书。当他在写作这部小说的时候，他曾从美国写信给他的妻子彼什科娃说，尼洛夫娜应当在法庭上发表她关于孩子们、关于为新生活而斗争的革命青年的演说。“后来，当人们将因为她的活动而审她时，”高尔基在写给他妻子的信里说道，“她要发表演说，把整个世界的过程描绘为孩子们向真理的行进。”但是高尔基放弃了这个意图，而以尼洛夫娜在车站被捕的场面结束了这部小说。就在那时，她也发表了关于孩子们的演说。“孩子们把真理带给世界，光明的人们、纯洁的人们把真理带给你们……”

这样的结尾变得更有戏剧性，更有意义。尼洛夫娜被捕了，但是她大无畏地向人群说出了无产者的真理。一旦意识到了革命的真理，尼洛夫娜变得像一个经过考验的女革命家那样的勇敢，努力把自己生命的最后的自由时刻贡献给革命事业。她看见，她的话怎样触动了群众并且使他们团结起来。尼洛夫娜意识到了自己的胜利，她的眼睛“看见了其他许多人的眼睛，在这些眼睛里，燃烧着她所熟悉的勇敢而锐利的烈火。母亲心中感到亲切的烈火”。

高尔基通过他的女主人公的形象和她的言论极其细腻地和传情地表达了母亲的精神的新生。这本书的开端所描写的是尼洛夫娜的静态形象，但是在末尾，在被捕的场面里，这个形象就充满着动态了。在开始的形象里，所有一切都说明了这个女人的奴隶般的命运，说明了她的消极性和备受压抑：“她长得很高，稍稍有点驼背，被长期的劳动和丈夫的殴打所折磨坏了的身体，行动的时候一点声响都没有，而且总是侧着身子走路，好像担心会撞着什么东西似的……她是一个彻底的悲哀而柔弱的女人。”在结尾的场面里，当暗探和警察抓住尼洛夫娜，殴打她，并且可怕的监狱在前面等着她的时候，这个本来沉静、害怕和顺从的女人已变成暴风雨似的、大胆的生活的化身了：“她觉得觉醒了的自豪和抑制着的欢喜的感觉在心里越来越强烈了，她就再从皮包里取出传单，向左右两边渴求的群众的手中丢去。”

“为什么我的儿子以及和他一起工作的人要判罪呢？——你们知道吗？请你们相信母亲的真心和她的白发，我可以将一切告诉你们！因为他们要向诸位传达公平神圣的真理，所以昨天受了公判！我在昨天方才知道！——没有一个能够反抗这个真理，没有一个……”

在尼洛夫娜从事革命工作以前，甚至在她革命活动的最初阶段中，这些话是不可能从她的口里说出来的。

母亲在车站上所说的话（我们只引了开头的几句），在结构和词汇上都像一篇演说。这已经是一个宣传家的演说,鲜明地描述出这位无产阶级女革命家的形象的演说了。

《母亲》这部小说的结构的基本原则是描绘在时代中前进,并且随着革命过程的发展和深化而在性质上不断改变的一切事件,是通过尼洛夫娜的感受来显示它们。起初,尼洛夫娜只是这些事件的旁观者和见证人,由于她不了解自己的儿子和他的同志们的新生活,她对这些事件感觉惊恐。但是她随即被吸引到他们危险的政治生活中去而开始执行任务,后来终于成了她儿子以及他的朋友们的革命事业的积极参加者。随着尼洛夫娜的意识发展上的每一个新阶段的到来,她对于事物、生活和人们的见解也变得更为深刻。这种描写俄罗斯现实的原则使得高尔基的这本书具有感人至深的力量和特别丰富的浪漫色彩。这位寻找工人的真理并且找到了这个真理的女人——母亲,是以生活的见证者、评定者和审判者的身份出现的。因此,所有的图景,所有的人物的形象都弥漫着、浸润着、渲染着一种崇高的、公民的、在其本身中交织着热爱和深恨的慈母的感情。

尼洛夫娜的形象在结构上起着最积极的作用。所有的革命者的命运都和她联系着,都在她周围交织着。这个形象的发展是和党的集体(巴维尔和他的同志们)的革命事业的发展以及工农大众的革命意识的成长紧密地联系着的。这个形象也是高尔基这部著作的艺术思想的基本准则,书中所描绘的无产阶级社会主义革命的历史发展过程的规律就是用这个准则来确定的。尼洛夫娜走上革命道路的过程以及她的政治成长的阶段,都强有力地、鲜明地表现出了广大工人群众的政治情况,以及表现出了他们的世界观。

四

高尔基用《母亲》表明了布尔什维克党在革命工人运动的组织方面,在俄罗斯工人觉悟的教育方面所起的巨大作用。

党是工人阶级和农民的领导者,劳动人民的先锋队,它把群众团结在自己周围,领导他们走向斗争和胜利的道路,从他们中间汲取力量,以他们的经验、智慧来丰富自己——这就是高尔基用小说的全部情节的发展、用形象的整体性来解决的那个主要的、根本上的、非常重要的问题。

在这部小说里，高尔基描写了在跟专制政体和资本主义开始进行你死我活的战斗的初期，即在共产党历史中最伟大的事件俄罗斯社会民主工党第二次代表大会开会前夕的工人阶级和农民。

这一届代表大会的历史意义在于，在大会上建立了一个作为工人阶级的先进队伍，作为团结的、集中的、以革命理论和社会发展规律的知识，以及革命运动的经验武装了自己的组织的新型的党。

高尔基在小说《母亲》里以许多动人的、使人难忘的画面表明了，革命的俄罗斯社会民主工党怎样在第二次代表大会面前实现了那个对于发展战斗的马克思主义的政党和革命来说是最迫切的任务——即把社会主义意识带到自发的工人运动中去、把群众的工人运动和科学的社会主义结合起来的任务。

在小说《母亲》里叙述了 1901—1902 年间的事件。高尔基以历史的真实描绘了工人阶级。在工人们中间，我们看见了两个时代：父亲们和孩子们。这在弗拉索夫一家人——父亲和儿子的身上表现得最为明显。巴维尔起初也走上了父亲的道路，但是时代已经不同了。伟大的马克思主义思想，无产阶级革命的天才列宁的思想——体现了革命的无产阶级世界观的这些伟大思想改变了年轻的无产阶级的意识，给他们指出了一条真正的、他们的父亲所不能了解的道路。

《母亲》里的主人公——革命者的战斗活动，他们的言论的性质和内容都证明，高尔基通过他们的形象描写了布尔什维克——列宁主义者。党就是他们组成的。

巴维尔在法庭上的演说最成熟地表现出了共产主义的党性。在这篇演说里说明了一个最低纲领——即表明了无产阶级在资产阶级民主革命阶段中的最迫切任务的纲领的本质。在这篇演说里，同时也提出了一个最高纲领的提要——即社会主义革命在这些具体的历史条件下在俄罗斯获得胜利的纲领的提要。“我们工人，”巴维尔代表无产阶级说道，“……现在，我们要求自由，使我们能够渐渐地的获得一切权力。”

“我应该声明，”弗拉索夫说道，“在我们看来，专制政治不是束缚人民的唯一的锁链，而只是我们人民应该打倒的最初的一根锁链……”在这个声明中，巴维尔讲到了资产阶级民主主义革命期间最迫切的任务，他示意说，紧接着这一阶段就会开始一个新的、为社会主义革命而斗争的阶段。

在《母亲》里，按照列宁方式提出了关于农民，关于农村无产阶级的领导，关于吸引农民到革命斗争中来的问题。

巴维尔·弗拉索夫和雷宾的相互关系，是布尔什维克的思想健全有力的一个鲜明例子。人们的意识在这些思想的影响下，开始改变了。雷宾逐渐摆脱了个人主义的东西，改掉了执拗的脾气，抛弃了对一切知识分子的盲目的、不加考虑的仇恨，去掉了革命工作中的游击作风。

在贯穿这部小说内容的那些基本的政治思想主题中，无产阶级国际主义思想就是其中的一个。高尔基通过艺术的图景出色地阐明了这个政治性的问题。他激动地描写了全体小组的成员在巴维尔屋子里听到国外工人运动消息时所流露的喜悦心情。大家举起杯来遥祝国外同一阶级的、同一事业的弟兄们。高尔基写道："在狭小的房间里，发生了一种全世界工人精神结合的感情。"

关于无产阶级国际主义，安德烈·纳霍德卡说得好："在我们，没有所谓国家，也没有所谓种族。我们所有的，只是同伴和敌人，一切的工人都是我们的同伴，一切的财主……都是我们的敌人。"

巴维尔·弗拉索夫在法庭上的演说中也宣传了党的纲领，指出一切国家与民族的无产阶级会团结成为兄弟的联盟："对于工人阶级伟大使命的这种自觉，把全世界的工人融合成一条心……"

高尔基在《母亲》里指出，对于一个真正的革命者来说，共产党高于一切，是最宝贵的东西。这是伟大的、统一的、在铁的纪律下团结一致的家庭，这是强大的、创造性的集体，在这个集体里，每一成员都对大家负责，而大家也对每一成员负责，在这个集体里，伟大的集体的理智、集体的意志能够创造奇迹。

巴维尔·弗拉索夫在游行示威时也说出了关于党的精辟的话："兄弟们，我们的党，我们的精神的家乡，社会民主工党万岁！"他在沙皇法庭上的演说也是十分出色的。巴维尔·弗拉索夫说得镇静、坚定、有力量，对专制政体和资本主义做出了判决，因为他是作为不可战胜的共产党员——革命无产阶级的先锋队和领导者的党的代表，作为体现了无产阶级的意志、力量和愿望的党的代表来说话的。

中国作家唐弢很好地证明了巴维尔的话的力量和国际主义的革命的意义："我们小组中的一个同志朗读巴维尔·弗拉索夫在法庭上的演说，当他读到'作为一个党员，除去党的处分之外，我不承认任何裁判'的时候，听着的同志们的眼睛里都闪出了火花。我们都站了起来，挺着胸，朗读巴维尔对革命的敌人所说的话：'我们是革命家！在一种人只管作威作福，另一种人只能辛苦勤劳的情况下，我们永远是革命家！我们反对你们保护它的利益的社会……在我们获得胜利以前，我们和你们决不和解。'"

"我们就是这样获得我们的斗争力量的。"(《我们的友谊是和平的堡垒》，1956年1月9日《真理报》)

高尔基在他的小说中出色地展现了英勇的1905年的革命热情，即在共产党领导下手拿武器向自己的死敌进攻的工人阶级的热情。读者在书中人物对革命事业的绝对忠诚上，在他们自己所没有觉到的(因为他们把自己英勇的功绩只看作是自己行动的标准)忘我精神上，感觉到了这一点，我们也在这些人物对未来的热烈向往上，在他们对劳动人民是由衷地热爱而对敌人则是咬牙切齿地憎恨上，在他们的大无畏精神上，在他们对危险的轻视上，在他们说话时的愤激和兴奋上，看到这一点。

革命的乐观精神是《母亲》里那些人物的基本特征，因为他们了解人民，相信祖国的光明未来就要到来，因为他们清楚地看到了明朗的远景和前途。

"我是富有的！像星星包含着多量的光一样，"兴高采烈的纳霍德卡说道，"我可以忍受一切。因为在我心里，已经有了一种不论什么时候，不论哪个，都不能剥夺的欢喜！在这种欢喜里面，包藏着一种力量。"

"那是一定能够征服的。因为我们是和工人大众站在一起。在工人大众里，包藏着一切可能。和他们站在一起，一切事业都能完成！"莎菲说道。

"他们真是好人，尼洛夫娜！"尼古拉·伊万诺维奇叫喊起来。

"我说的是那些青年工人，坚强、敏感，心里充满了企图理解一切的欲望。看见他们，就可以知道，俄罗斯将变成世界上最光明的民主国家！"

叶戈尔·伊万诺维奇在读者心中留下了很深的印象。苦役和流放终于损坏了他的健康。他经受着肉体上的可怕的痛苦，但是在生活的最后时刻他所散发出的却是蓬勃的朝气、真挚的热情、智慧的光明。据医生诊断，叶戈尔·伊万诺维奇早就该死去了。他生命中的这种不可思议的力量是从哪里来的呢？从这里：叶戈尔·伊万诺维奇不是为了自己，而是为了人民的幸福而生活、斗争的，是为了争取劳动人民所应有的生活而斗争的。虽然他的痛苦达到不堪忍受的程度，这个奇怪的人还是带着戏谑的、喜悦的神情死去的。这样，共产党人革命家甚至战胜了死亡。在《母亲》这部书的那些优美的形象中，含有多么巨大的教育力量呵！

无产阶级的艺术家高尔基，是在把自己的命运和工人阶级以及他们的党的革命生活打成一片之后才着手写《母亲》的。

从19世纪末开始，高尔基即处在工人阶级及其共产党的革命生活的中心。他是一位作家，同时也是一位经常与尼日尼·诺夫戈罗德以及彼得堡和莫斯科的党的领袖有着密切关系的革命家。1905年高尔基会见了并且认识了列宁。高尔基积极参加了出版党的读物的工作以及其他许多重要的工作。

高尔基是在1906年，即在俄罗斯无产阶级跟专制政体进行英勇的革命斗争之后，也就是在他自己积极参加过的著名的莫斯科武装起义之后不久在美国创作了《母亲》这部小说。

高尔基在安排小说的情节，塑造书中主要人物的时候，是以他所熟悉的索尔莫夫和尼日尼·诺夫戈罗德的革命生活为依据的。大家都知道，巴维尔·弗拉索夫和尼洛夫娜的原型就是索尔莫夫的一个布尔什维克工人彼得·安德列耶维奇·扎洛莫夫和他的母亲安娜·基里洛夫娜，但是《母亲》的作者是一位从全俄工人阶级及其政党的革命斗争里获得丰富经验的革命艺术家，他在自己的小说里并没有照着索尔莫夫的真情实景描写；他并不是给尼日尼·诺夫戈罗德和索尔莫夫的革命者塑造艺术的形象，而是创造了革命的俄罗斯及其先进人物——革命工人、农民和马克思主义者知识分子为代表的俄罗斯人民的画幅。小说的富有历史意义的内容，它的巨大的宣传作用，它在认识上的意义和艺术价值，就是由这一点决定的。

“正因为阿列克赛·马克西莫维奇了解当时的生活，他才能写出著名小说《母亲》。在这部小说里可以看出，他与工人运动是多么接近。”克鲁普斯卡娅曾经这样正确地指出了高尔基的这部杰作里所包含的顽强的生命力和历史意义。（1936年6月22日《高尔基城公社报》）

关于这一点，伏罗希洛夫说得很好：

“卓越的小说《母亲》真正是工人阶级的自传，其中许多事情，都是每一个在那可诅咒的旧的生活里受尽煎熬的无产者所熟悉的、亲身体验过来的。”（1932年9月26日《真理报》）

五

《母亲》在苏联文学的发展，尤其是在它的最初阶段（20 世纪 20 年代）上，起过巨大的作用。在富曼诺夫的《夏伯阳》、法捷耶夫的《毁灭》、伊凡诺夫的《14—69 铁甲列车》等作品中，有很多地方都和《母亲》人物的性格很相似。例如：巴维尔·弗拉索夫（《母亲》）和费多尔·克雷奇柯夫（《夏伯阳》）都在不同的历史阶段上解决了以革命精神改造某些有着农民心理的人的问题。在《毁灭》里也有同样的情形（莱奋生——木罗式加）。保尔·柯察金（《钢铁是怎样炼成的》）也是叶戈尔·伊万诺维奇的性格的发展（当然是在更高的阶段上），而波列伏依的《真正的人》里的政治委员伏罗比耶夫也使我们想起了叶戈尔·伊万诺维奇。

不言而喻，这种相似的原因不在于模仿高尔基，而首先在于苏维埃人——也就是先进工人和农民——在他们革命运动初期所固有的那些高尚品质的成长。高尔基的这部作品用艺术方法上的许多原则大大地帮助了苏联作家。

小说《母亲》不但是一部独特的俄罗斯作品，同时它也真正具有国际的性质——在解放思想的发展上，在全世界社会主义文学艺术的形成上，它都起着巨大的作用。

《母亲》对外国进步作家的创作当然也是起了鼓舞作用的。这种情形表现在他们创作的思想的倾向上，表现在主题和人物的选择上。例如，安娜·西格斯（德国）在长篇小说《死者青春长在》里，列那塔·维迦诺（意大利）在长篇小说《安尼斯之死》里，戴森·卡特尔（加拿大）在长篇小说《未来是我们的》里，都是从他们最熟悉的本国生活出发，并且是从这种生活中汲取了艺术概括的素材的，但是他们同时各自以自己的风格继承着高尔基，向他这部出色的作品所拟定的那条道路迈进。

高尔基这部真挚感人的作品《母亲》，以及书中许多光荣的人物都为中国人民所珍爱，所感到亲切，这让我们感到非常欣慰。

在争取中国人民的民族自由和社会自由的斗争中，有许多年轻的中国诗人英勇地牺牲了，萧三把他们称为高尔基的学生：

五百万五千万的都继起！
他们撑起《母亲》所撑的一树大红旗，
向火里奔！
向血里冲！
前仆后继。
——献给高尔基

被称为“中国的高尔基”的伟大中国作家鲁迅，也谈到过高尔基这部作品的世界意义和它的不朽的社会政治的现实性。鲁迅指出了列宁对《母亲》所做的崇高的评价，他引用列宁所说的“非常合时的一本书”这句话，说道：“高尔基的小说《母亲》一出版，革命前，就说是一部最合时的书，而且不但在那时是合时的，现在依然如此。我想，尤其在中国的现在和将来……”

著名的中国作家冯雪峰，在北京举行的高尔基诞生85周年纪念大会上所作的报告中，曾特别指出高尔基的《母亲》对于中国社会主义文学的意义。他说：“被列宁所称道的以及很高地评价的《母亲》使我们认识了真正的无产阶级社会主义文学的作品。这部作品教育着我们，启发我们，使我们在从事无产阶级文学的创造时有实例可以遵循。”

我们兄弟般的伟大中国的社会主义文学正在成长和壮大，正如高尔基相信的那样，它将在自由的环境里繁荣起来。

尼洛夫娜向群众发出了热烈的号召：

“诸位！大家团结起来！”今天，这个号召是向着我们整个地球上的人们发出的了。世界各国的人民已经把自己的力量团结起来，他们决不让新战争爆发，他们要使和平、幸福、光明的生活获得实现，获得发展，而歌颂母亲——生活的象征——的伟大歌手高尔基当时正是为了这一切而献出了自己的创作力量。

编后记

谢尔盖·瓦西里耶维奇·卡斯托尔斯基(Сергей Василъевич Касторский, 1898—1962)是苏联文艺研究家、文艺批评家、著名的高尔基学者。《真正人民的书》一文,是1956年《译文》编辑部为纪念高尔基逝世20周年请作者写的特约稿。本译文选自1983年湖南人民出版社出版的《外国文学评论选》(下册)。

俄罗斯和中国的高尔基学简论

作者 [中国] 谭得伶

俄罗斯文学界一般认为,高尔基学或高尔基研究开始于 20 世纪 20 年代末 30 年代初。高尔基研究者米哈伊洛夫斯基在《简明文学百科》中曾说:"从文学史的角度对高尔基的遗产进行研究始于 (20 世纪) 20 年代末 30 年代初。"[①] 另一位研究者穆拉托娃也认为:"高尔基学的产生应该从 20 年代后半期 30 年代初算起。"[②]

据我们理解,所谓"高尔基学"显然是指以历史唯物主义思想为指导,有计划地、系统地和科学地对高尔基的生平、创作、社会活动、社会政治及其美学和哲学思想各方面做全面的研究。高尔基在世界文学史上占有重要的位置,他的创作和思想对于"五四"以来我国文学的发展产生过重大深远的影响。近一个世纪以来,俄罗斯文艺学界在研究高尔基方面取得过不少成果,同时庸俗社会学和否定一切的思潮也使高尔基受到损害或发生"形变"。我们了解俄罗斯的高尔基学有助于我们正确理解和学习高尔基的文学遗产,不仅如此,高尔基学曾是俄罗斯文艺学的重要内容之一,好比整个俄苏作家研究的一个缩影。我们从高尔基学 80 多年的发展过程可以了解俄苏作家研究的一般情况和方法:其中有宝贵的经验,有庸俗社会学者的歪曲,还有苏联解体前后的全盘否定。这些可为我国的作家研究提供正面的经验和反面的教训。

为了对高尔基学的全貌有所了解,还有一点需要说明:即俄罗斯文学

① 米哈伊洛夫斯基:《简明文学百科》(第 2 卷),苏联大百科出版社,1964 年,第 294 页。

② 穆拉托娃:《高尔基专题研究资料索引》,苏联教育出版社,1956 年,第 8 页。

界虽然认为高尔基学开始于20世纪20年代末30年代初,但并不否认在这之前有过一些评论高尔基的优秀论著。实际上,自19世纪90年代高尔基进入文坛之日起,俄罗斯文学界围绕着高尔基创作的主题范围、思想倾向和艺术形式都有过不少争论。柯罗连科、契诃夫、托尔斯泰对他是赞赏的,但指责和攻击他的也不乏其人。特别值得提出的,是列宁和三位早期马克思主义批评家在十月革命前对高尔基的评价。20世纪前十年,俄罗斯反动批评界攻击高尔基,否认《母亲》、《敌人》等作品。列宁则在文章和书信中大力肯定了高尔基的创作,肯定了他作品的思想性和巨大意义,赞扬高尔基是"无产阶级艺术最杰出的代表",他"用伟大的艺术作品把自己同俄罗斯和全世界的工人运动结合在一起"。列宁的这些话有力地捍卫了高尔基。与此同时,沃罗夫斯基、卢那察尔斯基和普列汉诺夫在评价高尔基的创作方面都做出了贡献。沃罗夫斯基在《论马·高尔基》(1902)、《马克西姆·高尔基》(1910)、《再论高尔基》(1911)、《两个母亲》(1911)等文章中第一个从无产阶级革命运动发展的角度来分析高尔基的作品,指出高尔基早期浪漫主义作品是无产阶级运动在一定阶段的反映,又深刻指出《母亲》标志着高尔基的无产阶级世界观业已形成。卢那察尔斯基的贡献之一是他在资产阶级大肆否定高尔基时肯定了《母亲》、《敌人》是"杰出的作品",预言这些作品"在无产阶级艺术发展中的意义总有一天会被人注意到"。普列汉诺夫早在1907年就写过出色的文章《谈谈工人运动的心理》,即肯定了剧本《敌人》的思想内容,又十分欣赏高尔基的语言艺术。普列汉诺夫认为,高尔基的剧本写得很真实,这是因为他非常了解工人阶级的心理(当然,普列汉诺夫对高尔基的态度比较复杂,不是所有的意见都对,但对《敌人》的评价很深刻)。总之,在十月革命前马克思主义文艺批评和资产阶级文艺批评围绕着高尔基的创作进行了激烈的斗争。在这场斗争中列宁和上述三位批评家捍卫了高尔基,既肯定了他作品的思想性,也有艺术分析。而且他们的文化素养高,鉴赏力强,文章写得很有文采。这些评价至今仍有现实意义,在谈到高尔基学时应该提到。可是,那时还谈不到系统地、有计划地和科学地研究高尔基的创作。

从20世纪20年代末至今,俄罗斯的高尔基学经历了复杂的发展过程。这个过程大致可以分为四个阶段:初期的研究;20世纪40年代后半期到20世纪50年代初研究的转折;20世纪50年代到20世纪80年代年代中期的研究；20 世纪 80 年代后期及苏联解体以后的研究。

一、初期的研究（20 世纪 20 年代末至 20 世纪 30 年代）

十月革命后的前十年，苏联许多文学团体（如无产阶级文化派、拉普派、庸俗社会学者）称高尔基为小市民作家，根本不承认他是无产阶级作家，对他在文学中的地位置若罔闻，自然也不可能研究他的作品。20 世纪 20 年代末 30 年代初，情况发生变化。苏联文学界认为高尔基学开始于 20 世纪 20 年代末 30 年代初是有根据的，因为这时有一批苏联学者的著作为高尔基奠定了基础：

首先，卢那察尔斯基在 1928 年以后的几年间发表了近 20 篇评论高尔基的出色的论文（卢那察尔斯基的《论文学》中收入了四篇：《艺术家高尔基》、《高尔基》、《作家和政治家》、《萨姆金》）。他与 20 世纪 20 年代某些人否定高尔基的论调完全相反，坚决认为高尔基是世界上第一个伟大的无产阶级作家。卢那察尔斯基的文章写得深刻，有文采；但最可贵的，是卢那察尔斯基根据列宁的思想对高尔基的创作、艺术成就和地位作了十分精辟、有说服力的分析。这些文章至今仍是高尔基学中的重要文献，被广泛引用。

其次，1932 年，列宁格勒的俄罗斯文学研究所（普希金馆）成立了一个以杰斯尼茨基[①]和巴鲁哈德伊[②]为首的高尔基研究组。他们提供了自己的部分文献资料，即高尔基在 1890—1900 年间同蒲宁、安德列耶夫等俄罗斯作家、批评家的通信。研究组在整理、分析、研究这些资料的基础上写出第一套评价高尔基的创作和文学社会活动的论文集——《高尔基：资料和研究》（1—4 卷，1934—1951），书中也包括部分作品、资料。

再次，20 世纪 30 年代中期，巴鲁哈德伊主编的两套目录索引出版。一套是《高尔基的文学著作：1892—1934 年间发表的初版文本和经作者审定的版本目录索引》（1936），另一套是《关于高尔基的评论》（论文和专著目录索引，1934）。这两套全面系统的目录索引为开展高尔基研究提供了方便条件，也使研究者和读者有可能了解围绕着高尔基进行的长期、尖锐的斗争。

① 杰斯尼茨基（1878—1958），苏联文艺学家、社会活动家、高尔基的同乡和老友、高尔基研究的首倡者之一。

② 巴鲁哈德伊（1892—1945），苏联文艺学家、目录学家、苏联科学院通讯院士、高尔基研究的首倡者之一。

再看看研究队伍。在20世纪30年代，除了卢那察尔斯基以外，在苏联逐渐形成了一支实力雄厚的高尔基研究者的队伍。每位研究者的侧重点有所不同。巴鲁哈德伊主要研究高尔基的目录学和戏剧。杰斯尼茨基写了一系列关于高尔基的珍贵的回忆，并研究高尔基重要作品，如《列宁与高尔基》(1934)、《尼日尼·诺夫戈罗德年代的高尔基》(1935)、《高尔基在喀普里岛》(1938)。格鲁兹杰夫[①]偏重研究高尔基的传记。比亚里克[②]第一个研究高尔基的美学观点。卡斯托尔斯基[③]、穆拉托娃[④]、尤卓夫斯基[⑤]也在在20世纪30年代开始对高尔基进行研究。这些学者的研究范围后来逐渐扩大，他们的成果成为高尔基学的重要组成部分。

应该指出，在20世纪20年代末、30年代初苏联文艺学界之所以会重视对高尔基的研究，并不是偶然的。首先，1928年，高尔基在国外侨居七年之后，回到苏联。回国后，高尔基备受尊敬，他的政治地位和在文学界的地位都很高。1932年，苏联政府隆重庆祝高尔基文学创作活动40周年。为了表彰他对苏联文学做出的贡献，在莫斯科成立了以高尔基命名的文学研究所。这几年，高尔基全力投身于社会主义文化建设，为发展苏联文学做出了巨大的贡献。

但更加重要的原因，是庸俗社会学在这个时期开始受到批判。苏联文学界、理论界的思想比较活跃，对文学史和文艺理论的许多重要问题进行了探讨(列宁文艺论著研究始于20世纪30年代，马克思和恩格斯的书信也于30年代在苏联发表)。越来越多的人认识到，不研究高尔基的创作，不探讨高尔基在文学中的地位和作用，苏联文学中和文艺理论的许多问题就难以研究清楚。无论提出什么问题，如19世纪和20世纪之交现实主义文学的性质，苏联文学发展的道路和特点，文学流派之间的斗争，某些作家的命运等，这些问题都在不同程度上与高尔基有联系。不少人认识到，19世纪90年代以来的俄罗斯文学和苏联文学前20年的发展，都与高尔基有密切联系。正是在这种形势下，高尔基研究才受到重视起来。

1936年，高尔基的逝世以及围绕着他的逝世开展的活动对高尔基学

① 格鲁兹杰夫(1892—1960)，苏联批评家和文艺学家、著名的高尔基传记作者和研究者。

② 比亚里克(1911—1988)，苏联文艺学家、高尔基学学者。

③ 卡斯托尔斯基(1898—1962)，苏联文艺学家、高尔基学学者。

④ 穆拉托娃(1904—)，苏联文艺学家、目录学家。

⑤ 尤卓夫斯基(1902—1962)，苏联文艺学家、戏剧学家。

也是一个有力的推动。1936 年 6 月 18 日高尔基逝世那天就成立了高尔基文学遗产国家委员会。1937 年,根据苏联政府的决定,高尔基文学研究所专门设立了两个机构——高尔基文献档案馆和高尔基博物馆。1938 年,该所归苏联科学院领导并最后定名为苏联科学院兼高尔基世界文学研究所。从此,该所成为研究高尔基遗产的中心。这些措施促进了高尔基学的发展。1939 年,研究所开始出版《高尔基文献资料》(1939—1976 年间共出版了 14 卷)。这套丛书系统刊载了经过整理的高尔基未发表的作品、文章、书信和资料。1940 年,研究所开始编辑和主编《高尔基研究论文集》,这套丛书专门刊登为高尔基年会撰写的论文和报道。

二、20 世纪 40 年代后半期到 20 世纪 50 年代初研究的转折

1941—1946 年,因卫国战争爆发,高尔基研究中断了几年。战后,高尔基研究者的队伍壮大起来,涌现了米哈伊洛夫斯基、塔格尔、布尔索夫、沃尔科夫、奥甫恰连科等一大批研究者。除列宁格勒的俄罗斯文学研究所和高尔基世界文学研究所的科研人员以外,许多高等学校的教师也积极地参加。这一时期,出现了一系列内容充实、有一定深度的研究著作。最受推崇的有两部:米哈伊洛夫斯基和塔格尔合著的《高尔基的创作》(1951 年第一版,1969 年第三版)。这本书内容丰富,叙述简明扼要,第一次全面系统地介绍了高尔基作为作家、革命家和文学批评家的多方面的活动,分析了他的重要作品的主题思想和艺术特色,并成为数十年间苏联大学生的教学参考书。此外,1949—1955 年间问世的《高尔基文集》(30 卷)成为战后苏联文化生活中的一件大事。其中除文学作品(第 1—22 卷)外还收集了高尔基的文学论文(第 23—27 卷)、政论和书信(第 28—30 卷),是有史以来内容最丰富的高尔基文集。

但是,也应该看到,二十多年来,尤其是战后时期,高尔基学确实存在不少问题。1954 年,苏联社会发生大动荡,文学界思想开始活跃,围绕着文学史上许多重大问题展开讨论,对许多俄苏作家重新予以评价。这时,高尔基世界文学研究所和苏联作协联合举行会议,讨论高尔基研究问题。会议一方面肯定高尔基学取得的成就,同时,也重点讨论了存在的问题,尤其是指导思想和有关方法论以及方法的问题。主要问题有三个方面:

首先,应该进一步肃清庸俗社会学的流毒,加强对文学创作特点的研究。与会者指出,庸俗社会学的残余远未肃清,表现在不少研究者把马克思、列宁语录当作标签贴在高尔基的作品和形象上,或者把高尔基的作品

看成马列经典作家个别原理的艺术体现。如莫斯科大学编写的俄苏文学讲义中将高尔基的《阿尔塔莫诺夫家的事业》当成《共产党宣言》的图解。不少研究者指出，从社会学的角度对高尔基的创作进行分析是必要的，但是不能把艺术创作看成简单概括的公式，应该揭示高尔基作品丰富和复杂的内涵。尤其应该指出的是，很长时期内高尔基作为艺术家是如何成长的问题，几乎无人问津。

其次，不能正确理解传统与革新的关系。与会者指出，在高尔基学中，传统与革新问题应该包括两方面的内容。一方面是高尔基与古典文学传统的关系，也就是说，他在哪些方面继承了俄罗斯古典文学的传统并有哪些创新。有人认为，对于这一问题当时存在着两种极端：一是把高尔基与他的前人对立起来，甚至将高尔基的长处与前人的某些短处进行比较，这种倾向违反历史主义，但较为普遍；另一种极端是抹杀高尔基与前人的差别。这两种极端显然都是错误的。传统与革新问题的另一个方面，是苏联作家如何继承高尔基的传统并进行哪些革新。这方面存在的问题是某些研究者分不清模仿同创造性学习之间的界限，他们往往将苏联作家看成高尔基的模仿者。

再次，与会者还认为，孤立地研究高尔基也是一个普遍性的缺点，即将高尔基与他生活的时代以及与同时代作家的活动割裂开来进行研究。如在评论十月革命前的文学运动时片面强调高尔基的作用，对与他同时代的库普林、蒲宁、魏列萨耶夫等作家的贡献和作用严重估计不足；在研究高尔基十月革命后的创作时，则将它同整个苏联文学的发展，同其他苏联作家的活动割裂开来。这样造成了一种错觉，似乎长时期内只有高尔基等少数人在为先进的艺术，为实现党的文艺政策进行斗争。这显然是个人崇拜的影响。当时，这种形而上学、走极端、突出高尔基个人的倾向也表现在文学史的编写中。如季莫非耶夫于 1950 年编写的《苏联文学史》[①] 把文学史写得很贫乏、单线条。书中概述占 23%的篇幅，作家专章占 72%的篇幅，而高尔基专章就占该书 25%的篇幅，真是突出重点有余，兼顾一般不足。而叶尔绍夫 1982 年编写的《苏联文学史》[②] 中，高尔基专章仅占二十四分之一，两万字。维霍德采夫 1974 年编写的《苏联文学史》

① 季莫非耶夫：《苏联文学史》（上、下册），水夫译，北京：作家出版社，1956 年。

② 叶尔绍夫：《苏联文学史》，北京师范大学苏联文学研究所译，北京：北京师范大学出版社，1987 年。

中，高尔基专章也仅占三十分之一，约三万字。但后面这两本著作充分肯定了高尔基作为苏联文学宗师的作用。

总之，在1954年前后，苏联文艺学界大胆、深刻和比较全面地指出了高尔基研究中存在的问题，总结了经验和教训。这次会议以及后来对苏联文学许多问题的探讨对于进一步开展高尔基研究，起了积极的作用，大大促进了20世纪50年代后中期高尔基学的发展。

三、20世纪50—80年代中期的研究

苏联作家特里丰诺夫在1968年纪念高尔基诞辰100周年时讲的一段话恰当地评论了20世纪50年代高尔基学的状况。他说："高尔基像一座森林，那里有野兽，有鸟儿，有野果，也有蘑菇，可是过去我们从这座森林里只采了蘑菇。"这段话形象地说明：高尔基的文学遗产是十分丰富的，20世纪50年代以前的高尔基学也是有成绩的，那种全盘否定过去的做法显然不对，但那时确实存在着片面性，高尔基遗产中有许多宝贵的东西没有被挖掘出来，没有引起人们的注意，致使读者对高尔基的印象不完整。

20世纪50年代中期以后，高尔基研究扩充了研究的范围，在研究方法上也有新的变化，可以说取得了长足的进步。如同对整个苏联文学史的研究一样，高尔基研究者主要采用历史的系统分析方法，同时，他们也采用了类型学研究方法和历史比较分析方法，归纳起来，研究分三个方面进行：

(一) 对文献资料和作品的汇集、整理和研究

研究一位作家的思想和创作必须占有详尽的第一手材料，即汇集、整理和研究他的作品以及有关生平、创作活动的文献资料。这是一项打基础的工作。苏联的高尔基学者尽管在20世纪30年代就开始这一工作，但深入开展却受到种种客观条件的限制。原因是20世纪30年代后半期苏联出现肃反扩大化，文学界许多人受牵连，文学团体被否定，涉及二三十年代文学斗争的不少文献资料被束之高阁，因而不可能全面掌握高尔基活动的历史背景。20世纪50年代中期，情况有了变化。这个时期经过许多学者的努力，逐渐收集了丰富的纪念品和资料，整理出版了一系列重要的文献资料。

前面提到，20世纪30年代，高尔基世界文学研究所已成为研究高尔基创作的中心，其中专门设立了三个机构：高尔基文献档案馆、高尔基博

物馆和高尔基创作研究室。前两个机构收集了丰富的有关高尔基的纪念品和资料。高尔基文献档案馆是以高尔基生前个人保管的文献资料为基础建立起来的。当时有十万余件收藏品，文献资料有四万余件，其中三千多份是作家的手迹。苏联时期，在莫斯科、喀山、古比雪夫、高尔基的故乡、乌克兰等地都设有高尔基博物馆。其中以莫斯科的博物馆最为丰富，这就是 1965 年开放的高尔基在莫斯科的住宅——卡恰洛夫街 6/2 号，即高尔基 1931—1936 年间的住宅。莫斯科博物馆最引人注目的有两点：一是这里的一切保持着高尔基在世时的原样；二是高尔基在此居住期间，这里曾是苏联文化生活的中心，也是许多苏联作家同党政领导人进行会晤的场所。至于高尔基创作研究室，从高尔基世界文学研究所成立之日起已经设立。任务是整理、出版高尔基的作品、资料，使之系统化，进而研究他的创作遗产。20 世纪 50 年代中期以来，汇集、整理和研究工作取得了很大的进展，出版了许多重要的文献资料。

首先，1958—1960 年间，高尔基世界文学研究所出版了由比里亚克、米哈伊洛夫斯基、谢尔宾纳合编的《高尔基生平创作年谱》(4 卷集)。它既是汇集、整理、研究高尔基文献资料的初步总结，又是撰写作家传记、研究作家创作的基础。《年谱》收入近万条辞条，约合中文 250 万字。选材包括两方面的内容：第一方面围绕高尔基的创作，收集了高尔基作为作家、政论家、文学批评家进行创作的有关材料，即从作品的构思到最后完稿以及首次发表的有关材料；第二方面围绕高尔基的活动，收集了他的生平和十月革命前后的政治活动、文学组织活动、编辑出版活动的材料，不少是未发表的新材料。该书在苏联是最早出版的、最丰富的作家年谱。但因该书的编纂工作是在 20 世纪 50 年代末完成的，因而未能避免当时高尔基学存在的一些缺点，如对高尔基与 20 世纪初的俄罗斯作家的联系，对他思想上最复杂的时期（第一次世界大战时期、十月革命后初期）的有关材料介绍得不充分等。其次，1955—1976 年间，出版了《高尔基文献资料》的第 5—14 卷（1939—1954 年间只出版了前四卷)。该文献资料包括了内容极为丰富、珍贵的第一手材料，其中有高尔基的《俄罗斯文学史》一卷，书信八卷，作品四卷，高尔基与苏联报刊一卷（上、下)。各卷收入的书信、作品都是作家生前未发表的，由研究人员鉴别、汇集、整理后出版。丛书的问世对于全面开展对高尔基的研究显然会有促进作用。再次，1958 年，马恩列研究院和高尔基世界文学研究所共同编纂了《列宁与高尔基：书信、回忆、文献汇编》。该书收入列宁与高尔基之间全部的往来书信（共 90 封）以及列宁和高尔基分别写给第三者的信（论及对方的）。安徽大学苏联文学研究室编译，外国文学出版社出版的《列宁与高尔基通信集》（1981）主要利用了这本书的材料。最后，20 世纪 60 年代前期，苏联科学院发表了两卷有关高尔基的《文学遗产》。这就是第 70 卷《高尔基与苏联作家》（1963）和第 72 卷《高尔基与安德列耶夫》（1965）。《文学遗产》是高尔基世界文学研究所不定期出版的机关刊物，1931 年创刊，专门刊登过去未发表过的有关俄罗斯文学史、苏联文学史、社会思想史方面的文献资料。这些资料往往经过科学整理，因而备受学术界、文化界重视，堪称学术上最有权威的文学资料集刊。《文学遗产》第 70 卷收入首次发表的高尔基与 60 多位苏联作家的往来书信，第 72 卷收入高尔基与安德列耶夫近 200 封往来书信。这两本珍贵的文献附有详尽的注释，有助于读者了解当时文学界的情况、高尔基与上述作家的关系以及作家们的思想状况。

上述文献资料的出版为撰写高尔基的传记创造了条件。从 20 世纪 30 年代就为高尔基撰写传记的高尔基学者格鲁兹杰夫于 1958 年完成了大型传记《高尔基传》，1962 年又增订再版了《高尔基及其时代》，这两本著作当时是最权威的高尔基传记，尽管前者是一本优秀的通俗读物，后者详尽地研究了高尔基的早年生活。

20 世纪 60—70 年代出现的重要传记，则有比亚里克在高尔基诞辰 100 周年时发表的《马克西姆·高尔基的命运》（1968），该书引用了不少新材料来论述高尔基的生平和创作道路中的许多重要问题。也在这个时期，出版了一系列记述高尔基某个阶段生活的传记（在彼得堡列宁格勒、在莫斯科、在故乡、在意大利）。其中特别值得一提的是贝科夫采娃的《高尔基在意大利》（1975、1979）。高尔基在意大利前后居住达 15 年之久（1906—1913、1924—1933），这是充满重大历史事件和与许多重要人物会见的年代，也是作家创作热情高涨的年代。但这两段生活过去鲜为人知。贝科夫采娃广泛引用了意大利的报刊和首次发表的文献资料、高尔基的私人藏书、同时代人（包括意大利人）的回忆，生动具体地再现了高尔基在意大利的生活情景。读者看到，高尔基在意大利既是作家、社会政治活动家，又是熟悉意大利艺术和古代文物的鉴赏家，具有独特而复杂的个性。显然，贝科夫采娃为了写这本书，不仅翻阅了当年的报刊和有关文献资料，并且亲自去意大利，沿着高尔基在意大利的足迹进行实地考察，收集了尽可能收集到的资料。读者读此书时有亲临其境之感，对了解高尔基那 15 年间的生活、创作和为人，大有益处。

20 世纪 50—80 年代，在汇集、整理、研究高尔基的作品和文献资料方面所取得的进展，集中反映在科学院版的《高尔基全集》和穆拉托娃于 1981 年新编的《高尔基专题研究资料索引》中。前面提到，1949—1955 年，高尔基世界文学研究所曾出版了《高尔基文集》（30 卷）。1968 年，为纪念高尔基诞生 100 周年，又开始出版科学院版的《高尔基全集》。[1]主编是著名作家列昂诺夫。全集包括四个部分：第一，《文艺作品集》25 卷（1968—1976 年已出齐）；第二，高尔基文艺作品的《同题异文》11 卷（1974—1979 年已出齐）；第三，《文学评论与政论集》；第四，《书信集》。由于种种原因，后两部分至今未出齐。这部全集有几个特点：第一，内容更加丰富全面，篇幅增大，仅文艺作品就增添了一百余篇；第二，全集包括详尽确切的注释（如作家的构思、作品写作和发表再版的情况，作者本人和他人的评价反应，人名、地名、引文、典故、史实之注释）；第二，全集的《文艺作品集》除正文 25 卷外，还有《同题异文》11 卷（建立在全面地调查和核对作家的全部原稿和已发表的著作的基础上）。全集的出版显然是苏联文化生活中的大事，是进一步发展高尔基学的基础。

此外，20 世纪 50—80 年代高尔基研究的新进展也集中反映在穆拉托娃新编的《高尔基专题研究资料索引》中。穆拉托娃是苏联著名文艺学家、目录学家、高尔基研究者。她从 20 世纪 30 年代就献身于俄苏文学和高尔基著作的研究。1956 年她曾发表过一本《高尔基：专题研究资料索引》，1981 年重新编写了一本。新版和旧版体系相同，但内容有很大的变化，明显地反映了高尔基学 25 年来的新进展。首先，新版突出了高尔基在俄苏文学中的地位，将原来的《高尔基是文学的组织者和领导人》一章扩充为两章：《高尔基与 20 世纪初的文学运动》和《高尔基与十月革命后的文学运动》。其次，在《高尔基与同时代作家》一章中增加了《安德列耶夫与高尔基》、《布留索夫与高尔基》等后来在研究上有所突破的新课题。再次，新版的每个课题（58 个，旧版 68 个）下面所提供的资料索引，大部分是 20 世纪 50 年代中期以后的研究成果，对于 20 世纪 30—50 年

① 张佩文：《浅谈新编〈高尔基全集〉（六十卷）》，《苏联文学》，1980 年第 1 期，第 83—93 页。

代初期的研究著作只保留比较重要的和有代表性的篇目。

(二) 对作品的研究

从20世纪50年代中期到80年代中期,对高尔基作品的研究是分几方面进行的:个别作品研究、体裁研究、主题、风格、语言、技巧研究等。

研究者认为,20世纪30—50年代初占统治地位的研究方法,即仅仅从社会学角度进行研究,远远不能满足需求。他们不再局限于分析作品的主题思想,而是更注意研究文学本身发展的规律,研究作家的艺术技巧。20世纪60年代出现了几部研究高尔基艺术技巧的重要论著,如论文集《论高尔基的艺术技巧》(1960)、卡斯托尔斯基的《艺术家高尔基》(1963)、塔格尔的《高尔基在苏维埃时代的创作》(1964)等。不少研究者为了考察高尔基艺术思维的发展,着重研究了作品的创作历史。

对于高尔基的作品,20世纪50年代至80年代研究得最充分的是高尔基的戏剧。其中许多问题都阐述得比较清楚,如戏剧的共同主题、个别剧作的主题、剧中主要人物的特点、高尔基独特的艺术原则等。研究者从不同的角度研究高尔基的戏剧。如尤卓夫斯基的《高尔基及其剧作》将高尔基的戏剧与19世纪末20世纪初其他作家的剧作进行比较,重点探讨了高尔基与文学界的论战以及高尔基戏剧的社会哲理主题。米哈伊洛夫斯基在20世纪50年代曾探讨戏剧家高尔基在1905年革命中的发展道路、文学主张和社会立场,但对艺术方面注意得很不够,在20世纪60年代却对高尔基的戏剧进行了综合的研究。他在《高尔基的创作与世界文学(1892—1916)》一书中分析了高尔基十月革命前写的剧本,并把它们与同时期的欧洲戏剧进行对比;比亚里克多年来系统地研究了高尔基的戏剧和戏剧观,他的《剧作家高尔基》(1962)探讨了剧作家高尔基的全部历程,指出高尔基所走的是一条不断地进行探索、不断地开拓新的主题和确立新的艺术原则的复杂道路。他还把高尔基的剧本与这些剧本在舞台上的演出联系起来进行分析。卡斯托尔斯基的《高尔基的戏剧》(1963)着重论述高尔基剧作中许多带争论性的问题(如围绕《在底层》、《野蛮人》进行的争论)。以上这些著作对高尔基在艺术上的创新都给予极大的关注。

在小说方面,20世纪60年代以来研究得最多的是长篇小说《克里姆·萨姆金的一生》,有关的专著和论文达数十种。其中比较重要的有斯特罗科夫的《高尔基的史诗〈克里姆·萨姆金的一生〉》(1962)、热加洛夫的《高尔基的长篇小说〈克里姆·萨姆金的一生〉》(1965)、奥甫恰连科的《高尔基的长篇史诗〈克里姆·萨姆金的一生〉》(1965)和《高尔基与20世纪的文学探索》(1978)。在最后一本书中,奥甫恰连科深入地分析了高尔基在20世纪20—30年代的创作,尤其是《克里姆·萨姆金的一生》的构思,他认为,高尔基用萨姆金这个"具有世界意义的艺术典型"结束了"20世纪青年人"的历史。苏联评论界认为,奥甫恰连科的书将高尔基十月革命后的创作放在20世纪中叶和后半叶的文学生活中加以研究,书中既有作者的研究体会,又广泛介绍了苏联的高尔基研究者和国外研究者取得的成就,表现了"苏联的高尔基学目前达到的新水平"。在小说方面研究得比较多的还有关于奥古洛夫镇的一组作品,以及《文学写照》、《罗斯记游》等。

20世纪50—80年代中期,苏联学者对高尔基的政论也进行了较系统的研究。奥甫恰连科的《高尔基的政论作品》总结了研究高尔基政论的主要成就。该书的贡献有三:第一,考察了高尔基作为政论家的复杂道路,阐明了他的政论同文学创作之间的密切联系;第二,指出高尔基政论的中心主题是"俄罗斯的觉醒以及俄罗斯新人为改造社会进行的斗争",奥甫恰连科用这一主题来组织全书;第三,填补了高尔基政论研究中的某些"空白点",如高尔基在第一次世界大战期间的政论所体现的社会政治观点,十月革命后初期的政论等。

(三)对高尔基与同时代作家关系的研究

这一课题有两个方面:一方面是高尔基与19世纪末20世纪初的俄罗斯作家及文学运动的联系,另一方面是高尔基与苏联作家的关系以及他在苏联文学发展中的作用。在20世纪50年代中期以前,第一个方面的主要问题是存在着形而上学和片面性的毛病,后一个方面主要是缺乏研究。

20世纪50年代到80年代中期,高尔基研究者不仅加强了系统研究,而且采取了客观的实事求是的态度。如高尔基与安德列耶夫的关系是比较复杂的,起初他们之间有着密切的友谊,创作上也有相近之处;1905年革命失败后,他们在思想上出现分歧,最后导致二人完全决裂。20世纪50年代中期以前,研究者对这一问题采取了回避的态度,如1949—1955年出版的《高尔基文集》只收入了高尔基致安德列耶夫的六封信(保存下来的共105封),连高尔基亲自发表的回忆录《列昂尼德·安德列耶夫》也未予收入。1965 年出版的《文学遗产》第 72 卷首次发表了两位作家近 200 封往来书信，之后出现了一系列研究著作。这些著作既有助于深入了解两位作家的思想和创作，也有助于理解世纪之交那个时代的文学的发展。又如高尔基研究者在 20 世纪 30—50 年代初论述高尔基与知识社其他成员的关系时，往往片面强调高尔基的作用，把他说成知识社的导师，但不承认其他成员的作用以及她们对高尔基的影响。20 世纪 60 年代以后情况有很大的变化。1966 年出版的《高尔基研究论文集（1964—1965）：高尔基与 20 世纪初的俄罗斯文学》一书收入一组研究高尔基与库普林、蒲宁等作家关系的文章。其中《高尔基与库普林》一文引用了许多被遗忘的材料来论证两位作家的交往史。文章指出，库普林同高尔基在数十年间的“相互接近”和“彼此疏远”“很能说明社会主义现实主义与批判现实主义之间的多种联系”，库普林虽然“深受托尔斯泰和契诃夫的影响”，但他注意到了“高尔基的艺术给文学带来的新的倾向”。

值得一提的还有卡斯托尔斯基的论文《托尔斯泰与高尔基》（1961）。文章作者对比分析了两位作家创作的大体思想倾向，并以一系列作品为例探讨了他们在创作构思和美学思想原则方面的相似之处和分歧。这样严肃的研究著作使读者深受启发，也从新的角度研究了高尔基与同时代作家的关系。

至于高尔基与苏联作家的关系以及他在苏联文学发展中的作用问题，在 20 世纪 30—50 年代初，几乎没有人进行过系统的研究。为了填补这一空白，1958 年同时出现了三部书，它们都论述了高尔基在苏联文学发展中的作用，但内容并不重复。沃尔科夫的《高尔基与苏维埃时代的文学运动》阐明了作家对苏联文学的看法和对发展苏联文学的影响。纳乌莫夫的《高尔基为苏联作家的思想性和技巧而斗争》重点论述高尔基在 20 年代文学团体斗争中的立场和他在 19 世纪 30 年代的文学组织活动。穆拉托娃的《高尔基为苏联文学的发展而斗争》（中译本名为《高尔基与苏联文学》[①]）全面论述了高尔基对发展苏联文学做出的巨大贡献。后一本书的优点是广泛引用当时未发表的高尔基同许多作家的往来书信，引用了二三十年代的报刊资料，具体分析了高尔基在十月革命后各个阶段的政治、社会、文学观点的变化，探讨了他的文学社会活动的基本

① 穆拉托娃：《高尔基与苏联文学》，刘保端、谭得伶、陆桂荣译，南宁：广西人民出版社，1986 年。

倾向，有说服力地阐明了高尔基的重要作用。

综观20世纪20年代末—80年代中期半个多世纪苏联的高尔基学发展的过程，对我们有三点重要的启示：

第一，高尔基学的产生，它的研究方向、研究水平和存在问题，在某种程度上是苏联文艺思想斗争发展的缩影。十月革命后初期，许多人否定遗产，拒不承认高尔基是无产阶级作家，高尔基研究自然不可能提上议事日程。20世纪20年代末30年代初，文艺界开始意识到高尔基对苏联文学的重要意义，才开始对他进行系统研究，但由于庸俗社会学的影响，主要着重从社会学的角度进行研究，形而上学和片面性比较严重。20世纪50年代中期，庸俗社会学的影响进一步肃清，苏联文艺界日益重视探讨文学发展的特殊规律，注意对高尔基的思想、创作和活动进行具体历史的和系统的分析，因而高尔基研究的水平和科学性得以提高。

第二，一般来说，在作家研究中（文学史研究、小说史研究亦如此），应该极端重视资料积累工作，重视第一手材料的收集，珍惜材料，把收集资料当作事业来抓，当作一切工作的基础来抓。资料是基础。有了第一手材料，才有研究的基础。高尔基学者几十年如一日，从各方面收集资料，让文献档案发挥作用。

第三，20世纪50—80年代，高尔基学者卓有成效地运用了苏联文学史研究的一些方法，运用得最广泛的是历史的系统分析方法。他们将高尔基的思想、活动和创作看成有机的复杂的整体，将高尔基的作品和文献资料进行系统的汇集、整理和研究，又将高尔基的创作放在他所生活的时代，放在文学史发展的过程中，放在与同时代作家的交往中加以研究，同时还将高尔基的活动、创作和批评理论观点联系起来进行综合的考察。这样一来，他们既深刻、全面地探讨了作家的思想和创作的发展过程，又比较实事求是地阐明了作家的成就，客观地、历史主义地评价他在文学史上的地位。

这一切无论对我国文学史的研究，或者对于作家研究，都有一定的借鉴意义。

四、20世纪80年代后期和苏联解体以后的研究

20世纪80年代中期，戈尔巴乔夫开始执政，苏联文学和苏联社会一样，进入最复杂、最混乱的时期。苏联国内再次掀起更加凶猛的全盘否定斯大林、否定十月革命以至整个苏维埃时代的浪潮，高尔基也跟着遭殃，

自然对高尔基研究也有很大的影响。

20 世纪 80 年代后期，苏联评论界开始对高尔基的《不合时宜的思想》重新进行评价。

《不合时宜的思想》是高尔基从 1917 年 4 月到 1918 年 6 月在《新生活报》上发表的一组政论文章的总标题。过去，苏联文学界认为，这组文章是高尔基这一时期错误观点的集中表现，因此 1918 年至 1988 年的 70 年间它没有再版。1988 年，报刊上开始对《不合时宜的思想》重新进行评价。《涅瓦》杂志上刊出列兹尼科夫重新评价高尔基的《不合时宜的思想》的文章[①]，《文学报》上又登了奥甫恰连科的《论高尔基的〈不合时宜的思想〉》[②]一文。两文的作者对高尔基这组文章进行了具体分析，认为它们写于高尔基世界观矛盾发展的重要阶段，反映了高尔基这一时期的思想矛盾。一方面，高尔基不同意列宁关于十月革命的论断，对十月武装起义的看法是错误的，对于阶级斗争的规律和辩证法了解得不深，对革命的战略战术缺乏理解。这是他当时的错误言论和行动的根源。另一方面，高尔基在文章中表达了对俄罗斯革命及文化发展的种种忧虑，并在一定程度上预言了许多后来发生的历史悲剧。这些至今对正确理解俄罗斯的历史和当代文化仍有重大的价值。他们的重新评价有一定的道理。例如，高尔基强调要教育培养人的感情，只有具有美好的感情，才能真正成为道德美好的人。高尔基在书中提出的要从精神上和感情上教育培养人民的思想，至今仍有现实意义。高尔基认为，革命事业不只需要坚定的执行者，还需要富有精神创造性的、心灵丰富的人，需要有高度文化水平和高尚情操的人，否则，革命人民将会得到与期待的相反的结果。高尔基认为，革命者要想造福于人类，就得继承全部优秀的人类思想，这些思想能促使人类完善。高尔基认为，无产阶级知识分子具有最多的造福人类的品质，他认为列宁就是一个光辉的典范。

奥甫恰连科在文章中还指出，重新研究高尔基，对他的遗产给予真正科学的解释，同时不回避他的错误，这个时机已经成熟。《不合时宜的思想》是革命独特的编年史，是资产阶级民主主义革命发展为社会主义革

---

① 列兹尼科夫：《高尔基的〈不合时宜的思想〉》，陈政译，《苏联文学》1989 年第 2 期。

② 奥甫恰连科：《论高尔基的〈不合时宜的思想〉》，娄力译，《俄苏文学》1989 年第 3 期。

命的一本日记。这本书反映出高尔基既能看出革命是非常复杂的、残酷的，具有自相残杀的疯狂性；同时，高尔基对产生善良、正义的国家抱有一线希望。在这本书中，高尔基是一位备受折磨、昂首挺胸的伟人，在斗争中无畏的人，由于迷途而带悲剧性的人物。他的书虽然在政治上有错误，但又有深刻的人道主义内涵。高尔基认为，如果革命合理而正确地进行，那么从一开始，必须同时进行文化建设，而文化建设的基础就是要尊重在革命前俄罗斯被蹂躏了的个人。

以上两文的作者认为应该重新研究高尔基，但他们是完全肯定高尔基的。

然而，正如奥甫恰连科指出的，改革中的许多风派人物，对高尔基却采取全盘否定的态度，打算将他的一切优点都说成缺点，或者宣称《不合时宜的思想》是高尔基最主要的作品。有些风派人物将高尔基描绘成斯大林偶像的捍卫者，说成斯大林的吹鼓手，他们对高尔基或持否定态度，或认为高尔基早期和晚期判若两人，晚节不忠。1990年底，莫斯科《真理报》刊登了科洛德内伊的文章《双头海燕》，文章认为，高尔基有两个脑袋，两副面孔。这位曾经呼唤革命风暴的海燕晚年成了斯大林的帮凶。20世纪80年代末90年代初，即苏联解体前后，对苏联文学的经典作家重新评价和全盘否定的文章屡见不鲜，否定传统，贬低自己，攻击高尔基成了一种时髦。批判和指控高尔基以及其他苏联经典作家的人数成几何级数地增加着。高尔基的故乡和莫斯科的大街已不用他的名字来命名，《文学报》和《我们同时代人》也不用他的侧像来装点了。不少人起劲地想把高尔基从社会思想史和文学史上一笔勾去，清除他对现代文学过程的影响。

在这股否定高尔基的逆风中有一个核心问题，即高尔基与斯大林的关系。在20世纪20—30年代，高尔基是支持斯大林的社会主义建设路线的，他们之间有着非同寻常的特殊的关系。有些人在全盘否定斯大林的同时，也骂高尔基是"帮凶"；另外一些人同样否定斯大林，但是想要肯定高尔基，竭力把他与斯大林分开，甚至宣扬他们之间的对立。20世纪90年代中期以来，前一种情况，即想全盘否定高尔基和斯大林的观点似乎越来越站不住脚；高尔基的同乡、著名的高尔基学者瓦季姆·巴拉诺夫则可说是后一种观点的代表。这充分表现在巴拉诺夫于1989—1996年间写的《高尔基传》[1]一书中。

应该承认，这部著作拥有的材料是十分丰富的。其中有许多初次披露的高尔基档案馆的材料，也有二三十年代高尔基在国外时期未触及过的材料。据作者称，该书“拟以作家的个性、作家的命运为注意的中心；社会生活环境，对制度以及它的领袖的态度在作家灵魂深处引起的斗争和波折，构成一条独特的、贯穿始终的情节线索”。可见此书关注的中心是作家的个性和命运，重点写了高尔基十月革命后初期、1921—1928年出国期间，尤其是他20世纪20年代回国后的生活环境，他对苏维埃制度以及对领袖（即斯大林）的态度。有些章节虽然写得具体，但得出的结论却不能令人信服。如《具有世界意义的实验》一章写了高尔基和教育家、作家马卡连科的交往。马卡连科一向崇敬高尔基，1920年，他被高尔基命名他教育未成年违法分子的工学团。1925年，马卡连科和高尔基之间开始通信，一直延续到高尔基逝世。“高尔基与工学团团员的通信成为有特殊意义的一页”。高尔基认为，“对于失去父母的孩子来说，他已成为比著名作家更伟大、更令人愿意与其保持联系的人”。马卡连科在一封信中写道：“孩子们渴求亲人的爱，现在终于找到了。”孩子们在1925年给高尔基的信中也写道：“爱戴您，这是意想不到的伟大幸福。”1928年，高尔基访问了工学团，并在那里住了三天，和团员们同吃，同住，同劳动。对工学团团员们来说，这是终生难忘的、最伟大的节日。高尔基在《苏联记游》中的一篇特写记述的就是这次访问。马卡连科的教育目标是使被培养者抛弃消费者的依赖心理，培养他们学会劳动，特别是善于在集体中劳动，这些应成为培养新人的手段。高尔基对这一切给予了高度的评价，并称：“以我看来，您的伟大的、取得惊人成就的实验具有世界意义。”后来高尔基鼓励马卡连科将他的成功经验写进了小说《教育诗》中。

然而，巴拉诺夫在叙述了这一切之后所得出的结论却是不能令人信服的。书中写道：“高尔基从自己的角度了解了马卡连科的经验更加坚定了在十月社会主义革命后的现实条件下用什么方法培养新人的认识。高尔基为马卡连科的成就而感到欢欣鼓舞，以至于不由自主地把这种感情转移到苏联人民委员会保卫局的其他机构，比如他1929年曾到过的索洛维茨基岛。”书中又说：“在某种程度上他把马卡连科的实验成就归于

① 巴拉诺夫：《高尔基传：去掉伪饰的高尔基及作家死亡之谜》，张金长等译，桂林：漓江出版社，1998年。

使用着惩罚镇压手段进行试验的苏联人民委员会保卫总局这个机构。”①

对于巴拉诺夫这本书和他对高尔基的态度，我国学者有一段话讲得非常贴切：巴拉诺夫“竭力要把高尔基与斯大林分开来，说他（高尔基）口头上虽说了一些赞扬斯大林的话，做了一些支持斯大林的事，但是内心是反对的，说他在与斯大林交往中善于使用手腕，并称他是一位‘高明的外交家’等等。巴拉诺夫这样做似乎是为了在高尔基遭到许多人攻击的情况下恢复他作为伟大作家的名誉。实际上巴拉诺夫采取这种做法是无法达到这个目的的，因为第一，他编的故事违背了历史事实，不会有多少人相信；第二，他对高尔基的言行的描述也违背了这位作家性格的真实，他笔下的高尔基是一个被他重新抹上油彩的高尔基。他把高尔基几乎写成具有双重性格的人，这并不是对高尔基的颂扬，而是一种贬损”。②

当前，高尔基研究，还高尔基以本来面目，的确是一项光荣而相当艰巨的任务。这不仅因为，在整个苏联时期，庸俗社会学对高尔基的伤害比对任何别的作家都更大，也不仅因为在解体前后，高尔基是被否定、被污蔑、被歪曲得最严重的作家，更因为高尔基生活和创作的年代，正逢俄罗斯两次革命和十月革命后20世纪20—30年代这个俄苏历史上最复杂的时期。真正科学地、实事求是地分析苏维埃时期的功过得失并形成多数人的共识，需要有一个相当长的过程。也就是说，对斯大林及其实行的方针路线做出客观公正的评价需要相当长的时间。这种状况自然会对高尔基研究产生影响，这是我们必须清醒地认识到的。

下面简单介绍中国高尔基学的一些情况。

1986—1991年间，我国出现了两篇综合介绍中国高尔基研究的文章，一篇是宋寅展在《外国文学研究》上发表的《把高尔基研究推向一个新阶段——我国建国以来高尔基研究简评》③，另一篇是汪介之写的《高尔基与中国》④。两篇文章都充分占有了第一手材料。前者系统介绍了建

---

① 巴拉诺夫：《高尔基传：去掉伪饰的高尔基及作家死亡之谜》，张金长等译，桂林：漓江出版社，1998年，第134、135页。

② 张捷：《热点追踪：20世纪俄罗斯文学研究》，北京：人民文学出版社，2003年，第193页。

③ 宋寅展：《把高尔基研究推向一个新阶段——我国建国以来高尔基研究简评》，《外国文学研究》，1986年第3期。

④ 汪介之：《高尔基与中国》，《俄罗斯文学与中国》，上海：华东师范大学出版社，1991年。

国后我国高尔基研究的有关情况（同一期《外国文学研究》还发表了我国建国后高尔基研究著作要目索引[①]）。后一篇文章涉及的范围更为广泛，结合我国20世纪文学的发展系统探讨了"高尔基与中国"这一课题，文中将我国20世纪初到80年代对高尔基的翻译介绍和研究分为三个时期，中肯评价了各时期中国研究高尔基的特点、成就以及存在的问题。本文以下部分中关于前四阶段的许多内容来自上述两篇文章。

第一阶段，20世纪前30年我国开始翻译和介绍高尔基的作品。高尔基的作品最早是在1907年介绍到中国来的，这就是吴梼译的《忧患余生》（即《该隐和阿尔乔姆》）。"五四"运动前，还出现过三篇高尔基作品的译文：《鹰之歌》（译名《鹰歌》）、《二十六个和一个》（译名《二十六人》）、《大义》（《意大利童话》中的第十一篇）。"五四"运动以后，译介的高尔基作品逐渐增多。我国最早介绍和研究高尔基作品的文学工作者则是郑振铎和瞿秋白。1928年是高尔基在中国的影响由小到大的转折点，这一年适逢高尔基诞辰60周年，我国报刊上出现了一批纪念性、评介性文章。其中最值得注意的是赵景深的《高尔基评传》和耿济之的《高尔基》。钱杏邨于1928年写的《"曾经为人的动物"：为高尔基创作三十五周年纪念作》则是这时中国人写的唯一一篇表达中国人观点的研究高尔基单篇作品《沦落的人们》的专论。

第二阶段，1930—1949年是高尔基在中国影响最大的时期。他的大部分作品都译成了中文，而且出现了一作多译、一书多版的现象，如《童年》有六种不同的译本，《在底层》有八种不同的译本；也出版了多种由中国人自己编选的高尔基著作的选集、文集，不少中译本出自名家之手，鲁迅、茅盾、巴金、郁达夫、柔石、冯雪峰、周扬、夏衍等都是高尔基作品的译者。这一切表明：高尔基的作品在20世纪30—40年代的中国极受欢迎。这个时期，我国文学界出现过三次评介高尔基作品的高潮：1932年高尔基创作活动40周年时、1936年作家去世和1946年作家忌辰十周年。1942年，《高尔基研究》创刊，先后由在中国的苏联学者和戈宝权任主编。这个专刊实际上是1947、1948年两本《高尔基研究年刊》的前身。在这一时期，茅盾的《高尔基》、周扬的《高尔基的浪漫主义》、胡风的《马克西姆·高尔基片断》等论文和鲁迅、巴金、瞿秋白等人的序和跋等文字代表

① 李先兰、宋寅展：《我国建国以来高尔基研究专著和评介文章要目索引》，载《外国文学研究》，1986年第3期。

了20世纪30—40年代我国高尔基研究的最高水平。

这个时期作品翻译和评介两方面的事实显示出高尔基是20世纪30—40年代最受中国人欢迎的外国作家。这里有深刻的社会根源，也有中国知识分子传统的文化心理作用。高尔基比任何其他外国作家更有力地影响了现代中国作家群体的世界观与文艺观。高尔基的平民意识和作品深刻的人民性引起中国作家和知识分子的敬意。但是，20世纪30—40年代中国文学界的部分人士抓住高尔基浩繁创作中的某几部作品，高扬高尔基的革命意识，以一斑代替全豹，导致认识和理解高尔基的片面性。这种不利影响延续了相当长的时间。20世纪30年代中国评论界在这方面最突出的代表是瞿秋白。他只强调高尔基的革命意识、高尔基同革命的关系，忽略了高尔基全部创作的审美取向的嬗变、风格的多样性和多方面的艺术成就。这一时期在中国流传最广、影响最大的高尔基的作品，主要是流浪汉小说、自传体三部曲、《母亲》和《在底层》等。

汪介之在文章中还谈到高尔基对20世纪30—40年代中国作家群体的影响，并用较大的篇幅论及高尔基对茅盾、巴金创作的具体影响以及同鲁迅的文学联系。

第三阶段，建国以后前17年特别推崇高尔基的作品，翻译他的作品的数量超过同时期对其他任何外国作家作品的译介。根据唐韬在20世纪50年代初的统计，高尔基的作品至少有145种不同译本（杂志上的单篇作品不算在内）。[①] 据宋寅展的统计，1950—1986年间发表在全国各报刊上的有关高尔基的评论、回忆、译后记有560篇之多。[②] 这一时期对高尔基的评介有两大特点：(1) 突出高尔基的革命意识、政治斗争意识，着重论证他歌颂革命、塑造正面人物的功绩，注意力集中于《母亲》、《海燕之歌》等少数作品，而置高尔基的创作整体于不顾；(2) 强调高尔基的“人学”思想，人道主义精神。这里特别需要提到的是萧三的《高尔基的美学观》(1950)，这是我国系统阐述高尔基美学思想的第一部专著。但上述第二个特点与第一个特点是明显矛盾的。只有那些不为庸俗社会学的评论所制约，而直接从高尔基作品中去认识的作家才真有所获，如高晓声、高行健、张贤亮等在20世纪50年代受高尔基影响的作家。

---

① 唐韬：《高尔基作品在中国》，《文艺月报》，1953年第4期。

② 宋寅展：《把高尔基研究推向一个新阶段——我国建国以来高尔基研究简评》，《外国文学研究》，1986年第3期，第19页。

第四阶段,1977 年至 20 世纪 80 年代末的十多年间。1966—1976 年,我国的高尔基研究处于停顿状态。但改革开放以来,高尔基研究有不少新的进展。这期间报刊发表高尔基研究论文二百余篇。由我国研究者编撰的著作陆续出现,如陈寿朋的《高尔基美学思想论稿》(1982)、《高尔基创作论稿》(1985)、谭得伶的《高尔基及其创作》(1982)、李树森的《高尔基》(1984)、王远泽的《高尔基研究》(1988)、马家骏等著《高尔基创作研究》(1989)等。特别值得提及的是,《高尔基美学思想论稿》比较详细、系统地对高尔基美学思想的形成和发展,对其中一系列重要问题的见解以及高尔基在马克思主义美学方面的成就做了比较准确的论述。同一时期,有的研究者开始注意介绍国外研究高尔基的情况,如谭得伶的《高尔基学简论》[①] 较系统地介绍了苏联高尔基学的历史与现状,薛君智的《英美的苏联文学研究》[②] 则介绍了西方对高尔基的评价。此外,苏联著名高尔基学者米亚斯尼科夫、穆拉托娃等人研究高尔基的专著,卡斯托尔斯基、叶尔绍夫、奥甫恰连科、比亚里克等人的研究论文,也陆续被译成中文。这一切给我国的高尔基研究提供了新的信息。

这一时期,我国评论界逐步深化了对高尔基的认识。中国社会科学院的刘保端、李辉凡、吴元迈等学者开展了对高尔基的"文学是'人学'"的讨论。有些学者则开始探讨过去未涉及或极少涉及的问题,如张羽对高尔基的造神论观点的研究,李辉凡对高尔基人道主义思想的考察、陆人豪重视高尔基对小市民习气的批判,章海陵肯定高尔基晚期的短篇小说等。出现了一批有一定深度的研究高尔基创作的文章,如张羽的《高尔基早期创作特点浅谈》[③]、李辉凡的《高尔基短篇小说的思想艺术特色》[④]、李树森的《俄罗斯资本主义发展的真实图景》[⑤]。还有一些文章对比研究了高尔基与中国作家、西欧作家的创作,这些都有一定的新意。

20 世纪 80 年代前后,即改革开放以来,我国高尔基学界还有两件大事,一是 1981—1985 年间,人民文学出版社出版了新的《高尔基文集》(20 卷),二是 1981 年召开了我国建国以来第一次高尔基学术讨论会。

---

① 谭得伶:《高尔基学简论》,《苏联文学》,1984 年第 6 期。

② 薛君智:《英美的苏联文学研究》,《外国文学动态》,1979 年第 11 期。

③ 张羽:《高尔基早期创作特点浅谈》,《苏联文艺》,1981 年第 3 期。

④ 李辉凡:《高尔基短篇小说的思想艺术特色》,《当代外国文学》,1981 年第 3 期。

⑤ 李树森:《俄罗斯资本主义发展的真实图景》,载《吉林大学学报》,1980 年第 3 期。

20世纪70年代末，人民文学出版社为了出版《高尔基文集》组织了“高尔基著作编辑委员会”。该文集的主编为夏衍，编辑委员会的成员均为老一代作家、翻译家和知名学者：巴金、戈宝权、韦君宜、叶水夫、孙绳武、陈冰夷、姜椿芳、曹靖华、楼适夷。《文集》第一卷的编辑说明中明确提出：“为了提高全民族的科学文化水平，为了艺术上的借鉴和研究工作的开展，翻译出版较为完备的高尔基文集，是一项急需进行的工作”，因此建议“在人民文学出版社原《高尔基选集》的基础上，参照苏联20世纪40年代末至50年代中期出版的《高尔基30卷集》和60年代末开始出版的60卷的《高尔基全集》，先将高尔基的文学作品（不包括剧本）选编成这套20卷的《高尔基文集》，在近年内出齐。以后再继续编印高尔基的其他著作。”[①] 编辑委员会下设编译室，成员都是解放后成长起来的中年俄苏文学工作者和教师，主任为卢永福，副主任为李辉凡、孙静云，成员有孙新世、张佩文、陆桂荣、周圣、蒋望明、谭得伶。责任编辑为陈斯庸。编译室具体负责完成《文集》的编选、校订、增译、注释等工作。《文集》所收作品的译文都根据原文做了校订。经过几年的努力，共20卷《文集》于1981—1985年出齐。该文集是我国改革开放后最早出现的发行量最大、最受欢迎的外国作家文集之一，因其高质量于1991年获首届全国外国文学图书奖特别奖（1980—1990）。文集的出版对我国外国文学的研究和教学起了促进作用。

1981年，为纪念高尔基逝世45周年和《高尔基文集》（20卷）中译本首卷的出版，由全国苏联文学研究会等单位主持，在大连召开了我国建国以来第一次规模盛大的高尔基学术讨论会。参加会议的有全国各研究机关、高等学校及出版部门的代表百余人；其中有老一辈的研究专家、翻译家、作家，也有中青年研究工作者、翻译工作者和高校教师。叶水夫同志在开幕词中肯定了我国“对高尔基的研究介绍更全面了，更深入了，已经不是停留在几部作品和几个问题上面了”。会议围绕高尔基的人道主义思想（包括“文学是‘人学’”的问题）、高尔基关于创作方法的问题进行讨论。这些问题是我国文学界摆脱极“左”思潮影响、深入研究高尔基的重要课题。大会收到了四十多篇论文。与会者一致认为，应该进一步对高尔基进行更全面、更深刻的研究。这次会议对后来我国的高尔基研

① 高尔基：《高尔基文集》（第1卷），北京：人民文学出版社，1981年，第1页。

究无疑起着有力的推动作用。

在这个时期，我国对高尔基的研究也存在着一些问题，主要是研究方法比较陈旧单一，研究的范围也不够宽广。此外，虽然20世纪70年代的改革开放是中国文学界接受研究外国文学最有利的时期，但高尔基既不属于改革开放后需要重新评价的作家，更不能被列入现代派作家，因而在相当的程度上被冷落了。有的高校教师不愿讲高尔基，研究者不愿提到高尔基与中国作家的关系，作家不愿谈高尔基对自己的影响，青年人甚至不愿阅读高尔基的作品。原因是复杂的。首先是对极"左"文艺路线的反拨。过去一些庸俗社会学的评论家把高尔基描绘成最符合极"左"文艺路线要求的典范。那个被偶像化了的高尔基的形象给中国读者印象太深了。于是，一些人对极"左"文艺路线和庸俗社会学的厌弃转移到高尔基身上来了。其实，极"左"文艺路线与高尔基及其创作完全是两回事。庸俗社会学使高尔基受的损害比别的作家更大。在苏联如此，在我国亦是如此。

第五阶段，1991年底苏联解体。一时之间，苏联历史、苏联文学被否定，高尔基被歪曲、被贬低和被否定。这个时期，我国对于高尔基的评价和研究也进入了一个新的阶段。不少学者充分利用高尔基本人的著作，利用俄罗斯已发表的资料，排除偏见和片面性，进行科学分析，重新评价高尔基。20世纪90年代以来，我国出版的一系列有关高尔基的专著和文章，就是进行科学分析的可贵尝试。这些著作者捍卫高尔基的立场是显而易见的。其中最重要的有：汪介之的《俄罗斯命运的回声——高尔基的思想与艺术探索》[①]和《高尔基自传》[②]、陈寿朋的《高尔基晚节及其他》[③]和《步人高尔基的情感深处》[④]、韦建国的《高尔基再认识论》[⑤]、黎皓智的《高尔基》[⑥]、张捷的《热点追踪：20世纪俄罗斯文学研究》一书中关于高尔基的系列文章等。

汪介之的《俄罗斯命运的回声——高尔基的思想与艺术探索》是一

① 汪介之：《俄罗斯命运的回声——高尔基的思想与艺术探索》，桂林：漓江出版社，1993年。

② 汪介之：《高尔基自传》，南京：江苏文艺出版社，1998年。

③ 陈寿朋：《高尔基晚节及其他》，呼和浩特：内蒙古大学出版社，1991年。

④ 陈寿朋：《步入高尔基的感情深处》，北京：新华出版社，1998年。

⑤ 韦建国：《高尔基再认识论》，西安：陕西师范大学出版社，1999年。

⑥ 黎皓智：《高尔基》，成都：四川人民出版社，2001年。

本研究高尔基的专著。全书分上、下两编。上编对高尔基的创作道路的几个阶段做了新的划分：

1．1892—1907年，这一段的作品主要是进行社会批判；

2．1908—1924年，这一段的作品主要是进行民族文化心态批判；

3．1924—1936年，这一段的作品主要是进行历史的回眸与命运的探索。

在以上每一章中，专门有一节论述高尔基每个阶段作品的不同艺术风格。

在下编中，作者集中探讨了作家的创作个性：他不拘一格的创作方法，独特的艺术视角和主体感受、主观感情等。

本书最大的特点是，作者在占有大量第一手资料的基础上，对过去的许多看法提出了自己新的看法：第一，认为小说《母亲》并不能代表高尔基艺术创作的最高成就。作者对《母亲》之后的30年间高尔基的创作给予了充分的关注，认为后来的许多作品虽然没有直接反映革命斗争或建设，但具有重要的文化史意义和美学价值（如《家事》、《克里姆·萨姆金的一生》）。第二，认为自传体三部曲的基本主题不是“新人”的成长，而是对俄罗斯民族文化心态的批判。第三，对高尔基20世纪30年代的思想进行了探讨，对许多问题的看法极有针对性。

总的说来，此书的作者是从俄罗斯历史文化的角度来考察高尔基的创作活动，而不是只从他与当时俄罗斯阶级斗争的关系的角度来衡量其作品的。该书是作者多年研究高尔基创作的成果。作者从高尔基的作品实际出发，提出了不少自己的看法，尤其重视对作品的艺术分析，同时也不回避高尔基思想的复杂性。

至于汪介之编的《高尔基自传》并不真是高尔基本人写的传记，而是一本很独特的书。诚如编者自己说的：“高尔基在他的大量回忆录、随笔、书信、论文中，曾谈及自己各个不同时期的生活、遭遇、思想、感情、精神状态和文学活动，谈及自己的许多作品，他与同时代人的关系，他对许多问题的看法。这些散见于各类著述中的文字，在总体上又约略构成了一部‘自传’的大致轮廓。这本《高尔基自传》正是从作者本人留下的这类文字中选取、连缀而成的。”①

① 汪介之：《高尔基自传》，南京：江苏文艺出版社，1998年，第447页。

1991年,陈寿朋曾出版《高尔基晚节及其他》一书,着重谈论苏联解体前后围绕高尔基议论的热点问题。1998年又出版了《步人高尔基的情感深处》,包括了前一本书的大部分内容并有重要补充,以下作简要介绍。

全书由五篇文章和附录组成。第一篇《十月革命期间"不合时宜"的高尔基》谈到1917—1918年间高尔基在《新生活报》上发表了《不合时宜的思想》。这组文章真实反映了高尔基在十月革命前后的思想和立场,其中心是俄罗斯革命中发展文化的问题。高尔基认为,在二月革命以后,当务之急是发展文化。在十月革命前后阶级斗争空前激烈的时期,高尔基将文化建设凌驾于政治斗争之上,反对工农夺取政权和保卫政权,显然是十分错误的。作家对当时俄罗斯革命的形势任务、对各个阶级的分析都存在一系列的错误看法,这已被历史所证实。但文章中也有许多闪光的思想(如重视精神文明建设)至今值得研究。通过这一组文章,我们既能更全面地了解高尔基的伟大、他的不懈的探索,也了解到他的迷误和不足。

第二篇《在高尔基雕像下徘徊》主要谈高尔基由于什么原因出国和怎样从意大利回到苏联。文章从1921年高尔基离开苏联的原因写起,描述作家出国后那剪不断的思乡之情。1924年列宁的去世使高尔基的思想发生了转折性的变化,20世纪20年代苏联人民的社会主义建设成就对他是莫大的鼓舞。书中用许多事实说明,正是热爱祖国、渴望将自己的有生之年奉献给祖国的思考使他于1928年返回苏联,从而驳斥了关于高尔基回国是"屈服于苏联当局的压力"、"受到当局的收买"或"物质欲"等无端指责。

第三篇《关于作家晚节的思考》是全书最重要的一篇。文章引用大量事实,说明高尔基这只勇敢的海燕在20世纪20—30年代"没有停止叫喊"。他创作了大量政论谴责世界法西斯主义。在国内,他做了大量组织工作,关心、帮助和保护了许多作家。对于国内存在的问题,只要他觉察到,就坦诚地且负责地谈出自己的看法。最能说明问题的是,文中着重分析的高尔基于1929年11月给斯大林的那封信。信中明确地指出,部分"最善于思考"的青年当时表现出悲观主义和怀疑主义情绪,原因是他们看到"他们的导师一个接着一个离开了党,被宣布为异己分子"。

信中也提到党的威信下降是"党内摩擦所造成的"。从这封信中,完全可以看出高尔基对国内问题的忧虑和他坦荡的胸怀。诚然,在20世纪

20 年代末 30 年代初，斯大林的个人崇拜逐渐形成，但斯大林既是个人迷信的始作俑者，又是苏联社会主义建设的领导人。在这种情况下，怎么能要求高尔基像对世界法西斯主义那样做无情的斗争呢？但他对青年的悲观情绪，对一些作家和老布尔什维克受到的不公正待遇显然感到不安，因而心情苦闷。当然，我们不是说高尔基在晚年没有说过错话或写过错误的文章，但这不能说明他的晚节有什么问题，更不能抹杀他对世界进步艺术做出的巨大贡献。

第四篇《孤独的晚年》着重写作家去世前两年遭到的不幸以及他内心的矛盾和痛苦。第五篇《高尔基的死——一个解不开的历史之谜》，介绍了 20 世纪 80 年代末 90 年代初苏联对高尔基死因的不同看法和身边人对他弥留时刻的回忆。这五篇文章对高尔基十月革命以后的生活环境和他对国内外许多大事尤其是对苏联国内斗争的态度做了系统介绍和分析，目的在于维护高尔基的声誉。

同时，该书作者认为：高尔基作为伟大人物的另一面是“难以摆脱的历史局限——他对建设社会主义的复杂性、艰巨性、长期性，乃至对为之而斗争的残酷性认识不足”，从他晚年来看，“他一直未能认清斯大林的专制主义”。[①]

本书的附录包括一些重要的著作和文章：这里有高尔基的《不合时宜的思想》的全部中译本，有高尔基 1929 年 11 月给斯大林的信，他的《论精力的浪费》以及他人的一些回忆录的片断。

韦建国的《高尔基再认识论》也重点评议了 20 世纪 80 年代以来高尔基研究方面有争议的一些问题，如高尔基和列宁的两次思想分歧，1921 年高尔基离开苏联和 1928 年回国的真正原因，高尔基与斯大林的关系，对《母亲》和《在底层》的新解读等。该书有的看法值得商榷，如提出高尔基是“社会主义现实主义的摆设”，但总的来说，是“在高尔基再认识的研究方面一次有成效的探索”。[②]

黎皓智的《高尔基》是四川人民出版社推出的“泰斗丛书：20 世纪文学泰斗”丛书中的一部。该书共分十章。前九章用丰富的材料有针对性地系统介绍了高尔基的生平和创作，研究了他的政治观点和美学观点的形成。第十章题为《重评断想》。其中第一节“真相与伪饰”综述 20

① 陈寿朋：《步人高尔基的情感深处》，北京：新华出版社，1998 年，第 62—63 页。

② 韦建国：《高尔基再认识论》，西安：陕西师范大学出版社，1999 年，第 5 页。

世纪80年代以来苏俄学者对高尔基"重新评价"时的种种"谎话"和"谣言",从中梳理出三个核心问题:高尔基与苏维埃政权、高尔基与斯大林、高尔基之死,然后进行甄别性的评论。作者以翔实的材料论证高尔基晚年是"真诚拥护苏维埃政权的";高尔基确系"因病死亡";至于高尔基和斯大林的关系,则较为复杂,在他们的交往中,"互相信赖、互相尊重"是主导的一面,他们的分歧集中表现在对待布尔什维克党内的路线斗争问题上,两人的关系在1935年出现了很深的裂痕。该书的结论是:"高尔基是一位伟大的无产阶级作家——这是100多年来人们阅读高尔基、观察高尔基、研究高尔基、审视高尔基所得出的世纪性结论。这是世界进步人士评价高尔基、接受高尔基的价值标准。"①

在最近十多年我国的高尔基研究中,最值得提及的还有我国社会科学院张羽和张捷两位研究员关于高尔基的文章。

1994年,上海文艺出版社推出的《高尔基小说故事总集》是高尔基全部小说故事的总汇。从某种意义上说,这是一部带工具书性质的书,从中可以查阅高尔基每一篇小说的故事情节。该书顾问张羽写的序言全面深刻地剖析了高尔基各个时期写的中短篇和长篇小说在思想和艺术上的创新,指出作家创作风格的独特性、多样性和不同时期的新变化。文中有作者长期研究高尔基创作和思想发展的许多深刻体会。作者指出:"小说是高尔基文学遗产中最丰富、最珍贵的一个部分。他的小说,不能说篇篇都是字字珠玑的珍品,但他的许多中短篇和一些长篇在思想上、艺术上都有重大的创新,表现出高尔基别具一格的艺术风采,给人以深刻的思想启迪和完美的艺术感受。这些作品是社会主义文学的典范,也堪称世界文学的不朽杰作。"② 笔者认为,该序可称近十多年分析高尔基小说创作的最优秀的成果之一。

张捷在新世纪初写了一组关于高尔基的文章:《列宁与高尔基》、《斯大林与高尔基》、《高尔基的"不合时宜的思想"浅谈》、《高尔基晚年思想的变化》③、《高尔基与斯大林的通信》④。这些文章针对近年来俄罗斯和我国在高尔基研究方面的许多关键问题,用丰富翔实的材料客观地进行分

---

① 黎皓智:《高尔基》,成都:四川人民出版社,2001年,第363页。

② 张羽:《高尔基小说故事总集》,上海:上海文艺出版社,1994年,第17—18页。

③ 张捷:《热点追踪:20世纪俄罗斯文学研究》,第141—237页。

④ 张捷:《高尔基与斯大林的通信》,《俄罗斯文艺》2003年第1期,第50—57页。

析，因而有很强的说服力。《列宁与高尔基》重点论述了两人的交往、争论和友谊。文章认为："列宁通过与高尔基十多年的交往，尤其是通过与他的争论，对他的思想和性格、长处和弱点有了更加全面的了解。列宁自始至终高度评价作为艺术家的高尔基的才能以及他的创作所产生的影响和作用"，同时又认为他"在政治上最没有主见而且感情用事"。[①] 列宁正确对待高尔基的错误，"为如何团结教育知识分子提供了生动的范例"，"他对高尔基的真诚友谊和无微不至的关心帮助，为世人树立了光辉的榜样"。[②]

《高尔基的"不合时宜的思想"浅谈》介绍了高尔基在十月革命时期围绕革命和文化两大主题发表的许多看法，其中不少看法是错误的，分析了他采取这种立场的思想根源和历史根源。同时，书中也指出高尔基关于文化的论述中有许多深刻的地方。然而，高尔基在这一时期同列宁和布尔什维克的分歧及争论并"没有使他离开革命"，"他始终认为俄罗斯需要革命并一直为无产阶级的前途和命运担心，紧张地思考着革命的任务和可能遇到的危险"，这是他后来改变错误态度重要的思想基础。[③] 文章最后指出："过去在很长时间内，苏联当局对高尔基的这段历史或一笔带过，或避而不谈，他的那本《不合时宜的思想》也长期被束之高阁"，"这样做是不必要的"。高尔基后来认了错，"这就不必担心那些被高尔基自己否定了的言论会对广大读者起不好的作用，相反，却可利用这些材料对他们进行如何正确认识十月革命的教育"。"另一方面，把高尔基所走的弯路如实地告诉读者，也不会对这位伟大的无产阶级作家的光辉形象有所损害"，却"有助于对他的思想和创作出更加客观的和更加实事求是的评价"。[④]

《高尔基与斯大林》和《高尔基与斯大林的通信》两篇文章资料翔实，分析客观，从中可以了解两人关系中的许多真实情况，值得重视。前一篇文章指出，高尔基与斯大林直接交往始于 1928 年。"斯大林对高尔基的看法与列宁的看法相似"，"十分重视高尔基所起的作用"，同时又认为"高

① 张捷：《热点追踪：20 世纪俄罗斯文学研究》，北京：人民文学出版社，2003 年，第 155 页。

② 同上，第 141 页。

③ 同上，第 206—207 页。

④ 同上，第 213 页。

尔基是一个搞艺术的人，容易受情绪和感情的支配”。因此，斯大林一面十分尊重高尔基，对高尔基的各种要求尽量予以满足；另一方面，斯大林又对高尔基不太放心，“要求大家对他采取小心谨慎的态度，多做争取工作”。从高尔基这方面来说，“他对斯大林实行的路线和政策是支持的”。他赞扬农业集体化运动，认为这是改造农民很好的途径。20世纪30年代，他写了《无产阶级的人道主义》等文章，表示赞成国家政治保安局做的工作和当时的劳改政策。据高尔基本人说：“斯大林同志非常赞同这篇文章（指《无产阶级的人道主义》）。”可见高尔基与斯大林“在人道主义这个带有根本性的问题上有着一致的看法”。①

文章也指出，最使斯大林不放心的是高尔基对反对派领袖的态度，高尔基在1929年11月27日给斯大林的那封信就不赞成党内的“摩擦”。但是“在高尔基与反对派的关系的问题上还有另一个方面。高尔基看重的是布哈林等人的学识以及他们的某些品质，但是并不赞同他们的观点，尤其是在农业集体化问题上”。②

有人认为，20世纪20年代末30年代初，斯大林与高尔基的关系比较密切，后来变得冷淡起来，甚至出现了对立。文章认为，“头几年两人见面的次数比较多，信件来往也比较频繁”，这“可能有一些客观原因。这正是召开第一次作家代表大会和成立苏联作协的前后，解决文学界的问题是联共（布）中央的工作重点之一”。1934年第一次作家代表大会后，两人的交往和书信来往比过去少，两人在关于文学问题上也有过分歧和摩擦，但是绝没有发展到对立的地步。高尔基在1935年3月给斯大林的一封信就是明证。这封信表明高尔基十分关心斯大林的安危，高尔基写道：“越是临近战争，形形色色的坏蛋们就越是千方百计加紧迫害您，以至于苏联群龙无首。这是自然的，因为敌人清楚地看到：您是无人可替代的。您做了大量的、非凡的工作，博得了亿万人民对您的信任和爱戴，这是事实。”文章作者认为：“如果两人处于对立状态，恐怕高尔基不会违心地说这样的话。”③

据《高尔基与斯大林的通信》一文提供的信息：从1929年6月到

---

① 张捷：《热点追踪：20世纪俄罗斯文学研究》，北京：人民文学出版社，2003年，第168—171页。

② 同上，第172页。

③ 同上，第172—175页。

1936年6月高尔基逝世，斯大林给高尔基写了17封信和1张便条（1936年6月10日斯大林去看望病中的高尔基被医生挡在门外时写的）、1封贺电（1932年9月25日斯大林发的贺电）。高尔基则给斯大林写了52封信、1封贺电（1929年12月斯大林50寿辰时）、1封慰问电（1932年11月阿利卢耶娃自杀后）。这些已发表的信虽然不能说是他们之间的全部信件，但肯定是其中的绝大部分。从这些信中的确可以客观地看出他们之间的关系。①

《高尔基晚期思想的变化》一文将高尔基生活的最后15年（1921—1936）分为三个阶段来谈他思想的变化。

1．1921—1928年。高尔基1921年出国时，“他的思想已发生了一些明显的变化”。“他赞扬列宁，肯定十月革命时期夺取政权的‘历史必然性’，但仍不大赞成使用暴力。”1924年，他得知列宁逝世的消息后写了回忆录，即《弗·伊·列宁》的第一稿，其中“赞扬十月革命是俄罗斯历史上新时代的开端，肯定列宁的事业的世界意义”，这“实际上是对自己过去的看法的修正”。他身在国外，同国内却保持着密切联系。国内取得的成就、新事物的出现和新人的成长使他备受鼓舞，“他进一步颂扬列宁的英明远见，肯定党的历史功绩，为他们感到自豪”。1928年，他在一封信中说：“我同苏维埃政权没有分歧。”②

2．1928—1933年。1928年和1929年—10月高尔基两次回国期间游历了许多地方；他为祖国面貌发生的巨大变化，为工人群众以主人翁姿态投身社会主义建设而感到十分高兴，写了以《苏联游记》为总标题的五篇特写。他将自己青年时代漫游时留下的印象与现在的一切进行对比，描述了发生的巨大变化，同时也没有回避他发现的消极现象。第五篇特写《索洛夫基》记载了1929年高尔基在索洛夫基岛上考察劳改营的情况。高尔基的这篇特写曾受到某些人的指责，但高尔基写明，当时索洛夫基岛上进行劳动改造的大部分是刑事犯，高尔基从这里看到了改造人的一条新途径，因而加以肯定。高尔基这样写不应该受到指责。

1930年，高尔基改写了回忆录《列宁》，其中对自己在十月革命期间所犯错误及原因做了详细说明。从高尔基对列宁的观点和性格的描述中

① 张捷：《高尔基与斯大林的通信》，《俄罗斯文艺》，2003年第1期。

② 张捷：《热点追踪：20世纪俄罗斯文学研究》，北京：人民文学出版社，2003年，第215—222页。

可以看出他对列宁已有了比较正确和比较深刻的了解。他在《十年》一文中肯定农民本身发生的变化，同时，农业集体化所引起的农村面貌的改变使高尔基更加相信十月革命的必要性。他认为这时已找到解决农民问题的正确途径。

也在这一时期，高尔基针对一部分专家的破坏活动等事件，写了《致人道主义者》等文章。1930年，高尔基写了《如果敌人不投降，就要消灭他》一文。该文后来受到许多人的批评。《高尔基晚期思想的变化》一文的作者对此进行了令人信服的分析。他认为："一般说来，高尔基得出的结论并没有错，对真正的敌人就应该如此。问题在于他似乎对敌情估计得过于严重（我们还处在国内战争状态）；在对形势缺乏正确估计的情况下做这样的结论，可能会出偏差和被人利用，产生不良的后果。同时还应该看到，高尔基虽然这样说，他仍然是不主张扩大打击面和采取极端手段的。"[①]

3．1933—1936年。1934年和1935年，高尔基发表了《无产阶级的人道主义》和《论文化》两篇重要文章，阐述了他长期以来对资产阶级文化和资产阶级人道主义的思考的结果。前一篇文章提出，现在出现了"历史地形成的和经过科学论证的马克思——列宁——斯大林的真正全人类的无产阶级人道主义，这种人道主义的目的，是要把所有种族和民族的劳动人民从资本主义的铁爪中完全解放出来"。又说："这种无产阶级的人道主义不是幻想，不是抽象的议论，而是社会主义苏联无产阶级的战斗的、勇敢的和充满英雄气概的实践。这一实践已经证明，在……俄罗斯真正实现各种族的友爱和平等的、大量体力转化为智力的过程正在真正地和确实无疑地发展着"。在《论文化》一文中，高尔基列举许多事实说明无产阶级人道主义即马克思和列宁的人道主义和作为资产阶级文明和文化的基础的人道主义的根本区别。最后，文章作者总结说：从以上言论可见高尔基"接受了马克思列宁主义关于阶级斗争和无产阶级专政的学说，在批判资产阶级人道主义和纠正自己过去在思想认识上的偏颇的同时，提出了无产阶级人道主义的口号"，这是他晚期思想的"带有根本性的转变"，也是他"进步的表现"。

文章作者认为："高尔基一生中的最后十余年，是他思想发展上一个

① 张捷：《热点追踪：20世纪俄罗斯文学研究》，北京：人民文学出版社，2003年，第222—230页。

非常重要的时期，也是目前争议最多的时期之一。"[①]文章作者提出，要想达到共识，"只有在正确思想的指导下，采取客观的和科学的态度，在占有大量第一手材料和弄清事实的基础上进行实事求是的科学分析，才能得出比较符合实际的结论。"该文作者正是这样做的典范。

综上所述，苏联解体以来，我国的高尔基研究的确取得了可喜的进展。笔者认为，是不是可以说：近十余年我国的高尔基研究已经走在世界的前列。但正如以上所述，高尔基是一位很复杂的作家，他的全集尚未出齐；而且对他的评价涉及苏维埃时期的历史，涉及对斯大林及其实行的方针路线的评价，而人们将这些重大问题研究清楚、形成共识，需要经过一个相当长的过程。因此，高尔基研究还有很大的空间，还有大量艰巨的工作在前面，这就需要俄罗斯学界和我国学界（尤其是年轻学者）长期的和共同的不懈努力。

编后记

谭得伶，北京师范大学文学院教授，博士生导师。1952—1957年留学苏联，毕业于莫斯科大学语文系俄罗斯语言文学专业。此后一直执教于北京师范大学。对20世纪俄罗斯苏联文学进行了长期、系统和比较深入的研究。著有《高尔基及其创作》、《解冻文学和回归文学》（合著）及有关俄苏文学的文章七十余篇，译文数十万字。本文初稿首次发表于1984年第6期《苏联文学》，原名《高尔基学简论》，2006年修改并做重要补充。

① 张捷：《热点追踪：20世纪俄罗斯文学研究》，北京：人民文学出版社，2003年，第230—237页。

后　记

收录到本选集的论文有两个来源：一是有中文译文的，例如普列汉诺夫的《论工人运动的心理》，曹葆华译；《再论宗教》收入到三联书店出版的《普列汉诺夫哲学著作选集》，是大文章《论俄罗斯的所谓宗教探寻》里的一部分，由中国人民大学译文组翻译；沃罗夫斯基的两篇论文《论马·高尔基》和《马·高尔基》均来自《论文学》，前者由程代熙译，后者由衷维昭译。卢那察尔斯基的《艺术家高尔基》和《萨姆金》收录在中译本《卢那察尔斯基论文学》里，由蒋路译；卡斯托尔斯基《真正人民的书》收录在湖南人民出版社《外国文学评论选》下册里，由袁湘生译。

其他的文献均取自俄文版《高尔基：赞成或者反对》，由籍欣、李静等人翻译；由于明清、侯丹、马晓辉、丘桑等四人校对；最后，由陈寿朋、邱运华统稿、校正。

由于编译者水平有限，错译、误译在所难免，敬请读者专家批评指正。特此说明。

编选者

2010年9月4日

声　明

由于条件限制，经过多方努力，本社仍未能与本书部分作品的权利人取得联系，在此恳请权利人予以谅解和支持。相关权利人可随时与本社联系，联系邮箱：rights@yilin.com。我们会立即向权利人补偿相关版权费用。

译林出版社

Notice

The proprietors of some articles in this book could not be reached after numerous attempts and the best efforts of Yilin Press. Please contact us at rights@yilin.com for licensing fees for these pieces. Many thanks for your understanding and support.

Yilin Press, Ltd.